大师高校教材 高等学校文科教材

国家重点学科"比较文学与世界文学"研究成果
上海创新团队"比较文学与世界文学"研究成果

U0783498

外国文学简史

主　编　郑克鲁

华东师范大学出版社

·上海·

图书在版编目(CIP)数据

外国文学简史/郑克鲁主编. —上海:华东师范大学出版社,2009

高等院校文科教材

ISBN 978 - 7 - 5617 - 6706 - 1

Ⅰ. 外…　Ⅱ. 郑…　Ⅲ. 文学史—世界—高等学校—教材　Ⅳ. I109

中国版本图书馆 CIP 数据核字(2009)第 099958 号

高等院校文科教材

外国文学简史

主　　编	郑克鲁
责任编辑	范耀华
审读编辑	李惠明
责任校对	邱红穗
版式设计	黄惠敏
封面设计	卢晓红

出版发行	华东师范大学出版社
社　　址	上海市中山北路 3663 号　邮编 200062
网　　址	www.ecnupress.com.cn
电　　话	021 - 60821666　行政传真 021 - 62572105
客服电话	021 - 62865537　门市(邮购)电话 021 - 62869887
地　　址	上海市中山北路 3663 号华东师范大学校内先锋路口
网　　店	http://hdsdcbs.tmall.com

印　刷　者	宜兴德胜印刷有限公司
开　　本	787×1092　16 开
印　　张	27
字　　数	604 千字
版　　次	2009 年 9 月第 1 版
印　　次	2024 年 1 月第 12 次
印　　数	29101—30200
书　　号	ISBN 978 - 7 - 5617 - 6706 - 1/I · 586
定　　价	48.00 元

出 版 人	王 焰

(如发现本版图书有印订质量问题,请寄回本社客服中心调换或电话 021—62865537 联系)

编写人员

清华大学：徐葆耕
复旦大学：孙　建
浙江大学：许志强
四川大学：刘亚丁
山东大学：仵从巨、胡志明
华东师范大学：陈建华
华中师范大学：聂珍钊
哈尔滨工业大学：李艳梅
西安外国语大学：户思社
西北大学：杨昌龙、梅晓云
上海大学：张　薇
河南大学：梁　工
南京师范大学：汪介之
山东师范大学：王化学
天津师范大学：曾艳兵
广西师范大学：梁　潮
浙江工商大学：蒋承勇
青岛大学：侯传文
四川外国语学院：姜小卫
浙江传播学院：彭少健
临沂师范学院：杨中举
中国社会科学院外国文学研究所：石海军、叶廷芳、陆建德、郅溥浩、
　　　　　　　　　　　　　　　黄宝生、童道明
上海师范大学：王青松、刘文荣、朱宪生、郑克鲁、黄铁池

前言

《外国文学史》是中文系的主干课程之一，课时量虽然不多，可是深得学生们的喜爱，他们选择外国文学作为学位论文的往往约占总数的三分之一，与选择分析中国古典文学和现当代文学的论文三分天下。可见，编好一部《外国文学史》对中文系的教学是非常重要的。眼下国内出版的《外国文学史》教科书有多种，虽然编写思路不同，但是大体有两种类型：一种是分为两部分，第一部分讲述作家生平与创作，第二部分分析一本代表作；第二种是每位作家都作全面介绍与分析。从教学上讲，似乎第一种效果更好，因为给每位作家的篇幅有限，基本上平均使用力量去讲解一个作家的创作，就不可能对代表作进行深入分析。而着重分析代表作能让学生较好地掌握外国文学名著的内涵和艺术特点，以小见大，能更好地掌握这位作家的艺术成就，并让学生领会评论方法。这是行之有效的编写方法。

课时量少，对编写者来说是一大难题。如果《外国文学史》编成厚厚的一百五十万字至二百万字，量就太大了，无法讲完，经济上也加重了同学们的负担。即使减半仍然有点过多。于是就有"简编"、"史纲"一类的教科书应运而生，字数在四十万至六十万字之间。然而，由于对作品的分析偏弱，使用这类教科书的学校有限。面对写得太长不当、写成简史又有缺点这种局面，我们也就产生对编写方式探索一下的想法。这本《外国文学简史》便是想做一点改革，以求另辟新路。本书的改革有如下几方面。

一是将欧美文学分为三编：从古希腊文学到 18 世纪文学为第一编，19 世纪文学为第二编，20 世纪文学为第三编。这是一部简史，倘若本书的第一编按传统写法，分成古希腊古罗马时期、中世纪、文艺复兴、

17世纪古典主义、18世纪启蒙文学等，各写一篇概述，那就太零碎，篇幅也占得过多了。本书的设想是，总论也即概述部分大加压缩，以基本讲清为原则。这些部分教师可以根据情况来讲授，也可以酌情补充。但根据教学实践来看，学生只需了解要点就行了。为了适应学生学习需要，本书对外国文学史上出现的一些特殊现象在概述部分作了一些介绍，如流浪汉小说、三一律、感伤主义、狂飙运动、世纪病、美国的文艺复兴、多余人、俄国的自然派、复调小说、心灵辩证法、俄苏的白银时期等，这些名词往往是考试卷中的题目，有必要提纲挈领地在教科书中讲清楚。

二是作家生平与创作部分压缩至两千字左右，通常这部分约有五千字，往往介绍的作品一大串，可是重要的作品只能写上二百字，多至四百字，但仍然令人不甚了了。倒不如压缩一下，反正也能让学生了解个大概。重点仍放在分析代表作上面，这样做的结果是重点突出，也能做到相当于篇幅更大的文学史对重点作品的分析，不会因全书的总字数减少而造成内容的缺失，而这样做每位作家所占的篇幅则大大减少了。

三是选择的作家面可以大一点，如本书所选的笛福、斯威夫特、莱蒙托夫、大仲马、麦尔维尔、萨克雷、杜拉斯、菲茨杰拉德、米切尔、格拉斯、昆德拉、帕斯捷尔纳克、索尔仁尼琴、布勒东、加缪、罗布-格里耶。不仅有十分重要的作家，也包括其作品拥有广大读者的作家和通俗小说作家。这些几乎都是同样篇幅的《外国文学史》无法选入的，这就扩展了一般的《外国文学史》无法深入涉及的内容，在篇幅不算大的范围内尽量增加讲授的知识。

四是重点讲授的作品有所不同。本书选择了五位重要作家，各讲解两部作品，这就是莎士比亚、雨果、巴尔扎克、陀思妥耶夫斯基和托尔斯泰（高尔基选讲自传体三部曲也可看作不只讲一部作品）。出发点

是考虑这些作家的杰作不止一部,选讲两部作品更能全面地展示他们的创作成就。如有的《外国文学史》选讲雨果的《悲惨世界》,有的选讲《巴黎圣母院》;有的选讲巴尔扎克的《高老头》,有的选讲《欧仁妮·葛朗台》;有的选讲托尔斯泰的《复活》,有的选讲《安娜·卡列尼娜》。在只选讲一部作品的情况下,这样做都是可以的。我们改变一下,选两部作品来分析,是否能取得更好的效果呢? 现在的文学史都只选讲莎士比亚的《哈姆莱特》,其实,《罗密欧与朱丽叶》在青年学生中的影响极大。莎士比亚的历史剧或喜剧也应得到介绍。选择莎士比亚的两部剧本来讲授也许更为合适。另外,本书选择了一些不被一般文学史选中的作品,以避免千人一面,否则每部文学史的内容大同小异,缺乏新意,这样重复劳动似乎大可不必了。例如本书选了莎士比亚的《亨利四世》和《罗密欧与朱丽叶》,选了托尔斯泰的《战争与和平》,选了福克纳的《押沙龙,押沙龙!》而不选《喧哗与骚动》,就是从这种考虑出发的。不言而喻,新增的作家作品自然不同于一般的《外国文学史》的篇目。诚然,还可以作更大的改动,由于本书编者还编了其他作品,为避免与之重复太多,有些作品只得仍然保持传统的选择。

本书所作的改变只是一种尝试,希望采用本书来讲授的老师从实践中搜集到学生的反映,以利于再版时我们加以改进。

目录

欧美文学

亚非文学

欧　美　文　学

上编　从古希腊文学至18世纪文学

第一章　概述

　　从古希腊到18世纪，欧洲文学处于发生和发展初期。这一时期，欧洲经历了氏族社会、奴隶社会和封建社会。古希腊-古罗马文学和希伯来-基督教文学是欧洲文学的两大源头，称为"两希"传统，两者有冲突，也有融合，共同构成欧洲近现代文学的人文观念和艺术精神的基本内核。

　　古希腊文学中蕴涵着原始形态的"人"的观念，它经由古罗马文学对后来的西方文学产生了深远影响，成为西方文学人文传统的主要源头之一。古希腊民族对人的重视，与该民族的自然观、宇宙观有密切联系。古希腊哲学家普罗泰戈拉的名言"人是万物的尺度"就是古希腊人强烈个体意识的表露。重视个体的人的价值的实现，强调人在自己的对立物——自然与社会——面前的主观能动性，崇尚人的智慧和在智慧引导下的自由，肯定人的原始欲望的合理性，是古希腊文化的本质特征。在这种文化土壤中生长出来的古希腊文学就蕴含着一种根深蒂固的世俗人本意识。古希腊神话是原始初民的自由意志、自我意识和原始欲望的象征性表述。在神话中，神的意志和欲望就是人的意志和欲望；神和英雄们为所欲为、恣肆放纵的行为模式，隐喻了古希腊人对自身原始欲望充分实现的潜在冲动，体现了个体本位的文化价值观念。普罗米修斯造人和盗火的故事，表征了人与自然分离后对自然的强烈探索精神。他的叛逆精神、自由意志和主体意识，表达了古希腊人的人本意识。古希腊悲剧中的命运观念表现了人类自我意识的觉醒，人既感到自然和社会的主人的骄傲，又感到自然异己力量和社会异己力量的束缚。而荷马史诗中的阿喀琉斯则集中体现了个人与群体分离状态的个体本位意识：他为了一个女奴而无视联军损兵折将。在英雄们英勇善战和敢于冒险的行为中，固然有维护群体利益的一面，但其行为的深层动因却是争得个人荣誉,因为荣誉维系着个人生命的价值与意义。

古罗马文学是对古希腊文学的直接继承。古罗马人崇尚文治武功,对人的力量的崇拜常常表现为对政治与军事辉煌业绩的追求,由此又演化为对集权国家和个体自我牺牲精神的崇拜,因而更富有理性意识和责任观念,在审美品格上更趋向于庄严和崇高的风格。

希伯来-基督教文学是欧洲文学的又一源头。希伯来人是阿拉伯半岛闪族人的一个分支,公元前1800年来到迦南,即巴勒斯坦。在一千多年间希伯来人经历了繁荣和变乱。约于公元前64年,巴勒斯坦沦为罗马帝国的行省,犹太人不堪压迫而起义,最终被放逐,流散世界各地。基督教是从犹太教中孕育出来的,创始人耶稣被他的信徒称为“基督”,即救世主。基督教在初创时并不合法,至4世纪初才成为合法宗教和官方宗教。在希伯来民族的神话中,出现的是神化的人,人向神提升,人的主体性萎缩。这个神话世界是一神的,把社会化和人格化了的多神形态抽象为一个万能的神的形态。宙斯和众神有人的七情六欲,上帝则几乎没有人的原欲,而仅仅代表人的原欲的对立面——理性,上帝是抽空了人的血性的一种精神与理念存在。德国哲学家费尔巴哈认为,宗教是人的本质的异化:人把自身的本质属性——理智、意志、善——集中起来,变成一个在人之外、之上的对象,即上帝,而人则在自己的创造物面前变得渺小低微,匍匐在它的脚下。上帝的观念其实具有人文性。耶稣通过道成肉身,把天国的福音用有形方式带给了人间。希伯来神话中的英雄都追随上帝,缺少了人的生命的亮丽与灵光,使人性变得苍白与贫乏,也就少了几分艺术的震撼力。摩西的英勇与智慧不过是上帝的神力显现而已,真正的英雄不是摩西,而是上帝。在希伯来-基督教文学中,灵取代了肉,体现的是宗教人本意识。但上帝是人创造的,它的神性实质上是人的理性意志的体现。虽然这是人对自身理解上的一种进步与升华,但对上帝的崇拜又表现了人对自身原始生命力和个体生命价值的一种压制,是人的主体性的一种萎缩,是对古希腊-古罗马式的世俗人本意识的一种排斥。重视人的精神与灵魂,重视对彼岸价值世界的追求,强调理性对原欲的限制,是希伯来-基督教文学的文化价值观念的主导倾向,它强化了古希腊-古罗马文化中已经出现的初步理性意识,同时这是与当时人们的肉体和精神痛苦需要寻求解脱的要求相契合的产物。基督教思维模式的出现,说明人越来越脱离人的本能的羁绊,走向人类理性。人类已经有了一种脱离感性世界,建造精神世界的能力。这种尊重理性、群体本位、崇尚自我牺牲和忍让博爱的宗教人本意识,是后世西方文学的文化内核的又一层面。

古希腊位于欧洲南部、地中海东北部。特定的地理条件使古希腊人靠海上经商、做海盗或到海外开辟殖民地以求生存。古希腊民族度过了美丽而健康的童年,在同亚洲西部和北非的交往中,了解到那里的文明,滋润了自身。公元前12世纪至公元前8世纪,是古希腊从氏族公社制向奴隶制社会过渡的时期,史称“英雄时代”,又称“荷马时代”,这时文学的主要成就是神话和史诗。公元前8世纪至公元前6世纪,氏族社会进一步解体,奴隶主城邦逐渐形成,史称“大移民时代”,文学的主要成就是抒情诗和寓言。抒情诗的代表是女诗人萨福(约前612—?),她善写爱情诗,歌颂母爱,缅怀友人情谊。《伊索寓言》表现了下层平民和奴隶的思想情感,是他们的生活教训和斗争经验的总结;善于运用拟人手法,将动物赋予人的性格,具有浓郁的民间文学色彩。公元前6世纪末至公元前4世纪初,希腊奴隶制发展到全盛时期,史称“古典时期”,文学的主要成就是戏剧、散文和文艺理论。悲剧以埃斯库罗斯、索福克勒斯、欧里庇得斯为代表,还有喜剧家阿里斯托芬。古希腊的悲剧和喜剧是欧洲戏剧的开端。文艺理论家包括柏拉图(前427—前347)和亚里士多德(前384—前322)。柏拉图认为文艺是对现实的模仿,文艺创作的源泉是灵感。亚里士多德的《诗学》继承模仿说,并肯定文艺的认识作用和教育作用。

古罗马也是奴隶制国家,以耕牧为主,它凭借武力创造了横跨欧亚非的大帝国。古罗马文学经历了三个时期,即共和时期(前240—前30)、黄金时期(前100—17)和白银时期(17—130)。共和时期以剧作家普劳图斯(约前254—前184)和泰伦提乌斯(约前190—前159)较为有名。黄金时期的奥维德写出史诗型作品《变形记》,搜集了神话与趣闻。贺拉斯(前65—前8)的《歌集》写的是抒情诗,《诗艺》继承模仿说,主张学习古典,形式要完美,提出"寓教于乐"。维吉尔(前70—前19)是古罗马最重要的诗人,作品有《牧歌》(前42—前37),抒发爱情和对时政的感受;《农事诗》(前37—前30),谈论种庄稼、种葡萄、种橄榄树、牧羊、养蜜蜂;史诗《埃涅阿斯纪》追叙罗马建国的光荣历史,强调责任观念和牺牲精神,风格哀婉严肃。白银时期的代表是普鲁塔克(46?—120?)和阿普列尤斯(124?—175?),前者著有《希腊罗马名人传》,后者著有《金驴记》。古罗马文学缺少古希腊文学的生动活泼、自然质朴和儿童式的天真烂漫。

公元476年,西罗马帝国灭亡,欧洲进入了封建制的发展时期,长达一千多年。欧洲中世纪文学是多种文明与文化相融合的产物。首先是各蛮族部落各自文化的融合,其次是东西方文化的相互影响和交融,最后是基督教文化与世俗文化的相互融合。基督教思想制约着中世纪文学。同时,歌颂爱国主义、英雄主义和忠君思想也成为中世纪文学的特点。基督教文学虽然占据主导地位,但骑士文学将爱情作为描写的主要对象,肯定现世生活,背离基督教宣扬的禁欲主义。市民文学将笔触指向城市市井生活和世态人情,具有较强的反封建意义。从艺术上看,中世纪文学的样式有所增加,寓意、象征、梦幻、哲理等手法丰富了艺术表现能力,对爱情心理的刻画更是前进了一大步。

中世纪文学可分为教会文学和世俗文学。前者在5世纪至10世纪占据统治地位,有基督故事、圣徒传、祷告文、赞美诗、宗教叙事诗、宗教戏剧等,大多取材于《圣经》,表现上帝万能、圣徒显奇迹、圣徒布道和信徒苦修等,宣传宗教教义,鼓吹禁欲主义和来世思想。多采用梦幻故事和寓意性、象征性手法。但6世纪格雷戈里主教的《法兰克人史》搜集了大量的希伯来人的神话传说、奇迹显现、戏剧性场景,展现了西欧社会的混乱状况,也揭示了西欧血缘维系方式解体和信仰维系方式建立的历史转折趋势,表明了基督教在民间扎根的原因,较有价值。

世俗文学包括英雄史诗、骑士文学、市民文学,虽然其中也渗透了基督教思想,但仍可区分出积极意义。英雄史诗是氏族社会末期各族人民的口头创作和集体智慧的结晶,大都产生于氏族部落大迁徙前后,主人公是氏族部落英雄,史诗表现了他们为氏族部落建立的丰功伟绩、血亲复仇等。早期主要作品有盎格鲁-撒克逊人的《贝奥武甫》、冰岛的《埃达》《萨迦》、芬兰人的《卡列瓦拉》;中期主要作品有法国的《罗兰之歌》(1080?)、西班牙的《熙德之歌》(1140?)、德国的《尼伯龙根之歌》(1200?)和古罗斯的《伊戈尔远征记》(1185—1187)。其中《罗兰之歌》约四千行,塑造了一个爱国忠君的人物——罗兰,他为了保卫查理大帝统率的全军,以身殉职。史诗表现了封建王国形成阶段的主导精神。诗歌善用重叠、对比、夸张的方法,情节相对集中。英雄史诗由于歌颂帝王和忠臣的武功,有利于满足封建社会趋向统一的愿望,而且适应了封建主进行十字军东征的需要,所以流行了几个世纪,仅在法国,就发掘出一百部英雄史诗,长的达到一万四五千行。

骑士文学是骑士制度的产物,骑士并不奉行禁欲主义,而是乐意为封建主和贵妇人去冒险、效劳。从11世纪开始长达二百年的八次十字军东征,骑士地位大为提高,至13世纪火枪和雇佣军的出现,骑士制度才走向衰落。骑士文学包括抒情诗和传奇两种。骑士抒情诗产生于12世纪法国南部的普罗旺斯,借助民歌演化而成,宣扬骑士的"典雅爱情",以描写骑士和贵妇于黎明前依依惜别的破晓歌最为有名。骑士传奇是叙事诗,兴旺于法国北方。法国 12 世纪诗人特洛亚的《朗斯洛,或坐囚车的骑士》(1168?)和《伊凡,或狮骑士》(1175?)叙述骑士为了忠于贵妇人而甘冒千难万险,爬过脱鞘长剑架设的桥,甘愿坐上囚车等,这两部故事诗都有七千行左右。《特里斯丹和依瑟》(12 世纪)描写忠贞不渝的爱情,歌颂爱情比天上和人间的法律更有力量,比死亡更有力量。亚瑟王与圆桌骑士的传奇故事也十分流行。骑士传奇注意情节曲折和心理活动,对欧洲后来的长篇小说发展产生过重大影响。

市民文学是随着城市的兴起而发展起来的,建立在民间文学的基础上。小故事诗产生于法国。抨击封建势力的贪婪、愚蠢、恶行败德,赞美民众的机智、才干。叙事诗《列那狐故事》产生于法国,后来传到荷兰、德国和英国,具有反封建倾向,诙谐、风趣,赋予动物以各类人的特征,主角列那狐体现了市民阶层的思想意识,它以狡猾、欺骗来取胜,善于对付横行霸道的伊桑格兰狼,却常常败在弱小动物公鸡、山雀手下。狡猾和诡诈是商人的品性,作为有产阶级向封建贵族斗争的武器,既显示新兴阶级机智的一面,也表现其凶残的一面。叙事诗《玫瑰传奇》(13 世纪)也有反封建倾向,善用隐喻、梦幻、象征等手法,富有新意。市民抒情诗中,维庸(1431—1463?)的《大遗言集》(1461—1462)和《绞刑犯谣曲》(1462)细腻地写出个人的感受,反映了英法百年战争之后的社会现实和市民的心理。他的个人剖白、描写死亡、化丑为美、亦庄亦谐的风格预示了文艺复兴的到来。市民戏剧中,《巴特兰律师》是笑剧的代表,描写布商和律师受到牧童捉弄,而将狡猾当作机智聪敏的美德加以颂扬。中世纪文学发展到 13 世纪下半叶,产生了大诗人但丁。

从 14 世纪开始,欧洲出现了文艺复兴运动。文艺复兴是新兴资产阶级打着古希腊-古罗马文化旗号进行的反封建、反教会的思想文化解放运动。意大利是资本主义产生最早的地方,随后,英国、法国、德国也逐步走上资本主义发展道路。资本主义的兴起,要求以新的思想文化体系来反对封建的和宗教的精神禁锢,促使文艺复兴运动到来。

发现人、人性,是文艺复兴运动最本质的特征。人文主义是文艺复兴运动的指导思想,成为新兴资产阶级反封建反教会的思想武器。拉丁文 Humanitas 除了人类之意外,还有知识、文化、文明、教育的意思,因此,人文主义除了指按照古希腊古罗马思想去培育人以外,还指一种获得智慧的理想和一种生活哲学。人文主义在于相信人的本性,所以又称人本主义或人道主义,它主张一切以人为本,反对中世纪以神为本的观念,以人权反对神权,对神学提出大胆挑战。人文主义从人性论出发,肯定现世生活,歌颂世俗的享受和欢乐,反对教会宣扬的来世思想和禁欲主义;它鼓吹个性解放,要求意志自由和信仰自由,反对森严的等级制度和束缚精神的经院教条;它主张追求知识,探索自然,发展自然科学,反对蒙昧主义和神秘主义;它崇尚冒险精神和人的聪明智慧,鼓吹开辟新世界,反对闭关自守和因循守旧;它看重教育,主张全面传授知识,培养全知全能的人。文艺复兴是一个文化转型时期,促进人的觉醒与解放。它不单纯是古希腊-古罗马文化的重复和延续,它同时又吸收了希伯来-基督教文化中的合理成分。伴随而来的是宗教改革运动。1517 年,马丁·路德写出九十五条论纲,贴在教堂正门,发起了宗教改革运动。加尔文在 16 世纪 30 年代组织新教。自此,新教在法国、英国等传播开来。人文主义和宗教改革代表了资产阶级的愿望,在当时起着进步的、革命的作用,引起了统治者和教会的恐惧,视之为洪水猛兽,为此设立了宗教裁判所,用火刑来对待异教徒和人文主义者。

文艺复兴运动自 14 世纪初发端,至 17 世纪初结束。15 世纪中叶以前为第一阶段,至 16 世纪中叶为第二阶段,随后是晚期。早期主要发生在意大利和英国。意大利诗人彼特拉克

（1304—1374）的《歌集》（1336—1374）抒发对劳拉的爱情，大量采用十四行诗体。顾名思义，这种诗体由十四行诗组成，它传到欧洲各国，为诗人们所喜爱，但在诗节上却分成多种形式，如法国采用四行、四行、三行、三行来分节，英国则采用四行、四行、四行、二行的分节形式。这种诗节的大量使用一直延续至今。意大利作家薄伽丘（1313—1375）的《十日谈》（1353）开短篇小说的先河，由十个人讲故事，每人共讲十个故事。故事集抨击教会和僧侣的恶行劣迹，反对禁欲主义、封建特权和男女不平等。英国诗人乔叟（1340？—1400）的《坎特伯雷故事集》（1387—1400）由二十四个故事组成，也是每人讲一个故事。这本故事集揭露了封建贵族和教会的腐败无耻，肯定对爱情的追求。中期主要发生在法国、英国。法国作家拉伯雷（1483？—1553）是欧洲长篇小说的创始者之一，著有《巨人传》。以龙沙（1524—1585）为首的法国七星诗社主张改革语言和诗歌，创造出民族文学。龙沙是写爱情诗的"圣手"，作品有《致爱伦娜的十四行诗》（1578）等，该诗集第四十三首以回忆手法营造感伤情调，喊出："信我的话，要生活，别等待明朝；就在今天把生命的玫瑰摘掉。"另一位七星诗社诗人杜贝莱（1522—1560）写作抒情诗和讽刺诗，诗集有《罗马怀古集》（1558）、《怀念集》（1558）等，《像尤利西斯，壮游者多么幸福》写道："台伯河并不如卢瓦尔河秀美，帕拉丹峰不如小利雷村苍翠，海风不如安茹故乡温柔可爱。"眷恋故土之情跃然纸上。他是十四行诗的巧匠。蒙田（1533—1592）是法国文艺复兴运动后期作家，欧洲近代散文的创始人，《随笔集》（1580—1588）从"怀疑论"出发，反对宗教迫害、殖民地的暴行，主张全面教育，自我解剖，表达以人为本的思想，把人性看作最崇高最神圣的概念。他以博学著称，旁征博引，语言形象化。如他这样描写饱学之士："真正有学问的人就像麦穗一样，只要它们是空的，它们就茁壮挺立，昂首睥睨；但当它们臻于成熟，饱含鼓胀的麦粒时，它们便谦逊地低着头，不露锋芒。"比喻贴切，说理透辟。英国作家莫尔（1478—1535）的《乌托邦》（1516）揭露了原始积累时期"圈地"运动的罪恶。后期主要发生在西班牙和英国。无名氏的《小癞子》（1554）是流浪汉小说的代表作，描写穷孩子拉撒路浪迹天涯的种种遭遇，展示了各阶层的人物和各个方面的社会生活。流浪汉小说是欧洲近代小说的一种模式，西班牙社会经济的衰落，导致大批农民和手工业者破产，纷纷流入城市，形成了流浪汉的群体。流浪汉小说就以这些无业游民为主人公，以其游历为中心结构，他们居无定所，见多识广。小说描写他们的不幸命运，同时他们为生活所迫，进行欺骗、偷窃和各种恶作剧；小说从下层人物的视角观察与分析社会多个领域，甚至是上层。它往往采取第一人称，风格幽默，突出人物性格，但这性格没有发展。流浪汉小说已经初具近代小说的雏形，这种体裁和写法对后世小说创作产生了重大影响。如德国的格里美尔豪森的《痴儿西木传》（1669）和法国的勒萨日的《吉尔·布拉斯》（1715—1735）都是有名的流浪汉小说，19世纪和20世纪的流浪汉小说则更多了。西班牙作家塞万提斯是欧洲长篇小说的另一创始人。西班牙剧作家维加（1562—1635）的《羊泉村》（1619）揭露了封建主的暴虐，歌颂了农民的正义斗争。16世纪中叶以后，英国出现了"大学才子派"，为莎士比亚的出现准备了条件。

古典主义文学出现在17世纪至18世纪上半叶，重心是在法国。法国的封建制度在17世纪上半叶获得巩固，红衣主教黎世留在1634年创立了法兰西科学院，加强了对文人的控制，古典主义思潮开始形成。路易十四在17世纪中叶当政后，王朝达到繁荣期，古典主义文学也随之达到鼎盛期。古典主义思潮是新兴资产阶级和封建贵族在政治上妥协的产物。法国哲学家笛卡儿的唯理主义是古典主义的哲学基础，他的名言是"我思故我在"。他认为理性是一种先天的认识能力，是一切认识的根源，人凭理性认识万物的真伪，判明是非；万物之美全在于真，真存在于条理、秩序、统一、均衡、对称、明晰、简洁中，人全凭理性才能认识这种真。此外，法国哲学家伽桑狄的哲学也对古典主义作家有影响。

古典主义文学从宣扬理性出发,拥护中央王权,抨击贵族的奢侈淫逸,也揭露资产阶级的恶习和弊端。它大多取材于古希腊、尤其是古罗马的作品,以帝王将相、宫闱秘事为题材。它遵循"三一律",即情节要单一,时间要在一天之内进行,只发生在一个地点中。"三一律"的提出者断言,亚里士多德的《诗学》中谈到这些规则,其实《诗学》中根本没有提到地点一致。然而,古典主义者正是依照他们自己艺术的需要来理解古希腊人的,因而有人向他们正确解释了亚里士多德以后,他们还是坚持这种观点。"三一律"虽有使剧情集中、冲突尖锐的作用,但更多的是束缚。古典主义作品的语言偏向典雅、华丽、精练或雄辩。

早期代表作家是高乃依(1606—1684),他是古典主义悲剧的创始人,宣扬荣誉和责任的观念。《熙德》(1636)改写西班牙英雄熙德的事迹,主人公罗德里格为了替父亲雪耻,杀死了情人施梅娜之父,由于御敌有功,国王赦免了他,并让一对有情人终成眷属。剧中荣誉和责任形成尖锐冲突,最后达到统一,体现了古典主义的妥协精神,此剧便成为古典主义的奠基作。高乃依的语言具有雄辩遒劲的阳刚之美,代表了古典主义的崇高风格。他的剧本还有《贺拉斯》(1640)、《西拿》(1641)、《波利厄克特》(1642)。古典主义中期代表作家是莫里哀、拉辛(1639—1699)、拉封丹(1621—1695)。拉辛将古典主义悲剧推向高峰,《安德洛玛克》(1667)表现了贵族的人欲横流:爱比尔王皮吕斯为了得到赫克托尔的遗孀安德洛玛克而撕毁和爱妙娜的婚约,俄瑞斯特不顾使节身份和职责,要把爱妙娜劫走,发动希腊人杀死皮吕斯,爱妙娜出于嫉恨要俄瑞斯特杀死皮吕斯,他们都丧失了理性;唯有安德洛玛克是有理性的,她出于母爱和忠于丈夫,千方百计要保住儿子性命,拒绝皮吕斯的求爱。爱情成为此剧的连环套,三个人物都有追逐的对象,而安德洛玛克始终爱着赫克托尔,构成连环套的第四个环。这几组爱情纠葛互为依存,互相推进,剧情扑朔迷离,急转直下,一气呵成。《费德尔》(1677)描写雅典王后费德尔爱上国王前妻之子伊波利特,在得知国王死去的消息后向王子透露了自己的爱情,不料国王未死,突然出现,费德尔悔恨交加,服毒身亡。她的心理变化写得细腻而清晰。拉辛的悲剧在剧本一开始时,矛盾就达到一触即发的田地,总矛盾一下子爆发,在一天之内酿成悲剧便顺理成章。拉辛的语言具有柔情缱绻、细致动人之美,代表了古典主义的优雅风韵。拉封丹的《寓言诗》(1668—1694)虽篇幅短小,却能勾画出当时的社会情态,揭露王朝的黑暗和反映老百姓的悲苦。他擅长在寓言诗中插入对话,写成一幕小小的喜剧,富有幽默意味,而且能写出动植物的性格特点,兔子是"轻巧的动物",乌龟像议员迈着方步,老鼠"往空中露出鼻尖,把头伸出一点,然后又缩回洞里,以后又出来走了几步,最后才开始觅食"。有人指责不应写乌鸦吃烙饼,知了吃苍蝇,但这是寓言,并无大碍。他的寓言诗韵律千变万化,朗朗上口。布瓦洛(1636—1711)是理论家,《诗的艺术》(1674)提出了古典主义的美学原则,成为古典主义的艺术法典。古典主义还涌现出一批散文家,如帕斯卡尔(1623—1662)、拉布吕耶尔(1645—1696)、费纳隆(1651—1715)等。此外,英国、德国和俄国也出现了一些古典主义作家,如德莱顿(1631—1700)、蒲柏(1688—1744)等。

17世纪的欧洲,还产生了巴罗克文学和清教徒文学。巴罗克文学发展了一种新的美学趣味,以富丽繁复、精雕细刻为特点,对浪漫派和魔幻现实主义都产生了影响。它产生于意大利和西班牙,兴盛于法国。如意大利的马里诺(1569—1625)、西班牙的贡戈拉(1561—1627)和卡尔德隆(1600—1881),德国的格里美尔豪森(约1621—1676)。法国的于尔菲(1568—1625)的《阿丝特蕾》(1606—1627)是理想化的田园牧歌。多比涅(1552—1630)的《惨景集》(1616)描写宗教战争带来的浩劫。马莱布(1555—1628)的前期诗作也有巴罗克文学的特色。清教徒文学是英国资产阶级革命的产物,以弥尔顿(1608—1674)和班扬(1628—1688)为代表。前者的《失乐园》

（1667）赞美了撒旦的反抗，采用抑扬格五音步诗体，气势磅礴，热情澎湃。班扬的小说《天路历程》（1678）揭示复辟时期腐败淫乱的社会风气和人民的不满。

启蒙文学是18世纪欧洲文学的主潮，当时欧洲处于封建社会即将向资本主义过渡的转型时期，一批思想家和文学家为此而做思想准备工作。启蒙（Lumière）一词最初是孟德斯鸠提出的，用来指接受新思想的欧洲知识精英，他们抛弃权威原则，崇尚理性，确信能满足人类愿望的世界迟早会到来。他们在群众中宣传科学文化知识和新思潮，启迪和开导人们的头脑，启蒙运动和启蒙文学的名称由此而来。启蒙思潮以唯物论、经验哲学、无神论或泛神论、自然科学的新成就（如牛顿的万有引力理论、微积分）作为思想武器，具有鲜明的战斗性和革命性，其中以法国的启蒙文学最有代表性。

启蒙文学的特点是：往往具有政论性和哲理性，启蒙作家用浅显易懂的文字阐述各种理论，批驳旧思想和谬论，视野开阔，并将文学描写与论辩结合在一起；注意描写日常生活细节，进一步探索爱情和心理活动；开始把目光投向自然景色，为19世纪的现实主义和浪漫主义开辟道路；创造了哲理小说、书信体小说、对话体小说、游记体小说等多种样式。

英国的启蒙文学出现较早。笛福是英国现实主义小说的开创者。斯威夫特的思想更为激进。菲尔丁（1707—1754）的《汤姆·琼斯》（1749）展现了18世纪的英国社会，批判贵族社会的伪善，塑造了见义勇为的人物。由于贫富悬殊加剧，人们对社会产生怀疑和失望、忧伤和无奈，感伤主义文学思潮应运而生。它暴露不合理的社会现实，以主观感情代替理性思考，在作品中着重关注感情生活，描写人的内心活动和感情世界，突出痛苦与不幸。它又关心普通人的生活和疾苦，以亲切的语气描写人物的善良天性，格调哀怨。感伤主义的抒情性和主观性不仅影响了狄德罗和卢梭，而且给浪漫主义开辟了道路。感伤主义小说家理查逊（1689—1761）的《帕米拉》（1740）和《克拉丽莎》（1741—1748）把婚姻自主和中产阶级温和的道德说教结合起来。斯特恩（1713—1768）的《感伤的旅行》（1768）抒发感伤情怀。"墓园诗派"则是感伤主义在诗歌领域的代表。剧作家则有谢里丹（1751—1816）。

法国是启蒙运动的主战场。勒萨日（1668—1747）的《吉尔·布拉斯》（1715—1735）发展了流浪汉小说，揭开了启蒙文学的序幕。孟德斯鸠（1689—1775）的《波斯人信札》（1721）通过两个波斯人在法国的见闻，对法国社会进行大胆抨击，主张宗教宽容；后房故事反对暴虐和封建夫权；穴居人故事则表现了乌托邦理想；小说还表现了对异国文化的关注，进行东西方文化的透视，构成独特的文化景观。作者将哲理纳入书信体小说中，创造了复调的书信体小说。《法的精神》（1746）提出三权分立的学说，是一部重要的政治著作。伏尔泰（1694—1778）写过不少诗歌和剧本，其中《中国孤儿》（1755）取材于《赵氏孤儿》，表现"蛮力臣服于文明"的启蒙思想。但更重要的是他的哲理小说：《查第格》（1747）探索人的命运；《老实人》（1759）讽刺盲目的乐观主义，批驳"一切皆善"、"世界尽善尽美"的谬论；《天真汉》（1767）攻击虚伪现象，无论宗教、司法、不合理的事物，都在作者的批判之列。其哲理隐含在机智的讽刺中，语调表面平淡，但抨击入木三分。狄德罗（1713—1784）是《百科全书》（1751—1772）的主编，这部词典总结了科学和艺术取得的成果，普及技术概念，记录工艺流程，培育了读者对科学研究的兴趣，促进了自由观察精神的发展。狄德罗对演艺、美的概念、画评均有独到见解。小说《修女》（1760）通过苏珊娜在三个修道院的经历，揭露了修道院的黑幕，反映私生子的悲惨命运。对话体小说《拉摩的侄儿》（1805年初次问世）是一部"辩证法的杰作"，主人公集"高傲与卑鄙、才智和愚蠢"于一身，是以"恶"的形式在封建社会母体内躁动的资产阶级化身。小说重视对人和物外表的描绘，对话部分推动情节发展,叙述部分构成联结链环。《定命论者雅克和他的主人》(1773)时序颠倒,故事中套故事,有反小说意味:嘲弄爱情小说,戏仿流浪汉小说,反历史小说,写法超越时代。卢梭的创作对浪漫派产生直接影响。在他之后,拉克洛(1741—1803)的《危险的关系》(1782)揭露当时贵族的淫乱关系。圣皮埃尔(1737—1814)的《保尔和薇吉妮》(1787)描写法兰西岛一对青梅竹马的恋人的悲剧。萨德(1740—1814)的《新朱斯蒂娜或德行的不幸》(1797)叙述一对姐妹的不同遭遇,淫荡者得胜,而德行者受难。他的小说长时期被禁出版。博马舍(1732—1799)的喜剧创作震动了当时的社会,对话剧的产生也有重大影响。《塞维利亚的理发师》(1775)描写阿勒玛维华伯爵冲破层层设防,与罗丝娜终成眷属,她的监护人霸尔多洛是封建思想的代表人物。《费加罗的婚姻》(1784)中的伯爵却成为反面人物,他不肯放弃初夜权,觊觎仆人费加罗的未婚妻。费加罗发动佃户,巧设妙计,迫使伯爵让步。此外,布封(1707—1788)的《博物史》(1749—1789)对动物的描绘是一篇篇优美的散文,他能抓住动物的性情特点。谢尼埃(1762—1794)善写抒情诗,成为浪漫派的先声。

德国启蒙文学取得重大成就。莱辛(1729—1781)的《拉奥孔》(1766)是美学名著,《汉堡剧评》(1769)把德国文学引向正确的发展道路。18世纪70年代至80年代德国兴起了狂飙突进运动,它因克林格尔(1772—1831)的同名剧本而得名,赫尔德(1744—1803)是这一运动的理论家,而歌德是旗手,席勒(1759—1805)也是狂飙运动的主将之一。《阴谋与爱情》(1784)是德国市民悲剧的代表作,通过宰相之子费迪南与音乐师女儿露易丝的爱情悲剧,批判了贵族的堕落和寡廉鲜耻;费迪南敢于蔑视等级偏见,而音乐师密勒夫妇和露易丝的退缩忍让则反映了市民阶级的软弱性。另一剧作《威廉·退尔》(1803)歌颂了促成瑞士独立的民族英雄。1785年歌德从魏玛出走,宣告了狂飙运动的终结。这场运动是德国启蒙运动的发展,它更激烈地提出人的物质和精神解放的要求,民族民主的思想更鲜明,对现存秩序的反叛更坚决,对封建贵族的批判更尖锐。它要求人能自由发展,充分发挥人的才能,崇尚感情和自然,反对给予人性的压抑和割裂,要求摆脱一切束缚感情的桎梏,重视民间文学,带有感伤主义情调和浪漫色彩,这些方面又与启蒙主义有所不同。

此外,意大利喜剧作家哥尔多尼(1707—1793)创作风俗喜剧。《一仆二主》(1745)描写仆人特鲁法金诺同时伺候两个主人,因目不识丁,引起一连串误会和风波,但凭着他的机智终于摆脱困境。这出戏生活气息浓郁。《女店主》(1753)塑造了机智、诙谐、狡黠、爱情专一的女店主米兰多琳娜,她最后选择了诚实的仆人作为终身伴侣。剧本淋漓尽致地嘲弄了没落贵族和贪财好色的资产者。人物性格得到细致刻画,情节妙趣横生。她的客店其实是威尼斯社会生活的缩影。哥尔多尼扬弃了假面喜剧的糟粕,刻画了各个社会阶层的人物,善用威尼斯方言。俄国作家罗蒙诺索夫(1711—1765)、冯维辛(1744—1792)和拉季舍夫(1749—1802)的作品也具有启蒙思想。

第二章　古希腊古罗马神话与传说

一

　　希腊神话分为神的故事和英雄传说两部分。

　　神的故事包括神的产生、神的谱系、神的活动、神的创造，如天地的开辟、人类的起源、万物的出现。希腊神话中的神祇由两大谱系组成，即"老辈神谱"和"新辈神谱"：

老辈神谱
- 混沌神：卡俄斯
- 地母：盖亚
  - 大海神：蓬托斯
  - 天空神：乌剌诺斯　提坦神族　六儿六女
    - 司法女神：忒弥斯
    - 巨人：伊阿佩托斯 → 普罗米修斯（先知）
    - 大母神：瑞亚
    - 天神：克罗诺斯 → 新辈诸神（奥林波斯山十二主神）
    - ……
  - 地母：盖亚
- 地狱神：塔耳塔罗斯
- 爱神：厄洛斯

新辈神谱 瑞　亚 / 克罗诺斯

宙　斯:众神之父,雷电之神。
　　罗马名:朱比诺(特)
赫　拉:天后,宙斯之妻。
　　罗马名:朱诺
波　塞　冬:海洋之神,宙斯之兄。
　　罗马名:尼普顿
哈　得　斯:地狱之神,宙斯之兄。
　　罗马名:普路同
得墨忒耳:农业女神,宙斯之姐。
　　罗马名:色列斯
…………

阿　波　罗:太阳神,银弓神,文艺、诗歌、音乐保护神。
　　罗马名:阿波罗
阿　瑞　斯:战争之神。
　　罗马名:马尔斯
赫菲斯托斯:火神,煅冶之神。
　　罗马名:武尔坎
赫　耳　墨　斯:神使,幸运财富之神,商业旅游保护神。
　　罗马名:墨丘利
雅　典　娜:女战神,智慧才艺女神,雅典城的保护神。
　　罗马名:密涅瓦
阿佛洛狄忒:美神,爱神,爱情、婚姻和欢乐的保护神。
　　罗马名:维纳斯
阿尔忒弥斯:月亮神,狩猎神,妇女儿童保护神。
　　罗马名:狄安娜
…………

　　大地之母盖亚,由混沌神卡俄斯产生,是最古老的神祇之一,一切动物、植物、山丘、海洋以及人类都仰赖于她。这是希腊神话对开天辟地、宇宙起源的一种解释。她是大地的化身,万物之根基,人类的始祖,死人的归宿。她那宽阔的胸脯,就是大地的胸怀;她那坚实的身体(土地),就是人类物质与精神力量的源泉。安泰俄斯是个巨人,他的母亲是大地之母盖亚,他的父亲是海洋之神波塞冬。他和敌人战斗时,只要双脚不离开大地母亲,立即就会获得无穷无尽的力量。赫拉克勒斯深知这一点,在搏斗中把安泰俄斯举到空中,终于把他掐死。"众神之父"宙斯是人、神两界的最高统治者。他能抛掷闪电、制造雷霆。他把反对过他的提坦神族打入地狱,把普罗米修斯锁在高山,罚阿特拉斯扛天,给哥哥姐姐分配权力:让波塞冬管理海洋,让哈得斯管理冥府,让得墨忒耳管理农业。他一手托起胜利女神尼刻。他是神中最风流的一个,不仅有七个女神妻子,而且和不少人间美女结合,"十二主神"中的子辈诸神,都是他的子女。例如阿波罗和阿尔忒弥斯是他和女神勒托所生,雅典娜是他和女神墨提斯所生,他和人间王后塞墨勒生出酒神狄俄尼索斯,和人间王后阿尔克墨涅生出英雄赫拉克勒斯。

　　希腊神话中的神祇,有情欲,有善恶,有计谋,互有血缘关系,都是人格化了的形象。这就是常说的"神人同形同性说"。但他们是长生不老的,各具特殊本领。

　　英雄传说中的英雄,是神和人所生的后代,是半人半神式的英雄,他们有非凡的本领,完成过惊人的业绩,是集体智慧和力量的代表,体现了古希腊人勤劳勇敢和大无畏的英雄主义精神。往往以某一英雄为中心,形成传说系列。例如赫拉克勒斯的传说。

　　他出生时,他的母亲阿尔克墨涅担心宙斯的妻子赫拉嫉恨,便把赫拉克勒斯丢到田野里。赫拉和雅典娜看见田边躺着一个孩子,长得十分俊美,具有天神的灵秀之气,感到惊奇,十分怜爱,雅典娜就劝赫拉用她那神圣的乳汁哺育他。这孩子因为饥饿,贪婪地吮吸天后的乳汁,不料咬痛了她的乳头,赫拉一生气,将孩子没好气地放回地上。雅典娜将他抱到附近的王宫,要求阿尔克墨涅代为抚养。孩子虽然只吸食了天后的数滴乳汁,已足以使他成为不同凡俗的英雄。赫拉随后发现孩子的身世秘密,便命令两条毒蛇爬进孩子的摇篮,缠住孩子的脖子。孩子惊醒了,一边尖声哭叫,一边抓住两条毒蛇,掐死了它们。宙斯宣布,将来阿耳戈斯老国王的王位,要由他的长孙继承。天后嫉妒情敌的后代享受这种光荣,让欧律斯透斯提前出生,这样,赫拉克勒斯成了弟弟。新国王要他完成各种艰巨任务,共十二件:剥取狮子毛皮;杀死九头蛇;生擒金脚铜蹄的牝鹿;捕捉厄律曼托斯山上的野猪;一天打扫完三千头牛的牛棚;赶走湖中的铁爪怪鸟;驯服疯牛;抢夺吃人肉的母马;夺取妇人国女皇的腰带;捕捉革律翁的牛群;盗取金苹果;和冥府恶魔搏斗,带回冥王的看门狗。他死后升格为神。

希腊神话是人类生产力发展的低级阶段的文化产物。原始社会的希腊人缺乏科学知识,只能用神话去解释客观世界。日月星辰、天地湖海、春夏秋冬、飞禽走兽、白昼黑夜、风雨雷电、万事万物,甚至婚丧嫁娶、喜怒哀乐、生死予夺、爱恨好恶等精神领域里的现象,都被神话化了。神成为自然力的化身,成为人格化了的自然物。如宙斯是人格化了的雷电,波塞冬是人格化了的海洋,地母是人格化了的土地,阿波罗是人格化了的太阳,阿尔忒弥斯是人格化了的月亮等。神同时又是人们幻想中的自然力的支配者,表现出人类征服自然力和支配自然力的美好理想。马克思说:"任何神话都是用想象和借助想象以征服自然力、支配自然力,把自然力加以形象化。因而,随着这些自然力实际上被支配,神话也就消失了。"①其次,希腊神话是原始社会基本特征的表现。在原始社会中,阶级还没有出现,大自然是人类的敌人,人类和自然的矛盾是社会的主要矛盾。为了生存,人类从事最基本的生产劳动。希腊神话普遍描写了原始社会中的狩猎、放牧、航海等生产和生活活动。老辈神谱中两代神祇的故事,大量表现了母系氏族社会中母权制的许多特点。"阿玛宗女人国"讲她们是"无乳的人",从小割去乳房,以便像男子一样参战,反映了母权制社会的印记。新辈神谱中神的故事,则更多地反映了父权制的特点。奥林波斯山上的天神们,是一个大家庭,宙斯是这个大家庭的家长,大家都不得不低头服从。无论是新辈和老辈神谱,都反映出原始社会的群婚制特点。第三,希腊神话也是古代希腊宗教崇拜的起源。希腊神话作为宗教,实际上是崇拜他们的部落和城邦,随着城邦的衰亡,神话作为宗教也就失去了意义。

二

希腊神话反映了"人类的童年时代","具有永久的艺术魅力"②。下面介绍几个最著名的故事。

潘多拉的故事:宙斯要毁灭人类,而普罗米修斯创造了人类,也要保护人类,便盗来天火给人间。宙斯震怒,制造了一个祸害,向人类报复。他命令火神赫菲斯托斯打造了一个少女的形象,让智慧才艺女神雅典娜亲手给她打扮,使之成为一个美丽的妇人;让神使赫耳墨斯赋予她以语言的技能,使之机敏而动人,但同时向她胸中充填了虚伪狡诈的灵魂;爱神阿佛洛狄忒,又赋予她以撩拨人心的媚态,使她成为"迷人的祸水"。宙斯替她取名为潘多拉,意思是"具有一切天赋特性的女人",让她降落人间,去找普罗米修斯的弟弟厄庇米修斯。厄庇米修斯一见到这个天生丽质的创造物,十分惊喜,不顾哥哥的警告,不由自主地接受了她。几天后,赫耳墨斯送来一个匣子,寄存在厄庇米修斯家里,嘱咐这是个秘密匣子,不许私自打开。但潘多拉好奇心切,三番五次要打开来看,未被允许。她趁厄庇米修斯不在家,便掀开匣盖,从中飞出了各种病魔灾害,还有妒忌、复仇、诡计等等魔鬼,潘多拉惊呆了,一时忘记关上盖子,等她清醒过来时,所有囚禁在匣中的灾难和恶魔,早已全部飞散出去。她急忙关上匣盖,只有一样东西没有飞跑出去,这就是"希望"。

坦塔罗斯的故事:坦塔罗斯是宙斯的儿子,极为富有的国王。他有虚荣心,对众神犯下许多

---

① 《马克思恩格斯选集》第 2 卷,第 113 页,人民出版社,1972 年。

② 《马克思恩格斯选集》第 2 卷,第 114 页。

罪恶,如泄露天机和神灵的秘密,偷窃天庭的美酒分给朋友,有人从宙斯神庙偷来金狗,他代为藏匿,却对宙斯说没有见到。由于他恶贯满盈,众神把他打入地狱,让他永远喝不到水:他待在湖中,水涨到下巴,但他一低头,水便退下去,一抬头,水又涨上来。湖边有各种果树,果实累累,在他眼前晃动,但他的手永远摘不到果子。有一块巨石悬在他头顶上,使他永远处在被砸死的威胁之中。这种精神惩罚比死刑更可怕。

伊娥的故事:伊娥是个公主,十分美丽。宙斯先用甜言蜜语引诱她,继而用云雾包围她。天后赫拉早就发现丈夫不忠。这天,她吃惊地发现,在晴朗的草原上奇怪地蒙着一团迷雾,于是她让云雾散开。宙斯为了从她的嫉恨中救出伊娥,把伊娥变为一头雪白的小母牛。赫拉看透丈夫的诡计,便要求宙斯把小母牛送给她做礼物。赫拉让百眼怪物阿耳戈斯看守小母牛。伊娥吃着苦草,喝着污水,她想举手祈祷,才想起自己没了双手;她想以甜美的语言向阿耳戈斯祈求,却只能发出牛犊的哀鸣。放牧到她的家乡时,父亲和姐妹们都认不出她。她用牛蹄在沙地上写字,老人才恍然大悟,抱着女儿的两只牛角痛哭起来。宙斯让赫耳墨斯变做牧童,吹起美妙的乐曲,阿耳戈斯不觉困倦起来;他又讲了一个爱情故事,阿耳戈斯终于沉沉睡去,被赫耳墨斯砍下脖子。赫拉派来一只牛蝇,叮得伊娥发狂,伊娥一直跑到尼罗河边,前脚跪下,仰望着宙斯。宙斯发誓说,伊娥并未诱惑他,他再也不追求她了。赫拉心软了。宙斯抚摸伊娥的脊背,伊娥立即还原为人形,还是原先那样美。她为宙斯生了一个儿子,赫拉的嫉妒心再起,她叫野蛮人抢走伊娥的儿子。宙斯用雷电消灭了野蛮人。伊娥把儿子从埃塞俄比亚带回埃及,共同分享王位。儿子结婚后生一女儿,取名利比亚。今天的利比亚,因她而得名。

第三章　荷马史诗

关于荷马,古代并未留下可靠资料,后世只能根据传说推测。荷马可能生活在公元前 9 世纪至公元前 8 世纪之间,他是个盲人乐师、专业诗人。

荷马史诗由两部史诗组成,即《伊利亚特》和《奥德赛》(又译《伊利昂纪》《奥德修纪》),这是上下相连的姐妹篇。前者叙述古希腊人横跨爱琴海、远征特洛伊人的一场战争的故事,共一万五千六百九十三行,二十四卷;后者叙述战争结束后,希腊战将奥德修斯返回家乡的故事,共一万二千一百一十行,也是二十四卷。

据希腊神话,阿喀琉斯的父母举行婚礼时,没有邀请不和女神厄里斯,她就给婚宴上扔下一只不和的金苹果,上面刻着一句话:"送给最美丽的女子。"天后赫拉、智慧女神雅典娜、美神阿佛洛狄忒争夺起这只金苹果,宙斯无法决定,让她们来到人间,请来特洛伊的帕里斯王子做裁判。天后说:"我是赫拉,宙斯的姐姐和妻子。如果你同意给我这只金苹果,你就会成为大地上最富有的国王。"雅典娜说:"你如果让我取得胜利,你就会成为人类中最刚毅、最有智慧的人。"阿佛洛狄忒则说:"你倘若能使我满意,我就将世界上最美的女子送你做妻子。"说着,爱神束上腰带,摆出无限的媚态,全身闪耀着光辉,显出无比的美丽。于是,帕里斯把金苹果给了美神,赫拉和雅典娜十分生气,发誓要向帕里斯、特洛伊国王和特洛伊城报复。美神表示要将世界上最美丽的女人海伦给帕里斯做妻子,而海伦已是斯巴达国王的王后。帕里斯出使希腊时,拐走了海伦,于是引起了特洛伊战争。由此引出后世的文化、文学、哲学和艺术不断探索的三个"母题"。第一,帕里斯:他未出生就是不受欢迎的人;长大后,在财、智、色三之间选择了色,是个花花公子,导致悲剧结局。《神曲》《浮士德》都把他打入地狱。第二,美神阿佛洛狄忒:她非常美丽,却惹是生非,虽给人们带来幸福和欢乐,却也常常带来灾难和死亡。爱情的悲喜剧,从古至今,永无止境。第三,不和的金苹果:古今统治者的宝座、各级官职、财产金钱、地位、权力、名誉,在分配和争夺时,都有可能成为一只"不和的金苹果"。

《伊利亚特》的情节如下:阿伽门农调集了一千一百八十六条战船,十万兵力,横渡爱琴海,远征特洛伊。众神分为两派,各支持一方。这场战争打了九年,未分胜负。到了第十年,希腊人内部发生了分裂。阿伽门农抢夺了最勇猛的战将阿喀琉斯的一名女俘,阿喀琉斯十分气愤,退出战斗,于是希腊军队节节败退,阿伽门农以重礼请求阿喀琉斯出战,遭到拒绝。阿喀琉斯的好友帕特洛克罗斯披上阿喀琉斯的甲胄挑战特洛伊主将赫克托耳,被赫克托耳杀死。阿喀琉斯悲痛欲绝,于是决心出战,为亡友报仇。他在特洛伊城下,在普里阿摩斯国王的眼前,将国王的儿子赫克托耳杀死,并将尸体拖在战车后面带走。双方为战死者举行盛大葬礼。《伊利亚特》到此结束。

其实,这场战争还继续打了多日,阿喀琉斯被太阳神用箭射中脚踵而死,帕里斯也被毒箭射死;奥德修斯献出木马计,希腊人里应外合,攻破城池,这才结束了历时十年的战争。希腊将领纷纷回国。荷马选取了奥德修斯从战后回国到与家人团聚的经历,写出《奥德赛》。其间也有十年,奥德修斯遇到各种艰难险阻。作品突出表现了他聪明机智的个性特征,如战胜独眼巨人,拒受有着美妙歌声的海妖塞壬诱惑,回到家乡展开一场斗争夺回自己的地位。下文分别加以介绍。

对付独眼巨人:奥德修斯和他的伙伴们乘船来到岸边,看见一个像山峰一样异常高大的巨人在那里单独放牧,于是他们便躲进附近的山洞里,不料这山洞是这个吃人的独眼巨人的住地。他回到洞中发现他们后,一把抓住两个伙伴,连骨头一起全部吞下去。吃饱后,他把洞口堵上,躺下睡着了。第二天早上他又抓住两个伙伴当早饭吃。牧羊回来后,再吃掉两个当作晚饭。奥德修斯心生一计,把带来的甜酒给巨人喝。待巨人醉倒后,奥德修斯和伙伴们把巨人使用的一根粗大的树干削尖,在火中烧着后,刺进巨人的独眼中。但巨人守住洞口,不让他们出去。奥德修斯让伙伴们藏在羊肚子底下,逃出了巨人的魔掌,驾船开往归途。

抵挡塞壬的诱惑:奥德修斯一行经过两个塞壬栖息的地方。这种半人半鸟的怪物能用迷人的歌声迷惑过客,使他们忘记回家,被骗上岛后将他们吃掉。快到这个海岛时,奥德修斯用小块蜡把同伴们的耳朵堵塞严实,又让同伴把他紧紧绑在桅杆上,让同伴们绝对不要停船靠岸。塞壬看见他们后,用极为动听的歌声和语言吸引他们。但同伴们听不到,奥德修也没有行动自由。这样,他们躲过了一劫。

归来后的斗争:在奥德修斯返回的过程中,他的妻子佩涅洛佩在家里被一群无耻的青年贵族所纠缠。这帮无赖整天在王宫大吃大喝,勾引女仆,肆意妄为。奥德修斯回来后,扮作乞丐,暗中和儿子相认,与儿子里应外合,杀死了这些贵族青年,终于与妻子、儿子和老父团聚。

《伊利亚特》歌颂了英勇善战、视死如归的英雄主义精神,成功地塑造了一大批英雄形象。《奥德赛》则集中刻画了希腊战将奥德修斯的个体英雄形象,它通过奥德修斯战后回国,经过十年海上历险和回家后的一场斗争,歌颂了他的聪明机智和勇敢顽强的英雄主义精神。古希腊人的英雄主义精神源于尚武精神。那时,城邦之间、部落之间,你争我夺,战争频繁,勇武善战成为每个公民的天然职责。否则一夜之间,城邦失陷,同胞被杀,妻女被俘,就要沦为别人的奴隶。所以,从小就要培养英雄主义精神。这正是古希腊人哲学和赞美强健优美裸体的原因所在,其中毫无现代人意识中低级、不健康的情调。因为健壮的体魄为时刻可能发生的战争所必需,它为英雄主义准备了充分的物质基础。史诗中的战将,无一不是体格健壮、膂力过人的英雄。因此,人们把荷马史诗称为"英雄史诗"。

荷马史诗一是有社会历史价值。荷马史诗是奴隶制初期文化繁荣的产物,它集中反映了从原始氏族社会过渡到奴隶制社会初期的历史特征。首先是私有财产的产生。在原始氏族社会后期,由于生产力的发展,社会财富增加,从而产生了私有财产,形成了私有制度。如史诗中描写的战利品,包括男女战俘的分配以及由此引发的冲突,就突出反映了这一点。其次是阶级分化的出现。在私有财产、私有制度和私有观念产生的基础上,出现了人类历史上最初的阶级分化:产生奴隶主和奴隶阶级。史诗中的各路主将、国王、王子们都属于新兴的奴隶主阶级;战争中的俘虏、猪倌、羊倌和女仆等都属于奴隶阶级。另外是一夫一妻制的初步确立。从群婚制过渡到一夫一妻制,是这种社会的特征之一,虽然还不是严格意义上的一夫一妻制,但基本上完成了演变过程。阿伽门农、墨涅拉俄斯、奥德修斯、赫克托耳等都有自己固定的妻子。诚然,史诗中还保留了某些无阶级社会的痕迹,经常写到奴隶主中有许多人还亲自参加劳动。

二是有艺术美学价值。荷马史诗是世界公认的最伟大的史诗之一,是叙事诗的典型和西方文化的楷模,在西方文化中一直享有崇高地位。马克思说它描写了"历史上人类的童年",它"作为永不复返的阶段而显示出永久的魅力",所以它"仍然能给我们以艺术享受,而且,就某方面来说,还是一种规范和高不可及的范本"①。荷马史诗的艺术特征首先是通过局部展现全局。《伊利亚特》只写了十年战争最后一年中五十一天之内发生的故事,却使读者看到了战争的全貌。《奥德赛》只写了最后一年中四十天的经历,却把主人公十年漂泊和海上历险全都展现出来,其他内容都在"回忆"、"倒叙"中加以反映。这一手法在今天已成为司空见惯的艺术手段,但在西方文学的第一部作品中就成功地使用了它,不能不说是一个伟大的艺术独创!其次是朴实自然的语言风格。荷马史诗被广泛流传,长期说唱,是在广大群众和说唱诗人的不断加工的基础上形成的,所以语言流畅质朴。其中比喻的运用尤为突出。由于希腊人民的生活离不开放牧、航海和狩猎,所以,大部分比喻都与生产活动和生活现象有关。用作比喻的事物多属两类。一类是动物,如狮子、野猪、狼、蛇等等,另一类是大海,如波涛、雷电、风暴等等。例如写帕特洛克罗斯和赫克托耳格斗时,诗人写道:"他们仿佛山头上的两只狮子,一样的饥饿,一样的勇猛,好像在那里争夺一头鹿的尸体一般。"写到赫克托耳的勇猛战斗时,说他抽出一把长剑,一个回旋扫上去,"仿佛一只飞得很高的老鹰,从云端里向地面上猛扑一只稚嫩的绵羊或一只蹲着的兔子一般"。又如,在特洛伊城下,父母在城头苦苦哀求儿子赫克托耳回到城内躲起来,免得一死,赫克托耳不从,像钉在地上一样,眼看着阿喀琉斯走来。这时诗人比喻道:"这好比山里一条蛇,吃毒草吃疯了,让一个人走近它盘踞的洞窟去,只是眼睛带着一种阴惨惨的光芒看着他。"描写希腊战士一大队一大队地冲入战阵,"就像那巨大的波涛,在一阵飓风的催逼下,一层盖过一层地冲向那轰然巨响的海滩上,在远远的海面上,那些波涛开始涌起浪头,然后冲了过来,高高拱起,撞上一座岩石,把泡沫四面飞溅开"。

三是塑造出性格鲜明的人物形象。史诗中的人物,大都鲜明生动、真实感人,对阿喀琉斯的形象刻画,使用的是性格多面性与完整性的高度统一的艺术手法;对奥德修斯的形象刻画,使用的是抓住个性(足智多谋)、烘托特点(聪明机警)的艺术手法;而对美女海伦的形象描写,则是采用另一种特殊的艺术手法完成的。海伦是美神、爱神在人间的化身,既是个绝顶美丽的女神,又是个风流成性、总是惹是生非的女性形象。荷马在史诗中称她是"不贞的海伦"、"无信而薄情的海伦"。她的出名来自于她美丽;她的福乐也由于她美丽;因她不贞而产生的灾难性后果,却未

---

① 《马克思恩格斯选集》第 2 卷,第 114 页,人民出版社,1972 年。

受到应有的惩罚，也是因为她美丽。荷马的艺术手段十分高明，他避开正面描写，不作细节刻画，着重侧面烘托，主要描写她的美貌所产生的巨大影响，启发读者（听众）的想象，制造出效果。诗人采用了变角度、多层次、全方位的艺术手法，充分展示了海伦的美貌所引发的惊人效应。比如，从出生的角度写她的美，从少女时代写她的美，也从求婚事件的角度写她的美；从帕里斯的眼中写她的美，从特洛伊长老们的眼中写她的美，也从军士们的眼中写她的美；从她编造的谎言中写她的美；从丈夫的最终宽恕写她的美，也从奥德修斯的儿子忒勒马科斯的拜访中写她的美。作者似乎在对我们说：海伦到底有多美呢？你去想象吧，你能想象她有多美，她就有多美！

第四章　古希腊戏剧

一、概　　况

古希腊戏剧的起源与庆祭酒神狄俄尼索斯的活动有关。约从公元前543年以后，演出以比赛形式进行，演员佩戴面具，以三人串演为定型阵容，由男性演员串演所有角色，演出在露天进行。悲剧，古希腊语意为"山羊之歌"，此名的由来与演出前以一只山羊祭奠，或获胜者的奖品是一只山羊，或歌队由扮作山羊的歌手组成有关。悲剧的起源受亚里士多德的影响，强调酒神颂歌队领队的即兴表演，其前身是萨图罗斯剧。悲剧歌队的前身是祭奠酒神的合唱。悲剧内容基本取材于神话和传说。悲剧布局分开场白、入场歌、场、场次之间的唱段、终场，有的悲剧直接从入场歌开始。歌队是悲剧的原始成分，可以剧中人的身份介入剧情发展，或对人物和事件进行评论，有时还以城邦利益的阐述者身份出现，后来歌队的作用削弱了。现存希腊悲剧共三十三部。

埃斯库罗斯（前525—前456）生于古希腊的厄琉西斯的一个贵族之家，公元前490年，他参加了著名的马拉松战役，诗人似乎采取了有保留地支持民主派的立场。他曾二访西西里，并应僭主希厄荣请求上演了一场《波斯人》，和其他早期诗人一样，他亲自参加演出。他增设了第二位演员，使严格意义上的戏剧对话成为可能，被称为"悲剧之父"。他卒于西西里的格拉。公元前484年他首次夺魁，一生共十三次获胜。他的悲剧流传至今有七部：《波斯人》（前472）、《七将攻忒拜》（前467）、《祈援人》（前490）、《俄瑞斯忒亚》（包括《阿伽门农》、《奠酒人》、《报仇神》，皆于公元前458年上演）、《被缚的普罗米修斯》（前465）。

《俄瑞斯忒亚》是流传至今的唯一一部完整的古希腊三连剧,以阿耳戈斯国王阿特柔斯家族的世仇为内容。《阿伽门农》描写阿特柔斯之子阿伽门农献祭女儿的经过,他荡平特洛伊之后返回家乡,被王后克吕泰墨斯特拉杀害。《奠酒人》描写阿伽门农之子俄瑞斯忒斯回国,遵照阿波罗的谕令,先杀埃吉斯托斯,经犹豫复杀母亲,在复仇女神追踪下逃离。《报仇神》描写俄瑞斯忒斯按照太阳神的指令前往雅典,求雅典娜帮助。在定罪票与赦罪票持平的情况下,雅典娜投票赦免被告。三部曲反映了父权制对母权制的胜利。

埃斯库罗斯的悲剧气势磅礴,布局开阔豪放,充分利用三部曲的篇幅,以大容量的构思展现激烈的冲突,描述了一幕幕惊心动魄的场面。他完善了悲剧的组合形式,深入地发掘了题材的潜力。他深化了古希腊文学一再强调的命运主题,表述了人的生存始终与痛苦相伴,受到灭顶之灾和常处于身不由己的状态之中;家族仇恨具有世代相传的特点,祖先欠下的血债将由子孙偿还。生活的险恶或许超过人们想象的程度,血污带来的报复令人毛骨悚然。人类的骄傲是导致走向覆灭的动因。埃氏重复了古希腊史学家希罗多德的见解:神要让一个人遭难,总是让他忘乎所以。人类的悲剧在于企望美好的生活而不得不走向它的反面,在于不想作恶而又不得不作恶,在于极端惧怕死亡而又不能不坠入死亡的深渊。但神的意志最终发挥作用,把人们引向公正与和谐。埃斯库罗斯不以刻画人物性格见长,而以置景的浪漫和形式的光怪陆离著称。文风刚健雄奇,文字古朴瑰丽,善用隐喻和象征手法。

索福克勒斯(前496—前406)生于雅典附近的克罗诺斯的一个富有家庭,当过财政总管、将军、祭司。他将演员增至三人,一生中写过一百二十三部剧作,在比赛中二十四次获胜。公元前468年,他首次在城市狄俄尼西亚悲剧比赛中夺魁。他的悲剧现存七部:《埃阿斯》(前442)、《安提戈涅》(前441)、《俄狄浦斯王》(前418)、《特拉基妇女》(前429)、《厄勒克特拉》(前418)、《菲洛克忒忒斯》(前409)、《俄狄浦斯在克罗诺斯》(前401)。

欧里庇得斯(前484—前406)是阿卡提人,公元前441年首次获胜,一生中写过九十二部剧作,五次获胜,现存作品约十九部,包括《希波吕托斯》(前428)、《特洛伊妇女》(前415)、《美狄亚》(前431)、《伊菲革尼亚在陶洛人中》(前420—前412)等。

《美狄亚》是欧里庇得斯的代表作,题材来自希腊神话。它描写王子伊阿宋在美狄亚帮助下,盗取金羊毛回来,发现父亲被新国王杀死,当妻子美狄亚帮助他惩罚了新国王之后被赶出家乡,夫妇来到科林索斯,后来生了两个儿子。但伊阿宋变了心,他要做科林索斯国王的女婿,并要把妻儿赶出境外,这激起了美狄亚的愤怒。她设计毒死了公主和国王,又忍痛杀死两个儿子,绝了丈夫的后嗣,然后乘龙车飞往雅典。剧本提出了"妇女地位"的社会问题,歌颂了主人公为争取平等权利的反抗斗争精神,反映了奴隶主民主制衰落时期社会道德沦丧、妇女遭受压迫的生活现实。美狄亚的性格是聪明热情、敢作敢为、热烈追求平等,带有原始特点的泼辣。她把丈夫当作唯一心爱的男人,可是一旦遭到背叛,便把炽热的爱情化作仇恨的怒火。美狄亚是个女巫,又是一个外邦人,个性凶险、毒辣和多变。开场时,未见其人先闻其声,观众听到的是一番声调尖利、饱含痛苦的申诉。及至登场,她机智、从容、用巧妙辞令争取观众同情。当克瑞翁命她离境时,她声泪俱下,跪地请求宽限;但国王刚走,她便换上另一副面孔,精心设计复仇的步骤。这是一个可信但不一定可爱的艺术形象。

古希腊喜剧的雏形约产生于公元前5世纪下半叶,据传与庆祭生殖活力的集体行进中领队的唱诵有关。公元前486年,阿卡提喜剧正式成为城市狄俄尼西亚庆祭节中的比赛项目,前440年又进入莱奈亚庆祭狄俄尼索斯的活动,经历了旧喜剧(公元前5世纪)、中喜剧(前400—前323)和新喜剧(约始于前323)三个阶段。新喜剧中最著名的是米南德(前342—前292?),他著有《恨世者》。

阿里斯托芬（前445—前385），雅典旧喜剧诗人，一生共写过四十四出喜剧，有十一出剧流传至今，包括《阿卡奈人》（前425）、《骑士》（前424）、《云》（前423）、《鸟》（前414）、《地母节妇女》（前405）、《蛙》（前405）等。他在政治上倾向于保守，反对激进的举措，在伦理观念上维护传统道德，喜欢平稳的继承，反对过分的创新。

《鸟》是旧喜剧中首屈一指的精品，描写两个雅典人不满生活的混乱，逃至鸟的国度。珀斯忒泰洛斯设计建造鸟城（云中布谷国），使飞鸟成为宇宙的主人，接受了众多来访者。其后，普罗米修斯劝告珀斯忒泰洛斯，利用神界饥荒，要挟宙斯把象征主权的女儿巴西勒亚嫁给他，最终如愿以偿，被奉为神界至尊。该剧的含义难以判断。鸟城是不是作者心目中的理想国度？珀斯忒泰洛斯是不是理想的雅典公民？他的劝说包括哪些内容，该怎样看待他的"创造"？奥林波斯众神代表谁，是斯巴达人还是雅典当政者？这些问题都没有一致的答案。《鸟》剧情生动，构思巧妙，布局合理，结构完整，重视悬念，色彩绚丽，富有诗意。

二、《俄狄浦斯王》

索福克勒斯的《俄狄浦斯王》取材于神话传说：太阳神曾谕示忒拜王，拉伊俄斯必死于儿子之手，儿子一出生，国王便命令牧羊人将儿子抛弃荒山，但牧羊人将婴儿送给了科林索斯国王的仆人，该仆人抱回的孩子由国王养大成人，取名俄狄浦斯。太阳神神示俄狄浦斯将来要弑父娶母，他在逃亡途中果然杀死生父拉伊俄斯。在忒拜城郊他猜中司芬克斯之谜后被拥立为王，娶王后（他不知她正是自己的生母）为妻并生儿育女。当瘟疫流行后求太阳神神示，得到的回答是：必须严惩杀死前国王的凶手方可消除瘟疫。俄狄浦斯王认真查处，最后发现凶手正是他自己，便以戳瞎双目和自行流放作了自我惩罚。

这部悲剧描写了人的意志和命运的矛盾冲突，表现了善良刚毅的英雄在与邪恶命运的搏斗中，遭到了不可抗拒的毁灭，歌颂了具有独立意志的人的勇敢坚强的斗争精神，反映了奴隶主民主派的思想特征。

在这部悲剧中，"命运"被描写成一种巨大力量，它像一个魔影，总是在主人公行动之前设下陷阱，使之步入罪恶的深渊。在索福克勒斯看来，命运的性质是邪恶的，不可顺从的；命运的力量是巨大的，不可抗拒的；命运的根源是神秘的，不可解释的。正因该剧将"人的命运"具体化和形象化了，突出地表现了"命运"的问题，所以被称为"命运悲剧"。

另一方面，是人的意志。"人"之所以为人，正是由于他有独立的意志。这部悲剧的深刻之处，在于它第一次提出了"什么是人"，并第一次回答了这个问题。"司芬克斯之谜"是剧中有名的情节。古希腊先民不仅提出了开天辟地的第一问："什么是人？"而且也做出了开天辟地的第一答："人是个谜。"这一回答，其实等于没有回答。那是因为"人"的问题，从古到今，始终是个难解的疑团，似乎任何答案，都会流于片面。诗人认为，人就应该像俄狄浦斯那样。他是个英雄，不是弱者，更不是懦夫。他在邪恶的命运面前总是努力抗争，而不是消极顺从，并且敢于面对现实，勇于自我惩处。他的悲剧不是有意弑父娶母而应该遭到惩罚，他毫无犯罪动机，他在竭力摆脱厄运，却被命运反复捉弄，不知不觉地犯了罪。从主观意图来看，他是清白无辜的。但从后果来看，他杀死了父亲，又玷污了母亲的床榻，是大逆不道的。真相大白之后，他毅然决然地对自己做出了严厉的惩处，充分表现了他正直、诚信、坚强的品质和刚毅的精神。

《俄狄浦斯王》被亚里士多德称之为"最完美"的范本。此剧素材高度集中，结构精妙。我们可以把该剧涉及到的神话故事按照时间顺序排列出来：

珀罗普斯诅咒拉伊俄斯家族不得好报，

神示拉伊俄斯必死于儿子之手，

拉伊俄斯夫妇命仆人弃子于荒山，

俄狄浦斯被科林索斯国王收养长大，

神示俄狄浦斯必将弑父娶母，

俄狄浦斯逃亡途中杀死生身父亲，

俄狄浦斯解谜除妖之后被拥立为王，

俄狄浦斯娶母为妻并生儿育女，

神示驱瘟疫必先严惩杀死前国王的凶手，

俄狄浦斯下令认真追查，

真相大白后俄狄浦斯自我惩处。

这十一件事分别发生在六个地点：忒拜王宫和科林索斯王宫，弃婴荒山和猜谜荒山，阿波罗神庙和杀死其父的三岔路口。前后时间跨度四十余年。索福克勒斯将原始素材作了高度浓缩，从全部事件即将结束的第九件事开始，只截取了最后三件事置于前台表演。而且在这三件事中，也是有主有次，把"神示严惩凶手"作为开头，把"真相大白后的自我惩处"作为结尾，实际上，整个剧情绝大部分篇幅都放在描写"追查过程"上。这就有利于更集中更突出地表现"什么是人"这一主题。索福克勒斯在十一件事中，只选取了一个中心事件——追查凶手；把六个地点集中在一个地点——忒拜王宫；把四十多年的时间跨度压缩在一天之内。索福克勒斯将情节高度集中，以制造极强的冲击力量。这一剪裁所运用的艺术手段，即一个事件、一个地点、一天时间的取材方式，为后来17世纪古典主义"三一律"所继承。

其次是倒溯式的结构。从"结"到"解"，环环相扣，紧凑严密。戏剧开场时，俄狄浦斯弑父娶母，已成事实，但他自己并不知晓。揭破真相之日，就是他的悲剧到来之时。所以，全剧描写追查凶手的过程，就是在展示"揭破"的过程，分为三步。第一步是揭破杀害前国王拉伊俄斯的凶手。当王后向他陈述拉伊俄斯被杀经过之后，俄狄浦斯深深忧虑。他开始怀疑，自己在三岔路口杀死的可能就是国王。但他不知晓这个国王是他的父亲，他仍然认为自己是科林索斯国王的儿子。第二步是揭破科林索斯国王夫妇并非他的生身父母。科林索斯国王的报信人来到忒拜，请俄狄浦斯回去继承王位，因为国王刚刚去世。他虽放了一半心，但又悬空一半心。因为"弑父"看来不可能，但他仍害怕"娶母"，因而顾虑重重，迟迟不愿回国。报信人为打消他的疑虑，说明他并不是科林索斯国王的亲生儿子，而是荒山上捡来的孩子。原来这个报信人就是当年从拉伊俄斯的仆人手中接过弃婴的那个牧人。第三步是揭破两个仆人交接婴儿的历史事实。经俄狄浦斯的追查，立即远离王宫的那个仆人奉命归来，与报信人相互对证之后，"戏扣"豁然开解，终于真相大白。原来，前国王拉伊俄斯和现任王后伊俄卡斯忒，正是他俄狄浦斯王的生身父母！他这才明白，自己既已"弑父"，又已"娶母"，早已铸成大错，于是严酷的自我惩罚便成了瓜熟蒂落的必然结果。事件发生的顺序是弃婴→收养→弑父→成王(娶母)，而剧情追溯的顺序则是：成王(娶母)→弑父→收养→弃婴。一步步追根溯源，最后水落石出。素材的内容是由因到果，前后相承，而剧情的方向却是从果到因，从后向前，真相逐步显露，产生了出人意料的结果，产生令人惊心动魄的悲剧效果，必然引起观众对主人公俄狄浦斯强烈的恐惧和怜悯之情。

第三是对"逆转"和"悬念"的有效使用。逆转是剧情向着与观众设想的相反方向发展。俄狄浦斯的追查对象，被观众猜测为追查者之外的他人，但追查中的线索发展，逐渐引向自身，最后水落石出,追查对象竟是追查者自己,大出观众的意料之外。这种艺术手段,往往产生强烈的艺术效果,《俄狄浦斯王》就是最早最成功的一例。作者将戏剧冲突的根源有意隐藏下来,不作交代,造成观众关心事态发展,关心人物命运的浓厚兴趣和紧张急切的期待心理,这部悲剧的悬念是:究竟谁是真正的凶手?直到结尾才真相大白,悬念解密之时,正是戏剧结局之处。

第五章　但丁

一、生平与创作

　　但丁·阿利盖里(1265—1321)，意大利诗人，1265 年 5 月下旬生于佛罗伦萨，据说他的父亲当过法庭文书，五六岁时母亲去世，大约十八岁时父亲病故。他在大学者布鲁内托·拉丁尼的指导下，研究各种学问，阅读荷马、维吉尔、奥维德的诗歌，接触法国骑士文学和普罗旺斯抒情诗。在他钟爱的女子贝娅特丽丝去世后，他攻读神学、哲学，博览群书。他加入了归尔弗党，1289 年 6 月，他参加了同阿雷佐城的吉伯林党作战的康帕迪诺战役。同年 8 月，他又参加了佛罗伦萨攻打吉伯林党盘踞的比萨的战斗。1293 年，归尔弗党战胜吉伯林党后，但丁加入医药行会，先后当选人民首领特别会议和百人会议的成员。1300 年，他被任命为行政官，他的政治生涯达到顶点。当时，归尔弗党分裂为代表贵族利益、支持教皇朋尼法斯八世的黑党和代表商人利益的白党。但丁站在白党一边，但在处理两党流血冲突时，他把两党首脑都驱逐出境。他还挫败了教皇干涉佛罗伦萨内政的阴谋，得罪了教皇。不久，黑党在教皇和法国瓦洛亚家族查理亲王的支持下，夺取了佛罗伦萨政权，以各种罪名革除但丁的公职，判以巨额罚金，并流放两年。但丁拒不认罪，又被判处终身流放。但丁度过了近二十年漂泊无定的流亡生活。他广泛接触到意大利动乱的现实和平民阶层困苦的生活。他断然拒绝佛罗伦萨统治者提出的要他宣誓忏悔以取得赦免、重返家园的要求，1315 年，他又被缺席判处死刑。晚年，但丁定居拉维纳。1321 年 9 月 14 日因病逝世。

　　但丁十八岁开始写诗。佛罗伦萨是以圭多·圭尼采利和圭多·卡瓦康蒂为代表的"温柔的新体"诗派的中心，但丁也属于这个诗派。温柔的新体诗是对普罗旺斯抒情诗、西西里爱情诗的继承和突破。它抒发对崇高的爱情的强烈渴望,对诗人爱慕的女子热烈的赞美,从站在市民阶级营垒里的诗人切身的感情出发,"根据内心的指示写下来"。《新生》(1290)抒发了对贝雅特丽齐纯真的爱。他在九岁时遇到她,一下子就对她产生了热烈的感情;十八岁时第二次遇到她,心中涌起不可遏止的爱情,他为她写了一系列爱情诗。但她嫁给了一个贵族,但丁的思念更加强烈,她的形象升华了,变成了像圣母一样。1290年她去世后,但丁受到很大打击,三年内闭门不出,沉浸在悲痛中。他写出一批诗歌,寄托哀思。但丁将三十一首诗用散文连缀起来,结集为《新生》。《新生》所写的是理想的、精神的爱,带有神秘色彩;语言朴实、流畅、柔美、清新,细腻地展示爱情在心灵深处激起的层层波澜,开文艺复兴抒情诗的先河。雪莱认为:"但丁比彼特拉克还要懂得爱情的秘密。《新生》在感情和语言的纯洁上是取之不尽的源泉。"(《诗之辩护》)

《神曲》的写作大约始于1307年前后,完成于1313年,《天堂》一卷在他逝世前不久脱稿。《神曲》的写作历时十余年。

流放初期,但丁写了三部理论著作:《论俗语》(1304—1305)批判推崇拉丁语的偏见,阐明以佛罗伦萨方言为基础的俗语的优越性,为意大利民族语言和文学语言的发展奠定了基础;但丁还论及诗的语言、诗的本质、诗的题材等。《飨宴》(1304—1307)是意大利第一部用俗语写成的学术著作,但丁借诠释自己的诗歌,介绍古今科学文化知识,但只完成了四篇论文。《帝制论》(1310—1312),共三卷,论证建立帝制的必要性,认为建立帝制的使命历史地归于罗马人,世间万物中唯独人既有可消亡的肉体,又有永恒的灵魂。但丁第一次从理论上阐述了政治和宗教平等、政教分离、反对教会干涉政治的观点,对以后欧洲的宗教改革运动和资产阶级革命都产生了深远影响。

但丁是中世纪最伟大的诗人,同时他又开创了文艺复兴运动。恩格斯说:"他是中世纪的最后一位诗人,同时又是新时代的最初一位诗人。"[①]

二、《神曲》

首先介绍《神曲》的地狱篇。在基督教里,"地狱"是一个很重要的观念。按《圣经》的说法,上帝在创造天堂之前,先造了地狱。中世纪的西方人老老实实地承认,如果没有"地狱"的预设,人不知道要坏到什么程度。地狱对于人具有极大的威慑性和规范性,使人不敢堕落。《圣经》说,世界有末日审判,每个人都是逃不掉的。

在地狱之门上写着这样一段话:

> 由我进入愁苦之城,由我进入永劫之苦,由我进入万劫不复的人群中。正义推动了崇高的造物主,神圣的力量,最高的智慧,本原的爱创造了我。在我以前,从未造物,除了永久存在的以外,而我也将永存。进来的人们,你们必须把怯懦抛开。

他的导师维吉尔还讲了这样两句很有名的话:"在这里,必须丢掉一些游移,在这里,一切怯懦都无济于事。"马克思把这两句话写在了《资本论》的序言里。马克思也把自己看作一个敢于下地狱的人,一个敢于拆毁地狱的人。

---

① 恩格斯:《〈共产党宣言〉意大利文版序言》,《马克思恩格斯选集》第1卷,第249页,人民出版社,1972年。

在地狱之门的门口，但丁看到了一些畏畏缩缩的、灰色的、像软体动物一样的人。他就很奇怪地问他的导师维吉尔："这是一些什么东西。"维吉尔告诉他，这是一些怯懦者，维吉尔说："这是那些一生既无恶名，又无美名的凄惨的灵魂。他们中间还混杂着一些卑劣天使，这些天使既不背叛，也不忠于上帝，而只顾自己，各层天都驱逐他们，以免自己的美为之逊色。而地狱的深层也不接受他们，因为他们和作恶者相比还有点自豪。"但丁说："老师，什么使他们这样痛苦呢，使他们的哀鸣、叹息如此沉痛呢？"维吉尔说："我简单地告诉你，他们没有死的希望。他们盲目地度过一生，如此微不足道，以至于对于任何别种命运，他们都嫉妒，世人不容许他们的名字留下来，慈悲和正义都鄙弃他们，我们不要讲他们，你看一看就走吧。"这些没有生活过的卑怯之徒，在地狱之门来回徘徊，被牛虻和黄蜂叮咬得鲜血直流，流下来的血，只有蛆虫才肯去吸吮。这些人不可能上天堂，下地狱也没可能，连地狱也不要他们。他们比起那些作恶的人来讲都是微不足道的，那些作恶的人都有理由藐视他们。为什么呢？他们是庸庸碌碌、无所作为的人，这种人他们虽然活过，但是叫做"没有生活过"的人。从这里我们可以看到但丁对那些无所作为、庸庸碌碌、怯懦的人是多么的鄙视。

维吉尔又带领但丁进入地狱之门，先走过第一圈，就是刚才说过的候判所，接着进入第二圈，那个情景与第一圈就大不相同了。这里面羁押的都是一些什么样的幽灵呢？叫做好色之徒。但丁在这一圈里看到了一些我们很熟悉的人，比如说，《伊利亚特》中写到的阿喀琉斯，就是希腊的民族精神的代表。他为什么也被关在这里呢？就因为他是一个好色者。他因为和帕里斯的妹妹恋爱，结果中了人家的圈套，被人家射中脚后跟死去的。还有那个倾国倾城的海伦，由于她引起了十年的希腊联军和特洛伊人的战争。此外，还有特洛伊王子帕里斯、埃及的风流皇后克莉奥佩特拉。这些人都因为好色，被关在地狱的第二圈，忍受着寒风和冰雹的袭击。这些幽灵哀号着在寒风当中飘来飘去。但丁在看到这些以后说："心中不禁生出怜悯之情，而且觉得自己的心仿佛又疑惑起来。"按基督教圣芳济教派的教义，这些人必须关在地狱里，必须忍受这样的痛苦。但丁作为一个基督教教徒，他知道这一点，但他老老实实地说，他怜悯他们，而且对于他们是否应该关在这里，他感到迷惑。

就在迷惑之时，他看到了一对幽灵，一对男女，他们紧紧地抱在一起。但丁仔细地一看，发现这个女的叫弗兰采斯加，是自己生前认识的一个人。弗兰采斯加是一个很不幸的女人，她年轻的时候，由父母做主嫁给了一个瘸子，叫祈安启托。这个男人不仅瘸，而且生性很暴虐，弗兰采斯加的生活很不幸福。就在这时候，她遇见了表兄保罗，两个人生出了好感。有一次，两人一起阅读骑士小说，读到描写骑士兰斯洛特和桂内维尔的恋情时，便情不自禁地模仿起来。由此就犯了奸淫罪，被罚进了地狱第二圈。但是，这一对恋爱的年轻人，他们的灵魂即使在血雨风沙的折磨中也拥抱在一起，不肯分开。但丁看到这一对幽灵，听到他们的倾诉，他在《神曲》里写道："我昏倒在地，如同死尸一样。"这反映了但丁内心的一种矛盾：作为一个基督徒，他觉得这些人都应该关在地狱里，但作为一个人，作为一个崇仰希腊文化的人，他又发自内心地同情他们，为他们的命运扼腕叹息，由于同情他们，甚至昏倒在地，"如同死尸一样"。

穿过了第二圈，就到了地狱的第三圈。第三圈主要是羁押和惩罚饕餮者。照中国人的观念看来，一个人有一点贪吃不是什么罪过，说不定还可以得到一个"美食家"的荣誉称号。但是基督教是比较崇尚节俭的。他们认为喝的红酒是基督的血，吃的面包是基督的肉。所以每个人吃饭前都应该祈祷，感谢主的赐予。过于贪吃的人（饕餮者）必然要受到惩罚。在这一圈里，因为这些幽灵生前吃了太多的东西，所以他们要被塞比罗恶狗所吞吃。塞比罗恶狗是一只三头狗，它们不断地吞吃这些生前饕餮者身体上的肉，把他们弄得血肉模糊。

第四圈关押的是一些吝啬者和浪费者。从基督教的观念来讲，吝啬的人和浪费的人同罪。他们都是处理财物不当，所以每个人抱着很多的财物，相互之间不断地在撞击。两个人撞在一起，然后分开了，分开了又和别人撞在一起，有点像我们化学上讲的"布朗运动"一样。

第五圈关押的是动辄发怒的人。在《圣经》里专门有这样的训诫，叫"不可发怒"，认为发怒是人的一种恶欲念的发作，应该有节制，不能节制的要进入地狱的第五圈。

以上从第一圈到第五圈都设在狄斯城外，都是在地狱王的管辖以外。他们犯的罪，按亚里士多德的说法，叫"无节制罪"。在这前五圈里，受的刑法还是比较轻的。

下面我们看第六圈：关押的是邪教徒和伊壁鸠鲁主义者。基督教是一个排他性很强的宗教，凡是不信基督教，信其他宗教者都要被投掷在第六圈，被烈火烧烤。伊壁鸠鲁是希腊时期的一位哲学家，他认为人死后没有灵魂，人应该懂得享受现实。这样的享乐主义者死后也要进入地狱。

下来第七圈关押的是犯了暴虐罪的人。暴虐罪包括三种：一种是对他人犯了暴虐罪，就是杀害了他人。第二种是对自己犯了暴虐罪，主要指的是自杀。按照基督教的教义，人是不能随便自杀的，自杀是一种罪，因为你来到世间，是上帝打发你来受苦的，你的苦还没受够，就自杀了，这是逃避苦难，要进入第七圈。还有第三种，就是对自然、对艺术犯罪。这部分人中包括男性同性恋者。

比较重要的是第八圈。第八圈里又分了十个层次（见地狱构造示意图），里面都关了什么人呢？有欺诈者，有骗子，有诱奸者，有偷盗者，有阿谀奉承者，有贪污者，有伪善者，有诬告陷害者，有恶谋者，有买卖圣职者等等。在这些人身上集中表现了但丁对于当时意大利社会上污浊丑恶势力的痛恨。那些贪官污吏统统被丢进一个沸腾的大锅，大锅里装满了滚热的沥青。贪污者竭力要把头伸出来，呼吸一些清凉的空气，但是旁边有小鬼监视，一旦露出头就拿叉子用力把他们按回去，就像我们在街上看见炸油饼的，油饼火候没够，用筷子把它按进油里一样。还有一种伪善者，他们穿着一件极其宽大的袍子，袍子里灌满了铅，使他们沉重得走不动路。但是从外面看上去，他们仿佛都穿着宽大的袍子在逍遥地、慢慢地散步，脸上还带着笑容。

在这一圈里，我们也看到了但丁所喜欢的人：一种是被认为犯了蔑视上帝罪的人，还有当时意大利一些政治领袖、反对党的领袖。如法利那太，是但丁的政敌，但是，但丁认为他对保全佛罗伦萨这个城市有功，所以对他有一分敬仰。他被关在地狱里看见但丁来的时候，把上半身挺直，俯视着眼前的一切，表现一种对地狱的蔑视。

这一圈里，还有一个人，就是大家熟悉的尤利西斯，也就是《奥德修纪》描写的主人公奥德修。他被关在地狱里，是因为他是一个"恶谋士"，他献了"特洛伊木马计"，导致特洛伊城被希腊人攻破，而特洛伊人是古罗马人的祖先，也是意大利人的祖先。作为一个意大利人，但丁就应该把攻破自己城市的恶谋士放进地狱。但是，但丁又情不自禁流露出对他的智慧的崇拜。在《神曲》中，尤利西斯向但丁叙述，他怎么样带领一些人在大海航行，他想要看看"太阳的背后"是什么样子。结果大海波浪把小船吞没了，他就这样葬身于海底。

在这一圈里对于教皇的处置值得我们特别注意。在中世纪，教皇享有和皇帝一样的威望，甚至于比皇帝的威望更高。但丁在走到地狱的第八圈时，看到一个幽灵：他的头嵌在石洞里，整个人被倒栽葱地竖立起来，脚底板上还点着火，火烫得脚底板不停地抖动。他仔细一看，是教皇尼古拉三世。他把但丁当作了教皇普尼腓斯八世，因为按着原来的安排，普尼腓斯八世要来接替尼古拉三世在这里受这样的酷刑。接替普尼腓斯八世的，是克雷门特五世。而但丁在写作《神曲》这一段的时候，普尼腓斯八世还健在，克雷门特五世也还健在。但丁对于这些趾高气扬

幽暗的森林　　　　　　耶路撒冷

地狱门

地狱外围：怯懦无所作为者

阿刻隆河

未领受洗礼的婴儿和信奉异教的伟人　　　林勃（荷马、贺拉斯、奥维德、亚里士多德、柏拉图等）
（保罗和弗兰齐斯嘉）

第一层：犯邪淫罪者　　　　　　　　　　　　　　　　　　　　　　　　　（治科）

第二层：犯贪食罪者

第三层：犯吝啬罪和犯浪费罪者　　　　斯提克斯沼泽　　（腓利浦·阿尔津蒂）

第四层：犯易善怒罪者　　　　　　　狄斯城

第五层：异端邪说信徒和伊壁鸠鲁学说信徒　　　（法利那塔和卡瓦尔堪提）

第六层：异端邪说信徒和伊壁鸠鲁学说信徒　　　　　深渊

第七层：　第一环：对他人施加暴力者：杀人者和抢劫者

分成3环　第二环：对自己施加暴力者：自杀者和挥霍无度者　　弗列格通河

第三环：对上帝、对自然、对艺术施加暴力者：渎神者、鸡奸者、高利贷者　（彼埃尔·德勒·维涅）

（背帕纽斯·勃）

悬　　　　崖　　　　　　鲁内托·拉蒂尼

（伊阿宋）

（塔伊斯）

第1囊：淫媒和诱拐者　　　（教皇尼古拉三世）

第2囊：阿谀奉承者　　　　（曼图）

第3囊：买、买圣职者　　　（钱保罗）

第4囊：预言者(占卜家)　　（该亚法）

第5囊：贪污者　　　　　　（万尼·符契）

第6囊：伪善者　　　　　　（尤利西斯圭多·达·蒙泰菲尔特罗）

第7囊：偷盗财物者　　　　（伯尔特朗·德·鲍恩）

第8囊：出阴谋诡计者　　　（亚当师傅和西农）

第9囊：制造分裂不和者

第10囊：假冒伪造者

第八层
（分成10恶囊）

巨　人　井

第1环：(该隐环)：叛卖亲属者

第2环：(安特诺尔环)：叛卖国家者(乌格利诺)

第3环：(托勒密环)：叛卖宾客者

第4环：(犹大环)：叛卖恩人者

第九层
（为科奇士斯冰湖，分成4环）

对信任者的欺诈罪

魔鬼

卢奇菲罗

天然洞穴

地狱构造示意图

的教皇势力毫不畏惧,是极端仇恨和蔑视的。

本来地狱是一个压抑人主体意识的设置,但是经过但丁的一个伟大的偷换,地狱变成了一个代表人民审判恶势力的审判庭。他审判贪官污吏、给人类带来灾难的伪善者、恶棍,包括教皇。人对地狱的恐惧感在但丁笔下转换成了人们对于地狱的崇高感。地狱成为一个人可以伸张正义的庄严法庭。

走过了第八圈,就到了地狱的最后一圈。在这里我们看到了地狱之王琉西斐。这个身躯庞大无比的神,口中咬着三个"残害亲人者",三个犯有最大罪孽的人:一个是暗害耶稣的犹大,另外两个是暗杀恺撒的凶手。因为意大利人把罗马人看成自己的祖先,而恺撒大帝是罗马最有成就的领袖,暗杀恺撒大帝的人罪大恶极,应该受到这样的酷刑。

维吉尔领着但丁从地狱之王琉西斐的胯下穿过去就进入了炼狱。

炼狱(见炼狱构造示意图)主要是关一些虽有过失,但较轻,不够入地狱条件者,他们可以通过痛苦的修炼,洗去自己的罪恶,从而获得升上天堂的资格。完整的炼狱系统的构建产生于但

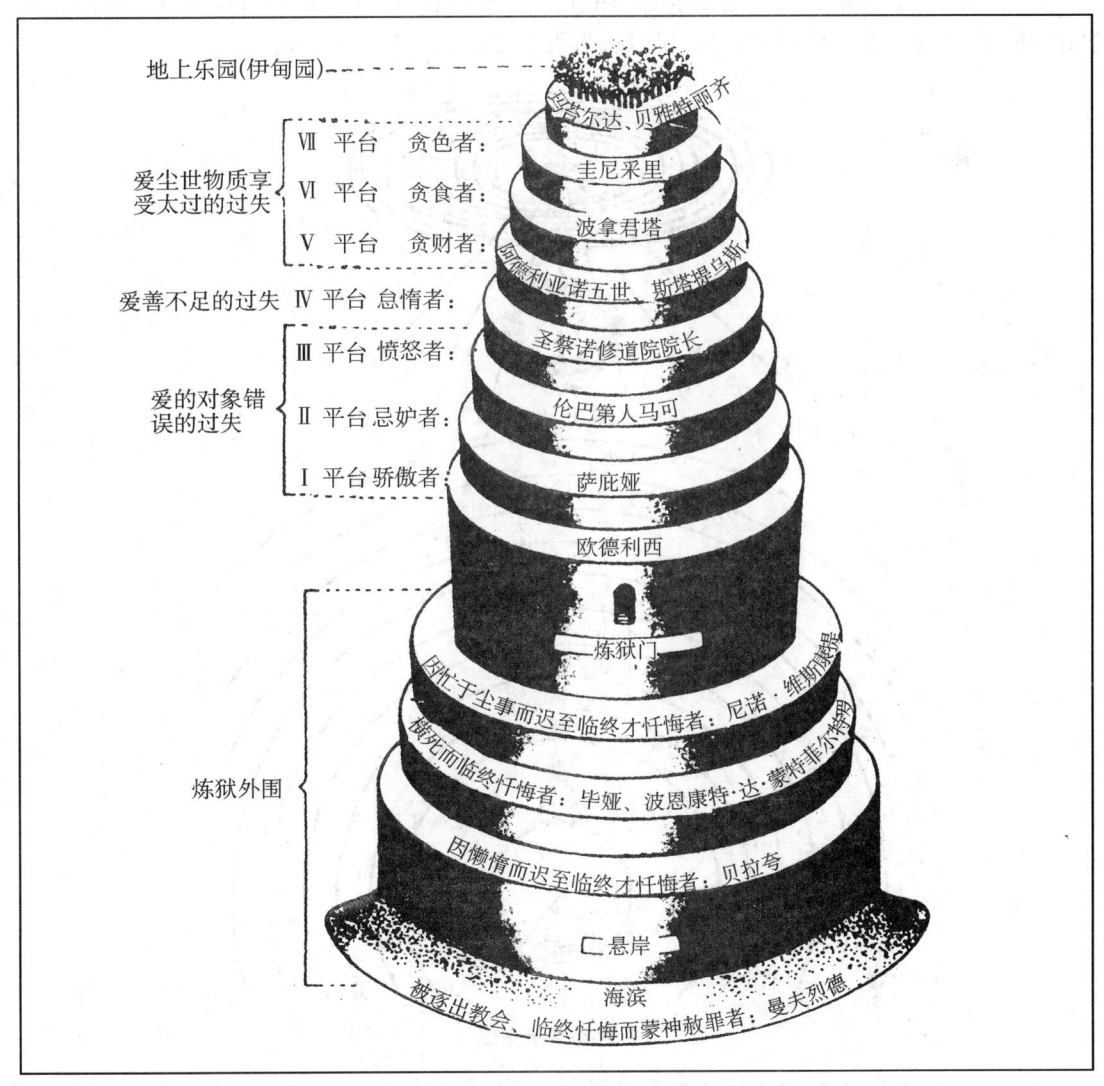

炼狱构造示意图

丁。它共分成七层,第一层居住的是傲慢者(但丁本人的罪主要也是傲慢)。第一层的人怎样修炼自己呢?因为傲慢的人生前喜欢昂头仰视,瞧不起一切人,到了炼狱,他就要弓身,把嘴巴啃在地上,来忏悔自己的过错。第二层是一些嫉妒者。嫉妒,按但丁的说法就是表现为他们总是用眼睛盯着自己嫉妒的对象,漏出恶意的光芒,所以到了炼狱里头,要用铁丝把他们的整个眼睛网住。第三层是怠惰者,让他们怎么修炼呢?比如说,把一块石头推到山上,到达山顶后,石头滚下来,就再往上推,如此日夜劳作不息。还有的层面,住着贪食的人,怎么修炼呢?就把他们绑在树干上,从树上垂下非常美味的水果,距离他们嘴很近,但又啃不着……进入炼狱,每一个人脑门上有七个P字,走过一层,洗掉了罪恶,就去掉一个P字,到最后,七层都走完了,这个人就变成了一个完美的人。在炼狱是要忏悔,要受苦的,但是和基督教观念不同的是什么呢?就是这种忏悔和受苦不是为了简单赎洗自己的罪恶,而是要使自己变成完美的人,至善至美的人。这是人为追求一个更高更美的境界而受苦。在这里,但丁提出:通过受苦,通过修炼,人可以达到一个完美的境界。

走完了炼狱的七层,到达了地上乐园耶路撒冷。乐园里有一个"忘川",在"忘川"里淌过去,你就忘掉了、洗掉了自己的一切过失,可以进入天堂了。

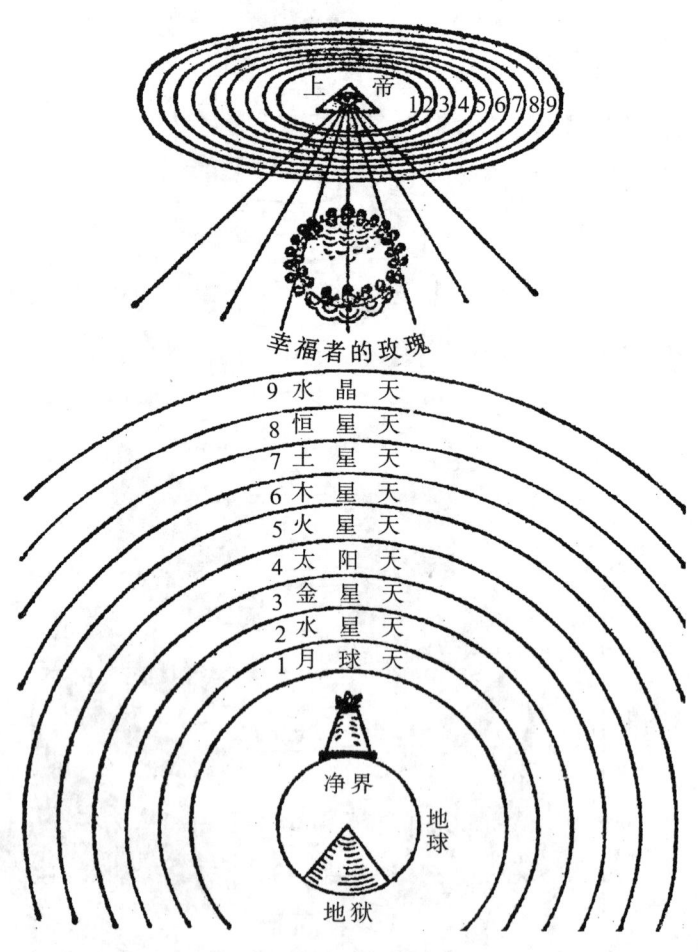

天堂构造示意图

但丁关于天堂的描述,是根据托勒密的天文体系,将天分为九层,叫九重天。第一层叫月球天,住着正人君子;第二层是水星天,住着力行善事的人;第三层是金星天,住着博爱者;第四层是太阳天,住的是先知;第五层是火星天,住的是一些殉道者;第六层是木星天,住的是一些英明君主;第七层是土星天,住的是修道士;第八层是恒星天,住的是耶稣和他的众弟子;第九层是原动天(即水晶天),住的是众天使。贝雅特丽齐带领但丁走到了原动天后,她本人归到幸福者的玫瑰丛中。此时,天上电光一闪,圣父、圣子、圣灵三位一体的神显示了自己的形象,但是这个形象是不能言说的,所以《神曲》到此就结束了。

炼狱、天堂的部分给予我们的启示,就是人通过主动的坚忍不拔的修炼,可以使自己达到一个至善至美的境地。

总之,我们看到《神曲》中不仅仅有基督教文化(源于希伯来文化)的承袭,而且有古希腊文化的承袭,这"两希"(希伯来、希腊)文化在《神曲》中形成一种相融相汇、相激相荡的形态。具体说来可以归纳为以下五点:

第一,宗教之爱与人间智慧相结合。(通往天国之路,靠爱来推动,知识来导引)

第二,天国审判与人间审判相结合。(依靠上帝权威,进行人间审判,以人间审判填充上帝观念的空虚)

第三,禁欲意识与升华意识相结合。(一抑一扬,相辅相成)

第四,赎罪意识与追求完美人性相结合。(赎罪是为了个人的完美,个人的完美必须靠忏悔)

第五,神秘主义与写实主义结合。(神秘主义为写实主义增加力度、厚度,写实主义为神秘主义提供血肉基础)

正由于有了以上这五个方面的结合及其完美的艺术体现,但丁的《神曲》成了继荷马史诗之后西方文学的第二座里程碑。它预示着中世纪即将终结,而一个新的黎明马上就要到来了。

第六章　拉伯雷

一、生平与创作

弗朗索瓦·拉伯雷(约 1483—1553)是法国长篇小说的开创者,也是文艺复兴时期最重要的法国作家。他生在西部的希农,父亲是律师。早年他进入塞伊修道院和博梅特修道院,接受经院哲学的熏陶。1521 至 1527 年,他先后成为方济各修士和本笃会修士。他热衷于钻研希腊文,与人文主义者毕代通信,与法学家来往,参与他们关于女权和婚姻的讨论。在利居热修道院,他听到了关于宗教改革的辩论。他用法语写出一首百行长诗,这在当时是罕见的。从 1528 至 1530 年,他游历各地,在普瓦蒂埃大学学习,扩大了人文主义知识。他研读法律,熟悉了司法程序,他还学习植物学、生理学、物理学和博物史。1530 年,他来到蒙佩利埃学医,六个星期后毕业,在同学们面前评论古希腊医生的著述。据说他做过解剖。1532 年,他发表了评注古希腊医生希波克拉底的一本书,成为里昂市立医院医生。拉伯雷深受写有《愚人颂》的尼德兰作家埃拉斯姆的影响。从 1532 至 1551 年,他在各地行医。

1532 年,他将自己的名字打乱次序组成笔名发表了《巨人传》第二部《庞大固埃》,大获成功。作者假称这是《了不起的巨人卡冈都亚无可估量的伟大事迹》的续集。1534 年秋,他发表了《巨人传》第一部《卡冈都亚》。由于国王对新教徒的排斥,他不得不停止创作,达十年之久。他先在家乡等待政治局势的缓和。1535 年年中,他陪伴杜贝莱红衣主教到斐拉拉和罗马,继续行医。1536 年 5 月,他回到里昂,随后随红衣主教到巴黎。1537 年他在普瓦蒂埃获得了硕士和博士学位,在蒙佩利埃和里昂之间行医。这时国王对改革派的迫害加剧了,他不得不先躲到里昂,然后来到皮埃蒙躲起来,这是红衣主教治理的地方。他在都灵期间,两岁的儿子夭折。1541 年他回到法国,修改《巨人传》第一和第二部,力图让得势的索邦学院的神父满意。至 1543 年红衣主教去世之前,他一直跟随着从国外到国内。1546 年,他得到弗朗索瓦一世的特许发表《巨人传》第三部,3 月,他又不得不逃亡。他在较自由的梅兹过了两年,1552 年又发表了《巨人传》第四部,随即被巴黎大理院列为禁书。1553 年,他失去了在默东和芒斯的本堂神父职务。此后,他不知去向。《巨人传》第五部发表于 1562 至 1564 年,但不能确定是否出自拉伯雷之手。他可能逝世于 1553 年 4 月 9 日。

二、《巨人传》

《巨人传》第一部《卡冈都亚》首先叙述同名国王的童年生活,然后写他进入索邦学院学习。卡冈都亚起先受的教育是背语法和伦理原则,每天在教堂听二三十次弥撒,变得愚蠢和耽于幻想。自从接受人文主义的教育后,他阅读古籍,又认识自然,参观工匠干活,积极锻炼身体。这时邻国的毕可肖突然来犯,卡冈都亚前去迎敌。同伴约翰修士大显身手,遂获全胜。为了酬谢他,国王建造了"德廉美"修道院。第二部《庞大固埃》叙述卡冈都亚之子庞大固埃的出生和童年生活。他在外省各个大学学习,最后来到巴黎。卡冈都亚给儿子写信,赞扬人文主义。庞大固埃理清了一件难解的案子,获得所罗门王的称赞。一天他遇到了一个流浪汉巴汝奇,巴汝奇能言善辩,诡计多端。两个人结下了亲密友谊。庞大固埃得知迪普索德人来犯,带着同伴去迎敌,战胜了迪普索德人的雇佣军首领"加卢狼",将被打败的敌军淹到他的尿中。第三部叙述庞大固埃征服了迪普索德国以后,让巴汝奇成为萨米贡丹城堡主人。巴汝奇大肆挥霍,受到庞大固埃指责后,他竟颂扬举债的艺术。他想结婚,但又害怕戴绿帽子,庞大固埃说很难给他提建议。两个朋友到荷马和维吉尔的作品中去寻找历史的答案,可是他们对有关段落的理解相左,别人的说法也不管用。于是他们决定去寻找"神瓶"中的答案。第四部叙述旅途中他们遇到一个羊商,发生争执,巴汝奇将领头羊扔到海里,羊群跟着下海,羊商也落海而死。他们来到"诉讼岛",这里的司法人员靠赔偿为生。随后他们来到香肠国人的死敌的岛上,又在"教皇派"岛上停留,最后来到象征胃的强大需要的岛上。第五部叙述"钟鸣岛"的景象,这里由教皇鸟统治,这里的鸟只会啼唱,由别人供养。旅行者来到"穿皮袍的猫"居住的地方,这里贿赂成风。在"五元素王国",他们看到擅长抽象思维的学者的讨论。最后他们来到"灯国",女王带他们来到安放"神瓶"的庙堂,神示只有一个字:喝。

拉伯雷在前言中指出:"在这本书里,你将找到特别高妙的风味、异样奥博的教义、极其高深的圣言古训和令人惊惧的秘宗妙谛,无论是关于我们的宗教,还是关于政治或经济生活。"因此,这不仅仅是一部令人发噱的滑稽小说,而且是一部内容广泛、立意深邃的"政治小说"。它对教育、经院哲学、宗教、战争、法律、经济、婚姻等问题作了犀利的抨击,对法国社会处于转型时期呈现的一系列弊端进行了深刻揭露。

拉伯雷在小说中提出了对人的概念和理想。人文主义思想的中心内容就是提出人的解放。拉伯雷从福伦戈的《马卡罗奈人》(1517)和普尔奇的《莫尔冈特》(1481)中汲取了关于巨人的描写。《巨人传》的两位国王卡冈都亚和庞大固埃是两个不同于常人的巨人,他们饭量惊人(如庞大固埃小时候能吃下一整头牛),力大无穷,智力超群,择善而从,既是体能上和精神上的巨人,又是理想的国王。但他们不是神,而是人。他们没有呼风唤雨、变化莫测的能耐,而是同常人一样思维、生活和行动。他们先天具有的品质,只是用来说明人的价值、力量和尊严。小说对巴汝奇的描写又属于另一种情况。他既不怕绞刑架,也不怕地狱,他渴求一切肉体的需要,绝不禁欲。他的名字就含有"需要一切"的意思。他能喝大量的酒,怎样也解不了他的渴。拉伯雷力图写出吃、喝、欲望是生命充沛的标志。为了让这种先天品质得以充分发展,必须辅以正确的教育。卡冈都亚的名字意思是"大肚量",他在出生时大喊"喝呀,喝呀,喝呀",喝是寻求知识的同义词。神瓶上只有一个字:喝。祭司解释说:"喝,才是人类的本能……希腊文的'酒'字,和拉丁文的'力量''能耐'近似,因为它能使人的灵魂充满真理、知识和学问。"法国作家法朗士对此的解释是:"请你们畅饮,请你们到物质世界和精神世界的源泉那里……研究人类和宇宙,理解物质世界和精神世界的规律……畅饮知识,畅饮真理,畅饮爱情。"通过教育,寻求知识,是拉伯雷的一个重要思想,这还体现在卡冈都亚给庞大固埃的一封信里。卡冈都亚要求儿子掌握多种语言,钻研各科知识,包括天文地理、江河湖海、森林矿藏、鸟兽鱼虫,特别是医学,提出要动手解剖,熟悉人体这个小宇宙,并探索大自然,成为知识的"无底深渊"。他还提出要学习武艺,以便保卫家园。这封信所主张的是进行全面教育,培养全知全能的"巨人"。拉伯雷提出这样的理想,在于反对窒息人的经院教育和旧教育,要把人的潜能全部发挥出来。小说中的奥洛费纳要求卡冈都亚花几十年时间,把文法、历书、诸家注疏读得倒背如流,每天做二三十次弥撒,结果把孩子弄得"呆头蠢脑、失魂落魄、目滞神昏、口嗫舌钝",来到人前"帽子掩着脸,鼻涕眼泪一齐流,没有人能逼得出他一句话来,就像逼不出死驴子一个屁来一样"。人文主义者巴诺克拉特先用药物清洗卡冈都亚的头脑,他除了要卡冈都亚学习书本知识,还引导他到各行各业手工艺人那里学习,接触社会。学习科目有天文、几何、医学、语言、音乐、雕刻、绘画,还有体育、军事训练、打猎、游泳、登山、攀索、爬杆,雨天在家锯木劈柴,吃饭时讨论文艺,玩牌时学习数学。不多久,卡冈都亚就成为巴黎闻名的大才子。拉伯雷把灌输式教育和启发式教育结合起来,而以后者为主,给后世以重大影响。与此同时拉伯雷抨击了经院教育。这种思维方式在大学和法律界占据统治地位。神学家和法学家讲起话来连篇累牍,言不及义,不知所云,漏洞百出。法学家爱作繁琐考证,解决不了实际问题。他们要学生讨论"山羊的毛是否是羊毛",认为"酒改变了身体的形状,因为它把一个不喝酒的人变为一个喝酒的人"。他们套用三段论来论证,迂腐可笑。第五部中,"五元素王国"的女王不吃不喝,"抽象"对她来说就是一切,小说指出这是"无用的科学"。

《巨人传》表达了拉伯雷的政治理想。他反对侵略战争,认为好国王是热爱和平的。在他笔下,毕可肖野心勃勃,想建立"世界帝国",他对邻国发动突然袭击,他的军队到处抢劫。格朗古杰的军队装备精良,纪律严明;他听取智者建议,进行细致调查,愿意付出赔偿,割让土地。看到战争不可避免了,他便决心打赢这场战争。毕可肖落荒而逃,失去了王国,在里昂当了脚夫。格朗古杰大获全胜以后,把毕可肖的士兵遣返回国。他论功行赏,赐给约翰修士一座"德廉美修道院","德廉美"的希腊文意谓"自由意志"。这座修道院建立在卢瓦尔河畔,建筑美轮美奂,装饰着壁毯和绘画,院内果树成林,还有竞技场院、赛马场、剧院和游泳池,不建围墙,没有大钟。年轻男女可以结婚。只有一个小教堂。院规是"随心所欲,各行其是"。禁止司法人员和高利贷者进入,当然,待在里面的人只能是贵族。没有清规戒律和繁琐的宗教仪式。这既是拉伯雷对修道生活的理想,也是他对未来社会生活的憧憬。他提出的院规在于解放对人的各种束缚,充分发挥人的天性。

宗教问题在小说中占有重要位置。拉伯雷指责对圣人遗物盲目崇拜,反对毫无作用的朝拜。他在约翰修士身上塑造了一个理想的教士形象。约翰修士从不禁欲,一个人能顶四个人吃喝。敌人到来时,所有的教士都吓得像破钟似地乱抖,以唱颂歌和做祷告来抵抗敌人。约翰说:"你们唱的什么狗屎歌儿,老天,还不如唱'再见吧,篮子,葡萄都完蛋了'。"他脱下教袍,抢起一支棠木十字架,把敌人打得落花流水。从第四部起,拉伯雷揭露宗教的描写进一步加强。塔皮诺瓦岛由天主教主张封斋的人统治,他们是愤怒岛上香肠国人的死敌。约翰修士率领厨师进攻,小说中列举了一百五十种菜名和厨具。这场战争象征苦行主义者和自然进食之间的斗争。当埋伏着的"戈迪伏人"(馅饼)扑向庞大固埃时,约翰修士和战士们从"母猪"腹中走了出来,拿着铁叉、烤肉铁钎架、柴架、锅、铲、炉条、拨火棍、钳子、滴油盘、扫帚、研钵进行战斗,香肠国人差一点被全部消灭。这时一只有翅的猪在已死和受伤的香肠国人身上浇上芥末,才使他们死而复生,恢复健康。反教皇派(新教徒)贫穷不幸,在教皇派的岛上,主教大摆宴席,颂扬把金子从法国运到罗马。在"钟鸣岛"即罗马,教皇享有特权。拉伯雷把僧侣职业看成贫穷、懒惰、罪恶、实行长子继承权的根源。

《巨人传》还抨击司法制度,描写民不聊生。拉伯雷指责法学院的一班老朽不懂法律:"这班迂夫子……对人文学识、古物古史知识的理解,不多于蛤蟆背上的毫毛。"他挖苦法官是靠掷骰子来定案的,揭露他们巧取豪夺,滥用特权,描写希卡努人"挨打之后可富裕地过四个月"。第五部描写"穿皮袍的猫",这是司法人员,他们像恶猫一样残忍和贪婪,以贿赂为生。人们给他们送来各种各样的野味和香料。他们身上挂着一个大口袋,用来装贿赂。他们的法律好比蜘蛛网,专捕捉小苍蝇小蝴蝶,不敢惹大牛蝇,"他们攫取一切,吞噬一切,他们不分好坏地分尸、砍头、杀戮、毁灭和破坏一切。因为对他们来说,邪恶叫做德行,恶毒称之为善良,叛逆取名忠诚,盗窃说成馈赠,抢夺是他们的箴言"。在"阿普德夫特(愚昧无知)岛",压榨机是用来榨取民脂民膏的,"把葡萄压得这样干净,连一点儿汁水也没有剩下",这是对审计院和苛捐杂税的揭露。大批农民成了流浪者,到处乞食。"胖子国"大腹便便的富人吃得胀破肚皮,"无粮岛"上受封建地主盘剥的农民土地被吞并。小说对1548年吉叶纳的农民反对盐税的起义也有所影射。

在艺术上,《巨人传》的特点之一是极富想象力。对巨人国王的描写最有代表性。卡冈都亚出生时要喝一万七千九百一十三头母牛的奶,他的衣服要用几万尺布,他一巴掌能把充当他摇篮的大船拍烂,他的金项链重二万五千零六十三马克(一马克重八盎司),他胖得有十八层下巴。庞大固埃的嘴装得下大山、平原和人群,把轰向他的炮弹当作苍蝇,用树干摧毁敌人盘踞的古堡,他的马一泡尿长达七法里,淹死逃跑的敌人。形体的夸张不时与犯忌的行为结合起来:卡冈都亚到巴黎时,将巴黎圣母院的大钟摘下来,当作他的坐骑的马铃。这种夸张有戏谑和象征的特点:格朗古杰是宽厚的化身,卡冈都亚和庞大固埃象征文艺复兴精神,约翰修士象征热爱行动,巴汝奇是狡猾的写照,毕可肖象征征服的野心,雅诺托斯和布拉马尔多代表索邦神学院的愚蠢。人物的名字也有象征意义:格朗古杰是大肚量,卡冈都亚是大嗓门,巴汝奇的希腊文是狡黠和无所不能。封斋国、香肠国、胖子国、五元素国、灯国、压榨机、穿皮袍的猫等都有象征意义。他还造出教皇派和反教皇派等新词。这种寓意成为一种充满幽默和灵活性的艺术,包含了严肃的思想和深邃的见解。如他描写"庞大固埃草"是一种神草,不仅能包治百病,还可以安邦治国,对它的歌颂就像埃拉斯姆的《愚人颂》一样。"钟鸣岛"的鸟是分等级的,象征僧侣和贵族的等级。这种寓意和象征手法启迪了伏尔泰。

巴汝奇这个形象具有更多的现实主义特征。他追求人的一切欲望,天不怕地不怕。他援引古代神话,说明财神受到尊重,美神则因无钱借给别人而不受尊敬。他指责旧的生产方式和生产关系把"信任、希望和仁慈都排斥了"。他最喜爱的是金钱,"没有金钱,就是无比的痛苦"。他有几十种搞到钱的办法,最主要的就是欺骗。他认为借贷不是耻辱,而是生钱的方法。他具有新兴资产阶级的进取精神和冒险精神,而他的乐观性格反映了资产阶级对自身力量的信心。他在寻访神瓶的过程中起着主要作用,他在同封建势力——警察、恶魔和教士——的斗争中总是取得胜利。他对羊商毫不留情地报复：把羊商的羊全部淹死，连掉在海里的羊商想爬上他的船，也被他用桨打下去。拉伯雷对他的行动并无谴责之意。

《巨人传》被称为滑稽史诗。拉伯雷运用笑的艺术，方式多种多样。他认为"笑是人的本质"。巨人的形体和一举一动引起的滑稽，是从巨人和平常人之间不成比例产生的。拉伯雷的玩笑并不淫秽，只不过语言粗俗，如写卡冈都亚一泡尿"淹死了二十六万零四百一十六人，还不包括妇女和小孩"。巴汝奇的恶作剧和他讲的故事令人感到可笑；约翰修士则以他快乐的性格、语言、乐观的哲理令人发笑。拉伯雷对巴汝奇的胆怯，对约翰修士的不修边幅和出言不慎也加以挖苦。他常以自己的博学——不厌其烦地援引来制造滑稽效果。布里多瓦对司法言词的引用，隐含揶揄。香肠国人、狂欢节人的荒唐行动产生滑稽。双关语、稀奇古怪的字的堆积也产生滑稽。巴汝奇的欺骗手法和诡计，令人想起小故事诗的滑稽。拉伯雷制造的笑料随处可见，出人意料。他借鉴了中世纪的闹剧、小故事诗的传统，其中既有高雅的滑稽，也有粗俗的滑稽，但正如雨果所说："他的哄然大笑是精神的深渊之一。"

拉伯雷的讽刺往往能击中要害。如索邦学院的神学家向巨人索取巴黎圣母院的大钟，向他发表了一通演说，语无伦次，不知所云，在讲稿中还注明讲到什么地方要咳嗽，对神学家和经院哲学的挖苦十分辛辣。法官靠掷骰子来判决，一再拖延时间，目的是"等当事人钱袋空了时再调解最适时"，当事人只求案件早日了结，"不拘怎样判决他都不难接受了"。拉伯雷有时采用似褒实贬的手法：巴汝奇一连讲了十多个教皇的《敕令》如何使人倒霉的例子，教皇派连连说是奇迹，将巴汝奇等人看作真正的信徒，好好款待一番。教皇派的愚蠢跃然纸上。天主教徒问巴汝奇是否见过"独一无二的人"即教皇时，巴汝奇说他见过三个，天主教徒说，教规里"赞颂永远只有一个"。通过三言两语的对话，这个"地上的天主"受到无情的嘲弄。

拉伯雷的语言惊人地丰富。在他的小说中，汇集了各阶层和各种人的日常语言。他运用各种各样的技术用语，还从外国语、外省方言和死的语言吸取词汇。当然，他常常列举骂人的话，甚至今天看来有点下流的话。他创造新词，常常罗列几十个、上百个词语，将同义的名词和动词几乎收罗在一起，语言的丰富在法国作家中首屈一指。

俄罗斯文学理论家巴赫金认为《巨人传》反映了中世纪狂欢节的色彩、气氛和语言，展现了民间风俗和时代气象；小说中一切严肃的因素都转化成滑稽的表现，战斗的人文主义和民间文化融合在一起。对老百姓来说，狂欢节是暂时获得一个新世界，其特点是汇聚了欢乐、游戏、滑稽模仿、摆脱一切约束、对大人物的嘲弄。这是人民的节日，以交替和再生，既有对价值和权力的贬低，又给物质和肉体以位置为其特点。让人进入一个自由、平等、富足的乌托邦世界，于是一切等级关系都取消了。这个世界有自身的特殊语言和象征，构成一个完整文学天地。拉伯雷是世界文学中人民狂欢的笑的代言人和最高的表达者。

第七章　塞万提斯

一、生 平 与 创 作

　　米盖尔·德·塞万提斯·萨阿维德拉(1547—1616),西班牙小说家,生于马德里附近的阿尔卡拉·德·埃纳雷斯城。父亲是外科医生,破落贵族,来往于大城市之间行医。塞万提斯自幼跟随父亲,过着动荡的生活。1569年他当了胡利奥·阿克夸维瓦红衣主教的随从,前往意大利,饱览希腊、拉丁典籍和意大利作品,并游历意大利。1570年脱离主教宫廷,参加西班牙驻意大利军队。在1571年10月7日的雷邦托海战中,他胸部受伤,失去左臂,后被称为"勒班多的独臂人",但他继续服役,参加了多次战斗。1575年他所乘的船遭到海盗袭击,他被劫持到阿尔及尔,由于他携带了西班牙军队统帅和西班牙总督的保荐信,土耳其人把他当作重要人物,索要巨额赎金。他在阿尔及尔被囚禁了五年,经历了奴隶生活的磨难,四次与其他囚犯合谋逃跑,都以失败告终,他总是承担全部责任。1580年9月,塞万提斯被他的家人和西班牙三位一体会的教士赎回。

　　回国后,塞万提斯在找工作的同时,开始了写作。悲剧《努曼西亚》(1584)描写古代努曼西亚城受到罗马军团围困,全城人拒不投降,悲壮牺牲。1582年和1590年他两次谋求美洲的官职未成。1587年他为无敌舰队当粮油征购员。他曾因被诬多次入狱,在狱中开始构思《堂吉诃德》。1605年《堂吉诃德》上卷出版,获得成功。1614年下卷写到第59章时,他发现有人冒名出版了《堂吉诃德》的续篇,肆意歪曲原著,并对他进行恶毒攻击。于是他迅速完成了下卷(1615)。《训诫小说集》(1613)是在《十日谈》之后很有影响的一部短篇小说集,共收十二篇小说。有经历重重磨难、终成眷属的

《英格兰的西班牙姑娘》,一见钟情的痴情郎如愿以偿的《尊贵的洗碗女工》,笑料百出的《科尔纳莉亚小姐》,失节的女子维护名誉的《血统的力量》,女扮男装、善用悬念的《两个少女》,闪耀着人文主义光辉的《慷慨的情人》,写重情义的《吉卜赛姑娘》,写流浪汉生活的《林科内达和科达迪略》,失去理智的人竟有睿智的《玻璃人》,老夫少妻命途多舛的《嫉妒的厄斯特雷马都拉人》,骗人者反受骗的《骗婚记》,荒诞不经却充满寓意的《狗的对话》等。长诗《帕尔纳索斯游记》(1614)描写当时的文坛。《八出喜剧和八出幕间短剧》(1615)嘲笑了陈规陋习、贵族的偏执自私和迷信风气,抨击了坑人的封建婚姻制度、腐败黑暗的衙门和贪婪愚昧的统治者,并描写了流浪汉、穷人、老兵,活泼幽默。小说《佩尔西塞斯和塞西斯蒙达》(1616)歌颂忠贞爱情和骑士理想。

1616年4月22日,他因患水肿病在马德里去世。

二、《堂吉诃德》

《堂吉诃德》分为两部,第一部是作家在狱中酝酿构思的,问世后备受追捧,一年内竟六次再版,几年后出现了伪作续篇,这也促使作家抱病完成了第二部。小说后来被誉为是欧洲"近代小说的开山之作"(别林斯基语)。

小说主要描述了西班牙拉曼·却的一个穷乡绅吉哈诺与农民桑丘·潘沙的游侠史。年近半百的吉哈诺因痴迷于流行的骑士小说而走火入魔,也想当一回骑士。他拼凑了一副破盔烂甲,自名"堂吉诃德";将一个长相粗野的村姑臆想为心仪的贵妇人,美其名曰"杜尔西内娅"(甜蜜温柔之意)。准备停当后,他就骑上一匹被他命名为"驽骍难得"的瘦马,开始出门游侠:见到一家客栈,便想象为城堡,非让客栈老板册封他为骑士;遇见一个地主殴打牧童,便加以干涉阻止;碰上一群商人,便上前进行挑战,结果被揍得半死,幸亏邻居路过救他回家。伤愈后,他找了农民桑丘·潘沙做侍从,许诺将封他当海岛总督。第二次出游,这一主一仆闹出了许多荒唐事:大战风车、力救"公主"、旅店乱情、冲杀羊群、追缴魔盔、解救囚犯,在黑山修炼后,堂吉诃德更是疯癫不止,把酒店的酒囊当作魔鬼脑袋大肆砍杀,最后被人骗进笼子押送回家。一个月后,堂吉诃德主仆第三次出游。他在财主卡麻丘的婚礼上毅然出手,成全了一对贫穷的青年男女;后来遭遇一对公爵夫妇,被请到府上,结果被狠狠地耍弄了一番;最后因败给了"月亮骑士"而被接回家。堂吉诃德大病一场,脑袋豁然开窍,弥留之际立下遗嘱,外甥女不得嫁给读过骑士小说的人,否则便取消其财产继承权。

《堂吉诃德》在多个层面上显示出卓越的思想价值和经久不衰的艺术魅力。首先,它巧妙地戏拟骑士小说的故事模式,通过一个不合时宜的"骑士"在"游侠"过程中诸多荒诞不经的举动及其害人又害己的后果,有力地抨击了当时在西班牙国内广为流传的骑士小说所造成的极大的毒害,从而成功地实现了作家创作这部作品的首要目的,彻底"把骑士小说的那一套扫除干净",客观上也沉重地打击了封建统治的意识形态。因为中世纪的骑士小说之所以会在16、17世纪的西班牙社会复苏并走红,就是由于西班牙行将没落的封建社会的生活与思想文化为其提供了适宜的土壤,而骑士小说所宣扬的冒险行侠的骑士精神,恰好又迎合了当时西班牙封建专制统治者正在推行的对外扩张掠夺的政策,可以说,正是封建统治者的默许和怂恿,才导致骑士小说的大肆泛滥。当时西班牙有许多青年正是在骑士道精神的影响下,不自觉地成了封建统治者的冒险扩张政策的工具和牺牲品,作家本人在年轻时就有过这种经历和体验。当封建统治者的冒险扩张政策遭受挫折后,骑士小说所鼓吹的忠君护教的骑士道,更是能够诱导百姓臣服于封建的专制统治。塞万提斯清楚地看到了这一点,所以他以幽默反讽的艺术形象,无情地讽刺和犀利地剖析了骑士小说所具有的巨大危害性。果然,小说一出版,立即产生轰动性效应,在举国上下人们如痴如醉地阅读《堂吉诃德》时会心地爆发出来的哄笑声中,骑士小说在西班牙立刻就寿终正寝了,这其实也宣告了鼓吹冒险扩张政策和专制高压统治的封建意识形态的破产。

其次,小说主要通过堂吉诃德主仆的游历,对16、17世纪西班牙的现实作了广泛而真实的描写,从而奠定了它作为欧洲近代现实主义小说开山之作的地位。之前,在欧洲一些国家确实已经出现了一些长篇小说作品,包括文人创作的田园爱情小说和民间流传的流浪汉小说等,不过那些作品大多取材于历史故事、异国题材或民间传说,更多的通过夸张或传奇间接而曲折地影射现实,《堂吉诃德》则对于西班牙现实社会进行了直接而真实的描绘。跟随着堂吉诃德主仆游侠的足迹,我们能够身临其境地观赏到当时西班牙城镇乡村的风土人情,通过小说所描绘的来自社会各阶层的七百多个人物,我们能够清晰地看到西班牙当时尖锐的阶级矛盾和严峻的社会危机。小说揭露了封建统治阶级推行的冒险扩张政策给人民所造成的深重的灾难。许多热血青年受了统治阶级的蛊惑,加入西班牙海军,为统治者的扩张掠夺政策而到国外去当炮灰,结果不是丢命就是受伤,即使历尽各种磨难总算回到家乡后,等待他们的仍然是失业和饥饿,连最起码的生活保障都得不到。堂吉诃德主仆遇见了不少这样的人。小说真实地描写了西班牙的对外扩张掠夺政策遭遇失败后在国内所实行的黑暗与恐怖的封建专制统治。1588年"无敌舰队"遭遇英国重创后,西班牙的扩张掠夺政策也全面受挫,整个国家急剧衰落,这也导致"西班牙的自由在刀剑的铿锵声中,在黄金的急流中,在宗教裁判所的凶焰中消失了"[①]。为了维系苟延残喘的封建统治,国内到处设立了宗教裁判所和巡逻队,以严密控制人们的思想行为,镇压老百姓的不满与反抗,并且还凶残地迫害那些早已在西班牙定居的处于底层的摩尔人,以转嫁社会危机。堂吉诃德一路上经常会撞见巡逻队,看到宗教裁判所在严酷地审讯摩尔人。小说形象地展现了西班牙社会严重的贫富悬殊和阶级对立。堂吉诃德所遇到的那对公爵夫妇生活奢侈无度,为了寻欢作乐,他们不惜挥霍巨资制造各种场面,恶意戏弄堂吉诃德主仆;财主卡麻丘同样如此,依仗权势强娶民女,极其铺张地搞了一个奢华的婚礼。另一方面,像桑丘·潘沙这样的贫困农民却连起码的生计也无法得到,只能弃田离家,外出谋生;堂吉诃德主仆一路上遇到许多罪犯,就是因为饥寒交迫,才铤而走险,走上了违法之路。

其三,作家非常机智地借助于清醒状态时的堂吉诃德的言语,宣扬了先进的人文主义思想。堂吉诃德虽然行状癫狂,但"他的头脑各方面都很清楚、稳健,所以只要不提骑士道,谁都认为他的识见很高明",在清醒时,堂吉诃德的言语谈吐闪耀着人文主义的思想光辉。他对人的自由价值和尊严予以充分的肯定,"认为人是天生自由的,把自由的人当奴隶未免残酷";强调人都应当"一心向往美德,以品行高尚为荣",因为"血统是从上代传袭的,美德是自己培养的;美德有本身的价值";肯定人的感情,认为每个人都具有追求纯洁爱情和幸福生活的权利,包括他对"杜尔西内娅"的思慕;他由衷地向往一个财产公有、没有私有制、没有压迫、人人平等和谐的理想社会;因此他把自己看作是"上帝派到世上来的维持正义的使者",其使命就是为了恢复这样一个"黄金时代";并明确表示"什么危险都吓不倒我",为此他勇敢地行侠天下,为了崇高的理想而执著地奋斗,体现了人文主义者的思想品格。因为西班牙封建统治异常严酷,塞万提斯只能借助于疯癫骑士身份的人物来宣扬人文主义,以期瞒天过海,逃避专制者的加害。这部小说当时如此走红的一个重要原因,也正是这个可笑又可爱的堂吉诃德大胆地说出了广大民众内心所憧憬的社会理想。

---

① 马克思:《革命的西班牙》,《马克思恩格斯全集》第10卷,第461页,人民出版社,1962年。

其四，小说最为重要的成就，即它具有久远的艺术魅力的一个根本原因，就在于成功地塑造了个性特征鲜明，又具有普遍审美价值的典型形象。主人公堂吉诃德这个世界文学史上著名的艺术典型的思想性格具有深刻的矛盾性，他行为怪诞、举止总想摹仿中世纪的骑士风度，可言语谈吐里却充满人文主义色彩；他每次行动的结果几乎不是别人受苦就是自己倒霉，可他的动机确实非常善良；他对社会的认识一塌糊涂，但他内心的社会理想却是非常美好的。其实，他本质上就是西班牙人文主义思想的化身，只是由于他采用了已经过时的骑士道的那套认知和行为方式，才导致了他思想性格内在的矛盾性，并呈现出一系列令人捧腹的性格特征。当堂吉诃德认识社会时，他对生活现实的否定和批判的态度源自人文主义思想，认为眼前不合理的社会现象根源在于妖魔鬼怪的作祟，进而把风车当作巨人、把羊群看成军队、把洗脸盆幻想为魔盔……纯粹以幻想取代现实，这就形成了他荒诞无知的性格特征；当描绘理想的社会图景时，他确实是以人文主义原则为基准的，然而他又把它具体地与以骑士制度为中心的中世纪社会模式搅混在一起，并一心一意想通过骑士道来实现他这看似"崇高"、实属荒谬的空想，这便形成了偏执顽固的性格特征；当他开始行动、外出游侠、想铲除不合理的社会现象时，他那种疾恶如仇、仗义执言、敢作敢为的做法显然体现了人文主义者的崇高品质，但是却采用了骑士道方式，单枪匹马、孤家寡人，到处乱闯，到处惹祸，害人又害己，行为的效果与其动机完全相背离，形成了他疯癫莽撞的性格特征。所以说，就堂吉诃德每一次荒唐举止和奇谈怪论而言，他确实就是一个精神不正常的疯癫骑士，着实滑稽可笑，充满了喜剧性，然而，把他的全部思想和行为的发生、发展和结局的整个过程作为一个整体来看，我们无疑会发现他所具有的人文主义的宽厚胸襟及其难堪的境遇，又令人可敬可叹，进而发现堂吉诃德的一生实质上是一个大悲剧。

堂吉诃德形象具有丰富的思想和审美价值，这不仅因为堂吉诃德形象中那种不满现实、批判社会、执著追求理想的精神品格，本质上符合社会历史进步发展的基本规律，它在任何一个时代都具有积极意义；同时，这个形象本身就是对西班牙人文主义的一个艺术的概括和总结，不仅体现了人文主义的进步性，也集中地反映了西班牙人文主义的局限性和悲剧命运。由于历史原因，西班牙的资本主义因素太柔弱，而封建势力则过于强大，所以人文主义先天性发育不良，对封建统治者存有幻想和依附性，就像堂吉诃德那样总想借助于骑士道那套东西来行动，结果也像堂吉诃德那样，无奈地成了公爵夫妇的玩物，最终必然为全面走向反动的封建势力所扼杀，在痛苦的清醒中离开人世。更重要的是，堂吉诃德思想性格内在的矛盾性，形象地概括了人的思想行为中普遍存在的荒谬性。由于社会历史条件的制约，人们不可能完全把握客观规律，经常会像堂吉诃德那样做出一些不合时宜的荒唐举动。于是堂吉诃德性格的矛盾性也就具有了普遍的概括性，堂吉诃德的名字已经超越了时空，成为人类社会历史中广泛存在的那类脱离现实、耽于幻想、自我封闭、落后于历史发展进程的人或生活现象的代名词。

小说中桑丘·潘沙的形象也具有重要的思想和审美价值。他是个地道的西班牙农民形象，淳朴而自私、机智而胆小、幽默而狡黠，既有劳动者善良的天性，又不乏小私有者贪小的劣根性；他的身形外貌、言谈举止和性格特征都与堂吉诃德迥然相异，又形成互补，相得益彰。他在作品中出现，不仅映衬得堂吉诃德的形象更为迷人，同时他也具有自身的思想价值。他最初是迫于生计才跟随堂吉诃德去游侠的，当然也有想捞个"海岛总督"当当的心理；他根本不相信主人的那套理论，所以两人经常发生龃龉。然而在长时间的朝夕相处中，他渐渐地为主人的宽广胸襟所感染，一旦真的有机会出任"海岛总督"时，他竟然忘了要"捞一把"的念头，居然实实在在地践行起堂吉诃德嘱托他的施政纲领，为当地老百姓做了几件好事。桑丘·潘沙形象不仅体现了作家的民主性倾向，同时也昭示着塞万提斯对西班牙人文主义未来发展的一种期待和理想：把堂吉诃德的人文理想与桑丘·潘沙的务实精神有机地结合起来,以推动人文主义社会理想的真正实现。

在艺术上,《堂吉诃德》被公认是文艺复兴时期欧洲文学中最重要的经典作品之一,它不仅代表了当时人文主义文学的最高成就,同时也开启了欧洲现代小说创作的伟大传统。它所创立的现代小说艺术,为18、19世纪的欧洲现实主义小说的产生与发展,奠定了坚实的基础;它所孕育的现代小说艺术的自由精神,也潜在地滋润着20世纪现代主义和后现代主义的各种小说流派。

《堂吉诃德》的创作充分体现了文艺复兴时期欧洲现实主义精神的高度自觉。人文主义作家在复兴古代艺术的同时,也在发扬古代的现实主义传统,莎士比亚和塞万提斯的创作充分体现了现实主义精神的真正自觉。就像莎士比亚在《哈姆莱特》中通过哈姆莱特的台词,较为系统地表述了作家的现实主义基本思想,塞万提斯也是如此,《堂吉诃德》"前言"里叙事人明确表示:作品"描写的时候摹仿真实:摹仿得愈亲切,作品就愈好";堂吉诃德也说:"戏剧是人生的镜子……编剧和演戏的人把这面镜子随时供我们照鉴。"《堂吉诃德》最充分体现了作家自觉的现实主义美学思想的,就是作品对社会生活进行了直接的摹仿和反映。表面上看,作品似乎只是写了一个"疯癫骑士"荒诞不经的传奇经历,其实主人公的游侠经历始终是在真实的生活环境里进行的,追随主人公的足迹,我们可以看到当时西班牙社会的各种真实的生活场景;为了达到对整个西班牙社会更为广阔的反映,作家有意地引入来自社会各阶层的人物,包括牧羊人、俘虏、车夫和贵妇人等,通过他们各自讲述的自身经历,真实地展现了当时整个社会的生活风貌。

《堂吉诃德》充分地汲取了以往各种类型的长篇叙事文学在结构形式上的艺术特点,包括英雄史诗、故事传奇、田园小说等,特别是流浪汉小说和骑士小说的艺术形式和方法,经过作家精心的融合熔铸,打造成现代长篇小说最基本的结构模式。它基本的故事情节模仿了骑士小说,是一个传奇故事;它的整体结构与流浪汉小说非常相像,以人物的生活经历为中心线索;小说中许多场面的细腻描写具有田园小说的风味;小说让堂吉诃德自认为是在从事一桩有史以来最伟大的事业,这显然又是对英雄史诗的艺术风格的反讽。不难发现,小说的结构核心,就是中心人物的命运和思想性格,这正是现代小说艺术结构最根本的特征。

小说大量地运用了对比与讽刺等艺术手法,由此而产生了奇佳的艺术效果。其中堂吉诃德与桑丘·潘沙之间的对比是最为令人称道的,这主仆两人无论是外形还是思想性格,都形成了鲜明对比:堂吉诃德又高又瘦,骑着一匹高高的瘦马,桑丘·潘沙又矮又胖,坐着一头矮矮的肥驴;堂吉诃德谈吐高雅斯文,桑丘·潘沙则满口村言俚语;堂吉诃德怀有崇高的理想,并敢于为之而献身,桑丘·潘沙则目光短浅,自私狭隘;堂吉诃德无视现实,耽于幻想,桑丘·潘沙则朴实认真,脚踏实地……两者反差极大,又相映成趣,给人以无尽的审美享受。其他人物和场景的描写,也经常让一些对立的因素,如智慧与愚蠢、勇敢与胆怯、理智与疯癫、幻想与真实、悲剧与喜剧等,紧密地交织在一起,形成对比,产生了很好的审美效果。小说的语言风格特色显著,作家具有精深的古典艺术素养,又充分地汲取了民间艺术的养分,从而形成了它所独有的时庄时谐、寓庄严于谐趣的语言风格,其叙事潇洒幽默,充满了智慧,而人物语言,特别是堂吉诃德与桑丘·潘沙之间的对话,更是生动机智,妙趣横生,常常令人忍俊不禁,捧腹大笑。

第八章　莎士比亚

一、生 平 与 创 作

　　威廉·莎士比亚(1564—1616),英国剧作家,1564 年 4 月 23 日出生于英国中部艾汶河畔的斯特拉福镇一个富裕市民家庭。十三岁时家道中落,他不得不跟着父亲学手艺,据说他当过戏院马厩的看守人、剧场清洁夫、舞台提词人和临时演员。1590 年他开始戏剧创作,加盟"宫廷大臣剧团"。随着创作和演出成功,他收入渐丰,他在故乡购置产业,并成为剧院股东。1610 年,他回到斯特拉福,但仍旧和剧团保持联系。他一生共创作了三十七个剧本,两首长诗和一百五十四首十四行诗。他于 1616 年 4 月 23 日去世。

　　莎士比亚的创作可分为三个时期。第一时期(1590—1600)创作历史剧、喜剧和诗歌。当时英国正值伊丽莎白统治时期,社会安定,经济繁荣。尤其是在 1588 年,英国击败了西班牙"无敌舰队",民族意识和爱国热情空前高涨。在这样的时代氛围中,莎士比亚创作了九部历史剧,题材主要取自霍尔编著的《两个卓越的贵族世家的联姻——兰开斯特和约克》和霍林希德编著的《英格兰与苏格兰编年史》,代表剧作主要有《亨利六世》、《理查二世》、《亨利四世》和《亨利五世》,这些剧作展示了英国封建社会从动乱纷争到中央集权的整个历史过程,表达了作者谴责僭主昏君,表彰明主贤君;反对封建割据,拥护中央王权的政治理想。其中,《亨利四世》(上下篇,1597)塑造了理想君主的形象,展现了广阔的历史背景。亨利四世是个理想君主,他平息了叛乱,治国有方,但是他"篡位僭权",因而终日忧心忡忡,悔罪不已,剧中的亨利五世英勇善战,贤明公正,德智勇俱全,是个完美的君主形象。这时期莎士比亚创作了十部喜剧,共同风格是浪漫与抒情。《仲夏夜之梦》(1595)是莎士比亚喜剧创作走向成熟的标志,具有强烈的幻想性和抒情性。《威尼斯商人》(1596)是讽刺喜剧与抒情喜剧的巧妙结合。《温莎的风流娘儿们》(1598)描写没落骑士福斯塔夫的情场角逐,体现出强烈的现实色彩和生活气息。《第十二夜》(1600)是他最重要的喜剧,将抒情喜剧的典雅优美、风趣诙谐和通俗喜剧的粗俗滑稽、嬉笑打闹完美地结合在一起。两个女性薇奥拉和奥丽维娅互为参照。剧本运用了乔装、误会、偷听、偷看、戏弄等手法,取得强烈的喜剧效果。其他喜剧还有《驯悍记》(1593)、《无事生非》(1598)、《皆大欢喜》(1599)等。莎士比亚热情肯定尊重事物,赞美人的力量和价值、情爱和友爱,而讽刺是温和的。女性形象刻画生动,她们感情纯真、心地善良、才思敏捷、热情活跃、意志坚强。如聪明机智、幽默风趣的鲍西娅,能言善辩、利嘴如刀的贝特丽丝,活泼开朗、调皮狡黠的罗瑟琳,善良无私、坚毅忍让的薇奥拉,感情真挚、追求执著的奥丽维娅。喜剧场面充满诗情画意、欢声笑语和轻歌曼舞,与人物的美好融为一体。

第二时期(1601—1607)创作悲剧和悲喜剧。当时,社会矛盾日趋激化,由于圈地运动,失地农民四处流浪,城市平民生活恶化,利己主义泛滥成灾。莎士比亚的忧伤也发生根本变化,基调是沉郁、悲怆、激愤的。他创作了七部悲剧。《哈姆莱特》(1601)通过丹麦王子哈姆莱特为父复仇的故事,描绘了文艺复兴晚期英国和欧洲社会的真实面貌,表现了作者对文艺复兴运动的深刻反思以及对人的命运与前途的深切关注。作者善于通过内心矛盾冲突揭示人物的思想,人物之间互相对比,现实主义与浪漫主义相结合。《奥赛罗》(1604)是一出爱情悲剧,军事将领奥赛罗冲破等级和门阀观念,赢得苔丝狄蒙娜的爱情,但他容易嫉妒,轻信伊阿古的逸言,扼死了妻子。伊阿古是社会罪恶的体现者。《李尔王》(1605)取材古代不列颠的传说,李尔王刚愎自用,轻信两个虚伪的女儿,将国土王权、金钱拱手相让,结果惨遭驱赶。剧本表现了"纲常伦纪完全破灭"的社会状况。《麦克白》(1605)揭露和鞭挞野心,麦克白原为一个万人敬仰、品性卓绝的英雄,却在腥风血雨、浊流泛滥的岁月里经受不住野心和权势的诱惑,谋杀贤君,暗害忠良。悲剧还有《安东尼与克莉奥佩特拉》(1606)、《雅典的泰门》(1607)等。悲喜剧则有《终成眷属》(1602)、《一报还一报》(1604)等。莎士比亚的悲剧广泛而深刻地揭露了社会的黑暗面,对人性作了全面而透彻的剖析,深刻揭示了权势和金钱是导致人性普遍堕落的根源。这些悲剧具有悲壮色彩,专写"高贵"的英雄在残酷的现实面前可悲的毁灭。莎士比亚对人物内心的挖掘表现出人物塑造的深刻性和精致性。他让鬼魂、女巫上场,直接参与舞台表演,制造气氛。剧中出现大量的意象,如《哈姆莱特》中的"疾病",《麦克白》中的"黑暗"、"鲜血"、"不合身的衣衫",《罗密欧与朱丽叶》中的"光",含义深远。

第三时期(1608—1612)创作传奇剧,一共四部:《泰尔亲王配力克里斯》(1608)、《辛白林》(1609—1610)、《冬天的故事》(1610—1611)、《暴风雨》(1611—1612)。传奇剧具有奇崛美,将神秘性、偶合性结合在一起,还具有恬适美,这是作者饱经风霜、洞察人情世故之后的一种幻想,是对美好生活的一种追求。这些剧本具有和谐美,结局都是缔结婚姻、家庭欢聚。

莎士比亚是世界戏剧史上的泰斗,他的戏剧深刻体现了人文主义精神。他反对禁欲主义,肯定人的世俗生活的意义,肯定人的自然欲望的合理性。他的悲剧指出,人的自由是有限的,人必须在自然欲求与社会道德律令、原欲与理性、出世与入世、个体与群体、人与社会、人与自然等方面做出准确的把握。哈姆莱特的犹豫、延宕、忧郁,正是当时人们面对这多重矛盾时两难心态的艺术化表征。莎士比亚的作品沟通了人文主义与古希腊古罗马文化的传统,又延续了希伯来-基督教文化的血脉。由此,西方文学"人"的观念步入了新的境界。

莎士比亚擅长表现人物内心世界的复杂,善与恶往往并存,有时是善在前,恶在后,呈现发展变化。人物性格不是单一的，这更符合人性的复杂性。人物塑造常采用对比，既有主角与配角之比，也有配角之间的对比。人物形象多至数十个，各不雷同。在结构上，莎剧通常是多线索的，开放性的，或者插入"戏中戏"。情节曲折，场面精彩纷呈，而又留有观众思考的余地。语言个性化，而且丰富多彩，词汇量超过同时代的作家达两倍之多，据研究有一万五千多个，时有警句和人生妙语，发人深省。

二、《亨利四世》

莎士比亚历史剧的题材主要来源于两部编年史。一部是爱德华·霍尔（？—1547）的《两个卓越的贵族世家的联姻——兰开斯特和约克》，从理查二世写到亨利八世，纵览了从14世纪末期至16世纪中期近一百五十年的历史。另外一部是拉斐尔·霍林希德（？—1580）写的两卷本《英格兰与苏格兰编年史》（1577年出版，1586至1587年经别人增补出版为三卷）。这两部编年史书成为莎士比亚的采石场，为他的历史剧提供了可靠的素材，而当时莎士比亚历史剧的兴盛，客观上也起到了传播历史知识的作用。

《亨利四世》（上、下）是莎士比亚历史剧的代表作品，剧情通过主人公亨利四世和哈尔王子的活动展开。在《亨利四世》上部，亨利四世在刚刚罢黜了理查二世、取而代之后，马上就面临北方贵族的叛乱；而自己阵营内部也不太平，诺森伯兰伯爵父子及一伙贵族与亨利四世面和心不和，最终走向亨利四世的对立面，发动叛乱，妄图瓜分英格兰，使英国陷入到封建割据的状态中；亨利四世的儿子哈尔太子又"不务正业"，每日混迹于市井，言行全然与高贵的身份不符。内忧外患，加之内心受到"来路不正"、"篡位"的指责，亨利四世感到身心疲惫。不过，实际上，哈尔王子并非像人们看到的那样真是个花花公子，表面放荡不羁，胡作非为，不遵守贵族的法律和礼仪，实际上是为了掩盖他的真实目的。他与市井百姓接触，以博得下层人民的好感和支持，为他亲登宝座称王做充分的准备。而当叛乱兴起，他立即表现出一个王子和未来国王的风范，向亨利四世解释他的心意，表明要痛改前非。他得到亨利四世的谅解和信任，父子一同出征平叛。在沙场上哈尔王子英勇无比，他解救了身陷险境的亨利四世，并与叛军最勇猛的主将霍茨波狭路相逢，最终杀死了霍茨波，暂时平息了叛乱。

在《亨利四世》下部，亨利四世仍然要对付反王党的贵族们和大主教的联合叛乱，夜不能寐，身染重病。哈尔王子继续帮助父亲扫平叛乱，瓦解了叛军联盟，树立起自己的威望。亨利四世病亡，哈尔王子终于如愿以偿，成为新一代君王，即亨利五世。

在《亨利四世》剧中塑造的众多人物形象中，哈尔王子是最重要的一个。他是作者着力塑造的一位理想君主，既拥有合法的继承权，同时也具有治理国家的能力。哈尔王子颇有心机，能征善战，勇猛无比，对王位有着极强的欲望。在父亲四世执政时，他有一段时间行为放荡，给人以不务正业、难当大任的错觉。但他头脑十分清醒，一时一刻也没有忘记他的身份和职责。他与下层人民接触，目的是了解当时社会的真实情况和人民的想法，争取他们对自己的好感，以得到更多方面力量的支持。他表面上与那些市井之徒"打成一片"，在一起吃喝玩乐，实际上他一直和这些人划清界限，保持着距离。当国内叛乱兴起，他立刻抓住机会，博得亨利四世的信任，建功立业。而当自己走向王位，成为新君，他立刻与拥护王权的贵族结成联盟，站在了下层人民的对立面，他发布严厉的法令，驱逐以往的"朋友"，表露出封建君主的本性。

《亨利四世》中还有两位引人注意的人物——霍茨波和福斯塔夫。

根据史书中的记载，霍茨波的年龄比亨利四世还大三岁，但在《亨利四世》中，莎士比亚把他写成与哈尔王子年龄相仿的同辈人,这样做的目的是通过二者的对比,更鲜明地展现他们的性格特征。哈尔王子与霍茨波都是处于贵族集团中心的人物,各自代表贵族集团中不同的势力:霍茨波是保守派贵族的代表,而哈尔王子则是改革的、激进的贵族势力的化身。在生活方式、价值观念、行动准则等方面,二者形成鲜明的对比。霍茨波英勇无比,在战场上是一员猛将,但他直率鲁莽,有勇无谋。只要不顺自己的心意,他就会火冒三丈,暴跳如雷,喋喋不休地抱怨。在思想观念上,霍茨波维护保守落后的旧贵族观念,妄想割据一方,为所欲为,固守的是个人的、家族的利益原则,而不考虑国家的、民族的利益得失。剧中,霍茨波总是锋芒毕露,时刻显示自己的强硬、勇猛,而哈尔王子则善于将自己的锋芒藏而不露,耐心等待时机的到来,"不鸣则已,一鸣惊人";霍茨波保持着传统的贵族观念,奉行骑士风范,视荣誉为生命。他不需要与别人合作,因为这样可以独享荣耀。哈尔王子表面离经叛道,实则一直在遵循和维护着封建王权,但是他更善于审时度势,懂得通过放下架子,接近下层人民,笼络人心,在改变中求发展。他把荣誉和胜利结合在一起,在他看来,只有取得了胜利,获得了利益,荣誉自会跟随而来,荣誉才有意义,这是新兴资产阶级实用主义思想的表现。所以他平日行为随意,但是一旦机会来了,他打败霍茨波,就会双倍赢得荣誉。二人的交锋最后以哈尔王子的胜利告终,这既是两种势力对抗的结果,也是历史前进的必然。莎士比亚通过对比,表现了哈尔王子在当时社会各种势力的变化发展中,逐渐羽翼丰满,展露出他的政治才华,最终从人们眼中的一个浪子变为叱咤风云的贤明君主。在这个过程中,莎士比亚戏剧性地再现了封建大贵族与王权之间的争斗,王权联合下层人民的力量,巩固了统治,维护了国家统一。

福斯塔夫是莎剧中最受欢迎的一个充满喜剧色彩的形象。他是封建关系解体时期的破落骑士,一个专靠吹牛撒谎、招摇撞骗过日子的"雇佣兵"和"冒险家"的典型。他有一个滑稽的、肥胖的身躯,特别是肥大的肚子,使他自己根本看不到自己的脚尖。这既是他可笑的标志,也装满了无穷的欲望;他是幽默的,这种幽默与他的性格中的多种矛盾因素的混合相一致。福斯塔夫留恋贵族的生活方式,幻想过上大贵族的奢华、安逸、不劳而获的日子,但实际上已被贵族阶级清理出户,成为身无分文的破落者;虽然号称"约翰爵士",但已全无封建骑士的思想和观念,他对"荣誉"、"圣战"等骑士精神视如粪土,而是处处奉行资产阶级的处事原则,利字当头,不择手段;年过半百,肥胖而虚弱,但还以"年轻人"自居,并且为了讨生活而四处奔波;生性懦弱怕死,却必须在战场上冒险,拿生命做赌注,去博取余生的幸福。马克思、恩格斯也曾精妙地评价福斯塔夫是"崇高和卑下,可怕和可笑,英雄和丑角的奇妙的混合"。

尽管福斯塔夫身上有许多毛病,但是从他一出现在戏剧舞台上就受到观众的喜爱。原因是多方面的。首先,他生性乐观,而且善于把自己的快活乐观传染给别人。在他身上既保留着往昔贵族生活方式的寄生性,也散发出文艺复兴时代人们努力挣脱禁欲主义羁绊、热爱生活、享受人生的新气息。尽管他常常身无分文,但是时刻充满希望和信心,虽然处处碰壁,生活困窘,却满怀信心地期待明天的生活会发生天翻地覆的变化。他从未陷入窘境,任何险阻都可以化为坦途。这正是人们喜爱他、同情他、原谅他的一个原因。

其次,福斯塔夫身上既反映出下层人民普遍存在的精神状况和思想观念,又具有独特的个性魅力,这是他深受欢迎的另一个重要原因。福斯塔夫和他的伙伴们,是与贵族阶级相对应的下层社会的代表。这个阶层是由复杂的、不得势的各行各业的人员组成的,多数是平庸、琐碎的市井之徒。他们没什么崇高的理想和高尚的追求,更注重实实在在的现实生活中的利益分配。他们也有各种各样的缺点和不足。福斯塔夫似乎集人的各种毛病于一身,凡人会犯的错似乎在他身上都出现过。也许正是这样,观众看后才会有一种认同感,并因自己某一方面比福斯塔夫好而产生一种狭隘的、本能的优越感。福斯塔夫又有着许多作为一个无权无势的下层人所具备的难得之处：他身处困境，但从不怨天尤人，无病呻吟；他注重现实，对虚有的名气、荣誉不屑一顾，因为那些东西不会解决作为人最基本的生存问题；他虽受到嘲笑和捉弄，但从不自轻自贱，善于自嘲，化解受到的侮辱和嘲弄；他自谋生路，虽然有时会采用人所不齿的下流手段，但主要是为了生存下去，弱肉强食，适者生存的社会法则为多数人接受和认可。可以想象，在现实生活中，许多人会遇到类似剧中的福斯塔夫遭遇的情形，他们可能也没有比福斯塔夫更好的解决办法，因此他们对福斯塔夫出于本能的认同和理解，喜爱和接受。加上福斯塔夫有高度的机智与幽默，伴随着头脑的敏锐与天生的充沛精力，这使他的种种缺点：贪吃、懒惰、好色、贪婪、胆怯……都变得微不足道了。

第三，福斯塔夫身上具有强烈的现实批判精神，这是时代的进步性的表现。尽管福斯塔夫的某些行为是不值得肯定的，但是他对现实的认识却是清醒客观的。他临战装死，无疑是胆小鬼，但他对旧式荣誉观的认识和批判却是一针见血的；他大发战争财，以征兵的名目勒索百姓，把赤贫的人送去充当炮灰，这种做法是无耻的，应该受到指责，但是他的"既然大鱼可以吞食小鱼，按照自然界的法则，我想不出为什么我不应该抽他几分油水"的论断，精练、准确而深刻地概括了文艺复兴时期英国的社会主导思想，他以一种"公开的、近乎厚颜无耻的方式对其加以揭示"。

正是因为福斯塔夫乐观的天性，冒险的精神，还有一身凡夫俗子具备的缺点（包括时代的罪恶），以及对时代精神的揭示和批判，不仅在舞台上征服了观众，也让后世的评论家思索回味，津津乐道。福斯塔夫形象的多样性、复杂性是莎剧成熟和达到一个顶峰的标志之一，他同哈姆莱特、奥赛罗等悲剧艺术形象一同载入世界艺术殿堂。

在剧中，哈尔王子和福斯塔夫的关系处于戏剧性的变化中，从开始的形影相随，到福斯塔夫被逐出京城，揭示出二人根本就不是同路人。哈尔王子只是在利用福斯塔夫等下层人民做幌子，制造放荡不羁的假相，同时还可以了解更多情况，为日后掌握王权和执政做准备。而福斯塔夫却对王子寄托了全部希望，把一生的赌注都压在哈尔王子的身上，所以他对哈尔王子百般讨好，甘愿充当王子的笑料，幻想一旦哈尔得势，自己也会借光。然而最后的结局却与福斯塔夫的愿望南辕北辙。在哈尔王子终于拨开乌云，显示出他太阳的光芒时，福斯塔夫也只能结束了他的幻想，走到生命的尽头。当人们对福斯塔夫抱以无限同情时，也深刻地认识到：哈尔王子的确具有统治国家的雄才大略，但作为一个封建统治者，他与其他帝王的本质没什么不同，都是站在人民的对立面的，因此福斯塔夫被弃的结局在所难免。

《亨利四世》采用两条线索展开情节，一条是主线索，国王与反王派贵族在宫廷中的勾心斗角以及战场上的拼杀；另一条是下层平民百姓为生存而在乱世之中奔波。剧中两条线索在不同的场景中交替进行，形成一种复调式结构。在宫廷的场景中，国王、大臣是主角；而到了市井的小酒店里——普通百姓则成为绝对的主角。于是，前一场是在豪华的府邸中，贵族间的勾心斗角、你死我活的争斗，下一场马上就是福斯塔夫一伙在破败的小酒店中的放纵、撒泼；一边是贵族内部打着公平、正义的旗号相互倾轧，一边是下层人民因战争等原因更加困顿，时刻在贫穷和死亡的边缘挣扎。哈尔王子与福斯塔夫之间的交往以及二人各自的生活，使得这两条线索有机地联系在一起。当国王、封建贵族在历史运动的前台展开了充满戏剧性的斗争时，以福斯塔夫为核心的平民却在历史的后院展开了有声有色的活动，通过这些活动向人们展示出公路抢劫、政府搜捕、征兵骚扰、官吏勒索、工匠失业、酒店和妓馆寻欢作乐的情景，构成了一个极富时代特色的"五光十色的平民社会"的图画，给活动于历史前台的帝王将相提供了一个更加广阔的社会背景。恩格斯将这个背景称为"福斯塔夫的背景"。

莎士比亚的历史剧注重历史与现实相结合,历史真实与艺术虚构相结合。它再现了波澜壮阔的历史事件,塑造了栩栩如生、呼之欲出的人物形象。那些真实存在过的历史人物与虚构的人物一起成为艺术典型,共同再现了英国民族一段动乱的历史时空。在莎士比亚的历史剧中既有金戈铁马的法兰西战场,又有硝烟弥漫的英格兰大地;既有富丽堂皇的王室宫廷场面,又有五光十色的平民画面;既有庄重严肃的悲剧场面,又有戏谑喧闹的喜剧场景;既有主要情节,又有次要情节。莎士比亚历史剧的史诗性与丰富性,对后世历史文学产生了积极的影响。

三、《罗密欧与朱丽叶》

《罗密欧与朱丽叶》的故事以 1303 年发生在意大利维罗纳城的真人真事为基础,最早出现在意大利作家科尔太的《维罗纳的故事》一书中,在彭德罗的短篇小说中也有这个故事。英国诗人亚瑟·布鲁克根据这个故事的法文译本写成了长诗《罗密欧与朱丽叶哀史》,1566 年威廉·潘特又把这个故事从法文译成英文,收在他的故事集《快乐之宫》中。后两者是莎士比亚创作的主要依据。

著名莎士比亚剧作译者朱生豪先生在 1944 年就评论说:"《罗密欧与朱丽叶》是莎士比亚早期的抒情悲剧,也是继《所罗门雅歌》以后最美丽悱恻的恋歌。这里并没有对于人性的深刻的解剖,只是真挚地道出了全世界青年男女的心声……爱情不但战胜了死亡,并且使两族的世仇消弭于无形;从这一个意义上看来,它无疑是一本讴歌爱情至上的喜剧","是一本爱情的宝典",也是莎士比亚戏剧中最受人们喜爱、最为人们熟知的戏剧。

在古老的意大利维罗纳城有两家名门望族,一是凯普莱特,二是蒙太古,两家世代相仇,不管是主子还是仆人,只要在大街上相遇,就会吵得鸡犬不宁,甚至拔刀相向。好像是命运故意作弄两家,偏偏让他们的独生子女相识相爱了,英俊潇洒的罗密欧狂热地爱上了美丽优雅的朱丽叶,两人在月光下,在花园里柔情蜜意,说不完的山盟海誓,道不完的恩爱恋情,但是横亘在他们之间的障碍是巨大的,于是他们只得隐瞒父母私下结了婚。可是,不巧的是,朱丽叶的父亲强迫朱丽叶嫁给帕里斯伯爵,而罗密欧为替朋友茂丘西奥报仇,被迫杀死了朱丽叶的堂哥提伯尔特,这桩命案迫使罗密欧远走高飞,逃避惩罚,一对相爱的人不得不分开,什么时候相见还很难预料,事实上这一去就是永别。朱丽叶被父母逼婚,急忙求救于善良的劳伦斯神父,神父让她在婚礼前喝药假死,等朱丽叶被葬到墓穴之后,再通知罗密欧回来,可是好像命运在有意跟他们开玩笑,送信人没有及时把信送到,罗密欧没得到假死的通知,倒是听说朱丽叶去世的消息,他心碎欲死,匆匆赶回维罗纳,在朱丽叶的墓穴里喝毒药死去;他刚死去,朱丽叶醒来发现罗密欧的惨状,她痛不欲生,拔出短剑,了却了年轻的生命。面对两具年轻的尸首,亲王谴责凯普莱特和蒙太古丧失理性的仇恨已触犯天怒,上天借他们子女的恋爱来惩罚他们这种人为的冤仇。两个家长悔恨不已,终于握手和好,结为亲家,把两个青年葬在一起,并为他们铸像以示纪念,一切都化干戈为玉帛。

"爱情与仇恨"是该剧的主题,罗密欧与朱丽叶的自由恋爱向封建包办婚姻制度提出了挑战,虽然他们双双殉情而死,但他们的灵魂将永远连在一起,悲剧的结局说明爱情高于两个家族间的宿仇,爱情的强大力量战胜了恨,表达了人文主义者美好的愿望。罗密欧与朱丽叶的悲剧不是个人的悲剧,而是时代的悲剧,具有反封建的意义,它证明:合理的社会应该维护人权,维护人追求幸福的权利,任何人、任何观念、任何势力都休想阻挡这一正义的要求。

这是一曲青春和爱情的颂歌,苏联莎士比亚评家阿尼克斯特盛赞该剧,认为:"真正的爱情诗篇产生于罗密欧与朱丽叶相遇的一刹那,巨大的激情在一对少年的心里萌动,这既是感官的,又是理想的,是两者同时兼备的美妙的谐和物。为了表达罗密欧与朱丽叶的感情,莎士比亚动用了许多世纪以来抒发爱情所创造的全部诗化手段。"莎士比亚极尽华丽动人的语言写出体态的美丽,亲密的交往,融洽的旨趣是如何引起年轻人的爱的萌生、爱的奔突和不可抗拒的天然魔力,罗密欧初见朱丽叶一下子被她的丰姿所动,目定魂摄,不能遽语,这是人性使然。他们恋爱的场景如画般美丽,绵绵情话如歌般动听,句句都是诗,声声都是情。

罗密欧热情奔放,富有幻想,具有罗曼蒂克气质,他疯狂地爱上只见了一面的朱丽叶,舞会结束还不忍离去,徘徊在围墙外,并翻越高高的围墙跳入花园里,只为再睹朱丽叶的芳容。他对社会和家庭抱着和平的愿望,讨厌两家无谓的争吵,看到两家世仇给亲友和社会带来的无穷尽的灾难,他极为痛心,在爱情和家庭利益发生冲突时,他毅然选择爱情,把爱情置于一切之上,甚至高于生命,他是情圣!

同样是情种,莎士比亚在塑造这两个形象时,显然对朱丽叶的用笔更多,赞赏尤加,她纯洁美丽,温柔甜蜜,活泼果敢,刚柔相济,对罗密欧,她柔情似水,对父母的专横,她极力反抗。她是爱的天使,纯净无瑕,海涅说:"朱丽叶是第一次恋爱,而且以整个健康的肉体和灵魂在恋爱。她十四岁,是一朵玫瑰的蓓蕾,它正在我们眼前为罗密欧的嘴唇所吻开,容光焕发地绽放了,她不曾从世俗的典籍、也不曾从宗教的经文学习过爱情的真谛;太阳向她讲过它,月亮也向她讲过它,她的心则像一个回声似的向她重复它,当她夜间以为没有人偷听的时候。可是罗密欧听见了她的话,并且当真听信了。她的爱情的品格就是诚实和健康。"我们还要补充说,她的品格勇敢无畏,哪怕冒着死的危险也要争取爱情,那使人彻骨寒冷的麻醉药使她不寒而栗,那阴森黑暗的墓地让她毛骨悚然,但为了爱情,她什么风险也敢于尝试。她比罗密欧略胜一筹的地方在于,罗密欧过于冲动,头脑也比较简单,智谋不够,而朱丽叶在激情喷涌的时候还思考如何对付父母的策略,既能暂时打发父母的逼婚,又能保全自己的爱情,她听从了神父假结婚的计谋,假如不是天意的阻挠,这个计谋差一点成功。就行动和经验,智慧和力量而言,她比罗密欧高出一筹。在追求爱情幸福的过程中,她尤为主动,是她首先表露对罗密欧的爱,对着月光,她道出了心中的秘密,是她先提出了要与罗密欧结婚的主张,在舞会上她和奶妈说:"假如他结了婚,那么坟墓将是我的婚床。"在一见钟情的瞬间她已把爱情、婚姻和生命紧密联系在了一起。花园诉情后,她说:"明天我会叫一个人到你的地方来,请你叫他带一个信给我,告诉我你愿意在什么地方什么时候举行婚礼,我会把我的整个命运交托给你,把你当作我的主人,跟随你到天涯海角。"这么快的节奏,这么果断的安排,显示了强烈的爱和敏捷的头脑,她是感性和智性的完美结合,她打破了封建社会女子的保守被动、听天由命、听任摆布的规范,有思想、有个性,坚定地维护人的基本权益——追求幸福生活的权利,是人文主义的新女性,也是莎士比亚心中最理想的女性。

莎士比亚为了烘托这段美好的爱情,特别多地借助意象来增添诗的意境,美的情调。英国著名的意象—语义派批评家斯珀津说:"在《罗密欧与朱丽叶》中,莎士比亚把青年的美丽与炽热的爱情看成黑暗世界里耀眼的太阳光和星光。主导的意象是光,表现为各种形式:太阳、月亮、繁星、火、电、火药爆发的闪光和美与爱的折光。与此对照的是夜、黑暗、云、雨、迷雾和烟尘。"对罗密欧来说朱丽叶是东方初升的太阳,她的眼睛是天上的星星,甚至比星星还明亮。对朱丽叶来说,罗密欧是夜里的白昼;在她眼里,他胜过众人,像耀眼的太阳胜过一颗星一样,不只发光而且是光的本身;"把我的罗密欧给我!等他死了以后,你再把他带去,分散成无数星星,把天空装饰得如此美丽,使全世界爱恋着黑夜,不再崇拜炫目的太阳。"这些意象反映了恋人心目中对对方的强烈的感情,正是这种激情使他们采用了夸张的比喻,也把十四岁的少男少女初次爱恋时的感情的勃发和汹涌不可遏制的状态逼真地表达了出来。

斯珀津充满感情地分析道:"我想莎士比亚在这个迅速而悲哀的美丽故事中看到的是一种几乎令人睁不开眼的明亮;它突然燃起,又瞬息即逝。他把九个多月长的情节故意压缩为短促到几乎令人难于置信的五天。两个人星期天相遇,星期一结婚,星期二黎明分手,星期四夜里又在死亡中重逢。诗人不断地强调在危险与毁灭陪伴中的迅急而光明的感觉。朱丽叶说他们的婚事'太仓促、太轻率、太出人意料了,正像一闪的电光,等不及人家开一声口,就已消隐下去。'罗密欧和神父也在直觉地运用火药爆炸时急剧发光的意象,'这种激烈的快乐将会产生狂暴的结局,正像火和火药的亲吻,在最得意的一刹那便烟消云散。'"

在作品中其他人物也喜欢用比喻意象,老凯普莱特把舞会的嘉宾比做群星,把朱丽叶的哭泣比作倾盆大雨,就连亲王指责两个仇家相逢时也用意象作比,"你们为了扑灭你们之间怨毒的怒焰,不惜让殷红的流泉从你们自己的血管里喷涌出来"。剧本中还有许多的具体场景意象,舞会灯火辉煌、火炬照耀,黑暗的墓地也暂时被火炬照亮,随着格斗的结束又变成黑暗,罗密欧与朱丽叶的相继殉情而死就像"死前的闪电"。这些意象提示了作品的主题,同时也让我们直接看到莎士比亚的思想和想象力是怎样活动的。

关于这两个恋人的爱可以说是所有莎士比亚作品中最完美无瑕的,因为他们之间本身没有任何的裂痕和阴影,是完全和谐的,不像奥赛罗对苔丝狄蒙娜的猜忌,也不像哈姆莱特对奥菲里娅的误解,更不像克瑞西达对特洛伊勒斯的轻薄,他们一直互相信任、真挚热烈、至死不变。有学者提出这样的观点:罗密欧与朱丽叶爱得太深了,才导致了悲剧,假如他们不是爱得那么深,那么罗密欧看到朱丽叶"死"去,尽管悲伤,但不至于自杀,朱丽叶一会儿就会醒来,两人可以双双逃离维罗纳,劳伦斯的计划就得以顺利实行,那岂不是个喜剧吗? 假如他们不是爱得如此深,那么朱丽叶看见罗密欧死去,自然很哀伤,但不至于自尽,那么悲剧的程度要减轻一些,正是他们爱得死去活来,所以才导致了双双殉情,他们的故事应验了一句古话:问世间情为何物,直教人生死相许。

关于这个剧到底是社会悲剧还是命运悲剧,评论家们各执一词,周作人在《欧洲文学史》提到《罗密欧与朱丽叶》时认为:"Romeo 与 Juliet 之死别,虽因缘于人事,实亦定运之不可逃,"此乃"命运悲剧"也。莎士比亚为了"戏"故意设置了一些不幸的"巧合",罗密欧为朋友报仇,迫不得已把提伯尔特杀了,于是只好流放,暂时远走高飞;由于瘟疫,送信人没有及时把信送到罗密欧手中,致使罗密欧以为朱丽叶真的死了;劳伦斯神父没有早一点赶到墓地,阻拦罗密欧,等等,这些固然好像命运的安排,但是即便没有这些因素,这门婚事很难成功,因为家长的专制太厉害,太残酷,他们会以其他的方式来设置障碍,没有生命的代价,他们是不会醒悟的,所谓"不见棺材不掉泪"。但是大多数学者倾向于社会悲剧,是爱情理想与封建包办婚姻制冲突的悲剧,类似这样的包办婚姻制在古今中外害了多少年轻人,这种悲剧现象比比皆是,如《新爱洛伊丝》、《阴谋与爱情》、《少年维特的烦恼》、《茶花女》、《西厢记》、《梁山伯与祝英台》、《孔雀东南飞》等等。罗密欧与朱丽叶是爱情至上主义者,唯情而生,唯情而终,他们追求幸福的梦想与封建家族间的盲目仇恨、家长的顽固意志之间不可调和,封建家长制作风专横霸道,根本不考虑年轻人的感情,一意孤行,他们百般阻挠自由恋爱,强制为子女订下没有感情的婚约,纯真的爱情被封建的家族仇恨所毁灭。不过,最后在血的代价面前,他们醒悟自己的罪孽,握手言欢,相约为亲家,把两个年轻人合葬在一起,这个结局多少给我们以安慰。中国对该剧最早的评论是近代戏曲家汪笑侬的诗:"天教仇寇成婚媾,归妹偏占载鬼多。纵有押衙终不济,何须成败怨萧何。"在汪笑侬看来,世人不必为他们殉情而哀叹和惋惜,而应当为他们美好的爱情感动,因为他们的爱情是惊天地、泣鬼神的爱情绝唱！

　　关于这个剧是悲剧还是喜剧，抑或是悲喜剧，评论界基本上定为悲剧，因为两个年轻人以身殉情，但是该剧到处洋溢着青春欢乐的气息，喜剧抒情的场景占了一半的篇幅，以至于人们有理由怀疑它被定性为悲剧的可靠性，与其说它是悲剧，倒不如说是悲喜剧。除街头格斗和墓窖惨死外，其余的场景都充满了诗情画意和抒情格调，皎洁的月光，低语的微风，夜莺云雀的歌唱，芬芳的花香，甜蜜的情话，热烈的亲吻，翩跹的舞姿，美妙的音乐，所有的一切都编织成一个美的花环，谱写着爱的小夜曲。雨果说《奥赛罗》写的是"黄昏的爱"，而《罗密欧与朱丽叶》写的是"黎明的爱"。海德尔说它是一出"甜蜜的爱情剧"，它"在一切时间和地点关系上又是传奇、梦和诗"。阅读这个剧，读者仿佛置身在诗的瑰丽世界中，观看这个剧，观众仿佛徜徉在光影交织的梦境里。喜剧的风格还通过茂丘西奥轻松的语言、玩笑的口吻，奶妈的唠唠叨叨、喋喋不休的善意的碎语来表现，她动不动就赌咒发誓，"凭着我十二岁时候的童贞发誓"，"用我的十四颗牙齿打赌"，滑稽可笑让人捧腹，他们为悲剧增添了许多生活气息。

　　这部悲剧之所以不同于莎士比亚的四大悲剧，没有阴暗悲怆的格调，更多的是轻松愉快，浪漫抒情，其原因在于它创作于早期，此时莎士比亚年轻天真，又加上从乡村来到繁华的伦敦，兴奋不已，对生活抱有乐观的看法，满肚子的憧憬向往，涉世不深，对社会罪恶初步了解，对人性的洞察尚未深入，因此整个创作基调明朗欢快，即便是悲剧也披上喜剧的色彩。

　　世界上没有哪一部爱情悲剧比《罗密欧与朱丽叶》更著名，没有哪一部爱情悲剧比《罗密欧与朱丽叶》流传得更广泛，它已成了爱情的代名词，是理想爱情的象征！

第九章　莫里哀

一、生平与创作

莫里哀(1622—1673),本名让-巴蒂斯特·波克兰,法国喜剧作家,父亲是王家室内陈设商。1642 年莫里哀在奥尔良大学获得法学学士学位。1643年他和女演员玛德莱娜·贝雅尔一家建立了"光耀剧团",演出流行悲剧,入不敷出,几次进债务监狱,1645 年剧团宣告破产。从 1645 至 1658 年,他联合别的剧团,跑遍南方和西部,十二年的流浪生活给他提供了观察领域,他集领导、演员、编导于一身,积劳成疾,开始咯血。

1659 至 1663 年是古典主义喜剧开创期。1658 年,《多情的医生》在卢浮宫演出,获得成功,此后剧团被允许在小波旁宫演出。《可笑的女才子》(1659)描写两个外省的女才子来到巴黎,渴望进入上流社会,将仆人当作贵族,闹出了种种笑话。此剧开创了风俗喜剧的先河。《太太学堂》(1662)是莫里哀的第一部大型喜剧,批判了修道院教育和封建夫权思想,赞美了年轻男女的真挚爱情。剧中,企图将养女阿涅丝娶为妻子的阿诺耳弗,不断将自己的防范告诉阿涅丝的情人奥拉斯,由此产生笑料。阿诺耳弗把阿涅丝送进修道院,原本就是要把她培养成附属品和奴隶,阿涅丝告诉他,这不是爱情,这只是占有欲。此剧当年就演出了五十三场,是莫里哀首场演出最多的一出戏,国王赐给他"优秀喜剧家"称号和年金。《太太学堂》演出后,莫里哀受到人身攻击,于是写出《太太学堂的批评》和《凡尔赛即兴》,进行还击。

1664 至 1668 年是他的创作盛期。《伪君子》的上演经历了曲折的斗争,却磨砺出思想和艺术的精品。《堂璜》(1665)揭露了贵族的腐朽堕落、横行霸道。堂璜不仅是一个浪荡鬼,而且是一个伪君子,因而遭到上天的惩罚,剧本将现实性与神奇性相结合,悲喜混杂。《恨世者》塑造了一个愤世嫉俗者的形象。这部剧作被看作当时上流社会生活的一份历史资料,揭露了大贵族圈子的庸俗和虚伪。他们表面的彬彬有礼掩盖不住内心的枯槁;他们谈话的艺术在于诋毁别人,交换尖酸刻薄的言辞。《吝啬鬼》(1668)描写了资产者贪婪吝啬、嗜钱如命的本质。阿巴贡具有资本主义发展初期资产者的敛钱方式和活动特点,是欧洲文学史上著名的吝啬鬼形象,他的名字成为吝啬鬼的代名词。莫里哀通过细节的积累来塑造他的吝啬性格。阿巴贡还有第二种激情,这就是他爱上一个贫穷的姑娘,这种情欲披露了他内心的另一种占有欲和追求享乐的欲望。

1669 至 1673 年,莫里哀为宫廷的喜庆写剧,也写出一些优秀的风俗喜剧。《贵人迷》(1670)嘲讽了醉心贵族的资产者。《司卡班的诡计》(1671)塑造了机智和敢于逾越等级观念的仆人形象司卡班。最妙的是他把藏在袋子里的主人痛打一顿,出了口气。但却招来布瓦洛的批评,他要求莫里哀少做"人民的朋友"。《没病找病》是对觊觎财产心理的揭露。上演此剧时,莫里哀心力交瘁,但为了剧团开支,不得不担任主角。2 月 17 日,第四场演出中,他颓然倒下,几小时后与世长辞。

莫里哀的喜剧具有深刻的思想内容。他认为喜剧要描绘当代风俗,"修饰本世纪的肖像"。这个"静观人"(布瓦洛语)比同时代作家的经历丰富得多,对人情世态的观察深入细致,在人文主义传统、伽桑狄和古代唯物论哲学家的影响下,在与下层人民接触中形成的民主主义思想的指导下,他的观察高度比别人略胜一筹。他指出:"喜剧的责任既是在娱乐中改正人们的弊病,我认为执行这个任务最好莫过于通过令人发笑的描绘,抨击本世纪的恶习。"这是莫里哀的基本创作纲领。他反复强调:"一本正经的教训,即使面面俱到,也往往不及讽刺有力;规劝大多数人,没有比描画他们的过失更见效的了。把恶习变成人人的笑柄,对恶习是重大的打击。"这种认识使他突破了旧喜剧的内容,敢于接触别人望而生畏的题材。因而,他的喜剧具有强烈的战斗精神,适应君主专制政治的需要,他又成为资产阶级的代言人。他的喜剧大半以资产阶级家庭为背景,揭露资产者的恶习。他讽刺贵族沙龙的典雅风气,揭露贵族的糜烂生活,刻画贵族的种种丑态。与此同时,他赞赏下层人物,描绘了一系列仆人形象,他们头脑清醒,性格开朗,言语锋利,大胆泼辣,比旧喜剧的仆人更有生气。

在艺术上,莫里哀取得了很高的成就。他改变了旧喜剧的海盗劫掠、女扮男装、海难沉船、最后认亲的俗套,写作风俗喜剧和性格喜剧。他展现了 17 世纪下半叶的法国社会境况,塑造了吝啬、伪善、愤世嫉俗、醉心当贵族、迷恋典雅风气、轻信、过分虔诚、疑心病等嗜癖型的人物性格。他的喜剧具有较多的闹剧成分。他懂得并不是人物生理上的缺陷使人发笑,而是某种怪癖、某种恶习令人发噱。剧中人并不意识到自己可笑,他们生活在脱离实际的困扰中,不知不觉做出的行为便具有滑稽意味。看到他们的可笑行为,观众会庆幸自己摆脱了这些困扰,于是从内心发出笑声。莫里哀善于从情节和场景中,从地位颠倒和意料不到的逆转中,以及从语言等方面制造笑料。

二、《伪君子》

《伪君子》(又译《达尔杜弗或者骗子》,1664—1669)是法兰西剧院上演场次最多的剧目。上演经历了近五年的斗争,巴黎大主教一再控告此剧"否定宗教",下令凡是看此剧者革出教门。莫里哀写了三份陈情表给国王,并将原来的三幕剧改成五幕剧,最后获准公开演出。

达尔杜弗是个宗教骗子,他骗取了富商奥尔贡及其母亲的信任。奥尔贡要撕毁女儿的婚约,把她嫁给达尔杜弗,但达尔杜弗看中的是奥尔贡的续妻艾耳密尔,他调情的情景被奥尔贡的儿子大密斯看见,可是奥尔贡在达尔杜弗的挑拨下,反而剥夺了儿子的继承权,把财产全部赠给达尔杜弗。在这关头,艾耳密尔巧设计谋,让奥尔贡亲眼看见达尔杜弗如何向自己调情。奥尔贡终于醒悟,要把达尔杜弗赶出去。达尔杜弗这时露出狰狞面目:他掌握了奥尔贡替政治犯藏匿的文件,向国王告密。但英明的国王洞察幽微,下令逮捕了骗子,并赦免了勤王有功的奥尔贡。

《伪君子》深刻地揭露了教会势力的虚伪性和欺骗性。达尔杜弗的主要性格特点是伪善。他宣称整日不离《圣经》,骗取了奥尔贡的信任。其实虔诚是他的外衣,他暗中觊觎奥尔贡的财产和妻子。口头上他宣扬苦行主义,不离教鞭和苦行衣,但一顿饭他能吃两只鹌鹑和半条羊腿,养得"又粗又胖,脸蛋子透亮"。他当众把募来的钱施舍给穷人,忏悔不该弄死一只跳蚤,似乎仁慈善良,骨子里却凶狠歹毒,事情败露后欲置恩人于死地。他假惺惺地表示不能看妇女祖胸露臂的装束,实际是一个好色之徒,公然说:"私下里犯罪不叫犯罪,""如果只有上天和我的爱情作对,去掉这一障碍,在我并不费事。"他第一次被揭露时,把自己骂得狗血淋头、一钱不值,骗过了奥尔贡。他巧言令色,随机应变,狡猾透顶。这个艺术形象的成功刻画,使得达尔杜弗成为伪君子的代名词。

达尔杜弗的伪善具有典型性。他是外省的破落贵族,流落到巴黎寻找发财机会。当时外省有不少这样的中小贵族,他们大多成为骗子。达尔杜弗与秘密组织"圣体会"有关系,这个组织的任务是迫害异教徒、自由思想者和无神论者,这是一股与王权对立的力量,1660年被取缔,但仍有潜在势力,上层资产阶级是它力图控制的一个目标。达尔杜弗的活动如果得逞,会造成社会混乱。莫里哀安排克莱昂特这个中庸人物,目的在于表明自己只是鞭挞假虔诚,而不是反宗教。

剧本对不辨真假、一意孤行、执迷不悟的奥尔贡,包括他的母亲白尔奈耳太太也作了有力的批判。家中所有人都看清了达尔杜弗的嘴脸,唯独他们俩两眼一抹黑,对这个骗子无限信任,崇拜得五体投地。奥尔贡不但要将女儿嫁给他,还把自己的家产全部送给他,甚至把投石党事件的政治犯的文件匣交给他保存。奥尔贡的行为失去了一切理智,直到他亲眼目睹达尔杜弗要向艾耳密尔求欢的丑态后,才恍然大悟。但是这时他面对的是失去财产、被捕入狱的悲剧局面。不过,莫里哀对他采取的是规劝态度,认为他并非不可救药。

国王在剧中并未出场,却起着举足轻重的作用。他明察秋毫,处事果断,赏罚分明,不忘奥尔贡立过功勋。剧本结尾体现了路易十四的国策,即保持贵族阶级和资产阶级的力量平衡,既然宗教骗子危及他的重要臣民,他自然出面干预。剧本对国王的歌颂,是取得路易十四支持的重要保证。

在其他人物中,艾耳密尔聪慧机敏,贤淑贞洁,她对前房子女爱护备至,视同己出。为了让丈夫醒悟,她设计让达尔杜弗上钩。一举一动俨然大家风范。女仆桃丽娜更是光彩奕奕,她对伪君子的面目认识得最清楚,知道他既想得到主人的财产,又垂涎于女主人。她对儿女婚事的理解确有真知灼见:"爱情这种事是不能由别人强做主的。"她对主人的顶撞义正词严:"谁要把自己的女儿许配给一个她所厌恶的男子,那么她将来所犯的过失,在上帝面前是该由做父亲的负责的。"相比奥尔贡的愚蠢蛮横,大密斯的急躁简单,玛丽雅娜的懦弱胆小,她显得格外聪明、善良、敢作敢为,她成为反对封建道德、揭露宗教伪善的主要人物。艾耳密尔和桃丽娜都是讲理性的。至于克莱昂特,更是理性的化身、作者的代言人,但他的中庸之道的说教不免削弱了剧本的批判力量。

在艺术上,《伪君子》有独特的创造性,体现了精湛的技巧。伪君子形象的塑造手法别出心裁。前两幕是一场又一场家庭争吵,他们争论的焦点是达尔杜弗。这是以"间接描绘"来塑造伪君子的形象。观众虽然已经大体上了解到他的伪善,但百闻不如一见,勾起了好奇心。歌德认为这是"现存最伟大的最好的开场了"。及至达尔杜弗出场,是一段精彩的对话:

> 达尔杜弗　(望桃丽娜)劳朗,把我修行的苦衣和教鞭收好了;祷告上帝,神光永远照亮你的心地。有人来看我,就说我把募来的钱分给囚犯去了。
>
> 桃丽娜　真会装蒜,吹牛!
>
> 达尔杜弗　你有什么事?
>
> 桃丽娜　告诉您……
>
> 达尔杜弗　(从他的衣袋内掏出一条手绢。)啊!我的上帝,我求你了,在说话之前,先给我拿着这条手绢。
>
> 桃丽娜　干什么?
>
> 达尔杜弗　盖上你的胸脯。我看不下去:像这样的情形,败坏人心,引起有罪的思想。

达尔杜弗一开口就露出了伪善的本性:他看见桃丽娜,马上抓住机会表现自己,但是欲盖弥彰。他怕别人不知道他穿苦衣,便提一下以示炫耀。给囚犯分钱,是想说明自己心地仁慈,专门做好事。所以桃丽娜不客气地说他装蒜、吹牛,同时也在提醒观众。紧接着的一个动作进一步揭示了伪君子的面目:他突然掏出一条手绢,观众也跟着桃丽娜的喝问,想知道他要干什么。这一段话使他假正经的面目暴露无遗。莫里哀说过:"我不让观众有一分一秒的犹豫;观众根据我送给他的标记,立即认清他的面目;他从头到尾,没有一句话,没有一件事,不是在为观众刻画一个恶人的性格。"

莫里哀描绘伪君子所花的笔墨极为简练。全剧总共三十一场,奥尔贡(莫里哀亲自扮演)在二十场中出现,而达尔杜弗的戏只有十场;全剧共一千九百六十二行诗,奥尔贡占三百四十二行,而达尔杜弗只占二百九十行,但是他的场次却是关键性的,他的性格塑造得非常鲜明。对这个中心人物所花笔墨之少在莫里哀的戏剧中是独一无二的,在世界戏剧史上也是罕见的。

在《伪君子》中,喜剧手法与闹剧手法密切结合。第四幕第五场奥尔贡藏在桌子底下是富于喜剧色彩的安排。达尔杜弗的表白愈是坦率,就愈是令人可笑,因为观众知道他的话都让奥尔贡听到了。艾耳密尔既在对达尔杜弗讲话,也是在对丈夫讲话,而且为了让伪君子暴露,设法挑逗他,以便让丈夫觉悟。可是这回奥尔贡倒是沉得住气,始终没有露面,急得艾耳密尔又是咳嗽,又是敲桌子,提醒丈夫她是在做戏。最后,奥尔贡等达尔杜弗出去张望之际钻了出来,藏在妻子背后,直到达尔杜弗动手动脚,才迎了上去,让达尔杜弗吻个正着,至此喜剧效果也达到高潮。词句重复手法:对桃丽娜报告太太身体不适,奥尔贡不关心,却问:"达尔杜弗呢?"桃丽娜回答达尔杜弗身体好得过头,奥尔贡则说:"可怜的人!"这样一连四次,喜剧效果强烈。行为和局面重复:第三幕第六场,达尔杜弗下跪,表示自惭形秽,随之奥尔贡也面对面跪下,显出被人牵着走,十分可笑;达尔杜弗有四次脱下假面具,第一次对奥尔贡承认自己装假,显得滑稽,第二次把自己贬得一文不值,这是大实话,可笑的是奥尔贡不相信,还有第四幕第五和第七场,达尔杜弗终于露出了他的真正意图。莫里哀善于以喜剧手法来处理这些有悲剧因素的场面,取得别样的喜剧效果。

第十章　笛福

一、生平与创作

　　丹尼尔·笛福(1660—1731)，英国小说家，1660 年 9 月生于伦敦一个小商人家庭，只受过中等教育，自学成才。他信奉新教，政治上倾向于辉格党。早年做过各种生意，如内农业的中间商，经营过烟酒贸易，却屡遭挫折。1688 年他是个体面的商人，而到了 1692 年却破产了。他当过间谍、记者，办过报纸，他与几十家杂志联系，写过二百五十种政治小册子。他创办《评论报》，独自为这份报纸写文章达九年之久。1702 年 12 月他因出版小册子《对待非国教徒最简便的办法》，讽刺政府对非国教徒的限制与压迫，招致入狱，被判枷刑示众三次。在狱中他写出《枷刑颂》作为抗议：他指出该受刑的应是那些无能的将军、争权的政客、贪婪的财政家、骗人的掮客和股票经纪人、压榨穷人的地主、荒淫酗酒的牧师和放荡的贵公子等。他一生几乎都是在负债中度日，他临死前不得不离家躲藏，于 1731 年 4 月 26 日死在异乡。笛福拥护资本主义和殖民政策，反对封建残余、贵族门第偏见和宗教歧视，主张自由信仰，重视商人对国家的重要作用。他认为："给我们贸易就是给我们一切"，"贸易是世界繁荣的生命"，大力鼓吹发展经济。

　　他直到五十九岁时才发表第一部小说《鲁滨孙漂流记》(1719)，大获成功，同年出版这部小说的续集，次年又出版《鲁滨孙沉思集》。随后接二连三又发表了《辛格尔顿船长》(1720)、《摩尔·弗兰德斯》(1721)、《杰克上校》(1722)和《罗克萨娜》(1724)等小说。笛福的小说没有爱情故事，而是专门描写冒险和创业。其中，《辛格尔顿船长》描写主人公幼年被绑架，当了海盗在非洲和东方冒险致富的故事。《摩尔·弗兰德斯》的同名主人公的母亲是一个盗窃犯,生下她以后即被流放到弗吉尼亚。弗兰德斯在市长家长大,十五岁时被人强奸;丈夫死后,一再改嫁,结婚五次,其中之一竟是与她的同母异父的兄弟结婚。知道真相后,她回到英国,成为一名非常高明的扒手,然而终于被人抓住,关进监狱。在狱中,她遇见拦路抢劫犯詹姆斯,这正是她喜欢的前夫。他们被发配到弗吉尼亚,带走了他们的不义之财,并继承了她母亲的种植园,在痛改前非的忏悔中度过余生。小说暴露了18世纪初期英国伦敦生活的阴暗面,但写得比较松散。作者突出小说的训诫性质,例如女主人公现身说法,悔恨乃至要痛改前非,引出道德教训:"但是我所感觉的骄傲和美貌却做了我堕落的种子,或者可以说我的虚荣心是我失身的根源。"笛福被看成是英国第一位重要的小说家,开辟了现实主义小说的道路。他的小说中有较大意义的是描写出身低微者在逆境中凭个人奋斗或不择手段获得成功的故事,反映资本主义生活方式形成时期的英国生活。

二、《鲁滨孙漂流记》

18世纪一个英国水手在航行中和船长发生冲突,被遗弃在一个荒岛上。他在那里与世隔绝,独自生活了四年多,才被一个航海家带回英国。笛福从这件事中得到启发,动手写作《鲁滨孙漂流记》。小说分为三部分。第一部分叙述鲁滨孙离家三次航海的经历,他在巴西买下种植园;第二部分是小说主体,描写鲁滨孙在荒岛上的经历;第三部分叙述他从荒岛回来所做的事。第二部分是全书的精华,叙述鲁滨孙所乘的船在南美洲东北海岸以外的一个荒岛触礁,只有他一个人幸存下来。他在荒岛上先是独自生活了二十二年,直至他救出一个土人俘虏,取名星期五。鲁滨孙教会他英语,让他皈依基督教。后来,一只航船经过这个岛,船上发生叛乱,鲁滨孙帮助船长平息叛乱,返回英国,而将叛乱者遗弃在岛上。

小说中的鲁滨孙与原型不可同日而语。他的原型名叫亚历山大·塞尔柯克。他在1704年9月被遗弃在距智利海岸约五百海里,周围约三十六英里的于安·菲南德岛上。他在这里住了四年又四个月,在1711年回到英国。他在岛上最初心情忧郁、恐惧,甚至想自杀。在饿得不能忍受时才枪杀一只山羊。后来他逐渐习惯了这种生活,情绪才渐渐地稳定下来。他只有一磅火药,等到火药用完了,他就追捕山羊。航海家发现他时,他赤着脚,跑得比狗还快:"我们派了几个跑得最快的人,带着我们那条猛犬,去帮助他捉山羊。狗和人都被他拉下好远,疲惫不堪,他却捉到羊,把它们扛回来。"(罗吉斯《环球巡航记》)因为没有盐和面包,最初他吃不下东西,后来也就习惯了,但他从来没有想到用海水晒盐。他用钉子做针,用破袜子拆线,用铁钩做刀子,用木头和羊皮盖过两间小屋,小的用来做饭,大的供他睡觉。没有事时他就唱《赞美诗》,读《圣经》,和小羊、小猫嬉戏。也有作家对塞尔柯克很有兴趣,会见过他,写成文章,但他们要么宣扬知足常乐这种老生常谈的基督教教训,要么感叹离群索居的寂寞和痛苦。塞尔柯克在荒岛上确实也没有做出英雄事迹,他只不过做了一些为了生存必须做的事。他的行为不是进取的,而是消极的。

笛福却以不同的眼光去看待这件事:有这么好的自然条件,有这么丰富的物产,这里可以开辟一个新天地。在鲁滨孙身上,有一股力量使他不停地行动和追求。鲁滨孙的父亲是满足于中产阶级生活的,他没有欲望发大财,只想过舒服的日子,品尝甜蜜的生活。而鲁滨孙的内心却有一股不可抗拒的力量使他厌恶平凡中庸的生活,他一定要到海外去。父亲的劝告、沉船的教训都不能使他回头。他从摩尔人那里逃出,在巴西置了庄园,本来可以定居下来,但是他一旦经人提议就欣然同意再次航海,终于遇难,只身到了荒岛上。最初的困难被他战胜了,他的生活已经相当安适了,可是他还是不知疲倦地扩充自己的事业。促使鲁滨孙航海和开辟荒岛的力量就是想开辟世界,占有世界。这正是社会发展到新的阶段,不满足于守成的新兴资产阶级的阶级意识的表现。如此看来,鲁滨孙的经历不单纯是一个冒险故事,他是力求进取,不畏艰难,开拓世界的资产阶级的代表,他身上体现了上升资产阶级要征服世界的精神。

鲁滨孙是个新人。他不同于塞尔柯克之处还在于,塞尔柯克最后变成和土人差不多的模样,而鲁滨孙要尽可能保持资产阶级的体面。他有足够的火药和枪支使他能免于用最原始的办法猎取食物,也使他能用当代文明的物品征服可能危及他本人和他的"领土"的土人。除了衣服和一些小用品外,他几乎享有一切当代文明的产物。他始终维持了"文明人"的生活而没有变成"野蛮人"。他在岛上一方面等待离开荒岛的机会,一方面积极开发这个小岛。他面对荒无人烟和几乎缺乏生存所必须的物质环境,并没有消极和颓丧,而是积极向上,用双手创造一个先是过得去、后来则变得较为舒适的生活环境和条件。他利用一切可以利用的物质不失时机地从遇难的破船抢救尽量多的东西,甚至开动脑筋,学会种植农作物,大大改善自己的生活。在他身上充分展示了人与自然斗争、克服困难的主观能动精神。另一方面,他又具有时代特征:荒岛上一旦出现了第二个人,他就俨然以岛的"总督"自居。鲁滨孙离开人群二十八年之久,但是无论从物质方面和精神状态方面,他都是社会的一个成员,是资产阶级的一分子。鲁滨孙受尽千辛万苦之后,终于得到了大量的产业和财富,这就是这个阶层的英雄人物所向往的归宿。

鲁滨孙是喜爱劳动的人。他没有什么遗产可得,只有靠自己努力才能维持中等地位,爬到上层。笛福强调勤勉:"因循懒惰的生活不是快乐与舒适;有工作就是生命,因循懒惰就是死亡,忙碌就是愉快、高兴,没事做就是颓丧、失神。"他的勤勉指的是善于经营管理。鲁滨孙也说:"一个人只是呆呆地坐着,空想自己所得不到的东西,是没有用的。"他设法要把破船上的东西往岛上搬,他先把两手搬得动的东西统统搬下来,他没有坐失良机,所以当破船为风暴冲散时,他可以觉得坦然,因为他没有偷懒。他说:"我生平没有使用过任何工具,然而久而久之,运用我的劳动、勤勉和发明才能,我渐渐发现,我什么东西都可以做得出来,只要我有工具。话虽如此,即使没有工具,我也做了许许多多东西。"鲁滨孙做的是体力劳动的活儿。他通过劳动创造出赖以生存的物质。在这一点上,他的奋斗与一般资产阶级的发财致富不是一回事。他是个劳动者。

鲁滨孙是坚毅的人。他说:"我的脾气是只要决心做一件事情,不成功决不放手的。"他没有助手,工具不全,缺乏经验,所以做任何事情都要花很大的劳力,费好长的时间。他总结了失败的经验又重新开始。他用五六个月做了一只独木舟,做成之后却发现要挖条河把它放在海里需要十二年,便只好放弃它。他接受了教训,在入海较方便的地方伐倒大树,另造一只,前后花了两年时间才有船可用。他偶然发现一点稻、麦种子,播种了一些,但种的不是时候,毫无收成,他只好再重新种过。他最后有船用,有面包吃,有陶器用,有种植园,有牧场,有两处住所。这些没有一件不是费了很多力气,克服了许多困难才得来的。他做任何事情都不灰心,因此也就不厌烦劳动,他就是这样与自然进行斗争,改变了自己的处境。

鲁滨孙这个人物还有复杂的一面:他又是一个殖民主义者。他到荒岛来以前就是个殖民者,而且是因为要到非洲买黑奴才离开巴西的。荒岛上没有别人出现的时候,鲁滨孙踌躇满志地说:"这一切都是我的。"如果可能,他还要把它传诸子孙。他用火枪赶走了正要吃星期五的土人,也因此使星期五惊服,"甘心"做他的奴仆。他用基督教来"开化"星期五。星期五被文明人开化了,也就成了文明人的奴隶。正如恩格斯所说,星期五在岛上只是"被迫作为奴隶或单纯工具去从事经济的服役,而且也只是作为工具被养活。"①后来鲁滨孙又救出一个西班牙人和星期

---

① 《马克思恩格斯选集》第 3 卷,第 199 页,人民出版社,1972 年。

五的父亲,他满意地说:"我在这个岛上已经有居民了,我觉得我已经有不少的百姓了。我不断地带着一种高兴的心情想到我多么像一个国王。第一,全岛都是我个人的财产,因此人具有一种毫无疑义的领土权。第二,我的百姓都完全服从我;我是他们的全权统治者和立法者。"当一只英国船来到了这个荒岛,在答应帮助船长制服叛变的水手之前,他提出了两个条件:"第一,在你们留在这个岛上的期间,你们决不能侵犯我在这里的主权……同时,必须完全接受我的管制。第二,万一那只大船收复回来,你们必须把我和我手下的人免费带回英国。"后来他再来"视察"他的"领地",把岛的地分租给新移去的居民。当然,笛福没有像种族主义者那样把未开化民族描写成劣等民族,而且描写到星期五也具有野蛮人的聪明才智:他知道红蚂蚁会吃掉腐烂的东西,会制造流星锤猎取动物,用山羊皮做风筝去钓鱼,用山羊脑壳制成琴,但他也没有对殖民主义作过任何揭露和批判。

笛福以现实主义手法塑造出鲁滨孙这个典型。这个人物的真实性不只表现在他的活动都是现实生活中可能发生的事情,更重要的是表现在这个人物真实地反映了在新的生产力与生产关系下产生的新人物。正如马克思所说:"他一方面是封建社会诸形态解体下的产物;另一方面他又是16世纪以来新发展的生产力的产物。"[①]他是一个"真正的资产者"。小说善于以细节来表现鲁滨孙的坚毅性格:如他费了四十二天做一块木板,白做第一只独木舟,又顽强地造第二只,小说一一罗列他拿了多少物件,吃了什么东西,又吃了多少。这样写的效果是,读者以为笛福所写的细节都是真的。另一方面,小说的描写又给人以新奇感。鲁滨孙所做的虽然不是什么惊天动地的大事,但他为生存而做出的努力总令人感到不容易,使人读来兴味盎然。看完小说,读者不由得思索,一个人离群索居,是什么力量支撑着他呢? 从形式上看,小说带有游记的性质,主人公既是参与者,又是观察者和叙述者,这样就造成小说情节单纯的特点,尤其适合青少年阅读。另外,小说语言平易,娓娓道来,自然流畅,毫不雕琢。

---

① 《马克思恩格斯论文学与艺术》,第101页,平明出版社,1951年。

第十一章　斯威夫特

一、生平与创作

约拿旦·斯威夫特(1667—1745),英国小说家,1667 年 11 月 30 日生于爱尔兰都柏林的一个贫苦家庭,父亲早逝,由伯父收养,十五岁入都柏林三一神学院,1686 年取得学士学位。1689 年前往英格兰,给辉格党政治家威廉·坦普尔爵士当私人秘书,认识了一些学者和作家,在他们的鼓励下开始写讽刺作品。他在坦普尔爵士的授意下发表了《书的战争》(1697)、《木桶的故事》(1698)。前者戏仿史诗,描写"圣詹姆士图书馆上星期五在古今图书之间发生的一场战争",让荷马、柏拉图、亚里士多德、欧几里得、希罗多德等和当时"古今之争"的两派主将威廉·坦普尔、威廉·沃顿、理查德·本特利等展开混战,讽刺了当时文学作品的贫乏浅陋。后者讽刺宗教派别:三个兄弟从父亲那里继承了三套衣服,以及一篇如何使用衣服的遗嘱。三兄弟违背遗嘱规定,擅自修改衣服;从遗嘱中找出一些条款,支持这种修改。三兄弟分别叫彼得、马丁和约翰,代表罗马天主教、英国国教和不信国教者。嘲讽文笔犀利,是英国散文中的精品。

1699 年坦普尔去世后,他另找谋生之路。1710 年,他在爱尔兰的一个偏僻小城当牧师,写了大量政论文章。他投靠托利党,但不受重用。1701 年他获得神学博士学位。1710 年他担任托利党《考察报》主编,时值英法争夺西班牙王位继承权而长期交战,以英军总司令为首的辉格党大发战争财。斯威夫特写了一系列反战文章和小册子,结果英军司令被撤职,英法签订和约。1714 年安妮女王去世,托利党内阁垮台。乔治一世上台后,斯威夫特被赶出伦敦,回到爱尔兰,当了副主教,积极参加爱尔兰民族解放运动,发表了

《布商的信》(1724),借一位布商之口,抨击英国政府向爱尔兰提供铸币的特权,使英国当局不得不放弃计划。《一个小谦逊的建议》(1929)以谋士的口吻,提议将爱尔兰儿童卖给有钱人做菜肴,列举食用孩子的"六大好处":婴儿肉可食用,解决饥馑问题,头发、骨头可制成物品,繁荣市场,等等。以这种反话抨击英国殖民统治的惨无人道。

正是在这样的环境和精神状态下,斯威夫特写出了《格列佛游记》(1726)。

斯威夫特晚年患有精神病,1745 年 10 月 19 日卒于都柏林。他亲拟的墓志铭写道:"前进,过路人,如果可能,你就学做一个光荣的自由事业的热情保卫者吧!"

二、《格列佛游记》

《格列佛游记》是一本读起来十分滑稽、有趣的小说。我们从小说中看到的,完全是一幅非现实、或者说非经验性的图景中的荒诞故事。故事是由主人公里梅尔·格列佛船长以第一人称"我"讲述的——他煞有介事地讲述了自己四次航海的"奇遇":他曾到过"小人国",那里的人身高仅为六英寸,格列佛自己便成了"小人国"中的庞然大物,"小人国"的小人们要用一千五百匹马拉的车才能运得动他,他用一泡尿就扑灭了后宫的大火;他曾到过"大人国",在那里他又成了那些身高可比教堂的巨人们的掌上玩物,只需要洋娃娃的一只小摇篮便可以让他高枕安卧;他还到过"飞岛国",见到了生活在空中的王公贵族与生活在海岛上的"飞岛国"的庶民,他们或进行以"黄瓜里提取阳光"的实验,或能以巫术召唤古今亡魂并与之对话,或能长生而不老;他也曾到过"慧骃国"(马国),在这里,马是该国有理性的居民与统治者,一种与格列佛(也就是人类了)相类似的"牲畜"被马豢养并役使。格列佛在"慧骃国"生活了一阵后,受到感化,决心在此安享一生,不想却因不被信任而遭驱逐。历经曲折坎坷之后回到英国的格列佛,终于看破世事人生,余生与马为友而不愿与人打交道。

故事的稀奇怪诞是明摆着的,但它的作者斯威夫特并非以编织离奇怪诞故事来博人一笑的三流小说家,在英国文学史与小说史上,他作为一位杰出的作家均有一席之地,而《格列佛游记》,则更是公认的传世经典,它不仅被翻译成几十种文字,而且连伏尔泰、拜伦、鲁迅这样的文学大师亦推崇有加,"格列佛的故事"也可说是妇孺皆知。

在论及斯威夫特和他的这部小说经典时,有两个词出现频繁。其一是"讽刺",这被视为他小说创作的特色和个性;其二是"激愤",这是他面对社会、政治以及人生基本态度的一个概括。自"讽刺"与"激愤"两门户进入《格列佛游记》的奇幻世界,应该是最好的"入口处"。

就讽刺而言,这部小说的框架构思正是为此而成型的。在文学作品中,对现实以正面的、理性的、常态的否定在斯威夫特看来是不足取或太乏力了,因为就他设定的攻击对象——整个英国社会现实——只有讽刺这种具有攻击性的特别手段才是最有效最有力的。因为讽刺可以利用自己的姻亲——夸张、变形、怪诞等——把对象的丑恶极端性地放大,这样人们就可以从一种异样而强烈的喜剧感受中认识现实的丑恶与病态。比如,身处 18 世纪英国现实社会和政治中的人们固然可以看到如议会中托利党和辉格党争权夺利的私欲实质等,但当他们从小说中读到"小人国"的两党分野乃是因鞋跟高低的不同、引发战争的原因是由于吃鸡蛋是应该先打破大头还是先打破小头的争端、选拔官员与晋升职位的标准是他们在悬空的绳子上跳舞的技术如何、小人国的皇帝为人肃然起敬是因为他比他的臣民高一手指甲,而他竟也雄心勃勃要称霸世界等荒唐事时,人们在哑然失笑中会以更加超脱或超越性的视角领略官僚政治、政治争斗中的诸多无聊、荒唐与欺骗,在哈哈一笑之后的意识中沉淀了对现实政治与社会秩序的根本性怀疑与否定。又比如,在"大人国"格列佛自信而得意地向国王介绍英国的议会、法庭、军事、财政等制度如何高明,夸耀英国百年来的历史何等辉煌,不想却在"大人国"国王不断的询问中尽显英国社会的黑暗与残暴,而其百年历史也只不过是"一大堆阴谋、反叛、暗杀、屠戮、革命和流放而已"。国王还把格列佛鼓吹的火药枪炮视为邪恶之物。他睿智且明确地认为:"谁要使未来只生产出两串谷穗、两片草叶",他就胜过一切政客。很明显,斯威夫特是借大人国国王之口尽情嘲弄英国社会制度与英国历史。

斯威夫特的讽刺广泛而全面,他甚至也涉及对那些想入非非的伪科学的嘲弄:在"飞岛国"的巴尔尼巴比岛上,有一所"拉格多科学院",科学院的科学家们在研究些什么呢?从黄瓜里提取阳光、把粪便还原为食物、繁殖无毛绵羊、利用蜘蛛来纺织、把冰块烧成火药、盖房先盖屋顶后打地基、软化大理石用来做枕头等等,而其导致的结果是岛上处处饥荒、处处颓败。伪科学之害看来并非只今日有,在斯威夫特时代香火已是很盛了。这一讽刺与嘲弄当年有意义,即使在今天仍有意义:在我们每年出版或发表的数以千万计的"专著"、"论文"里有多少是莫名其妙的"垃圾"?

斯威夫特的讽刺确有席卷之势,他也没有放过他的同类:在"慧骃国"一卷里,他对"人(类)"的讽刺可谓登峰造极了。在这里,人被描绘成一群为马役使的"牲畜"(它被称为"耶胡"):"'耶胡'是自然界最肮脏、最有害、最丑陋的动物,也是最懒惰、最倔强、最调皮、最恶毒的家伙。""耶胡"偷盗、破坏,为了"闪亮的石头"(黄金)互相斗殴,占有欲极强,行为也甚残忍。他们最终不能为理性、节制、文明、民主、仁爱的"慧骃国民"所容忍,经过全国代表大会的表决,一致同意消灭"耶胡",用较为温驯的驴子取而代之。爱屋及乌,恨屋亦及乌,格列佛虽然想在此平静地生活下去,但因类似"耶胡"之模样,虽免于一死,但也被驱逐出境。人为马嫌恶、且亦不如驴,斯威夫特之讽刺岂能不谓"刻毒"?

用"刻毒"一词说斯威夫特之讽刺之力,自然把他与"激愤"一词联系了起来。小说家自己是一个很入世的人。他不仅对现实有高度的关注与思考,而且也有很深的进入:他曾是托利党《考察报》的主编,是当时英国首相哈利的亲信与安妮女王演说词的起草者,他曾用一系列的小册子与政治文章对时政发表过极具影响力的看法,他也曾是争取民族自由的爱尔兰人的精神偶像。这位出身贫贱的作家也鄙视金钱、以清贫为荣、从无正式的官衔。如此的经历、如此的地位、如此的人生态度使他总是以一个批判者、挑战者、战斗者的身份出现。这就不难理解他在《格列佛游记》中对现实深刻而辛辣的抨击,也不难理解他的名字与"激愤"的联系了。正因此,他也成了其时风云渐起的英国启蒙运动中激进民主派的创始人。

但这种于人于事的"激愤"(讽刺)也招致了一些误解和批评。有不少人认为他对人类怀有仇视与敌意。这一并非空穴来风的说法在实质上是把他在艺术中的"激愤"表达当现实之"真"了:那其实不过是因爱之深切发出的痛切"恶言"罢了。经验告诉我们,那些愤世嫉俗的"激愤者"常常是不仅热爱生活、热爱人类的人,而且十有八九是"理想主义者"。因为爱之深、因为从理想出发,因之他们与现实之距离便大,因之也便更易于失望、不满,因之便生"激愤",因之便"恶言相向",但其根底处,却是一腔的暖意与柔情。斯威夫特可说是最为典型的一个。

靠讽刺、靠激愤当然不能完成"小说",桴鼓相应,它也要求与之匹配的艺术。《格列佛游记》可说极好地说明、表明、证明了这一艺术"道理"。就小说艺术而言,我们首先叹服的是它非同寻常的想象力与杰出的表现力。虽然中国古人有"鬼好画、牛难描"的说法强调表现虚幻易、表现真实难,但在一部二十万字左右的长篇小说中,尽以想象中的虚幻世界构成,却是比表现真实更难的。斯威夫特在《格列佛游记》中所做的就是要先把现实的"经见"转化为艺术的"虚幻"图景,再使虚幻的图景成为强烈的艺术"真实",这在创造中是高难度的。但斯威夫特做到了:当我们兴味盎然地一边阅读一边会心的微笑时,作家的想象力与表现力已经得到了证明与承认。

艺术上的另一高明处即是它动态的"视角"的使用。所谓视角是指故事的讲述者是谁、他/她在何一观察点上讲故事,所谓"动态视角"是指故事讲述者的观察点时有"转移"。具体于这部小说,我们设想一下,如果我们也如主人公格列佛一样,一会儿在"小人国"变"大",一会儿在"大人国"变"小",一会儿在"慧骃(马)国"变成动物"耶胡",一会儿又回到人群看"小人国"、"大人国"、"慧骃国",关于"世界"与"人"我们会有何认识或者会有什么不同的感受呢? 简言之,观察点不同,结论便有异:比如我们变"小"时,从低处看"大"便发现那些巨人们认为非常美丽的东西(如小说中写到的女人的丰乳)其实是粗糙不平颜色丑陋的(我们在现实中以为美丽的东西在显微镜放大之后将会如何呢?);当我们以"马"的角度看"耶胡"亦即我们自身时,会发现我们笃信的许多原则与观念是荒唐可笑或者是大可质疑的。这当然不意味着我们接受斯威夫特的每一具体结论,我们在艺术上感兴趣的是他给予我们一个认识、观察世界与人的方式:换一个角度看、换一个角度想,一切又将如何? 斯威夫特用此一方式——即"动态视角"——完成了自己的艺术杰作,产生了奇妙的艺术效应:四个不同的世界、四个怪异的故事。而我们,也由此分享与经历了完全不同的艺术体验。

艺术上的个性的又一表现,就是作家"第一人称"——"我"——的取用了。有写作经验者即可知道,第一人称叙述最大的艺术效应即在于创造作品的"真实感"。读此类小说,读者最易生发的主观感受是与叙述者促膝而坐,听他娓娓讲述"自己(或自己经历或自己听到看到)的故事"。这些由叙述人又是故事经见者之口讲述出来的故事最易为读者接纳、在阅读信任产生的同时,真实感亦渐渐产生、也渐渐强烈起来。《格列佛游记》以格列佛船长之口讲出,匪夷所思的故事即变得让人"可信"。第一人称叙述的另一好处在于它的"自由"或"主观性":"我在讲";"我讲我的所见、所历、所闻、所思、所为";"我讲我想讲的";"我想怎样讲就怎样讲"等等。一切皆在"我",一切皆取决于"我"。正因这种自由或主观性,以"现实中的英国"到"非现实的小人国、大人国、飞岛国、慧骃国"就变成了一件并不困难的故事(只要处理好情节的连贯性与逻辑性亦即可能性),斯威夫特几乎随心所欲地让主人公自由转换空间,又借主人公之口自由表达了他自己对英国、对现实、对人类的否定与批判。

再有一大特色就是它的"故事性"了。"故事(性)"是小说这一古老艺术形式中最为基本的构成元素了。没有故事的小说(尤其是长篇小说)几乎是不可想象的。反之,有故事、有成功的故事、有匪夷所思又读来(似乎)可信的故事则必大助于小说的成功。我们从上文关于小说的情节简说中已可知其在故事上的成功。这些曲折、离奇、怪诞、超验又滑稽有趣的故事甚至可说为这部小说的完成、成功、成为经典并广为流传提供了基础性的保证。

第十二章　卢梭

一、生平与创作

让-雅克·卢梭(1712—1778),法国思想家、作家,1712 年 6 月 28 日生于日内瓦,父亲是钟表匠,母亲在生他时去世,他由姑母抚养。1727 年,他在零件镂刻师那里当学徒,经常挨打受骂。1728 年 3 月的一个星期日,他因游玩误了时辰,城门关上了,他担心挨打而逃走,华伦夫人收留了他。此后一直颠沛流离,他学会作曲,当过音乐教师和仆人。18 世纪 30 年代初,他自学社会科学和自然科学,发明了新的记谱法。1742 年他成为狄德罗的朋友,为《百科全书》写稿。

1749 年夏,卢梭在探望狱中的狄德罗时,看到第戎科学院设奖征文启事,他心中激起波澜,"我感到脑子被千百道光芒照亮了;生动的思想纷至沓来","我看到了另一个世界,我变成了另一个人"(《忏悔录》)。在狄德罗的鼓励下,他写出《论科学与艺术》(1750),一举成名。论文第一部分指出风俗的堕落总是伴随着智慧的进步,第二部分论述文明的进步是风俗衰败的逻辑结果。他的歌剧《乡村卜师》(1752)大获成功,但他拒绝觐见国王,认为领取国王的年金会失去自由。他第二次应征第戎科学院的论文《论不平等的根源》(1755)分两部分,分别论述了原始人和社会人。他对私有制提出了疑问,认为社会各阶级存在利益冲突,而立法的推行和各种经济力量的作用又加剧了这种冲突。1756 年,卢梭接受德·埃皮奈夫人的邀请,住到"退隐庐"。1757 年冬他又住到卢森堡元帅家。在《致达朗贝尔论戏剧的信》(1758)中,他认为戏剧不利于道德,悲剧不会使人做出豪侠的行动,喜剧将风俗漫画化,只有腐朽的城市如日内瓦才建立剧院。因观点分歧,卢梭终至与百科全书派反目成仇。

1761 年,卢梭发表了《新爱洛依丝》,获得巨大成功,被誉为 18 世纪最重要的小说。这部书信体小说描写贵族少女朱丽和她的家庭教师圣普乐的爱情悲剧,热烈地讴歌了爱情,批判了遵循封建等级的婚姻制度;小说展现了日内瓦湖和瓦莱山旖旎的自然风光;同时这也是一部哲理小说,表达了卢梭的政治、宗教、社会、经济、教育、文艺等方面的观点。1762 年,他出版了《社会契约论》,论述了专制、最高权力和法律、政府及其形式、特殊建制。这部著作对法国大革命起了推动作用,成为雅各宾党信奉的经典,并影响了以后的民主政体。1762 年,卢梭发表了《爱弥尔》,论述了儿童教育,主张让孩子自由发展,反对过早的书本学习,提出按孩子的智力分阶段进行教育,从经验获得知识,接触自然和社会,了解科学,获得技能。卢梭意在培养体魄健康、知识全面、热爱自由平等和正义的"新人",这种"新人"对康德、歌德等哲人和作家产生了重大影响。《爱弥儿》既成为后世教育学的经典名著,也是"教育小说"的滥觞。

1764 年,卢梭发表了《山中来信》,表白自己受到日内瓦政府粗暴对待的愤慨。1765 年 9 月初,卢梭的住宅受到石块袭击,他不得不避居到比埃纳湖的圣彼得岛,但伯尔尼参议院对他下了逐客令,于是他接受了休谟的邀请,来到英国,住了十三个月。不久,他同休谟闹翻,1767 年回到法国,到处流浪,直至 1770 年才定居巴黎。

他开始撰写《忏悔录》。从 1770 至 1778 年,他四面受敌。为了争取同情,他甚至在街上散发为自己辩护的简介。1776 至 1778 年,卢梭写出《孤独漫步者的遐想》,叙述他被社会抛弃,在孤独的散步中遐想,做出精神和宗教思考;他回忆在圣彼得岛的生活,在采集植物中感受到自然的美;他表白自己是热爱孩子的,虽然他把他们一个个都送进了育婴堂;他还回想起同华伦夫人在一起的幸福日子。这部散文集是他晚年的重要作品,感伤情调浓重,"像一只衰老的、悲鸣的夜莺在寂寥的林中发出低低的哀鸣"(罗曼·罗兰语),但不屈不挠的精神仍然响彻全篇。1794 年,卢梭的遗体迁至先贤祠。

卢梭的思想在启蒙作家中是最激进的。他猛烈地抨击封建社会。他从人类的原始状态和大自然出发,认为自然状态优于社会状态:人的一切优点来自自然,而所有的恶来自社会。文明的进步伴随着不平等和腐败,戏剧的创建也许是最明显的标志。卢梭指出,说什么他认为必须摧毁一切社会生活,那是他的敌人的结论。他说:"人类不会倒退……一旦远离,便决不会回到天真和平等的时代。"他并不想毁灭科学、艺术、剧院、科学院,要回到野蛮状态中。他认为有必要建立接近自然状态的社会秩序,让文明人的条件接近自然,这也许能改善社会状态。他将上述观点运用到政治、教育、道德、宗教等方面。他认为,在自然状态中,人是自由和平等的,能按照自身的本能行动,为别人做善事等等。

卢梭的文艺创作,有如下的艺术特色。第一,他在返回自然的思想指导下,突破了古典主义和多数启蒙作家的理性,讴歌大自然,把千姿百态的自然景色写进作品,大大开拓了人们的审美视野。无论是日内瓦湖和瓦莱山区,还是蒙莫朗西森林和布洛涅树林的优美景色,都得到绘声绘色的描写。大自然的美是同现实生活的丑恶相对照而出现的,因而具有理想美的特质。第二,他对人性作了深入的挖掘,他认为古希腊神庙前"你要认识你自己"的箴言应是哲学家和文学家首要关注的问题。他通过片断的搜集,得到真正自我的本质。他特别喜欢在孤独中对人生进行思索,总结自己的生活经验,挖掘自我。卢梭的性格是复杂的,他不适应社会生活,他有自然人的冲动,又有社会人的弱点,孤僻和喜爱离群独居。第三,他的作品充满激情。他像一个辩证学家那样将自己的思想融进议论之中,或对谎言加以尖锐批驳,或进行笔战,或描写连续发生的意念,或作抒情的倾诉。第四,他具有演说家的风格,他善于以定义或警句的方式有力地表达自己的思想,同时他的风格又往往具有笔战家的愤怒。第五,他的文笔细腻准确,表达复杂的心灵状态和思索差异。卢梭的描绘朴实清新又富有诗意。

二、《忏悔录》

《忏悔录》是卢梭晚年的重要作品。他写作《忏悔录》是由多种因素促成的。1761年末,当年发表《新爱洛依丝》的荷兰出版商雷伊向卢梭表示,他想出版卢梭的作品全集,希望卢梭写一篇自己的生平,放在全集的前面。卢梭回信说,他担心这样一来会损害太多的人。然而,写自传的意图在《新爱洛依丝》和《爱弥尔》中已有所透露。1762年1月,他在写给德·马莱泽尔布先生的四封信中,已经勾画出《忏悔录》的轮廓。6月,他起草《忏悔录》的序言草稿。1764年末,伏尔泰用笔名发表《公民情感》,指责卢梭抛弃自己的几个孩子、生活糜烂。这本小册子促使卢梭动笔写作回忆录,为自己辩护。不过他决定在生前不予发表。1765年3月,他开始写作。尽管他多次居处变动,至1767年末,他写出《忏悔录》第一部分前六卷,叙述他的童年时代和青年时期,直到1740年前往巴黎为止。在此期间,英国哲学家休姆发表了他和卢梭争吵的经过。1769年年初,卢梭续写下去,至1770年末,至少写到第十二卷(叙述至1765年10月离开圣彼得岛为止)。《忏悔录》叙述的生平历史长达五十三年。1771年,他回到巴黎,在不同的沙龙中朗读自己的作品,引起了狄德罗、德·埃皮奈夫人的不安。后者的回忆录到19世纪初才发表。从表面看,卢梭写作《忏悔录》是在应战,为自己洗刷恶名。但更深层的原因是,他早就酝酿以全新的方式写自传。他思考的时间是漫长的,动笔之前先写出大纲(给友人的四封信),写作前后历时将近五年,这不是一部普普通通的回忆录,而是一部有创新意义的杰作。卢梭原来打算续写第三部,叙述他的流浪生活的曲折经历,终于未能如愿。

卢梭在《忏悔录》开卷中说:"我造就一件前无古人,后无来者的事业。我想给人们展示一个自然纯真的人,这个人就是我。"他在日内瓦的手稿扉页中也写道:"这是绝无仅有的一幅人像,按照本来面目和全部事实准确地描绘出来,它是存在的,但也许将来不会有了。"卢梭断言这是独一无二的事业和绝无仅有的一幅人像,他并没有说错。在卢梭之前,有过不少回忆录,但都不是以忏悔的形式写出来的。奥古斯丁的《忏悔录》与卢梭的《忏悔录》同名,但奥古斯丁与卢梭的写法迥异,写的不仅仅是自己的生平。卢梭自然知道有自画像色彩的著作,如勒·舒厄尔的《教会和帝国史》、蒙田的《随笔集》、吉罗拉莫·卡尔达诺的《自传》等等。这些作者很难说是在真正的忏悔,他们只不过以不同的方式表白自己的观点和心声,或者展示自己的个性而已。其中任何一部都没有写出真正的自我。即使叙述到秘而不宣的事,也不是忏悔。或者说,只忏悔他认为可以透露的事。后人经过考证,证明卢梭基本上按照事实的本来面目去写,只是由于他缺少资料,也没有日记,在日期或事实上略有出入,可是他的叙述大体上是符合事实的。卢梭勇于把自己的缺点和错误,甚至把见不得人的事情都写出来。例如,他在当学徒时为了报复师傅的虐待而偷窃,随后养成了这个坏习惯。他在德·维尔塞利夫人家当仆人时,诬陷无辜的女仆玛丽永偷了一条粉红和银白相间的丝带,使可怜的玛丽永被赶了出去。卢梭更进一步披露了和他发生过性关系的情人,其中就有他称为妈妈的华伦夫人、拉尔热纳夫人、帕多瓦等,甚至他不止一次嫖过妓女。这种事"正派人"是不敢坦白出来的。在卢梭看来,"一切人的内心,不管如何纯洁,都包含着某些可憎的恶习"。他认为蒙田虽然也谈自己的缺点,但他只暴露可爱的部分而不谈自己的可耻之事,这是"在说真话时骗人"。卢梭要让人们看到"我的心像水晶一样透明,从来不会把藏起来的一个稍微强烈的感情隐瞒一分钟"。

卢梭对自身存在的问题进行了分析。一是他认为自己从小没有受过正规教育,不知怎样去承担成年后的责任,他的内心缺乏爱,而且,他一直生活在精神和物质的不安定中。二是他认为这是社会造成的。他虽然诬陷了玛丽永,但他是表现了与他的诽谤者同样的邪恶。如果德·拉罗克伯爵在严厉地盘问他时,没有强迫他说谎,他会这样做吗?他抛弃了自己的几个孩子,但是,在当时,这不是一个常见的行为吗?如果他没有对此表示过悔恨,谁会想到责备他呢?这只证明他在精神上高于这个心安理得地犯错误的时代。卢梭把责任推到命运之上:"老天爷为我准备了另一种命运,把我投到新的旋涡中。"他的命运与苏格拉底相同,苏格拉底受到嘲弄、迫害、否定,他待在幽暗的岩洞中进行微不足道的报复,对他的指责不攻自破。

　　自然,卢梭说出身上的弱点,并非要否定自己,相反,他要表明自己在这个混浊的社会中是一个纯真的、诚挚的、追求自由的公民。卢梭将自己热情奔放,有时又沉静、胆怯的性格活生生地呈现在读者面前,他是这样来描绘自己的:"我有非常炽烈的激情,一旦它们使我激动起来,什么也比不上我的暴烈;我再也不知分寸、尊重、害怕、礼仪;我放肆、激烈、无耻、大胆;没有什么危险和羞怯拖住我;面对我唯一关注的东西,全宇宙在我面前消失了。再看看我平静时的模样吧。我是驯顺的,甚至胆怯;一切使我害怕,一切使我气馁;一只苍蝇飞过使我心惊胆战,要说一句话,要做一件事,要做一个动作,都要惊动我的惰性;恐惧和羞耻控制着我,以至我想从人人眼皮下溜走。倘若要行动,我不知怎么干,倘若要开口,我不知说什么好;倘若有人瞧着我,我便感到窘困。"在后人眼里,卢梭就是这样一个既火热又羞怯的人,他的自画像非常生动。他展现的是"一个人的内心世界",给人们提供了人的心灵和"人的材料"。他揭示了自己的心理,这也是"人的心理"。他极其准确地自我分析,有的篇章是自省的杰作。例如他对诬陷玛丽永的反思,他认为是自己害怕丢脸,害怕当面被人看成小偷、撒谎的人和诬告者。人们恫吓他,反而使他不敢说出真话。他感到沉重的负担一直压在他的良心上。再如他怎样在她的劝告下克制着,这个过程写得合情合理。卢梭的自画像通过他的袒露,逐渐完善。他的高傲、病态的不安、思想中总是被别人的阴谋所折磨,这些描写又不自觉地画出了一个病态的天才。读者看到他一面要表现得真诚的意志,承认自己错误的需要以平息自己的悔恨,另一面又在竭力辩解。读者看到他从真实的叙述滑向盲目的辩护,组织材料,以合理的理由解释自己古怪的行为,相信自己的真诚、高尚、善良,把自己的错误归于别人身上。他的极端复杂性,他的幻想,他的优点和弱点,不仅展现了卢梭本人,同时也展现了一般人的心灵的复杂性。他相当彻底地暴露自己的灵魂,正是资产阶级要求个性解放最突出、最形象的表现。在文学史上,"我"第一次成为一部作品的主角,自我成了作品的重心,人的敏感性这个全新的课题给至今不为人知的领域打开了探索的道路。

　　这个"我"是一个平民的形象,但这是一个不平凡的平民。卢梭的童年是不幸的,因为他得不到母爱;母亲在生下他时就去世了。他得到的父爱也很有限,父亲为了谋生,不得不把他托付给卢梭的姑妈。他靠自学才掌握了数学、天文学、历史、地理、哲学和音乐等多门知识。正是经过扎实的学习,他才有可能在条件成熟时一鸣惊人,并在各个领域取得了引人瞩目的成就。他从不懂音韵到学会作曲,发展到写出歌剧《乡村卜师》,最好地说明了他锲而不舍的努力和钻研精神。平时他具有"倔强、豪迈以及不肯受束缚、受奴役的性格",不惜万死也要把暴君杀掉的愤慨,要"在巴黎成为专制君主政体的反对者和坚定的共和派"。他年轻时看到社会压迫,便发出不平之鸣:"作恶的强者逍遥法外,无辜的弱者遭殃,走遍天下皆是如此。"他看到人民遭受痛苦,对压迫他们的暴君充满了"不可遏止的痛恨"。他不屑获得来自国王的赏赐:路易十五要在宫廷上演他的《乡村卜师》,并恩赐他年金。这是一般文人梦寐以求的事,可是卢梭借故不到宫廷,表现了藐视国王的大无畏气概,显示了他高傲的平民意识。他对妇女也有较真挚的感情。如他对华伦夫人始终怀有眷恋之情，像对长者一样抱有尊敬。他与葛莱芬丽和加蕾两位小姐半路相遇，采摘樱桃的一段插曲富有诗意。尽管他未能摆脱肉欲引诱，但他是作为自己的一个污点而加以谴责的。直到后来卢梭受迫害时，他仍然我行我素，决不屈服，表现出平民的本色。这样一个来自下层，取得了卓越成就的平民知识分子，是第三等级的杰出代表。

《忏悔录》通过一个人的历史，对18世纪的社会提供了宝贵的材料：学徒的生活、不胜沉重捐税负担的农民、农村中不敢露富以免破产的殷实人家、巴黎的小资产阶级和小人物圈子、贵族沙龙、使馆生活、宫廷的奢华、重要的历史事件、百科全书派的功绩和排挤他的行径、他的作品受到的欢迎、人们的文学趣味、他受到社会的排斥和骇人听闻的迫害，这一切写出了当时的社会风俗以及封建王朝和教会对启蒙思想的恐惧，受到流行观念和舆论影响的民众的落后，思想界的文人相轻和矛盾。这是法国大革命前半个世纪的法国乃至欧洲的社会写照。

在艺术上，《忏悔录》给文学注入了新因素。一是心理分析。卢梭善于袒露人的心中扮演的小喜剧，包括他自己和别人的内心。试看这一段："请设想在日常生活中胆怯和顺从，但却热烈、高傲、情感不可制服的性格；这是一个始终受到理性的声音约束，始终受到温柔、公正、好意对待的孩子，他甚至没有不公正的观念，是第一次恰好受到他最珍爱和尊敬的人们如此可怕的不公正对待。多么天翻地覆的思想变化啊！多么大的情感掀动啊！他心里、脑袋里和整个精神和智能的小小的体内起了多么剧烈的变化啊！"卢梭与华伦夫人初遇时，她"正准备走进门去，听到我的声音她回过身来。在这一注视下，我变成什么啦！"他激动的心使他只能说出一些简短的话，间以沉默。玛丽永"向我投以能使魔鬼缴械投降的一瞥，而我粗野的心却顶住了她的目光"。玛丽永的温顺、卢梭的固执、尴尬和后悔都和盘托出。二是对大自然的描绘充满抒情意味。他以充满情感的笔调描绘加尔桥的废墟和尼姆城的圆形剧场。他发出感叹："我为何不是生为罗马人呢！"表现了他对雄伟剧场的赞美。他哀叹剧场周围存在的小房子令人想起人类的伟业是何等脆弱。"当天气好的时候，我从不晚起，要跑到平台上呼吸清晨有益健康的新鲜空气，目光驰骋在这美丽的湖泊的天际，湖岸和环绕湖泊的山峦使我赏心悦目。"他引导读者进行平静而忧郁的沉思，在收获樱桃的场面中，他融入清新和无邪，并带上典雅，沉浸在缅怀一去不复返的时代的忧郁中，就像华托的绘画里，将温柔的田园诗汇入短暂的一刻之中。他的句子随着漫步而起伏，充满柔和的音乐节奏，而且与他丰富的心灵颤动相适应。卢梭在大自然中找到了恬静和孤独："我生来对孤独有一种自然而然的爱，随着我更加了解人，孤独不断增长。"他在孤独中感到一种神秘的迷醉：

> 当夜晚来临时，我从圣彼得岛的山峰上下来，乐于坐在湖边、沙岸和隐蔽的地方；在那儿，浪涛声和激荡的水声使我的感官凝聚，从我的心灵中排除出其他的一切激动，沉入到美妙的遐想中，黑夜往往向我突袭而来，而我没有觉察。湖水的激荡，持续不断但不时轰然响起的水声，毫不间歇地敲击我的耳鼓和眼睛，填补遐想在我内心熄灭的内部运动，足以使我愉快地感到我的存在，而用不着思索。时不时我产生一些对世间事物不稳定的微弱而短暂的思考。湖面给了我世界的形象；但是不久，这些轻微的印象消失在摇荡着我的持续运动的千篇一律中……

卢梭面对景色，不由得引起遐想，他内心的激动与运动着的自然景物融合，激荡的湖水与他激荡的内心是一致的。他在自然中找到了地方避开仇视他的社会和敌人的攻讦，自然是他的栖息地。这时的卢梭是一个诗人。可以说，卢梭在他生平的每一个重要阶段，都从自然中找到归宿：

童年时在乡下博塞本堂神父的住宅,旅行到都灵,同葛雷芬丽和加蕾两位小姐摘樱桃,同华伦夫人在沙梅特,在隐居庐,在莫蒂埃,在圣彼得岛,都找到了他回避社会攻击的暂居地。自我分析、心理描写、描绘自然、抒发情感,通过这些,卢梭给 19 世纪的浪漫主义开辟了道路。

第十三章　歌德

一、生 平 与 创 作

约翰·沃尔夫冈·歌德（1749—1832），德国诗人、小说家、戏剧家，1749年8月28日生于法兰克福，父亲是皇家参议。1765年，他到莱比锡大学攻读法律，但他对自然科学和文学更感兴趣。1768年因病辍学。1770年他到斯特拉斯堡继续学法律，次年8月获法学博士学位。他结识了"狂飙突进"运动的精神领袖赫尔德，与一个牧师女儿热恋，写出了《五月之歌》、《野玫瑰》、《欢会与离别》等情感真挚、民歌色彩浓郁的抒情诗。

18世纪70年代前期，歌德成了"狂飙突进"运动的代表人物。历史剧《葛兹·封·伯利欣根》（1773）取材于16世纪德国宗教改革和农民战争的历史，反对专制暴政，渴望国家统一，要求自由平等，突破了古典主义"三一律"，人物众多，场景不断变化。剧本轰动全国。诗剧《普罗米修斯》（1773—1774）描写普罗米修斯反抗宙斯的专制残暴，立志创造出新人类，表达了诗人强烈的反叛精神。《少年维特之烦恼》（1774）描写维特与绿蒂的爱情悲剧。维特是个进步知识青年的形象，出身市民家庭，才华出众，情感丰富，受到卢梭思想影响，追求自由与平等。这个小公务员受到排挤和歧视，陷入孤独、忧郁和烦恼之中。他与环境格格不入，试图在爱情的小天地里寻求慰藉。他爱上绿蒂，明明知道她已订婚，仍然一往情深。在他眼里，绿蒂善良贤惠，体现了自然人性的光辉。横亘在他们之间的是封建婚姻制度和传统习俗，以及金钱和门第的差距。绿蒂难以违抗父母之命，维特也生性柔弱，不敢向意中人倾诉衷肠，他甚至不愿当公使秘书，辞职回家。爱情无望，事业上又走投无路，最后选择了自杀。维特是一个消极反抗者的形象，黑格尔说他是一个"幽美的灵魂"。歌德通过他的生活道路和深入的心理活动的描绘，批判了各种不合理现象。维特的性格反映了当时年轻一代的痛苦和烦恼。他们虽然追求自由平等，但缺乏坚强意志，无力改变现实。小说以通信和日记连缀而成，将叙事、描写、议论、抒情自然地融为一体，直抒胸臆。而且注重自然景物描写，情景相融。小说发表后，风靡欧洲，掀起一股"维特热"。

1775 年 11 月，歌德来到魏玛，担任枢密顾问等职，长达 10 年，同时热心自然科学研究。但他仍然写出《致月亮》、《漫游者夜歌》以及叙事歌谣《魔王》、《渔夫》。1786 年 9 月，他终于忍受不了令人窒息的环境，逃往意大利，完成了历史剧《埃格蒙特》(1775—1787)、《在陶里斯的伊菲革尼亚》(1775—1789)、《托夸多·塔索》(1789)。

法国大革命爆发后，歌德先是为之欢呼，继而对革命暴力表示不满。1794 年，他与席勒结识，开始了两人密切合作的十年。他们在魏玛主办剧院，主编文艺刊物，合作创作警句诗《馈赠》和一系列谣曲。他还完成了叙事长诗《列那狐》(1794)、《赫尔曼与窦绿苔》(1797)、《浮士德》第一部(1806)等。1819 年发表的《东西合集》是他晚年抒情诗的重要作品。中国文化和文学作品令他赞叹不已，他认为中西文学中有许多思想感情类似之处，并且模仿中国诗歌的风格写下了十四首抒情诗，题名《中德四季晨昏吟咏》(1827)。小说《亲和力》、自传《诗与真》也是晚年的重要作品。小说《威廉·麦斯特》是欧洲 18、19 世纪之交新型"成长小说"或"教育小说"的代表作。它包括《学习时代》(1796)和《漫游时代》(1829)两部。主人公是一个不断追求人性完善和崇高社会理想的探求者形象。《学习时代》描写威廉对自己出身的市民阶层的平庸和唯利是图的习气深为不满。他曾寄希望于通过艺术和美育来改造社会，幻灭后加入贵族团体，企图实施乌托邦蓝图。《漫游时代》强调了教育优先。小说结构松散，将中短篇小说、格言、日记、书信、诗歌混杂在一起。诗剧《浮士德》直至 1831 年才最后完成。

歌德深信"世界文学的时代已快来临了"。1832 年 3 月 22 日他逝世于魏玛。

歌德的思想博大精深。他的作品反映了当时的社会现实，以及上升的资产阶级朝气蓬勃的精神状态。他是那个时代的精神代言人。他经历了一系列震撼世界的大事，如七年战争、美国独立、法国大革命、整个拿破仑时代。他的创作总结了一个时代，也划分了一个时代，深刻影响了后世文学的发展。作为资本主义上升时期的伟大思想家与文学家，他所关注的始终是人。他的思想发展历程与欧洲文艺复兴以来资产阶级思想的发展历程有某种相似性。他早年尊重个性自由，崇尚激情，与人文主义者的思想较为一致；在创作中期，他崇尚古典美，渴望深入实际生活并试图在具体工作中改造社会，具有 17、18 世纪资产阶级思想家与文学家的特点；而在晚年，他探索人与世界的关系，明显带有 19 世纪初黑格尔哲学和空想社会主义思想的特征。所以，他是文艺复兴以来欧洲资产阶级思想和文学发展具总结性的艺术大师。然而，歌德在漫长的一生中也充满深刻的矛盾。他抽象地理解人和人与世界的关系，同时，德国资产阶级的两重性、歌德生活的环境和自身气质与性格，又使他身上的矛盾显得极为鲜明。恩格斯指出："歌德有时非常伟大，有时非常渺小。"

歌德在文学上的成就是多方面的，而诗歌则是"放在歌德金字塔顶端的花束"。歌德从八岁开始写诗，七十年间创作了二千五百首诗，包括抒情诗、叙事诗、歌谣、歌剧。一是歌颂爱情，二是歌颂自然，三是表达对封建统治者的不满，四是表达哲理思想。青年时期体现了罗可可的华丽风格。向民歌学习后，他用自由体表达狂飙式的激情。在魏玛，对自然与人生的深入观察代替了热情的歌颂。晚年的诗作更是明澈的智慧和纯净的抒情的完美融合。他从古希腊的颂歌、古罗马的悲歌、但丁的三联韵体诗以及波斯、阿拉伯乃至中国的诗歌等汲取营养，兼收并蓄。

二、《浮士德》

《浮士德》是一部描写梦想者和发展者的诗剧。

早在欧洲中世纪,民间就流传着浮士德与魔鬼打赌的故事。在文艺复兴时期马洛曾写有《浮士德博士的悲剧故事》。以后的几百年间,各种样式的浮士德故事不断被演绎。歌德于1770年(二十一岁)左右开始写作这部诗剧,断断续续写到1831(八十二岁)年才完成,前后经过了六十余年。而这六十余年恰恰是欧洲大动荡、大发展的时期。歌德开始写作时,他所处的德国还是一个充满了中世纪氛围的沉闷而落后的社会,其间法国发生了震荡世界的资产阶级大革命,到作品完成时整个欧洲已经进入工业革命的大变动之中。悲剧的主人公浮士德从他那孤独、封闭的小书屋开始,从一个人的梦想者式的世界到两个人的(恋爱)的世界,到官场生涯、到美的精神世界、到广阔的发现自然的群体世界,在不断的否定中实现精神的攀升。贯穿于其中的则是当时欧洲最激荡人心的时代精神——充溢着心智和情感活力的不断突破、发展和创造的精神。

《浮士德》除序曲外,共分两部。第一部的开始,主人公深夜在书斋中抒发自己的苦闷:按照当时的社会观念,他是一个"成功者"——他已经把哲学、医学、法律、神学都读遍了,人们尊敬地称他为博士、律师、神学家、科学家、教授,他的房间里摆满了书籍和科学仪器,他应该满足。但是,浮士德却毫无满足感。他发现,在书本里讨生活和在书斋里编织梦想是一件毫无价值的事情。他感到,这样的生活远离了"生命的本原",而离开生命本原的所谓学者生涯"连狗都不如":

> 我不像诸神,对这一点我深有所感! 我不过像虫蚁在尘土里钻,当它在尘土里求生觅食,路人会一脚把它踩死、踏烂。(绿原译文)

把脱离社会现实的书斋生活视同委琐的、爬虫式的生活,这是一切启蒙学者的共同理念。他们认为,只有走出书斋,走向社会,学者才能获得生命的意义。

当浮士德在迷惘中找不到生命的意义时,便转而歌颂死亡,歌颂那使他摆脱困境的毒药。他是那么迫不及待地要走向死亡:"如果寻找不到生命的意义,就应该去寻找死亡",这反映了启蒙时代人们对生命价值的渴望,也是力图改变现状、寻求发展的强烈追求。

在《浮士德·天堂序曲》中,天主表示,相信一个永远向上、力图进取的人即使也会有所迷失但终能进入清明圣境;而魔鬼梅菲斯特却说,他能够把浮士德引向满足、怠惰和堕落的道路。天主答应同魔鬼打赌,令梅菲斯特去引诱浮士德。天主认为,梅菲斯特作为"恶"的化身,是激发浮士德永远向上、追求发展的不可缺少的动力。

复活节的钟声复活了浮士德内心的生命欲望。魔鬼的到来点燃了他近似于疯狂的热情。明知追随魔鬼,有堕入地狱的危险,他依然是那么兴奋。他那颗在书斋中被麻木了的心与其说是追求欢乐,不如说是追求一种强烈的苦痛,因为没有苦痛的欢乐是肤浅的欢乐,是转瞬即逝的昙花。浮士德所追求的还是"全人类的一切苦乐"。那个时代的人认为,自己是一颗微不足道的"原子",但在这颗原子中又可以囊括宇宙的一切。在歌德看来,"把全人类的苦乐堆积在我胸中"便获得了人生的最高价值。

走出了一个人的书斋世界,浮士德进入了两个人的世界,即爱情的世界。在一个残存着中世纪陋习的小镇上,他追求一个贫穷、善良和带有宗教式谦卑的女孩子格蕾琴。这场爱情既是浮士德冲出书斋的第一次情感的历险,又是他同旧世界的宗法习俗的一次冲突。作为一个追求精神无限发展的青年贵族,他不可能在一个中世纪女孩子面前停留太久,结果发生了一系列的悲剧:他误用毒酒毒死了女孩子的母亲;有了私生子的格蕾琴,受到周围邻里的尽情嘲笑;格蕾琴羞愧难当,把孩子淹死了,因此而入狱。格蕾琴的哥哥瓦伦廷为此和浮士德决斗,被浮士德杀死。魔鬼梅菲斯特很想让浮士德继续在酒色中沉沦,带他进入了所谓"瓦尔普吉斯之夜",卷入了各种各样裸体半裸体的女人举行的狂欢。但浮士德没有在这里沉醉。他得知格蕾琴遭遇的不幸,良心深受谴责。他潜入监牢坚持要格蕾琴跟他走,但遭到拒绝。格蕾琴被处死刑。浮士德内心中充满了愧悔。在第一幕结束时,无论浮士德还是魔鬼都陷入了深深的走投无路的绝望之中。

小世界的毁灭是走向大世界的开端。第二部开始,梅菲斯特把浮士德带到了官场,希望他能满足于宫廷的生活。浮士德就像当年的歌德一样,希图在官场上一展才智,为解决经济危机提出发行纸币的办法。他想要取悦于皇帝,皇帝也并没有看得起他,依然把他看作一个魔术师,强迫他一定要让古时候希腊最美的女人海伦的丽影再现。在变出海伦的影像之后,浮士德被海伦的美所惊倒,突然意识到他自己应该去美的王国里追寻。从污浊的官场反身求诸古希腊的艺术理想,这是浮士德精神发展历程上的一个新的突破。他借助于他的学生瓦格纳的一个"人造人"的指引,重新返回了希腊古典美的王国,在那里见到了各种各样的人物,沉迷于古希腊时代光芒四射的美。梅菲斯特在酒色和官场上还可以引诱浮士德,到进入美的王国之后他已无计可施,只能跟着浮士德。浮士德不仅见到了海伦,而且和海伦结婚,生下一个非常漂亮的小孩,叫欧福里翁。欧福里翁作为美的结晶,他酷爱自由,时而上天,时而入地,结果摔死了。通过这段悲剧,歌德象征性地揭示了:无限制地追逐自由的美,最后也是要失败的。歌德在浮士德身上体现的不断追求,已与卢梭时代不同。他的追求不是一任主观欲望驰骋,还包括对先验灵境——人的道德本体的追求。自然欲望与道德本体的和谐,是人与社会、人与人自由和谐发展的前提。浮士德的追求,既是对维特式浪漫主义追求的否定,又是它的继承和发展。

由于欧福里翁摔死了,海伦非常悲伤,返回了古希腊。浮士德又回到了现实,此时的浮士德已经遨游了所有的历史和神话,无止境地探索了各种经验的可能性,发现自己又陷入了穷途末路。波涛汹涌的大海的启示,使得他对历史的生生不息的活力有了新的启悟:他决心从官场转向自然,从精神世界的浮游转向物质世界的改造。他要制伏不受驾驭的大海,为老百姓造一片可以开垦耕作的田地。这件事他做得很努力,魔鬼想阻止他都阻止不了。但他没有料到,自己想为人民造福,实际上又造了孽,一对老年夫妇在梅菲斯特乘机点燃的大火中罹难。他内心感到忧愁。这时,忧愁的魔鬼乘机在浮士德的眼睛上吹了一口气,使浮士德双目失明。魔鬼让那些移山填海的人给浮士德挖掘坟墓。浮士德只听到铁锹的声音,以为他的事业还在进行,不禁感到心花怒放。他说:"逗留一下吧,你是那样美!"按照和魔鬼打赌的约定,语涉"停留",浮士德就失败了。这时候上帝派天使下来,和魔鬼争夺浮士德的灵魂,把浮士德带到天上。带走时,天使讲:"凡自强不息者,终会得到拯救。"(据董问樵译本)德国文学专家冯至认为:《浮士德》的主题是"自强不息"。当然,它同我国《易经》所阐释的概念有所不同。它所强调的人的"自强不息"是获得上帝拯救的前提。

悲剧中的魔鬼梅菲斯特并不是西方传统悲剧中的"反面人物"。在戏剧冲突中,他是主要人物浮士德的对立面,但并不只是起着毁灭善与美的作用。作者借助天主的话说,梅菲斯特作为"恶"的化身,是激发浮士德永远向上、追求发展的不可缺少的动力。细读梅菲斯特的台词,令人不无惊讶地发现:他对于理想主义的嘲弄、对于黑暗的赞美,以及他认为世间任何事物都是"空"与"无"的虚无主义观念,他那种既无感伤、更无激情,对任何事物都采取嘲讽和幽默的态度,同

20 世纪现代主义的某些思想直接相通。歌德借助梅菲斯特之口,嘲笑教会、讥讽基督教的三位一体、调侃宫廷大臣、纸币和作伪的女人,讽刺浪漫派和骑士小说。歌德曾经承认,梅菲斯特是他本人"气质中的一部分",而在《浮士德》中,梅菲斯特则是浮士德的另一侧面。浮士德与魔鬼梅菲斯特的对立,是人的内心世界中理性和欲望的对立。这种内心冲突常使得浮士德处于两难境地:

> 在我的胸中,唉!住着两个灵魂,一个想从另一个挣脱掉;一个在粗鄙的爱欲中,以固执的官能紧附于世界;另一个则努力超尘脱俗,一心攀登列祖列宗的崇高灵境。哦,如果冥冥中确有精灵,在天地间活动着从事统治,那么,请从金色的氛围中降临,把我引向那新的彩色的生活。

这就是西方文学中有名的"浮士德难题":怎样使个人欲望的自由发展同社会和个人道德所必需的控制和约束协调一致起来——怎样谋取个人幸福而不出卖个人的灵魂,从哲学上讲,就是康德所探讨的自然欲求与道德律令之间的矛盾。歌德的浮士德面临的正是这种两难心态,即"紧贴凡尘爱欲"与"先人的灵境"之矛盾,他的追求就是把两者结合起来的"新的彩色的生活"。

但歌德知道,这种两难境地,预示着结局可能是一无所获。这是歌德较其他启蒙学者的高明之处。《浮士德》以主人公尚未实现自己的理想就已双目失明,并说出了那句"逗留一下吧,你是那样美",然后倒在地上险被魔鬼劫走为结局。这个结局不像中国古代的"愚公移山"那样乐观。这种悲剧意识反映了歌德的深刻性,反映了不断进取的奋斗者们共同的历史命运。有的学者说,《浮士德》是"近代人的圣经",但是,这部"圣经"并没有能够给出完满的人生答案。有的学者因此而质疑所谓"浮士德精神"是一种无穷的永不满足的梦魇。它给人类带来发展,也带来灾难,应该加以反思。

《浮士德》取得了高度的艺术成就。从体裁看,它是一部诗剧,同时具有戏剧和诗歌的特点。作品分幕分场,标志主人公生活的不同阶段,主要通过人物对话推动故事情节,展开戏剧冲突。戏剧形式丰富多样,既采用欧洲正统戏剧样式的合唱,又穿插喜剧及民间闹剧式的插科打诨。剧情极富跳跃性,史诗般地涵盖包罗万象的历史与现实,其间的省略和空白,需要读者用历史知识和文学知识予以填充,具有现代戏剧的艺术效果。与宏伟壮阔的历史内容和精神深度相适应,全剧运用了欧洲出现过的各种诗体,既有古希腊无韵自由体颂歌和哀歌、北欧古典的长短格五步无韵诗、意大利的行会剧和活报剧的形式,又有德国民歌和浪漫主义的短行诗,雅俗兼具,古今交融;有明喻,也有影射;有辛辣的嘲笑,也有无情的揭露;有感情真挚的民歌,也有义理精微的格言。天主的语言庄严、典雅;魔鬼的语言粗俗、刻薄;浮士德的语言豪放、诚挚;瓦格纳的语言迂腐、呆板;格蕾琴的语言质朴、细腻,都充分表现了人物的性格特征。

象征手法的运用是贯穿全剧的主要特色。剧终的《神秘的合唱》点明了这一特色:"一切无常事物,无非比喻一场;不如意事常八九,而今如愿以偿;奇幻难成笔楮,焕然竟成文章。"深刻的象征都带有朦胧性质,作品的含义变得十分丰富。浮士德的形象具有多重含义。首先,他在很大程度上是歌德的化身,他的追求与歌德的生活经历有许多相似,他追求的性格特征寄寓着歌德自己的生命活力。其次,浮士德又是西欧近代先进知识分子的象征,尤其是德国知识分子的理想化象征,他离经叛道,上下求索,不怕失败,反映了近代思想家不满足于现实,要将理论见诸实践,将人生艺术化的追求。再次,浮士德又是人类积极精神的象征,是新兴资产阶级巨人形象的象征。他从中世纪挣扎出来,上天入地,最终投入改天换地的事业,体现了资产阶级巨人开拓进取的活力。他永不知足的实践冲动是植根于人类本性的,天主说他是"一个善人"的评价正是歌德对人类积极精神的概括。其他人物也有象征意义。如瓦格纳是一个书斋知识分子的形象,对知识的狂热追求象征着传统的知识分子精神。平民之女格蕾琴既象征渴求安宁的生活,又象征德国市民安于现状、目光短浅的一面。

《浮士德》以其涵盖的巨大历史内涵和艺术形式上的多彩多姿而傲立于世界文学之林,这部作品中包含着哲学、神学、神话学、文学、音乐等多方面的知识,行文兼具抒情、写景、叙事、论理,许多语言已成为警句。这部戏剧的第一部情节生动鲜活,戏剧效果极佳,而第二部由于过多的冗长的论理而显得沉闷,在舞台上演出相当困难。但瑕不掩瑜,正像恩格斯指出的:"歌德只是直接地——在某种意义上当然是'预言式地'——陈述的事物,在德国现代哲学中都得到了发展和论证。"①《浮士德》是现代哲学的诗,又是诗的现代哲学。它艺术地表达出来的新世界观、人生观,是歌德留给后人的宝贵精神遗产。

思 考 题

1. 古希腊古罗马文学中体现的"人"的观念。
2. 希腊神话为何"具有永久的艺术魅力"?
3. 荷马史诗的社会历史价值和艺术美学价值。
4. 《俄狄浦斯王》如何表现"命运"观念及其艺术特点。
5. 《神曲》如何描写地狱?
6. 《巨人传》的思想内容和艺术特点。
7. 如何分析堂吉诃德的形象?
8. 试析亨利四世和福斯塔夫的形象。
9. 《罗密欧与朱丽叶》是怎样一部爱情悲剧?
10. 试析伪君子的形象。
11. 鲁滨孙形象剖析。
12. 谈谈《格列佛游记》的讽刺艺术。
13. 卢梭在《忏悔录》中的自我袒露是否真诚?
14. 浮士德与梅菲斯特形象分析。

---

① 恩格斯:《英国状况》,《马克思恩格斯全集》第1卷,第652页,人民出版社1956年。

中编　19世纪欧美文学

第一章　概述

19世纪的欧洲,各国从封建社会过渡到资本主义社会,并逐渐走向垄断资本主义。这场变革改变了人的存在处境,促进了西方文化价值观念和精神心理的变化,带来了文学思潮的演变,相继产生了浪漫主义、现实主义、唯美主义、象征主义和自然主义,出现了一片繁荣的景象,达到资产阶级文学的成熟时期。这一时期的文学继承和发展了古希腊-古罗马文学,特别是文艺复兴以降欧洲文化与文学的传统,使欧洲近代的人文观念得到充分的弘扬。

一、19世纪浪漫主义及其在欧美各国的发展

浪漫主义思潮是法国大革命催生的产物。新兴的资产阶级思想和陈旧的封建意识在思想文化领域产生猛烈碰撞,在作家的作品中敏感地表现出来。其一,法国大革命标榜的"自由、平等、博爱"不胫而走,推动了个性解放和情感抒发的要求,以个人的失望与忧郁为内容的"世纪病",以个人与社会的徒劳对立为表现形式的"个人反抗",都是由此产生的。其二,《人权宣言》所宣布的自由竞争法则,形成了一种社会心理,人人都企图通过巧取豪夺,有朝一日达到权力和财富的顶峰。人们对飞来好运的期待变得更加炽热,耽于好梦和幻想成为普遍的社会心理状态。其三,大革命使贵族失去了天堂,他们悲观颓唐,人生虚幻、命途多舛的感慨、对神秘彼岸的向往纷然杂陈。启蒙思想家描绘的理想图景在现实面前破灭了,又令人失望、苦闷、彷徨。德国古典哲学和空想社会主义为浪漫主义提供了思想理论基础,康德的形而上学证明了世界的理想性和人的精神能力,费希特的主观唯心主义强调天才灵感的主观能动性,黑

格尔认为人是自在和自为的,是绝对、自由、无限的。空想社会主义则提供了社会理想图景。

　　浪漫主义强调创作自由,反对古典主义的清规戒律;酷爱描写中世纪和以往历史;偏重描写自然风光,厌恶资本主义文明和现实,标举卢梭"回归自然"的主张,将自然看作一种神秘力量或精神境界的象征;浪漫派作家或者从民主主义立场,或者从留恋旧制度的立场抨击封建制度或资本主义的罪恶现象,但都以人道主义为思想武器。艺术上,浪漫派作品有强烈的主观性,着力描写爱情、梦境和内心世界;重视民间文学;创造出诗体长篇小说;惯用对比和夸张,重视丑的美学价值,大力提倡想象;喜好忧郁感伤的情调。

　　英国是最早出现浪漫主义文学的国家之一,英国的浪漫派作家不满于资本主义的发展,具有愤世嫉俗和向往大自然的倾向。彭斯(1759—1796)的《苏格兰方言诗集》(1786)从民歌中吸收养料,赞颂农民淳朴、勤劳、善良,风格清新刚健,语言通俗,音调响亮。布莱克(1757—1827)的《天真之歌》(1783)和《经验之歌》(1794)充满对生活和革命的热情,前者以"羔羊"为典型,抒写温柔仁爱的理想世界。后者以"老虎"为典型,表现对黑暗社会的不满。长诗《四天神》(1804)揭露统治者对外掠夺、对内压榨的反动本质。布莱克也运用清新的民歌体和无韵体写诗,具有象征意义和神秘色彩。彭斯和布莱克可以说是浪漫派的前驱,而真正开创浪漫主义潮流的是"湖畔派"三诗人。他们从歌颂法国大革命到产生抵触情绪,蛰居到英国西北湖区,寄情山水,缅怀中世纪和宗法式农村生活。柯勒律治(1772—1834)与华兹华斯合写《抒情歌谣集》,收入其中的《古舟子咏》和《忽必烈汗》写出东方古代的景色,充满幻觉和奇谲的意象,赋予大自然以强烈的魅力。骚塞(1774—1842)的《书斋咏怀》发思古之幽情,与世俗格格不入。三人中,以华兹华斯的成就最大。稍后,拜伦和雪莱(1792—1822)将英国浪漫主义文学推向了高峰。拜伦的《恰尔德·哈罗尔德游记》首次创造了"拜伦式英雄"。他创造了诗体长篇小说。雪莱的第一首长诗《麦布女王》(1813)表达了他的政治、哲学观点。长诗《伊斯兰的起义》(1817)写的是革命与专制的大搏斗,这是一部混合着神话幻想和现实的瑰奇作品;序曲中鹰与蛇的搏斗象征专制与自由、善与恶的斗争,结果两败俱伤,苍鹰飞向天外,巨蛇跌落海中。一个少女、代表自然和爱的精灵,将象征自由的蛇救起,治好它的创伤,使它又能重新战斗。诗剧《解放了的普罗米修斯》(1819)塑造了一个不屈不挠的斗士,预言革命一定会到来,全诗气势磅礴。抒情诗《西风颂》、《云》、《致云雀》等感情真挚,闪耀着深邃思想的光辉。"冬天如果来了,春天还会远吗?"的名句预言美好的世界必将到来,发人深省。济慈(1795—1821)的创作生涯只有五年,以作于1819年的六首颂歌最为有名。《夜莺颂》以夜莺的歌声象征幻想世界中永恒的欢乐,同现实世界中人生短暂、好景不长相对照。《希腊古瓮颂》借古希腊田园的美景否定丑恶现实,将希腊古瓮当作艺术美和自然美的象征,诗歌具有绘画美和雕塑美。《秋颂》描写丰收在即的秋景和秋收后的抒情意境。司各特(1771—1832)是欧洲历史小说的创始人,《艾凡赫》(1819)以12世纪的英国为背景,揭露诺曼贵族对撒克逊人的压迫,塑造了绿林好汉罗宾汉的形象。他写过二十七部历史小说,历史背景广阔,时代气氛鲜明和地方色彩浓郁。较重要的小说还有《威弗莱》(1814)、《清教徒》(1816)、《米德洛西恩》(1818)和《昆廷·达沃德》(1823)。他的历史小说影响了欧洲19世纪的小说发展,雨果称赞他说:"司各特把历史所具有的伟大灿烂,小说所具有的趣味和编年史所具有的那种严格的精确性结合了起来。"

　　德国是浪漫主义文学思潮的发源地。德国早期浪漫主义文学具有浓厚的唯心主义思想和宗教色彩。"耶拿派"的奥古斯特·威廉·冯·施莱格尔和弗里德里希·冯·施莱格尔兄弟(1767—1845,1772—1829)以《雅典娜神殿》为阵地,阐述浪漫主义的主张,强调幻想和诗化生活,同时主张"艺术无目的论"。诺瓦利斯(1772—1801)的散文诗集《夜的颂歌》(1800)为悼念早逝的未婚妻而作,歌颂"神圣的、不可言传的、神秘的夜",从期望在地下"永远过着新婚之夜"的角度去赞美死亡,有神秘色彩。他的描写完全出自诗人主观的真情实感和个人的实际经验,以崭新的手法反映了分离和痛苦之情,在艺术上具有创新意义。蒂克(1773—1853)著有《民间童话集》(1797)三卷,开创了童话小说的新体裁,其中的《金发的艾克贝尔特》在于表明有一股隐秘力量在冥冥中主宰着人的命运,连林涛和风吼也充满不可思议的神秘意义。1805 年后,形成了"海德尔堡派",该派的布伦坦诺(1778—1842)和阿尔尼姆(1781—1838)搜集了德国近三百年的民歌,加以改写,出版了《男孩的神奇号角》(1806—1808)。雅各布·格林和威廉·格林兄弟(1785—1863,1786—1859)编辑的《儿童与家庭童话集》(1812—1815)搜集了脍炙人口的童话,属于世界文化遗产中的瑰宝,其中的《灰姑娘》《白雪公主》等成了典范的童话作品。这些童话语言平易,通俗生动,其结构形成有代表性的"童话模式"。1809 年以后,在柏林形成另一个中心。艾兴多夫(1788—1857)的《一个无用人的生涯》(1826)写一个农家少年的漫游和奇遇,将现实与梦幻、诗与插曲混合起来,充满浪漫情调。他的诗歌富有民歌特色,被作曲家谱成歌曲,家喻户晓。克莱斯特(1777—1811)的喜剧《破瓮记》(1808)抨击了普鲁士官场和司法制度的腐败,构思巧妙。霍夫曼(1776—1822)是德国浪漫派的杰出代表。《金罐》(1814)是有童话色彩的叙事作品,以幻想世界中的美和善对照现实世界中的丑和恶;认为真正的爱情和幸福,只存在于幻想的世界里。艺术上成功地运用了"变形"手法,人会变成动物。短篇小说集《谢拉皮翁兄弟》(1819—1821)也具有神秘怪诞色彩,辛辣地讽刺了社会的庸俗习气和黑暗势力。其中的《选择未婚妻》塑造了一个以金钱作为嫁女标准的市侩形象福斯温克尔;《封·丝蔻黛莉小姐》描写一个首饰匠卡迪拉克一到晚上便要出门,从刚刚取走首饰的顾客那里夺回来,成为抢劫犯和杀人犯。小说深刻揭示了金钱造成的人性扭曲和人格分裂。长篇小说《雄猫穆尔的生活观》(1822)展示了一个尔虞我诈、男盗女娼的市侩世界,想象和构思奇特。此外,《小查克斯》(1819)以离奇怪诞的手法,无情地鞭挞了 19 世纪初德国乌烟瘴气的现实,表达了真善美终将战胜假恶丑的信念。霍夫曼对后世欧美的怪诞小说产生了重要影响。海涅(1797—1856)早期也是个浪漫派诗人,《歌集》(1827)描写爱情和自然,表达对生活、爱情的憧憬与向往,民歌风格浓郁。德国还有一些浪漫派作家,如沙米索(1781—1838)、荷尔德林(1770—1843)。沙米索善写童话,小说《彼得·施莱米尔的奇妙故事》(1814)嘲讽和批判了拜金主义。荷尔德林的诗歌歌颂大自然,表达了对古希腊和人类理想社会的向往以及对祖国深沉的爱,小说《许佩里昂》(1797—1799)讲述了一个希腊青年参加人民武装、反抗土耳其人压迫的故事,小说中的《许佩昂的命运之歌》表达了知识分子的苦闷心情。

法国资产阶级和封建势力的曲折斗争,决定了法国浪漫主义具有更为鲜明的政治色彩。夏多布里昂(1768—1848)和斯塔尔夫人(1866—1817)是浪漫派前驱。前者的《基督教真谛》(1802)对美洲丛林和大草原的奇异风光以及古代废墟的描写,成为描写异国情调和废墟美的滥觞;短篇小说《勒内》塑造了第一个"世纪病"的典型,"世纪病"的特征是:精神忧郁,与家庭和社会格格不入,找不到任何社会出路,成为一种畸零人。在拿破仑垮台后,小资产阶级青年失去了发财致富、飞黄腾达的道路,于是陷入到患"世纪病"之中,这类患有"世纪病"的人物在 19 世纪的法国就有一大批,如贡斯当(1767—1830)的《阿道尔夫》(1816)中的同名主人公、塞南古(1770—1846)的《奥贝曼》(1804)中的同名主人公、缪塞(1810—1857)的《一个世纪儿的忏悔》(1836)中的奥克塔夫。中篇小说《阿塔拉》(1801)描写爱情与宗教信仰的矛盾,以美洲丛林的千奇百怪景色和印第安人的奇异风俗为背景,展现了异国情调。夏多布里昂的《墓畔回忆录》(1848)记录了半个世纪的历史事件,有丰富的史料价值。斯塔尔夫人的《论文学》(1800)和《论德国》(1813)传播了浪漫主义文学思想,指出忧郁是浪漫派诗歌的特征,强调感情抒发,她开创了从社会环境和历史的角度去考察文学的批评方法,并开创了比较文学。她的两部小说《苔尔芬》(1802)和《柯丽娜》(1807)是早期的女性主义小说。拉马丁(1790—1869)的《沉思集》(1820)是法国浪漫派诗歌的开篇之作,其中的爱情诗《湖》是怀念情人病逝之作,写得深沉缠绵,直抒胸臆,表现"心灵的叹息"。全诗将抒情与哲理相结合,善用对照和象征手法,如将爱情比作航船,同幽会地点湖的背景相吻合,并将湖拟人化,且音韵和谐。他恢复了自龙沙以来沉寂了两个多世纪的爱情诗和抒情诗的创作。维尼(1797—1863)的《古今诗集》(1826—1837)和《命运集》(1864)宣扬孤傲坚忍精神,《狼之死》以形象手法去阐述这种哲理。诗歌最后写道:"呻吟、哭泣、祈求,同样都是怯弱。要尽量去做你那冗长的苦活,走在命运决意召你前去的路上,然后默默死去像我一样。"后期诗作流露出对未来的憧憬。他还是一个剧作家和小说家。雨果是浪漫派领袖,1830年他的剧作《欧那尼》的上演标志着浪漫主义战胜了古典主义。乔治·桑(1802—1876)从妇女问题小说写到社会问题小说,再发展到田园小说。《康素爱萝》(1842—1843)是一部热情澎湃的音乐小说,以18世纪欧洲黑暗丑恶的现实为背景,塑造了一个不慕虚荣的女歌唱家形象。《安吉堡的磨工》(1845)通过磨工与贵妇的爱情纠葛,反映了空想社会主义思想。乔治·桑不断探索妇女解放的道路,属于早期女性主义作家。《魔沼》(1846)是她最成功的田园小说,赞美了善良质朴的农民,描绘充满诗情画意的农村生活。缪塞的《四夜组诗》(1835—1837)抒发失恋的痛苦,感情真挚,正如《五月之夜》所写的:"最绝望的歌才是最优美的歌,我所知不朽的歌是呜咽泣血。"他像鹈鹕一样吐出内脏去喂小鸟(其实是从囊中吐出食物),袒露自己的痛苦。但他内心一面骚动不安,一面保持清醒。他纯熟地运用了对话体去写诗。剧作《罗朗萨丘》(1834)具有莎士比亚戏剧的气势,再现了16世纪30年代佛罗伦萨的政治、社会面貌和风俗。主人公是哈姆莱特式的人物。《勿以爱情为戏》(1834)等则是一组轻松隽永的喜剧。奈瓦尔(1808—1855)的抒情诗奇诡深邃,别具一格,小说《西尔薇》(1854)将回忆、想象、梦幻熔于一炉,深入挖掘自我。他的作品具有20世纪文学的特征。大仲马是通俗小说之王。凡尔纳(1828—1905)有"科幻小说之父"之称,《格兰特船长的儿女》(1867—1868)、《海底两万里》(1870)、《八十天环游地球》(1872)等介绍了科学知识,展望了科学发展的成果,从地球内部写到各大洲各大洋,再写到星际航行,其中又有深刻的社会批判。

意大利浪漫主义文学的主要代表是曼佐尼(1785—1873),他的长篇小说《约婚夫妇》(1821—1823)描写了一对乡村青年男女的坎坷遭遇,反映了西班牙统治与本民族封建势力双重压迫下人民的苦难。另一位主要代表莱奥帕尔迪(1798—1837)的诗作风格悲凉哀婉,格律变化自如,主要作品有《致意大利》(1818)、《但丁纪念碑》(1818)等。

西班牙浪漫主义深受法、英等国的影响,萨维德拉(1791—1865)的剧作《堂阿尔巴罗,又名命运的力量》(1835)把散文与诗句精妙地结合起来,充满激情地表现了凶杀的曲折情节,是西班牙浪漫主义戏剧的一个标志。埃斯普龙塞达(1808—1842)的著名的《诗集》(1840)收有《致祖国》、《五月二日》、《海盗之歌》、《哥萨克之歌》、《刽子手之歌》、《太阳颂歌》等歌颂祖国、抗议暴政、向往自由的抒情诗。索里利亚-莫拉尔(1817—1893)的诗剧《堂胡安·特诺里奥》韵律优美,抒情气氛浓郁。贝克尔(1836—1870)的抒情短诗清新醇厚,富于情韵。

俄国浪漫主义有强烈的战斗精神,向往自由和民主。诗人茹科夫斯基(1783—1852)对浪漫主义的形成起了重要作用。莱蒙托夫和普希金是俄国浪漫派的主将。莱蒙托夫的小说《当代英雄》(1840)塑造了"多余人"形象毕巧林,转向现实主义。普希金后期也转向现实主义。格里鲍耶陀夫(1795—1829)的喜剧《智慧的痛苦》(1924)反映了19世纪20年代俄国贵族内部新旧思想的斗争,恰茨基与周围的人格格不入,是俄罗斯戏剧中第一个叛逆者形象。丘特切夫(1803—1873)写作哲理诗、爱情诗和风景诗。"杰尼西耶娃组诗"共二十二首,大海是她深不可测的爱情的象征:"你,我的大海的波涛,我的任性无羁的波涛","和你在一起,就是在天堂。"他善于将自然现象和心灵状态融合,写实与象征并存。在波兰和匈牙利,作品主题是反对异族奴役,争取民族独立。波兰诗人密茨凯维奇(1798—1855)的诗剧《先人祭》(1823—1830)抨击沙俄侵略者的血腥屠杀,揭露波兰贵族卖国求荣的丑恶嘴脸,颂扬爱国志士的顽强斗志;长诗《塔杜施先生》(1830)通过两家贵族年轻一代的恋爱,反对沙俄入侵,争取祖国独立,被誉为波兰的民族史诗。匈牙利诗人裴多菲(1823—1849)的长诗《使徒》(1848)赞颂革命者的献身精神,同情人民的苦难生活。《民族之歌》号召人民反抗奥匈帝国的统治,为争取自由而战斗。《自由与爱情》是歌颂自由的最强音:"生命诚可贵,爱情价更高,若为自由故,二者皆可抛。"

美国由于资本主义发展迅速,摆脱传统束缚、重视人的精神创造、追求自由的超验主义思想崛起,争取和歌颂个性自由和精神解放便成为其特点。爱默生(1803—1882)和梭罗(1817—1862)是超验主义理论家,提出了浪漫主义主张。他们强调人的精神作用和直觉的意义,认为自然界充满灵性,人应回归大自然;认为世界为人而存在,人的潜力无限,能推动世界进步;提倡人人平等、个性自由,拥护民主政治,追求理想社会;由此吹响了美国精神独立的号角。但超验主义以唯心主义为基础,具有浓厚的宗教色彩。超验主义开启了美国文学的繁荣,被称为"美国文艺复兴"。爱默生以散文创作为主。梭罗的散文集《瓦尔登湖》(1854)描绘了湖泊和野生动植物的原始景象,探索生命的意义,以亲身经历证明理想的生活方式。欧文(1783—1859)被称作"美国文学之父",《见闻札记》(1820)描述自然景物和风土人情,摆脱了英国文学传统的束缚,其中的短篇《瑞普·凡·温克尔》以浪漫构思和农民的纯朴眼光,赞美独立战争和新的社会秩序;《睡谷的传说》叙述布鲁姆用南瓜将情敌砸昏,终于娶上意中人。库柏(1789—1851)也是民族文学的奠基人之一,开创了以《皮袜子故事集》为代表的边疆长篇传奇小说系列,《最后一个莫希干人》(1826)的主人公"皮袜子"勇敢机智,同情弱小,憎恨强暴,热爱自由,体现了美国民族精神。以"皮袜子"为主人公的小说还有《拓荒者》(1823)、《大草原》(1827)、《探路者》(1840)、《猎鹿人》(1841),这些小说反映了18世纪下半叶至19世纪初六十年间美国的边疆生活,描写了不少栩栩如生的人物,展现了美国发展初期的西部面貌。爱伦·坡(1809—1849)主张艺术要刺激读者,美的语调是哀伤。《乌鸦》(1845)一诗描写恋人哀伤已故的情人,写出人的半幻觉状态。他创作了最早的推理小说。他的小说多是以死亡、凶杀、复仇为题材的恐怖小说。霍桑(1804—1864)受加尔文教关于原罪、内在堕落等观念影响,认为人性本恶,甚至否定技术进步和应用机器,并把这看作是恶的帮凶。他在小说中挖掘"隐秘的恶"。长篇小说《红字》(1851)揭露清教徒殖民统治的黑暗、残酷以及教会的虚伪,巧用象征手法:主人公胸口佩戴的A字以及短篇《教长的黑面纱》中永远盖在教长脸上的黑面纱,都是一种象征物,含义复杂。他的小说还有《七个尖角阁的房子》(1851)、《福古传奇》(1852)、《玉石雕像》(1860)。朗费罗(1807—1882)的长诗《海华沙之歌》(1855)描述印第安传说中的西风之子海华沙的业绩,塑造了一个血肉丰满的英雄形象。惠特曼(1819—1892)的《草叶集》(1855—1892)是他一生诗歌的总集,抒发自我,赞美人的创造力,鼓吹民主和自由,歌颂带领美国这艘民主的航船渡过难关的林肯总统;自由诗体舒卷自如,但保持内在的节奏感。"草叶"的形象既简单又复杂,它来自新大陆的泥土和空气,由充满希望的绿色材料组成,是诗人"意向的旗帜"、生命力的象征,哪儿都能生长;它又是发展的象征,能自发地生长和繁殖,不需要人们的照料、栽培。它与星球的运行同样重要、同样神圣。麦尔维尔是美国浪漫主义文学的代表之一。

二、19 世纪现实主义及其在欧美各国的发展

19 世纪 30 年代,现实主义文学首先出现在法国和英国,以后传播到俄国、北欧和美国,成为 19 世纪欧美文学的主流,达到近代欧美文学的高峰。现实主义文学是西欧资本主义制度确立和发展时期的产物。1830 年,法国爆发七月革命,从此,法国资产阶级取得了统治地位;1832 年英国资产阶级进行了议会改革,英国资产阶级的统治地位得到进一步巩固。欧洲各国也相继经历了从封建制度向资本主义制度的历史性过渡。这种政治经济形势影响到文学,成为现实主义文学形成和发展的决定性因素。

社会的剧变使人的道德观念和文化价值观念发生了深刻变化:物质利益观念不断加强,金钱成了衡量人的主要或唯一的尺度,人与人的关系也随之发生变化;务实、追求客观冷静地分析与解剖现实的社会心理和风气形成了。自然科学的发展进一步打开了人们的视野,促进人们去研究社会,寻找社会矛盾产生的原因和解决办法。黑格尔的辩证法、费尔巴哈的人本学说和孔德的实证哲学都是 19 世纪现实主义文学的理论基础。但现实主义的名称直到 19 世纪中叶才出现。

19 世纪现实主义文学的特点是:其一,把文学作为分析与研究社会的手段,提供了丰富多彩的社会历史画卷,作家以此为己任,把广阔真实地反映时代的风俗史作为文学创作的最高理想。19 世纪现实主义文学艺术地再现了封建制度衰亡、资本主义制度上升这一重大历史变革,具有珍贵的历史文献价值和高度的社会认识价值。其二,作家们以人道主义为思想武器深刻地揭露和批判社会黑暗,同情人民的苦难,提倡社会改良。其三,现实主义文学深刻地展示资本主义条件下人与物、人与社会的矛盾,表现人的异化现象,深入地解剖物欲驱动下人的心灵世界的千奇百怪。其四,现实主义文学追求艺术的真实模式,强调客观地反映生活,它受到科学主义思潮的影响,认为作家应该按照生活的本来面目去反映生活,使文学具有科学的精确性。它重视人与社会环境关系的描写,塑造典型环境中的典型性格,并通过典型反映整个时代的风貌。总体看来,长篇小说的写作逐渐走向成熟与繁荣,有的作家偏向于对外部世界和人物行动的描写,有的作家偏向于人物的心理刻画。

法国是欧洲现实主义文学的发源地。法国现实主义文学深刻地反映了历史风云的变幻、社会的黑暗,塑造出一系列典型。斯丹达尔和巴尔扎克是现实主义文学的奠基人。斯丹达尔注重人物的心理活动,代表了现实主义文学的内倾性,而巴尔扎克注重外部描写,代表了现实主义文学的外倾性。梅里美(1803—1870)以中短篇小说著称于世,他喜欢写异国题材,塑造纯朴真诚而又剽悍粗犷的人物,如《马特奥·法尔戈纳》中处死不讲信义的儿子的严父,《塔芒戈》中带领黑人奴隶暴动的同名主人公。他在现实主义的描绘中插入怪诞情节,如《伊尔的维纳斯铜像》(1837)描绘的铜像具有恶魔性格。中篇《高龙巴》(1840)刻画了一个复仇心强、坚定沉着、工于心计的女性,"家族复仇"风气完全融化在她的血液里。而《嘉尔曼》(1845)的同名女主人公也有泼辣的性格,但更多的是酷爱无拘无束、独来独往的生活。她是一个接近原始民族、有纯朴民风的山野之民,与文明社会的典雅女子迥异。福楼拜是中期现实主义的代表,承上启下。小仲马(1824—1895)的《茶花女》(小说,1848;戏剧,1852)是一部爱情悲剧,细腻地刻画了一个妓女形象,她表面上追求豪华的生活享受,骨子里仍然想过真正的感情生活。但为了情人的前途,甘愿牺牲自己。又由于歌剧的成功,《茶花女》风靡世界。小说家尚弗勒里(1821—1889)和杜朗迪(1833—1880)等合办刊物《现实主义》,但只出了三期,总共不到一百页。这份杂志提出要研究

当代,选取真实的题材,描写下层人民、家庭风俗、精神疾病、上流社会、街道、农村、激情,主张相当庞杂。他们的小说创作并不成功,而现实主义的名称却正好符合19世纪欧美文坛的一大批作家的创作,现实主义之名由此确立下来。巴黎公社文学是一种新颖的现实主义文学,又称无产阶级文学。它表现了无产阶级的革命激情和下层人民的生活。诗人鲍狄埃(1816—1887)和瓦莱斯(1832—1885)是代表。前者的《国际歌》(1871)以通俗和形象的语言阐明了无产阶级斗争的理由和目标,后者的三部曲《雅克·万特拉斯》(1879—1886)以自身经历为素材,反映19世纪30年代至70年代的法国生活,以幽默为特色。

英国的现实主义文学较多地表现劳资矛盾以及小人物的悲惨命运和苦难生活。狄更斯、萨克雷和夏洛蒂·勃朗特、艾米莉·勃朗特姐妹是杰出的代表。艾米莉·勃朗特(1818—1848)的《呼啸山庄》(1847)是一部浪漫主义与现实主义相结合的小说,通过一个复仇故事,展现了在资产阶级社会里渴望爱情、友谊、知识的人的孤独和道德沦丧。这部小说有不少手法与20世纪现代小说的风格相似。此外,盖斯凯尔夫人(1810—1865)的《玛丽·巴顿》(1848)是欧洲最早接触劳资矛盾的小说,从侧面反映了英国的宪章运动。19世纪中期出现了宪章派文学,"宪章主义是工人反抗资产阶级的集中表现"①。宪章派诗歌属于早期无产阶级文学。它按无产阶级的观点观察和描写现实,为争取自己的权利而斗争。代表人物有琼斯(1819—1869)、林顿(1812—1897)和麦西(1828—1907)。琼斯著有《未来之歌》,林顿著有《人民的集会》。19世纪下半叶的小说家有乔治·艾略特(1819—1880)。她的长篇小说《亚当·比德》(1859)描写农家姑娘海蒂的生活道路。《弗洛斯河上的磨坊》(1860)则通过磨坊主的一对儿女的爱情和最后被河水淹死的悲剧,描写利己与利他之间的思想冲突。《米德尔马契》(1871—1872)通过多萝西娅的婚姻理想的失败,表明资产阶级的价值观念不能给人带来美满的婚姻和人生幸福。此外,特罗洛普(1815—1882)著有《巴塞特郡纪事》六部曲,梅瑞狄斯(1828—1909)著有《利己主义者》(1879)等,也是较重要的小说家。柯南道尔(1859—1930)的福尔摩斯探案和科林斯(1824—1889)的《白衣女人》(1859、1860)、《月亮宝石》(1868)等侦探小说,威尔斯(1866—1946)的《时间机器》(1895)、《隐身人》(1897)、《星际战争》(1899)等科幻小说也拥有广大读者。维多利亚时代涌现了一批诗人,丁尼生(1809—1892)、布朗宁(1812—1889)是主要代表。丁尼生的组诗《悼念》(1850)被认为是英国诗歌史上最优秀的哀歌之一。布朗宁的长诗《指环与书》(1868—1869)叙述老夫杀少妻的故事,注重人物的心理和性格刻画。英国19世纪后期最重要的小说家和诗人是哈代。

德国现实主义文学批判封建君主制和诸侯割据。诗人海涅(1797—1856)从浪漫主义走向现实主义,长诗《德国——一个冬天的童话》(1843)批判了德国封建制度和教会,发出对革命的预言,语言犀利,将叙事与抒情、游记与对话完美地结合起来。毕希纳(1813—1837)的剧作《丹东之死》(1835)展示法国大革命的一幕。黑贝尔(1813—1863)的剧作《玛丽亚·玛格达莱娜》(1844)展现了一个在现实社会生活中受到伤害的女子的悲剧命运,被认为是德国现实主义戏剧的杰作。冯塔纳(1819—1898)的长篇小说《艾菲·布利斯特》(1895)通过门阀观念造成的不幸婚姻,揭露普鲁士贵族的虚伪道德。工人诗人维尔特(1822—1856)饱含对工人的苦难和不幸的同情,号召他们起来斗争。瑞士德语作家凯勒(1819—1890)的长篇小说《绿衣亨利》(1879—1880)描写主人公与人民结合的历程,反映了较广阔的生活,具有浓郁的乡土气息。

西班牙的现实主义文学以19世纪下半叶的加尔多斯(1845—1920)为杰出代表,他的长篇

---

① 恩格斯:《英国工人阶级状况》,第278—279页,人民出版社,1956年。

小说《悲翡达夫人》(1876)写一个有理想、有抱负的青年工程师在内地遭到封建势力和教会的打击,最终被害的故事。《葛洛丽娅》(1877)写一对青年男女由于宗教信仰的不同而被迫放弃爱情的故事。他的《民族轶事》(1873—1912)是一套三辑四十六卷的历史小说,反映了19世纪初开始长达七十年的西班牙历史,被认为是一部"提高了民族觉悟"的巨著。克拉林(1852—1901)的长篇小说《女当家的》(1884)和《独生子》(1891)都深刻反映了当时的社会现实,对教会的黑暗和封建势力的蛮横作出了谴责。葡萄牙的克罗兹(1845—1900)的长篇小说《阿罗神父的罪恶》叙述一个青年教士诱惑教区妇女,使其怀孕又将她抛弃的故事,讽刺了宗教界的堕落,揭示了盲目迷信的可恶。意大利真实主义文学属于批判现实主义范畴,但受到法国自然主义文学的影响。维尔加(1840—1922)是主要代表,主要作品有长篇小说《玛拉沃利亚一家》(1881)、《堂·杰苏阿多师傅》(1889),塑造出一批"被征服者"的形象,反映了资本主义冲击下农村劳动者的不幸命运。

北欧的现实主义文学逐渐发展到鼎盛期。丹麦作家安徒生(1805—1875)创作了优美动人、含义深邃的童话,代表作有《卖火柴的小女孩》、《丑小鸭》、《皇帝的新装》、《海的女儿》等,同情穷苦人,讽刺统治者的愚蠢、残暴和贪婪,批判社会的黑暗,表达美好的理想。丹麦评论家勃兰兑斯(1842—1927)的《十九世纪文学主流》(1872—1890)对欧洲19世纪的重要作家做出深入研究。挪威作家比昂松(1832—1910)的剧作《破产》(1874)和《挑战的手套》(1883)抨击了资产阶级的虚伪和自私。易卜生是北欧文学最重要的作家,他的社会问题剧影响深远。

俄国现实主义文学的批判锋芒指向封建农奴制及其残余。普希金是俄国现实主义文学的奠基人。他在诗体长篇小说《叶甫盖尼·奥涅金》中塑造了第一个"多余人"形象,"多余人"是一个人物系列,在屠格涅夫的中篇小说《多余人日记》(1850)发表之后广为流传。莱蒙托夫笔下的毕巧林、屠格涅夫笔下的罗亭和拉夫列茨基、冈察洛夫(1812—1891)笔下的奥勃洛莫夫,都是"多余人"的典型。他们是一些贵族知识分子,在社会中找不到自己存在的位置,看不惯现实中的丑恶现象,往往在爱情中遭到失败,而又脱离人民。果戈理是中坚作家,他继承并发展了"自然派"。这个称谓原本是反动文人布尔加林攻击果戈理只会写生活的污秽面,民主主义批评家别林斯基(1811—1848)针锋相对地反驳说,"自然派"的旗帜是真实性,这是俄罗斯文学发展的必然趋势。"自然派"包括了屠格涅夫、谢德林(1826—1889)、涅克拉索夫(1821—1877)、冈察洛夫、赫尔岑(1812—1870)、陀思妥耶夫斯基等作家。他们以反农奴制为共同思想基础,同情小人物,刻画"多余人"形象,揭露贵族的没落生活。"自然派"实际上是俄国前期现实主义的别称。冈察洛夫的《奥勃洛莫夫》(1859)的同名主人公是一个受过良好教育、头脑聪明的贵族青年,但他优柔寡断,好空想而懒惰成性,没有实际活动的能力。他总是整天躺在床上或沙发里昏睡,最后在睡梦中死去。这个人物的各种特点被称为"奥勃洛摩夫性格",概括了俄国社会的停滞、落后和腐朽。屠格涅夫是中期现实主义的代表作家。车尔尼雪夫斯基(1828—1890)的《怎么办》(1863)是一部社会政治小说,借"新人"形象拉赫美托夫表达革命民主主义者反对农奴制的政治主张。小说具有强烈的政论色彩,对当时的革命民主主义者特别是青年一代产生了重大影响。他同时是个理论家,与别林斯基、杜勃罗留波夫(1836—1861)一起,阐述现实主义的文学主张,推动了俄国现实主义文学的发展。车尔尼雪夫斯基著有《论艺术对现实性的审美关系》(1855)、《俄国文学果戈理时期概观》(1855),别林斯基著有《给果戈理君的一封信》、《一八四七年俄国文学一瞥》(1848),杜勃罗留波夫著有《什么是奥勃洛摩夫性格?》(1859)、《黑暗王国中的一线光明》(1860)。亚·尼·奥斯特洛夫斯基(1823—1886)的剧作《大雷雨》(1860)塑造了一个热爱自由、勇于争取生活权利的女性形象,卡杰琳娜与黑暗的封建宗法社会的道德观念形成了尖锐的矛盾冲突,成为"黑暗王国"的一线光明,她的悲剧是对"黑暗王国"的控诉与抗议。列斯科夫(1831—1895)的中篇小说《姆岑斯克县的麦克白夫人》描写一个商人妻子因爱情纠葛不能自拔,成为杀人凶手。涅克拉索夫的长诗《谁在俄罗斯能过好日子》反映了俄罗斯农村改革前后的农民生活,刻画了具有反抗性的农民和献身农民革命的知识分子形象。陀思妥耶夫斯基、托尔斯泰、契诃夫将现实主义文学推向高峰。陀思妥耶夫斯基创造了"复调小说"。《罪与罚》中的几乎所有的重要人物都有自己的声音。这是一种由各种不同的独立意识,各具完整价值的声音组成的全面对话的小说。它突破独白小说所体现的作者全知全能的立场,而存在许多独立的不相混合的声音和意识。主人公不是作者思想观念的传声筒,而是不依附于作者指挥的独立意识者。作者往往运用"对位法"来设置人物,通过主人公与其他人物的"思想辩论",揭示主人公心理上的矛盾。作者与主人公构成平等的"对话关系"。陀思妥耶夫斯基对人性的深度开掘和他所创造的"复调小说"深化了现实主义。托尔斯泰则从另一个角度发展了心理描写,民主主义批评家车尔尼雪夫斯基认为:"托尔斯泰伯爵最感兴趣的是心理过程本身,它的形式,它的规律用特定的术语来说,就是心灵的辩证法。"①托尔斯能准确地把握人物思想感情的矛盾与斗争,写出它们的辩证发展过程。

美国的现实主义文学形成较晚。斯托夫人(1811—1896)的《汤姆叔叔的小屋》(1852)是废奴文学的代表,把南方蓄奴制的罪恶公之于世。女诗人狄金森(1830—1886)留下一千七百多首诗,但生前只发表了七首,她以爱情、友谊、死亡和自然界的变化为题材,但品格独特,想象奇异,意蕴深邃。豪威尔斯(1837—1920)提出要描写"日常的平凡事物"和"生活中微笑的一面",主要作品有长篇小说《塞拉斯·拉帕姆的发迹》(1885)和《新财富的危害》(1889)。他属于温和的"现实主义派"。詹姆斯(1843—1916)的中篇小说《黛西·密勒》(1879)、长篇小说《一位女士的画像》(1881)等开创了美国心理小说的先河。马克·吐温是最重要的现实主义作家。

三、唯美主义、象征主义和自然主义

从19世纪30年代起,唯美主义思潮开始在法国和英国流行起来。法国诗人戈蒂埃(1811—1872)和英国文论家罗斯金(1819—1900)等提出唯美主张,并在创作中体现出来。戈蒂埃是"为艺术而艺术"的倡导者,他反对文艺作品反映重大的政治题材,反对艺术具有任何功利,认为形式美就是目的。他指出:"没有任何美的东西是生活必不可少的",又说:"只有一无用处的东西才是真正美的,一切有用的东西都是丑的,因为它们体现了某种需要,而男人的需要都是卑下的、令人作呕的,犹如他懦弱可怜的天性一样——一所房屋最有用的地方就是厕所。"他还认为:"一种美好的形式就是一种美好的思想。"《诗艺》一诗把美确定为对未成形的物质的征服,"完美无缺的诗行能永存,比青铜器活得更长"。罗斯金在《现代绘画家》第一卷(1843)中提出艺术领域的独立。1848年,在英国成立了"先拉斐尔兄弟会",1850年创办专刊《萌芽》,宣扬灵肉合一。罗塞蒂(1828—1882)的诗歌以光、声、色的感觉美和神秘朦胧的意象美为特征。佩特(1839—1894)在《审美的诗》(1868)、《文艺复兴》中倡导艺术至上主义。他认为艺术美是脱离社会现实的、孤立的形式美或纯美与道德和宗教毫不相干。19世纪中叶以后,法国出现了"巴那斯派",其领袖勒贡特·德利尔(1818—1894)主张客观和冷漠,反对浪漫派毫无遏止的感情抒发,反对诗

---

① 车尔尼雪夫斯基:《〈童年〉、〈少年〉、〈列·尼·托尔斯泰伯爵战争故事集〉》,见《古典文艺理论译丛》[5],人民文学出版社,1963年。

歌反映社会现实,主张诗歌同政治、社会问题分隔开来;认为艺术也必须同科学结合,注重形式探索,推崇诗歌美的创造。他的《古代诗集》(1852—1874)从古印度和古希腊去寻找题材,表现了排斥现实的倾向,《蛮族诗集》(1862—1878)也从《圣经》、古埃及、中世纪去撷取灵感。如《正午》描写夏日暑气逼人、又璀璨壮丽的景象,《夜》描写美妙的夜景,《大象》画出沙漠中大象行进的一幅奇景。这几首诗与现实社会毫无关联。他的诗具有雕塑美和画面美。其他较著名的巴那斯派诗人有普吕多姆(1838—1907)等。普吕多姆是第一位诺贝尔文学奖获得者,诗集有《孤独集》(1869)、《徒劳的温存》(1875)。他善于描写心灵的细微感受,如《破碎的花瓶》把爱情比作易碎的,不经意就会伤害它;《眼睛》传达一种神秘的意境。此外,美国的爱伦·坡的"纯诗"主张诗歌与真理、道德无关,只与趣味、美的韵律和形式有关。19世纪80年代至90年代,英国唯美主义形成第二个高潮。出生于爱尔兰的英国作家王尔德(1856—1900)是唯美主义的代表,他鼓吹艺术至上,认为艺术家不应有任何功利目的,形式就是一切。长篇小说《道林·格雷的画像》(1891)的主人公纵情声色,最后走向犯罪道路,而他的画像在他死时却由衰老变得青春焕发。作者以此体现艺术至上论。诗剧《莎乐美》(1893)描写女主人公为了美的瞬间享受,不顾一切,牺牲一切。童话集《快乐王子集》(1888)文辞精美,诗意浓郁,是世界童话创作中的上乘之作。唯美主义开拓了美的领域,扩大了艺术表现的范围,但忽视内容,将艺术与生活割裂开来。

世纪中叶,与唯美主义相呼应,象征主义逐渐形成。前期象征派大量描写城市中的丑恶现象,在艺术上化丑为美,丑中见美;注重挖掘人的精神世界,以具体意象去反映抽象事物,并升华为哲理;注意到语言的组合能产生巨大效果,由此运用通感和象征手法。它追求音乐效果,诗画结合,语言精粹。另外,这些诗人认为诗歌是神秘的,本应晦涩难懂。象征派先驱包括法国诗人波德莱尔、魏尔伦(1844—1896)、兰波(1854—1891)。魏尔伦的《忧郁诗章》(1866)、《美好的歌》(1870)、《无言的情歌》(1874)、《明智集》(1880)等以真挚深沉、如怨如诉、意象明晰、轻灵隽永的短诗句和"精选的风景"表达心灵的感受和情绪,营造凄怆的气氛和抒情的格调。如《秋歌》写萧瑟景象勾起诗人心中的忧愁,幽咽的提琴声刺伤他的心,他在阴冷的风中疾走,深感生活无定。《泪洒在我的心头》抒发爱情受到挫折后的内心痛苦,采用大量谐韵和叠韵,表达忧伤的心境。《皎洁月光》描写月夜给人如梦的感受,诗人婚后既感到幸福,又感到迷茫。他的诗富有音乐性。兰波的《醉船》将人的精神用一条醉船来象征,醉船是"我",诗歌第一句写道:"正当我从无情之河顺流而下":已表明写的是人的异化。他的诗歌想象诡奇,充分体现了诗人的"语言炼金术"锻造出来的奇特意象。《元音字母》发现字母有丰富的象征意义。他的散文诗集《地狱的一季》(1873)、《彩图集》(1874以后)是过渡到20世纪散文诗的桥梁。此外,法国诗人洛特雷阿蒙(1846—1870)和拉福格(1860—1887)与象征派也有渊源关系。1886年,诗人莫雷亚斯在《费加罗报》上发表《象征主义宣言》,标志着象征派正式形成。法国诗人马拉美(1842—1898)是象征派的领袖。从1884年起,每逢星期二,年轻的象征派诗人在他家聚会,听他议论,接受教诲。他确实培养出一些大诗人和大作家,如瓦莱里、克洛岱尔、纪德。除了短诗《海风》、《窗户》、《蓝天》、《纯洁的……》以外,他的长诗《希罗多德之歌》、《一个农牧神的下午》均未完成。他的诗歌有多种解释,晦涩难懂,押韵巧妙,由于写作难度极大而成为一种独特的诗歌现象,显示了高超的技巧。他的诗作少而精。象征派有众多诗人。

自然主义文学产生于法国,受到孔德的实证主义、遗传学说和贝尔纳的决定论的影响,它是现实主义文学的一种发展。它将真实和客观性视为文学创作的首要条件,接受了巴尔扎克描写一段历史时期反映整个社会的观点,但机械地从生理角度去表现人,将不成熟的遗传学观点照搬到小说中。在艺术上,自然主义文学力图巨细无遗地描绘现实,给人以实录生活和照相式的印象;擅长描写群众场面,逐渐忽略典型的塑造,只追求人物的气质和精神变态心理;开始淡化情节,不追求戏剧性的曲折变化,按生活的"本来面目"去反映现实。爱德蒙·德·龚古尔和于勒·德·龚古尔兄弟(1822—1896,1830—1870)是倡导者,他们重视病理现象和描写下层人物,主张小说要"迈向精确的科学和历史的真实",他们要成为"生理学家和诗人"。长篇小说《热曼妮·拉瑟顿》(1865)描写一个女仆走上堕落道路的一生,把她当作"神经紊乱"的病例来分析。其他小说描写神经官能症、精神病和肺病的综合征、脊髓病等等。左拉沿着从病理方面去解剖人物的路子走下去,成为自然主义文学的领袖。在他周围,形成了"梅塘集团"的一批作家,以莫泊桑最为有名。莫泊桑是与契诃夫齐名的短篇小说家。都德(1840—1897)与自然主义保持着距离,《周一故事集》(1873)以普法战争为主要题材,短篇小说《最后一课》、《柏林之围》是响彻爱国主义的悲歌;《磨坊书简》(1866—1879)是他的成名作,具有浓厚的抒情色彩。长篇小说《小东西》(1868)代表了他的温情主义的特点。勒纳尔(1864—1910)的中篇小说《胡萝卜须》(1893)以亲身经历为素材,风趣幽默。于依斯芒斯(1848—1907)先是加入自然主义,随后脱离,他的长篇小说《反乎常理》(1884)描写患有神经官能症的人物,受到 20 世纪作家的重视。

在德国,"自由剧场"的创立为自然主义戏剧提供了舞台。霍普特曼(1862—1946)的剧作《日出之前》以自然主义手法表现社会矛盾,通过资本家克劳塞一家的经历,写出了富人的道德沦丧。作者把原因归结为酒精中毒的遗传。瑞典的斯特林堡(1849—1912)的早期剧作《朱丽小姐》(1888)写伯爵之女受到男仆欺骗而失身,最后自尽,被认为是自然主义剧作的典范。自然主义在英、意、俄、美、日都有影响。

第二章　华兹华斯

一、生 平 与 创 作

　　威廉·华兹华斯(1770—1850),英国浪漫派诗人,1770 年 4 月 7 日生于坎伯兰郡的考克茅斯,父亲是律师,八岁时母亲去世。1787 年他进剑桥大学约翰学院,1791 年获得文学士学位。1790 年暑假期间华兹华斯和同学游历法国、瑞士和意大利,看到了法国人民欢庆攻陷巴士底狱一周年的情景,他对法国大革命深表同情,在《黄昏信步》和《景物素描》等诗中都有表露。1795 年 6 月,他和妹妹多萝西移居塞特郡乡间。

　　同年,他结识柯勒律治。两位诗人交往的结果,是出版了《抒情歌谣集》(1798)。1800 年诗集再版时华兹华斯写了一篇序言,阐述他的诗歌主张。1798 年秋至 1799 年春,华兹华斯和妹妹、柯勒律治游历德国,写出《采干果》、《露丝》、《露西》组诗等,并开始写作长诗《序曲》。1802 年至 1807 年,华兹华斯创作了不少诗歌,包括《孤独的收割者》(1803)、《不朽颂》(1802—1804)、《序曲》(1805)。《序曲》共十四章,描写诗人的童年和学校生活、剑桥生活、假期生活、阿尔卑斯山漫游、对自然和人的热爱、法国之游、关于文艺趣味和想象力等,以回顾自己的生活历程,表达自己的感受。其后的作品有《快乐的战士》(1806),1807 年他出版了两本诗集,收入了《决心与自由》和大部分十四行诗。

　　1807 年之后是华兹华斯的后期创作阶段,佳作甚少。1810 年他与柯勒律治因观点不同而发生一场公开的争论。1814 年发表长诗《远游》,叙述自己与一个农村小贩结伴同游,最后写到英国工业的发展以及平民道德的堕落,以无韵体诗写成,说教与抒情相结合。他在晚年声誉日隆,他的诗歌为年轻读者所喜爱，求教者络绎不绝。1843年，他被授予"桂冠诗人"称号。1850年4月23日，他在里多蒙特逝世。

华兹华斯善于描写大自然。他对大自然怀有深厚的感情，厌恶工业化之后产生种种痼疾的城市。他认为大自然能够启迪人性中的博爱和善良的情感，融和在大自然中能够使人得到真正的幸福。他一生中的绝大部分时间是在他出生地所在的湖区度过的，他的诗歌中很大一部分是直观地描绘那里的自然风貌。此外，他描绘的重要对象之一是同大自然息息相关的平凡人和他们的生活。他写平常人的悲苦、欢乐，认为人生是幸福的，但要靠人的努力去争取。世上的一切生灵都受到大自然的孕育，是大自然整体中不可分割的部分，因此他爱怜一切动物与花草。

他的语言极度纯粹，思想感情的表达明智而强烈；诗句富有感染力，描绘完全忠实于自然界中的景象；沉思中包含同情，深刻而精致的思想里带有感伤，想象力丰富。他不尚奇幻，以宁静的沉思而显得真挚自然，亲切质朴；注重自然的可感性，着意捕捉细节，又从日常生活中开掘感情宝藏，以取得新鲜感和奇特的效果。

二、《抒情歌谣集》

《抒情歌谣集》开了一代诗风，成为英国诗歌史上的一座里程碑。它摆脱了18世纪诗人所恪守的简洁、典雅、明晰的古典主义创作原则，摒弃了垄断当时诗坛的英雄双韵体，以老百姓日常使用的语言描绘大自然景色和人在大自然中的生活，尤其是贫苦人的不幸境遇，抒发诗人的感受和沉思，开创了探索和发掘人的内心世界的现代诗风。但诗集出版后遭到攻击，华兹华斯写了洋洋万言的序，阐述自己的诗论。1815年，他从诗集中抽出自己的诗作，单独成册，又附加了一篇序言，作为补充。这两篇序言被称为英国浪漫主义诗歌的"美学宣言"。华兹华斯的诗歌理论可以概括为如下几点。

第一，关于诗歌题材。华兹华斯认为，"题材的确非常重要"。他要求突破古典主义的"规范"，把审美对象从宫廷转向民间，从城市转向山乡湖畔。他主张"选择日常生活的事件和情节"，在这种选择中，他又"通常都选择微贱的田园生活作题材"，因为"在这种生活里，我们的各种基本情感共同存在于一种更为单纯的状态之下"，"我们的热情是与自然的美和永久的形式合而为一的"。

第二，关于诗歌的语言。华兹华斯主张诗应该"自始至终竭力采用人们真正使用的语言来加以叙述或描写"。所谓"人们"，指的是农村的下层民众，或者是过着"微贱的田园生活"的人，因为他们的语言是从"最好的外界东西得来的"，是与美妙的大自然息息相通的。

第三，关于诗的本质。华兹华斯认为，"诗是一切知识的精华，它是整个科学面部的强烈表情"；"诗是一切知识的起源和终结——它像人的心灵一样不朽"。华兹华斯将诗与知识即人的理性联系在一起，同时又与人的情感联系在一起，而且更强调后者。他为诗下的定义是："诗是强烈情感的自然流露。"华兹华斯从理性和快感两方面来论述诗的目的。他认为"诗的目的在于真理……普遍的和有效的真理"；同时又认为，诗"必须直接给人以愉快"，"要带有一种愉快的热情"，把真理"传达给读者"。换言之，诗以真与善为目的，但却是通过美来达到这一目的的。

第四，华兹华斯还对诗人的特殊才能作了解释。他认为诗人与一般人之所以不同，关键在于"没有外界直接的刺激，他也能比别人更敏捷地思考和感受，并且比别人更有能力把内心产生的思想和感情表现出来"。也就是说，诗人比一般人更具想象力和语言表达能力。这种对诗人想象力的强调，可以说是英国浪漫主义诗论的核心。虽然关于想象力的系统理论是后来由柯勒律治正式提出的，但最初注意到想象对于诗歌创作重要性的却是华兹华斯。

华兹华斯在《序言》中提出的关于诗歌题材和诗歌语言的问题，实际上是文学内容与形式的问题，而他对情感和想象在创作过程中的重要性的强调，则是对传统古典主义理性原则的直接挑战。他的观点具有开拓性质，不仅直接推动了英国诗学和诗歌创作的发展，而且还在西方文学史上产生了深远影响。例如，他关于诗的教益和快感应有机地结合在一起的观点，可以说已形成后来影响颇大的"情感传递说"的雏形，给予其后持有此种艺术观的雪莱乃至托尔斯泰等人以莫大的启发；至于对想象力的强调，这一点甚至在当代西方诗学中都随处可见。

华兹华斯收在《抒情歌谣集》中的诗作，就是他对自己的理论所作的部分实践。《坎伯兰的老乞丐》充分体现了他在突破题材方面所作的努力。他以一个老乞丐入诗，这对于古典主义高雅的诗学传统来说简直是不可思议的。他在诗中明确表达了对最低贱的生命的同情和尊重："自然法则就是：/上帝创造的万物，不管多么低贱，/任何形式的存在，都会同一种/善的精神和意向，同一个生命和灵魂不可分地联系在一起。"在诗的末尾他甚至不愿看到老乞丐"被关进误称习艺所的工场"。因为老乞丐的流浪生活更接近自然，因此更善："一如在大自然的照看下生活——/让他也在大自然的照看下死去吧！"

《我们共七个》是华兹华斯在诗歌语言方面进行革新的表征。全诗基本上由诗人与一个小女孩的对话写成，用的是口语、浅显、明快。诗人在田野里遇到一个小女孩，问她："小姑娘，/你有几个姐妹兄弟？"小姑娘回答："一共是七个。/……两个住在康韦，/两个在海船上干活……两个躺在教堂的墓地里，/躺在那墓地的树下。"于是诗人觉得奇怪：既然两个已经死了，"我说：'他们两个进了天国，/那你说你们是几个？'/……这个小姑娘还是不改口；'不，我们是七个，'她说。"诗人通过这种带有稚气的口语，写出了浓郁的诗意，表达了骨肉之情不承认死亡的存在。

《艾丽丝·菲尔》的副标题是"贫困"。一个风雨交加的夜晚，诗人坐在驿车上赶路，听到有凄苦的哭号声，便叫车夫停车。结果发现驿车后面蜷缩着一个小姑娘。她叫艾丽丝·菲尔，因为斗篷被缠到车轮里成了一团破烂布而在哭泣："所有的劝慰她毫不理会；/可怜的姑娘坐在车里面，/抽抽搭搭地不断流着泪——/伤心得似乎永远没个完。""贫困"的主题就从这个小姑娘的哭泣中表现了出来。

《写于早春的诗句》仅二十四行，却强烈地表现出诗人对自然界一草一木的亲切感受和爱怜。诗人将自然美景与"悲哀的思想"交织在一起，引申出一个问题："人把自己的同类变成了什么？"大自然充满了欢乐："每一朵鲜花/对自己吸着的空气都很喜欢。/鸟雀在我的周围跳跃嬉戏，/……看来全都带着极大的欢乐。"而人却忘却了自然，这是忘却了自身。

《丁登寺》是抒情诗的杰作。诗人抒写自己在一个古寺废墟上的深刻感受。实际上他注视的是葳河河谷的"幽僻荒凉"、"与世隔绝"。在这样的山水间，诗人顿有解脱之感。他五年来一直生活"在城镇和都市的喧闹声里/……困乏地独处屋中"。现在他终于找到了心灵的慰藉，向远离尘嚣的自然之神发出由衷的感激之情："当毫无收获的焦躁不安/和这人间的一切亢奋狂热/压在我这颗怦怦跳动的心上——/我的精神多少次求助于你！/穿过树林蜿蜒流去的葳河啊，/我的灵魂曾多少次求助于你！"对大自然的歌颂，反映出华兹华斯对污浊的社会风尚的不满与厌恶。全诗一气呵成，流畅而又幽婉，朴实自然、口语化的风格得到了集中体现。诗人敏锐的感觉、真挚的情感从流转的诗句中显现出来。诗人出色的观察力使日常小事和平凡景物都化为感人的艺术形象呈现于读者眼前。所用的五步抑扬格素体无韵诗律，轻灵、活泼而有流动感，完全突破了当时统治诗坛的英雄双韵体的刻板诗风。

第三章　拜伦

一、生平与创作

　　乔治·戈登·拜伦(1788—1824),英国浪漫派诗人,1788 年 1 月 22 日生于贵族家庭,父亲是个军官兼浪子,与一个公爵夫人私奔。拜伦的母亲是他的第二任妻子。诗人的童年随母亲在苏格兰的阿伯丁度过。他天生微跛,极为敏感、自尊,从弱冠之年就形成了孤傲和反叛的性格。十岁从伯祖那里承袭了勋爵爵位和大宗产业,移居伦敦,就读于哈罗中学和剑桥大学,获硕士学位。

　　1807 年他发表诗集《懒散的时刻》,主要是爱情诗。1809 至 1811 年,拜伦游历南欧和西亚一些国家,写出《恰尔德·哈罗尔德游记》(1812—1818),轰动英伦。其间他还发表了讽刺诗《法案制定者颂》,抨击针对劳工自发捣毁机器的"勒德运动"而制定的死刑法。从 1813 年开始,拜伦创作出一组"东方故事诗",包括《异教徒》(1813)、《阿比道斯的新娘》(1813)、《海盗》(1814)、《莱拉》(1814)、《柯林斯之围》(1815)、《巴里斯纳》(1815),题材新颖,充满浪漫情调,主人公是流放者或流浪汉,有的是叛逆者,他们愤世嫉俗,叱咤风云,敢于冒险,又是单枪匹马的复仇者,具有崇高的道德观和侠义心肠,爱好自由,忠于爱情,最后却成为社会的牺牲品。这是一些"拜伦式英雄",他们高傲而倔强,忧郁而孤独,神秘而忍受着痛苦,与社会格格不入。拜伦式英雄在欧洲广大民主阶层中引起广泛共鸣。但诗人的政治态度和反叛精神触怒了上流社会,权贵们便借其婚变大肆渲染,掀起毁谤拜伦的运动,迫使他于 1816 年愤然离开祖国,侨居瑞士,结识雪莱,创作了长诗《锡隆的囚徒》,讴歌为自由而牺牲的历史英雄。1817 年,他创作了"哲理剧"《曼弗雷德》,主人公离群索居,遗世独立,对世界和人生失去信心,感到包括知识在内的一切追求都毫无意义。诗人对现实的强烈不满导致彻底的怀疑与否定。

拜伦在意大利参加了烧炭党人反对奥地利统治的秘密活动,一再迁居。1820 至 1822 年他创作了以意大利和东方历史为题材的三部诗体悲剧,以及以《圣经》故事为题材的神秘悲剧《该隐》(1821),将本是人神共诛之的谋杀者写成反抗上帝的顶天立地的汉子,一个拜伦式的英雄。1821 年烧炭党人起义失败,拜伦感到十分沉痛。他决定前往战火纷飞的希腊,支持希腊民众反抗土耳其统治的解放斗争。1823 年秋,他率领自己招募的一支军队,乘自己出资武装的一艘战舰,前往巴尔干,被推为某方面远征军的统帅。他因骑马出巡遇雨受寒,不治而逝。

拜伦后期主要创作诗体小说《唐璜》(1818—1823),共一万六千余行,仍未写完。拜伦改变了传说中的唐璜形象,将他写成一个天真、热情、善良的贵族青年。他顺从天性,无视清规戒律,没有虚伪做作,对恋人倾心相与,决不朝三暮四,但却常常是被迫分离。当海上遇险,饥饿使人生吃同类时,他宁死不干。在苏丹王妃求欢的逼迫下仍然坐怀不乱。战场上,别人退却他仍然前进,然而他容易随波逐流,无法掌握自己的命运,做出一些越轨行为和蠢事。他的性格具有二重性。长诗以他的游踪和几次爱情经历为线索,展示海盗称霸的希腊、土耳其宫闱、俄罗斯宫廷和英国上流社会,揭露封建专制的暴虐和社会道德的虚伪,剥下女皇、君主、政客、将军的画皮,他们不过是荡妇、恶棍、无赖、刽子手。长诗塑造了一系列妇女形象,尤其是天真纯朴的希腊少女。拜伦表达了对失去自由的人民的同情,号召他们起来战斗。长诗也不乏富有哲理的沉思。诗人擅长在第三人称的叙述中插入第一人称的议论,运用"八行三韵体"得心应手。

拜伦体现了他的时代的激情,代表了它的才智和力量。他那普罗米修斯式的孤独的反抗意志,在 19 世纪欧洲人的精神生活中非同凡响,以致改变着"社会结构、价值判断标准及文化面貌"。(罗素《西方哲学史》)但这个独立不羁的天才虽有博大的政治家的胸襟和哲人的才智,却又是个放浪形骸的公子哥儿、虚荣孤傲的爵爷和悒郁的自我主义者;他有崇高伟大的精神,向往着壮丽的事业,却被黑暗的时代所窒息。

作为浪漫主义的一代宗师,拜伦创作了大量抒怀诗、驳论诗、讽刺诗、故事诗、诗剧、长篇叙事诗等等。他将强烈的抒情和鲜明的政治倾向结合在一起。其名言"诗的本身即是热情"可谓他的诗美学的核心。甚至每行诗都激荡着澎湃的热情,几乎所有作品都有他的影子,其火热的性格清晰可见——通过主观抒情表现出来。负有沉重历史感的时代豪情常常占据主导地位。在他笔下,高山和大海无不雄奇、壮丽、粗犷,是自由的象征,也是英雄性格与激情的体现。就气质而言,拜伦主要是个讽刺诗人,他将讽刺推向前所未有的广度和深度,讽刺一针见血,入木三分。

二、《恰尔德·哈罗尔德游记》

《恰尔德·哈罗尔德游记》共四千六百五十六行,以一个厌腻于花红酒绿、无所事事的英伦世家公子恰尔德·哈罗尔德去国远游为线索,表现了极其丰富的社会历史内容和深幽复杂的情感:反映希腊等地中海国家被奴役民族渴求自由解放的愿望。作为启蒙思想、法国大革命精神的追随者,诗人鲜明的政治倾向赋予这部诗以厚重的现实力量。当时,封建统治势力或遭受打击或苟延残喘或伺机反扑,民族独立运动与反拿破仑侵略的武装抵抗同样激烈,大陆与英伦的对抗则为时局的逆转埋下伏笔;全诗后两章的写作恰逢革命处于低潮,帝国倾覆与"神圣同盟"建立,将欧洲拉回到复辟的阴影之中,黑云压顶、万马齐喑,自由、民主与进步遭遇灭顶之灾。正是在这样的阴霾中,响起了拜伦批判暴政、鼓吹抗争的激越诗章,何等的胆量、何等的英雄气概!

它充沛的思想内容首先表现在对英国、对以"神圣"之名结盟的欧洲反动势力,及其形形色色的不义、掠夺和侵略进行无情揭露、愤怒谴责和辛辣讽刺。诗人评说那造成破坏的战争,无论往古还是当下,被"称孤道寡的蟊贼"所发动均"害人不浅":"上帝呵!你的地球难道必须作他们赌博的本钱?"怒斥对文物的劫掠,"以禽兽的行为残酷地拆下古代的遗迹","硬把不甘心的神明搬送到北国!"《游记》的前两章,抨击英人以救世主姿态出现,实际干着趁火打劫勾当,"自由的不列颠"成了"抢劫一个多难的国家的最后一批盗党";责骂窃取希腊圣迹的苏格兰人艾尔金勋爵,"血液和他家乡海边的岩石一般冰冷,心灵跟岩石一样麻木、僵硬";叹息"爱自由的人民不应伤害曾经自由的东西"。诗人借滑铁卢战场抒怀之便,谴责欧洲一切形式的专制,尖锐指出,在"神圣同盟"卵翼下复活起来的欧洲封建势力的猖獗,标志着"向豺狼顶礼"重新开始。打败拿破仑,世界是前进了还是后退了? 拜伦的深刻之处在于,他启示读者质疑:英国人的胜利,意义在哪?"高卢也许就此变一匹马,受缰绳的束缚;但世界能更自由了吗?"因此,对待"法兰西的坟墓,要命的滑铁卢"要具体分析,"应先把效果估计,再来颂扬这种胜利!"由是而对一向钦佩的波拿巴给出比较客观公正的评价:这"世界的征服者与俘虏"最终"成了荣誉的牺牲品",是的,也许因为太过虚荣,虚荣使之刚愎傲慢,这在大人物身上有时就成了致命的缺陷,所以,"你能倾覆、统治和重建一个帝国,却管不住自己最起码的感情……无自知之明"。

其次,对各国人民争取自由、独立和解放的斗争热烈赞扬,并寄予同情和声援;讴歌西班牙、希腊、意大利等国"壮烈的古代",以激发这里的人为自由而战,成为长诗最激动人心的主旋律。无论盛誉西班牙争取民族独立的历史传统,歌颂她的儿女反侵略的英雄业绩;还是痛悼希腊被土耳其奴役的现实,凭吊古战场追念故国之伟大;或者缅怀古罗马的无上光荣——那"曾是国民皆国君之国""征服陆地和海洋"——表示自由终将会取得胜利;长诗呼吁被压迫民族放弃幻想,靠自己的力量获得解放。诗人足踏希腊国土,吟出了最凄婉激越的歌:"美的希腊! 光荣的残迹,使人心伤! 失去了,但是不朽;伟大,虽已消亡!"拜伦对在土耳其奴役下的希腊心情极为复杂,这欧洲人精神的故乡如今却是"一盘散沙",哀痛、惋惜、斥责、激励,他无法容忍他们心甘情愿做奴隶而任人宰割! 难道是所有弱小民族的通病吗? 有着辉煌历史的希腊居然也"巴望外国的救助和军火,却不敢独自去反抗异族的欺凌"。诗人以卓越的洞察力告诫之,任何外国力量都指望不得,"高卢人或莫斯科人岂会对你们公正?"包括经常以自由保护者自居的"海上女皇的儿郎"不列颠,除了劫掠宝物中饱私囊,余下的难道不是也只有一张伪善的面孔? 所以必须让迷梦中的人惊醒:"世世代代做奴隶的人们! 你们知否? 谁要获得解放,就必须自己动手,必须举起自己的右手,才能战胜!"否则,即使奴役者被推翻,也不过一个主子换了另一个主子而已,列强不会赐予或施舍人民以应得的自由。抒写希腊主题的诗篇时而低回时而高亢,令人叹息、心动。

值得注意的是,拜伦表现了极可贵的民主立场和深邃的洞察力。拜伦憎恶西班牙战争的三方——英国、西班牙、法国,均无正义可言(第一帝国的扩张固然可恶,但威灵顿将军武力"挽救"斐迪南七世封建王朝实质却是为了英国利益),那些厮杀的军人,"用生命作赌注,头颅换名气",还不是做了"暴君的工具"、为他们铺平"通向一场春梦"的道路? 拜伦对受拿破仑威胁而祈求英政府援助的葡萄牙也不无蔑视,因为此举无异引狼入室,让"一千艘威武的军舰"横行:"这个国家被愚昧和骄傲弄昏了头,舔着、同时又憎恶那握着剑的手"。无论最后沦陷的加的斯勇敢的市民,还是民间游击队的英雄壮士,那才是值得骄傲的力量,获得"萨拉哥撒女郎"称号的抵抗组织女战士形象何等动人! 拜伦的敬佩溢于言表。

拜伦天生具有政治家素质,因此他首先是一位政治诗人。他站到被欺压的一方,成为他们的代言人。他以特有的宏大气魄和高瞻远瞩评点时事,《游记》以及后来的《青铜世纪》尤其《唐璜》等大作,均以整个西方的历史现实作背景,拜伦的魅力与不可模仿正在于此。这部杰作鸣奏的是反侵略、除暴政、求自由的时代最强音,直到以歌颂大海结束,象征不可征服的自由正义汹涌澎湃、无尽无息,使整部诗贯穿昂扬的格调和乐观精神。

《游记》的非同凡响还在其哲理广度,在于包罗万象的人生体验与感悟。莫洛亚写道:"没有任何人比这位极富热情的人更善于不带幻觉或感情用事地洞察现实了。"①《游记》自始至终交织着深邃的思考,关于历史、社会、人生、人性、物质、精神、宗教、迷信、爱情、友谊、成败、名誉等的哲学沉思,妙在其言说充满沧桑之感,真理的确凿性伴以睿智和尖锐性,使人感到二十来岁人写出的诗仿佛出自五十来岁人老到的手笔。

感叹世事流变、兴衰轮回可谓是长诗不绝如缕的主题之一,"兴亡盛衰,无非是旧事的轮回和循环:先是自由,接着是光荣,光荣消灭,就出现财富、邪恶、腐败,终于野蛮……"对此,"人类呵! 你像钟摆,在哭笑之间摇来晃去"! 可是毕竟,古代帝王之业,今朝为人所欺,难以容忍又必得容忍! 之于希腊罗马这欧洲文明的源头尤其如此——兹折射出诗人复杂的矛盾心态。叹"英雄的宝剑、哲人的长袍","豪杰和圣贤"成遥远之回声,"博得一时惊奇,像小学生听的故事!"由是诗家吟出史家之论:"建设一个国家的时间需要千年,但要毁灭它,却只消一个钟点",令人痛心然而又毋庸置疑! 可是古人的业绩仍是后人的财富,唯英雄精神垂馨千古! 时光才是"真的哲人",客观、公正、毫厘不爽。

矛盾性是拜伦思想性格的显著特点。就外在印象而言,他是愤世嫉俗的,他视"爱情、名誉、野心、贪欲——都是同样的,无不虚妄和邪恶……";视人为"腐败的东西",慨叹"世态炎凉,有几个人的良心经得起考验",发出"我没有爱过这人世,人世也不爱我"的感言。然而却并不等于他对同类失望到极点,诗人从阿尔巴尼亚的山民身上发现了质朴美好的品质,他们"是凶猛的,却不缺乏各种道德,也许比一般更加崇高。"拜伦以其比照所谓的"文明人",否定后者的残酷、自私和虚伪。

对于爱情的理解同样见出诗人的矛盾。说这位情场猎手、潇洒之王最懂得爱的甘苦并不过分,但如果肯定他属于那种唐璜式的登徒子却是绝对错误,在拜伦,甚至有意夸大的玩世不恭与其心灵中对于真爱的崇拜与渴求可作等量观。看他叹息"逝去的韶光"何等柔情,因为那里有"少年的爱","那爱情虽已消亡"。美丽的日内瓦湖畔,卢梭写作《新爱洛依丝》的小村庄,诗人谓之爱神的栖所:这是"痴情的诞生地",无比圣洁,连空气都是青春爱的气息。或发出对爱的哲理感叹,"爱情呵! 你本非地上的居民……心创造了你,就像它设想天上住着神明";"谁爱,谁就发狂——少年的痴狂;但痊愈后更痛苦……"他把爱的魔术描绘得委实淋漓尽致! 不过爱情又确实联结着人性的另一面,功利的、虚伪的、兽性的,不一而足,这就牵惹出诗人仿佛是堕落天使那张游戏的面孔,要逢场作戏。

这位关注社会人生、以最大热情入世的诗人,却常常讴颂神圣的孤独、追寻甚于隐士茅屋的寂寞。这种矛盾性亦为拜伦的特色,显示了他精神或性格中深幽的哲士的一面。"让我们离弃红尘,保持孤独",他作为"沙漠似的人群的过来人"太熟悉那厢的污浊了! 他叹问:"山水和苍穹是否属于我和我的灵魂,正如我也是它们的一部分?"面对"天地寂然,从高远的星空灿烂,到平静的湖水和怀抱的群山",悟万物各为存在构成整体,"于是深深激起宇宙无穷的感触,尤其在孤

---

① [法]安德烈·莫洛亚:《拜伦书信选·绪言》,第3页,王昕若译,百花文艺出版社,1992年。

寂中——其实最不孤独"。无疑地,纵情山水归根究底起源于对碌碌俗尘及其俗人的厌恶,他爱同类,但鄙视人性的弱点,"庸人的思想黯淡无光,眼睛只注视泥坑";羞于与之为伍便成逻辑结论,相比,"孤独里没有阿谀者;虚荣心无隙可乘"。由于骨子里爱世界与世人,所以他说"远避人类不一定就是憎恨人类"。实在是不得已而为之,洁身自好耳,因为出于污泥难得不染!爱之深而痛之切,此乃导致其愤世嫉俗的重要因素。

长诗一个重大的成就,是塑造了极富独创性的艺术形象,尽管作者主观上并无意于此。从"游记"的角度说,人物主体当然是哈罗尔德;但从"记游"的角度说,那么主体便成了以第一人称出现的"我"即叙述者。哈罗尔德和"我"是呈现在读者面前的两个绝妙的人物,同为不朽的艺术典型,因此还不能把他们与诗人等量齐观。不过,尽管二者性格迥异,却都具有太多的拜伦特点,很大程度上是其性格的外化。

《游记》中的哈罗尔德是个孤独的漂泊者,年纪轻轻就厌倦了纸醉金迷的贵族生活,因而漂洋过海以排遣愁闷。其性格特征是落寞、抑郁、厌世。他孤高自赏,鄙视溜须拍马,恼透了上流社会,不愿与丑恶为伍,所以几乎是逃跑一般远走他乡,足见这是顶层阶级的一员逆子。他冀图从较少受文明腐朽气侵蚀的民族寻求纯真的情感,岂料事与愿违,随着对欧洲现实的认识日益深刻,痛感世态炎凉、人心不古、知音难觅;虽足踏南欧,饱览异域风光古迹,目击一些国家轰轰烈烈的民族解放战争,却依然故我、无动于衷,再大的事件也难以荡起他的激情!"一正视现实,他瘦痛的眼睛也就失神。"又足见其不过只是个超然物外的旁观者。这一形象的意义在于,概括了拿破仑战争时期及"神圣同盟"初期欧洲许多知识分子的精神状态,他们不满现实但找不到出路,不愿与上流社会同流合污却也不能和民主力量一起斗争,由是陷入悲观绝望。然而更为主要的,还是该形象身上鲜明的拜伦特点。普希金说拜伦只创造了一种性格那就是自己的性格,信矣!所谓"拜伦式英雄"是对其笔下几乎所有艺术形象的指称,因为他们无不深深打上诗人的烙印,哈罗尔德就是排在首位的一个。爱世人却又鄙视这世界,时常为不可调和的内心冲突所困扰——这些也都是拜伦的特点,其巨人性格是矛盾的,他是无畏的自由的斗士,但偶尔也百无聊赖。

如果说哈罗尔德体现了诗人作为公子哥的放逸自流,那么充当记叙旅行的"我"——通常称之"抒情主人公"——则刚好代表了诗人作为革命家的壮怀激烈。这是一个奋发入世、热情洋溢的批评家,一个洞悉世情、目光犀利的观察家,一个热爱生活、追求自由、敢于揭露、冷嘲热讽又善于斗争的民主战士。对旅途上的所见所闻、对国际的重大政治事件,臧否指点、高谈阔论,判断准确、独具只眼……他是反专制暴政的坚强战士和进步思想的代表,展示出一个卓越人物的多个方面。也许他那思想家的风采最有感染力。诗人在卢梭、伏尔泰的故居地,朝觑伟大的智慧巨人,高声吟哦:"要在大胆的怀疑之上,堆放思想的高山,思想不怕雷电……"他告诫:"如果放弃思维的权利就是可耻地抛掉理智"。在抒情主人公带领下,巡行一处处圣迹,那些古代的帝国、英雄文明之源。按 pilgrimage 这个词的原义是"朝圣"、"巡礼"①,所以长诗的重心在于沧桑古代,哈罗尔德所到之处几乎清一色的英灵圣迹,这与一般意义上的游山玩水绝难同日而语;而于此抒情主人公恰好获得施展才情、激情、智慧、洞察力之用场。以第四章意大利之旅为例,落落寡合的巡行者干脆为"我"所取代。从强大的帝国到被宰割的阿平宁,于时空的苍茫中任由驰骋:威尼斯、斐拉拉、佛罗伦萨、罗马;无数的古迹、秘闻和掌故;成打的伟人、前贤与明哲!由是

---

① *Childe Harold's Pilgrimage* 如果译成"恰尔德·哈罗尔德瞻礼记"可能更准确,虽然没有现译更通俗。

激发的缅怀、评点、感叹妙语连珠！罗马，"你是艺术之母，也曾是军事之母"；塔索，"晚近诗坛上的泰斗"；阿里奥斯托，"吟唱爱情、战争、罗曼司和侠义的歌"；至于破碎的意大利，"你的党派纷争，祸害甚于内乱"，真个是一语中的！

作为抒情主人公，"我"显然与作者本人更接近——若视为一体也无妨。因为拜伦经常现身说法直抒胸臆或直面读者，如颂扬女性的优美、回忆初恋的失意、追怀友人的早殇、叮诉对女儿的眷念……强烈地透示出内心世界的复杂与美丽。总之，那虚拟的巡游者和这瞻礼的报告人均打着明显的自传烙印，共同勾画出一个完整可爱的诗人形象。

长诗最具创新处可能表现在叙事结构上。它既不是通常的第三人称，也不是纯粹的第一人称，而是在基本的第三人称叙述体系中，自如地插入第一人称的抒情或评点。其最大特点在于给了诗人比较充分的自由，他可以发挥主体性，能够打破时空序列，任由思想的翅膀翱翔。当然，保持叙述事件必要的联贯与进展也是一个挑战，虚构的哈罗尔德于是派上了用场，他被叙述者推着行进在大致规定的路线上，从而保持了长诗的统一性。此结构与其说适应记录巡游事件的需要，不如说便于主观抒情的方便，最契合浪漫主义的天马行空。诗人经常借题发挥，洋洋洒洒、滔滔不绝，使表现的天地无限广阔。

这一结构必然带来长诗的另一显著特点，即抒情与评论占绝对优势，以至几乎改变了文体的性质，使叙事的诗成为抒情的诗。整部作品气贯长虹的抒情气势如浊浪排空、震撼人心。诗人的情感极其丰富，从儿女情长到人文关怀，从自然社会到历史现实，但世界的沧桑迭替、人世的兴衰沉落乃咏叹的第一主题。在这儿，诗人那兼具政治家的敏锐、哲学家的深刻和历史家的准确的精彩评论与之完美地结合起来，厚重的思想和细腻的感触回环交错，其效果恰如他的一句诗"波涛里有音乐"。关于滑铁卢，关于许多杰出历史人物，关于比利牛斯半岛之肮脏民风，甚至关于血腥的西班牙斗牛、古罗马竞技场的角斗，作者信笔拈来，是非论断唏嘘感言，精妙绝伦，举重若轻！歌德谓拿破仑摆布世界像弹钢琴，而拜伦洞察事物和作出反应，若能类比也毫不逊色。妙在抒情与评论的糅合差不多都呈现忧伤的韵致，使该部诗的格调带有类似挽歌的性质，所谓"拜伦式的淡淡的哀愁"若从接受的角度说乃是一种绝佳的心理感受，将审美理想落脚于无害的悲情土壤，用以满足对痛苦的隐秘的渴望，或可说是精神现象学的一个很有意思的课题。诗人用"诗的泪"去哀哭逝去的文治武功、泱泱帝国，"你的残迹是光荣，你的废墟披着一层纯洁的妩媚，永远不能擦去"。惹人叹岁月之残酷、发思古之幽情。哀歌体或哀歌调是《游记》的一个十分引人注目的特性，这和青年诗人忧郁的天性不无关系，同时也与长诗之巡行题材相得益彰，它增强了作品的感情力度和诗歌的凄美。

浪漫派诗歌的大自然崇拜倾向在拜伦的诗中体现得尤甚。他对自然充满敬畏之情，"慈母般的大自然啊！""我好像已经忘掉了自己……灵魂却能飞翔，自由地与天地、山海和星辰相混合。"多少名句脱口而出：描写群山暮景，"静悄悄的夕暮。你的边缘和群山间的一切显得朦胧而柔软"；描写勒芒湖水，"你温柔的耳语像是姊姊慈爱的声音在责怪我"；描写月亮升起，"流水般的光向着海波倾泻"；"繁星呀！你们是天空的诗篇！"诗人于此显示了灿烂的才华！大段的景物描写无疑属于长诗最迷人之处。值得注意的是，其笔下的自然鲜有牧歌田园，大多为奔腾的海洋、翻滚的巨浪、巍峨的群山、喧嚣的瀑布，以及霹雷交加、暴雨怒吼……其粗犷的力量与不羁的狂放是诗人巨人性格、自由情怀的绝妙写照！如篇末歌咏大海的数节，成千古绝唱！

第四章 雨果

一、生平与创作

维克多·雨果(1802—1885),法国浪漫主义文学的主要代表之一,1802年2月26日生于贝尚松,父亲是个共和党人,从士兵擢升到将军,母亲信奉保王党。早年雨果在母亲身边,耳濡目染,颇受保王党影响,至1827年左右思想才发生转化,与保王党分道扬镳。雨果十五岁时获得法兰西科学院的诗歌比赛奖,不久又两次获得国王的奖金。

19世纪20年代初他已发表诗集。1827年的《〈克伦威尔〉序言》是浪漫主义文学的宣言书,提出了新的美学原则:对照。三四十年代雨果发表了一系列诗集:《东方集》(1829),赞美希腊人民的民族解放斗争;《秋叶集》(1831),抒写家庭和个人生活;《晨夕集》(1835),抒发忧郁,憧憬未来;《心声集》(1837),回忆家庭生活,描绘大自然美景;《光与影集》(1840),记录他与朱丽叶的爱情。这些大半是抒情诗。

他还有不少剧作:《玛丽蓉·德洛尔姆》(1829)描写17世纪的名妓与一个青年的爱情;《欧那尼》(1830)描写16世纪西班牙绿林首领的爱情悲剧,演出时浪漫派与假古典派进行了艰苦的斗争,终于取得胜利,确立了浪漫派的地位;《国王取乐》(1832)描写弗朗索瓦一世的轶事;《吕克莱斯·波基亚》(1833)描写女下毒犯;《玛丽·都铎》(1833)描写16世纪英国女王的爱情;《安日洛》(1835)描写16世纪意大利贵族的感情纠葛;《吕依·布拉斯》(1938)塑造了一个聪明能干的下层人物;《城堡卫戍官》(1843)未获成功。雨果确立了浪漫派戏剧的地位,他打破了悲剧与喜剧的界限,将崇高优美与滑稽丑怪结合起来;冲破三一律的藩篱;描写下层人物,批判贵族与宫廷。

他是与高乃依、拉辛和莫里哀并列的法国四大戏剧家。

与此同时,雨果投身于政治。1845年成为贵族院议员。1851年路易·拿破仑发动政变,雨果被迫流亡,最后来到盖纳西岛,一直住到1870年拿破仑三世垮台为止。流亡期间,雨果才思大发,写出《惩罚集》(1853),抨击拿破仑三世政权;《静观集》(1856),咏叹童年、爱情,抒发失女的悲痛和哲理沉思,这是雨果抒情诗的高峰;《历代传奇》(1859—1883)是部小型史诗集,诗人从《圣经》、神话、历史和日常生活中撷取素材,试图写出一部"人类史",由此创造了新型的史诗。《凶年集》(1872)反映了雨果的爱国主义激情和人道主义精神。直至80年代,雨果仍有诗集问世。雨果拓展了诗歌领域,在抒情、讽刺、咏史等三方面都写出了优秀诗篇。他的想象力丰富,海洋风暴中的惊涛骇浪,阳光的千变万化,伊甸园的瑰丽,东方之夜的辉煌,都写得五光十色,绚丽多彩。风格豪放阔大,诗句有如长河滔滔,不可遏止,有时则短小精悍,笔力凝重,气度恢宏。他善用同位语隐喻,将抽象概念与具体意象并列,构成一个词组,这种修辞手段适用于哲理诗、政治讽刺诗。他将对照手法运用于诗中,效果突出。体裁多种多样,韵律和手法灵活多变,诗节形形色色,以牧歌写情诗,以颂歌写哲理沉思,以轻灵的诗句写风流趣事。雨果不愧是法国最重要的诗人之一。

从19世纪20年代起,雨果已经开始写小说。1831年发表长篇小说《巴黎圣母院》。但直到流亡期间才发表了第二部长篇《悲惨世界》(1862)。其他几部长篇小说中,《海上劳工》(1866)描写人同自然的搏斗,是对人和劳动的颂歌;《笑面人》(1869)批判了17、18世纪之交的英国贵族,站在共和主义的高度对贵族特权和丑恶的宫廷阴谋作了揭露,颂扬了下层人物的善良,哀叹其不幸命运,主人公扭曲的笑容,表达的是人类的悲痛;《九三年》以法国大革命斗争最激烈的年代风云变幻的政治形势为背景,描写革命与反革命斗争的残酷性,力图阐述人道主义原则,批判了只讲暴力,不讲人道,只知盲目执行,不会灵活处置的革命者,写得十分紧凑。可以说,雨果是最杰出的浪漫派小说家,他的小说集浪漫主义手法的大成,将对照手法运用到极致。他善于刻画下层人物的形象,通过大起大落的情节,传奇与写实相交织,将浪漫手法与现实描绘结合在一起,塑造出震撼人心的人物形象。雨果还是运用心理描写较多的一个浪漫派作家,手法多种多样。他以史诗的气魄和规模去再现社会和历史:《悲惨世界》是一幅历史壁画,《海上劳工》是人与大自然搏斗的史诗,《九三年》是再现法国大革命的史诗。

作为社会活动家,雨果也获得崇高声誉。他与拿破仑三世斗争的坚忍和传奇般的经历,更使他的形象显得高大。1885年5月22日,他因患肺充血,不治逝世。6月1日,法国政府为他举行国葬,他的灵柩在先贤祠安葬。

二、《巴黎圣母院》

《巴黎圣母院》是浪漫派小说的典范作品。这是一曲反封建的悲歌。

故事发生在1482年,爱丝梅拉达是靠卖艺为生的吉卜赛女郎,她被巴黎圣母院的副主教克洛德看中。愚人节那天,克洛德指使敲钟人加西莫多抢劫少女,幸亏弓箭手队长菲比斯赶到,解救了她。她来到乞丐的聚居地"奇迹王朝",解救了诗人甘果瓦。第二天,加西莫多在广场上受鞭刑,只有爱丝梅拉达把水送到他嘴边。吉卜赛女郎看中菲比斯,他却是逢场作戏。正当两人幽会时,克洛德刺伤了菲比斯。宗教法庭咬定爱丝梅拉达是女巫,驱使黑衣魔鬼杀害菲比斯。她屈打成招,被法庭判处绞刑。当夜,克洛德来到监狱,要带少女逃走,被她拒绝。第二天行刑时,加西莫多劫持法场,把爱丝梅拉达抱进圣母院。法庭扬言要捉拿少女,乞丐们闻讯后,前来营救。国王得知暴动的真正目的后,下令镇压,圣母院门前尸横遍地。克洛德本想胁迫爱丝梅拉达就范,无奈她宁死不从。他把她交给女隐士,母女相认,母亲因救女儿而身亡。克洛德正得意地观看处死爱丝梅拉达时,被加西莫多从塔楼推了下去。在墓窟里,人们发现了两具尸体,一具是吉卜赛女郎,另一具是个畸形人。

《巴黎圣母院》的中心人物是爱丝梅拉达。雨果采用了多角恋爱的描写方式:克洛德副主教和敲钟人加西莫多都爱上了这个吉卜赛女郎,弓箭手队的队长菲比斯也对她颇感兴趣,诗人甘果瓦一心想成为她名符其实的丈夫。小说的几个主要人物都围绕着这个圆心旋转。实际上,爱情描写在小说中只起着穿针引线的作用。小说描写爱丝梅拉达的经历和悲剧则是主线。她是一个无比善良、纯洁的少女。诗人甘果瓦误入乞丐巢穴,就要被送上绞架,她出于同情,愿与他结为夫妻,根据这里的"法律",他才免于一死。加西莫多曾经遵循克洛德的指使,企图劫走她。但他在广场上遭受鞭刑,口渴难熬时,又是她出于恻隐之心,走上前去给他喝水。她被菲比斯的漂亮外表所迷惑,对他一往情深,而对自己所厌恶的克洛德坚拒不从,为此种下了祸根,受到接二连三的迫害。她因菲比斯被克洛德刺伤而下狱,忍受不了穿"铁靴"的酷刑,作了假招供。克洛德对她的迫害,体现了教会上层人物为了满足兽欲而不惜施展恶毒阴谋。法庭只靠酷刑来审问,千古奇冤层出不穷,她的受刑反映了封建统治的阴森可怖、腐败黑暗。爱丝梅拉达屈打成招被判死刑后,还要付给官府三个金币作为招认费,这点睛之笔把封建官吏贪赃枉法的面目揭露无遗。教会和法院联合追捕爱丝梅拉达,将一个无辜的下层社会少女置于走投无路的绝境。更不幸的是,爱丝梅拉达失散多年的母亲虽然终于找到了自己的亲骨肉,但重逢的欢乐眨眼间又变为悲痛欲绝的诀别。封建制度种种不合理现象,通过这一连串情节,逐层加深地显现出来。

雨果有意暴露教会同官府的勾结,描写封建统治者以愚昧迷信控制人民的精神。克洛德是教会势力的代表。他道貌岸然,过着清苦刻板的生活。实际上,他抵挡不住美色,不惜施展恶毒阴谋。他派遣自己的义子去绑架吉卜赛女郎,他遭到爱丝梅拉达拒绝后,又煽起宗教狂热,散布对波希米亚人的偏见,诬陷爱丝梅拉达是"以巫术害人的女巫",他经常制造这一类"巫术案"。其实,他在自己的房间里大搞"炼金术",以这种巫术去骗人。他集巫师和教士黑袍于一身,是个卑鄙、诡诈、毒似蛇蝎的人物。他多次威逼爱丝梅拉达屈从自己的淫欲,愿望落空后,立即通知官府捉拿她,并暗中操纵法庭,把她判处死刑。他站在巴黎圣母院的高处,得意地观看处死爱丝梅拉达的场面,露出难以觉察的奸笑。雨果正因为突破了传统的观点,才塑造出一个有血有肉的形象,写出中世纪教会作为王权支柱的重要作用。

巴黎圣母院的敲钟人加西莫多是个奇特的角色,也是使这部长篇小说具有浪漫色彩的重要人物。他外貌奇丑无比,是个弃儿,平日遭人笑骂,乐趣只在于抱住圣母院的大钟不停地撞击,似乎根本没有常人的一般感情。然而,在小说里,唯有他内心燃烧着对爱丝梅拉达纯真的爱情之火。他无法用言语表达自己对她的爱慕,只能以行动表现出来:他从绞刑架上将爱丝梅拉达救下,藏在圣母院之内。当时,圣母院是个圣地,凡是住在里面的人,法律奈何不得。自从发现副主教对她有不轨的行为以后,他索性睡在她的门口保护她。乞丐们攻打圣母院,用意是保护他们的姐妹,不让她绞死在广场上。加西莫多不愿她离开自己,独自奋战在圣母院的塔楼上。他的行动堪与中世纪的骑士为了自己的美人冲杀在原野上相比。最后,他瞥见副主教站在那里观看爱丝梅拉达上绞刑,露出一丝魔鬼的微笑,"一个不复是人类所能有的笑"。副主教的卑劣和残忍激起了他正义的愤恨,他毅然地将副主教从高处推了下去,他的行动反映了他对爱丝梅拉达的爱情超过一切,这是小说最震动人心的地方。

小说还描绘了当时大量存在的流民阶层。在雨果的描绘中,"乞丐王朝"是一个国中之国。

这些流浪人和乞丐却有着真正善良的同情心，为了救出自己的一员，他们全部行动起来，声势浩大。路易十一一旦知道这是攻打圣母院，冒犯国王权威时，他便勃然大怒，"由狐狸变成了狼"，狂呼"把平民斩尽杀绝，把女巫绞死"。有两个佛兰德尔的使者提醒他，象征封建主义的巴士底狱将"在喧哗声中倒塌"，国王会"很快听到敲响了平民时代的钟声"。这是对封建主义行将崩溃的预言。小说故事发生在 1482 年，路易十一是在 1483 年逝世的。雨果将故事放在路易十一统治的末年，意味深长。路易十一的去世预示了中世纪的结束，继位的弗朗索瓦一世是法国文艺复兴时代的第一位国王，也就是说，1482 年正是中世纪即将过去、新时代的曙光开始透露出来的交替时刻，正如 1830 年"七月革命"前夕社会动荡、封建制度摇摇欲坠时的处境。雨果将自己生活时代的社会变迁融会到小说中，既恰如其分地写出 15 世纪末的社会状况，又表达了自己对"七月革命"后出现的新局面的认识和喜悦心情。

菲比斯的形象与爱丝梅拉达、加西莫多和克洛德相比较而言，显得不是那么丰富多彩。这是一个寻花问柳、喜新厌旧的花花公子。他本来已有未婚妻，遇见活泼多情、窈窕俏丽的爱丝梅拉达，便想逢场作戏。爱丝梅拉达出身低微，他不可能娶她为妻。他的表妹出身名门，又有一笔诱人的嫁妆，这才是他追求的对象。为了骗取爱丝梅拉达的爱情，他把在许多相似情景下说过多少遍的"我爱你，我除了你没有爱过别的人"的情话背诵出来。但他得知爱丝梅拉达因为自己被刺才被判死刑后，却根本不愿出庭证明她无罪。他的卑劣面目昭然若揭。

再现中世纪的世俗民情是浪漫派的一个重大特点。《巴黎圣母院》在这方面也有出色的描写。雨果要复活这个时代，他说："这是 15 世纪巴黎的一幅图画，是关于巴黎的 15 世纪的一幅图画。路易十一在其中一章中露面。正是他决定了结局。这部小说没有任何历史意图，只不过想科学地、认真地、但仅仅作为鸟瞰式和片断地描画 15 世纪的风俗、信仰、法律、艺术，还有文明的状况。"在小说中，中世纪的民间节日，上演神秘剧，推选丑人之王的古风得到细致的描绘，特殊的流浪人社会、在街头和广场耸立的绞架、阴森恐怖的巴士底狱、巫术和炼金术的流行、宗教享有的特权、国王隐蔽和行踪不定的生活，都一一得到再现。雨果曾赞扬英国小说家司各特"把历史所具有的伟大灿烂、小说所具有的趣味和编年史所具有的那种严格的精确结合了起来"。他就要将《巴黎圣母院》也写成这样的历史小说。

从艺术上看，《巴黎圣母院》描写了生活中不可能有的巧合和怪诞，例如爱丝梅拉达母女在小屋里重逢，加西莫多独自在圣母院塔楼上与千百个乞丐奋战，加西莫多与爱丝梅拉达相抱的尸骨一被分开，就化为灰尘，等等，都是浪漫想象开放的奇葩。

雨果在小说中运用的浪漫主义手法还有两大特点。一是将巍然壮观的巴黎圣母院拟人化。这座象征着中世纪文明的大教堂，既是一个人物，又是一个世界，同时是巴黎，扩而言之，是中世纪的聚集点："这个建筑物的每一个面，每一块石头，都不仅是我们国家历史的一页，并且也是科学史和艺术史的一页。"这座建筑是神奇的，里面有多少雕塑、多少艺术品啊！"每一块石头都生动地表现出艺术家的天才加以修饰了的、用千百种形式表达出来的劳动者的幻想"，雨果怀着无比热爱与赞赏的心情称呼这是"巨大的石头交响乐"。更进一步，这座石头建筑和加西莫多结成一体，他对教堂像有磁性相吸那样的密切关系，他附着于教堂就像乌龟附着于龟壳一样：

　　　大教堂确实也像在他手下一个温驯顺从的生物；它等候他的吩咐，发出洪亮的声音；它被加西莫多所占有，加西莫多就像一个家神那样占据它每个角落。简直可以说他使这座巨大的建筑呼吸起来。事实上教堂里到处都有他，他分身于教堂的每个地方。时而人们惊骇地看到一座塔楼的最高处有一个古怪的侏儒在攀登、葡匐、爬行，下到面临深渊似的外头，从一个凸出处跳到另一个凸出处，在魔鬼雕像的肚腹里掏摸；这是加西莫多在掏乌鸦。时而人们在教堂的幽暗角落里碰到一个蹲伏者，皱眉蹙额的活鬼似的东西；这是加西莫多在沉思。时而人们瞥见在钟楼下，有一个大脑袋和一团畸形的躯体，吊在绳端，发狂地摆荡；这是加西莫多在敲晚祷和三钟的钟声。夜晚，人们常常看见一个丑怪的形体，在塔楼顶端和半圆形后殿过道周围那些不结实的砌成凹凸形的栏杆上面徘徊；这还是圣母院的驼子……埃及人把他奉为这座教堂的神祇；中世纪的人以为他是个魔鬼；他却是这座教堂的灵魂。

按常理说，一个畸形人，连行动也不方便，而加西莫多却能在圣母院高耸峭拔的塔楼爬上爬下，在凸出于建筑物之外的古怪雕像之间跳来跳去，胜过杂技团的小丑，这是浪漫主义的夸张笔法使然。巴黎圣母院在加西莫多手下仿佛有了生命，散布着神秘的气息，它窥测和吞吐着人群，用钟声召唤人们来做祈祷，守护着它的石兽不时发出嗥叫；这个庞然大物，俯视着历代生活和眼前的悲剧，作为历史和当代生活的见证人，它并非无动于衷，而是与它的主人——加西莫多——共呼吸；它是人民智慧的结晶和法兰西文明的代表。将一座古建筑描绘得如此多姿多彩，在文学史上还不多见。

二是《巴黎圣母院》将对照原则运用得出神入化。小说大致可分为情节场面的对照和人物的对照。雨果安排了两个王朝、两个国王、两个法庭、两种审判的对比。一个是路易十一的封建王朝，另一个是乞丐王朝。前者在巴黎还没有正式的王宫，巨大的巴士底狱成了国王处理国事的地方。路易十一是一个毕生竭力维护封建专制统治的狡猾狠毒的君主。而乞丐王国则是一个松散的组织，并没有等级森严的官阶，"国王"仅仅是首领而已，他靠江湖义气来号召众人。封建王朝的法庭随心所欲，栽赃陷害，草菅人命。法庭明知菲比斯活着，客店老板关于银币变枯叶的证词并不可信，但仍诬陷爱丝梅拉达为女巫；对加西莫多的审讯也是这样，法官是聋子，加西莫多也是聋子，聋子审问聋子，弄得满堂哄笑。而"奇迹宫廷"的法律是由乞丐、流民自己制定的，目的是为了维护这个区域，不让其他阶层的人擅自闯入。此外，宗教节日的嘈杂纷乱、狂欢的场面与广场上万头攒动、争看处决犯人的对比；巴黎圣母院平日肃静庄严的气氛与乞丐们奋力攻打、乱成一片、加西莫多全力守卫的对比，都造成色彩缤纷、摄人心魄的效果。

人物的对照是小说对照艺术的精髓。雨果在《〈克伦威尔〉序言》中提出一条新的美学原则："丑怪就存在于美的旁边，畸形靠近优美，滑稽怪诞藏在崇高的背面，恶与善并存，黑暗与光明相伴。"这条对照原则贯穿于雨果的创作中。同为正面人物，爱丝梅拉达和加西莫多都有心灵美，但爱丝梅拉达的爱情是盲目的，不能分辨美丑，而加西莫多爱憎分明；在形体上，他们是美与丑的对照，爱丝梅拉达貌若天仙，而加西莫多是丑人之王，除了畸形，眼睛上还长了个瘤，因为长年打钟，成了个聋子。反面人物的克洛德和菲比斯则有不同的心灵丑，克洛德奸诈狠毒，不能满足自己的私欲，便置对方于死地，而菲比斯快活风流，看重钱财，只关心自己的利益。爱丝梅拉达与克洛德又是一对矛盾，纯洁与阴毒是他们的相互特征；爱丝梅拉达与菲比斯是另一对矛盾，那是纯真与虚假的比照。加西莫多和克洛德实际上是一仆一主，一个看来头脑简单，只知道服从，另一个表面上威严，一味发号施令。其实，一个善良，富有同情心，在紧要关头敢作敢为，另一个恶毒，暗地里制造阴谋诡计。加西莫多和菲比斯在形体上是一丑一美，加西莫多形体丑而心灵美，菲比斯外貌美而心灵丑。人物之间的相互对照使得形象特点鲜明。人物之间的关系像有无形的纽带，联系起来。

雨果的人物对照还应用到人物本身之中。爱丝梅拉达天生丽质，热烈单纯，表里一致，是外在美和内在美的结合。加西莫多外貌奇丑,而心灵崇高,形成美丑对照。雨果曾指出,这样描写能使"渺小变成了伟大,畸形变成了美好"。加西莫多在一首曲子中提出了人的美的价值标准:"别望着脸形,少女啊,要望那心灵。漂亮男子的心往往丑恶,有些心灵里不存在爱情。少女啊,枞树并不美丽,并不像普通树木那么好看,但它能保住树叶,在寒冷的冬季。"这首歌正是加西莫多这个形象的写照和意义所在。克洛德外表严峻冷漠,内心凶残歹毒,嘴上标榜禁欲主义,心里欲火炎炎。菲比斯仪表堂堂,像太阳神(菲比斯是太阳神阿波罗的别名)一样俊美,可是行为轻浮,灵魂空虚,是所谓愚蠢的美。人物的自我对照突出了心灵美的价值:内在美与外在美统一固然好,然而最重要的是内在美,即心灵美。心灵美是决定一个人好坏的唯一标准。人物的相互对照与自我对照互为补充,是雨果塑造人物的独特方法。

三、《悲惨世界》

《悲惨世界》从构思到完成,经历了漫长时期。从 20 年代末开始,雨果便对社会问题产生了浓厚兴趣。他被死刑所困扰,参观了一些监狱和苦役场,写出了互有关联的小说:以自叙体写成的中篇小说《死囚末日记》反对死刑;随后,《克洛德·格》描写一个找不到工作的穷工人,不得已行窃,被判五年监禁,由于典狱长故意将他与狱中伙伴强行拆开,并无端禁闭他二十四小时,他一怒之下,杀死了典狱长。这两篇小说反映了雨果对犯罪问题与社会状况之间的关系的思索。早在 1828 年,雨果就知道一个真实故事:1806 年,有个出狱的苦役犯,名叫皮埃尔·莫兰,他受到狄涅主教米奥利的接待;主教把他交托给自己的兄弟赛克斯丢斯·德·米奥利将军。莫兰认真做人,以赎前愆,最后在滑铁卢英勇牺牲。这个故事就是《悲惨世界》的雏形。

30 年代,雨果不断积累工人艰辛劳动却食不果腹的资料。1841 年 1 月,他目睹宵小之徒向妓女投掷雪球的场面。雨果为自己起草了这样一个故事的梗概:"一个圣人的故事——一个男子的故事——一个女子的故事——一个娃娃的故事。"这里已经预示了《悲惨世界》的四个主要人物:米里埃尔主教、让·瓦尔让、芳汀、柯赛特。从 1845 年 11 月至 1848 年 2 月 12 日,在两年多的时间里,雨果断断续续地写作小说《贫困》。1848 年的事件打断了他的创作。流亡的前十年,诗歌创作的激情占据了他整个身心,直到《历代传奇》问世之后,他才重新回到这部小说的创作上来。《悲惨世界》不仅是雨果篇幅最长的小说,而且是他写作时间最长、花费精力最多的作品。

《悲惨世界》具有震撼人心的力量,原因在于小说以社会底层受苦受难的穷人为对象,描绘了一幅悲惨世界的图景。《悲惨世界》的几个主要人物都是生活在死亡线上的人物,他们代表了千千万万的穷人。雨果的写作主旨是很明确的,他要为这些穷人鸣不平。他在序言中说:"只要法律和习俗所造成的社会压迫还存在一天,在文明鼎盛时期人为地把人间变成地狱,并使人类与生俱来的幸运遭受不可避免的灾祸;只要本世纪的三个问题:贫穷使男子沉沦,饥饿使妇女堕落,黑暗使儿童赢弱,还得不到解决;只要在一些地区还可能产生社会压制,换句话说同时也是从更广泛的意义来说,只要世界上还有愚昧和困苦,那么,这一类作品就不会是无用的。"

这几句话言简意赅,充分表达了雨果对当时社会的基本看法。第一句话最为重要,道出了造成这个悲惨世界的根本原因。也就是说,雨果认为,由于存在社会压迫,所以在文明鼎盛时期造成了地狱般的生活;人生来本该幸福,却不可避免遭受灾祸。小说正是通过这三个人物——让·瓦尔让、芳汀、柯赛特——的遭遇,淋漓尽致地再现了这个人间地狱。

让·瓦尔让本是个善良纯朴的工人,有一年冬天,他失了业,七个外甥嗷嗷待哺,他不得已打破橱窗想偷面包,结果被抓住并判了五年苦役。由于一再越狱,他坐了十九年的监狱。他的命运从此便决定了。他走出牢狱时,身上只有一丁点钱;找工作吧,他的黄色身份证会把所有雇主吓退。摆在他面前的只能是继续行窃;福来主教款待了他,使他深受感动。他开始做好事,他改了名字,办起企业,他成功了,还当选为市长。然而,社会不能容忍一个犯过罪的人改变身份,甚至跻入上层。他一再受到官府的追捕。他认为这个世道实在不平等。他责问社会凭什么"使一个穷苦的人永远陷入一种不是缺乏(工作的缺乏)就是过量(刑罚的过量)的苦海中"? 社会对于让·瓦尔让这样的穷人的惩罚达到如此残酷的地步,不能不令人震惊。可悲的是,当让·瓦尔让向即将同柯赛特结婚的马里于斯透露了自己的身份时,竟遭到了马里于斯的鄙视。这种态度反映了人们的道德观念,而这种观念恰恰是社会对穷人施以不平等的一部分。小说结尾让·瓦尔让在一对年轻夫妇的怀里溘然长逝,得到了马里于斯的谅解,这诚然是作家的善良愿望,好比一朵苍白的小花点缀在荒凉的原野上,更显悲怆而已。

如果说让·瓦尔让还有一个圆满的结局,那么,芳汀的命运则是彻底的悲惨。她有美发皓齿,多情而又幼稚无知,爱上了一个逢场作戏的轻薄儿,失身怀孕,生下了女儿柯赛特。有个长舌妇告发了芳汀的隐私。具有讽刺意味的是,尊重社会习俗的马德兰市长(让·瓦尔让)解雇了芳汀,从此这个被解雇的女工再也没有人肯雇她。她靠自己的劳动养活了自己和寄养在泰纳迪埃那里的女儿。十法郎卖掉了她一头秀发,四十法郎出售了两个门牙,最后沦为娼妓,变成社会的奴隶。芳汀是这个黑暗社会中劳动妇女的真实写照。造成芳汀堕落和走投无路的不止一两个人,既有花花公子,也有乐善好施的让·瓦尔让,既有心毒手狠的泰纳迪埃夫妇,也有"维护社会治安"的警察,他们构成了残害像芳汀这样穷苦的单身女子的罗网。芳汀从踏上社会的第一天起,就注定了要遭受纷至沓来的灾祸,在人间地狱里受尽煎熬。及至让·瓦尔让醒悟过来,看到自己也参与了这种压迫时,想补救已经来不及了。尊重现实的复杂性,更加显得真实,这就是芳汀这个形象能动人心弦、令人深思的原因所在。

柯赛特给人留下的深刻印象,主要是儿童时代在泰纳迪埃家受到的非人待遇:她随时随地受到辱骂、虐待、殴打;才五岁便要办杂事,打扫房间、院子和街道,洗杯盘碗盏,甚至搬运重物。童年的柯赛特比童话中的灰姑娘还要可怜。资本主义社会中的童工,不就是像柯赛特那样,要干过量的沉重活计吗?勾画出童年的柯赛特,《悲惨世界》这幅穷人受难图也就画全了:男人、女人、儿童,三个人物代表了所有的穷人,代表了这个悲惨世界。

雨果之所以要描绘这个悲惨世界,目的在于要消灭这种现象。他在议会中曾经宣称:"我属于那些认为和断言可以消灭贫困的人之列。"虽然他提不出多少消灭贫困的方案,但他努力探索造成社会压迫的根源,他通过警探沙威来阐发他的主张。沙威在小说中是法律的化身。他身上有两种感情:"尊敬权力,仇视反叛。"他对有一官半职的人有一种盲目的尊敬信任,而认为偷盗、杀人和一切罪行都是反叛的不同形式,加以鄙视和厌恶。他尽忠尽职,铁石心肠,对发现了的目标穷追到底,恰如一条警犬。不要说让·瓦尔让,就是"他的父亲越狱,他会逮捕归案;他的母亲违反放逐令,他会告发"。雨果认为他对自己的信条"做得过分,就变得近乎恶劣了"。沙威并没有想到,他对让·瓦尔让紧迫不舍,是对一个愿意改恶从善的人的迫害,执行的是不合理的法律条文的意志,他成了统治者的鹰犬。他的冷酷、刻板、严峻、对穷人的鄙薄,都十分可憎,代表法律直接施以穷人的社会压迫。

雨果力图以仁爱精神去对抗恶。他塑造了一个仁爱的化身——福来主教。他把自己宽阔的主教府改成了治疗穷人的医院,将自己的薪俸一万五千利弗中的一万四千利弗捐助给慈善事业,自己的生活俭朴清苦。由于他的善行义举,人们十分感激他,"有如迎接阳光"一样接待他。

他对待偷走他的银烛台的让·瓦尔让,不仅不斥责,反而将另一对银烛台送给他。让·瓦尔让在他的感悟下觉醒过来,成了另一个宣扬仁爱的"使徒"。他甚至感化了沙威。

然而,雨果认为,除了仁爱,还需要实现共和。他怀着巨大的热情,描绘了1832年6月5日的人民起义与共和主义的英雄们。这场起义的起因是,共和派的拉马克将军的出殡队伍受到政府军队的阻遏,酿成冲突,共和派筑起街垒,与政府军对峙。这是共和主义与君主立宪的一场冲突。雨果鲜明地站在共和派一边,赞扬起义是"真理的发怒"。他塑造了英雄群像。他笔下的起义领袖昂若拉认识到未来将消灭饥荒、剥削、随着失业而来的穷困、随着穷困而来的卖淫,目前的斗争"正是为了将来而必须付出的可怕代价……死在街垒上也就是死在未来的曙光中"。他是法国大革命时期雅各宾党领袖罗伯斯比尔的信徒,坚定沉着,临危不惧。马伯夫是一个八旬老翁,却英勇无畏,街垒上的红旗被击落时,他视死如归,攀登到街垒的最高处,把红旗牢牢竖起,壮烈牺牲。加弗罗什是个巴黎流浪儿,虽然生活贫苦,却总是快活乐观,自由自在,爱哼幽默小调。他很狡黠,又很成熟,是贫困和谋生的需要把他造就成这样的。他有金子般的心肠,对比他小的流浪儿慷慨解囊,侠义相助,关怀保护。这个"世上最好的孩子"是法国文学中最生动传神、机灵可爱的儿童形象之一。他参加过1830年七月革命,如今又一马当先,出入于街垒的枪林弹雨之下,如入无人之境。最后,起义者弹尽无援,他跑出街垒去搜集子弹,一面还唱起调侃的小曲嘲弄政府军,不幸饮弹而亡。这一老一小,代表了敢于起来斗争的人民,在他们身上,体现了新时代的曙光,寄托了雨果的共和思想。此外,马里于斯起先是个保王派,后来,他了解到拿破仑的业绩,获悉自己的父亲蓬梅西是拿破仑手下的上校,在滑铁卢战役中立过战功。他逐渐与外祖父吉尔诺曼决裂,接近共和派青年。不过,他很留恋自己的贵族身份;他得知泰纳迪埃是他父亲的救命恩人后,不忍开枪报警;泰纳迪埃入狱后,他每星期仍然送给这个恶棍五法郎;后来他当了律师,竟然赠给泰纳迪埃巨款,帮他逃到美洲。诚然,他的变化反映了青年一代的思想转变历程。这个人物有着雨果本人的影子。英雄群像的塑造,多少减弱了雨果人道主义的说教。

从全书的结构来看,描写起义的第四卷是高潮,前三卷的人物都朝着街垒战发展,经过三重的准备,一下子将所有人物都集中在一起,熔铸于一炉。

从《巴黎圣母院》到《悲惨世界》,艺术上有很大变化。前者纯粹是浪漫主义的,而在《悲惨世界》中,现实主义占据很大比例,这是一部现实主义和浪漫主义相结合的作品。雨果在1862年3月13日给阿尔贝·拉克罗瓦的信中说:"这部作品,是掺杂戏剧的历史,是从人生的广阔生活的特定角度,去反映如实捕捉住的人类的一面巨大镜子。"这句话强调的是真实地再现人生,注重现实主义的写作方法。雨果还说过:"但丁用诗歌造出一个地狱,而我呢,我试图用现实造出一个地狱。"在这种观点的指导下,《悲惨世界》写成了一幅历史壁画:基本上从滑铁卢战役揭开序幕,而以复辟时期和七月王朝初期为主要时代背景,战场、贫民窟、修道院、法庭、监狱、新兴的工业城市、巴黎大学生聚集的拉丁区、硝烟弥漫的街垒等等,构成了一幅广阔的19世纪初期法国社会生活的绚丽画面。雨果以史诗的雄浑笔力、鲜明色彩和抒情气氛来再现这幅时代壁画。滑铁卢战役是一篇惊天动地、惨烈壮观的史诗;让·瓦尔让、芳汀、柯赛特的受苦受难,挣扎奋斗,为在社会上取得立足之地而历尽坎坷,构成一篇动人心魄、感人肺腑的史诗;1832年6月的人民起义更是一篇英勇壮丽、响彻云霄的史诗。雨果的史诗笔法本身已包含了现实主义和浪漫主义。滑铁卢战役的每一个重要细节、事件的发展顺序,雨果都不违背史实,力求准确。雨果认为拿破仑的惨败是符合规律的,他已无立足之地,败机早已隐伏。这无疑是现实主义的观点。然而,战争那种阴惨不祥的气氛,雨果对命运的渲染,战场恐怖的夜景,这些都带上了浪漫主义色彩。让·瓦尔让这个人物基本上是通过现实主义方法塑造而成的。小说中的场景大半是写实的，但有的篇章，如巴黎下水道的"藏污纳垢"和奇景纷呈，让·瓦尔让身背受伤的马里于斯长途跋涉，在出口处又遇上泰纳迪埃和沙威，真是无奇不有。这些描写均可列入浪漫主义的范畴。

小说的心理描写十分精彩。雨果认为，人心极其"复杂、神秘和广袤无边"，"比海洋更壮伟的景色，这就是天空；比天空更壮伟的景色，这就是人心"。当让·瓦尔让得知别人要为他顶替罪名时，思想上展开了一场激烈的斗争，这是一场"脑海中的风暴"。他经过一个晚上还决定不了是否去自首，但是还是赶到了阿拉斯。在路上，在进入法庭之前，他仍然矛盾不已。此外，沙威面对让·瓦尔让的仁慈而放走对方，最后投河自尽；吉尔诺曼为了迎合外孙而说违心的话，这些心理描写都十分出色。

对照艺术也有所体现。让·瓦尔让和沙威，让·瓦尔让和福来主教，沙威和泰纳迪埃夫妇，马里于斯和吉尔诺曼，是以不同类型的性格、经历和精神特点互为对照，使人物形象显得更鲜明。

综观《悲惨世界》，战役、起义是全景式描绘，雄奇浩瀚；家庭生活、风俗场景工笔写照，色彩斑斓；人物内心的斗争和变化，写来丝丝入扣，这一切给小说以包罗万象的瑰奇雄伟气势，连雨果自己也不禁惊叹说："这部作品是一座大山。"《悲惨世界》获得这个评语是非常确切的。

第五章　大仲马

一、生　平　与　创　作

　　大仲马，即亚历山大·仲马（1802—1872），是法国浪漫派的骁将，也是世界通俗小说的典范作家。原名达维·德·拉伯依特里。生于 1802 年 7 月 24 日，父亲是将军。1806 年父亲死去后，家庭经济十分拮据，年轻的大仲马不得不离开家乡，出外谋生，曾当过诉讼代理人事务所的见习生。1822 年，他来到巴黎，在掌玺大臣奥尔良公爵的办公室当副本抄写员。他发奋学习，自学成才，开始写作通俗喜剧。1829 年，他上演了《亨利三世及其宫廷》，获得巨大成功，这是第一部浪漫派的剧作。这出五幕剧描写亨利三世策划阴谋，反对母后玛丽·德·梅迪奇和以吉士公爵为首的强大势力，而以吉士公爵夫人和国王宠臣德·圣梅格兰伯爵的爱情为主线。这出历史悲剧取材于并不可靠的史料，却充满了强烈的激情和地方色彩，描写生动多姿，显示了大仲马处理戏剧性场面和写对话的才能。19 世纪 30 年代他陆续写出几个剧本，其中有《安东尼》（1831）、《奈尔塔》（1832）。《安东尼》是一出爱情悲剧。此外大仲马还与人合作写出《基恩，或名混乱和天才》（1836），这个剧本 1953 年经萨特改编上演，重新焕发出活力。

　　大仲马正是从一个戏剧家开始，再成为一个小说家的。19 世纪初期，报纸如雨后春笋般发展起来，随之报刊连载小说也应运而生。报刊连载小说为 19 世纪法国小说的空前繁荣并达到发展顶峰作出了贡献。大仲马的小说基本上都是报刊连载小说，他约写出八十部小说，他的主要合作者是查理曼中学的教师马盖，两人从 1839 年合作到 1851 年。但以大仲马署名的作品中，有不少质量不高，今天的读者只爱看他 40、50 年代写的小说：描写火枪手的三部曲:《三个火枪手》(1844)、《二十年后》(1845)、《布拉热洛纳子爵》(1848);以及以宗教战争为背景的《玛尔戈王后》(1845)、《蒙梭罗夫人》(1846)、《四十五卫士》(1847—1848);另一组小说是《红房子骑士》(1845—1846)、《约瑟夫·巴尔萨莫》(1846—1848)、《王后的项链》(1849—1850)、《昂热·皮图》(1851)、《沙尔尼伯爵夫人》(1852—1855)。还有《基督山伯爵》(1844—1845)、《黑郁金香》(1850)、晚年作品《铁面人》(1867)等。

《三个火枪手》是大仲马的一部名作,在所有以历史事件为题材的小说中,这是最为成功的一部。情节曲折,波澜起伏。小说描写17世纪30年代路易十三统治时期,乡下贵族子弟达尔大尼央到巴黎谋生,与三个火枪手阿多斯、阿拉密斯和波尔多斯结成莫逆之交。他们站在王后一边,与红衣主教黎世留作对,历尽重重困难,达尔大尼央终于从伦敦英国首相白京汉那里取回王后送给他的钻石坠子。红衣主教不免对他另眼相看,任命达尔大尼央当了火枪队副队长。这部小说不同于一般的"斗篷加长剑"的通俗小说。它在内容上反映了当时复杂的政治斗争和宗教斗争(围攻拉罗歇尔的新教徒),在艺术上塑造了一些性格鲜明的人物形象,如达尔大尼央热情机智、渴望建功立业,阿多斯冷静憨厚、疾恶如仇,阿拉密斯柔和沉静、爱钻研神学,波尔多斯爱好虚荣、喜欢赌博、头脑简单,他们都很勇敢,又各不相同,由于这些不同而生出洋相,读来异趣横生。黎世留老谋深算,将喜怒无常、却又无能的国王玩弄于股掌之上。人物塑造的成功,是这部小说最重要的特色。

大仲马在政治上是个共和派。他参加过1830年的七月革命,是巴黎国民自卫军上尉,和七月王朝合不来。1851年,他两次竞选失败后,逃亡到比利时。1860年,他到西西里同加里波第汇合,加里波第任命他为博物馆馆长。大仲马生活阔绰,入不敷出,晚年变得贫困。2002年,法国政府将大仲马的骨灰移至先贤祠,以表彰他一生的贡献。

大仲马虽然在浪漫派的戏剧史上占有一席地位,但他的影响以小说为主。大仲马的小说大半以历史为题材,可是他并不拘泥于史实,内容往往不见经传,或者在史书上只提到一两句。再者,大仲马对历史人物的评价与历史家往往相左。例如,红衣主教黎世留虽是个铁腕人物,但他在巩固中央集权制上起过进步作用。在大仲马笔下,他却是一个反面人物。又如,他把路易十六的王后玛丽·安东奈特写成一个值得同情的人物。诚然,大仲马毕竟是个共和派,他对历史的看法并非一概不分是非,如他对复辟王朝和七月王朝就持批判态度。

总的说来,大仲马的小说创作主要成就不在思想内容方面,而是表现在艺术上。具体地说,大仲马发展和完善了通俗小说的创作。在他之前,英国的"哥特小说"和法国的"黑小说",甚至以司各特为代表的历史小说虽然都风行一时,可是在艺术上并未达到成熟阶段。大仲马正是在它们的基础上取其精华,加以改造和提炼,才使通俗小说在艺术上达到新的高度。今日的评论家认为:"大仲马的长篇故事始终受到喜欢历史的神奇性的读者所赞赏","作为司各特的热情赞赏者,他把传奇性的历史变为生动的别致的现实,为广大读者所接受"。他们肯定了大仲马把历史变为生动的现实的艺术才能。有的评论家还指出,大仲马写的是"一种整体小说",即广泛描写一整段历史时期。大仲马的小说至少从16世纪写到19世纪,包揽的历史画面是广阔的。这是他的眼光高于其他通俗小说家之处,这多少得益于当时的小说家如巴尔扎克的启迪。

二、《基督山伯爵》

《基督山伯爵》(又译《基度山恩仇记》)已成为世界通俗小说的典范作品。

这部小说基本上是一个复仇故事。1815年2月底,年轻的代理船长爱德蒙·唐泰斯回到马赛,老船长病死途中,他曾托唐泰斯将船开到爱尔巴岛去见囚禁中的拿破仑。拿破仑委托他带一封信给巴黎的拿破仑党人首领努瓦蒂埃。由于唐格拉尔策划让费尔南告发,正当唐泰斯举行婚礼之际,他被捕了。审理案件的是代理检察官维勒福,他发现密信的收信人是自己的父亲,唯恐有碍于自己的前程,便把唐泰斯当作危险政治犯,打入死牢。唐泰斯在狱中过了十四年。他在挖地道想逃走的过程中,与隔壁牢房的法里亚神父不期而遇,神父临死时将地中海的一个小岛埋藏着珍宝的秘密告诉了他。唐泰斯钻进放神父尸体的麻袋,让狱卒扔到海里,终于逃走了,并设法找到了基督山岛上的巨大财宝。他从卡德鲁斯那里了解到自己被陷害的实情,先报答了恩人摩雷尔船主,让后者摆脱破产,重振旗鼓。过了八年,唐泰斯才回到巴黎复仇,改名基督山伯爵。费尔南改名莫尔赛夫,成了伯爵和议员,娶了唐泰斯的未婚妻。他曾在希腊出卖和杀害了阿里总督。基督山伯爵在报纸上披露了他的罪恶,最后在决斗场上亮出自己的真面目,费尔南逃回家中开枪自杀。唐格拉尔在法军入侵西班牙时供应军需品发了财,当了银行家。基督山伯爵巧设计谋,让他在股票等方面折损巨款。他窃取济贫机构的五百万法郎逃到意大利,却被绿林强盗绑架,让他将这笔款子全部吐出来。维勒福和唐格拉尔夫人有一个私生子,他的现任夫人想毒死前妻女儿,让自己的儿子独吞家产,但被基督山伯爵识破,她毒死了儿子并自尽,维勒福发了疯。基督山大仇已报,与阿里总督的女儿海蒂远走高飞了。

虽然小说自问世以来好评如潮,却也有一些传统秩序的卫道者发出"不道德"的聒噪。这部小说确实集中了浪漫派小说的各种特点,从批判资产阶级的价值观和对神圣观念的怀念,从历史倾向性到异国情调的梦幻,作者以其编织故事的杰出才能和捕捉不合理现象不同凡响的敏感,使他的描写达到他的时代想象力的高峰,从而使这部小说至今仍有强烈的魅力。

《基督山伯爵》与当时另一通俗小说家欧仁·苏的《巴黎的秘密》不同,更接近于巴尔扎克批判社会的观点。在大仲马笔下,复辟王朝,尤其是七月王朝,也就是说,大仲马和他的读者所生活的时代,被写得颠倒了价值。唐泰斯被无辜地投入紫杉堡的黑牢中,度过了漫长的十四年,相当于复辟王朝统治的年限,象征了复辟王朝暗无天日的统治。在大仲马笔下,七月王朝的黑暗更有过之而无不及,因为那些占据着法律、军队、政治、财政的关键位置的人,即维勒福、费尔南(莫尔赛夫)和唐格拉尔,道貌岸然,双手沾满了罪恶才爬上拥有权力的位置。最罪大恶极的维勒福却正好代表着社会的最高价值:法律。这个人物是浪漫派对当时社会所刻画的最阴险恶毒的形象之一,表现了大革命及随后的社会动荡所产生的资本主义社会中,一切正义荡然无存。尽管大仲马是共和党人,但在《基督山伯爵》中,却没有什么令人相信社会进步和社会正义是治疗滥用权力和价值颠倒的良药。小说中为数不多的下层人物也不见得更好:卡德鲁斯和他的妻子,以及贝内德托,都是像维勒福和唐格拉尔那样的罪犯;在思想上,大仲马提出的解决社会问题的办法是不一样的,带有梦想性质。价值的唯一承载者是基督山伯爵,这个无所不能的人,代替上帝惩恶扬善,在人间重建秩序与正义。但大仲马并没有将这个超人写成能够解决当时社会黑暗的救世主,这是大仲马与欧仁·苏的一个重大区别。基督山伯爵不像《巴黎的秘密》中的鲁道夫公爵那样,是一个博爱者,他没有披上华丽的外衣,他的身份不断变换,除了他的仇人最后得知他的身份,没有人知道他的真实名字。他像以往骑士文学中的英雄,经历了大灾大难,死里逃生,大落又大起。他在小说开头从浪漫派梦想中的东方归来,最后又回到东方去,将这个社会弃之不顾,让人们处在等待和希冀中。他像雷电一样落在这个腐败的世界上,像《旧约》中的耶和华一样实施报复,然后扬长而去。

在小说中,大仲马鲜明地表现了他的政治倾向。唐泰斯不自觉地成为忠于拿破仑事业的牺牲品,但他却没有为此而后悔;小说中的好人几乎都站在第一帝国一边,如摩雷尔船长、他的儿子马克西米利安、维勒福的父亲努瓦蒂埃,换句话说,站在法国大革命的救星拿破仑一边,正如作者的父亲那样,是一个拥护共和的拿破仑的信徒,而不是成为了皇帝的拿破仑的信徒。唐泰斯站在受土耳其人奴役的希腊人一边,站在受奥地利人压迫的意大利人一边。恶人则总是为波旁王室效劳,或者为资产阶级的暴虐效劳。小说并没有提出任何解决社会问题的方案,这也就保证了这部小说不致陷入错误的、幼稚的或者乌托邦式的说教中,有助于它能够历久不衰。基督山伯爵只能被看作对社会黑暗发出抗议的一种力量,他既表明了一种理想,又表明了金钱腐蚀人心的力量。他用知识、矫健的身体、精湛的剑术与枪法、疾恶如仇的精神力量,还有金钱去驾驭这个使人变坏的社会。同时他又具有优异品质,凌驾于社会之上。这虽然使他显得像神灵一样,但这种神话般的模式却能突出和反映社会矛盾、人们的失望和从矛盾中产生的梦想。

《基督山伯爵》的艺术特点代表了优秀通俗小说的成就,有如下五点。

一是情节曲折,安排合理。小说开卷,唐泰斯正在举行婚礼时却被捕,被打入死牢。这个富于戏剧性的开场正是"一石激起千重浪"。紧接着他在黑牢里的经历更是写得有声有色,这是全书最精彩的部分之一。他在牢里巧遇法里亚神父,通过地道互相往来,这段奇遇极富传奇意味。法里亚不幸中风死去,唐泰斯计上心来,钻进包裹法里亚尸体的麻袋,终于逃出虎口。看到这里,谁都会为作者的巧妙构思拍案叫绝。随后,大仲马把三次复仇写得互不相同,但又与三个仇人的职业和所犯罪恶互有关联。莫尔赛夫(费尔南)夺人之妻,出卖恩人,结局是妻子离他而去,他身败名裂,儿子为他感到羞耻,不愿为他决斗,他只得以自杀告终。维勒福落井下石,害人利己,又企图活埋私生子,结局是犯罪面目被揭露,妻子和儿子双双服毒死去,面对穷途末路他发了疯。唐格拉尔是陷害唐泰斯的主谋,又逼得唐泰斯的父亲贫病饿死,他靠投机发家;基督山以其人之道还治其人之身,让他受骗,终至破产,并让他忍受饥饿之苦,他被迫把拐骗的钱如数退出。不同的结果使复仇情节不致呆板。大仲马还在基本情节之外穿插惊险紧张的场面,如卡德鲁斯在风雨之夜谋财害命,罗马近郊神出鬼没的绿林好汉利用狂欢节绑架,维勒福的私生子安德烈亚从苦役监踏入上流社会又被捕入狱,卡德鲁斯夜入基督山伯爵府邸偷盗被安德烈亚刺杀,维勒福夫人为了夺取遗产而下毒害人,但基督山暗中保护瓦朗蒂娜,让她假死,然后将她转移……这些次要情节险象环生,奇峰突起,又不游离于主要情节之外。大故事套小故事的写法运用得恰到好处,没有喧宾夺主,又为主要情节服务。小说情节繁复而不散漫,读来只觉精彩纷呈,并无冗长拖沓之感。

从小说的产生经过,也可以看出大仲马善于编织故事的杰出才能。早年他出游时发现了基督山这个小岛,被岛名所吸引。1843年,他从珀金根据巴黎警察局1830—1838年的档案写成的《被揭露的警方:钻石与复仇》中,看到皮科的故事:皮科被错判为英国奸细,关押了七年,1814年出狱。一个名叫法里亚的神父赠给他一笔财产,他用这笔财产来复仇,杀死了三个仇人。大仲马的改动在于:他把发生在第一帝国时期的事件放在复辟王朝和七月王朝时期,揭露矛头对准当代社会的黑暗窳败;主人公在牢里待了十四年而不是七年,加强主人公遭遇的悲惨,为他复仇的合理性增加分量;主人公不是期满释放,而是逃出来的,潜逃过程显示了作家丰富的想象力;基督山的财富不是遗赠的,而是在神父指点下获得的,数目惊人,增加情节的传奇性;复仇经过是作家的杜撰,他没有亲手杀人,否则难以脱身。这是大仲马对生活中的原型和故事进行艺术加工的出色范例。

二是光怪陆离,熔于一炉。小说触及的生活面极其广阔,上至路易十八的宫廷、上流社会的灯红酒绿,下至监狱的阴森可怕和犯人的阴暗心理、强盗的仗义疏财,也有市民的清贫生活。作者写出了国王处在风雨飘摇中,一遇突发事件便惊慌失措;大型舞会和豪华婚礼令人眩目;为了争夺财产,连检察官的夫人也不惜下毒;唐格拉尔的金融投机、唐格拉尔夫人和德布雷的合伙,揭示了银行家跟政府官员暗中勾结,窃取政治情报,赚取巨款;丈夫为了赚钱,可以容忍妻子偷情;一旦无利可图,合作的一方便与情妇一刀两断。大仲马还将犯人生活展示出来,切口运用得恰如其分;苦役犯摇身一变,企图通过婚姻改变地位也有实际根据。绿林好汉的首领有较高的文化修养,喜爱古罗马的经典著作。再如异国情调:地中海的走私船和走私贩子东躲西藏的生活;科西嘉岛民强悍的复仇意识与善良品质的奇异融合,表现为贝尔图乔为哥哥复仇,一路追杀维勒福,而他的嫂子对安德烈亚百依百顺;保持西班牙风俗的卡塔卢尼亚人以渔业为生的宁静日子;罗马狂欢节车水马龙、人头攒动的疯狂场面,开始前处决犯人的做法不可思议;罗马竞技场的优美夜景和绿林强盗古怪的接头方式;希腊战争中总督被害身亡,他的妻子和女儿被叛徒费尔南卖给了奴隶贩子,基督山的仆人阿里曾因触犯苏丹禁令被割去舌头。五光十色的社会生活与斑斓夺目的地方色彩、异国情调有机地结合在一起,将广阔的视野和浪漫主义的艺术趣味水乳交融起来,加强了小说的传奇性。

三是结构完整,一气呵成。《基督山伯爵》分为两大部分:前面四分之一的篇幅写主人公被陷害的经过,后面四分之三写主人公如何复仇。第一部分是楔子;复仇虽然分成三条线索,但彼此交叉进行,保持一定的独立性,最后才汇合,环环相扣,步步深入。次要情节的插入别具匠心:第三十一章至三十八章突然变换了环境,转到描写利用狂欢节进行活动的绿林好汉,似乎与主要情节毫无关系。但随后阿尔贝被绑架的事件成了基督山返回巴黎的导引线。后来唐格拉尔落入绿林好汉手中,一顿饭要付十万法郎。至此,当中的插曲便成为不可缺少的情节,与基本情节有机地结合起来。再如,唐泰斯为了核实写密信的经过,找到了早先是裁缝后来是小酒店老板的卡德鲁斯,他的再出现沟通了前后情节,又引出了安德烈亚;基督山后来把他从苦役监弄出来,作为复仇的工具。陷入经济拮据的唐格拉尔误以为他是贵族子弟,想招他为女婿,摆脱困境。安德烈亚身份败露后,在法庭上揭露了维勒福正人君子的丑恶面目。这个人物成为情节发展的纽带。主次情节相得益彰,使小说酣畅自如,首尾贯一。

四是善写对话,戏剧性强。全书十分之八的篇幅都由对话写成。小说中的对话都写得像戏剧性场面,充满矛盾冲突。有的评论家认为,大仲马在写作小说时仍然是一个戏剧家,这确是一语中的。小说中,人物的思想和性格往往通过对话来表现,如维勒福审问唐泰斯的场面:为了保住自己的前程,他隐瞒了自己是拿破仑党人的独生子身份,要置唐泰斯于死地,并烧毁了拿破仑的信。这一场面全是以对话写出的,维勒福的奸猾阴险、随机应变跃然纸上。有时,大仲马用对话来展开情节、交代往事。如维勒福埋掉私生子的隐私是由贝尔图乔叙述出来的,省去另辟章节补叙,小说情节也不致中断;插入的话既起解释作用,又推动情节发展,手法经济。努瓦蒂埃与政敌的决斗、海蒂公主的身世、基督山宝藏的发现,都是这样口述出来的。还有一种别致的手法:努瓦蒂埃全身瘫痪以后,不能说话,只能以眼睛来表达思想。他眼睛动作与别人的理解配合成一场巧妙的"对答"。与对话体相应,大仲马采用了短段落的写法,有时一句话就是一段,小说中几乎找不到超过一个印刷页的段落。短段落能起到易于阅读、行文流畅的效果,这种写法已为金庸、古龙、梁羽生等当代通俗小说家所承袭。

五是形象鲜明,个性突出。唐泰斯开始是一个正直单纯的水手,对世事复杂十分无知。他获得财富以后,阅历渐深,变得老谋深算,铁面无情。唐格拉尔是阴鸷之徒,费尔南是无赖小人;唐格拉尔当上银行家以后,他的不择手段、唯利是图又得到充分表露;而费尔南的背信弃义、卑鄙无耻进一步发展。他们的变化反映了七月王朝的精华人物的发家过程,具有一定的典型意义。唐格拉尔和维勒福同是狡猾阴险,但前者显露一些,后者则老奸巨猾。在陷害唐泰斯时,唐格拉尔虽然假手于人,但毕竟亲自动笔,还有在场者,容易落下把柄。维勒福则烧掉罪证,摆脱干系,而且让唐泰斯存有幻想,陷害了别人还让被害人感激自己。他明明知道妻子下毒,却假装不知,直至可能危及自身,才露出凶相,要妻子自尽,把她甩掉。他的毒如蛇蝎写得何等出色!莫尔赛夫(费尔南)比起他们则较为赤裸裸。小说中的次要人物也写得相当生动。爱钱贪财的卡德鲁斯夫妇,作恶成性的安德烈亚,淫荡无行的唐格拉尔夫人,毒辣阴险的维勒福夫人,坚定高尚的努瓦蒂埃,热情善良的摩雷尔,正直纯真的马克西米利安,热烈诚挚的瓦朗蒂娜,软弱和善的梅尔塞苔丝,耿直单纯的阿尔贝,博学多识的法里亚,还有我行我素、厌恶男人、个性强硬的欧仁妮,都是呼之欲出的人物。其中,维勒福夫人和唐格拉尔夫人都很贪财,前者心狠手毒,不惜连续下毒,后者卑污猥亵,以出卖色相来谋取钱财。努瓦蒂埃和摩雷尔有相近的政治信仰,而且心地正直,但前者热诚,后者刚烈。这种区别使读者不至于把同类人物混同,故而评论家认为大仲马塑造了"令人难忘的人物"群像。

第六章　莱蒙托夫

一、生 平 与 创 作

　　米哈依尔·尤利耶维奇·莱蒙托夫(1814—1841),俄罗斯诗人、小说家,1814 年 10 月 15 日生于莫斯科,父亲是退职军官,三岁时母亲去世,由出身名门望族、有钱有势的外祖母抚养成人,住在平萨省的塔尔罕内。外祖母为莱蒙托夫请了几位外国教师使他受到良好的教育。外祖母的两个弟弟与十二月党人来往甚密,莱蒙托夫受到他们的思想熏陶。1827 年底,为了上学,他和外祖母迁居莫斯科,翌年,他进入莫斯科大学附设的贵族寄宿学校,成绩优异。莱蒙托夫大量阅读俄国和西欧作家的作品,十分崇拜普希金和拜伦。1830 年,他考入莫斯科大学。1832 年,他参加了驱逐反动教授玛洛夫的活动,还跟教授们发生过几次冲突,结果被迫退学。后来莱蒙托夫进入彼得堡近卫军士官学校。1834 年毕业后,他被派往彼得堡近郊的近卫军骠骑兵团服役。此后一直是边服役边写作。

　　1837 年 1 月,普希金在决斗中被害,莱蒙托夫立即写出《诗人之死》,表达悲痛和愤怒之情。这首诗触怒了宫廷,尼古拉一世下令逮捕诗人,将他流放到高加索。莱蒙托夫结识了别林斯基和被流放的十二月党人以及一些著名诗人。经过茹科夫斯基的活动和他的外祖母的奔走,1838 年 4 月,莱蒙托夫重返彼得堡原部队。1840 年初,他和别林斯基建立了密切的联系。同年 2 月,莱蒙托夫为了维护俄国军官的荣誉,被迫与法国公使的儿子巴特兰决斗。虽然他朝天开枪,并未伤人,但仍然遭到逮捕,并在 5 月中旬再度被流放到高加索的作战部队。但他并没有去部队驻地,而在皮亚季戈尔斯克住下疗养。1841 年 7 月 27 日,一些来自彼得堡的贵族调唆退伍少校马尔泰诺夫与莱蒙托夫决斗。他被对方当场打死。

莱蒙托夫共留下四百多首抒情诗、二十多首长诗,一出诗剧。从创作诗歌开始至1836年为止他主要创作抒情诗,仅1829至1832年,他就写下了三百多首抒情诗,其中有《帆》、《云》、《致高加索》。长篇小说《瓦吉姆》(1832,未完)以普加乔夫起义为题材,通过一个破落贵族子弟借普加乔夫起义报杀父之仇的故事,展示了农奴的苦难。诗剧《假面舞会》(1835)以赌场和假面舞会为背景,辛辣地讽刺上流社会。主人公阿尔别宁看到上流社会的丑恶,又摆脱不了社会和环境对他的影响,陷入利己主义的泥潭,落入仇人设下的圈套,毒死了无辜的妻子。真相大白后,他悔恨不已,精神失常。《波罗金诺》(1837)为纪念1812年卫国战争二十五周年而作,通过一个老战士的回忆,歌颂俄罗斯人民的英雄气概。托尔斯泰称这首诗为"《战争与和平》的核心"。《童僧》(1839)和《恶魔》(1829—1841)是两首浪漫主义的力作。前者描写一个高加索少年逃离监狱般的修道院,在崇山峻岭中跋涉了三天,历尽艰险,终于返回故乡。诗中壮丽的高加索风光与主人公强烈的叛逆精神和悲剧结局相交融。《恶魔》的主人公恶魔是上天的仇敌,否定一切公认的规范,蔑视一切束缚人的理性和自由的力量,因而受到上帝诅咒,下凡人间,但人世圹埌,竟没有他的落脚之地。他飞临高加索上空,看到美丽的格鲁吉亚姑娘塔玛拉,两人相爱,可是他的吻给她带来了死亡。他孑然一身地在宇宙间高傲而孤独地飞翔。《当代英雄》于1840年问世。

莱蒙托夫的抒情诗继承了普希金和十二月党人的传统,具有强烈的反抗精神,同时也流露出孤独和孤傲的情绪。诗歌善用感情色彩丰富的修饰语以及比喻、对比、疑问句、叠句,具有强烈的感染力。莱蒙托夫的叙事诗洋溢着积极战斗的叛逆精神,善于塑造叛逆形象;自然景色与浪漫想象紧密结合。而在小说创作中莱蒙托夫更多倾向于现实主义。

二、《当代英雄》

长篇小说《当代英雄》是莱蒙托夫小说的代表作,别林斯基称其为"一部洋溢着强大创作才能的泼辣、年轻,而又华美的生命力的诗情作品"。小说的内容大体如下:

对贵族上流社会生活感到极度烦腻的年轻军官毕巧林为送军粮驻在高加索要塞。在一次婚礼上,他看中了当地土司的小女儿贝拉。为了得到这个美貌然而野性尚未洗尽的女子,毕巧林使用了种种手段。最后他得逞了,和贝拉一起快快活活过了四个月。四个月后,他又沉思、徘徊起来,觉得"这蛮女的无知和单纯跟贵妇人的妩媚同样使人厌倦",逐渐疏远了贝拉。贝拉为了散心,在外面被早已看中她的卡比基抢走,恰巧碰到毕巧林。卡比基心虚,刺伤贝拉后逃走了。贝拉因伤势过重,两天后悲惨死去。毕巧林为此大病一场。病愈后他去矿泉浴场疗养,与旧友葛鲁式尼茨基不期相遇。葛鲁式尼茨基和在此疗养的美貌的玛丽公主来往密切。毕巧林起初嘲弄他,后来又妒忌他。凑巧,毕巧林在这里遇到了他过去的情人贵妇人薇拉。薇拉此时已经结婚,但毕巧林心底里仍然在爱她。他们相约在公爵夫人(玛丽公主的母亲)那里会面。玛丽公主原先对毕巧林很讨厌,但慢慢地被他的谈吐风度所打动,加上毕巧林在一次舞会上勇敢地保护她免受浪荡子之辱,竟然对他萌生了爱慕之情。葛鲁式尼茨基认为玛丽公主冷淡自己是毕巧林在从中破坏,于是便要与毕巧林决斗。其实,毕巧林并不真爱玛丽公主,他只是出于无聊,让玛丽公主对自己脉脉含情,让薇拉妒火中烧,以此来自娱罢了。但是,葛鲁式尼茨基却是认真的。他决计要与毕巧林决斗,决斗前夜,毕巧林思绪万千:死就死吧!这个世界我早就厌烦了!回首往事,他又自问:"我活着是为什么呢?我生来为什么目的呢?"他觉得自己的身心充满了力量,但这些力量又有何用呢?生活的使命在哪里呢?他不知道。他的力量都消耗在空虚无聊的逢场作戏和卑劣无耻的情欲上，但这些又使他感到非常不满。怎么办呢？他仍然不知道。他与葛鲁式尼茨基决斗了。结果是，葛鲁式尼茨基丧生。毕巧林带着矛盾痛苦的心情回驻地，找薇拉，薇拉已去。他拼命想把她追回来，但为时已晚。这时他又接到调令，命令他马上出发。最后，他去和玛丽公主告别，承认了自己卑劣的行径，戏弄了她，根本不值得她爱，而玛丽公主也在声泪俱下中用"我憎恨你……"与他告别。他毕恭毕敬鞠躬，辞别。他后来去了波斯。就在从波斯回来的途中，离开了人世。

在这部由五个相对独立的中篇小说组成的作品里，贯穿始终的是主人公毕巧林。这个人就是所谓的"当代英雄"，或者说得更准确一点，是"当代的时髦人物"。"当代"无疑是指作者生活其中的那个死气沉沉的农奴制时代，至于这个时代的"时髦人物"，作者在小说的序言里讲得十分清楚："'当代英雄'确实是肖像，但不是某一个人的肖像。这个肖像是由我们这整整一代人身上充分发展了的缺点构成的。"怎样的缺点呢？那就是在当时的贵族青年中普遍患有的严重的"时代病"：精神空虚，道德式微，玩世不恭。毕巧林，可以说集所有这些病症于一身。他显然与周围的环境格格不入，安分守己对他来说简直是不可忍受的，但他又显然找不到什么有意义的事来做，于是他便在无事生非和玩弄女性之中发泄自己过剩的精力。这种人，就是俄国文学史上所谓的"多余人"，即那些"既不会站在政府一边，也不会站在人民一边"的人。这种人，可以说是在政治腐败时从上层阶级中分化出来的分子，他们有不愿与统治阶级同流合污的一面，也有消极颓废的一面。"多余人"的表现多种多样，在毕巧林身上主要表现为对生活的无穷无尽的厌倦。事业、家庭、友谊、爱情，一切的一切，他都觉得腻烦，"人生的把戏是多么空虚和愚蠢"！他要尽手段占有了少女贝拉，为的是寻求刺激；他有意在葛鲁式尼茨基和玛丽公主之间作梗，为的是一种莫名其妙的虚荣；他在决斗中身不由己地杀死了自己的朋友葛鲁式尼茨基，纯粹是出于无法摆脱的内心苦闷；他不爱玛丽公主，却去诱发她的爱情，最后又在她面前自我诋毁，自我嘲讽，以此表明他对包括爱情和自我在内的一切都抱轻蔑态度。这种既颓唐又高傲的心理表现出人格分裂的特征。"多余人"虽然在19世纪前半期的俄国是一个极为突出的社会现象，而实质上，这种现象在不同程度上会出现于各个时代，各个国家。每个时代都会有这样的"当代英雄"，而莱蒙托夫的这部小说之所以成为世界名著，之所以在各个时代一直被人广泛阅读，首要原因大概就在于此。

除了主人公具有"泛时代性"，这部小说高度的艺术技巧也是一个不可忽视的因素。

首先，小说的结构谋篇独具匠心。在这部由五个中篇故事连缀而成的长篇小说里，传统的按部就班的、顺时而叙的方式被完全打破，取而代之的是一种层层递进的、以揭示人物个性为主线的内在逻辑顺序。譬如，小说第一部可谓"侧叙"——即通过一个名叫马克西姆·马克西梅奇的军官之口，间接地讲述有关毕巧林的故事，其效果就像莫里哀《伪君子》里的著名"开场"——主人公尚未出场，即已"先声夺人"，或者说，就已经为读者理解主人公的个性作了铺垫。接着，第二部，则是主人公的"自叙"，即毕巧林的日记。他在日记中不仅讲述了自己的所作所为，更为重要的是他以这种形式直接向读者"袒露"了他的思想、感情和行为动机。这样一来，结合第一部里旁人对他的"观照"，这里又有了他的"自白"，一个立体化的人物便生动地呈现在读者眼前。然后，到了第三部，作者才开始客观叙述主人公的故事。因为有了前面两部的充分准备，后面三部中讲到主人公许多不寻常的举动时，读者也就不会"惊愕"了——像毕巧林这种人，自然就会做出这种事来！换句话说，莱蒙托夫在这里充分展示了他作为一流小说家的叙事才能，他通过对毕巧林形象的侧视、正视、俯视，就如全息摄影一样呈现人物的各个侧面，同时又不乏对人物内心的透视，不仅使读者觉得这个人物是"可信的"，更使读者觉得这个人物是"活的"、"现实的"。因而，说《当代英雄》是运用叙事手段塑造典型人物的杰作，其实并不为过，尽管一般认为这是 19 世纪现实主义小说的精髓所在，而莱蒙托夫则通常被认为是一个浪漫主义诗人。

其次，小说的景物描写出神入化。在《当代英雄》里，富有诗意的景物描写大段出现，但这绝非是"良辰美景虚设"，而是为烘托人物心情、塑造人物性格有意设计的。譬如，当毕巧林偶然和昔日情人薇拉相遇时，我们随即读到这样一段景物描写：

> 白色的羽毛般的薄云从覆雪的山岭那里迅速地奔驰过去，预示雷雨将临，玛苏克山的顶巅烟雾迷蒙，好像一枝刚熄灭的火把；在它四周像蛇似地缠绕着，移动着一片片在自己纵游中被拦住并仿佛钩挂在山顶灌木林上面的灰云，大气里充满了电。

这是暴风雨将临的景象，正和毕巧林看到薇拉时的心情相对应。毕巧林当时是什么心情呢？那就是既疑虑，又烦躁，又紧张，因为那时他正在想方设法勾引玛丽公主，对自己能否成功还无把握，所以疑虑重重，而偏偏就在此时，他遇到了薇拉，这又使他感到烦躁，因为他当初追求薇拉一开始虽然只是为了显示他"征服"女人的"能耐"，但当他"征服"了薇拉又把她抛弃后，却发现自己其实已爱上了薇拉。所以，薇拉的出现不仅使他感到烦躁，更使他惶惶不安而感到紧张，因为他极度担心自己对薇拉的感情会影响他的心境，从而使他勾引玛丽公主的计划"彻底泡汤"。这样的心理状态与暴风雨将临时的景象再相像不过了，"烟雾迷蒙"、"灰云"层层，"充满了电"。再譬如，当最后写到毕巧林走在山路上去决斗时，有这样一段短短的景物描写："路越来越窄，巉岩也更加苍翠而险峻，最后，它们看起来好像是围成了一道不可逾越的墙。"这段话貌似写景，其实写人，写出了毕巧林的穷途末路之感和凄苦绝望之情。

再次，人物的对话有腔有调。所谓"有腔有调"，就是说人物的语言符合人物的身份、经历和个性，使读者闻其声而如见其面。譬如，毕巧林和"女水妖"的一段对话，就是典型的一例：

> "告诉我，"我问道，"你今天在屋顶上干什么来着？"
> "我瞧瞧风从哪里刮来。"
> "你要知道那做什么？"
> "从风吹来的地方会带来幸福。"
> "什么？难道你用歌来祈求幸福吗？"
> "哪里唱歌，哪里就会得到幸福。"
> "但是如果你给自己召来悲哀又该怎样呢？"
> "那有什么关系？反正不是吉，就是凶，况且吉凶也相距不远。"

这段对话是毕巧林自述的，从中不难看出，毕巧林说话用词准确，且杂有轻佻之意，表现出他自负、任性和惯于挑逗女性的个性特征；"女水妖"说话却是闪闪烁烁的，对毕巧林的问话大多不作正面回答，而是含蓄、甚至有点神秘兮兮地予以应对，非常符合她的身份。再譬如，毕巧林在决斗前和医生魏涅尔的一席谈话，集中体现了他的人格，特别是他的那句带有自我评论性质的话："悲伤的事，我们觉得可笑；可笑的事，我们觉得悲伤。总之，说句实话，我们除了自己，对什么都相当淡漠。"可谓画龙点睛地道出了"多余人"的内心矛盾和精神苦闷：既知道自己的自私，又觉得非常无奈。至于小说中其他人物，他们的语言也同样是个性化的，譬如：葛鲁式尼茨基喜欢高谈阔论，说话装腔作势；马克西姆·马克西梅奇是个下级军官而且性格憨厚，所以他说的不仅是大白话，还常常夹带着俚语。所有这些，都使小说大为增色。

　　最后，小说的叙述语言华丽多姿。整部小说写得简洁生动，优美典雅；奇妙而形象的比喻，热烈而真挚的抒情，可谓比比皆是。譬如，俯瞰河流蜿蜒于高加索谷地，犹如一条"银线"，令人心旷神怡；玛丽公主长着一对"天鹅绒般的眼睛"，柔媚俊丽而令人着迷。对此，别林斯基也曾用一连串比喻来加以形容，说这部小说的文体"有时像电光闪闪，有时像宝剑挥舞，有时像珍珠撒在天鹅绒上"，简直使人目不暇接。托尔斯泰后来甚至说："要是莱蒙托夫活着，我和陀思妥耶夫斯基都不必存在了。"托尔斯泰这么说固然有谦虚之意，但从中也可看出，莱蒙托夫在俄罗斯作家的心目中有多么崇高的地位！

第七章　麦尔维尔

一、生 平 与 创 作

赫尔曼·麦尔维尔(1819—1891),美国浪漫派小说家,1819 年 8 月 19 日生于纽约,父亲是进口商人,十二岁时丧父,家境衰落,他不得不中途辍学,出外谋生,先后做过银行职员、商店店员、农业工人、小学教员。1837 年他应聘上了开往利物浦的帆船做侍役,1841 年第一次登上了捕鲸船,此后他到过努库希瓦岛、塔西提岛、马吉萨斯群岛,还在檀香山做过店员。四年后他才返回故里。

1846 年他的第一部小说《泰比》出版,他曾因不堪忍受船长的专制,与另一名水手偷偷下船,结果落入南海群岛的食人部落手中。这就是《泰比》一书的来源。叙事者和同伴企图揭开波利尼西亚文化的神秘面纱,他接触到泰比人的单纯而丰富的原始文化,开始质疑西方人试图教化他们的努力,意识到西方文化的虚伪,并批判了殖民政策。"食人"悬念营造了激动人心的紧张气氛,第一人称的叙事口吻在滑稽中含有内省成分。《奥穆》(1847)描写他在塔希提岛的奇遇。"奥穆"一词在马吉萨斯群岛方言中意为"流浪汉"或"在各岛之间流浪的人"。小说描写"我"逃到破旧的"朱丽叶号"捕鲸船,因不满于船长的无能,提议大家联名递交请愿书,结果被作为主使者投入大牢。他和同伴在塔希提各岛流浪,遇到各种古怪人物。全书对殖民者和传道者进行了辛辣的讽刺和抨击。《玛迪》(1847)也描写南太平洋的生活,并充满了哲学和文化思考。主人公塔吉救出要被祭献的伊拉,与她成亲,并与其他人游历各岛,不料受到女王郝夏的诱惑。他终于战胜生理冲动,驶向"无尽的大海"。这三部小说构成"波利尼西亚"三部曲。《莱德伯恩》(1849)

描写他的第一次航海经验以及在利物浦贫民窟的见闻,以戏谑的口吻描述了一个少年走向成熟的过程。十五岁的他在"高地人号"上当水手,看到了人与人之间残酷的压榨与欺骗。《白夹克》(1850)反映美国军舰的野蛮惩罚制度,导致美国国会通过法令废除了体罚。

麦尔维尔于 1847 年婚后定居于马塞诸塞州,与霍桑成为挚友。此后他到过英国、法国、意大利、希腊等国。《皮埃尔》(1852)以主人公和他父亲的私生女伊莎贝尔、未婚妻露西的纠缠为线索,三人都以死亡告终。书中呈现的乱伦、俄狄浦斯情结、癫狂的第三人称叙事者、对基督教的亵渎,都为当时人们所不能接受。作品怪异的风格,凌乱、含混的叙事给阅读带来极大的挑战,却又是作品令人着迷的地方。《伊斯雷尔·波特》(1855)的同名主人公实有其人,做过富兰克林的秘密信使。他长期居住在英国,贫病而死。小说写成流浪汉体,对历史人物的评价较为苛刻,从中折射出作者对美国文化和政治的批评。1863 年麦尔维尔迁居纽约。1866 年他在纽约海关当外勤稽查员,直至 1885 年退休。

1891 年 9 月 28 日,他于贫困中默默无闻地在纽约去世。遗著《比利·巴德》(1924)是个中篇,被看作是麦尔维尔最优秀的作品之一。主人公是"永胜号"上的前桅水手,天真快活,他是个和事佬,做事勤恳、干练。人们发现军械长克拉加特对他怀有敌意。克拉加特诬陷比利煽动暴乱,悲愤的比利失手打死了他。比利触犯"船规",被处绞刑。小说具有寓言性质。

麦尔维尔早期以描写航海奇遇和异国风土人情而闻名于世,这些作品表现了作者对社会问题的关注,揭露了资本主义的虚假文明,其中既有对海员悲惨生活的同情,也有对美国南方蓄奴制的有力抨击,更有对土著居民的友好描述。《白鲸》是他艺术创作的高峰标志,同时也预示了其创作风格的变化。随后他创作了一些富有哲理的作品,但不为当时读者理解,他的声望便随之下降,他深感失望,逐渐淡出文坛。直至 20 世纪 20 年代,在现代主义思潮的影响下,人们重新评价麦尔维尔的作品,确认他是描写海洋历险的一流小说家,同时是一位思想深邃、勇于探索的艺术家,读者能从他对人与自然、善与恶、美与丑所作的思考中得到启示。

二、《白鲸》

《白鲸》首先是一部反映捕鲸生活的作品,麦尔维尔根据自己的亲身经历展开情节。他在创作期间到图书馆查阅了大量有关捕鲸方面的材料,麦尔维尔曾自豪地说:"捕鲸船是我唯一进过的耶鲁和哈佛。"美国从 18 世纪末就有了捕鲸业,随后捕鲸成为资本主义生产的一个重要领域,捕鲸是美国日益发达的资本主义社会的重要财源。资本家的财产也往往以库存多少桶鲸油来计算。当时,鲸油是日常照明必不可少的灯油,也是用途广泛的工业原料。1815 年后,捕鲸的主要对象是抹香鲸,因为除了鲸油外,捕鲸人还可以从抹香鲸身上获取制造香料用的昂贵的龙涎香。美国当年拥有三倍于欧洲的捕鲸船,数目达到七百艘,从事捕鲸的有两万多人,每年为国家增加巨大收入。美国东海岸城市的繁荣在某种意义上说是靠捕鲸叉从几个大洋打捞上来的。这样,《白鲸》的描写也极富典型意义。

《白鲸》以第一人称写成。故事中,以实玛利厌烦了陆上枯燥乏味的生活,又为生计所迫,决定到海上闯荡。他在一家客栈同一个外貌凶悍、名叫魁魁格的印第安人在一张床上睡了一夜之后,两人结成至交。他们一起来到南塔开特,在一条名叫"披谷德号"的捕鲸船上找到了工作。船长埃哈伯的一条腿曾被一条名叫莫比·迪克的巨大白抹香鲸撕走了。他这次出航的目的就是要追杀莫比·迪克,报仇雪恨。他以威胁利诱的手段,迫使船员跟他一起环球航行。经过长期的海上颠簸,历尽千难万险,终于遇到了莫比·迪克。经过连续三天的恶战,船长埃哈伯和船员与白鲸同归于尽,只剩下以实玛利,他给人讲述这个悲惨的故事。

在以实玛利叙述故事的过程中,作者插入了一些章节,旁征博引,把捕鲸业的历史追溯到古代,推崇为最崇高的行业。作者详尽地描绘了鲸的种类、习性、捕鲸的方法和猎鲸的生活,介绍了从古至今有关鲸和捕鲸的记载。因此,《白鲸》可以说是一部关于捕鲸的百科全书。

《白鲸》揭露了资本主义社会财富的血腥来源,抨击了资本主义制度的残酷和黑暗,反映了捕鲸工人危险而又艰苦的生活,歌颂了工人们机智、勇敢、互相支援等高贵品质。19世纪以前,捕鲸业是世界上最危险的行业之一。一进入捕鲸海港的小镇,映入人们眼帘的首先是为纪念死难者而竖立的石碑,作者无比动情地写道:"在这些下边并没有骨灰的镶黑边的石碑里,是多么凄凉和空虚!"从事捕鲸这一行的都是一些走投无路、一贫如洗的无产者,主要是受压迫、受歧视的印第安人和黑人。小说详尽地描写了捕鲸工人在海上艰苦的生活和惊险的劳动。工人在没有任何现代设备的捕鲸船上作业,生命毫无保障。他们要爬到摇摇欲坠的桅杆上侦察鱼群,稍有不慎就可能葬身大海。发现鲸喷后,从捕鲸船立即放下几条小划子,小船划到鲸的附近,投枪手将带倒钩的铁叉猛力扎入鲸的体内。受袭击的鲸带着伤拖着小船潜游,直到筋疲力尽而死。被铁叉击中的巨鲸在水面上翻腾挣扎,经常弄翻或咬碎小船,甚至吞食落水的水手。如果捕杀到巨鲸又能幸免于难,这时工人们又得回到大船上通宵达旦地工作。他们冒着冲天的腥臭,从事割鲸头、破鲸腹、剥鲸皮、割鲸脂、取鲸油、装桶、入舱等繁重劳动。当他们洗净甲板,准备休息时,头顶上一声呼喊,又发现了鲸喷,于是筋疲力尽的工人们又得重新干起来。这一切表明,鲸油所代表的财富都是用捕鲸工人的血汗和生命换来的,可是,捕鲸工人的收入却少得可怜,他们没有固定工资,只有几百分之几的"拆账"(收入)。

小小的捕鲸船是社会的缩影,这里等级森严、管理严密。船长埃哈伯是这个小社会至高无上的主宰。船的后甲板与船头楼是两个界限分明的区域:前者是船长神圣不可侵犯的禁地;后者才是一般水手自由活动的小天地。捕鲸船上的工人是被压在社会底层的奴隶,他们一踏上甲板,就丧尽了人权,完全听命于船长的摆布。小说中"披谷德号"船上的全体船员明知那条名叫"莫比·迪克"的白色巨鲸是危害人命、难以捕杀的动物,但他们却不得不服从船长的命令,自投虎口,最后船沉人亡。"披谷德号"捕鲸船员的不幸遭遇,真实地反映了广大捕鲸工人的悲惨命运。

麦尔维尔热情地歌颂了捕鲸工人的生活与劳动,并礼赞这些"社会渣滓"是英雄、圣人、神明和预言者。尤其是那些备受压迫的黑人、印第安人,每当困难、危险当头,他们总是挺身而出,以祖辈相传的卓越技巧,勇敢沉着地与巨鲸搏斗,最后转危为安。小说成功地塑造了一个生番标枪手魁魁格的形象。他外貌凶悍,浑身都是可怕的刺花,但他有着"质朴的灵魂"和"崇高的气质"。他天生毫无文明人的虚伪和运用甜言蜜语的奸诈。有一次,他奋不顾身地跳下海去救起一个先前曾故意捉弄过他的家伙,并且事后就像什么事也没有发生过一样。他是一个"野化了的乔治·华盛顿","具有苏格拉底的智慧"。

麦尔维尔生长在加尔文教的环境里。加尔文教强调宿命论,强调"原罪"。人类只有通过上帝的慈悲,而不是人本身的力量,才能得到拯救。麦尔维尔受霍桑影响较大,他说:"吸引我并使我着迷的是霍桑作品中所表现的丑恶面。"由此引出了麦尔维尔对世间事物的神秘观念和象征手法。白鲸象征"恶"与"原罪","披谷德号"的远航象征着人生的漫漫旅途。埃哈伯的决心再大,意志再坚强,也无法对抗白鲸所代表的超人力量,无法改变自己的命运。另一种观点认为白鲸是上帝神力的象征。而埃哈伯则代表人类的邪恶力量。于是小说的主题成了谴责埃哈伯对神的反叛。

《白鲸》的确具有复杂的象征意义。异教徒把白鲸当作海怪,疯子迦百列把它当作震教神的化身,埃哈伯把它当作自己的仇敌,以实玛利则认为它意味着残酷的空虚和宇宙的浩渺。它平时安详平静,但一旦遭到攻击,就会施展出可怕的力量。它无处不在,并且会在同一时间里出现在另一地方。它是不朽的,人的铁叉对它毫无伤害,它身上插遍了簇簇铁枪头,却还能安然无恙地游来游去。"白鲸"在这里成了一种超然的、对人怀有敌意而又难以征服的神秘物,进而它又被理解为世间一切"恶"的化身,最后它甚至就等于资本主义制度本身。白鲸是作者对资本主义强大的生产力既感到不可理解,又感到恐惧不安的心理的真实反映。但是,白鲸同时又是上帝神力的象征,是正义的化身,或者说,它就是大自然本身。这样,小说的象征意义又表明:人类如果无止境地疯狂掠夺大自然,最终必然被大自然所埋葬。这样,人与大自然的关系得到了充分的展现。白鲸的象征意义究竟是什么? 这就像白鲸身上那"雪白的异常的前额"、"金字塔似的白色背峰"一样叫人难以琢磨,它既代表高洁安宁,又象征恐怖邪恶,或者它干脆就是矛盾冲突的化身。

　　埃哈伯船长是白鲸的对立面,他到底是企图摧毁善与美的邪恶的化身,还是人类反抗的英雄? 是为了使自己成为主宰而徒劳地与宇宙力量抗争的狂徒,还是个敢于搏击邪恶、探索宇宙秘密的勇士? 埃哈伯为了报私仇,一意孤行,无视船东们的利益,置船员的生死于不顾,他对水手们进行威逼利诱,最后使几乎所有船员都葬身大海。埃哈伯成了比白鲸还要邪恶的魔王。但是,他又是一个敢于反抗神明、反对习俗常规、坚毅无畏、百折不回、骁勇善战、经验丰富的船长。他"跟可怕的大海斗争了四十年",有着"高尚的灵魂,伟大、古朴的心胸"。他操鱼枪敏捷而又准确,曾刺中过无数的大鲸。他遭受过挫折,但他永远不会被击败。这时他又是一个普罗米修斯式的人物,他像拜伦笔下的该隐那样背叛天意,铤而走险;他又像歌德笔下的浮士德那样永不满足,探索不止;最后他像密尔顿笔下的力士参孙那样义无反顾地与敌人同归于尽。他是"船上的可汗、海中之王、大海兽的太君"。埃哈伯的性格是多重的、矛盾的,这一形象的象征意义也是复杂的、朦胧的、难以把握的。在他身上善与恶并存,美与丑相共。他既是害人者又是受害者。他对大自然的反叛必然招致自取灭亡。他与人性之恶的较量又像是演出了一幕西绪福斯式的悲剧,他自杀性的自我表现和反叛社会的疯狂行为,原本是社会欲使他彻底孤立的必然结果。埃哈伯的悲剧具有极其深刻而又恢宏的意义。

　　此外,小说对景物、细节的描写也往往具有极其丰富的象征意义。譬如,烟斗代表生活中的享乐:在客店里以实玛利和魁魁格分享一个烟斗,暗示着他们之间已结成了有福同享的友谊。二副斯德布烟斗不离口,象征着他一味追求享乐;而埃哈伯将烟斗投进大海,则表明他宁可抛弃生活享受。陆地和海洋也有着明显的互相对立的象征意义:陆地象征着安闲舒适,海洋象征着凶险莫测;陆地代表封闭自足,海洋代表冒险求知。

　　小说对大海的描写极为卓越。那一望无际的大海,一会儿宁静肃穆、柔和如练,给人以田园牧歌式的遐想;一会儿汹涌奔腾、咆哮若狂,令人头晕目眩。春夏秋冬,一年四季,景色各异。海底世界高深莫测,奥妙无穷。这些描写饱含诗情画意,从侧面烘托了人同大自然搏斗的顽强精神。

　　作者在叙述时常常直接与读者对话,直抒胸臆,大发议论。《白鲸》部分是戏剧,部分是历险故事,部分是科学研究,部分是史诗。霍桑说:"这是一部何等伟大的作品啊!"《白鲸》不愧为美国小说史上最伟大的小说之一。

第八章　斯丹达尔

一、生平与创作

斯丹达尔(1783—1842),一译司汤达,法国小说家,本名亨利·贝尔,1783年1月23日生于格勒诺布尔,父亲是律师,母亲在他不到八岁时去世。他喜欢外祖父,老人信奉伏尔泰。他本想进入巴黎的综合工科学校,但来到巴黎后却改变了主意,进了陆军部。1800年来到米兰前线,当了龙骑兵少尉,1809年参加奥地利战役,1812年作为信使追赶拿破仑大军,见到了火烧莫斯科的场面。波旁王室返回后,他转到了米兰,受到警察监视。1831年任法国驻西维塔-维西亚的领事。1842年3月22日,他因中风去世。

他在1813年就发表了《意大利游记》,随后又撰写了《海顿、莫扎特和梅塔斯塔兹传》(1814)、《意大利绘画史》(1817)、《罗马、那不勒斯和佛罗伦萨》(1817)、《论爱情》(1822)、《罗西尼传》(1823)等,特别是《拉辛和莎士比亚》(1823—1825),这是一部重要的文艺论著,它抨击守旧的古典主义,推崇浪漫主义:"浪漫主义是能给人民提供这样的文学作品的艺术:它符合当前人民的习惯和信仰,能给人民以最大的愉快。恰恰相反,古典主义给人民提供这样的文学:它能给曾祖辈以最大的愉快。"他反对时间和地点的整一律,主张用散文来写悲剧和喜剧。斯丹达尔是在为浪漫主义也是为现实主义鸣锣开道。1827年发表《阿尔芒丝》,小说描写一对情侣的悲剧,刻画染上了世纪病的贵族青年。1829年发表日记体游记《罗马漫步》。1830年11月问世的长篇小说《红与黑》是现实主义的奠基作。

小说《吕西安·娄万》和《亨利·布吕拉的生平》都未完成。1838年末,斯丹达尔以口授方式完成长篇小说《帕尔马修道院》。小说以18世纪末至

19 世纪的意大利为背景,帕尔马公国是欧洲封建国家的缩影,艾尔纳斯特四世是专制君主的写照,他缺乏才能,靠莫斯卡伯爵管理政务。主人公法布利斯的姑妈吉娜与莫斯卡伯爵相恋,但不能结合,后来嫁给了一个公爵。法布利斯因杀人被判十二年监禁,在狱中看上了监狱长的女儿克莱莉亚。他先是越狱成功,为了重见克莱莉亚,又回到监狱。大公以占有吉娜为条件才允许释放法布利斯。几年过去,法布利斯当上了副主教,而克莱莉亚做了侯爵夫人,但两人终于幽会。他们的孩子夭折,克莱莉亚悲痛而死,法布利斯隐居到帕尔马修道院,一年后去世。这部小说,尤其是开卷对滑铁卢战场的描写,受到巴尔扎克的高度赞赏,是描写战争的名篇。

《意大利遗事》收入了他的八个中短篇,于 1855 年发表。其中,《瓦妮娜·瓦尼尼》塑造了一个不择手段追求爱情的女性形象:瓦妮娜是亲王之女,她爱上了烧炭党人彼埃特罗;她为了自私的爱,出卖了烧炭党人,彼埃特罗出于对事业的忠诚和对祖国的爱,毅然与她分手。中篇《卡斯特罗女修道院院长》描写贵族少女的爱情悲剧。遗作还有《爱好自我分析者回忆录》。

斯丹达尔是一个热情奔放的人。他的热情传达到笔下的人物身上。从热情产生的敏感性也表现在艺术批评中:他喜欢莫扎特的音乐,在出色的绘画或雕塑面前会战栗。他的思想深受 18 世纪作家的影响,主张建立自由的君主立宪制,他憎恨旧制度、极端保王派、教会和资产阶级暴发户。追求幸福是他的伦理观的原则和评判事物的出发点。他推崇爱尔维修,强调自制力和毅力,为达目的,可以采取策略,这就是所谓的"贝尔主义"。

斯丹达尔的小说在内容上有这样一些特点。首先,斯丹达尔擅长从政治斗争和不同势力集团之间的斗争,去反映某一历史时期的本质。如《帕尔马修道院》通过意大利一个小公国上层的争权夺利、统治者的专制无能、拿破仑败北以后自由精神的丧失,反映了欧洲封建势力的黑暗统治。《吕西安·娄万》展现了七月王朝时期银行家主宰一切的现实以及政府内部的斗争。其次,斯丹达尔着力于通过主人公的命运去表现时代变化。第三,他对意大利题材情有独钟,他的墓碑上就写上"米兰人"的字样。

在艺术上,斯丹达尔富有独创性。首先,他是世界上第一个自觉地运用心理分析的作家。他的心理分析可以称为心理独白。有时人物作连续的思索,有时人物突然下个决心,有时是短暂的激动,有时则是想象联翩,他以科学的冷漠态度去分析人物心灵、表现人物的内心斗争、面对当时环境产出的态度,等等。其次,他采取客观的叙述方法,如对滑铁卢战场只描写部分情景,只通过主人公的目光去观察,令人有亲临其境之感。第三,文笔简洁,几乎不写景,不写室内布置,也很少描绘肖像,但行文舒卷自如。第四,他笔下的主人公都是强者,性格坚强,激情满怀,毅力过人;次要人物也写得十分生动。

二、《红与黑》

《红与黑》是根据真人真事经过艺术加工而写成的。1827 年末,斯丹达尔在《法院公报》上看到安托万·贝尔泰的案件。贝尔泰是格勒诺布尔的神学院学生,他先后有两个情妇。他本是马蹄铁匠的儿子,二十岁时当了公证人米舒家的家庭教师,成了女主人的情人。随后他进了贝莱的神学院,又来到德·科尔东家,与后者的女儿产生恋情,但他和米舒太太仍然通信,并指责她换了一个情人,发展到在教堂枪击她。

斯丹达尔保留了贝尔泰与两个女人的爱情关系的基本线索。故事发生在 1825 年弗朗什-孔泰省的维里埃尔小城。市长德·雷纳尔挑选了锯木厂老板的儿子于连·索雷尔作家庭教师。于连获得市长夫人的好感,她没有享受过爱情,逐渐爱上了这个漂亮的小伙子,成了他的情妇。

他们的关系终于隐瞒不住。在西朗神父的安排下，于连来到贝尚松的神学院，很快获得院长彼拉尔神父的信任。院长为他谋得德·拉莫尔侯爵秘书的职务。他的高傲唤起了侯爵女儿玛蒂尔德的好奇心，他设法把她勾引到手。侯爵似乎无路可走，给了他称号、军阶并应允他和自己女儿的婚事。这时，德·雷纳尔夫人在教士的唆使下揭露了于连。于连愤怒至极，回到维里埃尔，开枪打伤了她。于连被捕之后，万念俱灰，在法庭上怒斥统治阶级，被判处上了断头台。三天后，德·雷纳尔夫人也离开了人世。

《红与黑》的第一个层面表现为爱情小说。斯丹达尔从批判封建婚姻的角度去描写于连的两次爱情。德·雷纳尔夫人是个纯朴、真诚、不会做作的女子，她与市长之间并无爱情。德·雷纳尔先生是个大男子主义者，在他眼里只有金钱、贵族门第，妻子是丈夫的附属品。他和妻子没有感情交流。德·雷纳尔夫人在于连身上发现了平民阶级的优异品质：具有进取心、自尊心强、不愿屈服于贵族之下、聪明能干、感情炽烈、一旦尝到了爱情便投身其中。她爱上于连是对封建婚姻的反叛。玛蒂尔德的情况有所不同，玛蒂尔德是一个蔑视贵族婚姻观点的侯门小姐，她看不起有身份、有财产的贵族青年，厌倦了贵族圈子封闭的、保守的风气。别人越是对她低声下气，她越是不屑一顾。她欣赏于连之处，正是他没有奴颜媚骨、受到19世纪启蒙思想的熏陶而表现出自由思想，又有才识胆略。不可否认，她愿意放弃贵族门第与于连结合，不顾自己的名誉跑到维里埃尔四处活动，为搭救于连而不遗余力，即使她的行动中有着矫情的成分，但她的表现是违反贵族阶级的道德准则和行为规范的。至于于连，斯丹达尔描写了他的平民反抗意识。他把自己的行动看作"战斗"，要完成自己的"责任"，以报复市长对他的蔑视。他受到德·雷纳尔夫人热烈纯真的爱情感染，产生了相应的爱情。他对平等的意识非常强烈："她该认为我们是平等的。没有平等就不能爱。"因此，他十分警惕她的贵族意识的流露。于连对玛蒂尔德的爱情羼杂了较多的理智成分和目的，他企图对那些贵族青年挑战，并通过玛蒂尔德向上爬。他的内心对玛蒂尔德缺乏真正的爱情，因为他并不喜欢她的性格，他的野心支配了他的行动。

《红与黑》不是一部单纯的爱情小说，它"从头至尾是一部政治小说"，是"最强烈的现实小说"。对于《红与黑》书名的含义，一向众说纷纭。红色最有可能是军服的象征，即对第一帝国的向往，而黑色代表教士黑袍，即教会及复辟时期的反动统治。于连就在这两种职业中作选择。红色也可以指于连所进入的教堂的窗帘，他在教堂里看到了路易·让雷尔（于连的名字打乱次序的拼写）的判决。他从窗帘的反光中看到血，这预示了小说的结尾。他不喜欢虚伪的黑色，而喜欢牺牲的红色。当然还有别的解释。

《红与黑》确实是一部具有强烈政治倾向的小说，表现在三个方面。首先，作者揭露了复辟王朝时期的腐败、黑暗以及贵族和平民之间的尖锐矛盾。德·雷纳尔市长这个新贵族是外省贵族的代表，兼有贵族的狂妄和资产者的贪婪。他因镇压革命有功，当上了市长，他极端仇视平民。对神学院的描写是小说最有揭露性的篇章之一。于连是院长的宠儿，因此受到院长死对头的打击，考试中了圈套，居然落到第一百九十八名。学生之间勾心斗角，信奉金钱第一。他们知道教士有宽裕的收入，被培养成维护政权的工具。于连看到四十岁的主教有十万年薪，相当于拿破仑的著名将领的三倍收入。在这样的社会背景下，贵族与平民的矛盾异常尖锐。贵族总是害怕罗伯斯比尔会卷土重来，这种可能性主要出现在像于连这样的下层阶级人物身上。连德·雷纳尔夫人都觉得，如果发生革命，所有贵族会被平民绞死。于连在法庭上慷慨陈词："你们在我身上看到的是一个农民，一个起来反抗他卑贱命运的农民。"于连的死表现了贵族阶级与平民的尖锐对立。

其次，《红与黑》描绘了复辟王朝时期激烈的政治斗争。当时，党派斗争剑拔弩张：极端保王党不满于君主立宪，妄想把法国拉回到绝对君主时代；自由党中不少人成为百万富翁，渴望着权力；君主立宪派遭到来自各方的攻击；教会各派联合各个党派，兴风作浪。在维里埃尔，德·雷纳尔、瓦勒诺和马斯龙形成三角势力，主宰着政治。瓦勒诺与德·雷纳尔明争暗斗，最后终于取得了胜利，德·拉莫尔是个狡猾的政治家，与各派都保持着良好关系。圣会在复辟王朝的返回中起过重要作用；它暗中支持右翼极端分子，德·雷纳尔夫人的信就是在圣会的唆使下写出来的。1830年初，查理十世到布雷-勒·奥，向圣徒遗物祈祷，以扩大宗教影响。小说在《国王在维里埃尔》一节中描绘了这个浩大场面，对国王朝圣隐含辛辣的讽刺。统治者把有关拿破仑的一切视作洪水猛兽，连他的《回忆录》也不许阅读。德·拉莫尔侯爵的沙龙是一个典范的贵族聚会场所，敌视自由思想，生怕出现罗伯斯庇尔和拿破仑式的人物。小说大量提到保王派报纸《日报》、《法兰西报》和反对派报纸《宪政报》。当时报纸盛行，是党派活动的晴雨表。这一幅幅复杂的政治斗争的图景，形象地反映了形势的混乱，预示了山雨欲来风满楼的局势。

第三，《红与黑》对现实抨击最尖锐的描写，是在第二十一至二十三章中对贵政权企图依靠外国势力干预政局的揭露。《秘密记录》一章是对1818年"秘密备忘录"事件的影射。当局感到局面难以控制，便想向国外求援，考虑由英国出钱，召集外国军队入侵。极端保王党人商议，要求列强对路易十八政府施加压力，特别是反对通过宪章。1818年夏天，极端保王党策划的"水边阴谋"，目的在于迫使国王改变内阁成员，或者强迫国王让位给阿尔都瓦伯爵——未来的查理十世。斯丹达尔将历史事实融化到小说中，改变日期，放到1830年，使暴露的矛头更为尖锐。当时的内阁首相波利涅克在小说中成为与会者奈瓦尔。他们提出用暗杀或大屠杀的手段来维持政权。最后他们一致同意让神圣同盟进行军事干预。与会者面目可憎，矛盾重重，勾心斗角。这几章将复辟王朝狗急跳墙的卖国企图暴露无遗。

斯丹达尔通过人物说出政治内容在小说中的重要性，但他把自己的主张让出版商来说，自己则提出反对的论据："在妙趣横生的想象中有了政治，就好比音乐会中放了一枪。声音不大，却很刺耳。"出版商反驳说："如果您的人物不谈政治，那他们就不是1830年的法国人了，您的书也就不像您要求的那样是一面镜子了"，"小说是人们在路边来回移动的一面镜子。"这个定义有三层意思：既是镜子，人物和他们所生活、在其中成长的社会便得到毋庸置疑的真实反映；"来回移动"表明作者不断的活动，为的是感觉敏锐；"大路边"表明视野宽广，作者并不局限在室内，而是接触社会的实际活动。镜子说是斯丹达尔反映政治内容的依据。

《红与黑》还是一部风俗小说。小说故事发生在三个地方：汝拉山区的小城维里埃尔、贝尚松的神学院和巴黎的德·拉莫尔侯爵府。这三个地方概括了当时法国的风貌。维里埃尔是外省城市的写照。随着工业的兴起，唯利是图也就成了人们的行动准则。乞丐收容所这个福利机构却成了瓦勒诺发财致富的工具。神学院是社会的另一个缩影。它像监狱一样阴森可怖，行李要经过仔细搜查，信件往往被扣压。神父、学生都互相倾轧，虚伪做作笼罩着一切。由于院长和副院长有矛盾，选择谁做自己的忏悔神父就成了重要抉择，关系到依附哪一派。德·拉莫尔侯爵府是上层社会的写照。这里是巴黎上流社会的活动中心之一，也是"阴谋和伪善的中心"。侯爵是个精明干练的政治家，复辟王朝的红人。这个贵族府在灯烛辉煌的外表下，不免露出了衰败的征兆。《红与黑》的风俗描写广泛而深入，提供了复辟王朝时期的一幅真实画卷。

《红与黑》的突出成就也表现在成功塑造了于连这个形象上。这个个人奋斗者是世界文学中一个不朽的艺术典型。于连的性格是多元多层次的。强烈的自我意识则是他性格中的核心成分；自我意识在环境的作用下，产生出平等观念、反抗意识和个人野心。于连个性刚强，充满激情，富有毅力。他虽然表面长得柔弱，但是"心里竟藏着宁可死一千次也要飞黄腾达的不可动摇的决心"。外表和内心的强烈反差，是于连形象的一大特点。但有毅力，敢于行动，是他的主导方面，犹豫只是暂时的，最终要被他的决心所克服。在他的思想深处，他具有强烈的平民意识，对贵族的趾高气扬怀着深深的抵触情绪。他父亲让他到市长家当家庭教师时，他回答："我不愿当奴仆"，"要我和奴仆一起吃饭，我宁肯死掉。"当市长把他当仆人一样训斥时，于连眼里露出复仇的目光，愤然回答说："先生，没有你我也不会饿死。"为了报复市长，他在夜晚乘凉时，握住了市长夫人的手。他占有市长夫人以及后来要征服玛蒂尔德的行动也有着这种报复和反抗意识。在于连看来，这是他应做的"责任"，这种"责任"意识正是复辟王朝时期小资产阶级青年受到压制后不满情绪的流露。他看到主教的丰厚收入，便想到当教士，于是背诵《圣经》，愿到神学院去，忍气吞声地想适应那里的生活。他看到侯爵能让他改变平民的命运，便甘心为他效劳，不再反抗了。个人野心支配着他的一切行动。直到他发现贵族阶级对平民存在根本的敌视以后，又恢复了反抗精神，宁死也不肯妥协。于连的多变是复辟王朝时期谋求个人奋斗的平民青年受环境影响的结果。于连往往被看作是一个野心家，他没有什么政治准则，"虚伪是我争取面包的唯一武器"。为达目的，他可以给极端保王派充当秘密信使，虽然他明白自己的行为是怎么回事。这时，他与自己所反对的贵族阶级同流合污了。于连是一个具有双重人格的人物：他既有反抗精神，又很容易屈服；他既憎恨贵族的卑劣，又不惮玷污自己的双手；他既看重别人的善良正直，又信奉虚伪的道德观；他既崇拜拿破仑，又能随意改变自己的奋斗方向，走一条截然相反的道路；他既热衷于向上爬，又愤然选择了死亡，不肯向卑污的现实让步。这种双重性构成了于连性格和思想的复杂性。这个形象的丰富性标志着斯丹达尔的小说艺术所达到的高度成就。

《红与黑》的心理描写开创了现实主义内倾性的方向。斯丹达尔的心理描写通常十分简短，却是多种多样的。有时作者是以客观的态度表现人物对环境压迫的直接反应。如于连受到市长的侮辱，德·雷纳尔夫人为了安慰他，对他特别照顾，他却想："嘿，这些有钱人就是这样：他们侮辱了人，然后又以为用些手段，可以弥补过来！"于连的思索反映了他对贵族产生本能的反感。有时是作者的分析，如于连捏住德·雷纳尔夫人的手以后，小说这样写道："但这种激动是一种快感，而不是一种激情。"因为于连当时心中并没有产生爱情。有时人物在代表作者说话。如玛蒂尔德听到于连对皮拉尔神父说，他同侯爵一家吃饭实在难受，宁愿在一家小饭馆吃饭，她便对于连产生一点敬意，心想，这个人不是跪着求生的，像这个老神父那样。又如于连这样审视玛蒂尔德："这件黑袍更能衬托出她身材的美。她有女后的姿态。"这句话其实是作者的看法。有时作者干脆现身说法，如小说这样写道："'虚伪'这个词使您感到惊讶吗？在到达这个可怕的词之前，这个年轻农民的心灵走过很长一段路呢！"这是对于连内心的一种分析。又如于连同德·雷纳尔夫人初次见面时，他的内心活动与作者的议论交叉进行。小说一面描写于连想吻市长夫人的手，不想当懦夫，一面又分析他知道自己是个漂亮的小伙子，感到气足胆壮起来。这样既深入到人物内心，又始终待在他们身边，是斯丹达尔最拿手的笔法。它显示出惊人的客观性，与浪漫派作家强烈的主观性截然不同。左拉正确地指出："必须看到他从一个思想出发，然后表现一连串思想的展开，彼此依附和纠缠在一起。没有什么比这种连续的分析更精细、更深入、更令人意料不到的了。人物沉浸在其中，他的头脑时刻进行着思索，显现出最隐蔽的思想。没有人能这样好地掌握心灵的机制了。"斯丹达尔的心理描写既不是全能的叙述者，也不是无动于衷的观察家。他与人物的眼睛一起观看，与人物一起感觉，即使不是与人物的想法完全一样，但他通过同人物身份一致，尽可能地表现出人物的思路发展过程。批评家斯塔罗班斯基在《活眼睛》中认为，斯丹达尔的人物随着小说的发展在不断地自我认识，真正的自我显露要到最后才完成，如于连的虚伪心态就是这样。

《红与黑》塑造了众多的人物形象。除了于连,德·雷纳尔夫人和玛蒂尔德小姐是一组相对照的女性形象。前者纯洁,热烈而不矫饰,虽充满母爱,又保存着少女般的天真,在产生爱情之后有过一番挣扎,但终究受到宗教的束缚而听人摆布;后者也敢于冲破门当户对的婚姻观念,但她的性格喜欢标新立异,与众不同,既不能容忍别人驾驭,反复无常,又拜倒在"英雄"的脚下,是一个新型的贵族少女。此外,市长、瓦勒里、老索雷尔同是拜金主义者,市侩气十足,但市长多一分高傲和愚蠢,瓦勒里多一点飞扬跋扈,老索雷尔更显狡黠和锱铢必较。同类人物的个性显出不同,表现了斯丹达尔的艺术功力不同寻常。

第九章　巴尔扎克

一、生平与创作

　　奥诺雷·德·巴尔扎克(1799—1850),法国小说家,欧洲现实主义文学的奠基人之一,1799年5月22日生于图尔,父亲出身农民,后做到军需处长、副区长等。巴尔扎克从小进寄宿学校读书,很少与家人见面。他先后进过诉讼代理人和公证人事务所当见习生。他坚持不懈地进行文学创作,写出的第一部作品失败了,但并不泄气,在十年间写出近十部神怪小说,因未能成功,他一头扎进出版莫里哀和拉封丹的作品集、办印刷厂、浇铸铅字之中,结果债台高筑,一生未能清偿。他重新投入写作。他室内的拿破仑石膏像的佩剑剑鞘上写着他的豪言壮语:"这把长剑所没有完成的,我要用笔来完成。"

　　1829年发表的《舒安党人》揭开了《人间喜剧》(1829—1848)的序幕,小说以1799年保王党人在旺岱发动的叛乱为背景,小说显示出写实的风格和笔触。至1835年左右是他创作的第一阶段,重要作品有:刻画吝啬鬼的《戈布赛克》(1830),描写外省两派神父斗争的《图尔的本堂神父》(1833),以帮工会为背景的《十三人故事》(1833—1834),展示乌托邦图景的《乡村医生》(1833),反映夫妻冷酷关系的《夏倍上校》(1835);哲理小说有描绘父子金钱关系的《长寿药水》(1830),阐述现实主义艺术观点的《不为人知的杰作》(1831),描写贪欲的《驴皮记》(1831),描写科学研究癖的《绝对的探求》(1834)。最重要的作品是《欧仁妮·葛朗台》(1833)和《高老头》(1834—1835)。至此,巴尔扎克已写出大大小小三十多部作品,他开始考虑将自己的创作组成一座文学大厦。至1842年左右是他创作的第二阶段,重要作品有:描写贵族败在资产者手下的《古物陈列室》(1836—1839),描写小老板破产的《赛查·比罗图盛衰记》(1837),反映资产者暴发过程的《纽沁根银行》(1838),描写争夺遗产的《于絮尔·弥罗埃》(1841)和《搅水女人》(1841)。最重要的作品《幻灭》(1837—1843)揭露了新闻界和文坛的黑幕,塑造了共和主义英雄,再现了资本主义自由竞争惊心动魄的一幕。《人间喜剧·前言》(1842)是19世纪现实主义的一篇重要文献。第三阶段的重要作品有:描写青年野心家毁灭的《烟花女荣枯记》(1843—1847),揭露七月王朝时期资产阶级的荒淫无耻、道德堕落的《贝姨》(1846),描写夺取收藏家遗产的《邦斯舅舅》(1847),以及描写复辟时期农村资产者击败贵族的遗著《农民》(1844—1853)。

《人间喜剧》分为《风俗研究》、《哲理研究》和《分析研究》三大部分。《风俗研究》又分为《私人生活场景》、《巴黎生活场景》、《外省生活场景》、《政治生活场景》、《军旅生活场景》和《乡村生活场景》,共有约九十部(篇)小说。巴尔扎克宣称:"法国社会将要做历史家,我只能当它的书记。"首先,《人间喜剧》主要描写了从大革命到七月王朝半个多世纪的法国社会的变迁,集中表现了资产阶级取代贵族的罪恶发家史,用编年史的方式几乎逐年地把上升的资产阶级在1816至1848年对贵族社会日甚一日的冲击描写出来;其次,反映了贵族阶级的没落衰亡史,描写了这个在他看来是模范社会的最后残余怎样在庸俗的、满身铜臭的暴发户的逼攻下逐渐灭亡;第三,描写了争夺金钱的一幕幕惨剧;第四,深刻反映了当时的经济状况,同时表达了对共和党人的赞赏和对下层人民的关注。巴尔扎克的思想虽然复杂,但他主要是一个唯物论者,唯灵论处于次要地位。他是个自由贸易的鼓吹者,重视经济问题。他幻想建立君主立宪制,不是地道的正统主义者。他鼓吹宗教是出于改良主义的立场,他深谙宗教可以作为统治阶级的工具,幻想以宗教来克服社会弊端。他的思想反映了当时汪洋大海似的农民和小资产阶级的要求和弱点。

巴尔扎克有一套自己的小说美学。他认为世界是一个统一体,存在多样性,各方面彼此相连,因此,他要求反映整个时代;他认为艺术的任务在于再现自然,但生活素材需要加工,应把观念纳入形象,要揭露社会黑暗和人的头脑中的卑劣思想;艺术必须创造典型,抓住人物的"情欲"即个性,通过众多的典型反映整个社会面貌;他看到环境对人物能起决定性影响,主张塑造典型环境中的典型人物;他不仅是个缜密的观察家,而且是一个热烈的幻想家,他认为自己有第二视觉,即想象力;他也十分注意滑稽丑怪的人物和社会现象,要"编制恶习和德行的清单",描写吝啬、嫉妒、野心、好色、科学研究癖等等。从这样的美学思想出发,他塑造出各色各样的典型,而且同一类型避免雷同。例如吝啬鬼形象,戈布赛克、葛朗台、纽沁根、柯内留斯、赛夏、奥松、拉博德雷、里谷等都各有特点;野心家中的拉斯蒂涅、吕西安、玛赛、伏脱冷各有特征。为了将自己的所有作品联结成一个整体,他创造了人物再现手法,即在不同作品中描写同一个人物的各个发展阶段,将自己的作品组成一个小社会,互相勾连。

巴尔扎克获得的成就是现实主义的伟大胜利。他长年累月地写作,每天往往达到十八个小时:"工作!总是工作!灯火通明的夜晚紧接着灯火通明的夜晚,思考的白天紧接着思考的白天!"毫不停歇,最后,他四肢肿胀,腿部又患坏疽,于1850年8月19日辞世。

二、《欧仁妮·葛朗台》

《欧仁妮·葛朗台》是巴尔扎克的代表作之一,法国评论家指出,这部小说"长期以来是巴尔扎克最著名的作品",巴尔扎克本人也认为,这是他"最完美的绘写之一"。

小说叙述1819年11月,在外省的索漠城,欧仁妮二十二岁生日那一天,克罗旭和德·格拉散两家都来拜访,他们看中了这门好亲事。这时,葛朗台的侄子沙尔从巴黎赶来。沙尔的父亲破了产,自杀了。葛朗台的一千桶酒以高价卖出,欧仁妮央求父亲帮助沙尔,被葛朗台一口回绝。他让格拉散到巴黎去斡旋。欧仁妮看上了堂弟,把价值六千法郎的金币全数给了沙尔。沙尔决定到海外经商,把金首饰都交给葛朗台去变卖,葛朗台只给了他一千五百法郎。临行前,沙尔和欧仁妮海誓山盟。葛朗台发现欧仁妮送掉金币以后,大发雷霆,把女儿关在屋里,只给她冷水和面包。德·蓬封所长得知葛朗台软禁女儿,自告奋勇去打官司。葛朗台得知太太去世后女儿要获得部分遗产,便决定跟女儿讲和。但他看到欧仁妮手里拿着沙尔送给她的金梳妆盒,抢了过来。欧仁妮以死相逼,他才作罢。葛朗台太太死后,欧仁妮同意不分遗产,葛朗台待她签了字才放心。可是他不久也去世了。沙尔在印度发了财,不过他以为葛朗台家没有钱,把欧仁妮抛在脑后。欧仁妮得知他安家,犹如晴天霹雳。她同意和蓬封结婚,蓬封不久死去,又有人开始包围这个有钱的寡妇。

小说塑造了一个吝啬鬼,也许这是古往今来塑造得最成功的吝啬鬼形象。莫里哀笔下的阿巴贡,莎士比亚笔下的夏洛克,都是文学史上著名的吝啬鬼形象,但比起葛朗台,则是小巫见大巫。巴尔扎克笔下还有不少吝啬鬼形象,如《戈布赛克》的同名主人公、《柯内留斯老板》的同名主人公、《纽沁根银行》中的同名主人公、《舒安党人》中的奥日芒、《幻灭》中的赛夏,《搅水女人》中的奥松、《农民》中的拉博德雷和里谷等,虽然写得各有千秋,有的还是相当著名的典型,但总的说来都不能和葛朗台媲美。马克思指出,巴尔扎克"曾对贪欲的各种色层,作过彻底的研究"。[①] 巴尔扎克确实深入观察过守财奴,守财奴可列入他一系列人物典型画廊中最具特色的几组形象之中。守财奴自古有之,似乎这是随着资本主义因素产生之日起就相伴而生的人物类型,尽管时代变化也带来了守财奴特点的变化。

大体说来,这部小说从三个方面去塑造葛朗台的吝啬性格。第一方面是以细节的累积去描写葛朗台的吝啬。葛朗台家的老房子年久失修,墙垣残破;楼梯踩上去吱嘎作响,踏板和扶手被虫蛀坏了,女仆去拿酒,差点绊了一跤,而葛朗台舍不得叫人修理,自己拿起工具和一盏蜡烛亲自动手修理踏板;每顿饭的面包,要用的面粉、黄油,每天要点的蜡烛,他都亲自分发;偌大的厅堂只点一支蜡烛,欧仁妮生日那天,说是要"大放光明",蜡烛也只多点了一支,他去修楼梯时,还把蜡烛拿走,让家人待在黑暗中;家中来了亲戚,不让加菜,竟让佃户打几只乌鸦来熬汤;欧仁妮想让他的侄儿沙尔早餐吃得稍为好一点,多弄了几小块糖,多弄一只鸡蛋,他就说是在设宴;多点了一根白蜡烛而不是黄蜡烛,给沙尔的床用暖炉烫一下,他就大惊小怪,说是浪费和多余;他不想给妻子零花钱,让买葡萄酒的外国人掏出额外的钱给她,随后一有机会便要妻子代他付钱,直到把这几个金路易都刮光为止;妻子卧床不起,首先想到的是请医生要花钱;他连签署文书备案的钱也不肯出,并赖掉每月给女儿一百法郎的诺言,用沙尔的金饰来顶替……巴尔扎克将葛朗台的吝啬性格刻画得细致入微。

第二方面是葛朗台对黄金的嗜癖。吝啬是同贪得无厌地追逐金钱联系在一起的。在葛朗台的心目中,金钱高于一切,没有钱,什么都谈不上。半夜里,他关在密室中瞧着堆起来的黄金,连眼睛都变得黄澄澄的,像带上金子的光泽;沙尔得知父亲去世后痛哭不已,他觉得这孩子不哭自己已破产,把死人看得比钱还重,真没出息;他以为别人一见钱就高兴,即使生病也会立即痊愈,因此,他的妻子被他吓得病倒以后,他便拿了一把金路易撒在她床上;他发现女儿把金币送给了沙尔,不禁大发雷霆,演出了一场"没有毒药、没有匕首、没有流血的市民惨剧",他把

① 马克思:《资本论》第1卷,第645页,人民出版社,1954年。

女儿囚禁起来,只让她光吃面包和水;发现了沙尔的金梳妆盒后,他像头猛虎扑过去,要用刀把盒子上的金子撬下来;他害怕妻子死后女儿要分掉一部分财产,赶紧跟女儿讲和;他风瘫之后,坐在轮椅上,整天让人在卧室与密室之间推来推去,生怕有人来偷盗;他让女儿将金币铺在桌上,长时间盯着,心里感到暖和;他要女儿料理好一切,到阴间去向他报账;看到教士递给他的金十字架,他一把抓在手里,终于一命呜呼。黄金对他而言不是物,而是活生生的人,具有取之不尽的繁殖力。这一形象把资产者嗜钱如命的本质揭露得淋漓尽致。恩格斯在《英国工人阶级的状况》中指出:"在资产阶级看来,世界上没有一样东西不是为了金钱而存在的,连他们本身也不例外,因为他们活着就是为了赚钱,除了快快发财,他们不知道还有别的幸福,除了金钱的损失,也不知道有别的痛苦。"葛朗台就是这样一个资产者典型。

第三方面是葛朗台的精明和时代特征。他的一切行动都表现了精明,小至对娜侬的盘剥:他发现这个身材高大的姑娘是一个廉价的劳动力,留了下来,她确实为他死心塌地干了几十年的活计,索缪城找不到这样一个忠心耿耿的女仆,而他对她的同情只是嘴上说说而已,至多给她喝杯果子酒,送给她一只旧怀表和几双破鞋;他靠大革命时期的社会变动起家,通过贿赂低价买到当地最好的葡萄园、一座修道院和几块分租田,他还利用当市长的机会,修了几条公路,直达他的产业;复辟王朝时期,他照样如鱼得水,他利用当地葡萄酒业主压着酒不卖,暗地里与外国商人洽谈,以高价售出自己的葡萄酒,背信弃义,坑害了所有的同行;索缪人都受到他的伤害,他像老虎和巨蟒一样,长时间窥视着猎获物,然后扑上去吞吃掉,再躺下慢慢消化;他计算精确,知道什么时候该卖酒,什么时候该卖酒桶,什么时候该种白杨,什么时候该种牧草;葛朗台骗人的手段之一是在关键时刻结巴,让人替他说出他想说的话,办他想办的事,德·格拉散就这样做了冤大头,为他到巴黎去办理他弟弟破产还债的事宜;葛朗台熟悉欠债和还债这一套,摸透了债权人的心理,自己一个子儿也不出,着实耍弄了这些债权人;他看不起巴黎人,认为他们不是他的对手;葛朗台尤其精于金融投机,尽管他酷爱金子,但他懂得在金价涨到最高点时,不失时机地把自己所有的金币全部抛出去,再兑换成公债,他深知公债利息高,更有利可图。公债投机是刚刚出现的一种金融投机活动,内地人比较闭塞,不知道公债投机可以发财,而葛朗台不但弄明白了,还非常精通此道。葛朗台是个大土地所有者,大房产主,又是金融资产者。他拥有一千九百万法郎,他的日益得势和无往而不胜,反映复辟王朝时期,土地和金融资产阶级主宰一切的社会现实。

也许是葛朗台这个形象塑造的巨大成功,掩盖了欧仁妮这个本应是主要人物的光辉。如果说,巴尔扎克对葛朗台是持批判态度的话,对欧仁妮却是抱着同情态度的。她对堂弟的爱情始终不渝。当她父亲要毁坏她视如生命的、沙尔寄托在她那里的金梳妆盒时,她抄起一把刀,表示如果父亲动一下盒子,她就以命相抵。她不同于母亲之处,是有一点葛朗台的强硬本性,敢于和父亲对抗,不在乎被囚禁、干吃面包和水。当她得知沙尔负心时,虽然悲伤,却仍然对他有挥之不去的感情,愿为他清偿所有的债务。沙尔不择手段地发财致富,不讲感情只看重金钱和地位,与欧仁妮形成鲜明对照。她毅然做出决定,同意和德·蓬封先生结婚,但保持童身。她听从了神父的劝告,不进修道院,履行对社会应负的责任,但又明白德·蓬封看中的是她的巨大财产,而无爱情可言。她快刀斩乱麻地解决了这个神父所说的"两难问题"。欧仁妮是这场婚姻喜剧的中心人物,她受到当地两家富户的包围,德·格拉散一家在竞争中败下阵来;葛朗台去世以后,欧仁妮更是成了克吕绍一家势在必得的目标。蓬封一再表示"愿做你的奴隶"、"赴汤蹈火,在所不辞",显示了他信奉金钱拜物教的丑态;他的早死和他企图独吞财产而定下的遗产归活着一方的结婚条款,既是作者对贪婪者的嘲讽,又留下了这场追逐金钱的闹剧尚未结束的余味。

作者感叹她本应成为贤妻良母，但却成了没有丈夫、没有儿女、没有家庭的孤苦伶仃的可怜女人。巴尔扎克对欧仁妮的刻画在某种程度上与葛朗台是一样的：葛朗台的性格是吝啬和贪婪，而欧仁妮是一往情深。有人认为她是"爱情的吝啬鬼"。她也有偏执狂的一面，如她把爱情表现为情感的投资，把一切都建立在口头的承诺、礼物的交换和私下的订婚之上，对沙尔的思念从来没有停止过。父女两人的意志都不可动摇。在《人间喜剧》中，有一系列这样的失意的女主人公形象，如《高老头》中的鲍赛昂子爵夫人、《朗热公爵夫人》中的安东奈特·德·纳瓦兰、《一件无头公案》中的洛朗丝、《现代史内幕》中的德·拉尚特里夫人。她们的失意虽然不尽相同，但都是时代风气的牺牲品。不过，巴尔扎克忠于现实主义，将欧仁妮限定在服从父亲、接受父亲管理财产的教诲、受到宗教教育的影响、并逃脱不了人间利益的算计、既有父亲的遗风，又不同于父亲的一毛不拔，这是一个有独立性格的人物，但这样一个正面人物形象，显然不如葛朗台这个反面形象具有更深刻的社会意义。

从艺术上看，这部小说具备了巴尔扎克小说的主要优点。一是精细的环境描写，以塑造典型人物。巴尔扎克开创了"典型环境中的典型性格"的现实主义原则。他认为，一个典型环境正如动物化石反映了一部生物史一样，能表现时代的真实面貌。环境是人物活动的舞台，葛朗台的住宅的破败寒酸，和它的主人的吝啬是相得益彰的。巴尔扎克由外及里，特别是对厅堂的描绘，不仅再现了19世纪20年代法国外省的风貌，而且也留下了远至中世纪法国市民生活和建筑的面貌。典型人物就是在这样的环境中产生的。二是巴尔扎克重视人物的外形描写，对葛朗台突出他的眼睛和鼻子上的皮脂囊肿，认为这能体现他的阴险、狡猾和吝啬；他表面平易近人，骨子里却心如铁石；他具有强健的体魄，精力充沛，肩膀宽阔，腿肚子粗壮，能与女仆抬起总共装了一千八百斤黄金的木桶。三是巴尔扎克善于以性格化的语言来表现他的人物。如葛朗台说家里人上下楼梯"不会挑结实的地方落脚"；娜侬说沙尔不肯吃饭，这样会伤身体，葛朗台回答说："节省了也好"；葛朗台太太提出要为死去的弟弟戴孝，他说："你只知道出点子花钱。服孝是在心里，而不是在衣服上。"他的女仆为了款待客人，要上街买肉，葛朗台就对女仆说："用不着；你可以给我们炖一罐野味汤，佃户们不会让你缺少野味的。不过我要吩咐柯努瓦耶打几只乌鸦。这种野味能做出世上最好的汤。"女仆问道："先生，这东西吃死人，可是真的？"他居然回答："你真蠢，娜侬！乌鸦就像大家一样，找到什么吃什么。难道我们不是靠死人生活吗？那么，什么叫做遗产呢？"

葛朗台把继承遗产和吃死人等同起来，言之凿凿，活生生表现出吝啬的性格，写出了这个资产者的歹毒和凶狠。在塑造这个人物时，虽有夸张笔法，但并不影响人物的真实性。正如作者所说，在法国的每个省都有葛朗台式的人物，只不过其他地方的葛朗台不如索缪的葛朗台那么富有罢了。

小说写得非常紧凑，显示出巴尔扎克的艺术功力。小说先从环境和人物的介绍开始，将葛朗台的底细和发家经过作个交代，这等于戏剧的陈述部分，虽然进展缓慢，却能勾起读者的兴趣。转入正题后，从欧仁妮的生日叙述起，引入一场争夺女继承人的斗争；沙尔这位不速之客倏然而至，出现了第二条线索；葛朗台面对复杂的局面灵巧地周旋，并展开投机活动是第三条线。这三条线索彼此交叉，一环紧扣一环，笔势酣畅细腻，占去小说三分之二的篇幅。紧接着写家庭纠葛，父女的冲突达到白热化，但只延续了几个星期，达到故事高潮。这是小说的主体部分。继而沙尔回国，欧仁妮得知他负心，小说急转直下。但她处事果断，而且天从人愿，惩恶扬善，结尾留有余味。小说夹叙夹议，但并无废话。从结构上说，也达到了成熟阶段。这种结构是典型巴尔扎克式的。

三、《高老头》

《高老头》的故事发生在 1819 年末至 1820 年初的巴黎。在偏僻街区的伏盖公寓,聚集了各种人物。落魄的高老头为两个女儿还债而被榨干了。穷大学生拉斯蒂涅羡慕上流社会的奢侈生活,一心想往上爬。苦役监逃犯伏脱冷企图利用泰伊番小姐的婚姻大赚一笔,他的秘密被老小姐米旭诺和波阿莱使计探知,由警察逮捕归案。此时拉斯蒂涅的表姐鲍赛昂子爵夫人情场失意,举行了告别上流社会的盛大舞会。高老头受到女儿的催逼而中风,在痛苦中死去,只有拉斯蒂涅为他料理后事。

小说《高老头》在内容和艺术上有如下几个特点。

首先,《高老头》淋漓尽致地揭露了金钱的统治作用和拜金主义的种种罪恶。这在高老头和他的两个女儿的故事中得到集中的表现。高老头是个靠饥荒年取暴利而后发家的面条商,他把自己的全部感情都放在女儿身上。大女儿仰慕贵族,他让她成了雷斯托伯爵夫人;小女儿喜欢金钱,他让她当了银行家纽沁根的太太。最初他在女儿家里受到上宾待遇,随着他的钱财日益减少,他的地位也就每况愈下,最后竟被闭门不纳。他的遭遇表现了社会的世态炎凉。社会教育和社会风气败坏了高老头两个女儿的心灵,他有钱的时候,她们喊他好爸爸;他没有多少钱了,她们便怕别人看出她们的父女关系;等到榨干了他的钱袋,他便像被挤干了汁水的柠檬一样被她们扔掉。高老头临终时渴望见到女儿们一面,她们却托词不来。高老头终于明白,她们爱的只是他的钱。他悲愤地喊出:"钱能买到一切,买到女儿。"高老头是拜金主义的牺牲品。巴尔扎克以高老头的父爱,衬托出金钱败坏人心到了触目惊心的地步。他死前的长篇独白是一份深沉有力的控诉书:"把父亲踩在脚下,国家不要亡了吗?"这是对现实社会赤裸裸的金钱关系发出的愤怒谴责。

金钱还腐蚀了大大小小的人物。整个社会从上到下都以不同的方式向金钱顶礼膜拜。伏盖太太看中高老头的钱财,做起黄金梦;伏脱冷手面阔绰,她又生再醮的念头;她连死人也不放过,高老头入殓时,她狠狠地敲了拉斯蒂涅一笔竹杠。这个人物就像她经营的包饭公寓一样,浑身散发出庸俗酸腐的臭气。米旭诺和波阿莱为了得到三千法郎的赏金,当了官方密探的走狗。银行家泰伊番为了使自己的产业世代相传,不认他的亲生女儿,怕她带走一笔陪嫁,把她赶出家门。雷斯托伯爵设下圈套,让妻子为情人还债,卖掉钻石项链,然后限制她的行动,逼迫她把全部财产交给他。纽沁根则借口经营地产,要挪用妻子的陪嫁,最后占有了这笔财产。高老头死后,两个女婿不闻不问,只派出两辆有爵徽的空车跟随枢车到公墓。对此,作家深有感慨地说:"没有一个讽刺作家能写尽隐藏在金银珠宝底下的丑恶。"

其次,《高老头》从不同角度写出政治野心家的成长过程,揭露了统治阶层的卑鄙丑恶,抨击了资产阶级的道德原则,从而揭示了人欲横流的社会现实。拉斯蒂涅是复辟时期青年野心家的典型。他是外省小贵族的子弟,不愿埋头读书,更不愿意顺着社会阶梯一步步攀登,而是羡慕挥金如土的生活。他在鲍赛昂子爵夫人那里接受了社会教育的第一课:"你越是没有心肝,越高升得快。你得不留情地打击人家,叫人家害怕你。只能把男男女女当作驿马,把它们骑得筋疲力尽,到了站上丢下来;这样你就能达到欲望的最高峰。"她还指点他要把自己的真实感情隐藏起来,以追求一个贵妇作为踏入上流社会的钥匙。伏脱冷给他上了第二课:"要弄大钱,就要大刀阔斧地干,要不就完事大吉。"伏脱冷的邪恶说教在他心里留下难以磨灭的印象,涉世不深的拉斯蒂涅经过伏脱冷的启发,又往社会这个名利场的泥坑深陷了一步。鲍赛昂子爵夫人退出上流社会,使他看到上流社会根本不讲什么感情,只讲金钱和个人利益。高老头之死完成了他的社会教育。他看到女儿女婿的无情无义和这个社会的寡廉鲜耻的真实面貌。在埋葬高老头的同时,他把剩下的一点神圣感情也一起埋葬了,欲火炎炎地投入社会的罪恶深渊,踏上了野心家的道路。在《人间喜剧》的其他作品中,他多次出场:他靠纽沁根夫人爬了上去,娶了她的女儿,被封为伯爵,成为贵族院议员、副国务秘书,大搞投机买卖。他信奉的是极端利己主义。

伏脱冷的身份是苦役监逃犯,实际上是政客和野心家的另一种典型。他深谙这个社会的黑暗内幕,曾用愤愤不平的语言揭露道:"雄才大略是少有的,遍地风行的是腐化堕落","凡是浑身污泥而坐在车上的都是正人君子,浑身污泥而搬着两条腿走路的都是小人流氓。扒窃随便一件什么东西,你就给牵到法院广场上去示众,大家拿你当把戏看。偷上一百万,交际场中就说你大贤大德。你们花三千万养着宪兵队和司法人员来维持这种道德。妙极了!"这种抨击确也一针见血,道出了真相,但这种愤愤不平不是站在反对社会的立场上的,而是一个不得意的野心家发自怨恨的言辞。他千方百计要爬上去,他研究了法网上哪儿有漏洞可钻,利用自己对这个社会政治经济关系的了解,干的是大买卖。他馋涎欲滴地羡慕那些心狠手辣的奴隶贩子,幻想十年之内能挣到三四百万。他信奉的是不择手段向上爬的原则。他的哲学体现了占统治地位的恶的观念;这个恶魔般的人物的道德观和他所使用的无耻手段,同当权者并无二致。他在《幻灭》和《烟花女荣枯记》中扮演了同样的恶的教唆者角色。后来他同当局作了一笔肮脏交易,先后当上了巴黎警察厅的副处长和处长。

第三,《高老头》反映了巴尔扎克对现实关系的深刻了解。小说通过对鲍赛昂子爵夫人情场失意的描写,显示了复辟时期贵族被资产阶级取代的历史进程。鲍赛昂子爵夫人是"贵族社会的一个领袖"。她的客厅是资产阶级妇女梦寐以求的地方,能够在那里露面,其他地方都可以通行无阻。然而,她的情夫阿瞿达侯爵为了娶上暴发户的女儿,得到二十万法郎利息的陪嫁,竟然抛弃了她。这个意味深长的结局说明了资产阶级暴发户终于打败了世代簪缨的贵族。

《高老头》在艺术上取得了很高成就。为了塑造人物,巴尔扎克先描写下层人物的活动舞台——伏盖公寓。它坐落在偏僻角落,外表恶俗不堪,屋内陈设和周围氛围阴森逼人,各层居室分出等级,如同一个小社会。这些环境描写属于风俗描写的一部分,是巴黎下层生活的缩影,它与小说人物的生活、思想、行动有着密切的联系。

小说的几个主要人物性格鲜明。伏脱冷是《人间喜剧》中最有性格魅力的人物之一。这个人物根据大盗维多克的原型塑造而成,他具有强盗首领那种蛮横、气势逼人和坚强的毅力。小说中的一段肖像描写栩栩如生:

> 在两个青年和其余的房客之间,那四十上下,颊髯染色的伏脱冷,正好是个中间人物。老百姓看到他那种人都会喊一声"好家伙"。肩头很宽,胸部很发达,肌肉暴突,方方的手非常厚实,手指中节生着一簇簇茶红色的浓毛。没有到年纪就打皱的脸似乎是性格冷酷的标志;但是看到他软和亲热的态度,又不像冷酷的人。他的低中音嗓子,跟他嘻嘻哈哈的快活脾气刚刚配合,绝对不讨厌。他很殷勤,老堆着笑脸,什么钥匙坏了,他立刻拆下来,粗枝大叶的修理,上油,锉一阵磨一阵,装配起来,说:"这一套我是懂的。"而且他什么都懂:帆船、海洋、法国、外国、买卖、人物、时事、法律、旅馆、监狱。

"四十上下"和"颊髯染色"的特殊细节引人好奇:他是不是想显得更年轻,不让人认出?"好家伙"的感叹令人回味。他的身体细节描写给人健壮和粗野的印象。由此可以想到老百姓的感叹是对他大力士的体格出自本能的赞赏。手指中节的浓毛给了他一种野性和可怕的特点。随后的描写由生理特点转向人物的灵魂,画出一个令人不安的人物。早熟的皱纹怎么会出现在这个达观的大力士身上呢? 这不像是病或忧郁引起的,说不定他有心事或者生活动荡。他的脸有冷酷的标志,却又软和亲热,看来这个人物擅长使用危险的手段,要用亲热、软和去引诱人。低中音嗓子与快活脾气相配合,说明了为什么他是饭桌上引人快乐的人。他为何对人殷勤和堆着笑脸呢? 接下去的描写透露了他是个神秘人物。他会拆锁是为了献殷勤吗? 后面的一组动词似乎在模仿这个人物的匆忙、灵活和富有社会经验。"这一套我是懂的"含有深意,令人琢磨。最后一个句子透露了他丰富的阅历:他游历过许多地方,无所不知,既有实际知识,又是一个善于观察的人。他怎么会懂法律? 他是个警察还是个强盗? 他既然了解旅馆,大约是个隐姓埋名、躲躲藏藏的人,再联想到他颊髯染色,又了解监狱,使人心生疑窦:莫非他是大盗或杀人犯? 这段描写非常简洁准确,将伏脱冷的性格内涵写了出来。他确实是个胆大包天的"鬼上当"。伏脱冷在其他小说中一再改头换面,以不同的角色出现,但他解剖这个社会黑幕的犀利言词能使读者一下子便认出他来。

拉斯蒂涅这个典型的刻画方法与伏脱冷不同,巴尔扎克写的是他作为野心家的形成过程,运用了心理描写。他同社会接触的过程中,接受的是罪恶的教育。高老头的悲剧命运是对他的第一次冲击。他认识到他所欣赏的贵族妇女都隶属于金钱关系。她们或者受到丈夫的算计,或者受到债务的催逼,或者情人被人夺走。于是他迈出了第一步,夺去了他姑母和妹妹们的积蓄。拉斯蒂涅一开始企图抗拒伏脱冷的引诱,他受到高老头无私奉献的爱的影响,不齿于伏脱冷和这个非人道的社会。他内心作着斗争:"想成为大人物或者发财致富,难道不是先得成为那些说谎、屈膝、爬行的人的奴仆吗? 跟他们沆瀣一气之前,必须为他们效劳。不! 我想正直地问心无愧地工作。"伏脱冷的被捕使他的幻想暂时占据上风。他无私地照顾垂危的高老头。但在埋葬高老头的路上,死者女儿女婿的无情无义使他变得冷静了,他终于向社会发出挑战。巴尔扎克不断描绘这个从外省来到巴黎的青年与新环境接触时的所思所想,以精细的心理描写刻画了这个年轻野心家的心理变化。

塑造高老头的手法又有不同。巴尔扎克用倒叙的方法介绍了他的发家史。在高老头身上有着不择手段牟取暴利的一面;然而,他并没有认识到自己成功的奥秘,直到临终前他才领悟到金钱在维系家庭关系上的重要作用。这个形象存在两重性。用倒叙来刻画人物能全面地表现人物的整体面貌,这是巴尔扎克塑造人物的重要方法。高老头的故事令人想起莎士比亚的《李尔王》,巴尔扎克无疑借鉴了李尔王对两个女儿的深情和她们对父亲的无情无义;两人都年老体弱,后来都呼天抢地咒骂女儿。所不同的是,李尔王的形象是悲惨的帝王,而高老头是愚蠢的资产者;巴尔扎克更为强调金钱的罪恶。

这部作品的次要人物也写得跃然纸上:伏盖太太的见钱眼开和委琐浅薄,米旭诺的阴险和鬼鬼祟祟,写得都很生动。全书通过高里奥、拉斯蒂涅、伏脱冷和德·鲍赛昂子爵夫人这四条线索的交叉穿插来组织情节,其中拉斯蒂涅起着穿针引线的作用,全书跌宕起伏,一气呵成,十分紧凑。另外,这部小说第一次运用了人物再现手法,这是《人间喜剧》的一个重要艺术手段,能起到将整套小说联结在一起的作用。

第十章　福楼拜

一、生平与创作

　　居斯塔夫·福楼拜(1821—1880),法国小说家,1821 年 12 月 21 日生于鲁昂,父亲是市立医院的外科主任。1841 年,他到巴黎攻读法律,但在 1844 年 1 月至 2 月,他两次犯病,不得不辍学,自此他呆在鲁昂郊区的克罗瓦塞家中。有人认为他得的是癫痫,也有人认为是神经性疾病,导致他终生不得结婚。

　　福楼拜在 1837 年已经开始写作,直至 1842 年写成的小说《十一月》都打上浪漫派的烙印。1847 年春,他和友人在法国游历。1849 年 9 月,福楼拜召集友人来听他朗读《圣安东的诱惑》,遭到否定。1849 年 10 月,他遵照医嘱到近东旅行,至 1851 年 9 月才回到法国,然后开始创作长篇小说《包法利夫人》。1856 年 4 月,小说问世,引起轩然大波。法院控告他有伤风化、侮辱宗教和公众道德。福楼拜十分泄气,于是转向古代题材的写作。《萨朗波》(1862)是一部新型的史诗小说,福楼拜通过一场特殊的战争去再现公元前 3 世纪迦太基的社会矛盾达到白热化的一段历史,小说描写了迦太基的贫富悬殊,展示了残忍的战争场面,写出人与人之间的险恶关系;他认为这种关系古今一样。这部小说以其雄奇壮观、五光十色的绚丽画面,富有传奇色彩的女主人公的悲剧命运,吸引了读者,获得了成功。第三部小说《情感教育》(1869)重新以当代生活为题材,它围绕 1848 年革命中各种人物的表现,提供了一部形象的编年史,揭露了七月王朝的丑恶现实。随后,福楼拜修改旧稿《圣安东的诱惑》(1874),它再现了公元 4 世纪埃及的各种教派,对主人公的种种诱惑代表了人类的各种幻想。福楼拜在晚年曾同乔治·桑发生文学论争,乔治·桑指责他写作过于冷漠。福楼拜在短篇小说集《三故事》(1877)

中力图改变自己的态度,其中《一颗纯朴的心》塑造了一个平凡而朴实的女仆形象。遗著《布瓦尔和佩居谢》通过两个主人公寻求各种人类知识,从农业到先验哲学,都一无所获,最后回到原来的抄写职业的故事,抨击了资产阶级的文明和理想。1880年5月8日,福楼拜突然卒于脑溢血。

福楼拜继承了巴尔扎克描写当代生活的现实主义传统,甚至以重大的政治事件为中心去展开情节,1848年革命在他的几部小说中都成为影响人物思想的决定性事件。福楼拜也描写古代生活,表明他受到浪漫派的影响。不过,他笔下的古代题材明显影射当时的社会现实。《萨朗波》中贫富的鲜明对比就是对第二帝国外强中干的抨击。虽然他不像巴尔扎克那样,是个思想深刻的社会学家,也不像斯丹达尔那样,是个政治上非常敏感的观察家,同时也不像雨果那样,力图成为一个社会改革家,但是他的小说和书信仍然透露了他对社会问题有一套独特的观点。他认为,人对自由、正义、幸福、爱情、宗教、科学的渴求,都是无法满足的,人类的愿望都要归于失败;他认为现存的政府没有一个是完善的。他从自由派的立场出发,认为当时的党派都"同样狭隘、虚伪、幼稚、谋求昙花一现"。有进取心的英雄人物从福楼拜的小说中消失了,这种变化是法国现实主义文学发展到中期引人注目的特点之一。

在艺术上,福楼拜提出和实践了一套新主张。一是追求真实性。他特别重视材料的搜集。在他以前的作家,尽管也注意搜集材料,但不像他那样把这看作是一种科学的方法。他认为:"美学就是真实。"又说:"只有在真实的情况下才是理想的。"为了达到逼真,他查阅数以千计的各种专业书籍,甚至出国旅行,实地考察。他是材料派的第一位大师。二是追求客观态度。他指出:"伟大的艺术是科学的和客观的。"又说:"精神科学必须……像物理学一样从客观开始进行。"他认为作家要像天主一样"无所不能又隐身不见",不在作品中露面,"一个小说家没有权利对任何事物发表自己的见解"。作家在写作时要设身处地想象人物的活动,如在描写爱玛自杀时他产生了吃毒药的感觉,禁不住呕吐起来。三是追求艺术美。他认为:"艺术的目的,首先是美。"他虽然重视形式,却能正确认识形式与内容的关系:"形式和内容就像身体和灵魂;在我看来,这是一个整体,是不可分割的……思想越是美好,词句就越是铿锵,思想的准确会造成语言的准确。"他强调形式与内容的统一:"没有美好的形式就没有美好的思想,反之亦然,""思想要找到最适合于它的形式,这就是创造出杰作的奥秘"。他对初稿大肆删削,每部长篇要花费五六年时间,小说写出之前要耗费三千六百页纸,忍受创造"文体的痛苦"。屠格涅夫说:"在任何语言的任何作家身上,都没有这样精益求精。"

二、《包法利夫人》

《包法利夫人》是福楼拜根据友人的建议,从欧仁·德拉马尔的第二任妻子阿丽丝-德尔菲娜自杀身亡的事件改写而成的。小说叙述法国一个平民女子的悲剧命运。故事发生在鲁昂附近的村镇上。农庄主之女爱玛嫁给了乡村医生包法利,丈夫的平庸使她感到爱情理想破灭,尤其在参加了一次侯爵家的舞会以后,她因想入非非,郁郁不乐。包法利为了她的健康,移居永镇。这个小城同样庸俗不堪。在农业展览会上,她受到地主罗道耳弗的引诱,不久即遭他的遗弃。爱玛转而寻找书记生赖昂鬼混,再遭到抛弃。爱玛在偷情的生活中用尽家产,在走投无路之际吞砒霜自尽。

爱玛的悲剧是对卑污得令人窒息的现实的深刻揭露。爱玛天生丽质,她的父亲为了让她接受上等教育,把她送到修道院去,她却受到不良影响,养成了向往上流社会糜烂生活的思想和爱幻想的习惯。她一旦同社会接触,这两个方面便如蝇逐臭地发展起来,而作为催化剂的条件便是平庸的现实。她在侯爵的舞会上看到了巴黎社交生活的缩影：寻欢作乐的上流人士，荒淫无度的老贵族，传情递信的贵妇，都令她歆羡不已。情场老手罗道耳弗看穿了爱玛渴望的是什么，乘虚而入。失足的爱玛从此不可遏止地走向堕落和毁灭的道路。她把爱情想象为"一只玫瑰色羽毛的巨鸟，可望而不可即，在诗的灿烂的天空翱翔"，认为"爱情应该骤然来临，电光闪闪，雷声隆隆，仿佛九霄云外的狂飙，吹过人生，颠覆生命，席卷意志，如同席卷落叶一般，把心整个带往深渊"。这种不切实际的品性被称为"包法利主义"。这是平庸卑污的现实和渴望理想爱情、超越实际可能的幻想相冲突的产物。作为一种精神现象，它是七月王朝和第二帝国时期享乐生活盛行的恶浊风气孕育而成的。作者对爱玛的悲剧命运抱有深切的同情。她死后那些无耻之徒——勒乐、罗道耳弗、郝麦、赖昂却左右逢源，步步高升，位尊誉满。这个结局饱含了作者对现实社会愤怒的斥责。福楼拜说过："就在此刻，同时在二十个村庄中，我的包法利夫人在那里忍受苦难，伤心饮泣。"显然，福楼拜基本上把爱玛看作受侮辱受损害的女性。

平庸恶浊的社会风气也产生了平庸的人物。包法利是代表之一，他思想平庸，浑浑噩噩，医术平常，却想名满天下。他根本不懂复杂的手术，却要给金狮饭店的跛脚伙计开刀，到头来束手无策，只得另请高明，把受害者的脚锯掉。他不是药剂师的对手，生意逐渐被郝麦抢走。爱玛死后，他偶然发现了爱玛和罗道耳弗的奸情，不仅不想报复，反而表示不生对方的气，把过错归于命运。这种逆来顺受的窝囊人物，取代了拿破仑时代叱咤风云的英雄人物，是平庸的社会风气产生的新典型。

这种风气还产生一系列卑劣的角色。郝麦是一个没有开业执照的药剂师，所以包法利刚来永镇时，他拍马奉迎，免得对自己不利。平时他口若悬河，三句不离科学，卖弄学到的一点知识。他不懂医术，却想治好瞎子，扬名天下。但医治不好瞎子时，瞎子就成了他不共戴天的仇敌；他利用报纸，制造舆论，终于把瞎子关进收容所。他善于钻营，跻身于各种科学研究机构和委员会之中。他经常向报纸投稿，混淆视听，或者向当局和权贵献媚。最后他卖身求荣，获得了十字勋章。郝麦是自由资产阶级的代表。高利贷者勒乐把销售商品和放高利贷结合起来，他先不收款，到时候大大提高商品价钱，要买方用不动产来抵押；他借债给小店主，最终加以吞并。最后他主宰了永镇的经济命脉。地主罗道耳弗是寻欢作乐的老手，时而在巴黎、鲁昂享乐，时而回到乡间寻花问柳。他对爱玛只是逢场作戏，一旦要他做出牺牲，他便断然拒绝爱玛，在诀别信上洒上几滴水表示流过眼泪。赖昂、教士布尔尼贤、国民自卫军队长毕耐等都是外省闭塞环境产生的人物。小说副标题《外省风俗》也表明了作者力图展示外省的卑污现实。

农业展览会进一步展示现实的丑恶。一面是官方大事张扬繁荣和取得的成就，一面是展现一个劳动了五十四年因而获奖的老农妇。她的生涯几乎等于法国资本主义的发展年限。她衣衫褴褛，脸上满是皱纹，手上长着一层厚皮，积满了谷仓的灰尘、碱水和油脂，全是裂缝，指节发僵，这双手像"千辛万苦的卑微的凭证一样"。她形体的枯槁反映了精力的衰竭：她被农场主榨干了。她的存在本身是对经济繁荣景象活生生的控诉。她几十年的辛劳只得到一枚值二十五法郎的银质奖章，这真是莫大的讽刺！她最后把这枚奖章交给本堂神父去做弥撒，她精神的麻木、愚昧跃然纸上。

作为一部小说艺术的典范作品，《包法利夫人》显示了福楼拜更加注重精神气质的描绘，而不是性格特点的刻画。爱玛的耽于幻想，包法利的平庸无能，郝麦的讲求实利，都是从人物的精神状态去表现的。这种精神状态的形成和环境存在密切关系，换言之，这是环境的产物。因此，福楼拜刻画的仍然是典型环境中的典型人物，只不过这种人物与巴尔扎克的人物有所不同罢了。再者，福楼拜将环境描写融合到情节叙述中，永镇的面貌是随着人物的活动而逐渐变得清晰的,它分成若干次来描绘。农业展览会一章是环境与人物塑造紧密结合的成功范例。福楼拜将大会的进行与罗道耳弗引诱爱玛的场面交替描写,把爱玛的堕落放在社会繁荣的背景上,构思何等巧妙!为了塑造爱玛,福楼拜让她从道特迁到永镇,两地是同样的封闭、庸俗,说明法国的小城镇都是一样的令人窒息。福楼拜的写法较之前人无疑更为高明。

福楼拜语言的精妙在法国小说史上是首屈一指的,名句不胜枚举,如用"像人行道一样平板"来形容包法利谈话的平庸;写他的第一个妻子瘦得"骨头一把,套上袍子,就像剑入了鞘一样";写爱玛渴望爱情,"就像厨房桌子上一条鲤鱼巴望水";镇子"好像一个放牛的,在水边睡午觉一样"。比喻贴切,都是不易之句。此外,郝麦的夸张用语,罗道耳弗的甜言蜜语,女掌柜的生动词汇,都符合人物身份,极见功力。福楼拜还十分重视段落安排和前后文的配搭。如爱玛刚到永镇的两段话:

> 爱玛一进门,就觉得冰冷的石灰,好像湿布一样落在她的肩头。墙是新刷的,木头楼梯嘎吱直响。窗户没有挂窗帘,一道淡淡的白光射进二楼房间。她影影绰绰望见树梢,再往远处,还望见有一半没在雾里的草原,月光皎洁,雾顺着河道冒气。房间里面横七竖八,随地放着五斗柜的抽屉、瓶子、帐杆、镀金小棒,椅子上搁着褥垫,地板上搁着脸盆,——搬家具的两个男人,漫不经心,信手扔了一地。

> 这是第四次,她睡在一个陌生地方。第一次是她进修道院的那一天;第二次是她到道特的那一天;第三次是她去渥毕萨尔的那一天。如今是第四次。每次都像在她生命中间开始一个新局面。她不相信事物在不同地方,老是一个面目:活过的一部分既然坏,没有活过的一部分,当然会好多了。

这是描写爱玛迁到永镇新居,进门时的感受。一进前厅,她便有冷的感觉,这种感觉是刚刷石灰的新墙给她的,湿布这个比喻简洁准确,给人以真实的印象。木板楼梯点出了乡居的典型细节。进入二楼房间后,她看到的是窗户没有窗帘,因为还没有布置家具;白蒙蒙的光表示黄昏。随后是看景,由近及远,先是普通的景致;树顶、草原,然后,薄雾和月光令人迷忽深思,为下文作好铺垫。爱玛回过头来细察房间,诗意的描绘同物体的罗列恰成对照:这是一个还没有人住的房间。这幅新景使爱玛勾起回忆,几个短句概括了爱玛生活的三个阶段。她但愿这是个新阶段,希望事物不会重复出现,未来的生活会更好一些。这两段描写层次分明,虽是散文,却有诗歌一字千金的分量。

福楼拜在叙述角度上已力求变化。有时表面在写人物的动作,其实也在写她的心理活动。有时他在白描,却也在写人物的心理。有时他在写爱玛的感受,这种感受是包法利一无所感的,表明这对夫妇之间毫无共同语言,思想上无法交流;描写非常客观,作者隐没不见,只是描写角度不断变换而已。有时叙述又具有象征性:爱玛和赖昂坐在马车里,马车在狂奔,没有方向,这是爱玛的生活处于无序和混乱中的意象。福楼拜擅长运用"多声部配合法"(或称对位法):永镇饭店里爱玛、查理、赖昂、郝麦之间的四人对话,农业展览会上罗道耳弗与爱玛、郝麦与勒乐以及会场上喧哗的交响乐场面,赖昂与爱玛、查理在剧院相遇,爱玛与赖昂在教堂约会的场面,都是这种技巧的运用。农业展览会一章中,全景镜头与摇扫镜头交替使用,特写镜头与中心镜头轮流变换,与今日的电影手法相同。福楼拜无论对二人相处的小场面还是对热闹的大场面的处理,都较之前人大大发展了一步。在结构上,全书分成基本对称的两部分,按女主人公的经历来安排,发展至农业展览会形成高潮,然后走下坡路,直至结尾。结构非常均衡、稳固。

第十一章　萨克雷

一、生平与创作

　　威廉·麦克皮斯·萨克雷（1811—1863），英国小说家，1811 年 7 月 18日生于加尔各答，父亲是东印度公司的官员，在税务局担任重要职务。他五岁时父亲去世，给他留下一大笔遗产。他六岁时回到英国，后来在剑桥大学学习。他不满于剑桥和牛津的教育制度，也对现实牢骚满腹，自称是共和派、君主政体的反对者。他在剑桥过了两年后便离开学校，到德国和法国旅行，在魏玛认识了歌德。在巴黎，他的大部分遗产被骗走，为了谋生，他当了一名记者。他认识了狄更斯以后，自荐要为《匹克威克外传》画插图。

　　从 1839 年起，萨克雷开始写作小说，如《名家们的小说》、《加哈甘少校历险记》、《丽贝卡和罗伊娜》、《凯瑟琳》，塑造了一系列无赖和骗子手。从1842 年开始，萨克雷为幽默杂志《笨拙》写稿，发表了不少诗歌和讽刺作品，表现出对社会现实和政治问题的关心。历史小说《巴里·林顿》（1844）塑造了一个破落贵族形象巴里·林顿，他贪婪凶恶、自命不凡，时而在英国军队服役，时而在普鲁士军队服役，他杀人放火，抢掠财物，在战场上抢，在战后抢，甚至抢自己人。巴里·林顿在欧洲各国宫廷干了许多罪恶勾当之后，最后和一个有钱的寡妇结婚，他陶醉于自己的权力、金钱和荣誉中，纵欲、惨无人道，是个十足的恶棍。《势利小人集》（1848）是一系列讽刺特写，采用新闻报道、生活趣闻、寓言和民间故事的材料，展示英国社会政治和私人生活的全景，从"掌握最高政权的势利小人"国王乔治四世到上流社会商界、军界、教会、文学界以及城乡的势利小人，都一一呈现，严厉谴责了英国贵族和资产阶级的道德观念、家族习俗、社会风尚和生活准则。同年，他还发表了《名利场》,达到他创作的高峰。

《潘登尼斯》(1848—1850)可说是《名利场》的姐妹篇。这部传记体小说叙述同名主人公出生于破落贵族家庭,懒惰成性,没有通过牛津大学的毕业考试。他爱上了比他大十岁的女艺术家霍塞林格,但是他的叔父破坏了他这门婚姻。他向地主女儿求婚又遭到失败,最后与纯洁善良的露拉结了婚。小说对伦敦出版界的描写明显受到巴尔扎克的《幻灭》的影响。《钮可谟一家》(1853—1855)以退伍军人钮可谟上校为中心,刻画了上流社会的"婚姻市场",纯朴的上校潦倒死去,被人遗忘。历史小说《亨利·艾斯蒙德的历史》(1852)表现英国"光荣革命"后保皇党人的复辟活动,批判了脱离人民、醉生梦死的王位觊觎者。续篇《弗吉尼亚人》(1857—1859)描写了艾斯蒙德的两个孩子的命运,揭示了英国政府的内外政策、宫廷生活和军队上层的活动内幕。

晚年,萨克雷以写作新闻政论为主,1860 至 1862 年任《玉米山》杂志的编辑,思想转向保守。

萨克雷继承了斯威夫特和菲尔丁开创的讽刺社会现实的传统,揭露和批判了英国的上流社会。他的现实主义的特点是冷眼旁观、玩世不恭,有时带点感伤;讽刺与幽默相结合,既辛辣又机智;善于展现一个个生活场景,刻画一个个人物的嘴脸,但好人也有缺点,坏蛋亦可见出坏的根由;他的讽刺似乎有点恨铁不成钢,往往轻蔑与怜悯多于痛恨;他的笔触委婉,文笔洗练;喜用讲故事或同读者谈话的方式展开情节,叙事轻松自然。

二、《名利场》

这是萨克雷的成名作,也是他的传世之作,原书名 Vanity Fair(意为"虚无市场")出自 17 世纪清教作家约翰·班扬的《天路历程》(中译名《名利场》出自《镜花缘》"世上名利场中,原是一座迷魂阵"之言),副标题是"一部没有主人公的小说",意即"势利"和"伪善"才是真正的主人公。这部小说没有严密的故事结构,内容基本上由两个女性人物(即蓓基·夏泼和爱米丽亚·赛特利)的生活琐事构成。

这部小说最初在《笨拙》杂志上连载,副标题是"英国社会速写",可见萨克雷是要写出英国社会的众生相。但一部小说总得有主要人物和次要人物之分,所以萨克雷才确定蓓基·夏泼和爱米丽亚为主要人物(不是主人公)。

蓓基·夏泼是小说中最引人注目的人物。这是一个泼辣能干而又冷酷自私、虚伪狡诈的典型。不过,在萨克雷笔下,蓓基并不是概念的化身,而是活生生的、具有复杂性格特征的人物形象。蓓基是个穷画家的女儿,她是在社会环境的影响下逐渐堕落的。她一生浪荡江湖,混迹上流社会,招摇撞骗,其目的无非是想填满名与利的欲壑。她初登名利场,就勾引脑满肠肥的乔斯,因为后者是殖民地税收官,有不少钱。后来,她又和罗登私奔并嫁给了他,当然也不是看中了这个赌棍,而是因为罗登是老富婆克劳莱小姐的侄儿,很可能会继承克劳莱小姐数万英镑的遗产。最后,她不惜出卖姿色,去博取司丹恩勋爵之流的欢心,也是为了猎取财富和地位。

综观蓓基的所作所为,她的基本性格特点就是虚伪和狡诈。虚伪的第一个表现,是她很善于用虚情假意来掩盖其冷酷自私。譬如,她对儿子小罗登毫不关心,却常常在众人面前装出慈母的样子,亲热地抱吻儿子;她根本就不爱丈夫罗登,却惯于装出一副贤妻的样子,让人觉得她对丈夫是那么体贴入微。对她的最好的朋友爱米丽亚,她一面设计让丈夫罗登在牌桌上赢爱米丽亚的丈夫乔治的钱,一面又装出一副宽厚的样子对爱米丽亚说:"亲爱的,看老天的面子,赶快叫他别再赌钱了,要不然他就完了。他跟罗登天天斗牌,你知道他并不有钱,倘若他不小心的话,所有的钱全要输给罗登了。"简直虚伪到了极点!对儿子、对丈夫、对朋友尚且如此,对别人当然不必说了。至于第二个虚伪表现，更加无耻，用中国的俗话来说，就是"既要当婊子，又要立牌坊"，把自己的下流行径隐藏在"正经"的外衣下。蓓基本一无所有，唯一的本钱就是她的姿色。而对于出卖姿色，只要能达到目的，她是从不犹豫的。她用"闪烁的蓝眼睛、美丽的卷发、动人的歌喉、俏皮的谈吐"勾引了一批又一批花花公子和达官贵人，就是连驰骋疆场的德夫托将军和显贵名流司丹恩勋爵，也经不起她的诱惑，倒在她的怀里，成了她的靠山和摇钱树。然而，就是这个为名利不惜卖身的女人，"却喜欢有良家妇女的名声"。因为她知道，在这个世界上，要结交"上等人"，首先要把自己包装成"上等人"。为此，她不仅信口胡诌外祖母家的高贵身世，还"学着上流妇人的一套做作"，并以伪造的"克劳莱上校夫人"的身份出入社交界。为了让上流社会相信她真是"贵夫人"，她还有意和司丹恩勋爵调情，撒娇卖乖地要后者邀请她参加岗脱大厦的宴会，因为在当时的上流社会看来，只有"能够踏进这重门的，才算得上有体面享特权的贵客"。不仅如此，她甚至还通过勾引她的远房伯父，最后在伯母的引荐下进了王宫，觐见了国王。对此，萨克雷讥讽道："经过这次大典，她就算声名清白，好像御前大臣给了她一张德行完美的证书。"

除了虚伪和厚颜无耻，蓓基还非常狡诈。她很善于窥测时机，见风使舵，而且就像一个惯于察言观色的术士，一下就能猜透名利场中各色人物的心理，从而加以利用。譬如，她刚出校门到爱米丽亚家里做客，就一眼看出乔斯是自命不凡的大傻瓜，于是投其所好，对乔斯装出又崇拜又多情的样子，要不是乔治暗中破坏，恐怕她很快就成了乔斯·赛特利太太。后来，她从伦敦到了乡间，在比脱·克劳莱男爵家里做家庭教师，又很快利用这个家庭勾心斗角的关系，八面玲珑地站稳脚跟，不仅让这一家的主人毕脱爵士对她言听计从，还讨得有七万英镑存款的克劳莱小姐的欢心，并把蛮横的赌棍罗登弄得服服帖帖，娶她为妻。在布鲁塞尔和巴黎，她周旋于将军、王公之间；回到伦敦后，她又看出道貌岸然的司丹恩勋爵其实是个老色鬼，于是便狡诈地在他面前撒娇，一副天真烂漫的样子，弄得这"老东西"如痴如醉。总之，她就像一个"天才"演员，逼真地扮演着各种角色，不但用她的诡计和姿色骗取钱财，混进上流社会，还为她丈夫罗登骗得了总督头衔。

毫无疑问，这部小说最突出的特点是讽刺。萨克雷曾解释过，他为什么要在这部小说里写那么多阴暗面，因为他觉得社会生活中很少有光明；尽管大家不愿承认这一点，事实确是如此。不过，他又说，他写这个灰暗的故事是要揭示世人的痴愚，要大声疾呼，使世人得以清醒；同时，他还试图暗示一些"好的东西"。其实，这些"好的东西"不难看出，就是这样的教训：浮名浮利，一切虚空，只有仁爱之心和仁爱之行，才是美好的，才能使人摆脱烦恼，获得真正的幸福。在小说中，这些"好的东西"就表现在爱米丽亚身上。爱米丽亚秉性善良，真心地爱着丈夫乔治·奥斯本，而乔治却是个毫无真情的纨绔子弟，结婚才几天，就沉溺于赌博声色之中，还准备偷偷地和蓓基私奔。面对丈夫的背叛，爱米丽亚尽管痛苦至极，却没有堕落。她还是忠于自己的婚姻，拒绝了都宾对她的爱慕。她在失望之余下了决心：从此只为别人的快乐而活着，不为自己打算。奇怪的是，她在这样下决心时，竟然发现自己很快乐。她由此而领悟到，只有跳出狭隘的自我，才能真正摆脱烦恼。当然，这一切并不是直接说出来的，而是通过对爱米丽亚的描写"暗示"出来的。因为萨克雷觉得，这些"好的东西"，他是"不配宣扬的"——因为他终究不是牧师，而是幽默作家，所以只能用暗示的方式。

萨克雷始终认为，"小说的艺术就是表现自然，最大地传达真实感"。富有真实感，或者说现实主义手法的运用，可以说是《名利场》最显著的艺术特色。这首先表现在人物塑造方面。萨克雷和他同时代的许多现实主义作家一样，相信一种性格的形成是和环境息息相关的，因而他在塑造人物时特别重视性格与环境的关系。就拿小说中的第一号人物蓓基·夏泼来说，她的性格就是在环境的影响下形成的。小说中写道，当初她就读于平克顿女校时，老是受到校长平克顿小姐的歧视,所以离校时有意把大词典扔了,以此来泄恨。这里的"大词典",可视为学校教育的象征,而扔掉"大词典",即意味着她扔掉了本应恪守的社会道德准则。出了校门,到爱米丽亚家做客,出身贫寒的蓓基又领略到另一种生活环境——金钱和舒适。这使她最初萌生了这样的信念:只要有金钱,就能受人尊重,至于怎样去获取金钱,则无关紧要。于是,她就开始了她的个人"奋斗"史,开始混迹于名利场。最初,她想通过结婚获得金钱和地位,但嫁给罗登后,原本指望的大笔遗产却成了泡影。失望之余,她的性格又有了进一步"提升",变得更加虚伪、更加狡诈了。她认准了一点:要不惜一切"打入"上流社会,只要在上流社会站住脚,道德不道德是无所谓的,因为只要你有地位,有财有势,不道德也会被认为是道德的——这是名利场的法则!于是,她就开始了她的"历险";于是,她就成了邪恶性格的"典范"。小说中的其他人物,特别是有"性格特征"的人物,萨克雷大体上也是这样予以塑造的。

其次,富有讽意的对照也是这部小说的一个特点。最明显的对照是蓓基和爱米丽亚、乔治和都宾的性格对照:前者恶,后者善,泾渭分明。作者的立场是明确的,这是绝大多数19世纪欧美小说的共同特点,但在《名利场》里,对照还不仅如此。譬如,写赛特利破产前,红光满面、衣着考究、声音洪亮、说话俏皮;破产后呢,干瘪憔悴、衣衫褴褛、低声下气、又疯又傻;写蓓基幻想中的从男爵,气宇轩昂、衣着华丽、举止优雅;而现实中的从男爵呢,模样猥琐、衣服破旧、趣味低俗;写克劳莱小姐,满口"平等、博爱","豁达得连伏尔泰先生也不能再苛求了",而实际上呢,保守、腐朽至极,听到侄儿罗登要和贫穷的蓓基结婚,竟当场晕死过去;还有,写平克顿小姐,对富学生爱米丽亚媚态可掬,对贫学生蓓基则盛气凌人,一副势利小人的嘴脸……总之,凡是可以对照的地方,萨克雷都会尽可能地加以对照,从而使人物显得滑稽可笑。按理说,作为一个幽默讽刺作家,使用这种漫画手法是其"本分",但由于这一手法在这部作品中被发挥到了极致,因而也就成了一种特色。

最后的一个特点是,这部小说是用一种夹叙夹议的文体写成的。所谓"夹叙夹议",就是作家在讲故事的过程中会时不时插进来现身说法,直接对人物和故事发一番议论。譬如,当讲到奥斯本热情地接待施瓦滋小姐,叫女儿和她交朋友,又叫乔治向她求婚时,萨克雷插话说:"名利场上的人,一见阔佬,自然而然会粘附上去……在他们看来,有钱的人意味无穷,自然而然的令人敬爱。……奥斯本家里的大多数人,费了十五年功夫还不能真心看重爱米丽亚·赛特利,可是见了施瓦滋小姐,却只消一个黄昏就喜欢得不得了,就是相信'一见倾心'这论调的浪漫人物,也不能再奢望什么了。"这是冷嘲,嘲笑奥斯本一家人的趋炎附势。再譬如,讲到蓓基到岗脱大厦赴宴后,身价百倍,伦敦好几家权势赫赫的显贵也立马请她去作客时,萨克雷接着说:"这几家全是大官大府,亲爱的读者和我这写书的休想进他们的大门。亲爱的弟兄们,我们站在这么庄严的大门前面,应该诚惶诚恐才对。在我想象之中,里面准有站班的侍从官,他们手里拿了亮晃晃的银叉子,看见有不合格的闲人进来,举起叉子就刺。外厅不是总坐着个新闻记者,等着记录那些大人物的名字吗?"这是热讽,讽刺门第权势和上流社会。像这样的插话,在《名利场》里随处可见,给人的感觉是萨克雷像个说书先生,不只是讲故事,还要对故事里的人和事说三道四。他是有意这么做的,而且还在序言里做了说明。他说,这部作品是熙熙攘攘的"名利场"里演出的一出傀儡戏,"这场表演每一幕都有相称的布景,四面都点着作者自己的蜡烛,满台照得雪亮"。这里,"作者自己的蜡烛"就是指他的议论,而"满台照得雪亮",意思就是说,他要借这些议论来表达他对世人的同情和悲悯。我们知道,19世纪其他一些作家,如雨果、巴尔扎克和托尔斯泰,也在小说中发议论,但那在小说中只起辅助作用。萨克雷则不然,他显然认为他的议论极其重要(至少对于《名利场》来说是如此)。这或许和他早年是个随笔作家有关,但不管怎么说,他的这一特点是不容忽视的。

第十二章 狄更斯

一、生 平 与 创 作

查尔斯·狄更斯(1812—1870),英国小说家,1812年2月7日生于朴次茅斯,父亲是海军部的小职员,喜欢挥霍,债台高筑。十二岁时狄更斯到皮鞋油厂当童工。常有一些与他年龄相仿的孩子一面吃着果酱蛋糕,一面透过玻璃看他干活,这严重地挫伤了狄更斯的自尊心。十五岁时他到律师事务所做抄写员,1831年进入报界,当新闻记者。

1837年他发表了《匹克威克外传》,一举成名。小说以退休商人匹克威克和他的几个朋友的游踪为线索,展现了英国的社会生活,对匹克威克和他的仆人山姆·韦勒的描写尤为生动,具有浓厚的幽默意味。自此至1841年,是他创作的第一时期,共写出五部小说,其中《奥立佛·退斯特》(1838)、《老古玩店》(1841)也较成功。

1842至1858年是第二时期,有六部长篇,以《董贝父子》(1848)、《大卫·科波菲尔》(1850)、《荒凉山庄》(1853)、《艰难时世》(1854)、《小杜丽》(1857)最为出色。《荒凉山庄》批判了英国的法律制度。"爱迪斯控告贾迪斯"遗产诉讼案在大法庭审了几十年,多少人被弄得倾家荡产,神智失常,最后案子得不出结果,高达几万英镑的遗产被诉讼费弄得一干二净。德洛克夫人婚前曾有一女,这个秘密被险恶的家庭律师图金霍恩得知,他步步紧逼,使德洛克夫人不得不离家出走,死在冰天雪地的情人墓前。《艰难时世》正面反映劳资矛盾,描写资本家庞得贝与罢工工人的冲突。退休五金商人兼国会议员葛擂硬认为人生只不过是现金交易,结果儿子成为盗贼,女儿差点精神崩溃。小说还通过工人斯蒂芬的悲惨遭遇呼吁人与人的宽容和理解。《小杜丽》的女主人公出生在监狱,因过早操劳和饥饿而发育不良,人称小杜丽。监狱是尘世的写照。

1858 年至去世是第三时期,创作了四部长篇:《双城记》(1859)以法国大革命为背景,故事发生在伦敦和巴黎。小说写出法国大革命的产生是贵族阶级(以厄弗里蒙地侯爵、"朱古力"爵爷为代表)的腐朽、残忍、飞扬跋扈的结果,引起人民长期仇恨的总爆发。厄弗里蒙地侯爵为了满足自己的淫欲,害死了农妇一家五口人。另外小说还通过梅尼特医生和得伐石太太一家的苦难遭遇,肯定大革命的正义性。梅尼特医生是人道主义的典型,他写信向朝廷告发厄弗里蒙地侯爵兄弟虐杀农民的罪行,反而受到监禁达十八年之久。他一面营救女婿,一面一视同仁地为监狱中所有的人看病,成为仁爱与宽恕的化身。卡尔登具有利他精神,为了自己所爱的露茜,主动退出情场的角逐,后来又冒名顶替,救出露茜的丈夫,自己上了断头台。但是狄更斯反对群众运动和革命暴力,他的目的是向英国统治者提出警告,呼吁改良,要求缓和社会矛盾。《远大前程》是一出幻想破灭的悲剧,主人公不安心铁匠生涯,一心想进入上流社会,娶富家小姐艾丝黛拉为妻。最后他摆脱幻想,走上新的生活道路。狄更斯一共创作了十五部长篇小说。

狄更斯从人道主义出发,批判英国资本主义社会。他的笔触既涉及上流社会又描绘了下层社会,既描写法律界,又描写孤儿院、济贫院,既写到贵族庄园,也写到雾都的街头,工厂、监狱也在他的视野之内,描写面相当广泛。他侧重当代题材,竭力挖掘其中的内涵。

狄更斯往往选择生活中罕见的、特殊的、戏剧性的内容,但遵循生活的本来面目,将自己的主观意图与客观的生活逻辑有机地结合,同时重视细节真实。在他笔下,人物、事件和背景组成具有内在自足性和内在独立性的故事,几个叙事单元形成一个统一整体。他常常运用夸张,把人物和情节中隐含的幽默因素放大、突出出来。幽默是他的小说的重要特点。他善于显示事物的不协调、不相称,突出事物的荒谬、可笑之处,打破读者的期待视野,使其发生意外转折,以产生强烈的喜剧效果。幽默中包含讽刺滑稽的因素。他不再虚构惊心动魄的情节,塑造顶天立地的英雄。他还擅长描绘儿童形象。

1870 年 7 月 9 日,狄更斯因脑溢血去世。

二、《大卫·科波菲尔》

这部约八十万字、具有自传性质的长篇小说,是狄更斯自己最钟爱的。他在此书的序言中说:"在所有我写的这些书中,我最爱的是这一部。……我对于从我的想象中出生的子女,无一不爱……不过,像许多偏爱的父母一样,在我内心的最深处,我有一个最宠爱的孩子,他的名字就叫大卫·科波菲尔。"换句话说,这部小说最好地表达了他个人的情感和信念。

《大卫·科波菲尔》的故事情节颇为复杂,但主要情节是大卫的经历。小说是以主人公大卫自述身世的形式展开的,换成第三人称,内容大体如下:

大卫是个遗腹子,出生后由母亲和保姆辟果提抚养。有个叫摩德斯通的男人看中大卫母亲有点财产,便假惺惺地向她求爱,但婚后不久,他原形毕露,残忍地虐待母子俩。结果,母亲含恨去世,善良的女仆辟果提随即被摩德斯通辞退,十岁的大卫则被送到伦敦去当童工。在伦敦,大卫寄宿在一个叫米考伯先生的小职员家里。米考伯夫妇有一大群孩子,而米考伯先生呢,尽管他生性乐观,尽心尽职,但总是一事无成,所以大卫和这一家人在一起,一直过着半饥半饱的生活。后来,米考伯先生因负债累累而进了债务人监狱,大卫只能离开这个家庭,自谋出路。他万不得已,只好去找他的一个从未见过面的姨婆——贝西小姐。没想到,姨婆不仅是个好女人,还很富有；她不仅收留了大卫，还把他送到伦敦最好的学校去读书。读书期间，大卫寄宿在姨婆的律师威克菲尔家里，并认识了威克菲尔的女儿艾格妮斯和威克菲尔的秘书尤赖亚·希普。对艾格妮斯，大卫既喜欢又敬重；对希普，他却只有厌恶之感。这样过了几年，十七岁的大卫从学校毕业后，姨婆便把他安排在斯本罗律师事务所当实习律师。在那里，他遇到斯本罗的女儿朵拉，两人一见钟情。一阵热恋后，他便娶了身材娇小的朵拉为妻。然而，正当大卫和他的"孩儿妻"朵拉沉浸在幸福的新婚生活中时，他的姨婆却突然破产了。原来，希普和人密谋，搞垮了威克菲尔的律师事务所，侵吞了贝西小姐的财产。失去姨婆庇护的大卫，就只能靠自己来养活自己和妻子朵拉了。他帮人抄写文书，尽管很累，但也总有一点收入。与此同时，他还开始为报刊杂志写稿，鬻文为生。就在这期间，大卫偶尔遇到米考伯先生，并得知，米考伯先生出狱后便认识了希普，而且和希普一起密谋搞垮威克菲尔的律师事务所的人，就是米考伯先生。不过，米考伯先生对此一直很自责，从大卫那儿得知真相后，更是感到良心不安。所以，他决定站出来帮助威克菲尔起诉希普。这样，经过一番法庭较量，希普被判有罪而受到惩处，威克菲尔收回了他的律师事务所，姨婆贝西小姐也收回了她的财产。为了感谢米考伯先生，贝西小姐资助他一家人去了澳洲寻求更好的生活。这时，大卫的写作也获成功，已成了颇有名气的作家。然而，他心爱的"孩儿妻"朵拉却一病不起，不久便离他而去。蒙受丧妻之痛的大卫无法留在家里，他出国旅行，四处漂泊。三年间，只有和艾格妮斯的通信给他以安慰；渐渐地，他领悟到自己其实一直深深地爱着艾格妮斯。于是，他回到英国，鼓足勇气去向艾格妮斯求爱；惊喜的是，艾格妮斯回答他说，她也一直深深地爱着他。幸运的大卫，终于在尝尽人生的甘苦后，在"圣洁女神"艾格妮斯的眷顾下，获得了新生！

　　在这部小说中，尽管世态炎凉、人生坎坷是其总背景，但主旋律却是爱；或者说，小说的主题是：唯有爱，才能给人以勇气去面对不幸和苦难。小说中始终贯穿着爱——大卫对母亲的爱、对抚养他的保姆辟果提的爱、对"孩儿妻"朵拉的爱，以及对他心中的"女神"艾格妮斯的爱；反过来，她们也都对他报之以爱。母亲对他的爱是美好而又辛酸的，因为母亲是个"精致漂亮的小蜡人儿"，不会照顾家务，虽爱孩子，却不知怎样庇护孩子，所以大卫一想起母亲，总是百感交集。好在有保姆辟果提，她给了大卫另一种爱。辟果提悉心照料童年的大卫，只要大卫有什么需要，身边随时都会出现辟果提；所以，在大卫的记忆中，辟果提一直是他内心的支柱，而且是"永远的辟果提"。至于"孩儿妻"朵拉，表面上好像很柔弱，似乎和大卫的母亲有出奇的相似：美丽可爱，孩子气，不会照料家务；而实质上，正是朵拉的爱，或者说，失去朵拉的爱，才使大卫真正经受了人生的磨难。大卫爱朵拉，这种爱可以说是一种怜爱，但朵拉对大卫的爱却是挚爱。朵拉临死前对大卫说："我爱你！这也许是我除了美丽外唯一的优点了。"对此，除了"忍不住的泪水"，大卫顿时觉得自己仿佛失去了一切，生活变得一片空白。然而，正是在绝望中，另一种更加伟大的爱降临了。那就是艾格妮斯的爱。在此之前，艾格妮斯总是出现在他困苦之时，总是带着文静、永恒的微笑，而他，只要和她在一起，她那温雅的气息就会使他的心灵趋于宁静。他不知道自己对艾格妮斯抱着怎样的感情，他曾自问：他真的是把她当作姐妹吗？现在，朵拉死了，大卫在昏暗中"看到有一道美妙的光从远处射来"。他这才发现，原来在他的灵魂深处，他一直爱着艾格妮斯！于是，他径直地朝着那道光走去——他对艾格妮斯表白了自己的灵魂："我远走异国，是因为爱你；我流连不返，是因为爱你；我毅然归来，也是因为爱你。"而当艾格妮斯流着泪、但镇定地告诉他说"我也一直都爱着你"时，不仅是大卫，乃至整个世界，都得到了救赎。

　　毫无疑问，狄更斯在《大卫·科波菲尔》中表达了这样的理想和信念：不管人世间有多少丑恶，人心中总有美好的东西；不管人的命运多么坎坷，爱总是人生的一大补偿。确实，作为社会批判家,狄更斯严厉地剖析了他所处的那个时代和社会,但就如法国传记作家安德烈·莫洛亚在《狄更斯评传》一书里所说:"他的人生观体现在一种真诚的博爱精神中。债务人监狱必须废除,贫民院必须废除,恶劣的学校必须废除。但是,拿什么东西去代替呢?怎样养活平民百姓呢?又如何去开办良好的学校呢?狄更斯一无所知。只要好就够了。从根本上说,他痛恨所有的立法,信仰善良的狄更斯式英雄的个人博爱。"

正因为如此,狄更斯笔下的人物总是善恶分明的。《大卫·科波菲尔》也不例外。在这部作品中,狄更斯用两种方式刻画了两类人物。一类是生活在严酷的社会现实之中,但仍未泯灭善良、淳朴天性的"好人",如大卫、辟果提、朵拉、艾格妮丝、贝西姨婆和米考伯夫妇等人,所用的方式是诙谐幽默,即:除了对他们尽情褒扬与赞美之外,还用轻松的笔调描述了他们的喜怒哀乐;其中,对有些"好人",如米考伯夫妇,在对他们悲哀的身世表示同情的同时,又幽默地对他们的麻木和无知予以善意的批评。另一类人物,就是冷酷奸诈、卑劣龌龊的"坏人",如尤赖亚·希普和斯提福兹等人,所用的方式是辛辣讽刺,在刻画他们丑恶的嘴脸的同时,又予以无情的鞭挞。既然是这样处理人物,也就决定了这部小说的主要艺术特征。

首先是幽默,或者说,集中体现了"狄更斯式的幽默"。所谓"狄更斯式的幽默",简单说来就是"漫画式幽默",夸张和变形是其主要手法。最好的例子就是小说中对贝西姨婆和米考伯先生这两个人物的描述。贝西姨婆是个心地善良的老太太,但性格古怪,第一次出现是这样一种形象:"贝西小姐安静地走到门口,然而她没有去拉门铃,却把鼻子压扁贴着窗户朝里窥视。"这是在大卫出生的那天晚上,她不但不期而至,而且认定生的一定是个女孩,还决意要"她"从自己的姓,给"她"取名为贝西·特洛伍德;所以,当医生告诉她生的是男孩时,她的反应是"抓住自己帽子上的带子,像弹弓一样瞄着医生的脑袋打过去,然后就像一个没有得到满足的妖精一样消失了,再也没有回来"。后来我们知道,贝西姨婆之所以不喜欢男孩,是因为她年轻时受过男人的欺骗。但偏偏就是这个贝西姨婆,后来不但收留了大卫,还给了他良好的教育。一方面,她憎恨这个世界,认定世上的人都是不讲情义、不守信用的;另一方面,她的口头禅却是"永远不要在任何事情上卑劣,永远不要作假,永远不要残忍"。像这样的描写,显然是夸张的,漫画化的,但却丝毫没有影响人物性格的真实性,而是风趣幽默地凸显了人物性格的复杂性。

较之于贝西姨婆,米考伯先生是小说中更为有名的人物。这个人物既有滑稽可笑的一面,又有令人伤感的一面。譬如,他喜欢附庸风雅,迂腐而虚荣,和大卫第一次见面时说:"我的印象是,你在这个大都会里浏览过的地方还不多,要想穿过这种神秘的现代巴比伦可能会有困难……总而言之,你也会迷路……我愿意晚上来接你,带你认认最近的一条路。"这段话不仅用的是半文不白的书面语,其中"浏览"一词还是拉丁文,而大卫当时还不到十岁——在一个孩子面前也要这么炫耀一番,真是够迂腐的了!他的另一个性格特点是盲目乐观,爱做白日梦,得乐且乐。他收入不多,却要面子、讲排场,弄得家里常常吃了上顿愁下顿,不得不变卖家当,四处举债。当债主上门讨债时,他愁眉苦脸,声泪俱下,甚至拿着刮须刀要往脖子上抹,想一死了之,而债主一走,他顷刻之间又把皮鞋擦得锃亮,又开始手舞足蹈、有说有笑了。他在大卫面前夸夸其谈,教导他应该怎样理财,还一再强调"支出绝不能大于收入",而他自己呢,却债台高筑……像这样的描写,可谓"漫画式变形",把人物滑稽可笑的一面凸显了出来。但与此同时,这一人物又不免令人伤感,因为他本质上是个"好人",不仅不伤害别人,甚至是心地善良、慷慨大方的。所以,大卫说:"在我那种无人疼爱的情况下,我对这家人产生了深厚的感情,常翻来覆去地考虑米考伯太太盘算的那些出路,也常为米考伯先生债务累累而感到心情沉重。……说也奇怪,我和他两人之间产生了一种平等的友谊,也许是因为我们的处境相同吗……"从幽默很自然地转入伤感,或者说,把幽默和伤感这两种很难融合的情绪融合在一起,可以说是狄更斯最高超的艺术手段。

其次是讽刺。这一手法主要用于"坏人",即小说中的反面人物。讽刺和幽默不同,不是要人发笑,而是要人厌恶、鄙视某一人物。最好的例子就是对尤赖亚·希普的描写。大卫是在威克菲尔先生的事务所认识希普的,一开始对他的印象就带有讽意:"他在看书时,留在书上的又粘又湿的指印,像蜗牛爬过一样。"当希普抬起头来时,大卫发现他"两腮抽搐,挤出两条生硬的纹道,算作笑容。"而当他和大卫握手时,大卫又觉得"他那只手又凉又滑,像一条鱼"。更具讽意的是,希普后来的所作所为。他想用卑鄙的手段,用伪造账目和涂改票据使贝西姨婆破产,从而控制贝西姨婆的合伙人威克菲尔。但这并不是他的真正目的。他的真正目的,是要逼迫威克菲尔把他的女儿——善良、美丽、天使般的艾格妮斯小姐——嫁给他! 真是卑鄙无耻之极! 联系到大卫对艾格妮斯小姐的描述,希普此举简直就是"癞蛤蟆想吃天鹅肉",可笑,可鄙,可悲! 在小说中,这个势利小人的丑恶嘴脸就是通过一连串辛辣的讽刺勾画出来的。其他一些"坏人",如大卫的继父摩德斯通和背信弃义的斯提福兹等人,也都以这种方式予以刻画。

不过,需要说明的是,狄更斯即使在讽刺"坏人"时,也不是疾恶如仇的,因为他相信"善有善报,恶有恶报",所以小说中的"坏人"无一不遭报应,而当写到"坏人"遭报应时,他每每会流露出一种怜悯之情——一种富有基督精神的对"罪人"的宽恕和原宥,一种普世仁爱之心。

关于这一点,有人认为是优点,有人认为是缺点,但不管怎样,就如安德鲁·桑德斯在《牛津英国文学史》里所说,"狄更斯的优点是英国性格的优点;他的缺点是英国性格的缺点;但无论是优点还是缺点,他都以蓬勃丰饶的构思、无比充沛的创作精力和广阔无边的慈悲之心予以充分的表达"。

第十三章　夏洛蒂·勃朗特

一、生平与创作

夏洛蒂·勃朗特(1816—1855),英国女小说家,在姊妹中排行第三,另一小说家、《呼啸山庄》的作者艾米莉·勃朗特排行第五。姐姐于 1816 年 4 月 21 日生于约克郡的桑顿,妹妹于 1818 年 7 月 3 日也生于桑顿。她们的父亲是个穷牧师,母亲于 1821 年去世。约于 1824 年,她们进教会学校读书,这所学校设备简陋,生活艰苦,学生要忍受宗教仪式的精神折磨。第二年学校里流行伤寒,她们的两个姐姐染病去世,她们也回到家里,一待就是五年。夏洛蒂十五岁时到伍勒小姐的私立寄宿学校读书。后来,1835 年她与妹妹又到这里教书。1831 年,艾米莉和姐姐安妮在家乡建立了一个虚幻的童话世界"冈德尔"。而夏洛蒂和弟弟布兰威尔虚构了"安格利亚世界"。为了排遣孤寂,她们以读书、写作和杜撰故事自娱。1838 年夏洛蒂离开这所学校到一个有钱人家里当家庭教师,随后又两次到别人那里任教,但时间都非常短暂。两姐妹打算合办一所学校,得到姨妈的资助,1842 年 2 月到布鲁塞尔的一所法语学校学习法语和德语,因故于同年 11 月回国。1843 年初,夏洛蒂又回到比利时当英语教师,对讲授文学的赫格产生爱慕,给他写了好几封信,而他是个有妇之夫,她只好把爱埋在心里。

1845 年秋,夏洛蒂、艾米莉和另外一个姐妹安妮出版了一本诗集,只卖掉两本。夏洛蒂又用一年时间写出长篇小说《教师》,艾米莉和安妮也分别写出《呼啸山庄》和《艾格尼丝·格雷》。她们的三部小说寄给出版社后,唯独《教师》未被接受。可是夏洛蒂没有气馁,在三周之内写出了《简·爱》(1847),交稿不到八个星期就出版了,大获成功。不久,《呼啸山庄》(1847)

和《艾格尼丝·格雷》才相继出版。1848年12月19日艾米莉在哈渥斯去世。夏洛蒂于1849年发表《谢莉》，小说不仅仅追求处理男女关系和婚姻问题，而且提出男女平等，与当时的劳资矛盾联系在一起。谢莉有钱、刚强、大胆泼辣，有反叛精神，而孤儿加罗琳却感情纤细。小说描写了19世纪初的破坏机器运动。《维莱特》(1854)以她在布鲁塞尔学习法语的生活为基础。英国少女露西·斯诺与法语教师的关系正是夏洛蒂当年的情感生活的再现。但露西缺乏战斗的力量，在沉寂中忍受痛苦。

1854年6月，她和父亲的副牧师尼古拉斯结婚。《教师》于1855年出版，小说叙述了一对男女青年教师追求人格自尊，并反抗不合理制度、争取幸福的故事。夏洛蒂于1855年3月31日病逝于哈渥斯。

夏洛蒂的小说以爱情和婚姻为主线，揭示社会的矛盾与不公。她关心女性的命运、权益和地位，塑造出新型的妇女形象。今日她已被看作是女性主义的先驱。

二、《简·爱》

在《简·爱》的开头，还是小孩子的简看到了一本英国禽鸟史的书，觉得很好玩，就一个人躲在窗帘后头看，非常入神，这时候，被她的表兄，就是她舅妈的孩子——一个肥胖的十四五岁的、很有力气的野蛮的男孩子——发现了，他一把抢过她的书，说：

> 你没有资格拿我们家的书，你是个靠人养活的，妈妈说过：你没钱，你父亲一文也没留给你。你本该去要饭，不该在这儿跟我们这样上等人的孩子一起过活，跟我们吃一样的饭，穿花妈妈的钱买来的衣服。……滚！站到门口去，别站在镜子和窗子跟前。

这段话意味着什么呢？意味着那种没有钱就没有尊严可谈的观念，在当时的社会是多么普遍。就像里德这样一个十四五岁的孩子，这种观念在他头脑里也是根深蒂固的。他觉得简跟他们不一样，他还骂简是"耗子"，是偷吃别人东西的耗子。他之所以这样鄙视简，没有别的理由，就是因为简没有钱，她的父亲一分钱也没有留给她。她应该去要饭，她没有资格过上等人的生活。

到了寄宿学校以后，这种观念就更现实了。因为寄宿学校里都是些没有钱的穷孩子或者是没有父母的孤儿，是社会上被鄙视的一群。老师鄙视他们，那些主教、学校的负责人更鄙视他们，随便地加以处罚。简只是由于不留神把一块写字的石板落到地下摔破了，老师就罚她站在一个高高的凳子上示众，还吩咐所有的学生不许和她说话，这对孩子的尊严是一种无情的践踏。"没有钱就谈不上尊严"，直到现在在西方依然是一种很流行的观念。在中国这种观念也在扩展。

如果很有钱，是不是就一定能够获得人们的尊敬，而拥有人所具有的尊严呢？小说里所写的庄园主罗彻斯特是一个很有钱的人，他在法国巴黎认识了一个女演员的女儿塞莉娜，她是一个迷人的美女，他开始认为这个美女不会喜欢上他，因为罗彻斯特自认为是一个丑八怪——他的皮肤很黑，脸上的线条显得过于僵硬。但是他有钱，这个美女就赞美他，说："你有体育家的身材和气度，所以我非常地爱你。"罗彻斯特也相信了，给这个美女在高级酒店里租了房间，给她配了马车、仆役，买了许许多多的钻石和高级的衣服。他以为他得到了这个美女的爱，但是有一天他回来的时候，无意中听到了塞莉娜和另外一个男人在谈他："你以为我会喜欢那个丑八怪吗？"

这件事给罗彻斯特很深的刺激,他原以为只要有钱,人家就会尊重他,但事实上并不是这样。像塞莉娜这样的人,为了要罗彻斯特的钱,当他面说许多好话,但实际上根本就瞧不起他。

钱并不能买到一切。

尊严究竟怎么样才能够获得?尊严本身不是一个孤立的东西,它是靠在人和人的关系中获得别人的肯定才能拥有。马克思讲过大意如下的话:人首先是把自己反映在另一个人身上,一个名叫彼得的人所以会把自己当作一个人来看,只是因为他把一个名叫保罗的人看作自己的同种。也就是说,一个人只有在另外一个人身上才能获得对自己的肯定。

简在舅妈家里,在寄宿学校里,没有得到这种对于她自身尊严的肯定。虽然在寄宿学校里有一些老师(比如说坦波尔)对她很好,但是这种好只是一种怜爱,它没有对于人的自尊的肯定。简真正获得对于人的自尊的肯定,是到了罗彻斯特的庄园后。在和罗彻斯特的交往中,她才感到自己的尊严,并且逐步获得升华。

他们两个人的邂逅是非常有意思的。罗彻斯特的马车出了事,他自己也受了一些伤,简帮了他的忙。两个人在山里有一段对话,这段对话对于简至关重要。当时两个人都还不太清楚对方是谁,但是简从罗彻斯特坐的马车和他的装束完全可以看得出他是一个贵族,一个有钱人。谈话的时候,罗彻斯特问简:"你觉得我漂亮吗?"简当时脱口而出:"不,先生。"这句话当时对罗彻斯特的震动是很大的,罗彻斯特就进一步追问她:"你觉得我什么地方不好看?"简意识到自己说的话有点不礼貌,所以她向罗彻斯特道歉,并作了一番解释:

> 先生,我太直率了,请你原谅,我本来应当说,问到外貌问题是很不容易当场就随口做出回答的,应当说,各人有各人的审美观,说美并不重要,或者诸如此类的话。

简的这两个回答,对罗彻斯特认识简很重要。罗彻斯特心中有一道伤口,就是法国的美女塞莉娜当面吹捧他,赞美他,而背后骂他丑八怪。可今天他遇到的这个其貌不扬的、平民模样的女孩子,当面说他不漂亮。这样的直率和真诚,一下子把简在罗彻斯特心中的地位抬高了。因为在当时的英国,家庭教师不过是高级仆人,她和主人是两个阶层。罗彻斯特通过当时的谈话,已经知道简就是家里新聘请的家庭教师。他知道他面对的不是一个普普通通的"下等人",简·爱身上有塞莉娜所没有的直率和真诚,而这种真诚又是他常常找不到的。简接下来的道歉又使罗彻斯特感觉到,眼前这个女人不仅仅诚实,还有教养,能够善解人意,不愿意伤害人。两句对话,使罗彻斯特把她看作一个可以和自己在精神上平等交谈的人。这是简获得尊严的第一步。

后来,罗彻斯特的一段话,又使得简把罗彻斯特看作和自己平等的人。罗彻斯特非常坦白地向她讲述了自己私生活中的隐秘,特别是关于他和塞莉娜的那段生活。作为主人,一个"上等人",他能够坦诚地把自己内心的隐秘告诉一个家庭教师——在当时的观念里是一个"下等人",这使简在精神上不再把罗彻斯特看作一个高于自己的"主人"。

这两段话使得他们两人处在平等的地位,相互尊重,相互理解,也就因此从对方那里取得了一种人的尊严感的满足,在这样的基础上,两个人产生了爱情。

但是,事情到这里并没有结束。人的平等的意识,不是很容易取得的,从理性上来讲,罗彻斯特把简看作一个和自己平等的人,但是在内心深处,作为一个男人,他在某些方面仍然认为女人是男人的一个附着物:直到他向简求婚的时候,都没有告诉简,他是一个有妻室的人。这件事情在他们准备正式结婚的时候由律师揭出来了。简觉得自己必须要离开,她这样想:

> 我自己在乎我自己,越孤单,越无亲无友,越无人依靠,越是要尊重自己,我要遵从上帝颁发世人认可的法律,我要坚守住我在清醒时而不是像现在这样疯狂时所接受的原则,法律和原则并不是为了用在没有诱惑的时候,它们正是要用在现在这样肉体和灵魂都起来反对他们的严肃不苟的时候。既然它们是毫不通融的,那它们就不容违反。……原定的想法,已下的决心是我眼前唯一必须坚持的东西,我要牢牢守住这个立场。

这是简告诉罗彻斯特她必须离开的理由,但是从内心讲,更深一层的东西是简·爱意识到自己受到欺骗,她的自尊心受到戏弄。简在知道罗彻斯特有妻子后,她回到房间,脱下了婚纱,说:

> 唉,它再也不能去求助他了,因为忠诚已遭破坏,——信任已经丧失了,对我来说,罗彻斯特已不再是过去的他,因为他原来不像我过去所想象的那样,我不想把他看成邪恶,我不愿意说他欺骗了我,不过,他在我心中已失去了正直不欺的属性,因此我必须离开他,这一点我看得很清楚。

简·爱在非常强大的爱情力量的包围之下,在美好、富裕生活的诱惑之下,依然要坚持自己作为人的尊严,这是简最具有精神魅力的地方。

小说写到此,作者对于人的尊严的探索已经结束? 没有。简在离开了罗彻斯特以后,遇见了她的表兄圣约翰。作为忠诚的基督徒,他在简面前展示了一种新的关于人的尊严的境界。这种境界,简在寄宿学校的同学海伦那里已经感觉到了。这种尊严是超越了人的,是一种和神结合而产生的尊严感。这是在西方宗教中一种相当普遍的、为人们所追求的精神境界,人们抛弃了人间的一切享受,而在精神上同上帝结合,从而获得了道德上的满足,他们认为自己作为人,最高的境界就是如此——把一切都牺牲,把一切奉献给上帝。

圣约翰就是这样来劝说简,让她放弃一切,让她作为自己的妻子一起到非洲去做传教士,在那里传布福音。但是,简拒绝了,她拒绝了这样一种神的尊严的境界,为什么呢? 因为她觉得她是一个凡人,她还要享受人间的爱情,她和圣约翰之间有一种很亲密的友情,但是没有爱,她内心还是想着罗彻斯特,她对罗彻斯特还充满了热烈的爱情。圣约翰给她指的这样一个澄澈清明的境界同她对罗彻斯特的爱之间产生了激烈的搏斗。作为19世纪青年女子的典型,简对人世间充满了乐观主义的情绪,所以简说:"我能够冲开疑云,找到光明的路。"在她拒绝了圣约翰的要求后,小说设计了一个很光明的结尾:虽然罗彻斯特的庄园毁了,他自己也成了残废,但我们看到,正是这种状况使简不再在尊严与爱之间徘徊,她同时获得两种满足——在和罗彻斯特结婚的时候,她既是有尊严的,同时也是有爱的。

小说告诉我们,人的最美好的生活是尊严加爱,小说的结局给女主人公安排的就是这样一种生活。小说设计了一个过于圆满的结局,这种圆满本身标志着肤浅,但是我们依然尊重作者对这种美好生活的理想,就是尊严加爱。只是需要补充一个作者未加以强调的因素,这就是金钱。如果简没有那笔飞来的遗产继承,这桩爱情不可能圆满,而且很可能没有结局——简和罗彻斯特都会死于穷愁潦倒。喜剧结局是上帝的赐予,这个上帝就是金钱。因此,公式应该改写为:美好生活＝尊严＋爱＋金钱,尽管这个公式让作者扫兴。

《简·爱》在艺术上最突出的特点在于它的叙述方式。以第一人称叙述的小说在《简·爱》之前已有很多，但是这部小说的第一人称叙述，由于带有比较强的自传色彩，显得非常细腻而真实。作者对读者是非常真诚、非常坦白的，像一个亲密的朋友在向我们讲述她的心事，讲她的肺腑之言。正是这种真诚，构成了这部小说的永久性的魅力。小说里对人的内心的活动有很细致的描写，这种描写丰富了我们对于人类内心世界的认识，常常使我们感动不已。

　　例如，简和罗彻斯特已经准备结婚了，简·爱已经穿上了婚纱，走进了教堂，在这种情况下，忽然律师站出来说罗彻斯特先生没有权利结婚，并且带出了证人——他发疯妻子的弟弟。这个证人尽管畏畏缩缩，还是把实情说了出来。罗彻斯特也坦白地承认了自己确实有妻子，并且带人们去看。

　　在小说写到这一过程的时候，没有写"我"——也就是简——自己内心的感受，这真实不真实呢？如果很粗略地考虑，也许会觉得不大真实。我们经常看到这样的电影：一个人要和另一个人结婚的时候，发现另外一个人背叛了她（他），不能结婚了，这时候她（他）有可能因为受到很强烈的打击就昏倒了，或者是当场痛哭流涕，从教堂里跑开等等。《简·爱》里都没有这些情节。在这样一个过程中，简都是亲历者，但是她却像麻木了一样。但这是非常真实的——恰恰是由于简对罗彻斯特爱得非常深，而且对他非常相信，所以她在听着这些事情的时候，都觉得是在讲别的人，而不是讲她的丈夫罗彻斯特，她觉得是在讲一个和自己没有关系的故事。在这样强大的震撼面前，她的表现应该是麻木的。到什么时候她才开始清醒，开始感到痛苦了呢？是在她回到房间，脱下婚纱，穿上自己结婚之前的那件旧衣服时。她忽然觉得好像一个简消失了——那是一个梦幻中的穿着婚纱的简；现在自己又回到了现实——原来自己还是那个穿着旧衣服的普通的家庭教师。在这时候，小说描写她开始感到了痛楚，才有了我们刚才提到的那段她意识到的"忠诚已经不存在了"。这时候还只是一个感觉，到了下决心要走，和罗彻斯特谈理由的时候，她又没有说这些话，而是说我们提到的那段关于法律、关于人生道德原则的话，那段话使我们觉得简是非常理性的。说完这段话，下决心走了以后，在田野的小路上，简内心的痛苦才达到无以复加的地步。她到了圣约翰那里，在他的指导下自己有了皈依基督的愿望。在日落的时候她站在小山上，想着自己将要走向一条皈依上帝的道路时，小说写道："当我内心里感到幸福时，我却发现我的眼睛里充满了泪水。"

　　俗语云，"痛定思痛"，人在真正沉重的打击前是不感觉到痛的，而这种痛是在后来，是随着时间的推移，才显示出它的深入骨髓的特质。在这些章节中，小说的作者以一种女性的细腻，为我们揭示了人的内心世界中深刻的体验。这样的描写使得小说的价值超越了它的故事框架，它提供给我们的人的心理活动的体验，直到今天依然会引起很多读者，特别是女性读者的共鸣，这一点是不奇怪的。

第十四章　哈代

一、生 平 与 创 作

托马斯·哈代(1840—1928),英国小说家、诗人,1840 年 6 月 2 日生于多塞特郡的上博克汉普屯,父亲是泥瓦工。1856 年,哈代在建筑事务所当学徒,1862 年在伦敦的亚瑟·布鲁姆菲尔德的建筑事务所工作。他关于建筑的论文在比赛中获奖,已能独立承担建筑设计和修复教堂的工程。1865 年他开始发表文学作品,写作诗歌和小说。

哈代早期的长篇小说有:《绿荫下》(1872)、《远离尘嚣》(1874)、《贝坦的婚姻》(1876),表达田园理想,描写宗法制社会和农村的传统风习。《远离尘嚣》标志着他的小说创作走向成熟,小说描写农民加布里埃尔·奥克和女农场主巴丝谢芭的爱情故事,男主人公是个诚实、善良、具有威塞克斯人传统美德的形象。

第二阶段的长篇小说有《还乡》(1878)、《卡斯特桥市长》(1886)、《林地居民》(1887)。哈代从以幽默轻松的笔调描写人间的喜剧转到用凝重的文字表现社会的悲剧。《卡斯特桥市长》描写打草人亨察尔和资产者伐尔伏雷在政治和商业上竞争,遭到失败和毁灭的悲剧。亨察尔是一个性格复杂、感情丰富的人物,他在经历了人生巨大痛苦后感情升华,使他的毁灭具有动人心魄的悲剧力量。哈代把亨察尔的悲剧同重大的社会主题联系起来,真实地再现了时代的悲剧性冲突。

第三阶段的长篇小说有《德伯家的苔丝》(1891)、《无名的裘德》(1895)。前者叙述农家姑娘苔丝的不幸遭遇和悲剧。苔丝在替父亲送蜂窝时撞死了老马,失去了赖以生存的经济基础,迫使苔丝走上无产者的路。她成为一个依靠出卖劳动力挣工资的农业工人,苔丝代表了英国南部农民向工人转化的悲剧性命运。安玑·克莱是资产阶级知识分子的典型。他是牧师的儿子,受到现代哲学思想的影响,他不愿当牧师,决心以务农为业。虽然他要反叛,却没有摆脱旧道德观念的藩篱和阶级偏见的束缚。亚雷则是一个伪君子。他利用苔丝的穷困和缺乏社会经验,设下圈套引诱她,最后把她奸污了。他居然成了牧师,诬陷苔丝引诱他。小说景物描写出色,善于刻画人物的心理,结构也极其严谨。《无名的裘德》描写破产的威塞克斯农民的出路和命运,批判了教育制度、婚姻制度和宗教的伪善。裘德追求以感情为基础的合乎道德的爱情,由于社会舆论的敌视和经济困难,导致婚姻失败。

随后,哈代停止了小说创作,转而专心写诗。作为英国 20 世纪初的一个重要诗人,哈代发表过八部诗集:《威塞克斯诗集》(1898)、《今昔抒情诗集》(1901)、《时光笑柄集》(1909)、《环境讽刺集》(1914)、《梦幻诗集》(1917)、《人生景象诗集》(1925)、《冬日杂诗集》(1928)。哈代的诗歌题材广泛,既有抒情,也有写景,既揭露战争的残酷,表现反战思想,也有描写喜怒哀乐,揭示复杂的内心世界的诗篇,有的探索哲理,寻找人生真谛,有的讽刺宗教,不一而足。他还有两部诗剧:《列王》(1904—1908)和《康沃尔皇后的悲剧》(1923),前者描写"巨大的历史灾难或各民族之间的冲突",表现了欧洲的近代史,探索了自由与必然的关系,包含了史诗的因素。1909 年,哈代出任英国作家协会主席。哈代于 1928 年 1 月 11 日逝世。

哈代的创作深刻地反映了资本主义因素侵入英国农村后社会经济、政治、道德和风俗等方面的巨大变化,显示了 19 世纪末英国农民的悲剧命运。在英国文学史上,农村题材一直受到忽视,而哈代深入开掘了这一领域。哈代善于通过爱情、婚姻问题的描写,表现个人与社会陈规、宗教法律、道德风俗的对抗与冲突。在描写农民的悲剧时,哈代常常把命运观念和神秘因素、性格弱点、遗传因素等交织在一起,使作品具有浓厚的宿命论与悲观主义的色彩。但这种悲观主义与当时维多利亚时代虚假的乐观主义形成鲜明对照。哈代笔下的威塞克斯地区,精确再现了英国西南部的自然风光、风土人情、社会风俗以及时代氛围。现实主义描写与表现自然的神秘力量、人物的性格缺陷、心理描写和精神分析结合在一起。自然风光渗透了强烈的主观情感,叙述带有浓郁的抒情特点。

二、《还乡》

《还乡》是哈代的小说创作在主题、题材和艺术风格方面进入悲剧阶段的标志。哈代从古希腊的悲剧作品中,从莎士比亚以及其他经典作家的作品中得到启发,终于找到了最适宜于他表现威塞克斯农村社会毁灭的艺术形式,即悲剧。《还乡》就是哈代把悲剧运用于小说的最初尝试,是他的"第一部悲剧性的、重要的小说"[①]。从这部小说开始,哈代的小说创作就进入悲剧阶段,开始描写威塞克斯农村社会毁灭的过程和农民阶级解体的历史。

《还乡》主要描写珠宝商人克林·姚伯同妻子游苔莎两人之间不同理想的矛盾冲突。克林·姚伯受到进步思想的影响,厌倦了大都市巴黎的奢华生活,毅然放弃城市生活回到故乡,立志献身于家乡的教育事业,以改变家乡贫困落后和愚昧的面貌。克林还乡后爱上了一心追求城市生活的美丽姑娘游苔莎,同她结了婚。他们都自信能说服对方放弃理想,但他们的理想却是不可动摇的。游苔莎实现不了借助丈夫去巴黎的愿望,于是,就同过去的情人韦狄私奔,结果双

---

① D·H·劳伦斯:《托马斯·哈代研究》,《文学批评选集》,第 170 页,约翰·比尔编选,1912 年,英文版。

双落水而死。克林失去了妻子，教育事业也得不到农民的支持，理想幻灭，心灰意冷，最后当了传教士。

D·H·劳伦斯曾说，这部小说"真正的悲剧意识是从作品的背景中得到的"[1]。在小说中，哈代用一片苍茫的爱敦荒原象征威塞克斯农村社会。爱敦荒原同马克·吐温笔下的密西西比河、康拉德笔下的戈尔福·普拉西多、狄更斯笔下的伦敦一样，是文学中著名的环境描写。哈代对爱敦荒原的描写"是整个英国文学中最优美的散文作品之一"，同小说的悲剧主题密不可分。劳伦斯曾经指出过爱敦荒原的重要性："小说中伟大的悲剧力量是什么？就是爱敦荒原。"爱敦荒原在小说中既可看成是一个重要人物，也可看成是一种基本象征。这个同外部世界缺少联系的僻静落后的广袤荒原，所象征的就是按照残存下来的古老传统和秩序生存的整个威塞克斯农村社会。

哈代用重彩浓墨对爱敦荒原给以渲染，把它写成一个朦胧迷离、阴沉昏暝、凄迷苍茫而又威严堂皇的老人形象。然而爱敦荒原开始进入了悲剧时代。这是一个表现宗法制农村形形色色现象的自然舞台。在这个历史悠久的大自然舞台上，一出惊心动魄的悲剧上演了，而最先出现的是悲剧女主角游苔莎。在哈代的威塞克斯系列小说中，游苔莎是第一个真正具有悲剧性的人物形象。游苔莎放荡不羁的个性、激烈奔放的热情、超凡脱俗的美貌、让人动情的妩媚，使她突出于哈代塑造的所有其他的女性人物之上。游苔莎本身体现了追求幸福的坚强意志和热烈的愿望，而她的意志和愿望同千古永恒的爱敦荒原的意志和愿望构成了悲剧性冲突。在游苔莎眼里，爱敦荒原是一座地狱，无限凄凉苍郁。她常常祷告："快把我的心从这样可怕的抑郁和寂寥里救出来吧。不论从哪个地方，快赐给我一点儿伟大的爱情吧。不然的话，我就要死了。"爱敦荒原是严峻冷酷的，它不能赐给游苔莎爱情、慰藉，不能满足她的愿望和理想，也不能给她以同情和安慰，只要求这个不安天命，充满幻想的人物听命于它、安分守己。游苔莎不能随遇而安，而是同爱敦荒原势不两立。因此，她同自己的环境、同忠于环境的各类人物、同千百年来在环境中形成的传统和秩序构成了悲剧性冲突。

在哈代的原来构思中，游苔莎是作为一个女巫出现的，作者仅仅打算通过她的故事抨击维多利亚王朝陈腐的婚姻观念。但是在写作过程中，哈代把她塑造成了一个令人同情的叛逆典型，刻画成了一个有着无限魅力的充满神秘感的人物。她生就"一副天神胚子"，花容玉貌，风致楚楚，具有一种动人心魄的美："看见她的神情，就叫人想起布邦玫瑰、鲜红的宝石和热带的中夜，看见她的意态，就叫人想起食莲人和'亚他利'里的进行曲，她的步伐就像海潮的荡漾，她的声音就像提琴的幽婉。要是把她安置在黯淡的光线里，再把她梳的头发变一变样式，那她全身的形态，就可以称得起是任何一个高级女神的。她脑袋后面要是有一钩新月，那她就可以说是阿耳忒弥斯，她头上要是戴着一顶旧头盔，那她就可以说是雅典娜，她前额上要是勒着一束巧合的露珠作成的后冕，那她就可以说是赫拉。她和这些古代天神相似的程度，与许多受人钦敬的画家笔下那些传真的女神不相上下。"

哈代描绘了一个高贵典雅、风姿秀逸、仪态万方的女性形象，从而把这个人物提高到崇高的悲剧境界。但是，哈代给我们塑造的又是一个高傲而孤独的女性，是一个热情而忧郁的"夜的女王"。哈代继续采用绘画手法，用夜表现这位浪漫女主角的阴沉郁悒、空漠寂寥和威严神秘。看见她的头发就会让人感到整个一冬的阴沉晦暗，好像苍茫的暮色笼罩着西方的晚霞。她的眼睛是异教徒的眼神，带有夜的神秘。然而这位天神的威仪、爱、恨、热情发挥不出来，相反，爱敦荒

---

① D·H·劳伦斯：《托马斯·哈代研究》，《文学批评选集》，第172页，英文版。

原郁苍暗淡的情调,她却濡染吸收了不少。所以哈代在小说中说:"她那种外貌,和她那种抑郁激愤的叛逆性格正调和,她的美丽所表现的那种阴幽威仪也就是她心里的热烈在郁结下的真正外表,她那副威仪是真正阴森峻厉的一派。"

用哈代的话说,游苔莎是"孤寂而扰攘"的化身,表面上傲慢、寂寞、娴静,实际上空虚、烦恼、满腹心事。"夜的女王"是对她最恰当的形容。她天性好动,刚愎任性,反复无常,多愁善感。她急于追求美丽的有兴味的生活,耽于浪漫主义的幻想。她常常用幻想填补精神上的空虚,向往巴黎的繁华生活。对她来说,巴黎是她理想中的圣地,她的生活目的就是要摆脱威塞克斯的生活环境,到巴黎去品尝都市社会的残羹剩汁。

哈代用古老的沙漏和望远镜作为象征,以此暗示游苔莎远离现实而沉溺于幻想。游苔莎抱着陈腐的浪漫主义信念不放,然而得到的不是甜蜜的幸福,而是苦味的愁烦。哈代在小说卷首摘引的济慈的一节诗,就是对游苔莎的题赠和刻画:

我向"愁烦",

说了一声再见,

本打算把她远远地撇在后边;

但她情意缠绵,

热烈地把我爱恋,

她对我,情那样重,心那样坚。

我很想把她欺骗,

和她割断牵连,

但是啊!情那样重,心那样坚。

游苔莎满怀信心地嫁给了克林,自以为可以实现梦寐以求的理想、摆脱内心的"愁烦"。但是克林却无意重返巴黎,而是立志于故乡的教育,做爱敦荒原忠实的儿子。因此,游苔莎希望丈夫帮助她实现去巴黎的理想落了空,她不仅没有摆脱愁烦,反而更深地陷入了愁烦。这个心高志远的女人失望了,伤心地痛哭起来:"我想享受到所谓的人生——音乐、诗歌、热情、战争和世界的大动脉里一切的搏动和跳跃——那我能算是要求得无理过分吗?我的青春时期的梦想就是这样的人生,不过我没想到。然而我当初还认为我可以从我的克林身上得到呢。"游苔莎崇尚虚荣和追求享乐,把追求的目标建立在虚荣上,把理想建立在对生活的幻想上,生活在愁闷、惆怅、空虚、孤独和痛苦之中。她无法实现自己享受上流社会生活的目标,灵魂在愁烦中煎熬,梦想在现实中消失,最后毁灭了自己。

游苔莎同爱敦荒原之间的冲突具体表现为她同克林·姚伯之间的冲突。克林·姚伯是威塞克斯本地人,是爱敦荒原的儿子,同万古如斯的威塞克斯社会保持着千丝万缕的联系。他对爱敦荒原的态度与游苔莎的完全不同。游苔莎痛恨它、诅咒它,企图摆脱它,而克林则是热爱它、同情它,企图改造它。所以,克林不能满足游苔莎一心想去巴黎的愿望,而一心在故乡实行他的教育计划。他的意志同游苔莎的意志一样坚定,游苔莎极力劝说他,但他不为所动。他们都不愿放弃自己的理想,都希望对方顺从自己。他们的意志都是不可动摇的,因此他们之间的冲突就形成了真正的悲剧性冲突。

克林和游苔莎的感情、理想、人生观都有着重大分歧。正如哈代在小说中描写的那样,"要是游苔莎对于爱敦荒原的那种恨拿过来化成了爱,那她就抓住了克林的心灵了"。游苔莎不愿放弃对繁华的巴黎社会的追求，不愿改变自己的人生态度，不愿将对爱敦荒原的恨变成爱。他们都心各有志，自以为能说服对方服从自己。克林相信他能说服游苔莎为了威塞克斯乡民的利益而做一个乡村女教员，游苔莎也相信她的劝说能使克林放弃教育计划重返巴黎。他们都没有意识到，他们的自信都是以自己的坚定意志为前提的，都是以自己的信仰为基础的，因此只是一种美丽的幻想。

克林·姚伯是一个空想社会主义者，一个"普罗米修斯式的叛逆"和"理想主义者"。哈代在小说中提到过克林的思想来源："这种思想的发展，大半可以归功于他在巴黎的勤学，他就是在那儿接触到当时流行的伦理体系的。"哈代虽然没有直接指明这种体系就是社会主义，但他在小说的序言中作了暗示，指出故事发生的时间在1840至1850年间。那时候，法国巴黎正流行着以圣西门、傅立叶为代表的乌托邦社会主义，以皮埃尔·莱呵为代表的基督教社会主义和以普鲁东为代表的无政府主义。在这些社会主义理论中，特别是圣西门和傅立叶的空想社会主义，代表着马克思主义以前早期的社会主义理论。克林"宁可把许多人牺牲了而为一班人谋福利。并且还进一步，他愿意马上把自己作了头一个牺牲的单位"。正因此，他才下决心放弃了巴黎珠宝商人的事业，立志回家乡办教育，实践自己的社会主义理论。

克林虽然是从巴黎返回故乡的，但他不属于外来人形象，而是本地威塞克斯农村新人中最优秀的思想家典型。克林不同于后来《德伯家的苔丝》中的安玑·克莱。安玑·克莱是因为看不到本阶级的出路而到威塞克斯寻找理想的资产阶级知识分子，是一个外来人形象，而克林却是一个受到圣西门学说影响重返故乡以实现自己美好理想的威塞克斯本土人。由于威塞克斯是克林的故乡，因此克林对爱敦荒原，对故乡的村民就有着与游苔莎完全不同的感情。在他看来，威塞克斯农村仍然是一个魅力未减的美好天堂，内心充满亲切和怜悯的感情。后来，他由于自身的思想局限性和社会环境的打击而放弃了自己的理想，他的教育计划也随之失败，终于到宗教中去寻找感情的慰藉和灵魂的平静。克林同样是一个理想失败的悲剧人物。

艺术上，哈代巧妙地把绘画艺术同象征手法结合在一起，描写威塞克斯农村社会的动荡与巨变，冲突与悲剧。哈代不仅是一位在小说中揭示英国南部农村社会毁灭和农民阶级解体的历史记录者，也是一位善于运用姊妹艺术如绘画、音乐、舞蹈等写作小说的高手。哈代巧妙地运用绘画的艺术手法追求小说的艺术感染力。他像运用照相机的长镜头、广角镜头、特写镜头、超远镜头一样巧妙地运用视角，按照平视、仰视、俯视的透视规律，甚至还包括阴影、反影、大气色彩的透视规律等，在小说中采用透视的技法描写景物和人物，不仅得到了平面图画，而且得到了立体图画。哈代视觉艺术中另一个重要组成部分是视点和画面之间距离的把握，往往采用平行透视、成角透视、散点透视的方法。例如，他用独特的视角描绘了一幅女主人公游苔莎由小及大、远虚近实的荒原图画："这位路旁休息的行人，朝着那座古冢远远地望去，只觉本来那个古冢的顶儿，就是全副景物里最高的地点了；但是现在他却看出来，另一件东西，比古冢还高，在古冢顶儿上出现。它从那个半圆球形的土阜上面耸起，好像一个铁盔上的尖顶一样。那时候，那片荒原，既是古老久远，和现代一切完全分隔，因此一位富于想象的生人，刚一看见这个形影，也许会自然而然地把它看成一个经营那座古冢的凯尔特人。"在哈代的视角里，游苔莎只是一个同古冢联为一体的黑点，朦胧、孤独、神秘、古老。哈代认为，那郁苍重叠的丘阜，让这个人形一装点，就显得又完整又美妙。如果没有这个人形，那就好像一个圆形屋顶上没有亭形天窗一样；有了这个人形，然后那一片迤逦铺张的底座，才显得没有艺术上的缺陷。在哈代的视角里，山谷、古冢、人形，都是一幅图画中缺一不可的东西。这一个人形，和这一片静静的地形，好像是手臂相连，完全一体。接着，哈代笔下的游苔莎逐渐变得清晰起来，一个人物的面部特写出现在我们面前："只见它好像是萨福和西顿夫人两个人从坟里爬了出来,合成了一个人形,两个人的样子都有,却一个也不全像。"哈代采用绘画的技巧,巧妙地将光线、颜色和线条组合在一起,追求文字的绘画艺术效果,描绘出一幅幅生动的图画。

哈代不仅在《还乡》中创造性地使用了绘画技巧,而且还巧妙地使用了象征手法,以揭示小说深刻的思想底蕴,例如哈代通过黑夜对荒原进行的意味深长的象征性描写。在哈代的笔下,爱敦荒原是古老的威塞克斯农村社会的象征,体现了这个社会饱经沧桑和永恒不变的特征。沧海改易、桑田变迁,而爱敦荒原一直没有变化。它原始古老,粗犷质朴,保守落后,是旧的传统秩序的体现者,它把现代文明看成它的对头,用讥笑敌视的态度看待世事的变迁。而且,它还摆出一副不容侵犯的家长姿态,要永远把它的疆土上的人们控制在自己的掌握中,既不许反对它,也不许改造它,而只能顺从它。但是,那些受到外部世界的影响、思想先进的人们都不安于爱敦荒原冷漠呆板,寂寥阴郁的环境,要么反抗它或憎恨它,要么改造它或企图摆脱它,不愿做逆来顺受的奴隶。于是,这个平静而古老的社会和它的忠顺的子民们发生了剧烈冲突,变得动荡不安。由于它太古老了,所以这种动荡就是它最后一次危机的预兆。人们感觉到这个社会的前途危机四伏,恐怖可惧。由于对神秘的黑夜的渲染,哈代为一出大悲剧的开端制造了一种极其强烈的悲剧氛围,为悲剧人物的出场进行了铺垫。

在哈代看来,自然法则往往体现着社会的力量,爱敦荒原所象征的就是有着古老自然基础的传统社会。哈代懂得,传统的威塞克斯农村社会落后了,已经不适应新一代人的理想和要求了,但是它还不愿改造自己以适应新一代人的理想,反而要求人们用克制、容忍和爱同威塞克斯社会保持和谐,这显然是做不到的。因此,爱敦荒原上笼罩着一片厚重的悲剧色彩。

人物往往是象征性的,例如男主人公克林的形象。在作者笔下,克林不仅是一个有着先进思想的代表性人物,更是一个为了理想而献身的普罗米修斯式的伟大象征。他的先进思想曲高和寡,既不能得到循规蹈矩的威塞克斯人的理解,也没有得到妻子游苔莎和母亲姚伯太太的支持。一个威塞克斯乡民说:"这小伙子倒好心眼儿,不过俺看他还是只顾自己的好。"这句话深刻表明了人们对克林思想的漠不关心的态度。在克林刻苦读书以实现他的教育计划的关键时刻,他的眼睛失明了,这个象征性事件也是对克林思想迷茫的一种暗示。最后,克林献身宗教也具有象征性:克林的空想社会主义思想按照哈代的理解变成了宗教的社会主义,表明他想通过宗教来改造威塞克斯农村社会的努力。

第十五章　普希金

一、生平与创作

亚历山大·谢尔盖耶维奇·普希金(1799—1837)，俄国浪漫主义诗人，又是俄国现实主义文学的奠基人，1799年5月26日生于莫斯科一个贵族家庭。童年时代，他的奶妈阿琳娜·罗季昂诺芙娜用民间文学和人民语言的养料培育了他。1811年，他进入皇村学校，1817年毕业。普希金结识了驻扎在皇村学校附近的一些军官，其中对他影响最大的是察尔达耶夫。普希金先到外交部任职，但醉心于各种社交活动，一面进行诗歌创作，一面参加一些进步文学社团，如"阿尔扎马斯社"和"绿灯社"的活动，后来成为它们的成员。同时，他又与秘密团体"救国同盟"和"幸福同盟"的成员保持密切的联系。在未来的十二月党人中，普希金有许多朋友，他们经常在一起讨论祖国的前途、人民的命运、幸福和自由、文学和诗歌等问题。

这一时期普希金创作了一系列以自由为主题的诗作，后来人们称之为"政治抒情诗"，其中最著名的有《自由颂》(1817)、《致察尔达耶夫》(1818)、《乡村》(1819)等。普希金还写了不少短讽刺诗，影射沙皇及其宠臣，在社会上广泛流传。沙皇亚历山大一世对此非常恼火，把普希金派遣(实际上是流放)到南方。南方的大自然以其雄奇、瑰丽和盎然生气吸引和感染了普希金，也激发了他对自由的渴望和向往。在流放的四年间，他除了写作了大量的抒情诗以外，还创作了多部长诗，其中《高加索的俘虏》(1821)、《强盗兄弟》(1822)、《巴赫奇萨拉伊的喷泉》(1823)和《茨冈》(1824)，这些都是俄罗斯浪漫主义诗歌的重要成就。

1824年，沙皇秘密警察截获普希金的一封私人信件，其中涉及到无神论观点，这在沙皇看来是大逆不道的。亚历山大一世对普希金施以更严厉的惩罚：普希金被撤消公职，遣送到他父母的领地米哈依洛夫斯克村流放，受当地政府、教会以及他父母的监督。在两年中，普希金完成了《叶甫盖尼·奥涅金》的第四、五、六章，还创作了历史剧《波里斯·戈都诺夫》。1825 年 12 月 14 日，在彼得堡爆发了十二月党人的武装起义，起义被镇压的消息传来，普希金悲愤不已。1828 年普希金结识了娜塔丽娅·冈察洛娃，1830 年与之结婚。这年秋天，普希金到波尔金诺办理父亲给他的结婚财产过户手续，因霍乱流行，他在那里住了三个月。在有名的"波尔金诺之秋"期间，他完成了《叶甫盖尼·奥涅金》，写就了《别尔金小说集》，其中的名篇《驿站长》开创了描写小人物的传统。此外他还写了一大批作品。

1831 年普希金定居彼得堡，重入外交部任职。出于对农民起义的关注，他写出了长篇小说《上尉的女儿》(1836)，表现了农民起义领袖普加乔夫自由豪迈的气概和勇敢坚定的叛逆精神，被别林斯基称为"散文体的《叶甫盖尼·奥涅金》"。1833 年秋，普希金又到波尔金诺住了一个月，写出童话诗《渔夫和金鱼的故事》、长诗《青铜骑士》和中篇小说《黑桃皇后》。1836 年他创办杂志《现代人》，这个杂志对推动 19 世纪俄罗斯社会解放运动和文学的发展起了举足轻重的作用。

贵族权贵唆使从法国逃亡来的军官丹特士公开追求冈察洛娃，致使普希金忍无可忍，1837年 1 月 27 日，普希金在与丹特士的决斗中受重伤，两天后去世。

普希金的诗歌艺术首先是真诚，别林斯基提出"真情"是其特点。其次是自然、朴素而优雅。普希金的秘诀在于，他的情感"不仅是人的情感，而且是作为艺术家的人的情感"。别林斯基认为："在这一方面，可以把普希金和诗比作因感情和思想而变得炯炯有神的眼睛的美，如果您夺去使这双眼睛变得炯炯有神的感情和思想，它们只能是美丽的眼睛，却不再是神奇和秀美的眼睛了。"普希金的诗歌语言的最大特点是简洁和独特的音韵美。果戈理指出："这里没有华丽的辞藻，这里只有诗；没有任何虚有其表的炫耀。一切都简朴，一切都雍容大方，一切都充满含而不露的绝不会突然宣泄而出的光彩；一切都符合纯正的诗所永远具有的言简意赅。"普希金的诗有独特的音韵美。别林斯基认为普希金的诗所表现的音调美和俄罗斯语言的力量达到了令人惊异的地步："它像海波的轻轻拍击一样柔和、优美，像松脂一样浓厚，像闪电一样鲜明，像水晶一样透明、洁净，像春天一样芬芳，像勇士手中的剑一样有力。"普希金的诗歌在情调和风格上的又一特点是忧郁，这是一种明朗的忧郁，一种"深刻而又明亮的悲哀"。普希金的忧郁，自然与他无时不在地思考相联系。赫尔岑说，普希金的缪斯"是一个热情洋溢的女神，她太富于真实感了，所以无须再寻找虚无飘渺的感情，她的不幸太多了，所以无须再虚构人工的不幸。"他的忧郁与哈姆莱特式的忧郁或拜伦式的忧郁不无相通之处，也就是说是一种社会性的忧郁。这主要是一种艺术风格，一种诗意的情调。它虽然与忧愁、哀伤乃至悲惨的生活内容相关，但它仍然主要是一种美学的或者说是一种审美的效果。换句话说，生活中的忧郁在普希金情感的熔炉中经过冶炼以后成为一种美，它远高于那种具体的、世俗的忧愁和哀伤，而且它唤起的不仅仅是忧郁，而在于思索、力量和美感："我忧郁而轻快，我的哀愁是明亮的。"

二、《叶甫盖尼·奥涅金》

诗体长篇小说《叶甫盖尼·奥涅金》是俄罗斯现实主义文学的奠基作，是公认的俄罗斯文学的典范作品。

主人公奥涅金是一个贵族青年，正当他对上流社会生活感到厌倦的时候，他年迈的伯父突然病故,他因继承遗产来到伯父的庄园。在乡下,他与另一个贵族青年连斯基结为朋友,并认识了邻村地主的两个女儿——大女儿达吉雅娜和小女儿奥丽嘉。达吉雅娜爱上了奥涅金,她一时感情冲动,给奥涅金写了一封充满天真、纯洁感情的信,可是遭到奥涅金的拒绝。这时,连斯基狂热地爱上了奥丽嘉。在一次舞会上,奥涅金故意不断地找奥丽嘉跳舞,和她表示亲近,这激怒了连斯基,于是他提出和奥涅金决斗,奥涅金在决斗中打死了连斯基,良心受到谴责,便离开庄园四处飘泊。几年以后,当他回到上流社会,在莫斯科的一个晚会上重又见到达吉雅娜时,她已成了一位将军夫人。这时,奥涅金心中燃起了爱情,也写了一封充满感情的信给她。可是达吉雅娜回答他说,她承认她还爱他,但出于道德的尊严而不能属于他。奥涅金又离开上流社会四处飘游。

《叶甫盖尼·奥涅金》再现了19世纪20年代俄罗斯广阔的社会生活,别林斯基称它为"俄罗斯生活的百科全书"。20年代,正是俄罗斯解放运动第一代战士——贵族革命家成长的时期,同时也是十二月党人革命的酝酿、爆发和失败的时期。当时,俄罗斯经历了1812年反拿破仑入侵战争的胜利,民族意识普遍觉醒,广大人民特别是农民对专制农奴制的不满和反抗情绪日益高涨。在这种情势下,贵族青年中开始出现政治上的分化:一部分人渴望为祖国作一番事业,要求改变现存制度,这些人就是十二月党人;另一部分人仍然过着骄奢淫逸的生活,企图永远保持贵族特权地位;第三种人感到时代的风暴即将来临,不甘心和贵族阶级一道灭亡,但阶级的局限又使他们没有勇气与能力去参加革命斗争,也看不见社会发展的前景,因此终日彷徨苦闷、焦躁不安,染上了"世纪病"。

普希金笔下的奥涅金正是后一类贵族青年的典型。他是一个退职官员的儿子,从小受到传统的贵族教育,在法国籍家庭教师的管教下长大。这种脱离祖国文化的环境自然不会给奥涅金带来什么好处。当他到了"心猿意马的青春"时期,便终日在上流社会中鬼混,成了一个纨绔少年。他一天要赴三个宴会,梳妆台上摆着几十种化妆刷子,每天在各种镜子面前花费三个钟头。他善于在谈吐中卖弄学问和随机应变,也善于在沙龙里用法语说些俏皮话,换取太太小姐们的微笑。他甚至还会一点拉丁文。然而他最擅长的学问还是"情场上的把戏",社交界都认为他"聪明而又可爱"。他终于厌倦了上流社会的花天酒地的生活,对什么都不感兴趣,也读不进书。然而他受到了时代精神的感染和进步思潮的影响,他读过亚当·斯密的《国富论》,反对抵押土地,主张重农主义,在农村进行过自由主义改革,卢梭的民主思想也鼓舞过他。他拒绝达吉雅娜的爱情,并不是因为他有什么明确的理想和追求,只不过是他厌倦了这种多情表白。他低估了达吉雅娜的真诚,他甚至不明白在爱情中应该追求什么。他鄙视上流社会却又不得不服从它的陈规陋习,和自己的好朋友决斗,结果把好朋友打死。他重又遇见达吉雅娜并遭到她的拒绝后,四处流浪,一事无成。普希金提出了贵族知识分子脱离人民的问题。赫尔岑说过:"像奥涅金这样的人在俄罗斯每走一步路都会碰见他。"还说:"我们只要不愿意做官或做地主,就多少有点奥涅金的成分。"别林斯基称这类人为"聪明的废物"。后来这类人被称作"多余人"。在俄罗斯文学中,"多余人"是一个系列,虽说这一称谓是在屠格涅夫1850年发表中篇小说《多余人日记》之后才广为流传的,但这类人物的基本特征在奥涅金身上已经确定下来了。杜勃罗留波夫曾指出,"多余人"是"我们土生的民族的典型,所以我们那些严肃的艺术家,没有一个是能够避开这种典型的"。奥涅金在某种意义上可以说是"多余人"的鼻祖,在后来的文学作品中相继出现的"多余人"的典型,诸如莱蒙托夫笔下的毕巧林、屠格涅夫笔下的罗亭、冈察洛夫笔下的奥勃洛莫夫,他们身上无一不或多或少地有着奥涅金的影子。"多余人"人物系列是19世纪俄罗斯文学的最高成就之一。

女主人公达吉雅娜是一个拥有"俄罗斯灵魂"的迷人的艺术形象。别林斯基曾指出普希金的伟大功绩之一是"在达吉雅娜身上给了我们关于俄罗斯女性的诗的描绘"。达吉雅娜的形象与奥涅金的形象形成鲜明的对照,相互烘托。诗人着意表现她与人民深厚的联系,给她取了一个平民化的名字。这个在当年丫环们才使用的名字暗示出她生长于远离城市的乡村和纯朴的民众之中。古老的俄罗斯民间风习,富于民族传统的家庭氛围,老奶妈在静夜所讲的美丽的民间故事,培养了她与俄罗斯人民相通的感情。她热爱俄罗斯民歌和故事,相信民间的古老传说,相信梦,甚至还相信纸牌占卜和月亮的预兆。这些都是和俄罗斯人民纯朴的气质一脉相承的。大自然始终是她最亲密的朋友,它培育了她真诚、善良的感情,造就了她纯朴、美好的气质。她喜欢在黎明之前在露台迎接朝霞,喜欢在幽静的花园里散步,她爱俄罗斯的夏夜的美妙,更爱俄罗斯冬天冰雪的灿烂。在她出发到莫斯科之前,她是那样深情地和故乡的山丘、溪流、树林告别,就像和自己最好的朋友告别一样。在莫斯科,她成为一个高贵的太太,但她却"憎恨上流社会的忙乱,梦想着乡下的生活,梦想着乡村和贫苦的农民,梦想着那流淌着清澈小溪的幽静的角落"。俄罗斯人民和俄罗斯大自然的影响,是形成达吉雅娜个性的最深刻的原因,是造就这个"俄罗斯灵魂"的最坚实的基础。普希金也多少描写了当时席卷欧洲和俄罗斯的社会思潮对达吉雅娜的影响,达吉雅娜最喜欢读理查生和卢梭的作品,尤其是卢梭的《新爱洛依丝》,追求个性解放。奥涅金以鄙视现实的态度和与众不同的气质吸引了她,她怀着少女的真诚和纯洁的感情,勇敢地写了一封信给奥涅金。她是不幸的,她爱上的是一个精神生活比她要空虚得多的人,是一个不能理解她的纯洁和真诚的人,是一个无法在社会上找到自己的位置、无法承受真正爱情的人。她只能像当时其他少女一样,被带到"嫁人的市场",嫁给了一个"肥胖的将军"。她所追求的自由的纯洁的爱情生活没能实现。在这个意义上,达吉雅娜是一个悲剧性人物。她雍容华贵的气质和落落大方的风度,使她在虚伪的上流社会中像一株"出水芙蓉"一样亭亭玉立。她对待奥涅金的态度更显示出她精神世界的纯洁和高尚:"我爱你(何必要装假呢?)/可是,既然我已嫁给别人,/我就要一辈子对他忠诚。"她襟怀坦白,光明磊落,不愿过二重的精神生活,体现了她的精神美。别林斯基说:"在这个道德沦丧的世界中,还存在着一些稀有的、可喜的特殊人物……这就是普希金笔下的达吉雅娜。达吉雅娜是一朵碰巧茁壮生长于嶙峋的岩缝中的鲜花。"俄罗斯文学中许多动人的女性形象可以说脱胎于达吉雅娜。

在连斯基身上,诗人着重表现了他对生活热情的、浪漫主义的态度,与奥涅金的怀疑的、现实主义的态度形成鲜明对照。在奥丽嘉身上,则展示出直率动人的外貌与贫乏的内心世界的反差,从而凸显出达吉雅娜表里如一的性格。

《叶甫盖尼·奥涅金》在艺术上总的特色就是诗与散文的有机结合,创造出"自由的形式"的"诗体长篇小说",既有浓郁的抒情性,又有对性格的精细刻画。这是一种全新的独创性的艺术形式。作品中始终贯穿着诗人的形象,即"作者的声音"。长诗中出现大量的"抒情插笔",大段的"插笔"有二十七处之多。有时这是作者对人物的褒贬,有时是对事件和场面的评论,有时是对往事的追忆;有的严肃庄重、富于哲理,有的尖锐激烈、锋芒毕露,有的诙谐幽默、妙趣横生,有的画龙点睛、入木三分;有些"插笔"与人物和情节的发展息息相关、丝丝入扣,有些"插笔"看似与人物或事件无关,其实并未离题。正是这些大量的多角度多层次的"抒情插笔",扩大了作品的容量,深化了作品的内涵,加强了作品的感染力。

《叶甫盖尼·奥涅金》在再现社会生活的广度和深度上、典型性格的塑造上、环境和场景的描写上都达到了俄罗斯文学的最高水平。普希金能巧妙地以诗歌所特有的抒情效果赋予它以一般散文作品难以达到的感染力。围绕人物塑造的主线,诗人巧妙地穿插上流社会的场景和乡村的风俗画面,如地主庄园中农奴少女边采果子边唱歌的片断,就包含着讽刺和幽默的效果。在人物性格塑造上,长诗突出地采用了对比手法:奥涅金和连斯基、达吉雅娜和奥丽嘉之间,各自的性格特征表现得十分鲜明和突出。作为俄罗斯语言和俄罗斯文学的创造者,普希金把诗的精练、含蓄和散文的流畅天衣无缝地结合起来,梅里美曾准确而生动地说过,普希金的"诗是从冷静的散文中流淌出来的"。在诗的格律和韵律方面,长诗也有独特的创造。除了男女主人公各写的两封信以外,其余均用四步抑扬格写成的十四行诗组成的诗节,这种诗节后来被人们称为"奥涅金诗节"。每节诗又可分为四组,前面三组都是四行,最后一组为两行。第一组采用交叉韵,即 abab;第二组为连韵,即 ccdd;第三组为抱韵,即 effe;最后一组为连韵,即 gg。抑扬顿挫的音步和错落有致使得"奥涅金诗节"读来既铿锵有力,又缠绵悠长,具有一种独特的韵味。

第十六章　果戈理

一、生 平 与 创 作

尼古拉·瓦西里耶维奇·果戈里(1809—1852),俄国作家,1809 年 4 月 1 日生于乌克兰波尔塔瓦省米尔格拉德县索罗奇镇的一个地主家庭。1818 年 8 月,果戈理进入县立小学学习,三年后进入涅任中学。1828 年,果戈理中学毕业。年底,他满怀对未来的憧憬来到彼得堡,直到 1830 年 4 月才在封地局谋到一个地位和收入均十分低微的文书职位,他在那里干了将近一年时间。这段小公务员的生活经历对果戈理来说是刻骨铭心的,但为他后来创造同类"小人物"形象提供了丰富的素材。

1830 年《祖国纪事》2 月号和 3 月号上刊载了果戈理的小说《圣诞节前夜》,作品受到茹科夫斯基等作家的赞扬。1831 年 5 月,果戈理与普希金相识,与普希金的交往与友谊极大地鼓舞了他的创作热情。不久,果戈理托名"蜂农红毛潘柯"的小说集《狄康卡近郊夜话》第一部就在彼得堡问世,次年 3 月又出版了第二部。《狄康卡近郊夜话》收入八篇中短篇小说。这些小说运用民间文学的表现手法,将取材于乌克兰乡村平民生活和民间传说的故事生动地呈现在读者面前,历史与当今相交替,传说与现实相交融,乌克兰的神韵与俄罗斯的特色相交织,激情、鲜活、充盈、迷人,并具有扬善惩恶的道德力量。小说集得到普希金和别林斯基的赞扬,果戈理从此蜚声俄罗斯文坛。

1835 年发表的《米尔格拉德》收入了四篇小说。其中,《旧式地主》用平实但略带感伤的笔调描写了一对老年地主夫妇庸俗空虚的灰色人生。中篇小说《塔拉斯·布利巴》将乌克兰人民反对外族入侵的历史史实作为故事的背景,以充沛的浪漫激情和史诗般的宏大格局,浓墨重彩地刻画了老布利巴等哥萨克英雄的形象。威武、刚毅、睿智、忠诚,构成了小说主人公老布利巴最具光彩的一面。

同年发表的《小品文集》收入了小说《涅瓦大街》、《狂人日记》等,评论家将上述小说和果戈理后来创作的《鼻子》(1836)、《马车》(1836)、《外套》(1842)、《罗马》(1842)等主要反映旧俄京城生活的一组中短篇小说称之为"彼得堡故事"。《涅瓦大街》描写了繁华都市中两个年轻人逐"美"的故事,正直的皮斯卡廖夫理想幻灭,粗俗的皮罗戈夫如鱼得水,在这美丑对照中蕴含着深刻的悲剧性。《鼻子》用荒诞的手法讽刺了俄国官场中的钻营逐利之风。《狂人日记》和《外套》是反映"小人物"的名篇。《狂人日记》借助于对主人公波普里辛病态心理的刻画,让他道出"小人物"的心声:"世界上一切好的东西,都让侍从官或者将军霸占了。""为什么人要分成许多等级?""妈妈呀,救救你可怜的孩子吧!……这个世界上没有他立足的地方!"小说有力地揭示了等级森严的专制制度的本质。《外套》同样表达了作者对"小人物"的深切同情,主人公阿卡基·阿卡基耶维奇在某机关当一名卑微的文书抄写员,孤独、贫困,受人凌辱时忍气吞声,贫乏的精神生活毁掉了他仅有的才能,他已将抄写公文作为生活的唯一乐趣。为御寒,他节衣缩食添置了一件新外套,可是不久就被歹徒抢走。他申诉无门,黯然离世。小说结尾出现主人公幽灵剥掉"大人物"外套这虚幻的一幕,表达了作者对社会不公的愤懑。果戈理"含泪的幽默"的特色在这部作品中有清晰的体现,20世纪俄国形式主义批评家对小说的诗学成就还做过细致入微的剖析。《外套》对俄国文学影响深远,陀思妥耶夫斯基表示:"我们都是从《外套》中来的。"

五幕讽刺喜剧《钦差大臣》(1836)的基本素材是普希金提供的,果戈理在此基础上作了出色的艺术加工。《钦差大臣》的剧情似乎是基于一场偶然的误会:俄国外省的某个小城官吏们一贯为非作歹、鱼肉百姓,他们误将一个从京城来的因钱财挥霍一空而被迫滞留此地的纨绔子弟当作了微服私访的钦差大臣,因恐惧劣迹败露,纷纷竞相向其献媚和行贿。市长庆幸躲过一劫,并指望借机飞黄腾达。纨绔子弟胡乱吹嘘后携财开溜,而此时真的钦差大臣来到,众官吏吓呆。果戈理打算在这部喜剧中将"俄罗斯的一切丑恶,集成一堆","集中地嘲笑"。因此,在这看似偶然的误会中包含着必然。以市长安东·安东诺维奇为代表的官僚集团和以赫列斯达科夫为代表的纨绔子弟是"俄罗斯丑恶"的集中体现者。作者的讽刺犀利、辛辣。如赫尔岑所说:"在他之前,从来没有一个人把俄国官僚的病理解剖过程写得这样完整。他一面嘲笑,一面穿透进这种卑鄙、可恶的灵魂的最隐秘的角落。"喜剧中潜在的正面形象是"笑",作者赋予这种"笑"以抨击丑恶的深刻的社会内容,并取得了极佳的艺术效果。演出轰动一时,但作者却遭到贵族社会的攻击,被迫离开祖国。

1836年初夏,果戈理启程,先后在德国的法兰克福、瑞士的韦维、法国的巴黎等地逗留。1837年3月来到意大利的罗马,从此罗马成了他在国外的主要居住地,他在那里潜心创作长篇小说《死魂灵》。1841年,果戈理在国外完成《死魂灵》第一部。9月,他回到祖国。在费尽周折后,《死魂灵》终于在1842年5月出版。《死魂灵》震撼了整个俄国社会,它不仅成为果戈理创作的高峰,而且推动了俄国现实主义文学波澜壮阔的主潮的出现。6月,果戈理再次出国,在罗马继续写《死魂灵》第二部,他想在其中塑造出正面的地主形象。1845年夏天,第二部初稿完成,但作者不满意自己的作品,因为在他看来初稿不能为读者"指出通向崇高和美的途径"。于是,在不久之后,他便焚毁了五年劳作的全部成果。

1848年4月,果戈理回到祖国。晚年,他贫病交加,思想痛苦。1852年3月4日,在焚毁自己重新撰写的《死魂灵》第二部手稿十天后,果戈理在莫斯科去世。

二、《死魂灵》

《死魂灵》书名的本意是指死去的农奴,而实质上指的是虽生犹死的地主。小说以骗子乞乞科夫为连缀人物,巧妙地引出了五个乡村地主的形象。衣冠楚楚、自称是六等文官的乞乞科夫来到N市后,拜会官吏、交结名流,但他真正目的是想利用俄国制度和法律的漏洞,到偏僻乡村收购死去的农奴的户籍,在新的人口调查开始之前,将这些农奴抵押给政府,从中牟取暴利。乞乞科夫为此四处奔走,分别走访了玛尼罗夫、科罗潘契加、罗士特莱夫、索巴凯维奇和泼留希金等地主的庄园,并购得近四百名"死魂灵"。乞乞科夫得意之际,却天机泄露,被迫匆匆逃离。

小说虽然以偏僻的乡村为主要背景,但却相当广阔地反映了农奴制俄国的真实生活,深刻地批判了唯利是图的新兴资产者、腐朽没落的官僚阶层,以及作为农奴制支柱的宗法制地主。在层层展示这幅"群丑图"时,作者显示出高度的艺术概括力量。正如果戈理自己所认为的那样,他在这部小说中不仅塑造了"与众不同的、各具特色的性格",还把"他在当代注意到的、值得引起当代的观察家注视的一切东西,都同时展示了出来"。而其中地主群像的塑造尤为人称道。在淋漓尽致地揭示这些丑类的性格及其本质特征方面,《死魂灵》无疑是一部"富有无穷艺术性的作品"。(别林斯基语)

《死魂灵》中出现的第一个地主形象是玛尼科夫。这个地主谈吐高雅,慷慨好客,初一接触还颇能让人产生几分好感,可是用不了多久,他就会使人难以忍受。他那甜腻腻的微笑中透露出来的是极度的空虚和装腔作势。他的性格游移不定,既无主见,又无理财的本领,整天只是沉溺于不着边际的沉思冥想之中。这是一个丧失了一切实际生活能力、被惰性和幻想吞噬的活尸型的地主形象。

女地主科罗潘契加与玛尼罗夫不同,她是个终日为农务操劳的乡村小地主。"科罗潘契加"一词意为小匣子,这个女地主如她的姓所寓意的那样,耳目闭塞、性情迟钝。她从不关心外界发生的事情,一心扑在自己的庄园里。她善于理财,讲求实利,但又浅薄到了极点。她唯一的生活乐趣就是把积蓄下来的每一个戈比"一个一个地放进她藏在柜子的抽屉里的那个花麻袋钱包里去"。作为愚昧闭塞、务实浅薄的俄国乡村小地主形象,科罗潘契加是十分典型的。

罗士特莱夫则又是另一种类型的地主形象。表面上的豪爽掩盖不了他的毫无生活目标、以放荡为人生嗜好的本性,吃喝嫖赌样样在行。无聊的生活和无赖的性格使他终日耽于寻欢作乐,只要哪里"有集会,有舞会,有庆典,即使在十五俄里之外,他的鼻子也会嗅出来,霎时间就赶到了那里";农奴的血汗换来的财富又使他得以挥金如土,他"是一个狂热的赌徒",在赌场上毫不在乎地抛出大笔钱财;出于自身的劣根性,罗士特莱夫热衷于搅乱秩序,散布谣言,拆散婚姻,破坏交易,"然而他并不认为对人做了坏事"。这是一个厚颜无耻的流氓加恶棍式的地主。但如作者所言,在当时俄国的土地上到处滋生着这一类人物,他们"是不至于消灭得这么快的"。

在果戈理笔下,索巴凯维奇的形象占据着重要地位。这是一个不仅有着像熊一般笨拙的外形,而且有着像熊一样冷酷的动物性的大地主。他讨厌一切文明行为,更不能接受任何新事物。他以固执的目光,怀疑地扫视着人与人之间的一切关系。他没有精神需求,有的只是熊一般的巨大食欲,并以此为最高的享受。他的整个生活方式都是畸形的。然而,索巴凯维奇在钱财问题上从来不含糊,他会老练地耍弄手腕,以至连工于算计的骗子乞乞科夫也不得不甘拜下风。当然,在更多的时候,索巴凯维奇是靠残暴蛮横的手段来强取豪夺。无疑,索巴凯维奇之流是俄国地主阶级中最顽固、最凶狠的一部分,是沙俄赖以生存的社会支柱。

小说中最后出场的地主是守财奴泼留希金。他拥有巨额的资产、广袤的土地和一千多个农奴。然而,他又极端的吝啬。他的庄园里道路高低不平,房屋陈旧不堪,教堂关闭,菜园荒芜。他本人衣着褴褛,像个乞丐。对物质财富的无比贪欲使他失掉了对物品价值的起码认识,一方面他让库房里堆积如山的粮食、布匹、木器、皮货等统统霉烂变质,另一方面他又不断地在路上捡拾一块破布、一片碎瓦、一个铁钉。贪欲使他丧失了最起码的人的感情,他不仅让成百个农奴活活饿死,甚至连自己的亲生儿女亦可抛弃。这个极度卑琐贪婪的吝啬鬼正是俄国地主阶级日趋没落的写照。

果戈理以其对生活现象的深刻的洞察力和高度的艺术概括力量,塑造出这些个性鲜明的艺术形象。这些地主尽管都生活在穷乡僻壤的狭窄圈子里,但是作者始终将他们放在广阔的社会历史背景上加以展示。正因为这样,这些在言谈举止、嗜好秉性、处事心态等方面各各不同的人物,都成了具有很高的艺术价值的典型形象。他们不仅仅代表了俄国地主阶级的不同类型,而且从各个侧面,互为补充地反映了地主阶级共有的寄生、腐朽和卑劣的特征,显示了滋生这些真正的"死魂灵"的专制制度必然灭亡的趋势。

果戈理认为:一个作家应该将"平凡性格的深处,全都显现出来,用不倦的雕刀,加以有力的刻画,使它分明地、凸出地放在人们的眼前"。果戈理成功地塑造地主形象的卓越的"雕刀",就是他的独到的典型化手法。

平实逼真的细节描写是果戈理塑造人物形象最常用的一个手法。那个甜腻腻的地主玛尼罗夫的性格就是靠着一系列的典型细节给凸显出来的。乞乞可夫来到玛尼罗夫家的客厅门前,两人都不肯先走进门去。经过长时间的谦让之后,两人终于侧着身子,相互稍稍挤了一下,并排跨进了客厅。于是,在这过了头的客套后面,露出了俗不可耐的虚伪和做作。小说描写玛尼罗夫的书房里,"总放着一本书,在第14页间总夹着玛尼罗夫的一条书签;这一本书他还是在两年以前看起的"。他的客厅陈设华丽,可是两把未完工的靠手椅,四年来始终"只绷着麻布"。他常常呆坐,冥思苦想种种计划,"但是这些计划,总不过是一句话"。结婚多年的玛尼罗夫夫妇喜欢敬请对方吃一片苹果或一颗糖,甚至还会无缘无故地互相拥抱起来接一个情意绵绵的长吻,"长到可以从从容容地吸完一枝雪茄"。作者并没有直写玛尼罗夫的空虚和无能,但是这些生动传神的细节描写已足以使其跃然纸上。

果戈理描写人物肖像的手法也十分高明。在他的笔下,五个地主的肖像无不令人叫绝。索巴凯维奇外形就像头笨熊,他的面容也出奇地粗糙拙劣,造化似乎不必在他的脸上多费心机,"只要简单地劈几斧就成。一下——鼻子有了,两下——嘴唇已在适当之处,再用大锥子在眼睛的地方钻两个洞,这家伙就完全成功。也无须再把他刨平,磨光,就说道'他活着哩',送到世上去"。这样的入木三分的肖像描写不仅使索巴凯维奇形象立时凸显出来,而且也成了揭示人物性格的一面镜子。同样,当作者用寥寥数笔勾出玛尼罗夫那老挂在脸上的甜腻腻的笑容和泼留希金那对小老鼠般的骨碌碌转动的小眼睛时,人物内在的庸俗和卑琐也就随之纤毫毕现了。

小说中人物的语言也很有特色且与其个性相吻合。如果说玛尼罗夫的语言矫饰空泛、索巴凯维奇的语言率直粗俗的话,那么罗土特莱夫的语言则是冲动的、蛮横的和缺乏逻辑的。小说中,同样是请乞乞可夫进屋,玛尼罗夫说了一大堆刻意斟酌的废话,而索巴凯维奇"只简短地道了一声'请',就引他到里面去了"。至于罗土特莱夫,他是用不容商量的口吻"请"来了乞乞可夫,并肆意用"无聊家伙"、"懒虫"和"废料"这一类词汇侮辱他请来的朋友。从这些极富个性的语言中,人们不难体会到人物的性格特征。

"含泪的笑"是果戈理创作的一大特色。如果说他的前期创作中更多的是一种"含着忧郁和感动之泪的笑"(普希金语)的话,那么我们在《死魂灵》中看到的则是饱含讥讽与愤怒之泪的笑。可以说,小说中的丑类无一能逃脱作者辛辣的讽刺锋芒。果戈理没有故意去制造什么笑料,他的讽刺的利刃的基石是形象的真实。如愚昧的科罗潘契加在听了乞乞科夫"办差"的吹嘘后的那副殷勤相,放荡的罗土特莱夫在豢养的狗群中俨然"像家庭里的父亲一般"走动的丑态,笨拙的索巴凯维奇家里的家具也件件结实粗糙,仿佛都在说:"我也是一个索巴凯维奇"等等。这些描写似乎略带夸张而又契合形象的性格特征。它们的高超和深刻之处就在于揭示了统治阶级的丑类与社会发展的尖锐矛盾,在于将"俄罗斯的一切丑恶集成一堆",无情地加以嘲笑和鞭笞。而在果戈理的"分明的笑,和谁也不知道的不分明的泪"中,饱含着作者对祖国命运的深切的忧虑和关注。同时,作为杰出的幽默讽刺大师,果戈理在小说中采用了多种多样的讽刺手法,或明讽、暗讽,或采用反语、夸大语等等,造成了强烈的讽刺效果。正因为这样,鲁迅一再由衷地赞叹:"果戈理的讽刺是千锤百炼的。"

第十七章　屠格涅夫

一、生平与创作

　　伊凡·谢尔盖耶维奇·屠格涅夫(1818—1883),俄国小说家,1818 年 9 月 9 日生于奥勒尔市,父亲是退职军官,母亲是个性情怪僻的女地主,有一座很大的庄园。1827 年全家迁居莫斯科,1833 年他进入莫斯科大学,一年后转至彼得堡大学,1837 年毕业于彼得堡大学哲学系语言专业。1838 年他去德国柏林大学攻读哲学,1841 年回国。

　　1843 年他发表了长诗《帕拉莎》,受到别林斯基的好评。同年他认识了法国女歌唱家波里娜·维亚尔多,并终生和她保持亲密的关系。他因与母亲不和,只得靠稿费维持生活,除了写诗和小说,还写了十来个剧本,其中有《食客》(1848)、《乡村一月》(1850),被称为"抒情心理剧"。直至 1850 年母亲去世,他继承了遗产,才改变了生活。

　　1847 年屠格涅夫在《现代人》发表了随笔《霍尔和卡里内奇》,获得了巨大成功,随后发表的二十余篇作品都受到社会的关注,最后结集为《猎人笔记》(1852)出版。这部作品以俄国中部地区的自然景色为衬托,广泛地描绘了庄园里农民与地主的生活,刻画了农民的内心世界,深刻地揭露了地主表面上文明仁慈,实际上残暴丑恶的本性,对含垢忍辱、备受欺凌的农民充满同情,写出他们的智慧和善良品质。当时进步的思想界称《猎人笔记》是对农奴制的"一阵猛烈炮火",是"一部点燃火种的书"。屠格涅夫由此而被革职、被捕、放逐。流放期间他写出反农奴制的著名中篇《木木》。

　　1853 年他被解除流放,重回彼得堡,继续为《现代人》撰稿。19 世纪 50 年代至 60 年代是屠格涅夫的创作盛期。他在一系列中篇小说中塑造出贵族知识分子形象,被称为"多余人"。这一名称是在他的《多余人日记》发表后才广为流传的。《罗亭》(1856)是他的第一部长篇小说。同名主人公是 40 年代俄国进步贵族知识分子的典型代表,他热情,善辞令,向往真理,但脱离人民,缺乏毅力,言语和行动存在矛盾,因而处处碰壁,他只好承认自己"无用"和"多余","生来就是无根的浮萍",最后他在 1848 年 6 月的巴黎巷战中牺牲。

《贵族之家》(1859)的主人公拉甫列茨基也是一个名副其实的"多余人"。他正直、善良而又软弱。他爱上了丽莎,准备再婚时,原来的妻子回来了,一切便成了泡影。丽莎进了修道院,他则"心灰意冷",感到"衰老无用"了。这是一曲贵族阶级的悲凉挽歌。

《前夜》(1860)描写出身贵族的俄国姑娘嫁给一个贫寒的保加利亚革命者,她决心和丈夫一起投身于民族解放事业。屠格涅夫的本意是要塑造"新的人物或英雄"出现的"前夜",但客观上却有预示农奴制改革处于"前夜"的象征意义。由于他不同意杜勃罗留波夫发表在《现代人》上的文章的观点而与《现代人》决裂。

《父与子》(1862)反映了不同社会力量的对立关系。医科大学生巴扎罗夫应同学之邀到庄园度假,他出身农家,见解独到,热衷于科学实验,是旧制度的叛逆者,一个"虚无主义者"。他否认一切旧传统、旧观念,可是没有行动。他在庄园里与同学的伯父常有争论,屡占上风。他看上了一个女地主,却被她拒绝。他和巴威尔因故决斗,打伤了巴威尔。最后在解剖患伤寒病死者的尸体时,不慎割破手指,感染病毒而死。小说展示了革命民主主义者和自由主义者,也就是"父"与"子"之间不可调和的冲突。巴扎罗夫属于前者,后者的代表是基尔沙诺夫兄弟,特别是巴威尔。

《烟》(1867)描写一心盼望恢复旧秩序的贵族将军与代表进步的青年之间的斗争,后者并不懂得俄国的实际需要,他们的一切活动不过是一场空。《处女地》(1877)反映俄国 19 世纪 70 年代的民粹派运动,作者在鞭挞旧世界的同时,也谴责了民粹派。

19 世纪 70 年代屠格涅夫定居法国。在生命的最后几年,他在病榻上写出八十三篇散文诗。散文诗融会了他一生的创作特点:爱国主义、悲观情绪,抒情而富有哲理,简洁。

1882 年他因脊椎癌不治,而于 1883 年 8 月 22 日在巴黎去世,遗体运回俄国,安葬在别林斯基的墓旁。

屠格涅夫能把握住时代的脉搏,敏锐地发现新的重大的社会现象。他记述了 19 世纪中叶俄国社会中贵族知识分子思想探索的历程:40 年代的理想主义者、农奴制改革中贵族阶级思想领导权的结束、平民知识分子的兴起和壮大、70 年代民粹派的活动。他的小说就像俄国 19 世纪中期独特的编年史。由于他在每部小说中都提出了迫切的现实问题,因而引起了热烈的反响。在艺术上,他以简洁、朴素、富有抒情味、心理描写细腻、善于刻画少女形象和"多余人"形象而著称。

二、《阿霞》

1857 年夏天,在德国的一个矿泉疗养区,一个离莱茵河不远的小镇上,屠格涅夫一气呵成写就了一个中篇小说,这就是著名的《阿霞》。它是屠格涅夫中短篇小说的代表性作品。

这年年底,屠格涅夫把《阿霞》寄回俄国,立刻引来同行们异口同声的欢呼,涅克拉索夫在信中告诉了屠格涅夫这部中篇小说大受欢迎的消息,并高度评价了《阿霞》:"它散发着真诚的青春气息,整部小说才气横溢,犹如一块纯金,整个优美的环境同它富有诗意的情节都非常协调,一点也不勉强,无论从美或纯的角度,都是我们的空前之作,甚至车尔尼雪夫斯基对这个中篇也感到由衷的高兴。"

正像这以前普希金的《叶甫盖尼·奥涅金》和后来冈察洛夫的《奥勃洛莫夫》分别引出别林斯基和杜勃罗留波夫评论这两部杰作的名文一样,《阿霞》的问世也引出了车尔尼雪夫斯基评论《阿霞》的名文。它们不仅是俄罗斯文学史上,同时也是俄罗斯文学批评史上的佳话。

1858年《现代人》杂志第一期"一炮双响":这一期上不仅发表了《阿霞》,同时还刊出车尔尼雪夫斯基专门为《阿霞》写的一篇长篇评论文章,这就是在俄罗斯文学批评史上占有很高地位的著名论文《幽会中的俄罗斯人》。文中车尔尼雪夫斯基对《阿霞》作出了高度的评价,称它为当时文坛上"几乎是唯一优秀的新作"。

中篇小说用第一人称写成,它用自述的方式抒写了一个俄国贵族青年在国外所经历的爱情故事:"我"在二十五岁那年,漫游到了德国的一个小城,小城位于莱茵河畔,是一个非常清静宜人的地方。一个偶然的机会,"我"结识了一对俄国男女青年,男的叫加京,女的叫阿霞,据加京介绍,阿霞是他的妹妹。阿霞是个漂亮的姑娘,她体态优雅,活泼可爱,但又显得稚气未脱,而且她长得一点也不像他的哥哥。看到他们两个十分亲热的样子,"我"对他们的兄妹关系有些怀疑。在国外,"我"遇到这两个同胞,感到十分亲热和愉快。特别是可爱的阿霞,给"我"留下难忘的印象,以至在当天晚上睡觉的时候,竟向自己发问:"莫非我堕入了情网?"阿霞在"我"面前显得非常淘气,她一会儿爬上爬下,一会儿东躲西藏,简直有点疯疯癫癫,连加京也拿她没有办法。虽说阿霞是个上等人,但她却喜欢和下等人交往,没有半点贵族小姐的味道。慢慢地"我"开始喜欢上了阿霞,并且阿霞也向"我"发出了爱的暗示。于是,"我"便变得茶饭不思,夜不能寐,心中只想着阿霞,并开始嫉妒起加京来。后来,阿霞开始躲避"我","我"去拜访他们,阿霞总是不露面。一次,加京突然问起"我"对阿霞的印象,"我"没料到他会问"我"这个问题,弄得"我"不知所措。接着他向"我"讲述了阿霞的身世……当"我"知道加京真的是阿霞同父异母的哥哥时,心里有一种"真正的甜蜜"的感觉,仿佛幸福要降临到"我"的头上。终于,机会来了,一个小孩给"我"送来了一张纸条:阿霞约"我"去幽会!"我"激动万分地赶到阿霞约定的地方——露依丝老太太的家中,在一间阴暗的房间里,"我"见到了被热情的火焰烧得憔悴的阿霞,她等待着"我"说出那句话,这句话"我"在心中不知道说了多少回了! 我战战兢兢,手脚无措,语无伦次,不知说了些什么,好像是说"一切都结束了"、"我们应当分手了"之类,而"我"心中想说的却不是这些啊! 阿霞猛地站起来,闪电一般冲出门外……一切真的都结束了。

女主人公阿霞用批评家皮萨列夫的话来说,是"一个可爱的自由活泼的大自然的女儿",在她身上,洋溢着青春的活力,沸腾着滚滚的热血,闪耀着思想的火花。她带着好奇心注视着周围的一切,但对任何事物都不会去仔细观察,看一会儿就把它们撇下来,而又对其他事物感兴趣了。她贪婪地汲取各种感受,但这样做完全是无目的的和不自觉的。当她与同父异母的哥哥加京偶然结识的一个俄国青年——作品中的男主人公"我"邂逅后,便对他产生好感。阿霞的风情也像她本人那样独特,其中的一切都是自自然然的,没有丝毫的矫揉造作。并且,这种风情也是毫无目的甚至是不自觉的。

阿霞的独特个性是她独特的生活经历造就的:她是一个私生女,是一个贵族和他的女佣的女儿,这种情况在封建的俄罗斯是司空见惯的。作为一个"不合法的"女儿,阿霞在他父亲的家庭里并未受到贵族小姐的教育,她是一个带有某些野性的自由的小鸟。在父亲死后,她又在善良而又软弱的哥哥的庇护下,让这种自由不羁的性格得到充分发展:她沉醉于浪漫的法国小说之中,徜徉于莱茵河畔,漫步于山坡悬崖之上,流连于古堡废墟之间。她愉快地、腼腆地和各种人交往,满怀着对生活的热爱和好奇。"她了解许多东西,并且还想了解在她那种年龄上不应该知道的东西。"她在一切方面都是独立的。心灵还没有受到损坏,智力还完整无恙。

阿霞性格中最突出的是真诚和自然,她追求的也是真诚和自然的感情。当她听任感情的驱使,不自觉地堕入情网,她的热情也就不自觉地甚至是毫无掩饰地流露出来了:她一会儿变得任性,一会儿变得粗野,甚至还有些轻浮;一会儿又变得羞涩,一会儿又变得温顺而又安宁,有时显得柔情万种。这种感情的变化正是一个真诚心灵中的真诚情感的自然流露,是一种青春的属性。而这正是阿霞这个少女形象的迷人之处。

在屠格涅夫的少女画廊里,阿霞无疑是一个动人的形象。在阿霞之前,屠格涅夫在诗体短篇小说《帕拉莎》中塑造出一个动人的贵族少女形象帕拉莎,展现出她真诚的内心世界。在创作《阿霞》前不久,屠格涅夫在长篇小说《罗亭》中,又塑造出一个动人的少女形象娜达丽娅,在这个同样真诚的贵族少女身上,作家又着力展现了她勇敢、无畏的献身精神。如果说在娜达丽娅身上显示出一种理性的力量的话,那么屠格涅夫在阿霞身上则突出地表现了一种纯朴的感情力量,或者说是一种自然的力量。阿霞以其独特的个性色彩在屠格涅夫的少女画廊里占有一个独特的位置。

《阿霞》中的男主人公 H 先生(也就是"我"),是一个贵族青年。他有教养,身上也不乏真诚的情感,但他软弱,缺乏主见。阿霞的真诚和热情吸引着他,感染着他,他心中充满了对阿霞的爱,并且他日夜都在盼望幸福的爱情早日降临到他身上,然而他一次次地错过了天赐良机。他比《多余人日记》的主人公要幸运得多,被一个可爱的真诚的少女热烈地爱着,然而他在这千载难逢的爱情面前,却说不出一句表达他内心真实情感的话来,这是阿霞姑娘热切盼望着的一句极其简单而又极其重要的话——"我爱你!"可是他的嘴却张不开。于是一切都结束了,他最终也只得像《多余人日记》中那个可怜的"多余人"一样,毕生品尝着生活的苦果。他原本就是一个"多余人"。

车尔尼雪夫斯基在他那篇评论《阿霞》的著名论文中,精辟地分析了 H 先生的性格,他不无讽刺地称这个人物为"我们的罗密欧",并指出这样的人物在俄国还不在少数。我们来听听批评家的描述和议论:

　　那决定他和阿霞的命运的时刻是多么短暂——全部只有几分钟,整个生活都要取决于它。错过了这几分钟,就无论用什么也挽回不了这个过错。他好不容易走进了房间,勉强说出了几句轻率的、几乎是无意识的冒失的话,一切就已经决定了:永远破裂了,再也不能挽回了。我们一点儿也不为阿霞惋惜。她听到严厉的拒绝的话后心情该是沉重的,然而是一个轻率的人使她与他的关系破裂了,这对她说来未必不是好事。如果她和他结合,对他来说,自然是一种莫大的幸福。可是我们不要以为她和这样一位先生在一起会过上好日子。谁要是真正地同情阿霞,那就应当为这沉重的、令人愤慨的一幕而感到高兴。

车尔尼雪夫斯基对"我们的罗密欧们"的性格及其形成原因进行了深刻的剖析:

　　我们的罗密欧是一个很聪明的人,如同我们所看到的一样,在不到三十岁时就有丰富的生活经验,并且很善于观察自己和别人。那么他这种令人难以置信的迟钝是从何而来的呢?造成这种迟钝的原因有两个,并且其中一个是由另一个派生的,因此一切都归结为一个原因：他不习惯了解任何重大的、生气勃勃的事物，因为他的生活是卑琐的、冷漠的，所以对待事物的态度也是卑琐的和冷漠的。这是第一个原因。第二，他害怕离开也无力离开这一切，因为这需要他下很大的决心，冒相当大的风险。此外还因为生活使他在一切方面都养成平庸琐碎的习惯。他像一个在一生之中只玩过赌注是半个银戈比的纸牌的人，要让他这个牌技很高的人去玩一盘输赢不是十戈比而是一千卢布的牌，您一定会看到他将完全陷入窘境，他的全部经验都将不翼而飞，他所有的技艺都将丧失殆尽，他将会做出最荒谬的事情来，甚至连牌也拿不住。他像一个在一辈子中只在卡琅什塔到彼得格勒之间航行的水手一样，能够非常灵巧地驾着他的小船照航标的指示在无数浅滩间的半成的海水中航行，如果这个只是在杯中之水才有经验的游泳家，一旦突然发现自己处在大洋之中时，那他将会怎样呢？

善良的读者为小说的结局感到惋惜；正直的读者会为此感到愤慨，甚至责备作者欺骗了读者；有人还认为，主人公的性格前后不统一，如果一开始他还颇有些绅士风度的话，那就不应当在后来有那种拙劣的表现；或者他一出现在我们面前时，就应当是一个坏蛋。

对于这些疑问和指责，车尔尼雪夫斯基回答道："果真是作者错了，如果这样设想也许是非常令人快慰的。然而，他的中篇小说的富于哀婉情调的特点却正在于此。主人公的性格是忠实于我们的社会的。……如果（作者）真是错了，那他也不是第一次犯这样的错误的。不管他还有过多少篇诸如此类的作品，每一次他的主角在我们面前都必定会出现这样的结果。"批评家列举了屠格涅夫的中篇小说《浮士德》和长篇小说《罗亭》，指出主人公们性格的类似性。

《阿霞》以生动而细腻的艺术描写真实地塑造出俄国贵族知识分子也就是"多余人"的形象，深刻展现出他们的性格和心理特征，揭示出俄国贵族知识分子的致命弱点，为作家日后创造"当代英雄"形象提供了艺术上的参照。车尔尼雪夫斯基的文章中，虽未直接提到"多余人"这个词，但他却深刻地揭示出这类人物的本质特点。此外，这部名作也成为革命民主主义批评家批判落后的社会机制和号召社会改革的有力依据，因为造成"多余人"性格的环境是与落后的社会机制即农奴制度紧密相连的。车尔尼雪夫斯基的论文中就贯穿着这一思想。

《阿霞》不但有着深厚的思想底蕴，而且在艺术上也极为成功。它不仅是屠格涅夫中短篇的代表之作，也是颇能体现屠格涅夫整体艺术风格的典范作品。

从艺术表现的角度说，作品是一部名副其实的心理小说，或者不如说是一部真正的爱情心理小说。如果说它还算不上一条大河还只是一条小溪的话，那么整个溪流都荡漾着心理的波澜，滚动着感情的涟漪。

作家描述和展现的重心从一开始就放在人物的心理和情感上，这是人物情感的低潮："我"独自一人，来到异国他乡，孤独而又寂寞；再加上不久前的情场失意，又添几分伤感，而这伤感中又夹杂几许乡思，令"我"郁闷难当。

随着情节的发展和变化，"我"在异乡意外地遇到同胞，情绪上多少增添了一些惊喜和亲切。而漂亮的俄国姑娘是那样可爱，在"我"的心中引起美好的幻想。由此主人公的情感基调顿时又提高起来。从这以后，作家的笔力从对主人公一般的情感和情绪的粗略描述转向对主人公心理的集中刻画上。须知情感还只是一股流水，而动荡不安的心理才是波涛，连绵不断的波涛才构成情感的浪潮。

初见阿霞，主人公的心理发生了微妙的变化，他在心中喜欢她，但还确定不了这究竟是不是爱，这个阶段持续不多久。后来，他越来越想见到阿霞，以至见不到阿霞就六神无主，并且他越来越嫉妒加京了,这便是他已爱上了阿霞的明证。此时,他开始感到痛苦。我们还是来看看车尔尼雪夫斯基的分析:"在与阿霞头两次会面后,他对阿霞与她哥哥的亲热劲怀有醋意,并且因为这种醋意他不愿意相信加京真是她的哥哥。这种醋劲是如此强烈,以至于他不能够看到阿霞,但又不能不去看她。他仿佛像一个十八岁的青年人一样,从她住的小村庄跑开,不少日子他就在附近的田野里漫无目的地走来走去。后来他终于知道了阿霞真的是加京的妹妹,他感到自己是很幸福的,就像一个小孩子似的,当他离开他们回去时,他甚至感到,'由于极度喜悦,眼泪在他眼睛中沸腾起来了'。他感到这种极度的喜悦已全部凝成对阿霞的思念了。终于到了这种地步,除了阿霞,无论什么他都不能去想了。"

应该说,主人公的心理起伏和动荡的落差是巨大的,它强烈地吸引着读者的注意力,感染着读者。正当主人公的情感浪潮升腾到顶点时,作家适时地安排了一个"幽会"的机会。按照一般的逻辑,不少读者可能会预料到一个圆满的结局,然而出乎人们的意料,情节却急转直下,我们的主人公在幽会中的表现是这样令人失望,他竟把"那只消一句话一个字就可以得到的"幸福白白地放走了,他的感情由山巅一下子落入谷底。

阿霞的心理变化也是跌宕起伏的。初次见面她就对 H 先生产生好感,并且这种内心的好感立刻"外化"为她一连串的反常行动。这些举动多少带有点"卖弄风情"的味道,然而这种"卖弄风情"是不自觉的、自自然然的,丝毫没有一般贵族女性常有的矫揉造作。然而即便是最单纯的少女,在她的心中感受到爱情时,也多少会变得有点"狡猾"。在以后的交往中,她也会对她的心上人作出一次次的"暗示",而每一次"暗示"都是她情感变化的最微妙的时刻。阿霞的"暗示"是这样的明显和"外露",它在 H 先生的心中掀起了波澜。可是当她确信自己的爱情还没有得到对方的真正确定时,少女的心便陷入痛苦中,她开始躲避他。此后她一直处在一种期待的心理状态中而不得安宁。最后她终于忍受不了这种无言的痛苦,而主动提出"幽会"。在"幽会"中,她"内心紧张又激动,一条长披巾裹住她的身子,她的头掉转在一边,差一点藏了起来,就好像一只受惊吓的小鸟。她呼吸急促,全身打战……她轻轻地咬住下唇,不让自己哭出声来,同时又不让涌起来的眼泪流下来"。她在爱情遭到莫名其妙的拒绝后,不能自持,那种突如其来的痛苦一下子简直把她击毁了。瞬间的心理落差之大,是她难以承受的。

屠格涅夫是这样善于表现人物的心理及其变化,尤其是人物在某些特定的瞬间的心理及其变化。屠格涅夫这位心理大师在表现人物的心理变化时的手法是很有特点的,他几乎没有对人物内心活动的过程进行描写,他的注意力始终集中在人物心理"外化"出来的动作上。他的心理刻画是颇有些戏剧化因素的。

《阿霞》充满着诗情画意,动人的爱情故事在美丽的大自然背景上展开,主人公的情绪和心理的变化处处在大自然中得到呼应。屠格涅夫描绘大自然的才能在这部作品中有着突出的表现。不过,与《猎人笔记》有所不同,《阿霞》中的自然景物描写更带有一种阴柔的情调,而更少一些粗犷、浓重的色彩,这是与作品富于哀伤情调的故事和贵族知识分子主人公的身份相一致的。

《阿霞》的结构像水晶一样单纯、清澈,没有半点杂质。故事脉络清晰,没有任何枝蔓,没有任何奇巧的波折。第一人称的叙事角度,行云流水般的风格,朴实无华的语言,使得整部作品处处散发出一股股清新的气息。

第十八章　陀思妥耶夫斯基

一、生平与创作

费奥多尔·米哈依洛维奇·陀思妥耶夫斯基(1821—1881),俄国小说家,1821 年 11 月 11 日生于莫斯科,父亲是医生,后获贵族称号。1834 年,陀思妥耶夫斯基入切尔马克寄宿学校读书。1838 年,他进入彼得堡军事工程学校学习。1843 年夏,军校毕业后,他成了彼得堡军事工程局绘图处的一名小公务员,一年后退役。

1846 年 1 月,中篇小说《穷人》问世。杰符什金是一个卑微的小公务员。小说成功地发掘出小人物灰色外壳下未泯的人性:同情心、人格意识、自我牺牲精神、对爱情和幸福的渴望。不久,陀思妥耶夫斯基又发表了中篇小说《两重人格》(1846)。《女房东》(1847)采用梦境与现实交替的手法展开女主人公与同居的老商人和青年学者之间的关系,以及复杂的心理冲突。

中篇小说《白夜》(1848)的主人公是彼得堡的知识分子,性格孤僻,过着双重生活。作为小公务员,他只能住在贫民窟里,物质生活贫乏,精神也备受压抑。不过,面对现实生活的庸俗,主人公"拥有自己不寻常的丰富的生活"。幻想世界的奇妙使他沉醉,但清醒时,他又会悔恨自己的软弱和虚度年华。与娜斯晶卡的相遇,使他感受到了生活中美妙的一面,并使他重新审视生活和认识自我。这是一类善于思考和过着紧张的精神生活的"幻想家"形象。

1849 年 4 月,陀思妥耶夫斯基因参与以进步青年知识分子为主体的彼得拉舍夫斯基小组的活动而被捕,被判苦役和流放,从此开始了西伯利亚"死屋十年"的生活。在四年苦役和六年流放生活中,他受尽精神和肉体的折磨,同时思想也逐步发生了变化。苦役生活使他与各种各样的来自下层的人民有了以前根本不可能想象的直接接触。下层人民对出身贵族的政治犯的不理解和敌视的态度,先是使陀思妥耶夫斯基感到震惊,进而又引起了他对自己走过的人生道路的反思。精神探索的结果没有使他屈服于沙皇政府的淫威,但却动摇了他的信念。他否定了乌托邦的社会主义,走向了乌托邦的"正教民粹主义";他更加痛恨社会的黑暗,但反对一切用革命的手段改变现存制度的主张;他主张知识分子向人民学习,特别是学习他们的"俄罗斯式的笃信宗教的信仰"。

1859年底,陀思妥耶夫斯基获准返回彼得堡,并重新开始创作。长篇小说《被欺凌与被侮辱的》(1861)描写了两个家庭的悲剧,悲剧的制造者是瓦尔科夫斯基公爵,一个典型的"吸人血的大蜘蛛"。作品中描写了不少"小人物",这些人物的悲剧所反映的社会内容已远远超出了陀思妥耶夫斯基早年的同类作品。《死屋手记》(1861—1862)以叙事者戈梁奇科夫"手记"的形式,再现了沙俄苦役监狱中非人的生活。那是一个人间地狱。在形形色色的犯人中,确实有心狠手辣的歹徒和精神上的"卡西摩多",但也有许多因不堪地主或军官的虐待铤而走险而蒙难的农奴和士兵,因抗击沙俄政府的民族歧视而入狱的山民,以及其他一些无辜者。评论界将《死屋手记》看作是"对卑鄙龌龊的俄国现实生活的愤怒揭露"。

中篇小说《地下室手记》(1864)是其创作社会哲理小说的初步尝试。"我"是个四十岁左右的退职小官吏,在彼得堡地下室中待了二十来年,喜欢分析自己的内心世界。他由一个向往"美和崇高"的"幻想家"变成了内心充满痛苦和屈辱的人格分裂的"地下人",成了一个失去信仰和否定一切道德原则的自我中心主义者。从"幻想家"到"地下人",这是对俄国农奴制改革前后一部分知识分子悲剧性的心路历程的概括,"地下人"是时代精神蜕化的典型。这部小说是最早表现出陀氏复调小说特征的一部作品。

19世纪60年代中期,陀思妥耶夫斯基又遭遇了一系列人生悲剧,亲人去世、债主紧逼、疾病缠身,无时不在困扰着他。这一年,他完成了长篇小说《罪与罚》,陀思妥耶夫斯基作为世界一流作家的地位由此得以确立。1867年春天,陀思妥耶夫斯基与他的新婚妻子安娜出国,开始了长达四年多的欧洲漂泊岁月。

1868年,长篇小说《白痴》问世。小说在揭示金钱势力的渗透导致的道德感情的沦丧、家庭纽带的断裂、健全个性的退化、美被亵渎和毁灭等诸多方面,无与伦比。小说中最成功的形象是娜斯塔西娅·菲里波芙娜。娜斯塔西娅出身于小贵族,父母早亡。地主托茨基收养了她,并在她十六岁时占有了她。后来,她被转到将军的秘书和商人手中。最终结局是娜斯塔西娅惨死在罗果静之手。作者通过娜斯塔西娅不幸的遭遇,淋漓尽致地揭露了金钱社会的黑暗和罪恶,深刻表现了美被金钱世界毁灭的悲剧。娜斯塔西娅是一个性格刚烈、极端仇视邪恶势力的不妥协者的形象,情感丰富,内心充满矛盾和痛苦。

1871年初夏,陀思妥耶夫斯基回到了久别的祖国。长篇小说《群魔》(1871)塑造了众多人物,主人公斯塔夫罗金出身贵族,他致命的弱点是脱离了祖国和人民。这是一部预言性的悲剧小说:错误的理论一旦掌握了人,就能把人变成魔鬼。作者似乎成了人类精神悲剧的揭示者和预言家。

陀思妥耶夫斯基晚年的重要作品是《卡拉马佐夫兄弟》(1879—1880),但只完成了第一部。小说的情节在外省某县城的一个"偶合家庭"中展开。小说围绕着"偶合家庭"的命运展开了多条线索,构成结构中心的是伊凡及其尖锐交锋的两重人格。作家正是用独特的对位法结构形态深刻和真实地反映了导致人格分裂和精神变态的时代悲剧。

1881年2月9日,陀思妥耶夫斯基在彼得堡去世。

陀思妥耶夫斯基一生命运多舛,如茨威格所说:"没有哪种痛苦不曾对陀思妥耶夫斯基慷慨惠顾,没有哪种苦恼不曾对他牢记不忘","陀思妥耶夫斯基是一个处于分裂痛苦之中的永恒的二元论者"。陀思妥耶夫斯基身上的矛盾丝毫没有削弱作家的人格魅力和他的作品的光辉。这是一个具有极强的艺术创新意识的杰出的艺术家。他对人性深度的开掘和"复调小说"艺术是对世界文学的重大贡献。

二、《两重人格》

倘若要论及陀思妥耶夫斯基最早显示其创作特色并与其全部创作关系最密切的早期作品,则应该首推中篇小说《两重人格》(1846)。作者本人一再表示了对它的钟爱之情。他在给哥哥的信中曾表示:"这个典型是我头一个发现的,我是这个典型的预言家。"直到晚年,陀思妥耶夫斯基在谈到自己的这部早期作品时仍强调:"我从来没有把比这更为严肃的思想引到文学中来过。"

首先,《两重人格》开启了双重人格的主题,小说写的是生活在19世纪京城的一个颠沛无告的小公务员的悲惨命运。陀思妥耶夫斯基通过高略德金形象开启了后来贯穿他全部创作的双重人格主题。

打开作品,作者剖析了一颗激动不安的灵魂。一个人格分裂的主人公的内心世界清晰地展现在我们面前。作品中突出地表现了人物三种强烈的心理感受:

一是恐惧心理——被人们从生活中排挤出去的担忧。高略德金地位卑微,生性怯懦,他曾经有过失业潦倒的痛苦经历。一种唯恐回到自己过去的境遇中去的恐惧感时时如同驱不散的阴云一般笼罩在他的心头,甚至压倒了他的正常的思维。他病态地自尊,他逢人就表白自己的光明磊落。他时时觉得有人想暗算他,置他于死地,他常常用"那最有挑战性的目光来保护自己,以防不测",可是在这自尊、这表白、这目光的后面,我们读到的只有两个字:恐惧。

二是孤独心理——与世隔绝般的茕茕孑立。高略德金的精神世界虽然贫乏,可他也有一种寻求理解和友爱的愿望,他甚至一度想与幻觉中出现的同貌人结成知交,然而不管是在现实社会中,还是在幻觉世界里,他的愿望都成了泡影。低下的社会地位和乖戾的举止使他获得的只有嘲骂和唾弃,人们对这样的小人物的一切抗争都置若罔闻,似乎根本不存在高略德金这么一个人。高略德金被逐出克拉拉的生日宴会后,在阴风凄雨中孤单单地苦苦奔跑,看上去"好像自己要躲着自己,自己要逃避自己"。要逃避自己——这是比恐惧更深一层的与世隔绝般的孤独感,他在作者浓重的色块和不祥的音响渲染下达到了令人惊心的地步。

三是矛盾心理——灵魂的搏斗与幻想的破灭。恐惧和孤独在他身上交织着。他并不纯粹是一个温顺善良的小人物,他的人格是分裂的。作者巧妙地通过主人公幻觉中出现的同貌人小高略德金的形象展示了人物性格的矛盾。高略德金生性脆弱,处事迟疑,在上司面前诚惶诚恐,笨拙可笑,想改变自己"抹布般"的处境而无望,可是同貌人则果断油滑,在官场上八面玲珑,很快就成了上司的宠儿;高略德金软弱无能,"胆小得像母鸡",追求上司的女儿而不得,可是同貌人则大胆泼辣,善于钻营,是一个惯于耍手腕、事到功成的谋利老手;高略德金多少还有点人的感情,对那些踩着别人的肩头往上爬的行为感到卑劣和可怕,相信"强欺弱,无好报",可是同貌人却是一个翻脸不认人的极端个人主义者,他把"只要目的能够达到,任何手段都是适当的"这一原则作为自己的信条,他可以不顾一切道德准则为所欲为……同貌人的形象把高略德金性格的另一面——对那些"幸运儿"垂涎三尺,对他们的所作所为颇为羡慕——纤毫毕现地表现了出来,他是高略德金在现实中无法实现的幻想的形象化。这两种心理是如此尖锐地对立,当它们集中在一个人物身上时必然导致激烈的矛盾冲突,因此高略德金的灵魂是骚动不安的。同时高略德金的矛盾又是不可克服的,因为就其本性和社会地位而言,他绝不可能变成小高略德金那样的人,他的幻想终于破灭了,他那看不到出路的、病态的灵魂搏斗的结局只能是彻底的绝望,直至发疯。

别林斯基曾在《一八四六年俄国文学一瞥》中对高略德金的形象倍加赞扬,他认为:"作者在《两重人格》中显露出巨大的创作力,主人公的性格属于俄国文学能够夸耀的最深刻、最大胆、最真实的构思之列。这部作品有无穷的智慧和真实,艺术上的技巧臻于成熟。"在《两重人格》中,作者虽然把对性格形成的社会环境的描写推到次要的位置上,但是透过作者犀利的心理分析,读者同样看到了社会的冷酷和挣扎着这个冷酷社会中的真实形象。主人公的典型意义是无可否认的。与陀思妥耶夫斯基同时代的批评家符·迈可夫曾经指出:"高略德金就像玛尼罗夫(果戈理小说《死魂灵》中的一个地主形象——引者注)一样生动和普遍。您可以把您的大部分熟人,有时甚至是自己称为高略德金……"

高略德金的形象是陀思妥耶夫斯基后来塑造的许多双重人格形象的先驱。

1861 至 1864 年期间,陀思妥耶夫斯基为了把《两重人格》从中篇小说扩充为长篇小说做过认真的构思,这个构思未能实现,然而不久,《罪与罚》就问世了。《罪与罚》标志着陀思妥耶夫斯基独特的艺术风格的成熟。从这部作品中我们看到了它与《两重人格》的种种联系,特别是从拉斯柯尼科夫身上我们又看到了高略德金的影子——一个典型的具有双重人格的形象。拉斯柯尼科夫性格的两面是如此不可调和,他既是一个心地善良、乐于助人的穷大学生,一个有天赋有正义感的青年,同时他又病态的孤僻,"毅然与一切人断绝了来往",有时甚至"冷漠无情、麻木不仁到了毫无人性的地步"。为了证明自己是否属于"不平凡的人"之列,他可以去行凶杀人,"似乎在他身上有两种截然不同的性格在交替变化"。这种分裂的人格在拉斯柯尔尼科夫身上表现得非常典型。陀思妥耶夫斯基最后一部巨著《卡拉马佐夫兄弟》全面体现了他后期的创作特色。这部作品中的中心主人公伊凡·卡拉马佐夫是又一个双重人格的形象。一方面他崇尚理智,渴望生活,同情人类的苦难,富有人道主义精神,另一方面他又缺乏生活信念,摒弃道德原则,不分善恶是非,鼓吹"为所欲为",是一个十足的犬儒主义者和自我中心主义者。在作品的形象体系中,伊凡比他的父亲老卡拉马佐夫和哥哥德米特里更全面地反映了"卡拉马佐夫气质";同时,伊凡又比阿辽沙更充分体现了作者的人道主义思想,小说中纯洁的阿辽沙和无耻的斯麦尔佳科夫在某种程度上正是伊凡分裂的人格中善恶两极的外化。作品对伊凡所谓的"一切皆可以任意妄为"的理论的批判无疑又与《两重人格》、《罪与罚》等作品相呼应。

从高略德金到拉斯柯尼科夫和伊凡,这仅仅是勾勒了陀思妥耶夫斯基笔下的具有双重人格的形象的主线,其实他塑造的许多主人公形象都不同程度地具有这样的性格特征,如《罪与罚》中的斯维德里加依洛夫、《群魔》中的斯塔夫罗金、《少年》中的威尔西洛夫、《卡拉马佐夫兄弟》中的德米特里等等。就逼真和深刻地描摹这类形象的矛盾心理而言,很少有作家能与陀思妥耶夫斯基比肩。

第二,小说探索了人的心灵奥秘。早在青年时代,陀思妥耶夫斯基就曾经在给他哥哥的信中写道:"人是一个谜。需要解开它,如果你一辈子都在解这个谜,那你就别说浪费了时间。我在研究这个谜,因为我想成为一个人。"确实,探索人的秘密,发掘人性成了陀思妥耶夫斯基一生艺术探索的目标。就艺术表现手法而言,《两重人格》在不少方面初步显示了陀思妥耶夫斯基的这一创作特色。

其一，写人物的幻觉、梦魇和下意识。

《两重人格》中陀思妥耶夫斯基第一次大段大段地展开了对人的无意识行为的描写。幻觉在这部小说中占据了突出的地位，主人公的双重人格就是在他与幻觉中的同貌人的冲突中淋漓尽致地揭示出来的。小说中幻觉连绵不断，例如作者这样写主人公初现幻觉时的情景：当高略德金绝望地走在街头时，"忽然他浑身一颤……这当儿他似乎觉得有个人，此刻就站在这里"，很快地、断断续续地对他说着话，可是一转眼那人却"在暴风雪中不见了"。高略德金惊恐地闭上了眼睛，"忽然，透过风雨声，一阵很近的脚步声又传到他的耳里"，他睁开眼睛，只见"又有一个黑黝黝的人影很快地向他走来"。那时隐时现的幻影把高略德金丧魂落魄的紧张心理逼真地表现了出来。

在这部小说中还有一些写梦魇情景的出色段落。小说第十章是以主人公的一个长长的噩梦开始的。在这个不连贯的、跳跃式的梦境中，高略德金见到自己受了同貌人小高略德金的排挤和戏弄，并且被人赶上了街头。高略德金拼命地在人行道上跑着，可是每跑一步，地底下就跳出一个同貌人，这些同貌人像一长串鹅似的跟在他后面，"弄得应该受到同情的高略德金先生喘不过气来"。这一奇特的梦境在表现主人公害怕被人从生活中排挤出去的恐惧心理方面是相当有力的。

《两重人格》中也有关于下意识的成功描写。高略德金为了追求上司的女儿克拉拉而闯进她的生日宴会，进去后处境十分尴尬，这时作者插入了对主人公在神志恍惚的状态中的下意识心理描写：高略德金定睛看着一位客人，"这位先生戴着假发，高略德金先生想，假使揭去假发，就是一个光头，像我的手掌一样光。作了这样重大的发现后，高略德金先生又想到阿拉伯的艾米尔，如果解去他们头上缠的绿巾……那就也成了光头了。接着，大约因为高略德金先生的思想突然触及土耳其人，由此他便想到土耳其人的鞋"，立刻他转而想到了他的上司靴子很像土耳其人的鞋，随之他的思路又跳到室顶的吊灯上，设想这吊灯一旦掉下来，在危急时刻他成了克拉拉的救命恩人。高略德金的思路似乎是混乱的，但它并不是漫无边际的胡思乱想，它反映了此时此刻主人公手足无措的慌乱心理，并与人物的性格和行为动机相吻合。陀思妥耶夫斯基在后来的创作中大量地运用了这样的表现手法，出现了精彩纷呈的描写。如《罪与罚》中拉斯柯尼科夫犯罪前一路上的下意识联想：花园——喷泉——污秽——散步，斯维德里加依洛夫自杀前夜骚扰他的噩梦，《卡拉马佐夫兄弟》中伊凡发疯前夕与魔鬼辩论的梦境都是很有特色的心理描写篇章。

其二，通过悲剧性的内心冲突揭示人物性格。

陀思妥耶夫斯基笔下的人物往往从出场起性格的主导面已经形成，作品中人物一般由一种主导的思想情绪控制，作者主要通过强烈的内心感受和心灵冲突来显示不同人物之间的性格差异。这一点显然与列夫·托尔斯泰和屠格涅夫的表现手法不同。托尔斯泰主要通过"心灵辩证法"，即心理过程本身来展示人物性格的变化和发展。屠格涅夫则擅长于写人物心理变化的结果，通过动作表现心理，从而达到刻画人物性格的目的。在这点上三位大师各有千秋。陀思妥耶夫斯基的这一艺术特色在《两重人格》中已经有所显现。《两重人格》中主人公高略德金的性格并无大的变化，他的基本思想情绪是对生活的恐惧和对"幸运儿"的向往。他的全部行为和心理活动都是在这个主导的思想情绪控制下展开的。作品中的主要冲突是主人公自身的性格冲突，而不是他与上司、同事，或者医生、仆人之间的冲突。在后期的一些作品中，陀思妥耶夫斯基更是把主人公心灵深处的激烈鏖战作为揭示人物性格的主要手段。

其三，浓缩的时空概念。

在《两重人格》中可以看出,作品的时间和空间概念被浓缩了。作者尽可能减少情节开展的时间,并把故事发生的许多事情集中在少量的特定时间和空间加以描写。《两重人格》的情节发展很快,作者将高略德金的全部行为和心理活动集中在四天的时间里和几个特定的场景中展开。小说中主人公过去的经历是不重要的,作者把剖析人物现时的强烈心理感受和内心冲突放在突出的位置上。这种现象普遍存在于陀思妥耶夫斯基的其他作品中。就情节开展的时间而言,《白夜》仅用了四个晚上和一个早晨,《罪与罚》总共才十二天,《卡拉马佐夫兄弟》反映了极为广泛的政治、哲学、宗教和伦理等方面的内容,可它的情节过程也不过短短几个月的时间。苏联学者巴赫金认为,这与陀思妥耶夫斯基"力图把一切看作是同时存在的现象"的美学观有关。巴赫金把陀思妥耶夫斯基与歌德进行了比较。他指出,歌德"倾向于纵向排列","把同时共存的各个矛盾理解为某个统一发展过程的不同阶段"。而陀思妥耶夫斯基"总是尽量把这些阶段放在同一时间范围里,照戏剧的格式进行比较对照"。这一点"使得他甚至把一个人的内在矛盾和内在发展阶段也放在空间中……把一个人身上的每个矛盾变成两个人,以便使这个矛盾紧张活动,让它分散展现……他的情节急骤进展、'剧烈运动'和动作性也是从这里产生的"。巴赫金认为,这一才能的有力的一面是使陀思妥耶夫斯基"对特定瞬间横剖面的理解力达到异乎寻常的敏锐的程度……在旁人看见一种思想的地方,他会找得到和探摸到两重思想和双重人格"。无疑,陀思妥耶夫斯基对内心分裂的主人公的剖析的深度与他的这一艺术才能有着不可分割的联系。

《两重人格》发表后,别林斯基在《祖国纪事》上撰文称赞:"对于任何一个理解艺术奥秘的人来说,一眼便可看出《两重人格》比《穷人》具有更多的创作天才和思想深度……《两重人格》带有巨大有力、但尚为年轻稚嫩的才能的烙印……他的才华属于那一类人,他们不是一下子被大家理解和承认的。在他的创作生涯中会出现许多与他对立的天才,但那些对手被大家遗忘之时,也正是他达到荣誉顶峰之日。"但是一年后,别林斯基在继续肯定作家的"巨大的创作力"的同时,指责小说中的幻想色彩。别林斯基对《两重人格》的这一指责是由于他与陀思妥耶夫斯基在文艺观上的差异所致。

《两重人格》是陀思妥耶夫斯基刚刚踏上文坛时的作品,作者横溢的才华尚未经过长期的锤炼,艺术上的某些不足在所难免。但是,它作为最早显示了陀思妥耶夫斯基创作特色的作品,却有着不可低估的价值。

三、《罪与罚》

如果将《罪于罚》纳入俄罗斯知识者文化选择的大视野来关照,就会发现这部小说是文化试错的民族寓言,是陀思妥耶夫斯基个人忏悔的告白。

19世纪俄罗斯知识界面临着在本土文化和西欧异质文化之间的抉择。陀思妥耶夫斯基在19世纪40年代受空想社会主义等西方思潮影响,50年代以后归依东正教、首倡"土壤"理论,回归俄罗斯传统文化。19世纪前五十年俄罗斯知识者主要受到西方文化的影响。十二月党人从西方文化中借鉴共和制或君主立宪来取代专制制度,别林斯基等从西方文化中效法宪法精神和政治理念以革除本土的农奴制和专制制度,普希金、莱蒙托夫从西方文化吸纳"恶魔"般的个人主义以克服农奴制赖以存在的奴才主义。陀氏本人也成了学习西方文化热潮中的一分子。1847年他参加了传播法国空想社会主义的团体彼得拉舍夫斯基小组,成了傅立叶学说最虔诚的信服者。19世纪中期,俄罗斯的先进知识者出现精神激变,由学西方转而重视自己本土的资源。

1848年的欧洲革命等事件使他们意识到,深受个人主义之荼毒的西欧绝不是俄国未来的典范,他们开始从本土文化中寻找摆脱资本主义的宝贵资源。在50年代,陀思妥耶夫斯基经历了其人生最悲惨的十年,由于参加彼得拉舍夫斯基小组,他由著名作家而成了苦役犯和流放犯,他在流放中完成了文化选择的转向。当时只有一本《圣经》陪伴他度过痛苦孤寂的时光,于是他虔诚地重新皈依东正教,"上帝赐予我某些宁静的时光,在这些时光里我形成了神圣明确的信仰的象征,这象征极其简单明了:没有什么比基督更美好、更深刻、更可敬、更理智、更勇敢、更完善"①。当流放和苦役解除后,他回到彼得堡所做的第一件大事是创办《当代》杂志,由他自己起草了征订启事。在启事中陀氏宣告了否定学西方、立志回归俄罗斯土壤的新的文化选择。他的立论方式是,首先否定彼得大帝以向西方学习为宗旨的改革,认为"彼得大帝的改革本来就使我们付出了过于高昂的代价,它使我们与人民隔离开来",人民"称彼得大帝的追随者是德国人"。他进一步反思了俄罗斯人的历史道路:"彼得的后继者们……快要变成欧洲人了。我们有个时候也责备自己没有能耐成为西欧派。"他作出了自己的判断:"我们不可能变成欧洲人,我们也没有能力迫使自己适应一种欧洲的生活方式……这种生活方式与我们格格不入,是互相对立的,就好像我们不能按照我们的尺寸做别人的衣服来穿一样。"他的主张是:"我们认为,我们也是一个独立的民族……因而我们的任务是为自己创造新的方式,我们自己的、本土的,植根于我们土壤的,来自人民精神的、融合了民族各种因素的方式。"②这就是陀氏的新的文化选择,几位作家组成了以他为核心的"土壤派"。很明显,陀氏在两个层面上反思了文化选择的失误:第一是宏观的,即反思以彼得大帝向西方学习为标志的民族国家文化选择的失误,第二是微观的,即清算他自己在40年代末期受法国空想社会主义思潮影响导致的文化选择的失误,显然他自己通过回归上帝而回归了俄罗斯文化。

陀思妥耶夫斯基的文化选择的大转折,是他创作《罪与罚》的深层动机,作家本人对文化选择中的是非曲直的反思,映射为拉斯柯尼科夫选择西方文化还是选择俄罗斯文化的叙事深层结构。如果借用法国结构主义符号学家格雷马斯符号学矩阵来指代《罪与罚》重要的叙事成分③,可以清晰地显露出叙事的深层结构:

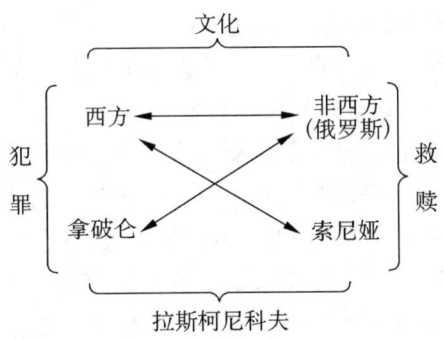

《罪与罚》中有关拉斯柯尼科夫的叙事是围绕两根基本语义轴——犯罪和救赎——来展开的,这恰好是作品中西方文化被非西方文化(俄罗斯文化)逐渐取代的叙事。

《罪与罚》多次涉及到对拉斯柯尼科夫杀人动机的揭示,这与对拿破仑的想象有关。第三

① 伊·安德烈耶夫:《19世纪俄罗斯作家》,第292—293页,美国巴兰协会俄罗斯分会,1999年。
② 《陀思妥耶夫斯基散文选》,第111—112页,刘季星、李鸿简译,百花文艺出版社,1997年。
③ 格雷马斯:《论意义——符号学论文集》(下册),第217—228页,冯俊学等译,百花文艺出版社,2005年。

部第五章预审官波尔费利提到拉斯柯尼科夫原来发表的一篇题为《论犯罪》的文章,接着拉斯柯尼科夫自己转述了文章的基本思想:穆罕默德、拿破仑等都是罪人,为了立新法而屠杀维护旧法的人;另一些人则是普通人,他们被前一类人屠杀。显然拉斯柯尼科夫自己和波尔费利都找到了杀人的真正动因。后来拉斯柯尼科夫自己回忆杀人的细节时突然冒出了这样的念头:拿破仑"是一个可以为所欲为的真正的统治者,他突袭土伦,在巴黎进行屠杀……在远征莫斯科时消耗糟蹋五十万人……这种人显然不是血肉之躯",接着他把拿破仑同他杀死的老太婆并置在一起,对自己的杀人作了这样的判断:"我杀了一个原则,但我并没有跨过去",似乎他已经意识到自己不是拿破仑这样的"不平常的人"。拉斯柯尼科夫在向索尼娅忏悔时,再次提到拿破仑:如果拿破仑没有自己的土伦,他一定会杀死那个老太婆,他"学习这位权威者的榜样,把她杀了"。拉氏杀人与拿破仑的推动作用的内在关联,应该联系当时的拿破仑主义的流行史实来看。路易·波拿巴复辟后实行"拿破仑主义",1865 年巴黎出版他写的《尤利·恺撒传》,后来在俄国出版了俄译本。1865 年 2 月 21 日的《莫斯科公报》发表了该书序言的部分内容:路易·波拿巴提出了"伟大人物"的"使命",他们"秉承神意",成为"在历史时代中脱颖而出灯塔式的杰出人物","强有力的个性"有权破坏普通人必须遵守的道德规范。《俄罗斯通报》1866年第四期连载《罪与罚》,内容恰好就是波尔菲利同拉斯柯尼科夫谈论拿破仑的第三部第五章[1]。在这里拿破仑成了西方文化所代表的个人主义价值观的代名词,"这是魔鬼的诱惑"。他时而觉得自己必死无疑,时而噩梦缠身,几近疯狂,犯罪导致他走向毁灭。拉斯柯尼科夫所作所为,在某种意义上正是处于彼得拉舍夫斯基小组时期的陀思妥耶夫斯基本人的写照。迷误既深,出路何在? 小说的救赎叙事从第四部开始逐渐取代犯罪叙事。

《罪与罚》的叙事的另一根语意轴是索尼娅对拉氏的救赎。在第四部第四章里,索尼娅这个操着买笑生涯的贫苦女性,激起了拉斯柯尼科夫的敬仰,他跪着亲吻她的脚,表示向人类的苦难致敬,她给他读《约翰福音》中拉撒路复活的故事,使拉斯柯尼科夫有所触动。对这个场景,评价甚多,纳博科夫觉得它是"劣等的文学噱头"[2]。伊·安德烈耶夫则认为,这是世界文学中表现上帝的爱照耀下两种性格相反的人彼此冲突的最杰出篇章[3]。舍斯托夫指出,这里包含着创造奇迹的巨大力量[4]。与第四部第四章备受论者关注不同,第五部第四章似乎不太受重视,它在整个作品中的作用,远没有被学者认识到,其实这一章是拉斯柯尼科夫发生"突转"的高峰。这一章的第一句话是:"拉斯柯尼科夫一直是索尼娅积极有力的辩护人。"拉斯柯尼科夫对索尼娅说话称她为"你",而她对他说话时称他"您",显然本章开始时拉斯柯尼科夫是以索尼娅的保护者的面貌出现的,因而"居高临下"。后来他开始向她坦白自己杀人的罪行,并为自己辩护时,两人的角色发生了"突转"。索尼娅愤怒地喊道:"怎么办? 马上去,站在十字街头,双膝跪下,先吻一吻被你亵渎的大地,然后向大家,向四面八方磕头,大声对所有的人说:'我杀了人',那时上帝就会重新给你生命。"而且她对他"居高临下"——她站着,他坐在床上,她称他为"你",而且对他使用命令式。正是索尼娅,以东正教徒的名义,以俄罗斯的名义拯救了本来会归于毁灭的拉斯柯尼科夫。后来拉斯柯尼科夫果然按照她的"指令",到十字路口去亲吻了大地,然后去自首了。在西伯利亚的流放地,索尼娅在大墙外陪伴拉斯柯尼科夫,他们隔墙执手,心心相印,于是将发生

① M·古斯:《陀思妥耶夫斯基的思想和形象》,第 275—277 页,文学出版社,1962 年。
② 弗·纳博科夫:《俄罗斯文学讲稿》,第 189—190 页,独立报出版社,2001 年。
③ 伊·安德烈耶夫:《19 世纪俄罗斯作家》,第 316 页,美国巴兰协会俄罗斯分会,1999 年。
④ 舍斯托夫:《思辨与启示》,第 270 页,方珊译,上海人民出版社,2005 年。

拉斯柯尼科夫"如何逐渐获得新生"的奇迹。作家将女主人公命名为"索尼娅"是很有寓意的。在俄语中索尼娅(Соня)是索非亚(Софья)的小名,其同音词是 София。София(索非亚)就是古希腊语的"智慧"(Σοφια),在《旧约》中,索非亚就是《箴言》第八章呼喊觉醒的"智慧"①。在东正教的文化传统中索非亚则是被亚德里安大帝(2 世纪)迫害的有信、望、爱三个女儿的母亲。由于其发音的特点在俄罗斯传统中她是具有罗各斯之光的神祇②。这样索尼娅实际上成了拉氏的睿智圣母式的拯救者,她引导他走向了复活。

在《罪与罚》中,按照第一根语意轴的自然逻辑,受拿破仑主义诱惑的拉氏几近毁灭。从第四部开始,在另一根轴上,体现以东正教信仰为核心的俄罗斯本土文化的索尼娅逐渐完成对他的救赎,使之复活。这是俄罗斯文化逐渐超越西方文化的"苦难历程"。

在《罪与罚》中,除了处于中心的男女主人公体现了对西方文化和俄罗斯文化的艰难选择外,在其他人物之间也展开了文化论争,阐明这一点又会反过来加深对上述叙事结构的理解。在第二部第五章,拉祖米欣与卢仁之间就展开了一场争论。卢仁宣扬"年轻的一代"的哲学:必须抛弃"要爱人","因为世界上的一切都建立在个人利益之上",甚至拉斯柯尼科夫也忍不住反驳他:"照您刚才鼓吹的那种理论,结果必定是可以杀人。"我们进而会发现卢仁实际上是"助手",他的这些新潮思想是从列别加尼科夫那里学来的,此人又与所谓的虚无主义者有着暧昧的联系。而且拉斯柯尼科夫的杀人,还受到了其他"社会主义者"影响:第一部第五章大学生和军官谈话中包含的"社会主义"思想,构成了拉氏杀放高利贷的老太婆的直接推动因素。这表明,在《罪与罚》中形成了明显的社会思想场域,拉氏谋划杀人,既有拿破仑式的伟人哲学的毒害,又受当时从西方传来的"社会主义"和"虚无主义"思潮的影响。与卢仁和拉斯柯尼科夫等受西方影响的人针锋相对,拉祖米欣表明了自己的观点:"照自己的意思胡说八道比照别人的意思说实话甚至还好些。照第一种情形去做,你是一个人;照第二种情形去做,你不过是只学舌的鹦鹉。"人和鹦鹉并置其寓意是深刻的:宁可像人那样走自己的路——坚持俄罗斯本土的东西,而不能像卢仁和拉氏等那样走西方的路。显然拉祖米欣成了陀思妥耶夫斯基"土壤"理论的代言人。这样一来,小说中人物形成了这样几类:第一类,体现俄罗斯传统美德的、体现亲缘土壤美质的人物——索尼娅;第二类,自觉认识到走西方的道路是错误的,因为回归亲缘土壤的知识者——拉祖米欣,他的姓氏也是寓意深刻的,本来他姓"弗拉祖米欣"(Вразумихин),但所有的人都叫他"拉祖米欣"(Разумихин),而且叙述者也一直这样称呼他,去掉词头"弗",这个姓氏就包含了"理智"(разум)这个词根。他的姓氏是他走上正确道路的隐喻;第三类,通过第一类人物点化意识到,走西方道路是错误的,进而回归传统文化——拉斯柯尼科夫;第四类,在受西方文化影响下执迷不悟的人物——卢仁、列别加尼科夫等。卢仁的名字和父名是彼得·彼得罗维奇(Петр Петрович),这也是作家运用的有"意味的形式",即他是彼得的儿子,他本人也叫彼得。这里似乎在回应陀思妥耶夫斯基的"土壤派"理论关于俄罗斯民族的发展道路的思考:卢仁宣扬西方式的个人主义,正如彼得大帝一样也是人在歧途。分析到这里,作品中被复杂的故事交织和话语喧哗掩盖着的线形逻辑变得清晰起来:拉斯柯尼科夫因受来自西方的拿破仑主义和"社会主义"等思潮影响而犯罪,几近毁灭,他受俄罗斯土壤肉身化的索尼娅的感化而复活,其他人也在西方文化和俄罗斯传统文化之间探寻出路。因此《罪与罚》的深层结构中包含了一场"土壤派"同西欧派的激烈论战。

---

① Ю·斯捷潘诺夫:《常数:俄罗斯文化词典》,第 479—481 页,科学院大街出版社,2001 年。
② M·莫热科:《索菲亚》,载《新哲学词典》,第 963 页,图书之家出版社,2003 年。

从 50 年代初开始,陀思妥耶夫斯基本人反思西方化的弊端,皈依宗教,重新肯定俄罗斯"土壤"的价值,因此 40 年代他自己的西方化追求就被当成了一种文化试错,彼得大帝向西方学习的改革,也被他视为民族国家发展中的文化试错。恰好在形成"土壤"思想的同时,陀思妥耶夫斯基 1859 年曾给其哥哥写信说:"我曾对你讲过一部忏悔录式的长篇小说。目前我已经下决心立即动手写这部小说……我将把全部心血倾注在这部作品上。早在服苦役期间,当我躺在统铺上,愁肠百结,发生思想裂变的时候,我就开始构思它了……这部忏悔录将会最终确立我的名声。"①因此陀氏创作《罪与罚》是自觉的"行为艺术":即用文学虚构的言说方式进行了文化试错的自我清算和反思,为自己过去的错误的文化选择,也为自己民族国家的错误的文化选择。陀思妥耶夫斯基还要通过《罪与罚》向官府表态——痛改前非,同过去的错误思想划清界限,跟先前的捣乱分子一刀两断:拉祖米欣抨击了法国思想家傅立叶的观点和他的"法伦斯泰尔"——空想社会主义方案,抨击了"社会主义者"的"犯罪是对社会制度不正常的抗议"的观点。陀思妥耶夫斯基通过小说来表达重新做人的意图,在这里已昭然若揭。《罪与罚》还表明,这种清算和反思,是走向未来的希望所在,拉祖米欣说:"通过谬误才可以得到真理。不犯十四次,甚至一百十四次错误,就不会得到任何一个真理。"因此《罪与罚》就成了陀思妥耶夫斯基对于个人和国家关于文化选择中克服迷误走向真理的文学想象的结晶。于是,《罪与罚》表达了对作家本人文化试错的理智清算,对俄罗斯民族文化选择的深刻反思。

1986 年,美国文艺理论家詹姆逊曾提出这样的假设:由于第三世界的文化处于同第一世界的文化帝国主义的艰难搏斗中等因素,第三世界的知识分子总是政治斗士,"所有第三世界的文本都带有寓言性和特殊性,我们应该把这些文本当作民族寓言来阅读。"②这个假设可以借用来指称《罪与罚》。这部小说确实是讲述俄罗斯文化与西方文化及其关系的民族寓言。一本《罪与罚》,陀思妥耶夫斯基于公于私都有所得:既吐纳时代气息,其精神与当时文人的文化认同谐声共振;又隐现小我私心,其细节将作者自己的忏悔自新袒露无遗。《罪与罚》既有深邃的思想,精彩的描写,又散布着有待完善的因素:"劣等的文学噱头",略显直白的文化论争,似嫌生硬的人物冲突和转化等等。这些都可以归咎于寓言不可避免的幼稚性,连载小说的迫促疏漏,以及作家意图的过于繁杂——既要侦探小说的凶杀侦破,又要社会小说的冷峻残酷,既有文化反思的互相辩难,甚至还通过人物的话语把作家的自首反省昭告官方。但是,凡此种种都不足以掩盖《罪与罚》的迷人光焰。

① 格罗斯曼:《陀思妥耶夫斯基传》,第 434 页,王健夫译,外国文学出版社,1987 年。
② 弗·杰姆逊:《处于跨国资本主义时代中的第三世界文学》,张京媛译,《当代电影》1989 年 6 期。

第十九章　列夫·托尔斯泰

一、生 平 与 创 作

　　列夫·托尔斯泰(1828—1910),俄国小说家,1828 年 9 月 9 日生于图拉省克拉皮县亚斯纳雅·波良纳的一个伯爵之家。两岁时母亲去世,九岁时父亲去世,他在姑母的监护下长大。早年他在家中接受贵族式的启蒙教育,1844 年进喀山大学东方语文系,次年转入法律系。1847 年退学,回到自己的世袭庄园,一面自学,一面亲理农事,并企图通过改革,缓解农民与地主的关系,但得不到农民理解而招致失败。在失望中他来到莫斯科,在上流社会过了一段懒散、荒唐的生活。1851 年随兄长到高加索服役,长达六年,参加过保卫塞瓦斯托波尔的战争,任炮兵连长。

　　其时他发表了描写一个青年人成长的《童年》(1852)、《少年》(1854)和反映克里米亚战争的《塞瓦斯托波尔故事》(1855—1856)。1856 年退伍后回到农庄从事农事改革,又以失败告终。他的改革活动写进了短篇小说《一个地主的早晨》(1856)中。另一个短篇《琉森》(1857)表现了他对资本主义文明的怀疑、不满与批判。1859 年,他因观点不合,与《现代人》杂志分手,回到故乡,创办学校,将教育视为社会改良的重要途径。1863 年他停止办学,当年发表了中篇《哥萨克》,主人公奥列宁是一个带有自传性的精神探索者形象。1863 至 1869 年,他写出长篇小说《战争与和平》,这是他的第一部重要作品。

　　1869 年 9 月,托尔斯泰途经阿尔扎玛斯,深夜,在肮脏的旅馆中他第一次体验到忧虑与死亡的恐怖,这种"阿尔扎玛斯的恐怖"预示了托尔斯泰精神危机的到来。1873 至 1877 年他写出长篇小说《安娜·卡列尼娜》,这是他的第二部重要作品。19世纪70年代末80年代初,他进行了激烈的思想斗争,彻底与贵族阶级决裂,站到了宗法制农民的立场上,主张"勿以暴力抗恶",通过"道德自我完善"摆脱罪恶,使人达到"最后的幸福",这就是所谓的"托尔斯泰主义"。

19世纪80、90年代他创作了不少小说、戏剧、民间故事、传说、寓言、政论和艺术论文。主要有剧本《黑暗的势力》(1886),中短篇小说《伊凡·伊里奇的死》(1886)、《克莱采奏鸣曲》(1887—1889)、《哈吉·穆特拉》(1896—1904)、《舞会之后》(1903)。其中,《黑暗的势力》通过农民尼基塔不择手段获取物质利益,展示卑鄙与善良之间的冲突,资本主义侵入宗法制的农村以后,人的精神意识呈畸形,发财的欲望导致人的行为变得残忍与卑劣。《伊凡·伊里奇的死》描写贵族社会人与人之间的冷酷关系,揭露贵族的虚伪和假情假意,并以庄稼汉盖拉西姆的纯朴善良相对照。《克莱采奏鸣曲》是托尔斯泰80年代精神探索的代表作品之一,阐述爱与善是人类的终极目的,但情欲妨碍人类目的的实现,因而需要禁欲。

后期作品《复活》(1889—1899)是托尔斯泰的第三部重要小说。小说描写主人公聂赫留朵夫的精神"复活"过程。早年他诱奸了农奴少女玛丝洛娃,十年后,沦为妓女的她被诬告犯了杀人罪而被投入监狱。作为陪审员的聂赫留朵夫良心发现,决心赎罪,为她上诉。上诉失败后,他跟随玛丝洛娃来到西伯利亚,欲与她结婚。在作者看来,在他身上,"精神的人"战胜了"动物的人",道德达到自我完美,走向了灵魂的"复活"。他俨然成了"托尔斯泰主义"的化身。玛丝洛娃是一个被侮辱与被损害的下层妇女形象。她本来是一个天真纯洁的少女,失身之后对善、对上帝的信念动摇了,而对自己的妓女职业和不堪入目的习惯不以为然。但聂赫留朵夫使她的心灵开始复苏,她决心做一个新人。她虽然重新爱上他,却又不接受他的爱。托尔斯泰认为,这种富于自我牺牲的爱是人类感情的最高形式。她通过同革命者来往,产生了要为大家谋幸福、追求新生活的热切渴望。托尔斯泰的描写具有空想性和虚幻性。

托尔斯泰晚年致力于"平民化"工作,生活简朴,期望放弃财产和贵族特权,由此与家人产生矛盾。1910年他离家出走,企图摆脱贵族生活,途中得了肺炎,于11月20日病逝于阿斯塔波火车站。

托尔斯泰的创作进入成熟期以后,先是力图探索俄罗斯人的爱国热情和民族精神,继而描写贵族妇女追求个性解放的悲剧,反映俄国农奴制改革后农村资本主义与宗法制的冲突,最后是探索俄国人在特殊条件下的精神复活。他对现实的描写广阔、博大、深刻。他的世界观充满矛盾,虽然他对现实有清醒的认识,但他认为人身上存在灵魂与肉体的矛盾,主张人应让灵魂主宰肉体,从而走向道德自我完善;他否定同恶进行斗争,力图让人通过奉行爱的法则,达到灵魂的净化。在艺术上,他擅长全景式的史诗性叙事,并展现人的内心世界的千奇百态。他的小说不仅具有再现生活的广阔性和丰富性,而且出色地表现了人的心灵世界。他指出:"艺术是一架显微镜,艺术家用它来对准自己的灵魂的秘密,并且把这些人所共有的秘密展示给人们。"他描写了心理变化过程的形态,展示心理流动形式的多样性和复杂性,这就是车尔尼雪夫斯基所指出的"心灵辩证法"。他所关注的不是人的心灵中阴暗的神秘的东西,而是性格发展和人战胜黑暗与邪恶的能力,与陀思妥耶夫斯基将人的灵魂看作一个无底深渊有所不同。在描写人与环境的关系时,他既写出人依赖于环境,又企图克服它的影响,走向精神独立;描写了人与环境发生冲突时人的自主性。

二、《战争与和平》

《战争与和平》是托尔斯泰创作个性的最好体现。

首先是史诗风范。高尔基有个生动的比喻："托尔斯泰倘若是一尾鱼,他一定是在大洋里面游泳,绝不会游进内海。"托尔斯泰本人也认为:"史诗的体裁对我是最合适的。"托尔斯泰的大部分作品都有一种内在的宏伟构想,而《战争与和平》无疑是最具史诗风范的一部作品。

和许多同时代的长篇不同,《战争与和平》中的生活画面往往以囊括一个历史时期的巨大而完整的形态出现。作者的艺术笔触伸向了 1805 至 1820 年俄国社会广阔的生活领域,"近千个人物,无数的场景,国家和私人生活的一切可能的领域,历史,战争,人间一切惨剧,各种情欲,人生的各个阶段,从婴儿降临人间的啼声到气息奄奄的老人的感情的最后迸发,人所能感受到的一切欢乐和痛苦,各种可能的内心思绪,从窃取自己同伴钱币的小偷的感觉,到英雄主义的最崇高的冲动和领悟透彻的沉思,在这幅画里应有尽有"(斯特拉霍夫语)。它不仅再现了整整一个历史时代,而且为人物提供了广阔的活动空间。例如,我们在如此多的生活舞台上看到了彼埃尔:宫廷女官舍雷尔的沙龙、阿纳托尔闹事的房间、别祖霍夫伯爵临终的病榻旁、松林中的决斗场、共济会的暗室、波罗金诺战役前线、火光熊熊的莫斯科、法军的俘虏营、未来的十二月党人的秘密团体……生活内涵的丰富使人物形象格外地丰满起来,而人物的广泛活动也有力地拓宽了小说表现生活的幅度。柯罗连科说得好:"托尔斯泰的艺术领域,这不是小径,不是林间小道,也不是一条大路,这是开阔的田野,深广地伸展着,在我们的面前显得广袤无垠。"

托尔斯泰的敏锐,他的感知力和探索精神,使他在捕捉新的生活现象上确实远远超过了一般作家。但是,驳杂的生活现象在托尔斯泰那里并不是无节制的铺陈和简单的罗列。在那涵盖整整一个历史时期的广阔画面中包含着作家严格的审美选择,作品的巨大容量主要来自于这种艺术概括的力量。《战争与和平》中那些富有魅力的风俗画面就颇能说明这一问题。"腌蘑菇、乳酪黑麦饼、出巢蜂蜜、不起泡的蜜酒和起泡的蜜酒"的醉人美味,"伸展得像一片海洋"似的多汁三色堇的沁人清香,复活节"照得金黄的圣像壁像起了火"的耀眼烛光,这些绚丽的民族风习素描给小说平添了一种真切的生活气息和历史的亲切感。普通的生活现象经过作家的典型化而与小说的整体紧紧交融在一起。

诚如匈牙利文艺理论家卢卡契所说:"大概没有另外一位现代作家,在他的作品中,'事物的整体性'会像托尔斯泰这样丰富,这样完整。"对生活的大面积涵盖和整体把握,对个别现象与事物整体、个人命运与周围世界的内在联系的充分揭示,《战争与和平》在这点上鲜明地显示了它的现代史诗的风范。

其次是不平凡人物的塑造。安德烈·包尔康斯基和彼埃尔·别祖霍夫是从急风骤雨的年代里走来的一对年轻人,两个个性迥然相异,生活道路不乏对照的艺术形象。他们在社会大变革的时期经受了考验,在血与火的战争中得到了洗礼,托尔斯泰因此而称赞他们是"光荣的人们"。

读者是在宫廷女官舍雷尔的客厅里开始认识安德烈的。他那沉着匀称的步伐和眯起眼睛环顾众人的神态,无不显示了他的矜持傲慢。作为一个正直的贵族青年,贵族上流社会生活使他感到厌倦和鄙视。其实,安德烈待人真诚友善,有广博的知识和很高的精神追求,并且具有较强的社会活动能力,同时他的性格比较内向,喜欢作严肃的思考和自我分析。1805 年,安德烈抱着在战场上赢得荣誉和功名的渴望来到了库图佐夫的军队。在奥斯特里茨战役中,他曾举着旗帜冲向高地,结果身受重伤,当他独自躺在战场上,面对无际的苍穹时,便感到个人功名的渺小。伤愈复员回家后,他又经历了家庭悲剧,因而一度意气消沉。彼埃尔"应该活,应该爱,应该有信心"的一番话打动了他,同时也受到娜塔莎生命活力的感染,安德烈度过了精神危机,重新开始探索生活的意义。他以素来就有的果敢踏实的作风在自己的庄园里解放农奴,又来到彼得堡参与斯别兰斯基的改革。但是这一切都未能取得预期效果,他深感失望。1812年卫国战争时,他再次参军。在前线,他亲眼看到了普通士兵和老百姓的勇敢、乐观和爱国主义精神,这些大大触动了他,与生俱来的那种贵族优越感消失了。他清楚地意识到,战争的胜负取决于人民。安德烈由当初对上流社会腐败生活的鄙视,变为对上层贵族畏敌如虎和漠视国家命运的谴责;由奥斯特里茨战役中为自身荣誉冲锋,变为波罗金诺战役中真正的英勇行为。在身负重伤,临死前夕,他体悟到了他所追求和理解的"人生真谛"。

彼埃尔是安德烈的挚友,生性老实,处事漫不经心,待人热情,心直口快,他不合时宜的言行在上流社会中显得颇为出格。彼埃尔也在不断地探索人生的道路,但他更侧重于对道德理想的追求。他很快摆脱了一度沉溺于其中的放荡生活,开始为生与死、善与恶等人生哲学问题所苦恼。这使他同共济会接近起来,信仰了它的教义,并希望从中找到"能够复活新生活的道路"。他曾试图根据这些信念进行农事改革,但是这些信念与现实生活之间本身存在着鸿沟,而他又缺少实际活动的能力,庄园的总管们利用他的轻信和单纯,使得他的所有良好愿望统统落空。随着对共济会了解的加深,他对这一秘密宗教团体越来越感到失望。抗击拿破仑入侵的全民卫国战争的风暴,促使彼埃尔的思想发生了急剧的转变。他跳出了局限于神秘主义哲学和慈善活动的小圈子,为全民的爱国主义情感所激动。他来到了波罗金诺前线,接触了普通士兵和老百姓,看到了人民群众身上的那种发自内心的爱国情感和大无畏的英雄主义。彼埃尔把自己对待生活的态度与他们作了比较,明白了什么是真正的人生,以及自己过去信念的虚伪。他渴望接近人民,"完全过他们那样的生活,深刻体验使他们成为人的东西"。在战场上和俘虏营里,人民心中的爱国主义的火焰也"同样在他自己的灵魂里燃烧起来",他的心灵得到了洗涤。小说尾声处,彼埃尔已摆脱普拉东宿命论思想的影响,参加了未来十二月党人的团体,勇敢地走上了反抗专制制度的道路。

安德烈和彼埃尔是在人民力量的感召下精神上得到成长的进步的贵族知识分子,也是作家"自我分析艺术的精美果实"。

三是诗意化的人物。在《战争与和平》中有一个被诗意化了的人物,那就是女主人公娜塔莎·罗斯托娃。她似乎一直被浓烈的诗情氛围所围绕。

小说中,娜塔莎是这样出场的:"突然间,隔壁房间里传出男女孩子们跑向门口的脚步声和一张椅子翻到的声音,于是一个十三岁大的女孩子……跳了进来,停留在室中央……这个黑眼睛、大嘴巴的少女,不漂亮,但是富有生命力……她靠在她母亲身上,笑得那么响亮,连那个拘板的客人也禁不住笑起来了。"一个天真、活泼、充满着生气的形象跃然纸上。随着作品情节的开展,作者进一步表现了娜塔莎不可遏制的生命活力,真诚、丰富和易于激动的感情。在气氛庄重的命名日的宴会上,娜塔莎的"恶作剧"令人哑然失笑;在明月之夜,她抱膝飞向天空的向往,又使人感到她的生命力的旺盛和奔放;在娜塔莎初次参加的盛大舞会中,她对幸福的向往和对安德烈的热烈情感更被表现得淋漓尽致。当安德烈处于精神危机时,是娜塔莎的生命活力重新燃起了他对生活的热爱。他把娜达莎视为生命、幸福、爱情和光明的象征,度过了精神危机,他的整个生活和精神面貌都发生了变化。即使是在阿纳托尔之流诱拐娜塔莎的篇章里,娜塔莎的性格还是展示了感情强烈、单纯而易受诱骗的一面。一度迷恋于浪子阿纳托尔和解除与安德烈的婚约是她生活中的第一次大波折,这使她经历了一场严峻的精神危机。在艰难地度过这场危机后,娜塔莎变得成熟了。当她重新恢复了"往日的蓬蓬勃勃的朝气"时,她的性格中已去掉了天真幼稚的成分,而充实了对生活的认识。

索尼娅在作品中与娜塔莎形象形成了鲜明对照。她是寄居在罗斯托夫家的一个孤女,性格温柔,持重,少女时代曾热烈地爱过娜塔莎的哥哥尼古拉。在小说的卷首就出现过这样一场风波:娜塔莎的姐姐维拉发现了尼古拉和索尼娅写的一些诗,就指责索尼娅妨碍了尼古拉的前程,是忘恩负义,索尼娅受辱痛哭。就这样,她性格中缺乏生气、"自我牺牲"等特征日趋突出。为了挽救罗斯托夫衰败的家境,她牺牲了自己对尼古拉的爱情,使他得以娶一个富有的妻子。索尼娅为罗斯托夫一家默默地献出了自己的青春、爱情、幸福,以至生命,而不顾及这种牺牲有何价值。尼古拉直觉到:"她有人们重视的一切东西,却很少可以使他爱她的东西。"在小说结尾处,娜塔莎对玛丽所说的那段话是意味深长的:"她所有的都被拿走了,什么都被拿走了,有时我非常为她难过……她是一朵不结果的花。"这一形象有值得同情的一面,但又令人感到压抑,就是作者本人对这一缺乏生命力的形象也不无贬义。作者在字里行间不时流露出对这种人为地压制生命力的"善行"的厌恶,尽管这一形象可以说是作者晚年一再宣扬的"博爱"和"自我牺牲精神"的艺术再现。

托尔斯泰曾把自己的长篇称为"广阔而不受拘束"的小说,"这种长篇小说,凡是我能够从新颖的、独特的、于人们有益的方面所深透理解的东西,都可以毫不勉强地放得进去"。这里的"广阔而不受拘束"并非是"松散而庞杂"的同义词。作家对长篇的艺术规律有清醒的认识。他认为:"艺术作品中最主要的是要有一个像焦点一样的,能把所有的光聚集于这一点或者从这一点放射出去的东西";此外就是布局,"一旦布局正确了,那么所有不必要的、累赘的东西自然而然会一概消失掉,一切都会以巨大的明晰度显现出来"。《战争与和平》正是体现了作家的这种自觉意识。

"人民思想"无疑是这部小说的聚光点。《战争与和平》虽是一部历史题材的作品,但它反映的却是作者对农奴制改革前后俄国前途和人民作用问题的思考。历史事件只是表层的东西。人民的力量决定了历史发展的方向,当时的俄国社会正是在这点上与小说中的历史事件相呼应。同时,托尔斯泰又在作品中提出了一系列相互交织和补充的重要问题。如俄国贵族的历史命运问题、战争与和平问题、历史人物的作用问题、农民问题、妇女问题等等,这些问题相互烘托,使小说出现"百川汇流"式的题旨的丰富性和指向的明确性。

小说围绕着"四大家族"主要成员的活动展开了多条情节线索。为了使宏大的生活画面构成一个有机的整体,作者采用了由"人民思想"凝聚、中心主人公对应发展的结构布局。安德烈和彼埃尔的探索从本质上说是一致的,但是两人的不同生活道路却以鲜明的映照方式贯穿全篇,而两条线又多次叠合。小说开头舍雷尔客厅中两人的共同"亮相",第五卷中在包古查洛伏和童山的重逢,第十卷同在波罗金诺前线,尾声中两人又在小安德烈的梦中迭现:面对阿克拉齐耶夫镇压起义者的威胁,小安德烈"转过头来看彼埃尔,但是彼埃尔不在那里了。在那里的是他父亲安德烈公爵"。每一次叠合都是双方思想发展的重要阶段,而尾声中安德烈的再现尤其反映了作者的匠心。而女主人公娜塔莎与他们的关系则使她成为两个人物性格和思想发展的主要参照物。

《战争与和平》在场景安排和场面处理上也显示了特色。作者采取了不少有效的布局手法。从总体看,浊浪排空的战争场面与平波似镜的和平场面交替出现,布局张弛相间,疏密适度。从波罗金诺战役看,作者又很注意内在气氛的调度,情节在战云密布与歌舞升平、金戈铁马与朋友重逢的场面转换中向前推进。这样的场景安排不仅符合生活本身固有的节奏,也符合读者的审美心理。又如明暗调度。小说的事件在长达二十年的时间中展开,因此作者大量运用了场景之间似断实连的手法。最典型的是,小说把卫国战争以后八年的生活全部推到幕后,而在尾声中突出彼埃尔与尼古拉争论的场景,从而达到既扩大生活容量又凸现主要场景的目的。再如动态组接。小说中的重要场景往往是由许多动态场面构成的。莫斯科大撤退这一场景就是由库图佐夫召集军事会议、拿破仑兵临城下、俄国军队拥挤桥头、娜塔莎让车救伤员、安德烈巧入罗斯托夫家、彼埃尔与娜塔莎途中相遇等动态场面组接而成。

作为聚光点的"人民思想",虽然是潜在的,但其发挥的统辖全局的作用却是巨大的;而对映体结构中心的独到安排,场景场面的巧妙调度,也在长篇布局中起到了极为重要的作用。因此,尽管《战争与和平》中民族矛盾和国内矛盾此起彼伏,人物复杂众多,事件驳杂纷呈,但它们的指向性都十分明确和清晰。大如历史进程、民族存亡、战争风云、制度变革,小至家族盛衰、乡村习俗、节庆喜宴、个人悲欢,都纳入了统一的艺术结构之中,从而也才有小说既宏伟开放,"每一部分具有独立的兴趣",又浑然一体,"形散而神不散"的艺术效果。

《战争与和平》正是以其开放、力度和整体原则为小说的艺术结构,为生活的"宏伟音响""提供了一种美的形态"。

三、《安娜·卡列尼娜》

《安娜·卡列尼娜》也是托尔斯泰的代表作之一。小说主要由两条线索构成。一条写安娜·卡列尼娜和伏伦斯基之间爱情婚姻的纠葛,展现了彼得堡上流社会、沙皇政府官场的生活;另一条写列文的精神探索以及他与吉提的家庭生活,展现了宗法制农村的生活图画。

托尔斯泰在这部小说中关心的是家庭题材。但家庭的冲突是与时代的矛盾、社会生活的激流密切联系的,主人公的生活历史被纳入到时代的框架之内,单个人物及其愿望、渴求、欢乐和痛苦,是时代与社会生活激流的一部分。作者在描写现实生活时强调了习以为常、故步自封的社会关系对人的沉重的压制,这种压制使人的个性和生命发展受到了严重阻碍。小说以史诗性的笔调描写了资本主义冲击下俄国社会生活和人的内心世界的躁动不安,展现了"一切都翻了个身,一切都刚刚开始安排"的时代特点。小说的悲剧气氛、死亡意识、焦灼不安的人物心态,正是人物同有损人的尊严的环境发生激烈冲突的产物。这种焦虑不安的气氛正是"一切都混乱了"的社会的特点,也是处于"阿尔扎玛斯的恐怖"之中的托尔斯泰自身精神状态的艺术外化。

安娜是一个追求新生活,具有个性解放特点的贵族妇女形象,她的悲剧是她的性格与社会环境产生尖锐冲突的必然结果。在作者的最初构思中,安娜是一个堕落的女人。但作者在创作的过程中改变了这种构思,赋予了安娜许多令人同情的和美的因素。安娜还是少女的时候,由姑母做主嫁给了比她大二十岁的省长卡列宁。卡列宁伪善自私,过于理性化而生命意识匮乏。他的主要兴趣在官场,是一架"官僚机器"。相反,安娜真诚、善良、富有激情、生命力强盛。她与这样的丈夫生活在一起,不知爱情为何物,这种生活窒息了她的生命活力。在和伏伦斯基邂逅之后,她那沉睡的爱的激情和生命意识被唤醒了。此后,她身上总流露出一种纯真的、发自内心的对真正生活的热切向往之情。

安娜最初的内心冲突,来自于她对生活的狂热渴望,来自于她对人与人之间纯真的关系的追求,来自于她对周围人当中比比皆是的谎言和伪善的厌恶。她的不同凡响,首先在于她不屈从于她认为不合理的环境,勇敢地追求和保卫所向往的幸福生活。对伏伦斯基的爱激起了她对真正有价值的生活的强烈渴望,那埋藏在心底的被压抑的东西驱动着她。她不愿再克制自己,不愿再像过去那样把自己身上那个活生生的人压下去。"我是个人,我要生活,我要爱情"!这是觉醒中的安娜的坚定呼声。安娜对生活的这种渴求是有其合理性的。安娜在伏伦斯基的爱中看到了生命的意义,并义无反顾地去追求属于自己的生活。她拒绝丈夫对她的劝说,反抗丈夫的阻挠,冲破社会舆论的压制,公开与伏伦斯基一起生活。在她对爱情自由的执著追求中,表现出了她性格的正直、坦率、勇敢和心灵的高尚、精神境界的崇高,展示出有生命的、生机勃勃的东西对平庸的、死气沉沉的现实环境的顽强反抗。

然而这种反抗本身决定了安娜的性格与命运是悲剧性的。她和伏伦斯基一起到国外旅行,尽情地享受了爱的幸福与生活的欢乐之后,对儿子的思念之苦和来自内心的谴责之痛逐渐使她难以忍受,来自社会的压力也使她悲剧的阴影日益扩大。社会已宣判了她这个胆敢破坏既定秩序和道德规范的人不受法律保护;上流社会拒绝接受这个"坏女人";作为一个母亲,她因"抛弃儿子"而遭到了社会舆论的强烈谴责,说她为了"卑鄙的情欲"而不顾家庭的责任。凡是构成她幸福生活的东西,都遭到了严厉的抨击。安娜的处境也就十分严峻了,她失去了支配自己命运的权利和可能,她的内心矛盾不断加剧。她一方面不顾一切地力图保卫和抓住已得到的爱和幸福,另一方面心底里又时时升腾起"犯罪"的恐惧,随着时间的推移,恐惧感、危机感愈演愈烈。这种内心矛盾与痛苦说明了她爱的追求的脆弱性,也是导致她精神分裂、走向毁灭的内在原因。最后,失去一切的安娜绝望地想在伏伦斯基身上找回最初的激情和爱,以安慰那破碎的心,但伏伦斯基对安娜近乎苛刻的要求越来越反感,这使安娜的心灵受到了致命的打击,以致走上了卧轨自杀之路。安娜无法在这个虚伪冷酷的环境中继续生存,只能以死来表示抗争,用生命向那个罪恶的社会提出了强烈的抗议和控诉。安娜的悲剧从根本上说,是由那个罪恶的社会造成的。

托尔斯泰对安娜的态度是矛盾的。他一方面认为安娜的追求合乎自然人性,是合理的,另一方面,从宗教伦理道德观来看,安娜又是缺乏理性的,她对爱情生活的追求有放纵情欲的成分。所以,在小说中作者对安娜既同情又谴责。他没有让安娜完全服从"灵魂"准则的要求,去屈从卡列宁和那个上流社会,而是同情安娜的遭遇,不无肯定地描写她自我意识和生命意识的觉醒以及对自由爱情的追求,但另一面又让安娜带着犯罪的痛苦走向死亡。"申冤在我,我必报应。""我"就是作者一贯探索的那个永恒的道德原则,是维护人类生存与发展的善与人道。安娜的追求尽管有合乎善与人道的一面,但离善与人道的最高形式——爱他人,为他人而活着——还有相当的距离。这就是作者对安娜态度矛盾的根本原因。

卡列宁是一个伪善、僵化、缺少生命活力的贵族官僚的形象,小说通过这一形象严厉批判了那个腐朽的沙皇封建制度和上流社会刻板、虚伪的道德规范。卡列宁平常严格地按照既定的社会规范生活。他遵守法规,忠于职守,作风严谨,因而被上流社会称作"最优秀、最杰出"的人。然而,正是这个官僚队伍中的"优秀人物",却是一个僵化的、生命意识匮乏的人。他的这一本质特征与渴望自由、不肯循规蹈矩、富有生命活力的安娜正好相反,而与那个僵死的、保守的和平庸的社会环境则恰恰一致。

他因为有环境的支持便总摆出绝对正确、居高临下的架势。他每每以社会所允许的宗教和道德规范逼迫安娜就范,给她设置种种障碍;他既不考虑自己的情感需要(实际上根本没有这种需要),也不考虑安娜的情感需要。在他这个把个体行为都纳入社会规范的人身上,跳动着的是一颗既不敢同外界抗争,又企图占有一切的猥琐、卑怯的灵魂。当安娜向他请求离婚时,他首先想到的是"如何才能去掉由她的堕落而溅在他身上的污泥",从而不使他的前途与地位受到影响。也正是出于这种自私的考虑,他决定不同意离婚,以使安娜与伏伦斯基的关系不合法,那么就会招来上流社会对她的谴责与抛弃,这无疑等于置安娜于绝境。而他倒认为这是他对安娜的宽恕与拯救,因为他对犯了"罪"的安娜是那样地不计前嫌,宽宏大量,因而他是那么的道德高尚,富于宗教之心。这是何等残酷的虚伪,一种不自觉的虚伪!卡列宁以及由他这样的人组成的贵族社会,无疑是冷酷无情地戕杀安娜、戕杀自然人性的杀人机器。

列文是一个带有自传性的精神探索者形象,他是俄国农奴制改革后资本主义迅速发展条件下力图保持宗法制关系的开明地主。他习惯于用批判的眼光评价现实社会和人们的生活原则,探究人的生活中不可动摇的道德基础。他不愿按照周围的人教给他的那种方式去生活,不怕背离人们普遍认可的时髦的东西,不怕违背上流社会认为高雅的道德准则,在生活中走自己的路,根据自己的信念去行动,追求合乎自己理想的生活。在这点上,他与安娜有精神内质上的相通与一致性。他对受资本主义势力侵袭下的俄国社会深感不满与不安,把建立宗法制社会作为解决现实矛盾的方法。他认为资本主义城市文明是孳生社会邪恶的土壤,是腐蚀农村的污染源。因而他反对城市文明和资本主义生产关系,力图维持和巩固贵族地主的经济地位,但又感到衰落的贵族已经日薄西山,无回天之力。他看到了农民与地主间的对立关系,幻想通过改革走出自己的路来,以富裕代替贫穷,以利害互相调和代替农民与地主间的互相敌视。总之是以不流血的"伟大革命"建立一种新的社会秩序。这种以维护土地占有制为前提,以"爱仇敌"和"勿抗恶"为核心的社会改良的主张,在现实中是行不通的。列文的改革与计划最终失败了,痛苦和怀疑不断地折磨着他。他想了解人的真正使命是什么,人为什么来到这个世界上,但没找到答案,也就看不到自己生命的意义。在焦虑不安、悲观绝望之余,他想到了自杀。最后,他在宗法农民弗克身上领悟到,生活的意义在于"为上帝、为灵魂而活着";人生在世最重要的是要不断进行"道德自我完善","爱己如人",感到"上帝"在我心中。列文的痛苦探索和最后结局,反映了作者当时的思想状态,这个人物身上体现了作者"托尔斯泰主义"的进一步发展。

《安娜·卡列尼娜》的艺术魅力很大程度上取决于其出色的心理描写,人物的心理描写是整个作品艺术描写的重要组成部分。

第一,小说注重于描述人物心理运动、变化的过程,体现出"心灵辩证法"的主要特点。精神探索型的人物列文的心理过程是沿着两条路线发展的:对社会问题特别是农民问题的探索和对个人幸福、生命意义的探索。在农事改革上,他经历了理想的追求到失败后的悲观;在个人生活上,他经历了爱情上的迷恋、挫折、失望到婚后的欢乐、焦虑、猜忌、痛苦,最后在宗教中找到了心灵的宁静。他的心理运动是伴随着精神探索的历程有层次地展开的。小说对安娜的心理过程的描写,则侧重于展示其情感与心理矛盾的多重性和复杂性,她一方面厌恶丈夫,另一方面又时有内疚与负罪感产生;一方面憎恨伪善的上流社会,另一方面又依恋这种生活条件;一方面不顾一切地追求爱情,另一方面又不断为之感到恐惧不安。作者把她内心的爱与恨、希望与绝望、欢乐与痛苦、信任与猜疑、坚定与软弱等矛盾而复杂的情感与心理流变详尽地描述出来,从而使这一形象富有艺术感染力。

第二,小说善于通过描写人物的外部特征来揭示其内心世界,一个笑言,一个眼神和动作,都成了传达心灵世界的媒介。作者认为,人的感情的本能和非言语的流露,往往比通常语言表达的感情更为真实。因为语言常常对各种感受进行预先的"修正",而人的脸孔、眼睛所揭示的都是处于直接的、自然的发展中的情感与心理。这种直接的、自然发展中的情感与心理是作者热衷于捕捉的。安娜因其具有被压抑的生命意识,灵魂深处才蕴蓄着荡漾的激情,时不时地通过无言的外在形态流露出来,使她富有超群的风韵与魅力。小说第一部第十八章中写到安娜与伏伦斯基在车厢门口打了一个照面,两人不约而同地回过头来看对方。接着,作者从伏伦斯基的视角描写了安娜。这段描写中,作者重点抓住了安娜的脸部表情和眼神,发掘出女主人公潜在的心灵世界。"被压抑的生气"正是安娜悲剧性格的内在本原,这种生气与来自外部环境的压制力构成她内心的矛盾冲突,丰富的情感被理智的铁门锁闭着,但无意中又在"眼睛的闪光",脸上的"微笑"中泄露了出来。安娜形象的美主要导源于她那丰富的情感与心理世界,这种描写也常见诸其他人物身上。

第三,小说通过内心话语的描写直接展示人物的内心世界。托尔斯泰之前的作家描写人物的内心话语往往是条理化、程式化和规范化了的,具有连贯性和逻辑性,而托尔斯泰描写的内心话语则常常表现出不规则、间断跳跃和随机的特点,使所揭示的心理内容更真实、自然和深刻。小说对安娜自杀前的内心话语的描写是这方面的典型例子。这段内心独白先写安娜"死"的念头,接着是她回忆和伏伦斯基的争执,然后拉回到眼前的面包店,随之又联想到水和薄烤饼,再接着是回忆她十七岁时和姑母一起去修道院的情景,随后又想象伏伦斯基在看到她的信时的情景,突然,那难闻的油漆味又使她回到眼前正在油漆招牌的百货店。作者把人物的视觉、嗅觉、听觉等不同的感觉因素同想象、记忆、意志过程等知觉因素以及悔恨、羞愧、恐惧、痛苦、希望等情感交混在一起,心理流变呈时空交错、非规则非理性特征。这段内心话语把处于生与死的恐惧中的安娜复杂而混乱的情感与心理内容真实地展现了出来。

《安娜·卡列尼娜》的结构是独特的,它表现出作者谋篇布局上的缜密与严谨。表面地看,安娜的爱情悲剧和列文的精神探索两条主线平行独立地发展,缺乏内在联系,但事实上它们是巧妙地联结在一起的,这从两方面表现出来。首先,小说在两条主线之间穿插了奥勃朗斯基和道丽的家庭生活这条中间线,它在外部结构上成了两条主线的拱顶结合处。其次,小说运用人物向心对照法沟通了两条主线间的内在联系。男女主人公安娜和列文的对照贯穿了小说的始终。此外,安娜和道丽、列文和奥勃朗斯基、奥勃朗斯基和卡列宁等也形成对照。这就使两条平行主线在社会的、宗教伦理的和心理内容的意义上互相沟通,共同表现着小说深刻的主题。所以,小说用有形和无形的方式使两条主线联结成自然而严整的拱形结构,这是托翁在小说结构艺术上的独创。

《安娜·卡列尼娜》是托尔斯泰在艺术表现方面最具功力的小说,就艺术的完美与和谐而言,是作者的三大长篇中最成功的。它以其艺术上所达到的高度,历来受到文学史家的众口赞誉。

第二十章　契诃夫

一、生平与创作

安东·契诃夫(1860—1904),俄国小说家、剧作家,1860 年 1 月 29 日出生于俄国南方的小城塔什罗格。父亲经商,开一家小杂货铺。1876 年店铺倒闭后,举家迁居莫斯科,唯有契诃夫独自留下,继续上中学。1879 年,契诃夫考进莫斯科大学医学系。

他的处女作《一封给有学问的友邻的信》发表在幽默杂志《蜻蜓》1880 年第 10 期上。他还给更有名的幽默杂志《花絮》撰稿。这本杂志的要求是简短、幽默。这在客观上造就了契诃夫早期创作简洁而幽默的风格。但在契诃夫的幽默背后,分明站着一个冷眼观察世界、揭露社会病象的智者,一个热烈拥抱世界、充满人道精神的哲人契诃夫。《一个文官的死》(1883)、《胖子和瘦子》(1883)、《变色龙》(1884)等都是很短的小说,以小人物为描写对象,其中《变色龙》塑造了一个看风使舵的统治者奴仆。但一直到 1886 年,契诃夫都不署真名,用得最多的笔名是"安东沙·契洪特",后来文学史家把契诃夫的早期创作称作"安东沙·契洪特时期"。

19 世纪 80 年代中期契诃夫对病态的俄国社会有了深一层的认识,对作家的使命也有了进一步的理解。他的作品出现了抒情的带有忧伤意味的变化,反映在 1885 年发表的《猎人》、《哀伤》以及 1886 年发表的《苦恼》、《万卡》等小说中。《万卡》描写儿童的悲惨命运,这个九岁的男孩万卡受不了在鞋铺老板那儿做学徒、忍饥挨打的苦日子,给爷爷写了一封信,请求爷爷带他离开这儿回家去,但这是一封没有地址的信。他只能在梦中见到爷爷了。《草原》(1888)描写草原的美景,同时反映了作者对俄罗斯命运的思考。《没有意思的故事》(1889)以第一人称描写一个行将就木的老教授的复杂心态,其实这也是契诃夫对人生真谛的探索。

1890 年 7 月,契诃夫到库页岛(萨哈林岛),进行三个月的考察,他看到了这个流放犯人的地方的惨相。此后,他的小说加强了社会批判力量。《第六病室》(1892)描写在一个疯人病室,新来的医生拉京被病人格罗莫夫不同凡响的话所吸引,与他交谈、辩论,结果也被当作"疯子"关进了"第六病室"。两人得出了一个结论:在这个世界上,善良的、正义的人注定要在地狱的"第六病室"蒙受痛苦。《跳来跳去的女人》(1892)、《黑衣僧》(1894)提出了人的平等与尊严的问题。前者塑造了一个蔑视平凡劳动、攀附名人、寻找英雄、爱慕虚荣、性格浅薄的女子形象。《带阁楼的房子》(1896)讽刺了自由派徒具形式的改良活动,探索从根本上解除人民苦难的道路。《姚内奇》(1898)描写一个原本精神焕发的医生斯达尔采夫,在庸俗与铜臭的双重腐蚀下,蜕变成一个对任何事情都不抱兴趣的人。《醋栗》(1898)的主人公为了攒钱买田庄,娶了一个又老又丑的寡妇。当他吃到自己的田庄长出的醋栗时,志得意满,眼泪汪汪。《套中人》的主人公是古希腊语教员别里科夫,性格孤僻,思想守旧,与外界隔绝,胆小怕事。他把奉公守法当作苟且偷安的护身符,像害怕瘟疫一样害怕新生事物,自觉或不自觉地充当反动制度的警犬。他龟缩在"套子"里,在惊恐和不安中抑郁而终。

契诃夫善于通过平凡的小事揭示社会弊端,启迪人们去思考重大的社会问题。他往往摄取人物的特征,几笔便勾画出生动逼真的形象,而不是采用精雕细刻的手法。每个细节都经过周密构思,高度提炼,语言纯朴、确切、极富表现力,在平常冷静、不动声色的描写中,融进作家炽烈的热情和深沉的思考。

从 19 世纪 90 年代开始,契诃夫热心从事戏剧创作,写出了《海鸥》(1896)、《万尼亚舅舅》(1897)、《三姐妹》(1900)、《樱桃园》(1903)等剧作。《海鸥》通过平淡无奇的生活场景和人物深刻的内心冲突,描写三个性格迥异的艺术家的不同命运,表明在艰难的生活中,只有坚持信心的人才有前途。《樱桃园》通过一个贵族家庭的樱桃园被拍卖,写出了贵族没落和资产阶级兴起的历史进程。在艺术上则具有总结性探索意义。满园开着白花的樱桃园有象征性,剧中人对它的消失怀有的眷恋和无奈,正是人们面对新时代喜忧参半的复杂情感。《三姐妹》通过姐妹三人的命运以及人物性格的冲突,抒发"美被无辜毁灭"的主题。契诃夫的剧作反映了 19 世纪 80 年代到 1905 年革命前夜俄国知识分子的命运和社会面貌,以深刻的思想内容和心理分析、浓厚的抒情性和哲理意蕴结合在一起,别树一帜。20 世纪下半叶,契诃夫的戏剧受到欧美的重视,他被看作是现代戏剧的先驱之一。

进入 20 世纪后,契诃夫的健康大大恶化,1904 年 6 月 3 日,他偕夫人到德国与瑞士交界的巴登威勒疗养。6 月 29 日他出现心力衰竭,7 月 15 日去世。

二、《万尼亚舅舅》

契诃夫的文学道路从写幽默小品开始,成了一位相当有名的小说家之后才从事戏剧创作,先是写独幕喜剧,继而写多幕剧,第一部显示契诃夫戏剧创新特色的代表作《海鸥》问世于 1896 年,1897 年又完成了另一部戏剧杰作《万尼亚舅舅》。至此,作为一位空前的戏剧革新家的契诃夫的成就,已经被那个时代的最有艺术洞察力的几位文化人看重,对契诃夫的戏剧革新表示欣赏的人士中就有高尔基。

1898 年 11 月下旬,高尔基在故乡尼日尼城看了《万尼亚舅舅》之后给契诃夫写信说:"前不久我看了《万尼亚舅舅》,看了,哭了,哭得像个女人,尽管我远不是个神经脆弱的人。回到家里,惘然若失,被您的戏揉皱了,给您写了封长信,但又撕掉了。我说不好这个戏在我心中引起的感受,但我看着这些剧中人物,我就感觉到好像有一把很钝的锯子在来回锯我。它的锯齿直达我的心窝,我的心紧缩着,呻吟着,呼喊着。对于我来说,您的《万尼亚舅舅》是个可怕的东西,这是全新的戏剧艺术的品种,它是一把铁锤,您用它来敲击观众的空虚的脑袋。但观众看不懂您的《海鸥》和《万尼亚舅舅》的内涵,他们的空虚的脑袋刀枪不入。您还写戏吗?您写得太让人惊奇了!……到了《万尼亚舅舅》的最后一幕,当医生在经过了长时间的静场之后说起了非洲的炎热时,我战栗了——我为您的才华战栗,我为对于人,对于我们那乏味的、灰色的生活的恐惧而战栗。您是如此有力而准确地击中了我们的灵魂!……”

半个月后,高尔基又在另一封写给契诃夫的信中说起了《万尼亚舅舅》:“有人说,《万尼亚舅舅》和《海鸥》是新的戏剧品种,在这里,现实主义提升到了激动人心的、深思熟虑的象征。我以为这个说法很对。听着您的戏,想到了很多其他的重要问题。别的戏剧不能把人从具体生活抽象到哲学概括,您的戏剧能做到这一点。”

高尔基把契诃夫的戏剧定性为“新的戏剧品种”,而且指出了这种新的戏剧艺术品种的标志性特征:“在这里,现实主义提升到了激动人心的、深思熟虑的象征。”

的确,契诃夫在戏剧作品中广泛运用象征手法。《海鸥》中的“海鸥”,《樱桃园》中的“樱桃园”,以及《三姐妹》中的三姐妹向往的“莫斯科”,都是巨大的象征性形象,那么《万尼亚舅舅》中的象征手法又表现在哪里呢?我们姑且用高尔基在信中提到的令他“战栗”的“非洲的炎热”作例加以说明。

这是在剧本最后一幕的最后一个戏剧段落。阿斯特洛夫医生在临走前与万尼亚舅舅沃依尼茨基的一个短短的交流——

> 阿斯特洛夫:(沉默之后)我那匹马走路有点瘸……
> 沃依尼茨基:得重新给它换个掌子。
> 阿斯特洛夫:只好到罗日杰斯特文村找铁匠。没有别的办法。(走近那张非洲地图,凝望着)想必现在非洲很热——真可怕!
> 沃依尼茨基:大概是的。

这个戏剧段落的规定情境是:给这个庄园带来不安、冲突的老夫少妻——谢列勃里雅科夫教授和叶莲娜·安德列耶芙娜已经离去,万尼亚舅舅对老朽的教授的反叛,以及阿斯特洛夫医生对美貌的叶莲娜的迷恋,都已经成为过去,都已经像非洲一样的遥远了。一切又恢复了缺乏生气的灰暗生活的常态。这个带有象征意味的“非洲地图”更增添了无法排遣的惆怅。这就是为什么高尔基要说:“我为您的才华战栗,我为对于人,对于我们那乏味的、灰色的生活的恐惧而战栗。”

契诃夫创作《海鸥》和《万尼亚舅舅》的时候,梅特林克的象征主义戏剧已在欧洲大行其道。契诃夫的戏剧革新的一个重要贡献,是他成功地把现代主义戏剧艺术的精华嫁接到了现实主义戏剧的机体上。

关于《万尼亚舅舅》的主题,俄罗斯学者叶尔米洛夫在其《契诃夫的戏剧创作》一书中作了这样的解读:“《万尼亚舅舅》的主题是一个小人物为了别人卑劣的幸福、为了错误的目标、为了偶像和泥胎而牺牲了自己一生,凶恶的破坏势力摧残、毁灭着大地上一切美好的事物,美被白白地毁掉了。苦恼于美的凋残和毁灭，憧憬着美在未来的胜利——这就是《万尼亚舅舅》的主调。"

　　叶尔米洛夫的这段阐述后来被简化为"为偶像而牺牲了的一生"和"美的毁灭"，被契诃夫的研究者广泛接受。这自然是因为这两个论点也大致能概括戏剧主人公——万尼亚舅舅，以及叶莲娜·安德列耶芙娜、阿斯特洛夫医生的精神状态、心路历程与生活境遇。

　　《万尼亚舅舅》的剧情是从谢列勃里雅科夫教授携妻子叶莲娜·安德列耶芙娜来到庄园开始的。沃伊尼茨基即万尼亚舅舅在第一幕开头抱怨说："打从教授和他太太在这里住下之后，我们的生活就乱了套。"但真正令万尼亚舅舅痛苦的，还不是由于他们的来临把原先的生活规律打乱了，而是触景生情，让他尖锐地意识到正是这个教授把他的一生给毁了。

　　沃伊尼茨基年轻时有才华也有理想，对姐姐怀有很深的血缘情谊，他自愿放弃自己的权利，让父亲留下的庄园作为姐姐的陪嫁，而自己辛辛苦苦地经营这处庄园，把收入交给姐夫他们享用。姐夫谢列勃里雅科夫教授在那时简直是沃伊尼茨基心目中的偶像。姐姐去世之后，教授娶了年轻美貌的叶莲娜。十年前，万尼亚舅舅在姐姐那里见过甚至爱上过她。所以，当已经失去教职的教授带着年轻的妻子叶莲娜来到庄园之时，万尼亚舅舅已经在心里隐忍多年的痛苦与愤懑开始向外发泄。他直言自己心中的偶像已经坍塌："一个整整二十五年一直做艺术讲座写艺术论文的人，对艺术一无所知。"这说的是教授谢列勃里雅科夫。而一想到叶莲娜，万尼亚舅舅更是悔恨不已："十年前，我在死去的姐姐那儿见到她。她那时十七岁，而我三十七岁。我为什么那时没有爱上她，没有向她求爱呢？要知道这是很可能的呵！"万尼亚舅舅在第一幕里痛心地向老奶妈玛丽娅诉苦说："我曾经是个闪光的人……而现在，如果您能知道！我因为悔恨和愤怒而睡不着觉，我想到我多么愚蠢地浪费了大好时光，不然的话，我现在上了年纪无法得到的东西早就享受到了！"于是，万尼亚舅舅开始反抗。他对叶莲娜的爱情的表示，也是这种反抗的表现。

　　万尼亚舅舅的反抗行动的高潮发生在第三幕。当他听到了自私的教授说出要把庄园卖掉的计划时，万尼亚舅舅怒不可遏了，他严正地指出了教授这项动议的无情无义："这座庄园之所以能偿还债务而没有破产，全靠我的辛苦，现在我老了，就想把我从这里赶走！"继而对教授作了最为严厉的抨击："你毁坏了我的生活！……由于你的过错，我丧失了我生命中最美好的年华！你是我最可恶的敌人！"随后找出一把枪来向教授连打两枪，但都没有打中。万尼亚舅舅的反抗也就到此结束。教授夫妇离开庄园的时候，万尼亚舅舅对教授说："你以前收到多少钱，以后照样能定期收到，一切照旧。"

　　这"一切照旧"四字是饱含着悲剧意味的。因为这意味着已经为一个虚伪的偶像牺牲了青春的万尼亚舅舅，还要继续为他牺牲余生。

　　剧本的尾声就是"一切照旧"的写照：万尼亚舅舅还像过去一样在卧室兼账房的那间房子里记账，为教授劳作："2月2日，素油二十磅……2月16日，又是素油二十磅……荞麦……"

　　这里展示了契诃夫戏剧创作的一个特点：在人的日常生活的流程中展示人生的悲剧性。

　　叶莲娜也是个悲剧人物。如此年轻美貌的她嫁给一个虚有其名的老教授，自然是一件难以言说的不幸，她与阿斯特洛夫之间发生的微妙的情感纠葛，以至于最后的激情拥抱，都说明她对于自己的婚姻状况的不满，她内心深处是存在着改变一下人生轨迹的希冀的。然而她无力实现这种改变，她还是跟着丈夫走了，像万尼亚舅舅的人生命运一样——"一切照旧"。

　　叶莲娜与万尼亚舅舅不同，她一直隐忍着自己的痛苦，没有用激烈的言辞来表达内心的痛苦。契诃夫在表现叶莲娜的内心世界时也运用了"象征"的艺术手段。请看第二幕的结尾——

　　　　叶莲娜：我想弹琴……我想现在弹奏个什么曲子。

索尼娅：弹吧。（拥抱她）我睡不着了……弹吧！

叶莲娜：你爸爸睡不好觉。他病着的时候，不爱听音乐。你去问问，如果他不反对，我就弹，你去。

索尼娅：我去。（离去）

〔更夫的打更声。〕

叶莲娜：我好久没有弹琴了，我要一边弹，一边哭，哭得像傻女人。（看窗外）叶菲姆，这是你在打更？

更夫的声音：是我！

叶莲娜：别打了，老爷身体不舒服。

更夫的声音：我马上走！……

索尼娅（回来）：不让弹！

〔幕落。〕

这个戏剧片段充满着内在的心理冲突——叶莲娜绝望地想弹奏一个什么曲子，而她的老朽的丈夫"不让弹"。这场戏同样也寓于象征意味。当花园里更夫的"打更声"代替了叶莲娜应该弹奏的乐曲，这意味着刻板的散文取代了灵动的诗歌，乏味的现实压制了美好的理想。而在叶莲娜的对于音乐的希冀本身，就萌发着要摆脱旧生活的精神要求，在这个对于音乐的希冀中，流露出了叶莲娜心中最美好的情感色彩。

《万尼亚舅舅》的主人公的心中交织着希望与失望的情绪落差。但到全剧收尾的时候，契诃夫通过全剧最最年轻的一个人物——索尼娅之口，再一次点燃起了希望之火。她对万尼亚舅舅说："亲爱的舅舅，我们将会看到光明而美丽的生活……我们将会看到镶着宝石的天空；我们会看到，所有这些人间的罪恶，所有我们的痛苦，都会淹没在充满全世界的慈爱之中……"

这是契诃夫的乐观主义。

与契诃夫的《海鸥》、《三姐妹》、《樱桃园》这三部戏剧杰作不同，《万尼亚舅舅》有个前身，那就是问世于1889年的《林妖》。

《万尼亚舅舅》与《林妖》有很多相似之处，人物关系乃至人物的姓名也大都雷同，只是《林妖》里的赫鲁舒夫医生到了《万尼亚舅舅》里成了阿斯特洛夫医生。但两个医生所持的信念是一致的。"人身上的一切都应该是美丽的，无论是面孔，还是衣裳，还是心灵，还是思想。"这句名言，在《林妖》里是通过赫鲁舒夫医生之口说出，在《万尼亚舅舅》中则通过阿斯特洛夫医生之口说出。更能说明问题的是，《林妖》里赫鲁舒夫医生一段关于森林之美及其悲剧性命运的长篇独白，被契诃夫完全搬用到了《万尼亚舅舅》的阿斯特洛夫医生的独白里——

所有的俄罗斯森林在斧头下呻吟，几十亿树木遭到毁灭，野兽和鸟类也要失去栖身之地，河流在枯竭，美丽的风景将永远消失，而这全因为懒惰的人不肯弯一弯腰，从地底下掘取燃料。只有丧失理智的野人，才会在自己的火炉里把这美丽烧掉，才会去毁灭我们无法再造的东西。人是富于理智和创造力的，理应去增加他们需要的财富，然而，到现在为止，他们没有去创造，反而去破坏。森林越来越少，河流枯竭，野兽绝迹，气候恶化，土地一天天地变得贫瘠和难看。您现在用嘲讽的眼神来看我，我所说的一切在你看来是陈旧的，没有意义的。但当我走过那些被我从伐木的斧头下救出的乡下森林，或者当我听到由我亲手栽种的幼林发出美妙的音响的时候，我便意识到，气候似乎也多少受到我的支配了,而如果一千年之后人们将会幸福,那么在这幸福中也有我一份微小的贡献。当我栽下一棵白桦树,然后看到它怎样地慢慢变绿,怎样地在风中摆动,我的心就充满着自豪,因为我意识到,我是在帮助上帝创造世界。

契诃夫把这一大段独白移植到《万尼亚舅舅》之后,仅仅删去了独白的最后一句——"因为我意识到,我是在帮助上帝创造世界。"

这段写于1889年又于1897年加以强调的长篇独白,也可能是我们能够读到的最早的由作家发出的保护生态环境的呼唤。关于树木与树林的充满情感色彩的台词,我们在契诃夫继后写出的《三姐妹》与《樱桃园》中也能见到。而这些区别于日常生活用语的抒情台词的运用,也是契诃夫有意识地加强戏剧的文学性的一种手法,给契诃夫戏剧平添了几分激动人心的诗情。

从《林妖》到《万尼亚舅舅》的重要变化表现在两个方面。

一是《万尼亚舅舅》强化与深化了在《林妖》中已见端倪的"为偶像白白牺牲青春与生命"的题旨。在《林妖》中,沃依尼茨基在第三幕结尾处自杀身死,而在《万尼亚舅舅》中,沃依尼茨基在枪击教授未遂之后,决定停止谋求立即改变命运的反抗,"一切照旧"地继续为"偶像"白白作出牺牲,让读者与观众意识到,真正的冲突不是发生在万尼亚舅舅与教授之间,而是发生在剧中人物与包围着他们的生活环境之间。

一是《万尼亚舅舅》把《林妖》的"有情人皆成眷属"的全剧结尾改成一个"有情人"并没有成为"眷属"的开放性结尾。淡淡的忧伤,淡淡的希冀,淡淡的抒情……构成了契诃夫戏剧的一以贯之的情调。

第二十一章　易卜生

一、生 平 与 创 作

　　亨利克·易卜生(1828—1906),挪威剧作家,1828年3月20日生于挪威南部小城斯基恩,父亲是木材商。1837年父亲破产,1844年易卜生不得不中断学业,到离家七十公里的格利姆斯达的一家药房当学徒。药房工作虽然很辛苦,但易卜生坚持学习了拉丁文和希腊文,阅读各种书籍,尝试写抒情诗。1850年他自费出版了《凯替来恩》一剧。同年来到首都,未考上奥斯陆大学,却担任了学生报刊的编辑,并参加工人运动。1851年10月,易卜生被聘为卑尔根第一个挪威民族剧院的编剧,写出《圣约翰之夜》(1853)、《勇士坟》(1854)、《厄斯特罗特的英格夫人》(1855)、《苏尔豪格的宴会》(1856)、《渥拉夫·利列克朗》(1857)。其中《厄斯特罗斯的英格夫人》是一出民族历史剧。英格出身的家族是不肯屈服于丹麦统治的最后一支力量,她希望自己的私生子尼尔继承王位,但尼尔却被她手下人误杀了。1857年易卜生当上首都另一剧院的艺术指导。1858年发表《海尔格伦的海盗》,终于成名。此后,他的每一部作品都引起戏剧界注意,引发激烈争议。那些反对恢复民族艺术的人攻击他的《爱的喜剧》(1862),此后剧院不演他的戏,报刊不登他的文章。1864年,易卜生离开了挪威,自此,他在国外侨居二十多年。

　　易卜生的初期创作受浪漫主义影响。《布朗德》(1866)抨击主教、市长等权贵的庸俗无耻、虚伪贪婪,号召群众从小市民的沉睡状态中醒悟过来。布朗德是一个牧师,为了追求理想和真理,舍弃了个人的一切,带领人民前进,直至停止呼吸,这是一个充满浪漫色彩的悲剧英雄。诗剧《培尔·金特》(1867)的同名主人公是个地道的幻想者,当过奴隶贩子、预言家和古迹研究者,最后在爱人的怀抱里找到了信仰、希望和爱情。

从19世纪60年代末开始,易卜生将视角转向现实生活,用散文剧取代诗剧,将注意力集中于家庭,从父母与儿女、丈夫与妻子之间的关系中透视社会弊病与人的心灵。《青年同盟》(1869)的主人公、青年律师史丹斯戈是一个投机政治家,不择手段地向上爬。他组织了"青年同盟"党,在公开场合侈谈革命,攻击旧势力,暗地里却与旧势力勾勾搭搭。为了达到政治目的,他一次又一次地改变婚约。剧本揭露了这个国会议员、部长、"人民领袖"的真面目。《社会支柱》(1877)描写一个众望所归的大商人,表面是社会上的模范公民,家庭中的理想丈夫,却原来是一个无耻的骗子,千方百计地投机钻营,好话说尽,坏事做绝,为了掩人耳目,保全自己,竟然设计要让轮船沉没。《玩偶之家》是易卜生的代表作。《群鬼》(1881)的主人公阿尔文太太一度曾想挣脱不称心的婚姻锁链,打算弃家出走,但她缺乏勇气,害怕社会舆论,最后又回到家中,忍气吞声地同行为荒唐的丈夫生活在一起,而且全力维护丈夫的体面和名声。她想把儿子送到国外,以免受到他的父亲的不良影响。最后她发现自己为家庭所做的牺牲全是徒劳的。《人民公敌》(1882)的主人公斯多克芒是温泉疗养院的医生,在矿泉里发现了传染病菌后,为了公众利益,他主张重建矿泉。但这个建议触犯了资本家和当权者的利益,遭到他当市长的哥哥、报界和房产主的激烈反对。斯多克芒不肯妥协,举办演讲会,想宣传自己的主张。市长却利用这个集会煽动民众,以表决的"民主方式",宣布医生是"人民公敌"。这部剧作在公演时引起巨大的震动。

易卜生中后期的剧作带有象征和神秘倾向。《野鸭》(1885)的感伤和神秘色彩相当浓厚,野鸭不知从何处飞来,也不知归属何处,它总是在人物命运的关键时刻和事情的转折关头出现。当人们遇到无法解脱的冲突时,它成为众人眼里的不祥之物。理想主义者梅瑞格斯最后开枪自杀。后期剧作还有《罗斯莫庄》(1887)、《海上夫人》(1889)、《总建筑师》(1893)、《当我们的死者醒来的时候》(1899),神秘色彩更为浓厚。

1891年易卜生回到祖国,1906年5月23日去世,挪威为他举行了国葬。

易卜生的早期创作表现了强烈的民族性,剧作多采用挪威及斯堪的纳维亚的历史故事,歌颂了为民族与人民而献身的英雄。他探索、实践用挪威语写作,为挪威语言文化的确立与发展作出了贡献。创作的第二时期主要写"社会问题剧",作家以犀利的笔锋触及一个又一个社会问题,表现了对现实社会一系列重大问题的思考,具有强烈的批判精神。易卜生的剧作对当时脱离现实的戏剧来说,无异是个冲击和革新,发展了欧洲现实主义戏剧的传统,并把它推进到新的高峰。易卜生的晚年作品趋向于人物的内心描写,象征主义成分浓重,但保持了一定的批判现实的成分。

二、《玩偶之家》

易卜生于1879年在意大利的罗马和阿玛菲完成此剧。在他的戏剧中,《玩偶之家》是上演次数最多,最受观众喜爱的戏剧。西方的演员,尤其是女演员把能在这部剧中扮演一个角色看成是一种挑战和对自己演技的检验,许多演员就是因为演了此剧而一举成名。

《玩偶之家》自问世以来,社会影响是不容低估的。娜拉在戏的结尾愤而离家出走,砰然把门关上的情景,是现代欧洲戏剧中极为出彩的一笔。这一举动往往被诠释为一个自由的女性向男权统治的世界的一种宣战。正是由于这一独特的戏剧手法,易卜生常常被誉为妇女解放运动的先驱,在欧洲戏剧史上开创了描写妇女为追求自由,为捍卫自己的独立人格而斗争的戏剧的先河。尽管易卜生在挪威妇女协会为庆祝他的七十岁生日举办的宴会上声称,他写《玩偶之家》

并非是为妇女的解放事业呐喊，而是关注人的生存状况和人的权利。但是不可否认的是，自《玩偶之家》出版和演出以来，在挪威奥斯陆，妇女们参与社会活动的数量大大增加，而且享受到了比以往更多的自由。

毋庸置疑，作为"欧洲现代戏剧之父"，一位立志以戏剧的形式来表达自己哲学观点的艺术家，展示人的生存状况，表达人的渴望，揭示人性的本质特征，为人的自由而战是易卜生的目标。"真理和自由"是他进行创作时所遵循的原则。这条主线一直贯穿他的所有戏剧。由此看来，《玩偶之家》的意义远远超越了某个特定的阶层，具有普遍而深刻的意义。

《玩偶之家》的主题事实上在易卜生先前写的另一部戏剧《青年同盟》中已露端倪。在该剧的第三幕的结尾处，剧中年轻的妻子塞尔玛发现了丈夫的所作所为，突然醒悟过来，表达了自己的不满："你把我打扮成了一个玩偶，你像逗孩子一样逗我玩！……我再不想和你待在一起了！"著名文学评论家乔治·勃兰兑斯看了《青年同盟》后曾建议，该剧的主题完全可以成为一部新的戏剧的基础。言下之意，易卜生可以顺着《青年同盟》的思路，创作一部反映现代妇女困境和迷茫的戏剧。

易卜生具有敏锐的洞察力和超前意识，他抓住这个主题，经过长时间的思索，于1878年开始写《玩偶之家》，整体构思也在同年10月形成。他当时的意图很明确，用他的话说："有两种意识，一种是男人意识，一种是女人意识，两者完全不同。男人和女人互不理解。但在现实生活中，男人是以男人的尺度衡量女人，把她当男人看。"在19世纪末，两种性别代表着不同的心理特征和行为的看法并非是什么新鲜事，男人常常用自己的眼光判断女性，把自己的观点强加给妇女，这一点已是司空见惯。但在戏剧中，在舞台上表现这种状况却前所未有，因而产生了轰动。

起初，易卜生给这部戏起名为《现代悲剧》。在初稿中，《玩偶之家》的设计是一部传统的家庭悲剧。而就戏剧形式而论，易卜生在剧中糅入了很多传统的戏剧元素，并没有太多的创新，和法国戏剧家斯克里布的情节剧的模式非常相像，情节紧凑，悬念迭生，剧情起伏跌宕，扣人心弦。易卜生在现有的戏剧形式内对传统的观念进行颠覆，表达了一种现代意识，展示人性的觉醒，传递一种革命性的信息。借用萧伯纳的话说，这就是"易卜生主义的精髓"。

《玩偶之家》的剧情并不复杂。海尔茂一家是一个体面的、衣食无忧的中产阶级家庭。在戏的第一幕，女主人娜拉正忙着置办物品，准备过圣诞节。对于娜拉来说，这个圣诞节有着特殊的意义，因为丈夫海尔茂近来被任命为银行经理，他们未来的日子会更加宽裕，室内的圣诞树和装饰使家里洋溢着节日气氛。

如果对这一场景从现实主义的角度进行解读，我们只会把它看作是剧作家对这个家庭的一种"展示"，剧情发展的一个引子。的确，从表面看，戏的开头波澜不兴。但根据易卜生独特的审美眼光，我们不得不把这一场景和《圣经》挂起钩来，因为易卜生非常熟悉《圣经》，在剧中经常引用《圣经》中的典故。所以从象征的角度加以考虑，圣诞节让人想起了其背后的含义，想起了耶稣的受难和复活，想起了"替罪羊"的主题。其中的确蕴含着悲剧因素。

娜拉的丈夫海尔茂是一位典型的中产阶级代表，他忠实地扮演着这个阶层赋予他的角色，遵循着这个角色所必须遵守的各种信条。体面、荣誉和责任在他眼里高过一切，甚至高于他的生命。他爱自己的妻子，把她当孩子看待，就像娜拉的父亲对待娜拉一样，把她当成玩偶。他时常用"小云雀"，"小松鼠"之类的字眼来称呼她，视其为头脑简单的"小傻瓜"。

而事实上，娜拉并非海尔茂想象的那么简单，她有自己的想法，她知道怎么去爱，她有自己的希望和烦恼。六年前，海尔茂生了一场重病，医生嘱咐，只有让他到国外休养他才能康复。娜拉当时心急如焚，她知道海尔茂死也不会去借钱，因为这样会违反他做人的原则，而且她也不能去惊扰奄奄一息的父亲。于是,娜拉铤而走险,向海尔茂手下的雇员克罗斯达德借钱,并伪造了自己父亲的签名。靠着这笔钱,海尔茂去了意大利,最终恢复了健康。娜拉常常对自己的这个决定引以为荣,她的好友琳达听说此事,对娜拉的大胆感到惊讶。其实,这是易卜生精心设计的一个悬念,他通过"救夫"的情节展示娜拉不为其丈夫所知的另一面,她的独特个性,为她最后毅然决然地离家出走埋下了伏笔,为戏的高潮作了合理的铺垫。

易卜生笔下的克罗斯达德也是一个时代的典型人物,在传统的戏剧中,他是一个"恶棍"的角色。易卜生并没有把他刻画成莎士比亚悲剧《奥赛罗》中伊阿古的形象,他既展示了他人性中的弱点,又指出了他身上尚存的善良的东西。在弱肉强食的资本主义社会里,克罗斯达德的行为是他求生的一种方式。他贪婪、悭吝、唯利是图,不断地向娜拉逼债,并知道如何利用她的弱点。当他得知海尔茂成为银行经理时,便想利用这个时机晋升职位。而此时娜拉的好友琳达也想在银行里谋一职。海尔茂决定解雇克罗斯达德,聘用琳达。克罗斯达德得知这一消息,便要挟娜拉,要她劝其夫改变主意,否则他就把伪造签名的事抖出来。对于娜拉来说,这如同一场生死考验。在起初救她丈夫性命的时候,她将生死置之度外。这又是一场"救夫"行动,娜拉将为保全海尔茂的名誉和地位而战。易卜生设计的娜拉两度"救夫"的情节可谓是匠心独具,进一步强化了娜拉的个性,为结尾娜拉和海尔茂性格的对比和冲突做了充足的准备。

海尔茂自然不会让克罗斯达德的图谋得逞,他断然拒绝了娜拉的请求。于是,克罗斯达德把揭露真相的信投入了海尔茂家的信箱。在风俗剧和情节剧中,写信这样的手段戏剧家屡试不爽,经常营造出许多出其不意的戏剧效果。一封信往往载有不为人知的秘密,或有关人物的出身,或有关人物的婚外恋,或有关人物的复杂关系等等。秘密一旦公开,一系列的冲突便会接踵而至,主人公的命运随之改变,剧情也会因这样的"突转"而达到高潮。

圣诞节临近了,海尔茂的兴致高涨,因为他和娜拉将会参加一个化装舞会。这是易卜生使用的又一个戏剧手法,一切都是为了最终的"展示"和"摊牌",让剧中人和剧外人了解人物的真实面目。舞会上,娜拉将扮成一位那不勒斯渔夫的女儿并跳塔兰泰拉舞。这种舞蹈据说是根据人被毒蜘蛛咬了以后疯狂的举动改编而成。易卜生此时让娜拉跳这样的舞,是想让娜拉有机会宣泄内心的焦虑和情感并以此来暗示娜拉最后的命运。娜拉疯狂的舞姿和怪异的举动令海尔茂惊讶。在绝望中,娜拉想到了冉克医生,但他对娜拉的爱慕之心又使她望而却步。最后还是琳达许诺助她一臂之力,由于她和克罗斯达德重归于好,她将劝克罗斯达德就此作罢。

一切努力最终没有阻止海尔茂打开信箱。这是剧中的高潮部分,谜底即将揭开,真相将大白于天下。对于娜拉来说,她渴望海尔茂能像她一样,危难之中展现"骑士精神",奋力将她从"黑色的冰水"中拯救出来。但是娜拉的梦破碎了,她等到的是海尔茂的震惊与咆哮。他斥责娜拉是骗子、伪君子、没有道德的小人、一个坏母亲。此时的海尔茂似乎成了他那个阶层的代言人,用一些特定的词汇对娜拉进行评判,从其空洞又耳熟能详的话语中,我们似乎可以感到他是一只可怜的"提线木偶"。然而,峰回路转,海尔茂又发现了克罗斯达德的另一封信。原来,在琳达的劝说下,克罗斯达德决定不再纠缠海尔茂一家。读了这封信后,海尔茂喜出望外,如释重负地叫道:"我得救了!"见此情景,娜拉一下子悟出了许多道理,看清了海尔茂的真实面目,她彻底地"觉醒"了。

《玩偶之家》中最有分量的一句话是娜拉对海尔茂说的"我们应坐下好好地谈一谈了"。在易卜生的时代,丈夫和妻子之间只是支配与被支配的关系,两者不可能拥有在同等层面上进行平等对话的话语权。强势的话语权似乎永远掌握在男人手中。至此,娜拉的这句话如同一枚炸弹,引起了巨大的冲击波。《玩偶之家》上演之后,戏院逐渐变成了一个对社会问题进行交锋的场所,它的边界一下子扩展到了娱乐的领域之外。这是易卜生对现代戏剧发展所作的一大贡献,而萧伯纳正是继承了易卜生的衣钵,创造了"问题戏剧"的模式。

在戏的结尾,娜拉和海尔茂之间的对话常引起评论家和学者不同的解读,特别是娜拉所说的"奇迹"一词,那么,"奇迹"的弦外之音是什么呢?

> 海尔茂:娜拉,我能不能在你面前不那么陌生?
>
> 娜　拉:唉,托瓦尔德……那将是最大的奇迹……
>
> 海尔茂:告诉我这最大的奇迹是什么?
>
> 娜　拉:你我两个都得改变自己,变成……噢,托瓦尔德,我已经不相信奇迹了!
>
> 海尔茂:可是我信!告诉我,我们要变成啥样?
>
> 娜　拉:我们的婚姻是一场真正的婚姻。
>
> 海尔茂:娜拉!娜拉!……她走了,最大的奇迹?

《玩偶之家》在"奇迹"一词上落幕,而关门的声音又昭示着奇迹不可能发生。在剧中,奇迹一词反复出现,有十几次之多,引起了人们的极大兴趣,大家一直在揣摩其中的潜在意义。有鉴于易卜生戏剧中的象征色彩和意义的含混,我们不能仅从现实的层面进行阐释,把"奇迹"仅仅看成是平等婚姻的实现。如果从宗教的层面来看,"奇迹"与耶稣的受难和复活有关。由此看来,剧中的圣诞节和后面的"奇迹"有密切联系,而剧中的潜文本也暗示了权威的解体和个体的觉醒,这和当时对传统宗教信仰的动摇和对上帝的怀疑的倾向很合拍。从某种意义上说,易卜生在这部戏中颠覆了权威的话语结构,重构了人与人之间的关系,展示了对人的生存和人生意义富有哲理性的思考,具有强烈的现代意识。

许多批评家在分析易卜生的戏剧时,都意识到其中丰富的悲剧和喜剧的内涵,而这两种最基本而最重要的戏剧因素经易卜生之手巧妙地混合在一起,形成了独特的审美情趣,产生了巨大的震撼力。这种悲喜合一的戏剧特点是现代戏剧的重要条件。从《现代悲剧》到《玩偶之家》,名称的更改可以看出易卜生在写作过程中创作思想的变化。起初的剧名过于直白,而且和剧情又有一些差异。不错,就娜拉和海尔茂的婚姻结果来看,他们的结局具有悲剧色彩。但在传统上,悲剧往往强调一种绝对的明白无误的道德观念。耶稣受难是悲剧性的,但他复活了,奇迹出现了,人类的救赎有了希望。而《玩偶之家》这个剧名带有明显的喜剧色彩,剧中的许多台词和情节也有许多喜剧性,而海尔茂在剧中常常表现得像一个卡通人物,言谈举止有时令人发笑。这样看来,易卜生的《玩偶之家》既不是悲剧,也不是喜剧,而是一部悲喜剧。悲喜剧最重要的特征是"含混",表现人类试图控制自己的命运但往往失败的主题,表现人类生存的荒诞性,"奇迹"永远不会发生。这样的主题在易卜生以后的戏剧作品中屡见不鲜,最典型的要数英国戏剧家贝克特的《等待戈多》,"等待戈多,戈多不会到来!"已成了现代人所处的尴尬境地的写照。但是,令人惊讶的是,一百多年前,易卜生以一个艺术家的敏感,早已意识到了现代人类生存的困境,他早已先知先觉地通过娜拉之口道出了自己的看法:"我已经不再相信奇迹了!"

娜拉走了,但娜拉的故事还在传颂着,人们依然对娜拉出走以后的命运争论不休。在中国,学者们对七十多年前鲁迅先生发表的《娜拉走后怎样》文章中所作的断言还在发表不同的看法,智者见智,仁者见仁。正因《玩偶之家》的含混,它的开放性的结尾,才使人们能就其意义进行不断的解读和重构,不断延续着它的艺术生命。瑞典批评家马丁·兰姆说得好:"易卜生是戏剧上的罗马,条条大路出自他,条条大路又通向他。"

第二十二章　马克·吐温

一、生平与创作

马克·吐温(1835—1910)，美国小说家，本名塞缪尔·朗荷恩·克莱门斯，1835 年 11 月 30 日生于密苏里州的佛罗里达。父亲是地方法官，收入微薄。马克·吐温在上学时就干许多杂活。十二岁时，他父亲去世，他不得不弃学，独立谋生。1853 至 1861 年，他先后当过印刷所学徒、报童、排字工人、水手和轮船驾驶员。他的笔名意思是"水深两吗"，即水深十二英尺，船可以安全通过。1861 年，他来到美国西部找金矿，未成。他先后在弗吉尼亚的《事业报》和旧金山的《晨报》当记者，开始用马克·吐温的笔名写通讯和幽默小品。

1870 年以前是他的早期创作阶段。《卡拉韦拉斯县驰名的跳蛙》(1865)是他的成名作，以幽默的笔调反映西部热气腾腾的生活。他在讽刺小品和短篇小说中加强了揭露和讽刺的成分。他讽刺宗教教育对青少年的毒害，如《坏孩子的故事》和《好孩子的故事》(1870)；揭露新闻界的勾心斗角和浅薄无知，如《田纳西的新闻界》和《我怎样编辑农业报》；揭露资产阶级政客收买报刊，把它们当作造谣中伤、讹诈恫吓的工具，如《竞选州长》；反对种族歧视、揭露美国假民主，如《哥尔斯密的朋友再度出洋》(1870)。《傻子出国记》(1869)是游历欧洲的通讯报道，作者装作无知的美国人，嘲笑欧洲的封建残余和宗教愚昧。

19 世纪 70 年代到 90 年代是他的创作中期，也是他的黄金时代。《镀金时代》(1874)与人合写，主要描写了两个人物：赛勒斯和狄尔沃绥。赛勒斯是个幻想发财的小市民，尽管在他的餐桌上只有"冷水和一盆生萝卜"，但他从来没有放弃过发财的幻想,从制造眼药水到在荒野上建造大城市,无不津津乐道。马克·吐温把他穷困的处境和可笑的幻想进行对照,创造了一个幻想依靠投机取巧发财的美国小市民的典型形象;参议员狄尔沃绥是美国官僚的代表,他一面高唱善行美德,一面贪污受贿。小说表明,资本主义自由竞争的70年代并非"黄金时代",而是"镀金时代"。后来人们就用这个说法来概括这个历史时期。1876年,马克·吐温发表了著名的儿童惊险小说《汤姆·索亚历险记》,与《哈克贝利·芬历险记》构成姐妹篇。汤姆是一个调皮捣鬼的孩子,厌恶枯燥刻板的生活环境,追求传奇的冒险生活。他生性活泼,喜欢说谎和恶作剧,却又不乏正直、勇敢、善良的品性。小说抨击了当时的教育方式和道德准则。儿童心理刻画生动有趣。《傻瓜威尔逊》(1893)揭露白人优越论。《王子与贫儿》(1881)和《在亚瑟王朝廷里的康涅狄格州的美国人》(1889),批判和讽刺了英国的君主制度和教会。前者让王子与贫儿互换身份,让王子经历君主专制统治下人民生活的种种苦难;让贫儿当上国王,能够同情下层人民。作品展示了英国封建制度对劳动群众的残酷镇压。后一部小说幻想一个铁匠出身的美国人汉克·摩根生活在6世纪的英国。小说中的贵族、骑士、教会头面人物愚昧无知、残忍贪婪。汉克·摩根想通过工业革命建立民主制度,策划武装革命,都未成功。作者以荒诞手法抨击君主专制。《败坏了赫德莱堡的人》(1900)嘲弄金钱对社会造成的罪恶。一天,有一个陌生人送来一袋金币,说是送给他的恩人。那些"公认诚实"的居民,尤其十几位"廉洁"的上层人士争着要当这个恩人,演出了各种丑剧。著名的短篇小说《百万英镑》描写的是同一主题。

晚年,马克·吐温由于商务上的失败负债累累,不得不到世界各地演讲,以偿还债务。他看到了世界各地的弊端。《赤道环游记》(1897)是他在澳大利亚、新西兰、非洲、印度等英属殖民地的见闻和报道。他谴责英国的殖民政策,声称:"我是一个反帝国主义者,我反对兀鹰把爪子伸到任何国家。"他支持中国人民反对列强的斗争。早在1866年,他曾撰文反对在中国开辟租界。1900年8月12日,在八国联军侵入北京的前一天,他在给友人的信中说:"我的同情是在中国人民一边,欧洲掌权的盗贼长期以来野蛮地欺凌中国,我希望中国人把所有的外国人都驱逐出境,永远不许他们再回来。"他在《使用私刑的合众国》中说:"中国人是优秀的民族,诚实可敬,勤劳可靠",奉劝在中国的美国传教士不如回来规劝那些"对黑人使用私刑的基督徒"。他的几篇政论揭露海外传教活动是侵略政策的工具,指斥基督教文明"花哨、好看、迷人",内里却是用"鲜血、眼泪、土地与自由换来的"。1907年马克·吐温完成了《自传》。1910年4月21日,马克·吐温逝世于康涅狄格州。

马克·吐温是一个严肃的社会批评家。他的幽默所包含的滑稽诙谐以及他常运用的极度夸张的手法是一种揭露现实的手段,又富于生活气息,深受读者喜爱。他之所以常常以天真的老实人作为作品的主人公,是为了便于揭示幻想与现实之间的矛盾。在他创作的鼎盛期,他加深了对美国的政治、生活方式、思想情操的思考,随着思想的深化,由轻松的幽默转向辛辣的讽刺,诙谐滑稽的成分减少了。他常常大胆地转换主人公生活的时代和环境,将历史与现实、不同的社会地位和社会环境加以对照,使作品的主题开掘得更深刻。同时,人物的心理描写技巧也更为成熟。晚年,揭露和抨击侵略扩张政策是他的作品最重要的内容。

二、《哈克贝利·芬历险记》

故事发生在密西西比河边的一个小镇上。吉姆是华森小姐的黑奴,他听说主人想以八百元的价格将他卖掉,便悄悄逃走。在一个荒岛上,他遇见为躲避父亲毒打而逃跑的白人少年哈克。

两人结伴乘木筏顺密西西比河而下,去寻找可以自由生活的地方——"自由洲"卡罗镇。一路上,他们互相关心,互相依靠,结下了深厚的友谊。可是他们并没有找到"自由洲",反而遇上自称"国王"和"公爵"的两个骗子。这两个家伙想把吉姆卖掉,但哈克在汤姆的帮助下把吉姆救了出来。最后哈克才知道根据女主人的遗嘱,吉姆已经获得了自由。

中心人物是哈克,他年仅十二三岁,天真活泼,又倔强、聪明、富有冒险精神。他在《汤姆·索亚历险记》中已经出现过,但在《哈克贝利·芬历险记》中,他已经不是追求冒险的顽童了,而是一个有头脑、质朴、有正义感、善良而又勇敢的少年。当白人到木筏上搜捕逃亡黑奴时,他勇敢机智地掩护吉姆。他肯定吉姆"是个挺好的黑人",认为吉姆人黑心不黑。他也曾动摇过,认为帮助一个黑奴逃跑是大逆不道的事,想写信给华森小姐,告发吉姆的行踪。可是他回忆起和吉姆共患难的情景,想到吉姆对自己的真诚无私的友谊,又改变了主意。用马克·吐温的话来说,这是"健全的心灵与畸形的意识发生了冲突,畸形的意识吃了败仗"。

小黑人吉姆也是一个塑造得很成功的形象。他身为奴隶,却没有卑躬屈膝的奴性。为了摆脱奴隶的命运,他勇敢地从主人家逃走。他不仅向往自由,百折不挠地追求自由,而且具有丰富的精神世界和舍己为人的优秀品质。虽然他有善良、高尚的一面,但也有无知、迷信、孱弱和不觉醒的另一面。

密西西比河在小说中担当着耐人寻味的角色。它是小说的磁场,把人物紧紧地吸引到大河上;它像一根从北至南的红线,将一个个故事串起来,使故事环环相扣,克服了流浪汉小说结构松散、缺乏中心情节的弊端。大河更是意味深长的象征,象征作者内心深处的理想美国。在马克·吐温笔下,美国不再是一个民主和幸福的国家;对于正直而善良的哈克来说,河岸上到处充满残暴和种族歧视,是一个陌生而冷漠的世界,只有漂浮在密西西比河上的木筏才是唯一自由而光明的地方。每当哈克和吉姆在密西西比河岸上受到挫折或不顺心时,他们总是回到河上来,河中的木筏成了哈克和吉姆甜美的家,心灵的栖息地。他们一踏上木筏,就仿佛跨进了自由的天地。密西西比河上的"自由王国"是作者一生为之奋斗的理想境界。马克·吐温通过"河上"与"岸上"的鲜明对照,表达了他对不分肤色,不分种族、人人平等、自由的理想社会的憧憬。

《哈克贝利·芬历险记》达到了马克·吐温现实主义艺术技巧的高峰,小说集中体现了马克·吐温多方面的艺术特点。首先,马克·吐温把现实主义的精雕细刻与浪漫主义的热烈抒情结合在一起,把人物心理的真实描写与幽默风趣的夸张融为一体。在描写密西西比河岸一带城乡的贫困景象与丑恶现象时,马克·吐温采用的是现实主义的手法;在描写哈克和吉姆对自由向往的心境与密西西比河上的优美风景时,则采用了浓郁的诗情画意式的抒情笔调。在刻画哈克和吉姆的形象时,马克·吐温细致地展现了他们的内心活动,而在描写"国王"和"公爵"时,则采用极其夸张的手法,诙谐幽默,于漫画化的描写中见出真实。其次,小说采用第一人称的叙述手法,历来为评论家所称道,被认为是小说成功的一个显著标志。哈克作为一个十二三岁的少年,以他生动活泼而又纯真朴实的口吻,天真无邪的孩子视角,叙述他对现实的判断,对生活的理解,使小说更显真实、生动,又不失幽默和诙谐。此外,小说中所使用的美国南方方言、黑人俚语,被称为是"英语的新发现",流畅、准确、口语化的语体,对美国以后的小说创作产生了重大的影响。海明威指出:"一切现代美国文学来自马克·吐温写的一本书,叫做《哈克贝利·芬历险记》","这是我们最好的一本书"。

第二十三章 左拉

一、生平与创作

埃米尔·左拉(1840—1902),法国小说家,1840 年 4 月 12 日生于巴黎。父亲是水利工程师,原籍意大利,母亲是法国人。他的童年在埃克斯度过。七岁丧父,左拉的母亲为了清偿丈夫留下的累累债务而四出奔走,应付诉讼。左拉在埃克斯读小学和中学。1858 年初,左拉母子迁居巴黎,次年,左拉在中学毕业会考中遭到失败,失去继续上学的机会。1860 至 1861 年,左拉过着流浪和无所事事的生活,苦闷彷徨。他找不到职业,有时不得不把衣服送进当铺。

1862 年 2 月,左拉进入阿舍特书局工作,他的生活才出现转机。他从收发工作迅速升至广告部主任。他在阿舍特书局的四年中,上了一次"社会大学"。大约在 1864 年下半年,他的文学观点已从遵从浪漫主义转到推崇现实主义。

1866 年 1 月底,左拉离开了阿舍特书局,他已具有写作谋生的能力。在此之前,他出版了《给尼侬的故事》(1864)和《克洛德的忏悔》(1865)两部小说。1867 年发表的《苔蕾丝·拉甘》,描写同名女主人公与情人合谋杀死丈夫后,受到亡魂形象的困扰,心理变态,最后服毒自尽。左拉宣称这部小说"研究气质而不是性格……每一章都是一个有趣的生理病例研究"。这部小说标志着左拉受到龚古尔兄弟的影响,注意生理和病理现象。

左拉最早提出写作《卢贡-马卡尔家族》的设想是在 1868 年底。从 1871 年左右至 1881 年,是左拉创作《卢贡-马卡尔家族》的第一阶段。在此期间,左拉写出九部长篇小说,其中有两个迭起的高潮。一是第七部小说《小酒店》(1876)的出版，这部小说描写工人因工伤事故和生活艰难而酗酒、紊乱的两性关系、小姑娘偷看性爱场面等，正面反映工人生活，而且大胆地触及两性关系，由此引起全国的争论，使左拉一下子成为全国知名作家，与雨果和福楼拜齐名；他用这部小说的稿费买下梅塘别墅。继而是第九部小说《娜娜》(1879—1880)的出版，小说同名女主人公未成年就沦为暗娼，因裸体扮演爱神而征服许多社会名流。这部描写妓女生活和第二帝国上层社会腐化堕落的小说再次引起轰动，左拉受到猛烈抨击，他反而声誉日隆。左拉为了回击批评，暂停小说创作，开始周密地思索自然主义的理论体系。1880年底至1881年，左拉出版了五部论文集，其中《实验小说》(1880)、《戏剧中的自然主义》(1881)、《自然主义小说家》(1881)系统地阐述了他的自然主义理论。从1882至1893年《帕斯卡尔医生》出版，是左拉创作《卢贡-马卡尔家族》的第二个阶段，这个阶段的高潮是第十三部小说《萌芽》(1885)的出版。

从1894年开始，左拉进入晚年。他陆续发表了《三名城》(1894—1898)，包括《卢尔德》、《罗马》和《巴黎》。当时，法国右翼集团诬告犹太人德雷福斯上尉犯有叛国罪的案件在全国掀起了轩然大波。左拉看出德雷福斯是无辜的，出于正义感，他毅然决然地挺身而出，于1899年1月13日在《震旦报》上发表了致总统的公开信《我控诉》，愤怒地指责当局指鹿为马，颠倒黑白："我的责任是说话，我不愿成为同谋。每夜我都受到无辜的人的幽灵的烦扰，它受到最可怕的折磨，要为自己没有犯过的罪行受苦。"他面临一年监禁和三千法郎的罚款；他宁愿逃到英国(1898年7月18日来到伦敦)，也不愿向当局屈服，具有大无畏的铮铮铁骨。直到总统去世，左拉才能返回法国。从1899年起，他开始发表《四福音书》：(1899—1903)。1902年9月29日，左拉在寓所因煤气中毒去世。1908年6月，他的骨灰移至先贤祠。

《卢贡-马卡尔家族》包括二十部长篇。这套巨著描写"第二帝国一个家族的自然史和社会史"。社会史是这套小说的实际内容。第二帝国从1851至1870年，即从拿破仑三世发动政变上台，至色当战役全军覆没、第二帝国崩溃为止。左拉以一个家族的五代人为线索，它的盛衰与历史紧密相连：第一代的卢贡是个花匠，马卡尔是走私者；第二代开始发迹，皮埃尔·卢贡在政变后突然致富；第三代随着帝国的发展盛极而衰，他们大半堕落了；第四代分布到各阶层，从大臣、议员、资产者到矿工、农民、士兵、洗衣妇、妓女，已近穷途末路；第五代变得难以为继。左拉认为第二帝国是"一个疯狂和耻辱的奇特时代"，拿破仑第三的垮台是"可怕和必然的结局"。左拉仿效巴尔扎克的《人间喜剧》，要反映这整个历史时代。首先，这部"社会史"反映了政治演变：在《卢贡家的发迹》中，资产阶级和贵族联合起来，夺取了政权，镇压工人和农民，表现了第二帝国是血腥起家的；《巴黎之腹》描写脑满肠肥的资产者(丽莎)将企图发动起义的无产者(弗洛朗)打下去；《卢贡大人》描写上层权力斗争、卑污的政治内幕和皇帝的专制，预示这个政权的必然灭亡；《娜娜》暴露从上层到下层的腐化堕落，这个社会追求金钱和肉欲；《崩溃》反映了色当战役的全过程，包括巴黎公社的诞生和浴血的一周。第二帝国的始末和盛衰得到了完整的反映。其次，这套小说反映了社会变革和经济状况：《女福公司》描绘了现代商业的迅猛发展和大鱼吃小鱼的残酷现象；《金钱》描写股票投机，操纵股票的萨卡尔造成了千千万万人倾家荡产；《萌芽》描写工业发展所依赖的煤矿开采已达到相当大的规模；《人兽》反映国民经济的动脉——铁路运输；《巴黎之腹》描写城市居民不可或缺的菜市场，五光十色、琳琅满目的食品呈现出城市生活的兴旺；《土地》反映农业的税收和竞争的严酷问题，以及争夺土地的激烈。这套小说反映了第二帝国经济获得长足发展的现实和种种问题。第三，这套小说深入地表现了当时的社会状况。《小酒店》描写巴黎城郊结合部工人的生活变迁，在死亡线上挣扎的贫民的悲惨生活；《家常事》解剖一座公寓里的中小资产阶级乌七八糟的生活；《作品》描写画家的生活，他们为了创新要经历极其艰难的过程;《帕斯卡尔医生》展示生物学家的研究和生活。诚然,左拉将吕卡斯的遗传学理论运用到小说中,即"自然史"。第一代阿黛拉伊德·富克有歇斯底里症和抽搐症,她的情夫马卡尔是个酒鬼,精神失调。于是第二代就有一个酒精中毒,另一个患肺病。第三代发展成宗教狂热和纵火狂。第四代中有共济失调、先天性痴呆、宗教狂、精神病。第五代有三个孩子夭折,分别患脑积水、瘰疬和骨疽。这种描写缺乏科学性。例如,火车司机雅克·朗蒂埃是个杀害女人狂,只因他的祖辈有歇斯底里,而且是在他占有了第一个女人之后才爆发出这种狂热,毫无杀人动机。左拉关于遗传的描写损害了作品的批判力量。

在艺术上,左拉善于描绘群体,如罢工工人、军队行进和俘虏营、如海潮般争购的顾客、热尔维丝家聚会的热闹场面等,气势雄浑壮阔,创造出一种散文体的史诗,笔力恢宏,粗犷有力,但重视群体势必削弱典型人物的塑造,淡化人物性格的描绘,这是左拉与巴尔扎克在艺术上的区别之一。其二,左拉擅长精细入微的描绘,无论商场、机车、交易所、矿脉、甚至人体上的疤疵、妓女诱人的肉体、惨不忍睹的尸体,都力求纤毫毕现,在描写客观世界上堪与巴尔扎克媲美,这种描写开了20世纪新小说描写物的先河。在左拉笔下,火车头、蒸馏器、菜场、矿区、甚至巴黎,都拟人化了,成为有生命的怪物。它们象征着物对人的压迫,这是左拉对环境描写的发展。左拉将巨细无遗的描写与丰富的想象相结合,避免给人冗长的印象,这种拟人化手法别出机杼。只是有时他的描写过于琐碎。第三,他没有一头扎在卑微琐屑的描写之中,他对生活仍然抱有美好的期望,他的行文不时带上富有诗意的描绘。他从黑色的矿区和非人的矿工生活中依然看到希望的萌芽,他从帝国的崩溃中依然看到共和国的来临,他从贫困的生活中依然看到美丽的图景。强烈的诗情的流露使左拉的小说具有浓郁的抒情色彩,这是左拉与巴尔扎克的又一个不同之处。最后,左拉是一个极为敏感的作家,他能迅速抓住刚刚出现的事物或重大事件,看到其中包含的巨大意义。他及时意识到煤矿工人大罢工的涵义,赶往现场去采访和观察;他从名妓身上看到整个社会的腐化;他从商场、铁路、交易所的繁荣撷取描写的题材,显示了一个大作家独具慧眼的洞察力。

二、《萌芽》

《萌芽》第一次生动地描写了资本主义社会的主要矛盾——劳资双方你死我活的斗争。

热尔维丝·马卡尔的儿子艾蒂安·朗蒂埃来到北方一个煤矿找工作,住在矿工马赫家里。他接受了普鲁东和马克思的学说,为工人的解放而斗争。这时矿区发生了瓦斯爆炸,加以矿工生活非常悲惨,于是爆发了罢工。罢工受到军队的镇压。无政府主义者苏瓦林放水淹没巷道。朗蒂埃眼看自己所爱的马赫的女儿死在他身边,他好不容易才脱险。他意识到罢工失败是由于缺乏方法,于是前往巴黎再作努力。春天来临了,唤醒了他心中的希望。

《萌芽》是在真实事件的基础上写成的。1884年2月9日,法国北部的采煤区昂赞发生大罢工,左拉闻讯赶往现场。左拉早就想"描绘我们时代的一个工人家庭",写完《小酒店》之后,他又想写"巴黎的劳动者",这是"作为起义的革命工具的工人,巴黎公社的工人"。他在1883年写出了《雅克·达木尔》,表达了他对巴黎公社社员的深切同情。1883年7月,左拉有了写作罢工的打算,在秋天开始搜集材料。他阅读了大量有关工人的著作,材料本有四卷,每卷有五百页之多。他进一步阅读了《现代社会主义》、《19世纪工人问题》,力图了解社会主义的理论和工人运动。1884年3月,他去听取法国社会主义者的领袖盖德和马克思的女婿龙格在工人党会议上的讲话。关于国际工人联合会,左拉的笔记中记下了这个组织"建立于1864年9月28日,在圣马丁大厅,在马克思组织的会议之后……由马克思起草宣言和纲领",并纪录了会议中的话:"劳动者的解放,应是劳动者自己的事业。"左拉评论道:"这是新的《社会契约论》! 可是天啊,还没有一本历史教科书谈到这个!"他自信地说:"我有着写一部社会主义小说的一切必要材料。"左拉在写作《萌芽》之前所做的充分准备,是他从来没有过的。

《萌芽》在世界文学史上是第一部正面描写产业工人罢工的小说。它成功地再现了罢工的过程,展现了资本主义社会的重大社会现象,提出了令人振聋发聩的社会问题。第二帝国时期,随着资本主义的发展,罢工变得越来越频繁。煤矿的开采增加了两倍,但工人的工资远远赶不上食品和房租的上涨。仅昂赞一地,60年代至80年代就连续爆发了四次罢工。工人生活贫困化和罢工浪潮引起了左拉的注意。他接触到社会主义理论后,对工人运动有了新的认识。《萌芽》的主题不仅是崭新的,而且左拉意识到它的重要性。他在草稿本中写道:"我的小说描写工资劳动者的起义,这是对社会的冲击,使它为之震动;一句话,描写资本和劳动的斗争。小说的重要性就在这里:我希望它预告未来,它提出的问题将是20世纪最重要的问题。"这句提纲挈领的话道出了小说的主旨。罢工确实反映了资本主义社会的两大阶级——资产阶级和无产阶级在经济和社会领域的斗争,有时还体现了尖锐的政治斗争,它往往由经济危机所促成,又加深了这个社会所固有的矛盾和危机,因而成为令人瞩目的社会现象。站在这样的高度上,左拉才能把资本和劳动的斗争气势磅礴地描写出来。

左拉并没有单纯地描写罢工斗争,他首先写出了罢工的根本原因。小说描绘了矿工们令人触目惊心的工作条件,不啻是煤矿工人的一份控诉书。矿巷里的设备年久失修,矿层极易塌陷。遇到煤层较薄的地方,矿工必须爬在那里挖掘,他们"活像夹在两页书中的一只虫子,受到被活活压扁的威胁"。矿工像畜生一样,身上一丝不挂,浑身给煤和汗水弄得污秽不堪,四肢累得要散架:"简直是一幅地狱的景象。"这样艰苦的劳动一天只得到三法郎,连普通的手工业工人的收入还不如。因此井下多的是女工和童工,他们推着沉重的斗车,累得汗如雨下。工人即使因工伤致残,也得用大锤打碎煤块,继续干活。老矿工马赫一家九口,有四人劳动,却仍然入不敷出。老祖父在煤矿生活了五十年,就有四十五年在矿井度过,而养老金不到十苏。等待着矿工的是贫血、矽肺、关节瘫痪。他们的住屋拥挤不堪,一天劳累下来,也只能当着客人的面去洗澡。一边是矿工非人的生活,另一边是公司经理格雷古瓦家豪华的住宅,他一个人抵得上五十个矿工家庭的血汗收入,连最不值钱的陈设也够工人吃一个月,"千万饥寒交迫的人拿血肉供养了一尊肥胖的神"。工人们高喊要面包,资产者却在欢庆订婚仪式晚宴。小说通过贫富的强烈对比,指出资产阶级的财富是建立在榨取无产阶级的血汗劳动基础之上的事实。这就是罢工的症结所在。

《萌芽》描写的这场轰轰烈烈的罢工,是有了觉悟的工人的集体行动。罢工有较正确的思想指导,是在国际工人联合会领导和支持下进行的;在罢工中,工人同无政府主义者的工贼作了一系列斗争。虽然这次罢工仍有工人运动初期捣毁机器等泄愤的性质,但它不仅仅提出了经济要求,还接触到政治权利:要求废止镇压和束缚工人的里卡多法案。工人们在艾蒂安的启发下觉悟起来,艾蒂安向他们指出资本是剥削的结果,劳动者有权利收回这被掠去的财富。在初步觉悟的工人身上,一代代人积累的愤怒爆发了。二千五百个矿工像大海的波涛席卷而来,封闭了所有的矿井,罢工浪潮蔓延开来,上万个工人参加了行动。他们团结一致,英勇斗争。矿工的生活本来就很困难,罢工后断绝了生活来源,大家却毫无怨言,甘愿变卖家中的一切实物。矿工们面对军队的刺刀,毫无畏葸,有的献出了自己的生命。这是一曲无产阶级同资产阶级英勇搏斗的赞歌。左拉写出了工人罢工的巨大力量,显示了产业工人的组织性和坚定性。小说描写的是认识到自身力量的工人群众，是从手工业过渡到大工业的无产阶级，他们在反对取得统治地位的资产阶级、反对寡头政治、反对剥削压迫中站到了历史的前台。这是无产阶级作为整体力量第一次出现在文学作品中。《萌芽》的重要意义就在这里。

《萌芽》并没有用低沉的调子去表现罢工斗争以失败告终，它充满对未来的憧憬和乐观的情调，这是一部悲壮的史诗。左拉想到大革命时期共和三年芽月十二日，饥饿的民众拥入国民公会，高呼要"面包和九三年的宪法"。他发现"萌芽"这个名字能表达新人的成长和劳动者要摆脱艰苦劳动所做出的努力，能反映"老朽的社会在春天焕然一新"。"萌芽"这个孕育希望和前途的象征在情节中时隐时现，贯穿始终。小说第三部分，随着春天来临，这个象征出现了："一片生机正在地面上萌芽和迸发。"当矿工觉悟时，这个象征再次出现："他们像埋在地下的一颗良种，开始萌芽了。"在罢工中，这个象征又一次出现："在矿井深处，一支大军正在成长，这代新人就像是正在萌芽的种子，不久将在温暖的阳光下破土而出，茁壮成长。"最后，主人公怀着希望离开矿区，踏上新的征途，小说的结语写道："一支黑色的复仇大军正如种子一般在田垄里慢慢地发芽，正在为下一个世纪的收获而成长。它的萌芽即将破土而出。"这种带有预示性的乐观情调赋予这场罢工斗争高昂的战斗气息。

左拉的小说素以描绘群众场面的浩大著称。《萌芽》描写的罢工就是典型的一例。小说用整整一个部分（第五部分）来写罢工：罢工的队伍"犹如破堤的洪水一般"，开始只有三百人，随后越来越多，五百人挤满了矿井的地面建筑，排气阀打开了，发出雷一般的隆隆响声，人们喊叫着要砸烂锅炉，捣毁机器，把矿井夷为平地。罢工人数迅速增加到一千人，把道路的栏杆都撞垮了。他们穿过覆盖着白霜的光秃秃的平原，呼喊着要面包。到达玛德莱娜村时达到一千五百人，将铸铁的炉篦子炸裂了。来到维克托瓦尔，人数增至二千人，运煤矿的铁轨被掀掉。到达加斯东-玛里时已有二千五百人，人们捣毁锅炉，砸烂抽水机。《萌芽》中的罢工人流的乱糟糟显得粗犷、雄浑、悲壮。在描绘这股巨大的人流奔走呼号时，左拉有条不紊地穿插了经理们如何应付这场罢工。小说写得一张一弛，显示了作家的大手笔。

左拉虽然与巴尔扎克不同，并不着力于人物性格的塑造，但是，《萌芽》中出现的工人形象还是颇有特点的。在法国文学史上，艾蒂安是第一个有阶级觉悟的工人形象。他本是一个正直善良的机械工人，来到蒙苏煤矿后，做了一个采煤工。他是工人运动的组织者，作为国际工人联合会的会员，在矿区大力发展新会员，组成了一个支部。他刻苦钻研社会主义的理论著作。尽管他对马克思的学说了解不深，受到蒲鲁东的理论的迷惑，但他毕竟与无政府主义者不同。他主张在经济问题上据理同公司进行斗争，不主张破坏机器，他同无政府主义者苏马林和非暴力主义者展开了面对面斗争。通过罢工，他受到一次革命的洗礼，在政治上更加成熟起来。这是一个在基层涌现出来的工人领袖形象。老矿工马厄一家在小说中是工人的代表。马厄的老祖宗发现了煤矿，参加了煤矿的初建工程，他一家世世代代在煤矿干活已有一百年。他们为矿主卖命，有六口人在矿井丧了命。马厄的父亲为煤矿卖了一辈子苦力，如今病魔缠身，等于废人，连吐出来的痰都是黑的。马厄是个受人尊敬的矿工，他在艾蒂安的启发下参加了国际工人联合会，罢工中带领工人去请愿，面对军警毫无惧色，终于饮弹而亡。马厄的妻子是推煤车女工，她支持罢工，不愿过"不合理的日子"。丈夫死后，她不得不顶替丈夫的工作，下到矿井，干十小时的累活。她逐渐明白，复仇的一天总会到来。这是一个真实、平凡而又伟大的女性，具有工人勤劳、朴实、坚韧、勇于牺牲的优秀品质。

左拉善于运用具有象征意义的词汇。除了"萌芽"象征希望以外，他还爱用"黑色的"这个形容词。煤矿地区的特点就是一片黑色。矿区外面是黑色的煤炭和煤灰，矿井里面是黑洞洞的，矿工浑身是黑乎乎的,他们吐出来的痰是黑的,死时流出的血是黑的,小说共四十章,只有十章在阳光下进行。这个天地仿佛是"一种物质构成的黑夜",只有在下雪时,村庄才变成白色,但"像包裹在尸布里一样"。如果说白色是死寂、虚无的标志的话,黑色就是忧郁、恐惧、压迫的象征。这黑色的天地就是矿工们生活着的现实世界。这富有象征意义的环境描写具有版画一样的严峻苍凉的力量,增添了小说悲壮的色彩。

左拉向来看重小说的结构,《萌芽》的结构十分严密。小说共七部分,开头四个部分是引子、开场、发展、深入,一步步描写矿工反抗情绪的产生、扩大和高涨,第五部分是全书的高潮——罢工,后两部分描写罢工的失败经过和尾声,全书构成一个整体。情节的进展井然有序,节奏沉稳有力,从容、稳当的节奏同均衡、比例得当的结构密不可分,成为这部小说的又一优点。

第二十四章　莫泊桑

一、生平与创作

　　居伊·德·莫泊桑(1850—1893)，法国小说家，1850 年 8 月 5 日生于迪普的米罗梅斯尼尔堡。他的父亲刚获得贵族称号，母亲是鲁昂一个纱厂主的女儿。不久，他的父亲因生活浪荡而导致家道败落。1856 年，父母分居，莫泊桑跟随母亲到乡下生活。1868 年他进了鲁昂中学。1870 年普法战争爆发，他应征入伍，分配到鲁昂第二师的后勤处，目睹了法军的崩溃。1872年他进入海军部舰队装备处，10 月在巴黎大学法律系注册。1878 年他转至国民教育部工作。1875 年发表短篇处女作《剥皮的手》。1871 至 1880 年，是莫泊桑的创作准备阶段，对他来说，最具有意义的是师从福楼拜。福楼拜是他舅舅和母亲的朋友。这位名作家将现实主义的创作原则深印在他的脑海里：必须仔细观察生活，从中找到别人没有发掘过的东西；反对在作品中现身说法，要保持客观；揭露和鞭挞资产阶级偏见。福楼拜还教导他，才能只不过是长期勤奋地工作而已。

　　1880 年《羊脂球》的发表使他一举成名。聚集在左拉周围的几个自然主义作家，以普法战争为题，结集出版《梅塘之夜》，《羊脂球》是其中最优秀的一篇，福楼拜称之为"布局、喜剧性和观察的杰作"。成名以后，莫泊桑有机会涉足上流社会，扩大了他的视野。从 1883 年开始，他写了六部以上层社会为题材的长篇小说：《一生》(1883)、《漂亮朋友》(1885)、《温泉》(1887)、《皮埃尔和让》(1888)、《如死一般强》(1889)和《我们的心》(1890)。其中，《一生》描写一个心地善良、逆来顺受的女性，就其与世无争的个性，与福楼拜的主人公是一脉相承的，但莫泊桑突出了人生的虚无：女主人公让娜在一生的各个阶段都遭到不同程度的挫折,要忍受卑污的现实给她的沉重打击。小说结尾写道:"生活既不像意想的那么好,也不是意想的那么坏。"前半句话是让娜大半生的写照,后半句话是对让娜晚年生活的评论,反映了作者对人生无可奈何的妥协态度。《漂亮朋友》遵循巴尔扎克个性典型化、典型个性化的原则,暴露了第三共和国时期新闻界的黑幕和法国政府的殖民地政策,塑造了一个以勾引女人为手段飞黄腾达的冒险家形象。就小说所描绘的政治生活、经济利益的冲突而言,就其所揭示的政治冲突从属于经济利益而言,就其所揭露的社会黑暗而言,就其所反映的冒险家的发迹和横行的社会现象而言,这部小说不愧为19世纪末叶法国社会的一幅历史画卷。《皮埃尔和让》是部心理小说,描写两兄弟对遗产的争夺。心理描写成为情节进展的有机因素和塑造人物性格的重要手段,人物自我解剖,也对他人进行观察和思索,莫泊桑的兴趣还扩展到对思绪困扰现象、朦胧状态和潜意识的研究。莫泊桑的长篇对男女私情有较为直露的描写,带上自然主义的痕迹。

从1876年起,莫泊桑就犯有心绞痛和强烈的偏头痛,随后出现神经痛、视力混浊、幻觉和血液循环障碍。1892年初他精神失常,用裁纸刀割喉咙自杀未遂,此后一直未恢复清醒,十八个月后在布朗什大夫的精神病院里去世。莫泊桑一生创作的中短篇小说约三百篇,此外还有一部诗集、三部游记和四部剧作,在报纸专栏上撰写的文章有三大卷之多。

莫泊桑的思想渗透了浓厚的悲观主义。他深受叔本华的影响,接受了叔本华关于事物永无休止地消逝,时间在不断地分崩离析的观点,认为人类永远无法达到目的。他不相信人类有天才,认为人只不过是一种野兽,仅仅比其他野兽高级一点而已;哲学给予各种问题以离奇的解释,却得不到真正的答案;科学面对不可知的事物而碰壁;宗教是一种欺骗,他否认天主存在,他对天主"有无边的憎恨";人生活在一个空虚的、失去意义的世界里,受到迟钝的本能的支配,被痛苦和穷困所压垮,显得平庸、自私、狭隘、爱慕虚荣、贪财吝啬;人是孤立的,不被别人所了解;人与人之间的联系,如爱情和友谊,只提供幻觉般的安慰。在政治上,他不参加任何党派,他认为党派会妨碍他自由地抨击丑恶的社会现象。由此出发,他拒绝接受学士院的提名和获得荣誉军团勋章。早年他标榜自己不属于自然主义、现实主义和浪漫主义,事实上他与自然主义一直保持一段距离。

莫泊桑的美学思想主要反映在《论小说》和游记《在水上》中。首先,他坚持现实主义的真实论,但是他反对反映所谓全部的真实。他认为现实呈现在我们面前的是芜杂的事实,大部分是毫无趣味的。而"艺术是有选择的和有表现力的真实",作家应该排除一切跟他的主题无关的东西,阐明本质的和有特点的东西:"现实主义者倘若是艺术家的话,不仅要力图避免给我们提供生活的平庸照片,而且要给我们提供比现实本身更全面、更鲜明、更令人信服的图景。"他认为作家必须做长期的准备工作,去粗取精。其次,作家必须保持无动于衷,要"不着痕迹,看上去十分简单,使人看不出也指不出作品的构思,发现不了他的意图";作家的同情心应该透过叙述,在字里行间发觉它,它钻进句子的结构里,在词句的选择中显现,在结构安排中展现。此外,作家要寻求人物必然会做出的行动和姿态,这是他的本性、思想、意志和心理的反映。他的美学主张继承了传统现实主义的观点,而又有所充实。

二、短篇小说创作

作为短篇小说大师,莫泊桑的创作从内容到形式都有重大突破。

他的短篇小说大致有如下几个题材:

第一，普法战争。莫泊桑着力表现的是法国普通人民的爱国主义激情。《羊脂球》的妓女出于爱国心，无法忍受普鲁士军官的侮辱，可是驿车上受惠于她的乘客为了自身利益，却怂恿她去满足敌人的淫欲，事后又卑鄙地躲开她。事实上，这些正人君子随时都准备与敌人合作，做出让步。两相对照，各种人物灵魂的美丑昭然若揭。入侵者的嚣张气焰与法军的溃败背景相结合，隐隐透露出作者的愤激之情。《菲菲小姐》中的女主人公面对敌人的侮辱，则采取制敌于死命的报复手段。《米龙老爹》的主人公坚定沉着，表现了视死如归的崇高气概。《索瓦热老婆婆》写的也是为亲人复仇的故事。《俘虏》描写老百姓机智地俘虏敌人的经过。《两个朋友》中的两个平民无端地被普鲁士当作间谍处死，暴露了敌人的残暴。《一场决斗》讽刺普鲁士人的狂妄、傲慢，其实不堪一击。普法战争的题材产生的小说不算很多，但是几乎篇篇都是佳作，原因在于莫泊桑将讴歌法国人民高昂的爱国主义精神同暴露敌人的残暴结合起来，将爱国心同自私自利加以对照，主题突出，爱憎分明，意义显豁。

第二，小资产阶级和公务员。莫泊桑暴露了他们的爱慕虚荣、势利、庸俗、猥琐。《项链》的女主人公出于虚荣心，向女友借了一条项链，去参加教育部长的晚会，不慎丢失，为了偿还这条项链，辛辛苦苦劳动了十年，最后女友告诉她这是一条假项链，她一念之差竟失去了半生的幸福。《我的叔叔于勒》中的一家人都以为"叔叔"于勒发了财，一直等他回来，后来在轮船上发现他变成了一个卖牡蛎的穷苦老头，于是避之唯恐不及，那个母亲的势利跃然纸上。《伞》中的奥莱依太太好不容易下狠心给丈夫买了一把新伞，他的同事恶作剧，把伞面烧了许多洞，为了获得保险赔偿，她不惜编造谎话，这种小气到猥琐的性格写得入木三分。《骑马》写一个小职员获得一笔额外收入，于是骑马出游，像阔人一样享受一番，不料把一个老妇人撞伤，老妇人赖在医院里不肯出来，使小职员不胜负担。这个乐极生悲的故事写出了小职员渴慕荣华富贵的心态和旦夕祸福的命运。《散步》描写一个抄了四十年公文、记了四十年账的小职员，在尝够了孤独、寂寞、无聊之后，上吊自杀，表现了小公务员的悲苦生涯。《勋章到手了》的主人公以戴绿帽子为代价，允许妻子与议员私通，以期获得一枚朝思暮想的勋章，小说挖掘了这类人物的卑污心灵。同样的故事还有《珠宝》，主人公从死去妻子的"假首饰"中卖到近二十万法郎，他先怀疑这是妻子情夫的礼物而气得昏倒，随后心安理得，甚至去宿娼。《皮埃罗》的女主人公不想纳税，把心爱的狗扔进深坑，先是还给狗吃食物，及至发现坑里又有另一只大狗，便索性不扔食物了，小说写出了她爱钱的本性。《一个巴黎市民的星期天》描写一个闲得无聊的职员在每个星期天出游的遭遇，奇特的见闻与他空虚的生活恰成对照。莫泊桑对小资产阶级阶层最为熟悉，写来得心应手，因此这个题材写成的小说最多。莫泊桑对他们的态度起先是讽刺、鞭挞，继之怒其不争，最后哀其不幸。例如，《巴朗先生》描写一个受妻子欺骗的老实人，在凄苦和孤独中度过一生。莫泊桑对这个人物倾注了同情。《密斯哈丽特》刻画了一个因长得丑陋而蛰居在偏僻地区的英国女人，她感受不到生活的乐趣，终于自尽。小说字里行间透露出隐约的同情。

第三，农村生活。莫泊桑自幼生活在诺曼底，对农村生活非常熟悉。《西蒙的爸爸》中的铁匠善良仁慈，愿意娶一个失足的姑娘，担负起抚养一个受欺侮的私生子的责任。《山鹬》刻画了一个重荣誉的聋哑牧羊人，他不能忍受妻子的无行。《一个女雇工的故事》描写农村中的妇女遭受欺骗，无法主宰自己的命运。《穷鬼》表现了农村中无家可归的人的悲惨结局。《老人》通过一个老人勾画出一幅农村的风俗图，并写出两代人的淡漠关系，以及农民更重实利的心理。《小萝克》揭露了一个村长奸污幼女的兽性。《绳子》刻画了农民贪小的心理。莫泊桑对农村题材的发展还在于继承了韵文故事的传统，写出了一幅幅笑剧般的场面：一个农妇把她的财产变作年金，她的身体状况使买主担心，为了考察她的身体，他给了她一小桶酒，这桶酒很快就见了底（《小酒桶》)。图瓦瘫痪在床,他的妻子为了物尽其才,让他孵蛋,小鸡孵出来后,他产生了一种母爱(《图瓦》)。莫泊桑通过各种不同的侧面,表现了农村各式人等和多姿多彩的生活。

第四,怪诞故事。莫泊桑最早发表的两篇小说(《剥皮的手》、《划船》)写的是怪诞题材。病痛和药物使莫泊桑常常产生一些幻觉和特殊的感受,他把它们化为小说。《奥尔拉》描写主人公受到一个看不见的人的纠缠,他的日记夹杂了一些科学预测。《一个疯子的信》同样叙述一个看不见的人偷走他在镜中的映像,从此他感到鬼怪来到脑子里。《恐惧》描写神秘的恐惧感。《他?》描写孤独和幻觉。《谁知道呢?》叙述由幻觉产生的恐惧。《剥皮的手》叙述一只剥了皮的手复仇,杀死把它砍下来的那个人。有的小说描写疯狂状态。(《疯子》)还有的小说描写催眠术(《催眠梦》)、动物磁气(《磁感作用》)的"超自然"现象。能列入怪诞小说的至少有三十多篇。这类小说的产生也应归因于受到当时文学潮流的影响。

第五,莫泊桑写过不少关于爱情、婚姻和家庭生活的短篇。《修软垫椅的女人》中的老妇痴情地一生迷恋一个人;《珍珠小姐》中的私生女得不到爱情和幸福;《伊薇特》的同名女主人公厌恶母亲的淫荡而想自杀,是个出污泥而不染的女性。这些小说都写得真切感人。《遗产》描写一对夫妻为了获得一百万法郎的遗产,演出了一幕幕丑剧;《伙计,来一杯啤酒》揭示为了金钱夫妻之间的温情荡然无存;《保尔的情妇》描写巴黎中产阶级寻欢作乐的生活;《隆多里姐妹》中的母亲以女儿的色相去勾引男人;《死去的女人》是对爱情和人生的凄凉回顾,指责世人的虚伪和卑劣;《泰利埃公馆》将教堂与妓院相比,体现了莫泊桑反教会的思想;《月光》中的长老抵御不住月夜里情侣拥抱的温馨景象,从反对爱情到承认爱情是天主所允许的,对教士的禁欲心理作了批判。

从内容上来说,莫泊桑扩展了短篇小说描绘社会生活的广度和深度。小资产阶级人物在以往的小说中并未成为主角。19世纪下半叶,这一阶层有了相当大的增长,随着社会的发展,这一阶层的生活安定下来。他们的生活既不宽裕,又高于工人和农民。小资产阶级在人数上构成了仅次于工人和农民的社会阶层,它所特有的社会性逐渐显露出来。这就必然引起了敏感的作家的注意。莫泊桑在短篇小说中及时地加以描写,既同情他们的不幸遭遇,又批判了他们的坏习气,无疑有创新意义。至于农民,在莫泊桑之前,文学上表现得并不充分。莫泊桑则深入到贫困农民的生活和精神世界中,既写到他们的爱情和婚姻,又探索了他们的内心情绪。这是活生生的农民形象。在莫泊桑笔下,最坚决有力地反抗侵略者的是农民。莫泊桑如实地描绘了19世纪下半叶农业获得发展、农民生活有所改善的农村。总之,莫泊桑的短篇小说提供了19世纪末叶的一幅社会风俗画卷。

莫泊桑的短篇小说取得很高的艺术成就。

首先,在谋篇布局上,莫泊桑不愧为大师。有时小说截取生活的一个横断面,有时写人物相当长的一段生活,有时在几小时内进行,有时从侧面去烘托,一般用白描手法,但经常进行心理探索和心灵的挖掘。既有平铺直叙,也有倒叙回忆。他的写法集19世纪短篇小说的大成。一般而言,他喜欢这样的结构:先以简练的和富有表现力的语言勾画出背景,然后是人物出场,作家准确有力地勾勒出他们的外貌;接着正文开始,故事简单而平凡,意料不到的事态使情节急转直下,向悲剧发展,而叙述仍保持冷静、客观。《两个朋友》很能体现莫泊桑这种现实主义艺术的主要特点。开首只有三句话("巴黎被包围了,在饥饿中苟延残喘。屋顶上难得看见麻雀,阴沟里的老鼠也少了。人们不管什么都吃"),没有罗列材料的描写,几句简洁的说明,便勾画出背景。随后人物出场,三言两语描画出他们的身影(莫里索高身材,索瓦日矮胖)和爱好(钓鱼),让读者领会到在他们揶揄加亲密的话语中的激动和愤慨。不料他们在钓鱼时碰到了普鲁士人,被当作间谍枪毙了。他们钓到的鱼成了普鲁士人的盘中餐。作者无一字评点,可是通过对这两个普通法国人和平生活受到侵扰,而且惨遭杀害的经过,对侵略者的控诉力透纸背,而这种谴责是在不言中的。

表面看来,似乎莫泊桑是随手拈来,取材不费思索,其实他对题材的选择非常严格。例如,写普法战争的小说很多,《羊脂球》能鹤立鸡群就在于作者对生活的提炼别具只眼。莫泊桑选取了一个处于社会最底层、受人歧视的妓女作为正面人物来描绘,已是与众不同;他将这个妓女同道貌岸然的资产阶级人物作对比,后者为了自身利益,不但连普通的爱国心都没有,甚至在人格和礼仪上也相形见绌,这样描写更是别出心裁;羊脂球厌恶普鲁士军官,而这个军官讨伯爵夫人的喜欢,虽一笔带过,却含有深意;作者把整个故事分为三段时间,突出驿车上的两顿饭,加以比较(羊脂球先是供应别人吃东西,第二顿饭被同车人撇在一边);安排对称而巧妙;小说在六天中进行,放在驿车和旅店且是冰天雪地的空间里,以此构成一个小社会,富有象征性。凡此等等,足可见其观察的细致、选材的精到、讽刺的巧妙和犀利。从这一精选的场景中,莫泊桑确实提供了他所主张的比现实更全面、更鲜明、更使人信服的东西。其他写普法战争的短篇,有的颂扬人物的沉着英勇,有的写人物的机智果断,有的写敌人的残暴,有的写敌人的愚蠢,选取的角度颇多变化,没有雷同。

莫泊桑擅长描写小资产阶级和农民,他的人物画廊丰富多彩。虚荣心重的罗瓦赛尔太太,小气猥琐的奥莱依太太,穷困潦倒享受不到生活乐趣而自杀的勒拉,为了荣誉不惜出卖妻子的萨克尔芒,善良而有爱国心的羊脂球,疾恶如仇的菲菲小姐、米龙老爹、索瓦热老婆婆,仁慈忠厚的铁匠菲列普・雷米,狡猾而暴烈的村长勒纳代,摆脱不了捡到绳子的执著念头的奥什科纳老爹,单相思的修软垫椅的女人,企图压抑情欲的马里尼昂长老……有的个性突出,有的气质鲜明,这些人物展现了19世纪末叶法国社会形形色色的众生相。莫泊桑创造人物之多,可以同莫里哀和巴尔扎克媲美。

莫泊桑的短篇写得简洁、紧凑、毫无废话,浓缩到最高度,这些技巧没有谁能运用得更娴熟。《项链》很有代表性。这篇故事分为几个阶段,每个阶段用空一行来表示,省却交代的文字:在开场白之后空了一行,接着便写这对小职员接到部长邀请参加晚会;第二阶段是女主人公向女友借项链;第三阶段写在晚会上丢失了项链;第四阶段写负债还项链;第五阶段写这对夫妇生活在贫困中;第六阶段是结尾,女主人公从女友那里获悉以前借的是一条假项链。语言精简到最高程度,但却层次分明,一环紧扣一环,导向高潮,再突然刹住。莫泊桑在划分情节发展的阶段时,往往用一个连接作用的词串起来,如"可是"、"一天"、"随后"、"就这样",等等,承上启下,妥帖自然,尽量简约。

莫泊桑大大发展了第一人称的叙述,他的短篇有一半是用第一人称来写的,细分起来,有如下五种:叙述者向听故事的人讲述他亲身经历或目睹的遭遇(四十七篇);叙述者遇到一个朋友或相识,将自己的往事讲述给他听(三十二篇),这两类叙述的结尾,几乎总是回到开头的场面,作个交代;叙述者直接诉诸读者,讲述个人回忆(三十九篇);叙述者讲述他听到的一件事,故事正文则用第三人称(二十四篇);用书信的形式来写,口气是第一人称(八篇)。莫泊桑认为,亲口叙述故事能得到直接感人的效果。

莫泊桑是语言大师。他不以纤巧华美的辞藻取胜,而是以平易通俗、准确有力、能为所有人接受的文学语言征服读者。很少有作家能写出比他更明晰、更清澈如水、更难捕捉到的语言了。也很少有读者读不懂莫泊桑的短篇小说,因为其中没有丝毫晦涩的东西;读者只觉得莫泊桑找到了最恰当的描述方式,而无法用另一种文字和方式来表达。福楼拜的语言略显枯涩,而莫泊桑的语言更具感染力。同时莫泊桑也使用方言土语,但总是以读者能了解为限度。由于语言的纯粹,莫泊桑的短篇已成为学习法语者的范文。

第二十五章　波德莱尔

一、生平与创作

　　夏尔·波德莱尔(1821—1867)，法国诗人，1821 年 4 月 9 日生于巴黎。六岁丧父，母亲为生活所迫，改嫁给一个名叫奥皮克的军官。波德莱尔反对母亲改嫁，与继父一直关系不好。无论在里昂的皇家中学还是在巴黎的路易大帝中学就读时，波德莱尔都忍受着忧愁和孤独之苦。他上大学以后，在巴黎过着放荡的生活，为此，1841 年他的父母硬要他到印度去旅行十个月，以摆脱这种不正常的生活。但波德莱尔只到达毛里求斯岛，由于思乡而半途返回。回到巴黎后，他获得了父亲七万五千法郎的遗产，过着花花公子的生活，很快就把遗产挥霍得所剩无几。1844 年，他在继父和母亲的干预下，受到法律的约束，每月只有二百法郎的生活费，迫使他自食其力。他拿起笔，写作文学、艺术评论(1845—1846)和诗歌。但以文为生是十分艰苦的，他一直生活拮据。1848 年，他一度投入到革命中。约于 1852 年，他翻译美国作家爱伦·坡的作品，从中发现了一个与他气质相近的天才。1857 年，他发表了诗集《恶之花》，这是他酝酿了十五年之久的一部作品。《恶之花》受到当局的起诉，被下令删除了六首诗。波德莱尔并没有泄气，1861 年的新版又增加了三十二首诗。1864 年他到比利时作巡回演讲。长期以来，忧虑、债务、旧病复发，使他身体非常虚弱。回国后，他的神经系统疾病加重，不久他终于瘫痪和失语，于 1867 年 8 月 31 日去世。遗著有散文诗集《巴黎的忧郁》(1869)，以及评论集《美学珍奇集》(1869)、《浪漫派艺术》(1869)，此外他还有散文作品《人造天堂》(1860)。

　　波德莱尔的艺术观令人瞩目。第一，他主张以丑为美，化丑为美。他不认为丑恶事物就是绝对的丑,而是认为丑中有美。他认为应该写丑,从中"发掘丑中之美"。这种美学观点是 20 世纪现代派文学遵循的原则之一。第二,他提出了通感理论。在《通感》(又译《对应》等)这首诗中,他把诗人看作自然界和人之间的媒介者。诗人能理解自然,因为自然同人相似,诗人在各种感觉中看到宇宙的可感反映,由此指出不同感觉之间有通感:"香味、颜色和声音在交相呼应。"诗歌同别的艺术也是相通的,亦即可以用色彩和声音去表达感情。第三,以象征手法表现通感。象征是由自然提供的物质的、具体的符号,也是具有抽象意义的负载者,由此达到更高的、精神的现实。他认为诗人能破译这些象征符号,穿越象征的森林。象征的含义是丰富的、复杂的、深邃的,具有哲理性,这是借有形寓于无形。象征手法丰富了挖掘人的精神世界的手段。第四,波德莱尔力图解放诗歌形式,他注意到散文诗这种刚出现的文学样式。他认为散文诗是介于诗歌和小说的一种文学体裁,能将诗歌的节奏美、音乐美与小说反映真实的自由结合起来,兼有两者之长。它的主要目标同样是要发掘内心世界。

波德莱尔的创新欲望非常强烈。他从一开始创作诗歌,就明确提出要寻找"现代性",这就是"要从时尚中抽取出历史性所包含的诗意内容,从暂时性抽取出永恒来"(《现代生活的绘画》)。这种现代性,必然不同于传统性,它包含了现时的本质,同时能传至将来。波德莱尔在诗歌创作上的现代意识,是导致他提出一系列新观点,找到诗歌语言奥秘,取得杰出成就的主要原因。福楼拜在给他的信中说:"你找到了使浪漫派年轻的方法。你迥异于任何人(这是所有优点中的第一位)。风格的独创取决于创作。你的句子塞满了思想,以致都要爆裂开来。"兰波进一步指出:"波德莱尔是第一个通灵人,诗王。""通灵人"指的是敢于突破传统,找到现代诗歌表现手法的诗人。波德莱尔确实找到了开启现代文艺大门的钥匙。

二、《恶之花》

《恶之花》共一百五十七首诗。波德莱尔指出:"这不是一本纯粹的合集,它有头有尾。"诗集共分六个部分,以第一部分《忧郁与理想》为最长,这是核心部分:它叙述人在忧郁的压迫与对理想的追求中徘徊,最后忧郁取得胜利。第二部分《巴黎风光》展示了巴黎各种不堪入目的城景,诗人在其中找不到摆脱自己痛苦的地方,于是他沉醉在酒之中,可是一无用处(第三部分《酒》)。第四部分《恶之花》写诗人深入到罪恶之中去体验生活,但是摆脱不了精神压抑。在第五部分《叛逆》中,诗人对天主发出反抗的呼喊,但天主毫不理睬。诗人只有一条路:死亡。这是第六部分。《恶之花》中有不少爱情诗,它们的对象主要是让·迪瓦尔、萨巴蒂埃夫人和玛丽·杜布伦。

《恶之花》是一部内容别开生面的诗集。首先,诗人第一次把大都会的生活和丑陋事物带进了诗歌王国。城市的烦嚣和污秽成了最触目惊心的景象。巴黎是阴暗而神秘的:"万头攒动之城,充满梦幻之都,/幽灵光天化日拉住行人衣衫。"(《七个老头》)黎明时的景象是巴黎的一幅灰暗写照:这时,卖笑的女人闭上发青的眼睑;女叫化子吹着余火,呵着手指;产妇的苦痛格外强烈;鸡啼划破迷雾,像血泡将啜泣噎住;养老院的病人在吐出最后一口气;精疲力竭的浪子们返回家里。(《黎明》)这个大城市最不堪入目的景象莫过于《腐尸》所描绘的横陈街头的女尸了:"苍蝇嗡嗡地聚在腐烂的肚子上,/黑压压的一大群蛆虫/从肚子里钻出来,沿着臭皮囊,/像黏稠的脓一样流动。"这个场面是藏污纳垢的巴黎的缩影,腐尸是社会的机体,诗人通过象征手法表现了对现实的厌弃。波德莱尔还把同情的目光投向了生活在底层的人们。七个穷老头中有的眼中现出恶意;有的目光宛如凛冽的寒霜;有的像跛行的走兽,脊梁和腿形成直角,他仇恨世界,仿佛在用他的旧鞋践踏无数死者;有的像来自地狱,幽灵一样漫无目的地往前走。这些面目可憎的怪人,使诗人逃回家中，关上大门，心中惶恐。那些贫穷的老太婆也是弯腰曲背的、"残缺的怪物"：她们"蹒跚而行，受到无情北风鞭打/……她们碎步疾走，全像木偶一样；/仿佛受伤野兽，拖着步子行走"。《小老太婆》她们显然是被社会抛弃的穷人。波德莱尔尤其注意的是受命运捉弄的盲人："他们的眼睛失去神圣的光辉，/总是仰面朝天，仿佛遥望远方；/从来见不到他们在沉思凝想，/把沉重的头颅向着地面低垂。"《盲人》诗人还描写坐在赌桌四周的老妓女，她们的"面孔不见嘴唇，嘴唇不见血色，颌部没有牙齿"。《赌博》诗集中还出现了孤儿、女乞丐、穷艺术家、被害的女人、同性恋女人等等。他们是《恶之花》的主要描绘对象，是大城市中受欺凌、被遗弃的"贱民"。

其次，在这样的背景下，波德莱尔展示了个人的苦闷心理，写出了小资产阶级青年的悲惨命运。贯穿于整部诗集的是，描写巨大的精神压抑。第一部分有五首诗集中写忧郁，诗人把自己的精神状态——忧郁，形容为破钟、嘶哑的声音活像要咽气的伤兵。《破钟》他还把这种心境比作阴雨连绵的冬天，由寒冷、亡魂、墓地气息、浓雾笼罩着。《忧郁之一》诗人说自己像活了一千年那样疲乏和厌倦，脑子像大坟场、万人冢。《忧郁之二》诗人百无聊赖，厌弃万物，像活尸一样，血管里流着忘川的绿水，而不是血液。《忧郁之四》描绘精神痛苦的各种感觉。此外，无聊、烦恼、痛苦、晦气、悔恨等类似的精神状态不断出现。这是诗歌中描写的一种世纪病，引发诗人产生流亡的幻象。诗人自认为受到人们的唾弃，在《信天翁》中，他表现的是天才人物在不认识他、嘲笑他的平庸社会中感到难以容身。在《天鹅》中，诗人借用安德洛玛克流落到庇吕斯的宫廷的形象，以及迷失在巴黎街头的一只天鹅的意象，道出命运孤独者的痛苦；诗人受到时间无情流逝的困扰。在《大敌》中，他把自己比为一座受到秋雨肆虐的花园，再也长不出新的花朵。在《晦气》中，他表达了一个感到自己永远无法完成己任的艺术家的泄气。在《秋之歌》中，他把想到冬天到来与不安地等待死亡联系在一起。在《时钟》中，他把每一秒的嘀嗒声变成警告。诗人在这个社会中找不到幸福，便幻想到异国他乡去寻求理想。《前生》所梦想的世界"周围是蓝天，斑斓光辉和浪涛"，诗人居住在"玄武岩洞府"里。诗人还幻想"越过浩渺天空，也越过了太阳，/越过了星空霄汉的漫漫边沿"。《飞天》可是，理想事物和希望只是短暂存在的。诗人在黄昏的和谐中感受到优美的舞曲旋律，不过这种音乐最后却变成了怨诉。《黄昏的和声》黄昏能给诗人抚平痛苦。《静思》爱情只能在回忆中消受。《阳台》因此诗人不断处在一种矛盾状态中："我是伤疤又是匕首！/我是耳光又是脸皮！/我是车轮（古代的一种酷刑，即把受刑者的四肢打断，再放到车轮上）又是四肢！/是受害者和刽子手！"《自惩者》诗人转而寻求各种享受：《异国的芬芳》和《秀发》描写感官的迷醉。酒具有魔药的作用。《酒》、《拾荒者的酒》、《情侣的酒》《巴黎的梦》描绘了鸦片的效果，诗人来到了另一个天地，看到了超自然的景色，忘却了陋室的可憎；鸦片又能"深挖享乐愿望"。《毒药》《邀游》把人带到了水乡泽国的人间乐园。然而，死亡却是"崇高的旅行"，能给人以安慰，忘却痛苦和现实世界。《旅行》、《情侣之死》、《穷人之死》诗人在不幸中赞美撒旦的反叛。《献给撒旦的连祷》总之，《恶之花》写出了小资产阶级青年一代找不到出路而陷于悲观绝望的心境。该书的"出版说明"写道：本书"在于表现现代青年的激动和忧愁"，正是一语中的。

在艺术上，《恶之花》确能独辟蹊径。一是通感的运用。波德莱尔指出："一切，形态、运动、数量、色彩、香气，无论在自然界还是在精神界，都是富有含义的，相互作用的，相互转换的，相通的。"《通感》一诗既提出了理论，又有具体运用。它先写香味同触感相似："嫩如孩子肌肤"；香味又可以从声音得到理解："柔和像双簧管"；香味最后融入视觉之中："翠绿好似草原。"不同感觉相互交应，因为它们全都趋向同一个道德概念：纯粹。无论孩子肌肤、双簧管，还是草原，都突出了纯洁，它们使人想起爱情的殿堂。此外，在波德莱尔笔下，诗歌可以同版画、绘画、音乐、雕塑（《面具》《骷髅舞》）相通，在《灯塔》中，鲁本斯、达·芬奇、伦勃朗、米开朗琪罗、戈雅、德拉克洛瓦等大画家的作品在诗人眼里呈现出光怪陆离的意象,它们与物质世界是相通的,通过这些意象,诗人写出了各位大画家的作品特点,如用"懒散的花园,新鲜的肉枕"去描写鲁本斯的油画就很确切。《秀发》从头发的清香联想到炎热的非洲和"无精打采的亚洲",将香、色、音结合起来。《首饰》写叮当响的首饰"发出尖声嘲笑"。《美的赞歌》指出美是恶魔、醇酒、媚药、天使、芬芳、光线……《起舞的蛇》将意中人说成"一条起舞的蛇",长发似浪花,目光混合金和铁,既吸引人,又很难对付。波德莱尔说过:"如果各种艺术不致力于力求互相代替,至少要力求互相借用新的力量。"(《1859年画展》)波德莱尔从通感发展到注意"以不同方式组合的词取得的效果"这种"联想的魔法"。(《迸发篇》)

二是象征手法的运用。《忧郁之四》最有代表性:

低垂沉重的天幕像锅盖,压在
忍受长久烦闷、呻吟的精神上;
它容纳地平线的整个儿圆盖,
向我们倾泻比夜更悲的黑光;

大地变成了一座潮湿的牢房,
希望在那里像一只蝙蝠飞翔;
用胆怯的翅膀对着墙壁拍击,
又把头向腐烂的天花板乱撞;

雨水拖着那长而又长的水珠,
宛如一座大监狱的护条那样;
有一大群无声的卑污的蜘蛛,
在我们的脑壳深处张开蛛网;

这时大钟突然疯狂暴跳起来,
向天空投以一阵可怕的吼叫,
如同无家可归的游荡的鬼怪,
开始顽固而执拗地呻吟哀号。

一长列柩车没有鼓乐作为前导,
从我的心灵缓慢地经过;希望
战败而哭泣,残忍专制的烦恼
把黑旗插在我低垂的脑壳上。

全诗只有两个句子,前四节为第一句,而前三节是表示时间或条件的副句,一共六个。副句的拖长能产生沉重感。忧郁本是一种难以琢磨的、十分抽象的、只可意会难以言传的心态。波德莱尔别出心裁地用各种意象来表现这种心态。第一个意象:他把天空写成锅盖扣在地平线上,这就立即造成一种压抑感;既然是锅盖,那就不会发出白光,而只能是黑光。这里写的是自然,又写的是脑壳(圆锅形)和精神;黑光同忧郁的精神感受密切相连,因为黑色同阴郁的、悲伤的、沉闷的概念是相通的。第二和第三个意象:诗人把大地形容为一个牢狱,而把人的希望写成一只蝙蝠,关在这牢狱中,无法飞出去。第四个意象:写雨水如同铁窗的护条,与前面的牢狱相呼应。第五个意象:一群无声的、卑污的蜘蛛在脑壳深处结网,网能够产生封闭感觉,加强忧郁之感。第六个意象:大地吼叫起来,像游荡的鬼怪在呻吟哀号。大钟可以看作形容精神紧张。第七个意象:一长列枢车没有鼓乐作为前导,从诗人心灵上缓慢经过。丧葬车队是哀伤的象征,且是没有鼓乐相伴的枢车,更显悲哀,写出诗人心灵的悲戚。第八和第九个意象:希望因战败而哭泣,而烦恼得意地插上了胜利的黑旗,而且是插在诗人低垂的脑壳上,多么残忍专制! 这幅图画又多么凄惨! 这一连串意象从各个角度描绘忧郁,使难以琢磨的情感获得了具象的形态,以实写虚,以有形写无形,但又不是实实在在的有形,这能使读者再发挥想象,加以思索。这些意象不是一般的、简单的比喻或图解,它们的含义是丰富的、复杂的、深邃的,具有哲理性。值得注意的是,这些意象往往采用了拟人化或寓意的手法。如希望时而化为蝙蝠,时而干脆就是人。在波德莱尔笔下,时间、爱情、美、死亡、偶然、羞耻、愤怒、仇恨、错误、罪恶、鸣咽、复仇、光明、黑夜……都拟人化了。大半诗人都是从大自然去寻找意象的,波德莱尔则相反,他常常颠倒比喻次序。例如:"低垂沉重的天幕像锅盖",不是锅盖像天空,而是天空像锅盖;"大地变成了一座潮湿的牢狱",雨水"宛如一座大监狱的护条那样",都是意象颠倒运用的例证。这种手法的美学效果是以奇取胜,它能产生一种压抑感,因为在这种比喻中,由大变小,使人获得一种局促、憋闷的感觉。波德莱尔的想象力异常丰富,使他在描绘人的内心世界方面达到一个新的高度。

《恶之花》的语言极为精辟。波德莱尔说过:"我整个一生都用来学习构造句子。"他在诗集的《结束语》中又说:"你给了我泥土,我炼出了黄金。"这是他对自己锤字炼句的形象说法。与此相反,他反对写长诗,认为浪漫派滔滔不绝的诗歌不够精练。他重新挖掘十四行诗,使之发出新光彩。"一首完美的十四行诗,抵过一首长诗",布瓦洛《诗的艺术》的这句话,正是波德莱尔的座右铭。

思 考 题

1. 浪漫主义、现实主义、自然主义的主张和特点。

2. 华兹华斯的诗歌理论。

3. 《恰尔德·哈罗尔德游记》创造的艺术形象。

4. 《巴黎圣母院》和《悲惨世界》的思想内容和艺术特点。

5. 《基督山伯爵》的艺术成就。

6. 《白鲸》的思想内容。

7. 《红与黑》的思想内容和心理描写。

8. 分析葛朗台的形象和《高老头》的人物描写。

9. 《包法利夫人》的人物塑造特点。

10. 《大卫·科波菲尔》是部自传体小说吗?

11. 《简·爱》与女性主义运动的关系。

12. 奥涅金与达吉雅娜形象分析。

13. 《战争与和平》、《安娜·卡列尼娜》的艺术特点。

14. 《万尼亚舅舅》的象征手法。

15. 娜拉走后会怎样?

16. 左拉如何描写煤矿罢工?

17. 《恶之花》如何开创了现代派手法?

下编　20世纪欧美文学

第一章　概述

　　19世纪末20世纪初,欧美列强相继进入垄断资本主义阶段,开始进入人类历史的一个新时期。两次世界大战的爆发,既改变了世界的政治格局,又在人们的思想上带来了重大变化。"上帝"死了,也即理性死了,而非理性得到发展。科学技术突飞猛进,物质财富极大兴盛,人被物所排挤,在这种情况下,欧美文学的人文观念表现出与传统文学的重大差异。人不再是"宇宙的精华,万物的灵长",而成了非英雄、反英雄。现代主义思潮把浪漫主义初露端倪的非理性推向极端,反抗现代文明,把现实主义文学的人道主义理想和理性原则送上了非理性的审判台。

　　20世纪是科学大发展的时代。在物理学方面,爱因斯坦创立的狭义相对论和广义相对论打破了经典力学的旧框架,使人们对时间与空间、质量与能量的关系有了新的认识,时间和空间的相对性、四维时空等概念进入了人们的日常生活。量子力学的不确定原理(也称"测不准原理")表明微观粒子的某些不同的物理量不可能同时具有确定的数值,使人们对微观世界的认识大大前进了一步,不确定性也开始被引入人文社科领域。而对原子核裂变与聚变的军事应用研究,则引发了人们对核战争毁灭人类的普遍担忧。在天文学方面,各种天体尤其是类地行星的发现,促使人们思考自己在宇宙中的位置;宇宙大爆炸理论的提出及逐渐确认,使人们对宇宙的起源有了全新的认识。在生物学及医学方面,DNA双螺旋结构的发现,基因工程的发展,生物克隆技术的成熟,干细胞移植的运用,脑生理的研究,为人们解答"我是谁"这个问题打下了深入探讨的基础,也使人们对生命有了一定程度的操控能力,由此带来了生命伦理学问题。在心理学方面,弗洛伊德通过对精神病人的研究,建立了精神分析心理学,提出"里比多"、"本我"、"自我"、

"超我"的概念,对潜意识、梦等现象进行了独具一格的解释。其弟子荣格后来又提出集体无意识的概念。此外,韦特海默、苛勒建立了格式塔心理学,皮亚杰建立了发生认识论心理学,马斯洛建立了人本主义心理学。在语言学方面,现代语言学家提出要将语言当作符号系统或从语义学来研究。索绪尔认为语言是一个共时系统,言语运作会成为个体的本质。形式主义者认为可以不考虑故事的内容,而只需研究故事的结构。上述几个方面,加上计算机科学、人工智能学、系统论、信息论、控制论的迅速发展,无疑对20世纪的作家产生了各种影响。同时,叔本华和尼采的唯意志论、柏格森的生命哲学和直觉主义以及存在主义思潮,促使非理性思潮不胫而走。

一、20 世纪现实主义在欧美各国的发展

20世纪的欧美文学分为现实主义和现代主义两大潮流,现实主义继承19世纪现实主义文学的传统,继续发展。由于十月革命后苏联文学的产生,影响到欧美作家,使得现实主义潮流保持强大的声势。但现代主义的急速兴起改变了唯现实主义独尊的局面,新流派层出不穷,新的艺术手法吸引着人们的眼球,以致影响到现实主义作家。

首先,20世纪现实主义文学正视现实的发展变化,力求真实地反映时代的风貌,因而在描写生活上具有传统现实主义的广阔性、真实性和深刻的批判性;人道主义依然是他们认识和批判现实的基本武器,但不时能用阶级观点或者社会主义思想去观察问题,站在新的时代高度去描绘现实。其次,力图反映一个时代的社会生活,解剖一个家族的发展史或盛衰史,从一个家族的荣枯去反映整个时代的变化。第三,更多地反映无产阶级的生活和斗争。第四,描写战争和反法西斯成为重要主题。在艺术上,"长河小说"是对传统多卷本长篇的发展。现代主义的一些手法也渗透到现实主义文学中,既丰富了现实主义文学,同时也对这一流派造成冲击。

英国是现实主义文学最有成就的国家之一。特点之一是对家庭和爱情婚姻问题特别关注。出生于爱尔兰的萧伯纳(1856—1950)是自莎士比亚以来英国最重要的剧作家,他主张戏剧是"思想的工厂,良心的提示者,社会行为的说明人,驱逐绝望和沉闷的武器,歌颂人类上进的庙堂"。他的好几部重要剧作写于19世纪末,如《鳏夫的财产》(1892)和《华伦夫人的职业》(1893)揭露了资产阶级的虚伪和金钱的腐蚀作用。进入20世纪后,他的《巴巴娜少校》(1905)抨击军火商大发战争财,讽刺犀利,与上述二剧一样,都属于社会问题剧,继承了易卜生的传统。但他的《人与超人》(1903)、《伤心之家》(1917)、《真相毕露》(1932)等剧作,则运用了梦幻、象征等手法。高尔斯华绥(1867—1933)的《福尔赛世家》三部曲(1906—1921)通过一个家族的崩溃,反映了19世纪中期至20世纪20年代的英国社会,揭露了英国资产阶级的"财产意识"。他在另一套三部曲《现代喜剧》(1924—1928)中继续叙述了这一家庭的故事。在这两套作品中,作者以细腻真实的心理分析与细节描写,创造了栩栩如生的福尔赛家族群像,讽刺犀利。威尔斯的小说创作在进入新世纪后,转而描写城市中下阶层的生活,《托诺-邦盖》(1909)是其中最知名的一部。本涅特(1867—1931)的代表作长篇小说《老妇人的故事》(1908)反映了小市民生活的平庸空虚。以上三人被评论家称为英国20世纪初期现实主义小说三杰。毛姆(1874—1965)有自然主义倾向,他的长篇小说《人性的枷锁》(1915)通过主人公三十年的生活经历,揭露了宗教、教育、贫困和社会风尚对人的发展的禁锢。《刀锋》(1944)探索人生意义,否定了把幸福建立在物质财富上的人生理想。他的《短篇小说集》(1951)等以英国海外殖民地、英法两国的上流社会为背景,发掘人性的阴暗部分;或写间谍小说,戏剧性强,流传很广。

特点之二是描写异国题材增多。原籍波兰的作家康拉德(1857—1924)的《吉姆爷》(1900)、

《青春》(1902)、《黑暗的心》(1902)等几部丛林和海洋小说展现了非洲和亚洲的风情,控诉了殖民主义的罪恶,又显示了文明与原始的冲突。他善用刻画人物内心世界的双重技巧和多重叙述方式,让人物互相映衬。吉卜林(1865—1936)的《丛林之书》(1894)及其续篇中印度题材的短篇小说带有幻想性质,大多围绕着狼孩莫格里的经历展开故事,这是一个理想的"自然人"的形象,但作者有浓厚的殖民主义思想。福斯特(1879—1970)的长篇小说《印度之行》借一个案件探讨英国殖民统治者与印度诸民族的深刻矛盾的根源,在英国知识界产生了很大的影响。他的其他重要作品有长篇小说《看得见风景的房间》(1908)、《霍华德别墅》(1910)和文学理论著作《小说面面观》等。女作家曼斯菲尔德(1888—1923)原籍新西兰,擅长短篇小说,《园会集》(1922)受到契诃夫影响,运用了较多的现代文学手法,写出人物的内心世界,文笔素淡,情真意切。格雷厄姆·格林(1904—1991)的长篇小说《沉静的美国人》(1955)写的是抗法时期的越南。老殖民主义者法国人面临彻底失败,一个年轻而沉静的美国人趁机而入,靠一帮土匪搞恐怖活动,企图建立第三种势力,受害者却是无辜的老百姓。他的重要作品还有长篇小说《权力和荣耀》(1940)、《问题的核心》(1948)、《病毒发尽的病例》(1961)等。格林塑造了一批"反英雄"的形象,他长于讲故事,巧用悬念手法。在南非度过青少年时期的女作家莱辛(1919—)的创作多以非洲为背景。长篇小说《野草在歌唱》(1950)描写白人女主人公对黑人奴仆的感情纠葛。长篇五部曲《暴力的孩子们》(1952—1969)描写罗得西亚一个农场主女儿的成长历程和投身政治的经历,非洲的种族问题、殖民地问题、战争阴影等交织在一起,构成错综复杂的画面。另一部长篇小说《金色笔记》(1962)以多重奏的复合结构描写"自由女性"的精神困境,主人公安娜·沃尔夫是第二次世界大战后觉醒了的一代知识女性的代表,她从心理崩溃走向人格完整。移民作家中以出生于特立尼达的印度裔小说家奈保尔(1932—)最为引人注目。长篇小说《毕司沃斯先生的房子》(1961)以特立尼达为背景,通过一个印度移民一生的经历,描写他们的生活和风俗。《河湾》(1979)通过在非洲的印度移民的生活,涉及非洲的种族、教育、文化等问题。《到达之谜》(1987)采取了特殊的叙述方式,纪实与虚构相结合,特立尼达与英国相交错。他的小说体现了后殖民主义的视角与观点。同类的作家还可以举出印度裔小说家拉什迪(1947—)、日本裔小说家石黑一雄(1954—)等。拉什迪的长篇小说《午夜诞生的孩子们》(1981)深入展现了宗教和社会习俗、个人经历和国家大事的丰富材料,揭示了印度三代人的命运。他的《撒旦诗篇》(1984)引起了穆斯林世界的抗议。石黑一雄自称是希望写作国际化小说的作家,他身受英、日两种文化的浸染,却对两者都有着一种疏离感,这使他的作品具有一种独特的吸引力。他的小说《浮世艺术家》(1986)以日本为背景,渗透了日本的文化艺术素质。《长日留痕》(1989)描写英国中产阶级的生活,展示了一场因感情与软弱纠缠在一起,而自动放弃爱情与做人权利的悲剧。

特点之三是现代主义文学对其产生深刻影响。劳伦斯、奥登(1907—1973)、迪兰·托马斯(1914—1953)、戈尔丁(1910—1994)、默多克(1919—1999)、福尔斯(1926—2005)就属于这类作家。奥登的诗在20世纪30年代早期崭露头角,以他为首的一批左翼年轻诗人被称为"奥登一代"。他早年的《诗集》(1930)、《雄辩家》在诗的形式和技巧上进行了多种实验,1948年后潜心于宗教,并受弗洛伊德思想的影响,创作倾向于精神上的探索思考,有诗作《阿喀琉斯的盾牌》(1955)等。托马斯的诗作以生与死、爱情与信仰等内容为题材,形象奇崛,富于象征意味,带有超现实主义色彩。托马斯有诗集《诗十八首》(1934)、《诗二十五首》(1936)、《爱的地图》(1939)、《死亡与出场》(1946)等。戈尔丁的长篇小说《蝇王》(1955)描写人在失去一切约束时所表现出来的本性恶以及人性中的善与恶的斗争,较多地运用了象征手法。他的作品反映了二次大战后的一代人的不安和失望情绪,运用了寓言手法,将浪漫的幻想和现实主义的描写结合起来。默多克的长篇小说《黑王子》(1973)叙述方式独特，主体是主人公的自传，既有他写的前言和后记，也有其他四个人物和编辑写的前言和后记。福尔斯的长篇小说《法国中尉的女人》(1969)采用了对传统小说的谐谑模仿文体，将有案可查的历史事实嵌入虚构的故事，重构历史文本，既增强了故事的可信性，又对历史现实进行了新的阐释，而对女主人公萨拉命运的描写是对女权主义做出的响应。

此外，沃(1903—1966)善于用讽刺手法创作小说，代表作有《荣誉之剑》三部曲(1952、1955、1961)等。赫胥黎(1894—1963)和奥威尔(1903—1950)则是反乌托邦小说的作者，前者的《美妙新世界》(1932)，后者的《1984》(1949)对控制人们思想意志的极权主义作出了警示。

在文学流派方面，20世纪50年代出现了"愤怒的青年"，它因奥斯本(1929—1994)的剧作《愤怒的回顾》(1956)而得名。代表作家艾米斯(1922—1995)的长篇小说《幸运的吉姆》(1954)交替使用第一人称和第三人称，主人公是反英雄。他出身工人家庭，服过兵役，战后上过大学，毕业后在外省大学任中世纪史讲师。他虽然不喜欢教书，但为了保住饭碗，只得讨好教授。另外，韦恩(1925—1994)著有长篇小说《每况愈下》(1953)，布莱恩(1922—1986)著有长篇小说《向上爬》(1957)，西利托(1928—　)著有长篇小说《星期日晚上和星期天早晨》(1958)。这些作家对第二次世界大战后的社会感到失望，对上层阶级不满，于是走向愤怒与反抗。在诗歌方面最盛行的是"运动派"，拉金(1922—1985)以口语化的诗句和普通事件为题材，重要诗集有《受骗较少》(1955)、《新诗行》(1956)、《降灵节婚礼》(1964)。破旧的汽车、喧闹的操场、发黄的影集、救护车、下水道、贫困保守的老百姓，都在他的诗中出现。与拉金齐名的诗人是特德·休斯(1930—1998)，他以家乡方言融入诗中，风格粗犷道劲，所塑造的形象强健有力，寓意深刻，重要诗集有《雨中鹰》(1957)、《乌鸦之歌》(1970)等。在通俗文学方面，女侦探小说家阿加莎·克里斯蒂(1890—1976)的《东方快车谋杀案》(1934)、《尼罗河惨案》(1937)，科幻小说家克拉克的《2001：太空漫游》(1968)、《与拉玛相会》(1973)，奇幻小说家托夫金(1892—1973)的《魔戒》三部曲(1954—1955)，女奇幻小说家罗琳(1965—　)的《哈利·波特》系列也脍炙人口。

法国文学的特点之一是保持揭露社会弊端和反映重大事件的优良传统。法朗士(1844—1924)的长篇小说《克兰克比尔》(1901)影射德雷福斯案件，抨击当局践踏公理和正义；《现代史话》四卷(1897—1901)则直接写到德雷福斯案件；《诸神渴了》(1912)总结法国大革命的经验，阐述人道主义思想，描写了一个忠实执行雅各宾党过左政策的人物加默兰，他杀人过多，最后自己也上了断头台。他的悲剧阐明了雅各宾党垮台的原因。法朗士有丰富的历史知识，但也不忽略当代事件和题材。罗曼·罗兰是20世纪上半叶重要的小说家。塞利纳(1894—1961)的长篇小说《茫茫黑夜漫游》(1932)抨击了一次大战的荒谬，揭露法属非洲殖民地对黑人的残酷盘剥，揭穿美国生活幸福的神话，描写法国下层人民的生活，内容相当深刻。他笔下的人物往往是反英雄，他善用口语化的语言。马尔罗(1901—1976)的长篇小说《征服者》(1928)以1925年的省港大罢工和广州革命政府中各派政治力量的斗争为题材，《王家大道》(1930)描写欧洲人企图盗取吴哥窟精美的舞女石雕和殖民者荡平土著的事件，《人的状况》(1933)描绘了1927年的上海工人起义和国民党"四一二"政变中共产党人的英勇就义，《希望》(1937)描写30年代西班牙的反法西斯斗争。马尔罗描绘了20世纪上半叶的重大事件：殖民地政策、中国革命、西班牙内战、反法西斯战争，可以说在当时的作家中是绝无仅有的。他还对当代人的状况和命运进行深入的哲学思考，属于较早提出"荒诞"概念的作家。

特点之二是出现"长河小说"。罗曼·罗兰是开创者。《约翰·克利斯朵夫》第七卷的序言写道："在我看来，《约翰·克利斯朵夫》始终就像一条长河"，"长河小说"由此得名。"长河小说"

吸取了 19 世纪篇幅较长的小说,如《悲惨世界》、《战争与和平》、《安娜·卡列尼娜》的写法,在一本小说中反映一个人的一生经历或者几个家族在一个历史时代的变迁,也有的作家以几十部小说去反映一个时代,模仿巴尔扎克和左拉的创作方法。"长河小说"就其深度和广度而言,有大江大河浩浩荡荡、汇集百川流向大海的容量。马丁·杜伽尔(1881—1958)的《蒂博一家》(1922—1940)通过蒂博父子三人和丰塔南一家的悲剧变迁,反映法国人民在 20 世纪初的反战活动和欧洲的现实。他在描写历史方面学习托尔斯泰,艺术上采用"对话体小说"的写法。这类作家还有杜阿梅尔(1884—1966)、罗曼(1885—1972)、特洛亚(1911—2007)等。杜阿梅尔著有六卷本的《萨拉万的生平与经历》(1920—1932)、十卷本的《帕斯基埃家族史》(1933—1945),罗曼著有二十七卷本的《善良的人们》(1932—1947),特洛亚著有五卷本的《春种秋收》(1953—1958)、五卷本的《正义的光芒》(1959—1963)。

特点之三是心理小说有长足发展。纪德(1869—1951)的中篇小说《窄门》(1909)描写一个少女受到宗教影响、弃绝爱情的悲剧。中篇小说《田园交响曲》(1919)揭露骗取盲女信任的虚伪牧师的丑恶心灵。长篇小说《伪币制造者》(1926)反映了青年一代的不安与苦闷,作品采用小说中套小说的写法。纪德的"蠢事小说"发展了中世纪的"傻子剧",描写家庭和社会对青年思想发展的束缚,大胆批判宗教对人的毒害,抨击社会上的虚假现象,擅长心理分析。莫里亚克(1885—1970)也擅长描写心灵中的恶,如小说《热尼特里克斯》(1923)描写畸形的变态的母性:卡兹纳伏企图独霸儿子,迟迟不让儿子结婚,也不让儿子爱妻子。又如以企图毒死丈夫、夺取家产的苔蕾丝为主人公的小说《苔蕾丝·德盖鲁》(1926),并以女主人公的经历写成系列小说。再有描写人物生性吝啬、在自己的头脑中营造"蛇窟"的《蝮蛇结》(1933)。

特点之四是乡土小说的发展。女作家柯莱特(1873—1954)以自己生平为蓝本的《克洛婷》四部曲(1900—1904)、以母亲为原型的《西朵》(1930)等刻画了从农村来到大城市的姑娘的命运和农村妇女形象。季奥诺(1895—1970)的长篇小说《山冈》(1929)、《让我的欢乐长存》(1935)等作品描写人战胜自然,同时歌颂自然,否定现代文明。他也写作新型的历史小说,如《屋顶上的轻骑兵》(1951)以 19 世纪七月王朝时期普罗旺斯流行霍乱为背景,流亡到此地的轻骑兵上校被当作下毒犯,不得不生活在屋顶上。其实他的历史小说仍是风俗小说,而他的乡土小说倒不写风俗。写景生动多姿是他的小说的特点。

此外,女作家尤瑟纳尔(1903—1987)写的也是新型历史小说,从古代一直写到当代。《哈德良回忆录》(1951)通过描写古罗马帝国鼎盛期的皇帝,探索人类历史发展的症结,《苦炼》(1968)表现文艺复兴时期的精英如何奋斗。同时她描写父系和母系的家族史,《虔诚的回忆》(1974)写的是母亲的家族,反映了 19 世纪比利时列日地区的风貌;《北方档案》(1977)写的是父亲的家族,显示了四百年来法国北部的一个历史侧面。她用实写和虚写两种方法写作,并用第一人称去写历史小说,别开生面。而圣埃克絮佩里(1900—1944)写航空生活的小说《夜航》(1931)、《人的大地》(1939)等,歌颂飞行员勇于牺牲的精神,第一次展现了人与天空的搏斗,写出天空有时是美丽的,有时是可怕的景象。童话《小王子》(1943)既有童话的优美,又含义深邃,通过一个孩子的目光讽刺了人类社会的丑恶人性。这个童话在世界上拥有广大读者。戏剧方面,吉罗杜(1882—1944)、帕尼奥尔(1895—1974)、蒙泰朗(1896—1972)写出了重要的剧作。吉罗杜的《特洛伊战争不会爆发》(1935)通过对古希腊时期特洛伊战争怎样最终爆发的重新设定,影射战争的威胁。帕尼奥尔的喜剧《托帕兹》(1928)描写诚实善良、胆小怕事的小学教师变成贪婪的生意人,讽刺十分尖锐。蒙泰朗的《死王后》(1942)、《圣地亚哥的主人》(1948)都以历史为题材。他也是知名的小说家,作品有四卷本的《姑娘们》等。贝玑(1873—1914)善写长诗,如《圣热纳薇艾芙和贞德像挂毯》(1912)、《圣母像挂毯》(1913)，热烈歌颂法国女英雄贞德，倾诉对祖国的热爱。20世纪法国散文诗获得较大发展，涌现了克洛岱尔(1868—1955)、圣琼·佩斯(1887—1975)、米绍(1899—1984)、蓬热(1899—1988)、夏尔(1907—1988)等诗人。他们的散文诗吸取了不少现代派的观念，扩大了题材，其中的一个题材是描写在中国的体验：如克洛岱尔的《认识东方》(1895—1905)，圣琼·佩斯的《阿纳巴斯》(1924)，米绍的《一个野蛮人在亚洲》(1933)。移民作家中应提到原籍捷克的昆德拉(1929—　)，他的多部小说受到中国读者的青睐。20世纪下半叶涌现的作家中，勒克莱齐奥(1940—　)的小说《诉讼笔录》(1963)、《战争》(1970)、《蒙多和其他故事》(1978)、《沙漠》(1980)、《漫游的星星》(1992)等，通过人与自然的沟通去表现现代人的生存状况，或者以"外来"人的眼光去观察资本主义社会，显示出半寓言式的特点。他笔下的主人公大多是流浪者，他们避开厌弃的生活环境，寻找他们向往的地方。他善于描写大自然，语言驾驭能力很强。此外，创作了长篇小说《礼拜五》(1967)、《桤木王》(1970)的图尼埃(1924—　)，创作了长篇小说《环城大道》(1972)、《暗店街》(1978)的莫迪亚诺(1945—　)也是比较重要的作家。在当代女小说家中，除了杜拉斯外，萨冈(1935—2004)也值得一提，她的《你好，忧愁》(1954)等一系列小说都是描写中产阶级的三角恋爱和情感生活的。

　　20世纪通行德语的德国、奥地利、瑞士诸国，现实主义文学得到较大发展，这些国家的文学继承德国文学重视哲理的特点，加强了批判精神。特点之一是清醒而深入地描绘资产阶级的升沉变迁。德国作家亨利希·曼(1871—1950)的《臣仆》(1911—1914)塑造了赫斯林这个怯懦残忍、欺软怕硬的形象，在他身上概括了君主制的崇拜者、沙文主义分子的特征，揭露了垄断资本主义的掠夺性，描绘了德国法西斯的狰狞面目。他还创作了历史小说《亨利四世》(1935—1938)，塑造了一个人文主义国王的形象，歌颂了他为法兰西的统一所建立的不朽功绩。托马斯·曼(1875—1950)是亨利希·曼的弟弟，他的长篇小说处女作《布登勃洛克一家》(1901)是部编年史式的作品，反映资本主义商业竞争的兴衰，通过一个资产阶级家庭四代人的经历，表现了德国传统社会在19世纪中叶开始走向没落的过程。《魔山》(1924)是一部"教育小说"，通过疗养院病人的心态，反映了魏玛共和国时期流行的各种思潮，运用了许多现代派手法。瑞士作家迪伦马特(1921—1990)的剧作《老妇还家》(1956)描写以人的生命为条件，去换得城市繁荣，剧作《物理学家》(1961)描写科学家无力抗拒自己的发明为战争服务，小说《法官和他的刽子手》和《抛锚》以犯罪小说的形式揭露上层人物和大资本家如何沆瀣一气，以及冷酷无情、道德堕落的社会风尚，显示出精于心理剖析的特点。另一位瑞士作家弗里施(1911—1991)的剧作《毕德曼和纵火犯》(1958)描写小工厂主毕德曼让两个无家可归的纵火犯住在自己家里，但这两人竟然明目张胆地搬来汽油要焚烧他的房子。毕德曼以他的所谓真诚、同情处处迁就纵火犯，甚至给他们提供火柴，让他们完成了纵火计划。此剧实际上是对曾被纳粹控制的德国民族的一个解剖。小说《施蒂勒》(1954)写人的身份辨认问题，深刻揭示了当代西方社会人的精神危机。德国作家伯尔(1917—1985)的《莱尼和他们》(1971)从政治、经济、道德等方面对德国社会现状作了批判，运用了多种叙述角度。《丧失名誉的卡塔琳娜·勃鲁姆》(1974)揭露联邦德国警察的特务手段和新闻界的恶行。

　　特点之二是精神状态的精妙刻画。奥地利作家施尼茨勒(1862—1931)的中篇小说《古斯特少尉》尖锐讽刺了军官的虚荣和自负，采用了"内心独白"的表现手法。卡内蒂(1905—1994)是用德语创作的英国籍作家，他的长篇小说《迷惘》(1935)通过一个汉学家的悲惨命运，再现了金钱至上的世界和人性的丧失。德国作家黑塞(1877—1962)的长篇小说《荒原狼》(1927)揭示迷惘的一代的精神危机，他们陷入了理性与非理性、人性与兽性的精神分裂中，兽性的胜利导向纳粹主义。《玻璃珠游戏》（1943）是一部寓言式的讽喻小说，表达了对法西斯的厌恶、对人生意义孜孜不倦的追求和对人类美好未来的向往。奥地利作家穆齐尔（1880—1942）的长篇小说《没有个性的人》（1930—1943）描写奥匈帝国土崩瓦解前夕人的精神面貌和社会状况；主人公的没有个性是奥匈帝国的僵化和腐朽的社会习俗的反映。奥地利作家茨威格（1881—1942）的短篇小说《一个陌生女人的来信》揭示了一个女子隐秘的心理活动；短篇小说《一个女人一生中的二十四小时》（1940）通过细腻的心理分析，刻画了中产阶级妇女的感情和欲望冲动，对女主人公的不幸遭遇和弱点表现出深厚的人道主义同情；短篇小说《象棋的故事》（1942）抨击法西斯对人的精神迫害：让人与世隔绝，导致精神崩溃，然后获得他们所需要的东西，那是比肉体折磨更可怕的刑罚。奥地利作家布洛赫（1886—1951）的《维吉尔之死》（1945）通过古罗马大诗人维吉尔垂死之时的内心感受，探讨现代社会艺术的价值。奥地利女作家耶利内克（1946—　）的《女钢琴师》（1983）、《贪婪》（2000）也擅长心理分析。

特点之三是战争题材受到重视。德国作家雷马克（1898—1970）的长篇小说《西线无战事》（1929）、《凯旋门》（1946）抨击两次世界大战造成的悲剧，谴责战争制造者的沙文主义宣传，写出了主人公的悲惨命运，尤其前者带有自传性质，通过人物所见所闻，写出战争的残酷和恐怖，当时极为轰动。德国女作家西格斯（1900—1983）的长篇小说《第七个十字架》（1942）叙述纳粹集中营里七个囚犯逃生，六人被抓回一人终于成功脱走的故事，预示了纳粹的必然灭亡。德国作家伦茨（1927—　）的长篇小说《德语课》（1968）和格拉斯的长篇小说《铁皮鼓》都是揭示法西斯本质的小说。德国剧作家布莱希特（1898—1956）的不少剧本也以战争为题材。《大胆妈妈和她的孩子们》（1939）通过德国三十年战争时期一个随军小贩的经历，抨击了战争。《伽利略传》（1946）反映真理与谬误、科学与愚昧的斗争，提出科学家对社会的责任问题。他的史诗剧和"间离法"革新了戏剧创作。

欧洲其他国家的现实主义文学也有长足发展。东欧文学反映为民族独立而斗争，描写民族苦难，揭露黑暗现实；第二次世界大战后则多受到苏联文学影响。捷克的哈谢克（1883—1923）的《好兵帅克》（1921—1923）抨击了奥匈帝国的穷兵黩武，主人公帅克是捷克人民不屈灵魂的写照。捷克诗人塞弗尔特（1901—1986）一生创作了《泪城》（1921）等三十余部诗集，其诗感觉敏锐而富于创造力，展示出"不屈的意志与无尽的智慧"。波兰作家莱蒙特（1867—1925）的长篇小说《农民》（1904—1909）反映了 20 世纪初沙俄统治下波兰农村的生活状况，被誉为"伟大的民族史诗"。波兰女作家玛丽亚·东布罗夫斯卡（1889—1965）的《黑夜与白昼》（1932—1934）是家庭史小说，反映第一次世界大战前半个世纪的社会变革。波兰诗人米沃什（1911—2004）的《关于凝冻时代的长诗》（1933）、《诗歌集》（1977）把历史看成一场大灾难，富有哲理性。匈牙利的莫里兹（1879—1942）的长篇小说《强盗》（1937）描写一个不甘逆来顺受的农民走上反抗的道路。罗马尼亚的萨多维尼努（1880—1961）的中篇小说《斧》（1930）刻画了一个勇敢机智、为被谋害的丈夫伸张正义的乡村妇女形象，具有浓郁的地方气息。南斯拉夫（塞尔维亚）的安德里奇（1892—1975）的长篇小说《德里纳河上的桥》（1945）以一座桥的兴废追述数百年的历史，反映波斯尼亚人民在奥斯曼帝国和奥匈帝国统治下争取民族独立的斗争精神。阿尔巴尼亚的卡达莱（1936—　）的长篇小说《亡军的将领》叙述一个意大利将军在战后赴阿尔巴尼亚寻找侵阿阵亡官兵遗骨的故事。瑞典作家拉格奎斯特（1891—1974）的长篇小说《侏儒》（1944）描写一个残暴狠毒的国王宠臣，《巴拉巴》（1950）取材于一个《圣经》故事，刻画了一个残忍自私的人物。芬兰的西伦佩（1888—1964）的长篇小说《少女西丽亚》（1931）描写一个贵族少女的悲惨一生和一个古老家族消亡的故事。意大利的邓南遮（1863—1938）早期受真实主义影响，《玫瑰三部曲》（1889—1894）

刻画变态心理,剧作《琪娥康陶》(1889)表现艺术与道德的冲突。皮兰德娄(1867—1936)也从真实主义开始创作短篇小说,写有《西西里柠檬》(1894)等作品。他尤其善于创作怪诞剧,如《六个寻找作者的剧中人》(1920)、《亨利四世》(1922)。莫拉维亚(1907—1990)的长篇小说《冷漠的人》(1929)反映法西斯统治下的黑暗。他的短篇小说描写日常生活,揭露意大利的"福利社会"中人们精神生活的空虚。夏侠(1921—1987)揭露西西里黑手党罪恶的小说《白天的猫头鹰》(1961)、《各得其所》(1966)、《千方百计》(1974)为他赢得了世界声誉。罗大里(1920—1980)的《洋葱头历险记》(1951)是风行全球的儿童文学作品。西班牙的乌纳穆诺(1864—1936)是"九八年一代"的主要代表,他的长篇小说《雾》(1914)描写一个养尊处优的青年在追求自己心仪的女子时所感受到的雾一般的迷惘。贝纳文特-马丁内斯(1866—1954)的剧作《利害关系》(1907)描写两个骗子在城市里招摇撞骗的情景,反映社会中金钱作用的利害关系。伊巴涅斯(1867—1928)的长篇小说《碧血黄沙》(1908)叙述了一个斗牛士经历情感的失意而最终在斗牛场上被公牛挑死的故事,具有浓厚的西班牙文化特色。希梅内斯(1881—1958)的早期诗集《悲哀的咏叹调》(1903)情调忧郁哀婉,1916年后的诗集《石头与天空》(1918)等则纯朴自然,抒情写景臻于浑化之境。洛尔卡(1898—1936)的诗集《吉卜赛谣曲》(1927)同情受压迫受凌辱的劳动人民,反对凶残的统治者。塞拉(1916—2002)的长篇小说《蜂房》(1951)描写马德里下层社会的悲惨生活。瑞典女作家拉格洛夫(1858—1940)的《尼尔斯历险记》(1906)是优秀的儿童文学作品。希腊的卡赞扎基斯(1883—1957)的长篇小说《自由与死亡》(1950)颂扬反抗土耳其统治的爱国精神。丹麦的尼克索(1869—1954)的长篇小说《蒂特——人的女儿》(1921)叙述一个农家女子饱受奴役的凄惨遭遇和对美好生活的憧憬。挪威的温塞特(1882—1949)的长篇小说《克丽丝丁》(1920—1922)是反映14世纪北欧民族的生活和斗争的史诗性作品。

20世纪的美国现实主义文学达到繁荣时期。特点之一是继承批判社会的传统,尖锐地揭露社会的黑暗面。短篇小说家欧·亨利(1862—1910)的《麦琪的礼物》、《最后的常春藤叶》、《警察与赞美诗》等描写小人物的不幸命运。他擅长出人意料的结局。杰克·伦敦(1876—1919)的《荒野的呼唤》(1903)描写一只狗野性未驯,逃入林莽,变成了狼,表现弱肉强食的主题。《铁蹄》(1908)是一部政治幻想小说,描写工人和资产者的斗争。《马丁·伊登》(1909)描写在拜金社会中,追求正直和真诚的过程就是理想破灭的过程。德莱塞(1871—1945)的《嘉莉妹妹》(1900)和《珍妮姑娘》(1911)描写农村姑娘和工人女儿在大城市中的悲剧,反映了贫富悬殊的社会现象。"欲望三部曲"包括《金融家》(1912)、《巨人》(1914)和《斯多葛》(1947),是对"镀金时代"的美国生活的真实写照,具有历史文献性。《天才》(1915)揭示了金钱对于艺术和文化的摧残。《美国悲剧》(1925)展现美国社会毁灭青年一代的历史真实,批判了"美国梦"的虚幻。德莱塞的创作可以看作是美国文学真正摆脱了英国文学影响的一个代表,虽然他受到自然主义的影响。辛克莱(1878—1968)的《屠场》(1905)是"揭露黑幕运动"的第一部小说,描写了肉类加工厂非人的劳动条件。刘易斯(1885—1951)的《巴比特》(1922)塑造了一个典型的美国商人形象,巴比特成为庸俗市侩的代名词。斯坦贝克(1902—1968)的《愤怒的葡萄》(1939)描写农业季节工为生存奋起反抗,是反映20世纪30年代美国大萧条时期的一部史诗。约德一家被迫离开家园,祖孙三代坐上一部破旧的卡车,希望在西部的"希望之乡"建立新的家园。经过千辛万苦,老的一代去世了,年轻的一代吃不了苦不辞而别。剩下的人被洪水包围,美好的梦想彻底幻灭。纳博科夫(1899—1977)是俄裔美国作家,最初用俄语写作,随后用英语写作。《普宁》(1957)描写一个流亡的俄国老教授在一所美国大学里的教书生活。《洛丽塔》(1960)通过一个中年男子迷恋一个十二岁小姑娘的故事,展现中下层社会的生活,特别是对"汽车旅馆"的揭露深刻有力,小说批判了美国战后经济的繁荣带来了环境污染、交通事故、拜金主义、庸俗和实用主义的教育。《微暗的火》(1962)充满了各种文字游戏。塞林格(1919—   )的《麦田里的守望者》(1951)描写一个十六岁的中学生离家出走的生活，以此表示反抗社会习俗，小说运用了中学生的语言和粗话。田纳西·威廉斯(1911—1983)、米勒(1915—2005)和厄普代克(1932—2008)也从不同方面描写美国社会存在的问题。威廉斯的剧作《玻璃动物园》揭示了中小人物的生存状态，女主人公像有缺陷的玻璃独角兽，逃避不了现实的打击；《欲望号街车》(1947)的女主人公是无助的小人物，最后进了疯人院，她的悲惨遭遇象征着南方古老传统在资本主义现代化的浪潮下行将消亡。米勒的剧作《推销员之死》(1949)是一出反映"美国梦"戕害人的悲剧。厄普代克的《兔子》五部曲——即《兔子跑吧》(1960)、《兔子归来了》(1971)、《兔子富了》(1981)、《兔子歇了》(1991)、《怀念兔子》(2000，收入中短篇小说集《爱的插曲》)描写了20世纪后半叶五十年的美国生活，将一个小人物放在动荡的社会背景中，反映家庭瓦解、世风日下的当代美国社会，被誉为"美国中产阶级风尚的经典性史诗作品"。

特点之二是表达对时代的不满，却找不到出路，这就是"迷惘的一代"。海明威和菲茨杰拉德(1896—1940)是其代表。1926年，海明威将女作家斯泰恩的一句话作为《太阳照样升起》一书的题词："你们全是迷惘的一代。"这些在第一次世界大战前后成长起来的美国作家，集中反映了美国青年厌恶和恐惧战争，因找不到出路而痛苦迷惘的时代特征。

特点之三是乡土文学的兴起。弗罗斯特(1874—1963)善写抒情诗，常从日常生活入手，描写平凡的感受和遭遇，含蓄而意味深长，重要诗集有《山间》(1916)、《西流溪》(1928)、《林间空地》(1962)等，他爱用传统的无韵体和四行体。女作家薇拉·凯瑟(1873—1947)的长篇小说《啊，拓荒者》(1913)、《我的安东尼娅》(1918)讴歌了19世纪东欧和北欧移民在美国西部的大开发中艰苦创业的精神。赛珍珠(1892—1973)的长篇小说三部曲《大地》(1931)、《儿子们》(1932)、《分家》(1935)表现王龙一家三代人的生活沉浮以及他们对待人生、爱情、家庭的不同态度，深入而生动地反映了中国农村的变迁与动荡，丰富多彩地写出中国的现实生活，具有史诗气魄。南方女作家奥康纳(1925—1964)的短篇小说集《好人难寻》(1955)具有浓厚的宗教色彩和浓郁的南方乡土生活气息。

特点之四是黑人和犹太文学的兴起。黑人诗人兰斯顿·休斯(1902—1967)的诗歌具有黑人民歌的特点，又夹杂着爵士乐的韵律和节奏，热情奔放，主要诗集有《亲爱的死神》(1931)、《哈莱姆的莎士比亚》(1942)。赖特(1908—1960)的长篇小说《土生子》(1939)描写造成黑人犯罪心理的社会因素。艾里森(1914—1994)的长篇小说《隐身人》(1952)的主人公是白人社会的牺牲品，从未被看作一个有独立个性的人。"隐身人"成为异化社会的象征。鲍德温(1924—1987)的长篇小说《向苍天呼吁》(1953)通过主人公一家新旧两代的冲突来反映时代所给予黑人的精神痛苦。女作家莫里森(1931—   )的长篇小说《最蓝的眼睛》(1970)反映种族仇恨和黑人男女之间的矛盾冲突，《宠儿》(1987)描写南北战争期间一个黑人母亲为了不让幼女被捕而杀死了她。另一位女作家沃克(1944—   )的长篇小说《紫色》(1983)表现黑人妇女受男性压迫，探索自我解放的道路。犹太裔作家辛格(1904—1991)的长篇小说《卢布林的魔术师》(1960)描写一个犹太魔术师改邪归正成了圣贤，表现人的内在欲望与社会现实的关系，对人类命运做出思考。马拉默德(1914—1986)的长篇小说《伙计》(1957)表现犹太下层人民坚忍的毅力和人道主义精神。贝娄(1915—2005)的长篇小说《奥吉·玛琪历险记》(1953)描写一个流浪汉处处碰壁的故事，《雨王汉德森》(1959)描写一个百万富翁在非洲想做好事而总以失败收场，《赫索格》(1964)描写高级知识分子不适应现代社会生活，反映了中产阶级人道主义的危机、知识分子的苦闷和迷惘，

《洪堡的礼物》(1975)反映当代美国人物质富足而精神空虚。他的创作深刻地描写了西方世界存在的精神危机，艺术上运用了不少现代派手法。罗斯(1933—   )的长篇小说《波特诺的怨诉》(1969)借主人公琐碎的内心独白表现了他以纵欲来与传统犹太家庭的束缚与拘执作疯狂抗争的畸形生活。另一位重要的犹太裔作家梅勒(1923—2007)的作品则不涉及犹太人题材，他的长篇小说《裸者与死者》(1948)通过个人与极权的冲突，展现美国社会的全景，通过战争的恐惧与荒诞揭示了人类的普遍生存状态。《刽子手之歌》(1979)是对一个死刑犯的采访笔录和调查纪录，被称为"纪实小说"或"非虚构小说"。当代还涌现了汤亭亭(1940—   )、谭恩美(1952—   )等一批颇具影响的华裔作家。汤亭亭的长篇小说《女勇士》(1976)在叙述中国现代社会的过程中，穿插了花木兰、岳飞等的故事。谭恩美的长篇小说《喜福会》(1989)写四个家庭四对母女的故事，将中国文化与美国文明相对照。诗歌方面，与庞德一起开创意象派的女诗人杜丽特尔(1886—1961)有诗集《海的花园》(1916)等，芝加哥诗派的主要代表桑德堡(1878—1967)有诗集《芝加哥诗集》(1916)、《剥玉米的人》(1918)、《烟与钢》等，而威廉·卡洛斯·威廉斯(1883—1963)、斯蒂文斯(1879—1955)则是被视为与弗罗斯特、艾略特并列的美国现代四大诗人，前者的诗多用口语，意象鲜明，语句洗练，被奉为美国诗歌创作民族化的领袖，有诗集《地狱里的考拉》(1920)、《酸葡萄》(1921)、《春天及一切》(1923)等。后者的诗用词突兀奇崛，常带有对生活的哲理思考，有诗集《风琴》(1923)、《秩序的观念》(1935)等。

通俗小说以女作家米切尔(1900—1949)的长篇小说《飘》最为流行，钱德勒(1888—1959)的侦探小说《长眠不醒》(1939)、《漫长的告别》(1953)，阿西莫夫(1920—1992)的科幻小说《机器人》系列、《基地》系列，海因莱因(1907—1988)的科幻小说《星船伞兵》(1959)、《异乡异客》(1961)、《严厉的月亮》(1966)也拥有广大的读者。

在拉丁美洲，20世纪上半叶迎来了文学发展的曙光，随后迅速发展。特点之一是反映民族民主革命的进程及其影响。墨西哥的阿苏埃拉(1873—1952)的长篇小说《底层的人们》(1915)描写墨西哥的农民为土地和自由而斗争，再现墨西哥的民主革命。古巴的纪廉(1902—1989)的诗作善用民谣、曲子描写古巴的地方习俗、黑人的不平等待遇以及外国人的经济掠夺。智利的聂鲁达(1904—1973)的诗集《伐木者醒来吧》(1948)、《漫歌》(1950)讴歌美洲大自然和悠久的印第安文化，谴责压迫者、剥削者、掠夺者和独裁者，赞美劳苦大众。巴西的亚马多(1912—2001)的长篇小说三部曲《无边的土地》(1943—1946)描写可可园主的兴起和混血工人的非人生活。《加布里埃拉》(1958)描写进步势力与保守势力的斗争，塑造了一个动人的妇女形象。特点之二是"大地小说"的出现。委内瑞拉的加列戈斯(1884—1969)的长篇小说《堂娜芭芭拉》(1929)描写大牧场主堂娜芭芭拉的奋斗与失败，表现文明与野蛮之争，反映了封建势力的衰落。哥伦比亚的里韦拉(1889—1928)的长篇小说《漩涡》(1923)描写橡胶工人受到的野蛮剥削和非人待遇。乌拉圭的基罗加(1879—1937)的短篇小说集《林莽故事》(1919)描写了神秘和严酷的大自然、林区工人的遭遇及其反抗剥削和压迫的斗争。特点之三是描写印第安人的生活和反抗，这是拉美作家在寻找独立于欧洲文学时所作的尝试。玻利维亚作家阿格达斯(1879—1946)的长篇小说《青铜种族》(1919)描写农民对白人地主的反抗。秘鲁作家阿莱格里亚(1909—1967)的长篇小说《广漠的世界》(1941)写了三代印第安人，反映"广阔的世界"并不属于印第安人，而是属于压迫者和剥削者。厄瓜多尔作家伊卡萨(1906—1978)的长篇小说《瓦西蓬戈》(1934)描写庄园主把土地租给了外国公司，无以为生的印第安人被迫起来反抗。智利女诗人米斯特拉尔(1889—1957)描写了印第安人的苦难生活。拉丁美洲的现实主义文学为魔幻现实主义的出现准备了条件。

20世纪的俄国与苏联文学在传统文学的基础上发展,出现了崭新景象。在20世纪上半叶,高尔基和肖洛霍夫写出了他们的代表作。布宁(1870—1953)的短篇小说《旧金山来的绅士》(1915)展示了百万富翁的精神空虚。长篇小说《阿尔谢尼耶夫的一生》(1930)描绘了俄国的自然风光和莫斯科的雄姿,留恋旧俄国。库普林(1870—1938)的长篇小说《决斗》(1905)描写沙俄军队的生活,这也是俄国社会的真实写照。十月革命后,涌现了无产阶级文化协会、"谢拉皮翁兄弟"、"拉普"("俄罗斯无产阶级作家联合会"的简称)等文学团体。绥拉菲莫维奇(1863—1949)的《铁流》(1924)描写雇农出身的机枪手郭如鹤带领一支似军非军的杂乱队伍,突破敌人重围,找到红军主力。富尔曼诺夫(1891—1926)的《恰巴耶夫》(1923)是传记小说,描写主人公由沙俄时代游击习气严重的自发反抗者,成长为红军将领,最后牺牲的光辉一生。法捷耶夫(1901—1956)的《毁灭》(1927)再现了1919年远东南乌苏里地区,由莱奋生率领的十九名红军战士与日本干涉军和白军进行浴血战斗,最后杀出重围的历史。这三部小说描写了国内战争时期的斗争史实。马雅可夫斯基(1893—1930)由未来派走向现实主义,长诗《列宁》(1924)、《好!》(1927)气势磅礴,富有激情,成功地刻画了列宁的形象:"我们说——列宁,我们是在指——党,我们说——党,我们是在指——列宁。"诗句精辟。讽刺诗《开会迷》(1922)等嘲讽十分犀利。他采用楼梯式诗句,节奏铿锵有力。1934年苏联第一次作家代表大会召开,提出"社会主义现实主义"的概念。奥斯特洛夫斯基(1904—1936)的长篇小说《钢铁是怎样炼成的》(1934)的主人公保尔具有顽强意志,为巩固无产阶级政权和无产阶级事业奋斗到底:"生命属于人们只有一次,人的一生应当这样来度过:当他回首往事时不致因虚度年华而悔恨,也不因碌碌无为而羞耻。这样在临死的时候,他就能够说:'我已把自己的整个生命和全部精力都献给了世界上最为壮丽的事业,为全人类解放而奋斗。'"这是掷地有声的豪言壮语。阿列克塞·托尔斯泰(1883—1945)的长篇小说三部曲《苦难的历程》(1921—1943)通过四个知识分子戏剧性的命运起伏,描写他们痛苦的精神探索和转变,指出知识分子的出路在于同人民结合。布尔加科夫(1891—1940)的才能当时并未受到赏识,他的长篇小说《大师和玛格丽塔》(1929—1940)将现实与神话融为一体,显示了寄真实于魔幻、寓庄严于谐谑的深刻和机智。卫国战争引发不少作品问世。诗人特瓦尔朵夫斯基(1910—1971)的《华西里·焦尔金》(1941—1945)塑造了一个勇敢、质朴、幽默的战士形象,他充满乐观主义,任何艰难困苦和生命危险都无法阻挡他奋勇前进。柯涅楚克(1905—1972)的剧作《前线》、西蒙诺夫(1915—1979)的长篇小说《日日夜夜》(1944)、法捷耶夫的长篇小说《青年近卫军》(1945)、波列伏依(1908—1981)的长篇小说《真正的人》(1946),都塑造了反法西斯战争中的英雄。列昂诺夫(1899—1994)的长篇小说《俄罗斯森林》(1953)敢于揭露科学界的斗争,描写了耍两面派、搞政治陷害、不学无术的学术骗子。20世纪50年代随着斯大林去世,出现"解冻"思潮,一直发展到80年代。奥维奇金(1904—1968)的特写《区里的日常生活》(1952—1956),爱伦堡(1891—1967)的中篇小说《解冻》(1954—1956),以及帕斯捷尔纳克、60年代初的索尔仁尼琴等,一波又一波掀起解冻高潮。随后是"战壕真实"、"全景小说"推出,重要的有瓦西里耶夫(1924—　　)的中篇小说《这里的黎明静悄悄》(1969)、恰科夫斯基(1913—1994)的长篇小说《围困》(1968—1975)等。60、70年代,大量涌现道德题材作品,如特里丰诺夫(1925—1981)的中篇小说《滨河街公寓》(1976)、阿斯塔菲耶夫(1924—2001)的长篇小说《鱼王》(1976)。此外,吉尔吉斯小说家艾特玛托夫(1928—2008)早年著有中篇小说《查密莉雅》(1958),后期的长篇小说《断头台》(1986)有多重主题交织,表现了人与社会、人与自然、人与宗教、人与历史等重大主题,写实与寓意相结合。他的作品还有中篇小说《白轮船》(1970)、长篇小说《一日长于百年》(1980)。他善于将民族传统、俄罗斯文学传统和西方文学技巧熔于一炉。1991年,苏联解体,苏联文学也画上了句号。

二、现代主义和后现代主义

现代主义是 19 世纪末出现的反传统文学(前期象征派)在 20 世纪获得了巨大发展,涉及绘画、音乐、舞蹈、电影、建筑等领域。现代性这个词与变革相联系,不仅反传统,而且要创新。现代主义是在非理性思潮的影响下产生的。理性在文学中只表现了自我的一部分,以往非理性没有得到充分描写。现代非理性将人的心理情绪、主观感受,例如烦恼、孤独失落、厌恶、恐惧、焦虑等赋予本体意义,这些难以述说的心绪,用抽象的逻辑概念无法表达得具体、清楚,文学作品却可以用象征、超现实、意识流、自由联想、黑色幽默、魔幻、荒诞等手法来表现,使人获得具象的感受。现代非理性主义竭力摈弃逻辑体系,无视或否定事物发展的一般规律,打破时间和空间的正常顺序,强调主观性、随意性、直观性,以表现混乱的世界、紊乱的社会现象、异化的内心世界。

现代主义文学是对浪漫主义文学或者心理描写传统的极端发展和演变。浪漫派对梦幻、爱情心理的挖掘,现实主义作家的心理描写,如托尔斯泰的"心灵辩证法",陀思妥耶夫斯基对变态心理的描写,自然主义对病理现象的刻画,都属于挖掘人的精神世界的探索。文学的发展是朝着描写人的内宇宙而逐步演变的,这就为现代主义的流行准备了条件。现代主义也是 19 世纪以来倡导的形式主义潮流发展的结果:唯美派重形式轻内容,提出"为艺术而艺术"的主张;前期象征派提出的"通感"、"语言炼金术"、甚至排斥内容的观点;福楼拜对叙述方法的探索,对艺术美的追求,无疑都对后世起了示范作用。

现代主义持续时间很长,一般分为前后期。前期包括象征派、表现主义、意识流、超现实主义,后期包括存在主义、荒诞派、新小说、黑色幽默、魔幻现实主义等,或称为后现代主义。在内容上,现代主义将世界理解为荒诞的存在,深刻地表现了异化现象,戳穿人是理性动物的神话。它反对传统文学的主张,在人物、情节、语言等方面标新立异,与传统文学唱反调。它的美学观是以丑为美,化丑为美,大量运用新的艺术手法,如象征、意识流、心理时间、超现实手法、自动写作、黑色幽默、神话模式、时空倒错、自由联想、人称变换、怪诞、变形、悖谬等。

后期象征派力图通过表面达到超验的真实。这派作家认为可感觉的世界只不过是精神世界的反映;在可感觉的世界后面,存在一个非物质现实的隐蔽网络,诗歌的任务就在于使这些非物质的现实变得可以感觉。象征派力图在不同材料之间寻找不同的感觉,即通感,以提供开启宇宙的钥匙。象征作为抽象观念的具体载体,构成物质世界和事物之间的桥梁。象征不是简单的比喻或图解,其含义是丰富的、复杂的、具有哲理性。象征起着暗示的作用,具有神秘性,接触到梦与潜意识。象征派还追求纯诗的概念。艾略特是这一派的杰出代表。爱尔兰的叶芝(1865—1939)的《茵纳斯弗利岛》、《基督重临》、《驶向拜占庭》等借用希腊神话和基督教传说,表达历史是周而复始的看法,或者以拜占庭象征生命和活力,表达对永恒艺术的向往和追求。他还表达了对物质文明的厌恶,对西方世界精神与理性复归的企盼。象征意象明朗,古朴精致。法国诗人瓦莱里(1871—1945)主张要有音乐性和哲理,他的《海滨墓园》(1920)表现生与死、灵与肉、永恒与变幻等哲理主题,运用大海、白帆、铁栅、风等象征体。短诗《石榴》以石榴象征大脑,《失去的美酒》描写艺术家和思想家的劳动看来似乎失去效果,却能产生意料不到的杰作,《脚步》以一个女人在静寂中行走的形态象征等待灵感。奥地利诗人里尔克(1875—1926)的诗作体现了造型艺术的影响,其中有对青春的颂扬,生活欲望的觉醒,对生命、爱情、死亡的思索。

他的《杜依诺哀歌》(1922)、《致奥尔弗斯的十四行诗》(1922)取材广泛,提出个人的生存问题、人在宇宙中的地位、生命的短暂、爱情与死亡,表达失望、恐惧、忏悔等内心感受,哲理性强,善用典故,具有雕塑美。比利时剧作家梅特林克(1862—1949)的早期思想偏于悲观和神秘,后来转向理想主义;他的《青鸟》(1908)以青鸟象征理想,人物不畏艰险,寻找光明和幸福的生活;他以梦境作为戏剧的情节,富于诗意和神秘感,并具有童话的优美意境。此外还有美国的庞德(1885—1972),俄罗斯的勃洛克(1880—1921)、巴尔蒙特(1876—1942)、勃留索夫(1873—1924),意大利的蒙塔莱(1896—1981)等象征派诗人。庞德的主要诗作是一部总数一百多首的诗集,以《诗章》为名,内容包罗万象,以晦涩闻名,他的诗歌理论对英美现代派诗歌创作有很大影响。勃洛克著有《十二个》(1918),以黑夜象征旧世界,以饿狗象征旧世界的没落命运,以十二个赤卫队员(耶稣的门徒也是十二个)象征新世界的使者,这是以象征手法去表现新事物的成功范例。与此相关的是俄罗斯出现的阿克梅派,成员有古米廖夫(1886—1921)、阿赫玛托娃(1889—1956)、曼德尔施塔姆(1891—1938)等,作品带有神秘的宗教情绪。阿赫玛托娃著有《黄昏》(1912)、《念珠》(1914)、《白色的云朵》(1917),她善于抒发女性的内心情感。曼德尔施塔姆著有诗集《石头集》(1912)、《追悼亡人的酒宴》(1922),通过历史文化的观照审视现实社会生活,具有深刻的道德意识和强烈的悲剧意味。再加上未来派的一些成员(如马雅可夫斯基)以及意象派诗人叶赛宁(1895—1925)、无派别的女诗人茨维塔耶娃(1892—1941)等,一时间形成了"白银时期",作家人数众多,表现手法多样化,这是动荡时期出现的文艺现象,俄罗斯作家企图通过多种手法表现内心世界的苦闷和摸索意向。

表现主义先产生于绘画领域,1901年在巴黎的画展上,朱利安·奥古斯特埃尔维的一组油画题名为《表现主义》。1911年,希勒尔在德国《暴风》杂志上用这个词称呼柏林的先锋派作家,表现主义由此得名。它表现无产者的反抗、金钱对人的奴役、纯净的自然风光。表现主义作家否定社会现状,反映父子关系的尖锐矛盾,不满科技发展带来的社会问题,反对战争,抨击官僚制度,斥责对个性压抑,揭露人的异化现象,强调表现人的主观世界和内心感受。极度的夸张、人体的变形、疯狂的动作、呓语狂叫、莫名其妙的对话,成为常用手法。不重视个体特征,以群体来代替,人物无名无姓,不写明年龄、出身处境,他们是"工人"、"资本家"、"父亲"、"儿子"、"醉汉"、"第一劳动者"、"第二劳动者",或者干脆用字母来表示,"儿子"往往代表革命者,"父亲"则代表保守者、压迫者。表现主义常常采用寓言式的故事。人物会变成虫豸、鬼魂等等。表现主义最早以诗歌的形式出现,后转至戏剧、电影和小说。它主要产生在德国和奥地利,后传至欧洲其他国家。德国小说家德布林(1878—1957)的长篇小说《柏林亚历山大广场》(1929)描写一个小人物出狱后欲弃恶从善而始终摆脱不了恶人的纠缠,揭示了时代的心理状态。瑞典剧作家斯特林堡(1849—1912)的《到大马士革去》(1898—1904)通过主人公的内心独白、梦幻与现实的混合,表现人物内心精神的发展历程。《鬼魂奏鸣曲》(1907)让鬼魂登场,现实与非现实、生与死混为一体,表现梦魇压迫人的现实。美国剧作家奥尼尔(1888—1953)和奥地利小说家卡夫卡是表现主义的代表。奥尼尔的《毛猿》(1921)以猿象征人,揭示现代人的异化,以及人面对强大的外界力量无能为力的困惑、悲愤。善于以外界音响来表现人物的内心,把人的意识外化为声音,诉诸观众的听觉,使观众获得更真切更深刻的感受。《长日入夜行》(1956)是一部超越了个人家庭悲欢离合、具有人类生活经验普遍性的悲剧。捷克的恰佩克(1890—1938)的长篇小说《鲵鱼之乱》(1936)以幻想形式,描绘了法西斯势力的发展过程,表现了对人类命运的担忧,他的剧作《罗素姆万能机器人》(1921)也是一部名作。

意识流一词最早由美国心理学家威廉·詹姆斯在《论内省心理学所忽视的几个问题》

(1884)中提出:"意识并不是一节一节地拼起来的。用'河'或者'流'这样的比喻来描述它才说得上是恰如其分。此后再谈到它的时候,我们就称它为思维流、意识流或主观生活之流吧。"法国作家杜雅丹的小说《月桂树被砍倒了》(1887)是一部准意识流小说,给乔伊斯以直接启示。这部小说描写主人公达维德·普兰斯在4月的一个傍晚从六点钟至午夜之间的心理活动。意识流小说的诞生无疑受到柏格森的意识绵延和心理时间以及弗洛伊德的潜意识理论的影响。意识流与传统的心理描写的主要区别在于:在意识流小说家那里,人物的内心真正成为与外部世界并列的另一个世界,意识流小说家的任务是倾其全力去表现内心世界。现实主义作家,即使是善于描写人物变态心理的陀思妥耶夫斯基和写出"心灵辩证法"的托尔斯泰,对现实世界的描写还是占据了他们描写的重心。内心独白最早见于大仲马的《二十年后》(1845),这是人物内心的独语,不形之于声。意识流手法还包括直接引语(带引号的句子)和间接引语、自由联想、时序颠倒以及对各种情感的独特描写。法国作家普鲁斯特是意识流小说的创始者,爱尔兰作家乔伊斯(1882—1941)、英国女作家伍尔夫(1882—1941)、美国作家福克纳也是意识流的代表作家。乔伊斯的《尤利西斯》(1922)记叙的是1904年6月16日这一天发生在都柏林的日常琐事,采用《奥德赛》的结构,最后是歌唱演员莫莉临睡前长达四十页、无标点符号的"内心独白"。小说将人物内心意识包括潜意识呈现给读者。伍尔夫的《墙上的斑点》(1919)、《达罗威夫人》(1925)、《到灯塔去》(1927)运用了间接内心独白、多角度多层次的叙述、捕捉瞬间印象、交响乐结构等手法。福克纳提供了南方旧制度解体的图景,创造了"约克纳帕塔法世系"。即通过虚构的该县产生的一系列故事,表现自南北战争以来美国南方社会的生活场景,表达对历史、人类、生活等一系列重大社会问题的观点,有机而和谐地反映出一幅区域性的历史画面。此外,澳大利亚作家怀特(1912—1990)的长篇小说《风暴眼》(1973)写一位富孀身染重病,只能卧床回忆往事,而她的两个子女却在其弥留之际争夺遗产,丑态百出,被认为是一部重要的意识流小说。

超现实主义由未来主义、达达主义发展而来。未来主义是由意大利作家马里内蒂(1876—1944)在1909年提出的,后来传至法国、俄国。马里内蒂的主要作品有剧作《饕餮的国王》(1905)、长篇小说《未来主义者马法尔卡》(1910)等。法国的阿波利奈尔(1880—1918)和俄国的马雅可夫斯基是未来主义的主要作家,都写出了优秀的诗篇。阿波利奈尔著有《醇酒集》(1914),被称为立体未来主义。马雅可夫斯基则有《穿裤子的云》(1914)。达达主义的主将是原籍罗马尼亚的法国诗人查拉(1896—1963),他于1916年组建文学团体,取名"达达"。所谓"达达",就是什么也感觉不到,什么也不是,是虚无,是乌有。他的作品有《诗二十五首》(1918)及《七篇达达宣言》(1924)等。超现实主义的理论家是法国作家布勒东(1896—1966),他也是超现实主义运动的领袖人物。1924年,他发表第一篇《超现实主义宣言》。该文提出要"实录思想","相信梦幻万能和无利害关系的思想活动"。它强调潜意识,提倡"自动写作法",认为潜意识能表现"精神的本能",是"高度真实",即超现实。它还提倡黑色幽默手法。超现实主义随后扩展到绘画、音乐、电影等领域。法国诗人艾吕雅(1895—1952)和阿拉贡(1897—1982)早年是超现实主义者,前者发表了《兽与人》(1920)、《死与不死》(1924)、《痛苦之都》(1926)等超现实主义诗集,《盖尔尼加的胜利》(1936)和《自由》等诗虽是脱离超现实主义之后的作品,却仍保留超现实主义的特征。阿拉贡的诗集《欢乐之火》(1920)、《永动集》(1925)和小说《阿尼塞》(1920)、《巴黎的土包子》(1925)属于超现实主义,50年代中期以后他又重新运用超现实主义手法,写作小说和诗歌。

评论家将二次大战爆发后出现的现代派称为后现代主义。这是一种颠覆性的思潮。后现代主义对整个西方的思想和文化传统及社会机制提出了尖锐的责难,在后现代作品的冷漠和玩世不恭后面,不难觉察到后现代人精神上的迷茫、紊乱和痛苦,引发人们去思考西方后现代社会的各种问题。

存在主义产生于法国,特点是将哲理和文学结合起来。但它阐明的哲理不同于启蒙思想家宣扬的反封建反教会思想,而是对当代资本主义社会的生存状态的概括,如荒诞意识、自由选择、人与人之间的敌对关系、人间恶势力的猖獗,更具有真正的哲学含义,思辨性和哲理性更强,道德和伦理的含义更为丰富。人物是生动丰富的形象,不是作者简单的传声筒。萨特(1905—1980)提倡"介入文学",小说《厌恶》(1938)阐述"存在先于本质",叙述一个孤独的人在外省的小城里经历的本质的经验。《墙》(1939)除了阐述这一思想,还阐述"自由选择";小说人物偶然说了一个地点,竟然导致队长被抓。剧作《禁闭》(1944)在地狱的一间密室中展开情节,三个人物互相折磨,以此阐述"他人是地狱"的思想。《死无葬身之地》(1946)赞扬敢于选择为正义事业而牺牲的精神。《恭顺的妓女》(1946)反对美国的种族主义。加缪和波伏瓦(1908—1886)是另外两个主要的存在主义作家。女作家波伏瓦的论著《第二性》(1948—1949)被看作女性主义的经典著作,她的其他重要作品有长篇小说《他人的血》(1944)、《人总是要死的》(1947)、《大人先生们》(1954),多描写人生的孤独、存在的荒诞和自由选择中的困惑。存在主义在英美和日本等国都有重大影响。

荒诞派戏剧产生于法国。它从存在主义汲取思想武器,着重表现世界的荒诞性,人与人关系的荒诞性,表现人的异化和西方人的幻灭感。内容具有抽象性、多义性,而形式上彻底反传统,几乎没有情节可言,语言不讲逻辑,是非理性的,并擅长道具的处理。贝克特是代表作家。另一位代表作家尤奈斯库(1909—1994)的《秃头歌女》(1950)揭示人与人之间的隔膜,剧本描写一对英国老夫妇居然不知道他们的关系,最后才发现他们住在一起,还有孩子,本是夫妻。《椅子》(1951)展示物质对人的排挤:舞台摆满了椅子,却见不到人。《犀牛》(1960)抨击精神狂热:全城的人无可抵挡地都变成了犀牛。尤奈斯库擅长以道具表现思想。此外,热奈(1910—1986)的《女仆》(1947)受到"残酷戏剧"的影响,剧中人遵循所扮演角色的行为,不能掌握自己,最后导致悲剧,是一出"戏中戏"。英国的品特(1930—2009)的《生日宴会》(1958)、《看管人》(1962)描写人与人之间的隔膜。美国的阿尔比(1928—)的《动物园故事》(1958)、《美国之梦》(1961)描写人们之间的互相残害,家庭成员之间的互相敌对。

新小说在其产生地法国不被看作一个流派,因为新小说作家各有描写的侧重点,没有统一的宣言,并未汇聚成一个派别。新小说作家认为当今是怀疑的时代,需要探索和创新,作家首先考虑的应是形式。他们推翻传统小说的手法,反对塑造典型和情节曲折,反对线性结构和倾向性,提出写"潜对话",专写物,认为句子和段落不必连贯,叙述跳跃,取消标点,语言重复、晦涩等。主将罗布-格里耶被罗朗·巴特推荐后,新小说作家才受到重视。萨罗特(1902—1999)的《无名氏肖像画》(1948)通过人物对他人的观察去描写主人公的心理活动,即潜对话,善用隐喻。她的作品还有《马尔特罗》(1953)、《天象仪》(1959)、《金果》(1963)。西蒙(1913—2005)的《弗兰德公路》(1960)将1940年法国的崩溃与一百五十年前的事件混合起来叙述,与传统小说的有头有尾、情节连贯、塑造人物性格、心理描写等手法背道而驰,描写重复,时序颠倒,省略标点。他的小说还有《农事诗》(1981)等。布托尔(1926—)的《变》(1957)以第二人称叙述主人公从巴黎坐火车到罗马去会见情人,打破传统小说用第一或第三人称的写法。他还交叉运用各种叙述方式。其他小说有《米兰巷》(1954)、《日程表》(1958)、《度》(1960)等。贝克特也是一个新小说作家。

黑色幽默产生于20世纪60年代的美国。取名自弗雷德曼的集子《"黑色幽默"》。黑色幽默原是超现实主义的一种艺术特色。黑色幽默是一种绞刑架下的幽默,这是悲苦的、阴郁的幽默,它多半采用幻想式手法,风格怪异。黑色幽默作家认为美国的现实证实了存在主义对世界的描述,世界充满了谬误,现代生活是反人性的,个人与环境永远冲突,荒诞支配了人们的行动,人与人之间的关系是可怕的。黑色幽默作家比存在主义作家对现实更加感到绝望,揭示了西方现代人的荒诞处境和忧患意识,表现了人面对现实时的束手无策。海勒是代表作家。巴思(1930—)的长篇小说《烟草经纪人》(1960)描写世界充满险恶,人对之无能为力。冯内古特(1922—2007)的长篇小说《第五号屠场》(1969)以科幻形式揭示人类无法克服自身的弊病,世界是荒诞的,战争只是其中一个玩笑而已。他的作品还有《猫的摇篮》(1963)、《上帝保佑你,罗斯沃特先生》(1965)。品钦(1937—)的长篇小说《万有引力之虹》(1973)描写情欲和科技可以互相渗透和感应,导向死亡,造成毁灭人的力量。他的作品还有《V》(1963)等。

美国在第二次世界大战后出现了"垮掉的一代",代表作家有凯鲁亚克(1922—1969)、金斯伯格(1926—1997)和巴勒斯(1914—1997)。凯鲁亚克的长篇小说《在路上》(1957)再现了美国文学中的"出走"主题,承袭了美国文化赋予西部的象征意义和"西部情结"。金斯伯格的长诗《嚎叫》(1956)是20世纪50年代垮掉派文化运动的编年史,在抨击社会的同时,展现了酗酒、吸毒、纵欲、流浪、同性恋等放浪形骸的生活和空虚无聊、痛苦绝望的精神状态。巴勒斯的长篇小说《赤裸的午餐》(1959)描写吸毒者的幻觉,反映吸毒给人造成的精神上的不安,具有鲜明的实验性。

后现代主义作家中,值得一提的还有意大利小说家卡尔维诺(1923—1985)。《分成两半的子爵》(1952)描写一个贵族在参加十字军东征时被炮弹劈成两半,一半善良,一半邪恶,两部分先后回到家乡,最后又合到一起,成了不好不坏的人。小说写出现代人身上善与恶的对立和冲突。《寒冬夜行人》(1979)通过十篇小说环环相扣,形成结局与开始沟通的奇特结构。

魔幻现实主义是拉丁美洲"文学爆炸"的奇观,盛行于20世纪60、70年代。它受到超现实主义的影响,以魔幻手法表现拉美现实。魔幻现实主义作家认为拉美现实是神奇的,生与死、人与鬼、幻觉与真实、神话与现实共处一体。拉美的玛雅文化、阿兹特克文化、印加文化有丰富的神话,人们乐于用神话去解释和认识世界,因神奇而产生的夸大、荒诞、超现实,就构成魔幻现实主义的艺术特征。但魔幻现实主义并不远离政治,它深刻地描写反抗、起义、革命的主题,抨击暴君统治、寡头政治、庄园主的残酷压榨以及描写家庭的命运等往往成为魔幻现实主义作品的内容。阿根廷的博尔赫斯(1899—1986)是早期作家,他的短篇小说《交叉小径的花园》(1941)表现了时间迷宫的主题。加西亚·马尔克斯是代表作家。墨西哥的鲁尔福(1918—1986)的中篇小说《佩德罗·巴拉莫》通过一个凋敝的村庄里各个鬼魂的对话、独白、回忆和梦境,反映了墨西哥农村的愚昧落后现象和庄园主的凶残面目。危地马拉的阿斯图里亚斯(1899—1974)的长篇小说《总统先生》(1946)揭露军事独裁者的血腥统治,《玉米人》(1949)鞭挞了凶狠贪婪的白人庄园主。他描写了拉美的原始迷信观念、万物有灵、梦幻、超人智慧和神力,残肢会聚集成形,向敌人发出诅咒。古巴的卡彭铁尔(1904—1980)的长篇小说《这个世界的王国》(1949)描写18世纪90年代海地人民起义及此后半个世纪的历史演变。奴隶将起义领袖奉作神灵,以为他受火刑时化作大鸟飞走,渲染了神话色彩。

除了魔幻现实主义的作家外,拉丁美洲受欧洲现代主义文学影响的先锋派作家还有阿根廷的萨瓦托(1911—),代表作是长篇小说《地道》(1948)、《英雄与坟墓》(1961);乌拉圭的奥内蒂(1909—1994),代表作是长篇小说《造船厂》(1961)、《请听清风倾诉》(1979);巴拉圭的罗亚·巴斯托斯(1917—2005),代表作是长篇小说《人子》(1960)、《我,至高无上者》(1974)。而阿根廷的科塔萨尔(1914—1984)、墨西哥的富恩特斯(1928—　)、秘鲁的巴尔加斯·略萨(1936—　)则与加西亚·马尔克斯一起被推为"文学爆炸"的主将。科塔萨尔的代表作长篇小说《跳房子》(1963)描写一个阿根廷人寓居巴黎和回到阿根廷后的各种经历,作品结构复杂,作者甚至为读者提供了两种阅读方法。他的其他重要作品有《中奖彩票》(1960)等。富恩特斯的代表作长篇小说《阿尔特米奥·克鲁斯之死》(1962)描写墨西哥革命后一个靠外国资本发迹的大亨在弥留之际对一生行事的回顾,采用了顺时逆时交错的双线发展手法,在技巧上做出了大胆创新。他的其他重要作品有《最明净的地区》(1959)等。巴尔加斯·略萨的代表作长篇小说《绿房子》(1965)通过一座城镇妓院的兴旺与衰落,反映了下层人民受苦受难,有财有势者为所欲为的社会现实,小说中故事套故事,幻想与现实交织在一起,被视为拉丁美洲结构现实主义的典范作品。他的其他重要作品有《城市与狗》(1963)、《酒吧长谈》(1969)等。在诗歌创作方面,墨西哥的帕斯(1914—1998)早年曾参加超现实主义活动,实践现代派文学理论,后形成自己的独特风格,其代表作《太阳石》(1957)借助太阳石这一文化象征物来探索人的生存问题。

第二章　罗曼·罗兰

一、生平与创作

罗曼·罗兰(1866—1944),法国小说家、剧作家,1866 年 1 月 29 日生于法国克拉姆西的一个公证人家庭。母亲笃信宗教,酷爱音乐,给罗兰深刻影响。1880 年,全家迁至巴黎。1881 至 1882 年他在圣路易中学读书,1882 至 1886 年在路易大帝中学读书。他在投考巴黎高等师范学院时,阅读了大量文学作品,特别喜爱雨果和莎士比亚,还有斯宾诺莎的著作。他看到了雨果的葬礼。1886 年 2 月拜访了名重一时的勒南。1886 年 3 月,他阅读《战争与和平》,发现了托尔斯泰,他被这部小说征服了:"在热爱与兴奋的激情中,气都喘不过来。"1886 年 7 月至 1889 年在高师学习,与苏亚雷斯、克洛岱尔结交,获历史学士学位。1887 年给托尔斯泰写信,10 月,他喜出望外地收到托尔斯泰一封二三十页的回信,"托尔斯泰的慈祥回答"给罗兰的思想和后来的创作带来了不可磨灭的影响。从 1887 年开始,他尝试写作。1889 年 8 月,他到罗马的法兰西学院当研究生,做了两年研究工作,认识玛尔维达·冯·梅森堡和索菲亚·盖里埃里-贡扎加,发现了绘画和雕塑,欣赏达·芬奇、拉斐尔、米开朗琪罗。1893 至 1895 年在亨利四世中学和路易大帝中学教书。1895 年到荷兰旅行,发现了佛兰德尔画派,同年 6 月获得文学博士学位,10 月在高等师范学校教艺术史。

罗曼·罗兰早年已开始写历史剧,收入《信仰悲剧》的有:《圣路易》(1897)、《阿埃尔》(1898)和《理性的胜利》(1899);收入《革命戏剧》的有:《群狼》(1898)、《丹东》(1900)和《七月十四日》(1902)。其中,《群狼》影射德雷福斯案件,《七月十四日》表现了人民群众攻打巴士底狱的激情场面。罗兰认为19世纪末的法国已经同法国大革命的传统割断了联系。

1900年他参加在巴黎召开的第一届音乐史代表大会，1901年与别人创建《音乐批评史杂志》，同年4月到美因兹参加贝多芬音乐节。1902年在高等社会研究学院教音乐史，1904年从高师转至索邦学院教音乐史。罗兰的创作从发表"名人传"开始，进入了成熟阶段。"名人传"包括《贝多芬传》(1903)、《米开朗琪罗传》(1906)和《托尔斯泰传》(1911)。罗兰要为具有巨大精神力量的英雄树碑立传，让世人"呼吸到英雄的气息"。《贝多芬传》强调自由精神，作者由于具有精湛的音乐修养，深刻理解贝多芬的创作，他的传记给人以启发。《托尔斯泰传》较深入地评价了这位大作家的创作，强调了他的桀骜不驯，不乏独到之处。其间他开始陆续发表长篇小说《约翰·克利斯朵夫》(1904—1912)，这部小说奠定了他在文学史上的地位。1913年，他获得法国科学院文学大奖。1914年第一次世界大战爆发，罗兰来到瑞士，参加了"战俘国际通讯社"的工作。同年发表了《超乎混战之上》一文，谴责这场战争，呼吁以精神力量去遏止战争势力。1952年才发表的《战时日记》同样反映了他的这种思想。1915年，罗兰因"他的文学作品中的高尚理想和他在描绘各种不同类型人物时所具有的同情和对真理的热爱"，获得诺贝尔文学奖。罗兰把奖金全部赠给了国际红十字会等组织。1917年1月，高尔基开始和他通信。1919年他在《人道报》上发表《精神独立宣言》。

两次世界大战之间，罗兰的创作又一次达到高潮。1919年他发表了中篇《哥拉·布勒尼翁》，以日记体写成，叙述17世纪上半叶一个有乐天性格的细木工的一生。小说具有浓郁的乡土气息，运用了拉伯雷式的诙谐笔调。1920年他发表了两篇反战小说《克莱朗波》与《皮埃尔和吕丝》。他陆续发表第二部长篇《迷住的灵魂》(中译本为《母与子》，1922—1933)，描写一对母子走上革命道路、反对战争的经历。1922年他与巴比塞发生争论，他对印度和非暴力主义感兴趣。1923年创立《欧罗巴》杂志。1924年发表《马哈德马·甘地》。1925年发表剧本《爱与死的搏斗》。1930年会见泰戈尔，次年会见甘地。1931年发表《向过去告别》一文。1932年参加在阿姆斯特丹召开的世界反对帝国主义战争大会。1934年与俄籍的玛丽亚·库达什娃结婚。1935年到莫斯科，住在高尔基家里，受到斯大林接见。同年发表两部政论集《战斗十五年》和《通过革命，争取和平》。1936年他对苏联的肃反感到震惊，在日记中有所记载。他曾表示，他的访苏日记要在五十年后发表，但他不同意纪德《访苏归来》中的看法。1939年8月苏德条约签订之后，他辞去苏联之友协会的职务。同年发表剧作《罗伯斯比尔》，赞颂雅各宾党人。1942年发表回忆录《内心旅程》，表达他追求思想解放的愿望。1943年完成《贝吉传》，次年完成《贝多芬的主要创作时期》。罗兰看到了巴黎的解放。他于1944年12月30日逝世。罗兰同欧洲的知识界一直保持广泛的通信，表达他的独立精神。

罗曼·罗兰善于描绘个人的奋斗和思想探索历程，反映了知识分子中要求进步的一部分人所走的道路，体现了十月革命前后知识分子的动向。反对战争、争取和平是罗兰小说着意描写的第二个内容。罗兰提出民族和睦的思想，认为德法两国应该携手，解除仇恨。他认识到第一次世界大战之所以不能遏止，就在于大资本家和大财阀在幕后操纵。20世纪30年代的形势更为严峻，法西斯的甚嚣尘上更令人担忧。罗兰在主张非暴力主义的同时，也看到苏联是抵抗法西斯的中流砥柱，所以他采取了维护苏联的态度。

在艺术上，他开创了"长河小说"的写作：即在一部小说中通过一两个人的一生经历反映一个时代的变迁，这种多卷本小说描写集中，容量较大，气势雄浑，具有史诗的规模，发展脉络清楚，一气呵成，结构上显得更为完整。

二、《约翰·克利斯朵夫》

小说主人公约翰·克利斯朵夫出生在德国莱茵河沿岸的一个城市里,从小过着贫困和屈辱的生活,但他有音乐才能,十四岁时便教授钢琴。他先爱上他的女学生弥娜,经历了第一次精神危机。随后他爱上一个寡妇萨比娜、一个女店员。他表现出作曲的才能,不满于德国艺术界中的欺诈,却不被人理解,只有老音乐家苏尔兹和他保持友谊。由于斗殴,他不得不离开德国,避居法国。他和奥里维建立了友谊。克利斯朵夫声名鹊起。他先同一个女钢琴家来往,又成为一个女演员的情人。奥里维在五一节游行中牺牲了,克利斯朵夫因杀死一个警察,只得躲到瑞士一个新教徒家。最后,他在音乐中找到平静,死时怀念着家乡。

《约翰·克利斯朵夫》深入地表现了19世纪末20世纪初日益增长和激化的社会矛盾。在小说的前几部分,约翰·克利斯朵夫是一个叛逆形象。他生长在阶级界限、上下尊卑十分森严的环境中,从小孕育了反抗性格。他不甘心让小主人欺弄,给予了有力的还击;他为父母的卑躬屈膝感到可耻;他看不惯母亲低声下气地接受主人家的恩赐;他对父亲把他训练成一头玩把戏的动物而愤慨,执意不弹钢琴;他受不了满身铜臭的伯父的揶揄,向伯父的脸上啐了一口;他同弥娜恋爱,遭到克里赫太太反对,要他考虑门第,他愤怒地宣称"我的品德也许超过多少伯爵的品德";大公爵对他在社会党的报上发表文章大发雷霆,训斥他"唯一的权利是不开口",他不为淫威所吓倒,还嘴说"我不是您的奴隶,我爱说什么就说什么,我爱写什么就写什么";他打死了一个侮辱乡下姑娘的大兵,个人反抗达到了最高潮。他的反抗反映了下层人民和上层统治者愈来愈尖锐的阶级对立。如果说,他在闭塞保守的德国看不到组织起来的群众对统治当局进行斗争的话,他却在具有光荣革命传统的巴黎同工人群众相遇,不由自主地同警察搏斗,成了被追捕的逃亡者。约翰·克利斯朵夫投身于群众斗争中,思想得到升华。他的成长与时代的变化密切相关。罗兰从青年时代起就一直关注社会的动向,他说:"我是纠缠着1900年前后法国第三共和国和政治危机的热烈而专注的见证人。"他了解布朗热将军的丑闻和德雷福斯案件。他常去听若莱斯的讲演和法国社会党内部的辩论。他对1905年的俄国革命运动十分关切,认为这是一次伟大事件。他同情1909年的法国邮政工人罢工。罗兰对社会斗争的关注,都在《约翰·克利斯朵夫》中通过主人公的反抗表现出来,使读者感受到强烈的时代气息。小说是1870至1914年的一幅广阔的历史壁画。

《约翰·克利斯朵夫》描写了一场笼罩着欧洲的即将来临的战争的严重威胁。罗兰通过约翰·克利斯朵夫和奥里维的友谊,形象地表达了民族和睦思想。约翰·克利斯朵夫通过奥里维了解到法兰西纯洁、美好、向往和平的民族精神。每当局势紧张,约翰·克利斯朵夫就认为德法两国应当携手,解除仇恨。奥里维在约翰·克利斯朵夫丧母时赶到德国去安慰他,而约翰·克利斯朵夫在奥里维跟雅葛丽娜离异后也给他以支持。他们之间的融洽显示了两个民族可以达到和睦的思想。

《约翰·克利斯朵夫》还描写了资产阶级的文化和精神堕落。约翰·克利斯朵夫本来把巴黎想象为自由的天堂,文人不会相轻,批评界也不会压制天才,但实际情况完全两样。巴黎的出版商像猛兽等待猎物一样专候艺术家走投无路,自动送上门来。文学专门描写淫荡、肉欲,到处"弥漫着精神卖淫的风气"。资产阶级文人标榜"为科学而科学"、"为艺术而艺术",其实他们是"为金钱而艺术"。在作家眼里,财富是一种美,也是一种德。金钱"在这个商业化的民主国家中控制了全部的艺术思想"。巴黎文艺界如同集市,人人都在推销自己的拙劣作品,并且互相攻许。他们一发现约翰·克利斯朵夫是个大胆的革新家,就千方百计妨碍他成功。文人兼政客雷维·葛是暴发户的儿子,这个伪善的家伙在上流社会如鱼得水。罗曼·罗兰知道这样描写巴黎的文艺界会得罪不少人,但他认为"必须说出真相"。敢于揭露黑暗,使他写出极有分量的篇章。

罗兰要写一部"现代心灵的道德史诗"。他通过主人公的幻想、追求、奋斗,写出了小资产阶级的极度精神不安。小说着意塑造个人反抗的"英雄",一个信奉"精神独立"的知识分子形象。罗兰认为心灵伟大的人是英雄,他们"不怕在自己那个自由的思想领域内孤立"。在这个被卑鄙的利己主义窒息了的世界需要这样孤独的"英雄":"世界闷死了,打开窗户吧! 放进自由的空气吧! 让我们呼吸英雄的气息。"罗兰认为这样的"英雄"是"新的人物"。在小说中,约翰·克利斯朵夫的个人反抗得不到群众的理解,他打死了大兵,却受到农民的埋怨。他虽然不相信群众,但也"喜欢到骚动的平民堆里混一下",他所作的革命歌曲,在工人团体里不胫而走。

罗曼·罗兰对长篇小说的最大贡献在于创造了"音乐小说"。《约翰·克利斯朵夫》就是典型的音乐小说,最显著的特点在于具有交响乐一样的宏伟气魄、结构和色彩。音乐和小说结合在一起,能产生巨大的魅力。罗兰多次谈到这部小说包含着音乐性:"我的思想表达到人物身上,他们的互相吸引和冲突组成了一曲交响乐。在心灵的节奏中有着节奏和旋律,这就是我的思想致力于达到的图景。"他又说:"我的精神状态始终是音乐家的而不是画家的精神状态。我先是把整部作品的音乐效果孕育成满天星云一样璀璨,然后才考虑主要的旋律节奏。"罗兰具有深湛的音乐修养,他不仅精通欧洲音乐大师们的作品,而且自己也是个优秀的钢琴家,他还是一个音乐艺术史教授、音乐评论家和音乐家传记作者。这些条件保证了他能在一部长篇小说中创造出交响乐一般的华美瑰丽的效果。

从结构上看,《约翰·克利斯朵夫》的各卷有如交响乐的几个乐章,分成序曲、发展部、高潮和结尾,气势浩荡。有人认为主人公的童年、青年和反抗是第一乐章,他在巴黎达到成熟时的斗争是第二乐章,他的成功和平静是第三乐章。罗兰在小说中穿插对音乐作品和音乐家的评点,带领读者漫游欧洲古典音乐的王国。

小说着重描绘了一个音乐家的内心世界。罗兰指出:"音乐小说的材料应是感情。音乐小说应该是一种作为它的灵魂和本质的感情的自由倾泻。"罗兰细致入微地写出了约翰·克利斯朵夫儿时对音乐的敏感和觉醒,万事万物常常在他的心中融汇成曲调:"这种无所不在的音乐,在克利斯朵夫心中都有回响。他所见所感,全部化为音乐。"他舅舅经常带他去散步,给他唱一些动听的小调,和他谈论星辰、云彩,"教他辨别泥土、空气和水的气息,辨别在黑暗中飞舞蠕动、跳跃浮游的万物的歌声、叫声、响声,告诉他晴雨的先兆,夜间的交响乐中数不清的乐器"。舅舅是他真正的启蒙老师。描绘这个小小的音乐家的音乐心理最为生动的一节,是当约翰·克利斯朵夫发现父亲逼他练琴,为了从他身上捞钱时,他便拒绝练琴,于是被父亲关在黑房子里的一段描写。他细小的心灵先是愤怒地咒骂,幻想出自己反抗的故事。莱茵河在屋下奔腾,水声引起了他的音乐想象:

> 　　浩荡的绿波继续奔流,好像一整片的思想,没有波浪,只闪出绿油油的光彩。克利斯朵夫简直看不见那片水了;他闭上眼睛想听个清楚。连续不断的澎湃的水声包围着他,使他头晕眼花。他受着这永久的、控制一切的梦境吸引。波涛汹涌,急促的节奏又轻快又热烈地往前冲刺。而多少音乐又跟着那些节奏冒上来,像葡萄藤沿着树干扶摇直上;其中有清脆的琶音,有凄凉哀怨的提琴,也有缠绵婉转的长笛……
> 　　……音乐在那里回旋打转,舞曲的美妙节奏疯狂似的来回摆动;一切都卷入它们

所向无敌的旋涡中去了……自由的心灵神游太空,有如为空气陶醉的飞燕,尖声呼叫着翱翔天际……欢乐啊! 欢乐啊! ……那才是无穷的幸福!

这两段文字把主人公特有的音乐感描写出来了,这种音乐感代替了人物的心理活动,或者说,所写的既是人物的音乐感,又是心理活动。读者从中可以看到人物音乐才能的成长过程:主人公的生活遭遇和自然界的音响相结合,促使这种才能得到发展。心理描写(即音乐感)是独特的、细腻的;而自然景色的描写是富有诗意的,优美的。两者的结合形成一段动听的奏鸣曲,并构成交响乐的一部分。

罗曼·罗兰一贯遵循现实主义塑造典型的方法。他说:"我竭力描绘的是典型,而不是个体。"他采用综合手法描写人物,约翰·克利斯朵夫的生平就用了德国伟大作曲家贝多芬的身世,但还综合了欧洲其他音乐家的生平材料。罗兰说:"主人公是今日世界的贝多芬。这并不是指与贝多芬的生活外部环境的相似,同贝多芬生平的相似或者体形的相似,而是指精神的相似。"约翰·克利斯朵夫是20世纪的音乐家形象。其他小说的人物也是综合体。安乃德则是一个平凡的女人,综合了20世纪初期的女知识分子形象。哥拉·布勒尼翁具有乐天性格,体现了高卢人的品质,是个开朗、朴实、勤劳的劳动者,也有爱酗酒的毛病。

罗曼·罗兰的艺术风格是朴素中隐含着绮丽,流畅中蕴含着精粹。《约翰·克利斯朵夫》就像作者所说的,是"篇幅浩大的散文诗"。小说中有这样一段话:"对普通的人就得表现普通的生活:它比海洋还要深,还要广。我们之中最渺小的人也包含着无穷的世界……你写这些简单的人的简单生活吧,写这些单调岁月的平静的史诗吧,一切都那么相同又那么相异……你写得越朴素越好……你是向大众说话,得运用大众的语言。"罗兰的语言正是这样不假雕饰,有如清澈的流水;一条条清溪汇入大河,浩浩荡荡奔向前去。这样的语言在朴素简单中显出浑厚浩瀚,在平凡柔和中显出深广热烈。

第三章　杜拉斯

一、生 平 与 创 作

玛格丽特·杜拉斯(1914—1996),法国女小说家、电影剧作家,本名玛格丽特·多纳迪埃,1914 年 4 月 4 日生于越南嘉定,四岁丧父,母亲养活三个孩子,要做出很大的努力。直到十四岁,杜拉斯一直生活在乡下,说的是土语。1930 年她进入西贡的沙斯·路·卢巴中学,结识了一个中国人,她同这个中国北方官宦之家的继承人来往了两年。1932 年,她来到巴黎求学,先学数学,后改政治学,获巴黎大学学士学位。1935 至 1941 年,她在法国移民部任秘书,参加反法西斯抵抗运动。1945 年她加入法国共产党,后脱党。

《厚颜无耻的人》(1943)发表时她用了杜拉斯这个笔名。长篇小说《抵挡太平洋的堤坝》(1950)以 20 世纪早期法属印度支那殖民地为背景,描写移居到殖民地来的一个法国普通家庭的生活。中心人物是母亲,她独自挑起丈夫去世、孩子嗷嗷待哺的生活重担,用毕生积蓄买了一块地,指望获得丰收。谁知海潮一来便将田地淹没,一年辛苦付诸东流。她四处借钱筑起堤坝,抵挡海潮,可是年年筑坝,年年坝毁。她弄得心力交瘁,郁闷而死。杜拉斯认为:"这是我写过的小说中最受大众喜爱、是通俗易懂、最普及的一本。"1952 年她发表了小说《直布罗陀的水手》。

1953 年以后杜拉斯的创作进入第二阶段:有《塔吉尼亚的小马群》(1953)、《街心公园》(1955)、《如歌的中板》(1958)等作品。《如歌的中板》描写一个叫肖万的人爱上了冶炼厂经理的妻子安娜,每天都到她家的花园附近游荡。一天,安娜看到一个男子开枪打死他所爱的女人,却不断亲吻她,很有感触。肖万这时接近她,与她相约,多次在咖啡馆会面。但安娜幡然醒悟,结束了这不可能实现的爱情。杜拉斯淡化情节,发掘人物的心理。《如歌的中板》发行量高达五十万册,她一举成名。

20世纪60年代以后,杜拉斯的创作进入成熟期。她进一步向实验性的艺术发展,在人物、情节、叙述方面作了更大胆的反传统手法处理,被评论界划归为"新小说"作家。她写出《昂代马斯先生的下午》(1962)、《珞拉·维·斯泰因的迷狂》(1964)、《副领事》(1965)、《英国情人》(1967)等。

杜拉斯的小说讲究对白,包含了许多电影因素。从50年代末开始,她涉足电影便是很自然的事。电影剧本《广岛之恋》(1958)于1959年由阿兰·雷内拍成电影,获得戛纳国际电影节金奖。剧本描写一个法国女演员和一个日本男子在广岛相遇,她向他讲述了战争中与一个德国士兵相恋被辱的故事。《长别离》(1961)由亨利·古比拍成电影,又获当年戛纳国际电影节金棕榈奖。电影叙述女主人公遇到她以为在战争中已死去的丈夫,他失去了记忆,沦落为拾破烂的流浪汉,不被亲人承认。夫妻二人相距万里。杜拉斯自己执导了《印度之歌》(1973)、《她在荒凉的加尔各答名叫威尼斯》(1976)、《卡车》(1977)等影片,被称为"左岸派"的代表之一。她还于1965、1968、1984年出版了三本戏剧集,1983年获得法兰西学院的戏剧大奖。

进入80年代,杜拉斯开始了自传体小说的创作。《情人》(1984)获得龚古尔奖,被译成多国文字,后又被改编成电影,在世界各地放映。随后她写出《爱米莉·勒》(1987)和《中国北方情人》(1991),重塑中国情人的形象。

1996年3月3日,杜拉斯在巴黎去世。

杜拉斯的作品自传性很强,童年时与母亲一起经历的磨难成了她日后创作的源泉,她的痛苦与欢乐编织出感人肺腑的篇章。她淡化了情节,只截取生活的片断,不注重情节的完整性和连贯性。时而她采用"双线叙述法":两条线索独立发展,存在两个叙述层面,每个层面都有独立的主题,以及围绕这个主题发生的事件。这两个层面表面上似乎没有联系,但到最后却结合到同一点上,归结到一个中心点。

二、《情人》

《情人》以第一人称"我"开始,"我"年岁已高,在公共场所被一陌生男子恭维,"我"便去照镜子,镜中的老人慢慢隐去,取而代之的是一张十八岁少女的脸庞,继而这张脸也慢慢消失,这时,十五岁半的少女出现在渡船上,故事也好像才真正开始,然而,这种开始还没有延续,故事便中断了。另一个"我"出现了,故事又沿着这个新线索发展,正当我们也沿着另外一个"我"前行时,故事又回到了十五岁半的少女那里,她的故事刚刚展开,却又中断了。十五岁半的"我"又被另外一个"我"代替,叙述也成了另外那个"我"的叙述。另外那个"我"的叙述并没有延续多久。十五岁半的少女又把我们带回故事的开始——渡河之际。几经反复,故事才继续前行。当读者以为故事就会这样展开,十五岁半的少女"我"很快又被抹去,取而代之的这次成了他们,作者开始了叙述他们的故事,她的家庭成员的故事。当"我"的故事再一次被连接上的时候,故事在中断处向前发展了。直到作者再一次回到故事的开始——渡船之上时,故事的另一个主人公出现了,故事也终于有了一条线索,读者好像才找到感觉。而在这断断续续,时隐时现中,故事始终有一条主线。这条主线虽然三番五次地被这些零散的段落割裂,却又三番五次地被连接上,然后继续向前爬行,这种形式使小说中的故事有一种波浪式前进,螺旋式上升的结构,也使小说产生了段落式的散文结构。这种段落式的结构虽然看起来零零散散、毫无章法,但假如我们能够对作品从整体结构上去把握,就会发现作者的良苦用心,就会发现它留给了我们充分的想象空间。不仅如此,利用段落来割裂故事这种线条式的结构的方法使小说产生了立体结构,有了立体感。故事作为小说的主线,挂满了各种记忆的段落,这些段落忽前忽后,忽左忽右,看似杂乱无章,其实正是这些看似与故事主线没有关系的段落才使小说有了立体感,使小说脱离了传统的叙事方法。只要我们拨开这些散在小说中的零散段落,便会清楚地发现隐藏在其中的故事。杜拉斯也许是为了改变读者的传统审美习惯,打破单纯的时间线条,而把故事放置在由零散段落构成的记忆空间中。读者在阅读小说时,犹如在欣赏一幅立体画,不能仅仅满足于画面所表达的思想感情,所描述的事物,而必须把那些零碎的段落拼凑起来。这些段落如同立体画中的色彩和线条,只有把它们融合起来,读者才能穿越那表层结构,而窥见小说的深层结构,这时,小说便成了浑然一体的艺术品。那些看似无关紧要的零碎段落都成了小说中不可缺少的部件。杜拉斯这种追求看起来和"新小说"的追求完全一致,但这种一致仅仅是表面的,她和新小说在本质上是有很大区别的。因为《情人》中有一条很明显、与传统叙事方法很接近的故事主线,这故事便是《情人》的故事,这也是杜拉斯拒绝接受后期"新小说"家这个称谓的原因。杜拉斯把传统和创新密切地结合在《情人》这部作品中。

除了形式的追求外,杜拉斯还利用暗示、象征等手法使小说的内容更加扩张,更加丰富,《情人》里意义最丰富,作者着墨最多的地方,非湄公河莫属。在这部小说里,湄公河绝不是简单意义的河流,它蕴藏着丰富的内涵和喻义。《情人》里所有的诗意,所有的悲欢离合都从这里展开,都在这里流淌。

> 我还要告诉您,我十五岁半。
> 在横渡湄公河的一只渡船上。

这次横渡与平常其他无数次的横渡不同,其不同之处在于"我"有了不同的境遇。"我"——一位十五岁半的法国少女因为这境遇,而涉足人生的河流,而涉足爱情的河流。如果说湄公河在一般意义上作为时间的象征可以带走一切,可以冲淡一切,没有什么新意的话,那么它作为这位十五岁半的法国少女的人生分水岭则有其实际意义和丰富的内涵。围绕着这位少女与她的情人——一位中国北方小伙子的相遇,作者做了各方面的铺垫和准备,暗示了他们之间的性爱关系。

首先,站立在渡船上的少女和坐在渡船上一辆黑色小汽车里的小伙子之间的目光相遇,已多少暗示出他们即将发生的关系。这种目光相遇,小伙子是主动的,少女是被动的。"小轿车上有一个衣冠楚楚的男人,他在注视我……他在打量我。"这种相遇与其说是注视、打量,不如说是占有,用眼睛占有,从精神上占有。这种相遇更在对湄公河的描写中得到了暗示:"湄公河及其支流奔腾向海,这水域将消失在海洋的洞壑中。平野一望无际,河水涌流奔泻,仿佛大地倾斜一般。"这种奔腾,这种粗犷无疑是一种暗示,是一种力量的暗示,是一种男性的象征。这条奔腾的河流带着征服的欲望将与海洋相遇。这种河水与海水的碰撞拥抱产生了最后的融合平静。海洋如同温柔的女性,少女的胸怀,慢慢容纳、接收了这奔腾的河水。河水与海水的相遇进一步暗示了这位十五岁半的少女与她的中国情人即将发生的性关系,渡船上相遇必然会发展为相亲相爱的肉体结合。在经历了湄公河上两人目光相遇后,在河水与海水的相逢之后,少女与她的中国情人之间的肉体的最后拥抱和相遇则不显得仓促突兀,而是顺理成章、自然而然了。肉体的交欢是性爱的高潮。在经历了肉体的欢乐、灵魂的愉悦之后,一切便化解成:"大海,没有形状,只是无可比拟的。"

肉体的暂时享乐过去了,随之而来的是灵魂的宁静,是一种超越小说词语本身的诗意。这种意境在销魂的时刻来临之前已经被两水相遇,以目相逢暗示到了。"这个形象,早在渡船上之时,就可能神游了这一刻。"

湄公河上相遇之后,十五岁半的法国少女与她的中国情人之间的关系发展可分为实线与虚线。实线是书中所表现出来的,根据故事的发展所进行的描写,虚线则是未在书中标明,却又确实存在的东西,它表现了一种理想,暗示了一种令人向往的爱情。实线沿着湄公河的相遇,发展到后来情人送少女去寄读学校,然后又邀请少女去他的住所,他们便在那里有了肉体的交欢。而作为虚线,作为象征意义,少女和她的情人并未上岸,而是乘着船,沿着湄公驶向大海,驶向海上的西岱岛——西方神话里的爱情岛,在那里享受爱情的欢乐。法国少女和中国情人的爱情岛不在别处,就在他们相亲相爱的单人房间里。那里是爱情的小岛,情人的避风港,只有在爱情岛上,他们才能相亲相爱,相拥相抱。那里是茫茫人海中宁静的住所,是尘世间的一片净土。

> 街上的喧闹离得很近,近在咫尺,都能听得见它同百叶窗木片的摩擦声。就好像行人从房间穿过。行人来往,喧声不断,我就在这种环境中抚摩他的身体。大海漫无际涯,波涛涌起,滚滚远逝,去而复来。

喧闹的人群来来往往,如同海中的波涛围着爱情的小岛涨了又退了,尘世间人海的喧闹更加突出了爱情的纯洁。潮涨潮落更表现出那无数次爱的激情与欢快,涌向肉体,涌向灵魂,爱情岛上,欢快屋中,爱情成为永恒。置身于人海之中,又与尘世相隔绝,与别人同顶一片蓝天,却拥有别人无法触及的爱情,只因为他们拥有那片属于自己的空间,只因为他们拥有自己的爱情。渡船把他们带向彼岸,湄公河却把他们带向那与世隔绝的单人房间——象征意义上的爱情岛。因此,透过横渡,透过横渡后发生在情人房间的爱情故事,湄公河好像有了更深、更丰富的内容。

湄公河这位永恒时间的代表,可以送给他们爱情,把他们带向情人向往的爱情岛,也可以剥夺他们的爱情,带走一切。过去的快乐在离别时更加重他们的痛苦。而这对情人的最后离别已经在他们渡河时暗示出来。湄公河的消逝成了故事的最后终结。某种象征,在时空之中不知所归,留下了美丽而悠长的感叹号。

从行文及语言运用上,《情人》也是独具匠心。首先,杜拉斯打破了小说语言、诗歌语言与散文语言的界线,在《情人》这部小说里把三者融合在一起。《情人》的开头常常成为人们感叹不已的标志性语言,假如再配上杜拉斯低沉、沙哑的声音,诗意、沧桑、透着张力而且破坏力十足的语言徐徐道来,已经让读者不能自己,心灵深处的颤动不由自主地随着杜拉斯进入穿越时空的史诗篇章。时空的隧道深处,厚重而有力的时代之音缓缓传来:

> 我已经老了,有一天,在一处公共场所的大厅里,有一个男人向我走来。他主动介绍自己,他对我说:"我认识你,永远记得你。那时候,你还年轻,人人都说你美,我是特为来告诉你,对我来说,我觉得现在你比年轻的时候更美,那时你是年轻女人,与你那时的面貌相比,我更爱你现在备受摧残的面容。"

支离破碎一开始就通过"老了"、"备受摧残"等文字展示出来。王小波对杜拉斯的赞赏在《我对小说的看法》里进一步明了:"如果你继续阅读下去,就会发现,每句话的写法大体都是这样的,我对现代小说的看法,就是被《情人》固定下来的。现代小说的名篇总是包含了极多的信息,而且极端精美,让读小说的人狂喜,让打算写小说的人害怕。"

现代小说的特征从开始就在小说里表露无遗,而且这种语言风格就这样在《情人》中延续:"衰老的过程是冷酷无情的,""我的面容已经被深深的干枯的皱纹撕得四分五裂,皮肤也支离破碎了……我的容颜是被摧毁了。"这让人想到了杜拉斯沙哑而有魅力的声音,这种文字通过杜拉斯的声音表现出来,不仅会加重沧桑感,也会加重摧毁的力量。受到破坏和割裂的语言之中,时而也会响起美妙的奏鸣曲,节奏悠扬而美丽:

> 对你说什么呢,我那时才十五岁半。
> 那是在湄公河的轮渡上。

"十五岁半",这样的节奏与"我已经老了"既对立又统一在小说的开头,让读者既有了对生命的感叹,又尽情享受到由此及彼的回味。因此,"十五岁半"的节奏开始独步前行,越来越响亮,消逝在前方,那里韵律出现了:

> 我对海伦·拉戈尔产生情欲,神魂颠倒。
> 我产生情欲,神魂颠倒。
> 我要带上海伦·拉戈尔一道,去我每天晚上闭着眼睛尽情欢乐的地方。我真想把海伦·拉戈尔交给那个在我之上行房事的人,让他也在她身上行房事。

这种重复强调不但在小说中产生了诗句的韵律和节奏,而且句子的结构本身也构成了阶梯式的诗歌,假如我们改变排列形式,读者真会以为是在读诗歌,而不是在读小说。

有时,这部小说充满诗歌化的语言恰巧表现在它本身所创造的意境中。常常看似平淡无奇的语言反复阅读后却觉得意味无穷,真可谓,言已尽而意未尽,这未尽之意正好产生了诗歌般的境界。

> 她上了黑色的小汽车。车门关上。恍惚间,一种悲戚之感,一种倦怠无力突然出现,河面上光色也暗了下来,光线稍微有点发暗。还略略有一种听不到声音的感觉,还有一片雾气正在弥漫开来。

语言中有了诗意的空白,有了诗意的跳动(从"车门关上"到"一种倦怠无力")。另外那稍微有点发暗的光线,那辨别不清的声音,那弥漫一片的雾气也产生了一种诗意的宁静和朦胧。我们好像走出了小说(她上了黑色小汽车),走进了诗歌。(一种悲戚之感,一种倦怠无力突然出现,河面上光色也暗了下来,光线稍微有点发暗。还略略有一种听不到声音的感觉,还有一片雾气正在弥漫开来。)这种言已尽而意未尽的语言不正是典型的诗歌语言吗?而这种诗意般的语言可以说在《情人》中比比皆是。只要我们具有诗人般的灵魂,就能捕捉到那诗意无穷的语言。

> 这样一个戴呢帽的小姑娘,伫立在泥泞的河水的闪光之中,在渡船的甲板上孤零零一个人,臂肘支在船舷上。那顶浅红色的男帽形成这里的全部景色。是这里唯一仅有的色彩。在河上雾蒙蒙的阳光下,烈日炎炎,河两岸仿佛隐没不见,大河像是与远天

相接。河水滚滚向前,寂无声息,如同血液在人体里周流。在河水之上,没有风吹动。

　　这哪里是小说,简直可以说是优美而又具有诗意的散文。那语言文字又像演变成一幅画,画面是那么宁静,色彩是那么鲜明,只有用心灵捕捉才能捕到细腻的线条。阳光中的少女,宁静端庄,成为这幅画上永恒的形象。这形象,照相机捕捉不到,肉眼捕捉不到,只有心灵的感应,只有满载心灵呼唤的语言才能把它捕捉在笔下。至此,也许我们才顿然醒悟,创造如此美文的人,除了杜拉斯,还能有谁呢?

　　杜拉斯通过对《情人》这部小说结构的创新,通过对语言运用的创新,集传统与创新于一身,集诗歌语言、散文语言与小说语言于一身。完全打破了历史与现实的隔离,传统与创新的界限,小说语言与诗歌散文语言的对立。这恐怕就是为什么《情人》这部中篇小说何以在世界范围内,在各个层次的读者中获得成功的原因吧。

第四章　劳伦斯

一、生 平 与 创 作

戴维·赫伯特·劳伦斯(1885—1930),英国小说家、诗人,1885 年 9 月 11 日生于诺汉丁郡的一个矿工家庭。中学毕业后,他在一家医疗器械厂工作,不久返回家乡在小学任教。1906 至 1908 年就读于诺丁汉大学。后在伦敦郊区任教,同时开始创作。1912 年他与导师之妻私奔,1914 年与之结婚,战后他们离开英国,过的是飘泊不定的生活,足迹遍及德国、意大利、澳大利亚、新西兰、美国、墨西哥。

早期作品有长篇小说《白孔雀》(1911)、《儿子和情人》(1913)等。前者写漂亮的姑娘莱娣先爱上英俊的小伙子乔治,却与一个富家子弟成婚。乔治失恋后与一个自己不爱的姑娘结婚,导致两个家庭不幸的婚姻生活。小说在于表现纯朴的自然与散发着铜臭味的工业文明的对立。莱娣在两个恋人之间的选择是对两种不同方式的选择。《儿子和情人》中,保罗的父亲莫瑞尔是个矿工,与妻子关系不和谐,莫瑞尔太太把感情倾注在儿子身上,母子间产生一种超乎寻常的爱,致使保罗迟迟不愿与恋人结婚。小说通过人性扭曲的表现,对工业文明的异化作了一定程度的批判。

中期作品有长篇小说《虹》(1915)、《恋爱中的女人》(1920)等。后者描写了布兰温一家三代人的情爱经历。杰罗尔德代表了冷酷的西方工业文明,他意志坚强而又冷酷无情,缺少自然人性的因素;他认为,人就是机械、工具,其功能是生产。按他的这种原则建立起来的世界、人性、精神、灵魂将不复存在。古娟和杰罗尔德属于同一类人物,他们企图占有对方而产生的尖锐冲突对双方都具有破坏性和毁灭性。伯金和厄秀拉则与他们相反,这两个人物寻找精神与灵魂的契合,以此表明从现代文明挣脱出来走向新生,这是劳伦斯脱离现实的幻想。这部小说表现出更多的现代主义小说的特点,不太注重情节的完整性和故事性,加深人物的内心世界的探索,象征手法扩展到整体结构中。

后期作品有长篇小说《羽蛇》(1926)、《查特莱夫人的情人》(1928)。前者以墨西哥的政治与宗教纷争为题材。"羽蛇"长着鹰的羽毛,蛇的身躯。鹰象征精神,蛇象征肉体,鹰蛇同体则象征着天和地、精神和肉体的结合,这正是劳伦斯关于一个完整的人和完美的生命之观点。后者中的矿主克里福特崇尚理性、精神和自我控制,信奉"工业先于个人"的原则,是一个典型的文明人,与自然相对立。猎场看守人麦勒斯厌恶现代文明,崇尚自然,是一个典型的自然人,与文明相对立。康妮是处于文明与自然之间的人。克里福特和麦勒斯争夺康妮的冲突,隐喻了自然与文明、生命与死亡的冲突。康妮离开格拉比庄园和克里福特,投入小树林和麦勒斯的怀抱,隐喻了文明人转化为自然人,自然战胜文明,生命战胜死亡。小说通过爱情描写,阐明现代人自然生命的复归在于摧毁文明给人设置的障碍。这部小说关于性爱的描写,大大超过了以往的作品,引发了激烈争论和声讨。

劳伦斯还有十多个中短篇小说集。他是一个多产的诗人,著有诗集《情歌》(1913)、《新诗集》(1918)、《鸟·兽·花》(1924)等。大多是自由诗,但节奏感强,诗意浓郁。

1930 年 3 月 2 日,他病逝于法国的普罗旺斯。

劳伦斯处于 20 世纪西方工业文明危机不断加深的时期,因而对压制、扭曲人性的机械文明的鞭挞和对自然人性复归的呼吁,成了他一生的追求。对男女两性关系的描写与评判,实际上包含了对整个西方文明的认识与评判。他企图通过两性关系的和谐恢复人的天性,寻找通往新世界的途径。劳伦斯是个理想主义者,他把自然人性的复归作为对现代文明社会中人的拯救的根本途径,把性行为等同于回归自然,显然是不切实际的。

在艺术上,劳伦斯是个传统与现代性相结合的作家。他对生活的描写,真实地再现了现代资本主义社会中人的外部生活和物质形态,同时又深入人的内部,探索人的自然本能、潜意识和理性活动,具有相当的现代性。他的小说既有传统小说的故事性、情节性,如《儿子与情人》,也有情节淡化的特征,如《恋爱中的女人》,运用象征暗示和人物之间的深度对话,使小说具有现代派小说艺术的空间性特点。

二、《虹》

《虹》代表了劳伦斯小说创作最高成就,也是一部曾经招致猛烈抨击和禁毁的作品。小说出版于 1915 年 9 月,10 月的报刊杂志上就出现了言辞激烈的批评文章。这些文章指责:"《虹》中的人物跟野兽一样寡廉鲜耻,抑制了普通的文明生活……是茫茫一片枯燥无味的生殖力崇拜的荒野";"是一种具有颓废倾向的思想冲动"。并断定:"出版这样一本书,必然使劳伦斯声誉扫地。"著名作家约翰·高尔斯华绥也坦陈:"这部小说在审美情趣上令人感到可憎",惋惜作家"如此丰富的想象力(恰到好处的想象力),竟这么年轻就花谢蒂落"[1]。出版《虹》的公司因此被告上法庭,法庭最终宣判它是一部禁书,并将已经印行的书全部销毁。其实,对于《虹》的讨伐,除了上述责难所言及的大胆的性爱描写外,还有一个重要原因,即小说表现了与当时社会思想相抵触的社会政治倾向,小说中关于国家、民族、战争等等的看法,也激怒了一批现行制度的卫道

---

[1] 《劳伦斯评论集》,第 4、5、7、9、10 页,上海文艺出版社,1995 年。

士们。

在《虹》里，劳伦斯深入探讨了在《儿子与情人》中已经涉及但未充分展开的男人与女人的关系问题。早在1913年4月，他在给朋友的信中就写道："我确信，只有通过重新调节男女关系，让性获得自由，使它健全起来，她（指英国）才能摆脱目前的衰退。"劳伦斯试图以两性关系的和谐发展作为治疗英国社会疾患的良方，当然是幼稚和不切实际的，但是他在探讨中涉及和思考的问题，对于他的时代以至当代的人们都是不无裨益的。

小说以劳伦斯家乡诺丁汉郡的矿区和乡村生活为背景，描写布朗温一家三代人的恋爱婚姻故事。布朗温一家祖祖辈辈都住在玛斯庄上，春种夏收，过着虽不富裕却也衣食无忧的恬静生活。但是，现代工业文明的脚步声打破了这种古老的平静，大运河、铁路和矿井等新生事物挟带着外部世界的不可抗拒的力量闯了进来。第一代汤姆·布朗温开始模糊地意识到，在他所熟悉的生活之外，还存在着一种他根本不知道的生活。这时，他偶然与流落此地的波兰寡妇莉迪娅相遇，深为她言谈举止中的外国气质吸引，狂热地爱上了她。结婚后，他们经历了一段摩擦、冲突和对抗的生活，最终由对抗走向了和谐。第二代安娜·布朗温是莉迪娅与前夫的孩子，但汤姆视为己出，在他的呵护关爱下，安娜长成一个高傲而倔强的女孩。十九岁时，安娜与堂兄威尔相识，很快便坠入爱河。但婚后，甚至在蜜月中，他们就因信仰的分歧和性格的矛盾，开始了无休止的冲突。最后，这对斗得筋疲力尽的夫妻分别在木工雕刻和生育孩子中找到了各自的精神寄托。第三代厄秀拉·布朗温是安娜和威尔的长女，她从小不满父母一辈狭隘平庸的生活，向往着外面的大世界，有自己独立的精神追求。十六岁时，她与年轻的安东·斯克里宾斯基一见钟情，但在经历一番狂热的爱恋之后，终因缺乏精神上的和谐与理解而分手。痛苦中的厄秀拉大病一场。痊愈后，有如脱胎换骨般的她，在雨后的天空中看到了一轮象征着新生和希望的彩虹。

"虹"象征布朗温家族三代人追求的理想，即自然与和谐的两性关系理想。劳伦斯认为，真正完美的两性关系是灵与肉的和谐统一，同时又不因为这种和谐统一而失去自我的独立存在。小说中，劳伦斯通过三代人在婚姻大海中的潮汐涨落，来探索实现这种理想的可能性。第一代汤姆·布朗温生活在工业文明开始侵蚀田园牧歌式的乡村的时代，身上还保留着淳朴自然的精神。他"苗壮、机敏，对生活充满了热望"。十九岁之前，他所接触的女性只是母亲与姐姐，认为生活中的女性都应该像她们一样。然而十九岁那年与一位妓女的第一次肉体接触，使他对两性关系产生了失望与恐惧心理，直到二十八岁时遇见了来自波兰的莉迪娅。已为人母的莉迪娅沉静端庄，曾经的沧桑给她蒙上一层朦胧而神秘的色彩。汤姆深深地被她吸引，同时又怀有一种敬畏之心。这种敬畏使他把情欲与爱变为崇拜，在他们之间产生出距离感和陌生感。尽管婚后他们也曾享受过性爱的欢乐，但"对他来说，她仍然是陌生的"。他觉得自己"不过是个农夫，是个奴隶，是个仆人，是个恋人，是个影子，是个什么也不是的人"。不可逾越的陌生感挫伤了汤姆，他最终放弃了进入莉迪娅心灵世界的努力，也因此放弃了由她而来的对外界的模糊渴望。但他们的生活在磨合中逐渐走向平静，"结婚两年后，这两口子又合拍了"。不过这种看似美满的家庭生活，只是建立在性生活的和谐上，却缺乏真正的精神沟通与心灵的契合。他们都保持个人的独立性。

安娜与威尔的婚姻不同于父辈，他们彼此都有一种占有对方的强烈欲望，从而造成无休止的冲突，导致了婚姻实质上的失败。在劳伦斯笔下，玛斯庄的女人都充满了对未知的外部世界的向往，安娜也是如此。她爱上来自诺丁汉的威尔，是因为"他使她得到了解脱，是他拆除了她经历中的墙界。他是墙上的一个窟窿，透过这个窟窿，她看到了外部世界璀璨灼热的阳光"。婚后的生活一度充满激情,在两情相悦的快乐中,他们甚至觉得时间都处于一种停滞状态,而他们则"宛如置身于缓慢旋转的空间的中心……这中心一片光辉灿烂,它是永恒的存在"。但很快,这种虚幻的永恒感便被打破了。威尔笃信宗教,在教堂神秘幽深的氛围中,有一种灵魂自由奔跑的感觉,每当这时,他就忘记了安娜的存在。安娜觉察到,"当精神溶进这教堂,想象变成自由的灵魂的时候,他似乎逃脱了囚禁,摆脱了她",而"她嫉妒他这种冥冥中的自由自在和灵魂上的欢乐,嫉妒他身上这种奇怪的东西。这东西让她好奇,让她恨之入骨"。心高气傲的安娜不能容许威尔的心逃离她,于是对他的上帝和教会进行了猛烈的攻击、贬抑与嘲讽,试图通过挑战他的信仰来征服他,重塑家庭生活的中心。对此,威尔感到愤怒和恶心。但在对抗安娜的同时,他也"似乎期望她成为他的一部分,成为他的意志的引申"。安娜也感觉到"他想要她变得阴郁,变得做作",因此,"当他似乎像黑暗的东西一样欺压她、窒息她时,她几乎恐怖地反抗他,回击他,直到把他打得头破血流……"于是,在不断爆发的争吵和冲突中,这对夫妻变得如仇敌一般,虽然"他们仍然互相爱着,仍怀着一腔激情,可这股激情却在战斗中消耗掉了"。尽管他们的性生活算得上是圆满的,但由于缺乏心灵的和谐,"他们的欢爱变成了一种死一般剧烈的放纵,既没有神志清醒的亲热,也没有爱的柔情,只有肉欲,只有感官疯狂的沉迷和毁灭的亢奋"。最后,威尔把满腔热情倾注到传授木工手艺的活动中,而安娜则在生养孩子中找到了自己的精神寄托。作为布朗温家族的第二代,他们的婚姻同样是失败的。但是,他们毕竟比父母一辈又前进了一步,因为它不再是封闭的和自满自足的,在他们的冲突中蕴含着他们的自我祈求和新生的可能性,正如劳伦斯在小说里意味深长地描写的那样,安娜从横贯天际的彩虹中看到了希望和允诺。不过,安娜最终止步于追寻理想的门槛旁,虽然"她的门仍然会在彩虹下敞开着",但"她却不能走","她已从对未知的探险中退回来了"。

厄秀拉是家族的第三代,也是作品重点描写的一个"成长人物"。她继续着前两代人在婚姻与性爱问题上的探索。由于她生活在现代工业文明危机不断加深的年代,又是在世纪之交有幸接受过高等教育的女性,头脑中的自我意识格外强烈,因此,她的探索充满了曲折与艰辛,并且在深度和广度上都远远超过了前一辈人。像安娜爱上威尔一样,厄秀拉最初爱上安东·斯克里宾斯基,也是因为他身上带有外部世界的强烈印记。斯克里宾斯基是波兰侨民的后裔,一位年轻的工程兵军官,"他给了厄秀拉越来越多的外面那个广袤世界的见识……这些吸引了她,犹如花香把远处的蜜蜂招引过来"。不过,即使在他们热恋的日子里,精神上的不谐和音就已出现。当厄秀拉问他"战争是什么"并得到"它是最严肃的事情"的回答时,"她感到了难以忍受的隔阂"。在一处码头的驳船上,厄秀拉为船民贫穷但充满温情的生活打动时,斯克里宾斯基却始终神情冷漠地站在码头上,"在她身边制造了一种死气沉沉、乏味无聊的气氛"。在舞会一节的描写中,劳伦斯更清晰地表现出了两人间的不和谐:他们"在滑脚的草地上跳着舞……他们各自的意志禁锢在同一运动之中,两个意志围于一个动作,却永不融合,永远不会一个屈从于另一个。这是……两股在竞争的力量"。这种潜在的紧张关系,因斯克里宾斯基前往南非而暂时得到缓解。这期间,厄秀拉与女教师英格有了一段同性恋的经历。但英格很快就与厄秀拉那位热爱机械力量的舅舅小汤姆有了共同语言,"从机器中找到了她理想中的完善、高度的和谐和永恒"。她们终于分道扬镳了。同时,厄秀拉也认识到她们过去这种同性恋的关系是违反自然的,故该章的标题为"耻辱"。

在厄秀拉的探索中,一直为灵与肉的矛盾冲突困扰着。它突出表现在斯克里宾斯基从南非返回后的一段生活中。尽管"从最初的一刻,厄秀拉就模模糊糊地意识到,他们是敌对的双方,在停战之际走到一起来了",但她不由自主地为斯克里宾斯基健壮优美的身体所迷醉,她一度屈从于肉体的渴求,沉溺在肉欲的满足中不能自拔。劳伦斯在这段描写中用了许多与人的情欲、生命力和潜意识相关的象征,如"马"、"水"和"黑暗"等,来揭示厄秀拉内在的生命冲动。劳伦斯一贯认为,人的本能欲求与生命冲动是一股伟大的力量,是实现完美生命的动力和走向健康人生的必由之路。因此他抨击用理性抑制"血性",用精神贬斥肉体的行为。但是,劳伦斯也反对仅有肉欲而无心灵交融的两性关系:"在一场心灵的和自然界的暴风雨过后,厄秀拉欣慰地看到了一弯美丽的彩虹,看到大地上崭新的楼宇,而那些陈旧、腐朽、不堪一击的房屋和工厂早已被冲得一干二净。新的世界是由真理构筑起来,充满了生机活力,足以与巍巍苍天相媲美。"显然,这道彩虹是新生和希望的象征,寄寓着厄秀拉对未来的憧憬,对两性间灵与肉、精神与自然相融合的理想关系的期望。

小说具有社会批判和个人心理探索的双重主题。一方面,它通过一家三代人的生活经历,追述了英国从传统的乡村社会到工业化社会的历史进程,揭示了19世纪后半期深刻而巨大的社会变化,对残酷的、毁灭人性的大工业文明进行了猛烈抨击;另一方面,它又是一部探索个人的精神成长与心灵历史的作品,通过布朗温家族三代人,尤其是厄秀拉对爱情、婚姻与人生的探索,寻求建立自然和谐的两性关系和独立完整的自我的可能性。

《虹》的双重主题,集中体现在厄秀拉的追求与反抗中。厄秀拉目睹了老一辈妇女狭隘闭塞的家庭生活,不甘于在这种平庸琐碎的生活中度过自己的一生。她从小就表现出对未知事物的兴趣,因为"从这儿闻到了一股清新的气息"。十二岁时,她就力图"冲破考塞西这狭窄的地方",去寻找一种新的强有力的生活。厄秀拉对外部世界的向往,是与对"自我"的探寻交织在一起的。从少女时代开始,她就朦胧地意识到和思考着"自我"的问题,感觉到"自己是混混沌沌的雾霭中一个独立的实体"。

在厄秀拉的探索中,对英国教育制度的抨击是其中浓墨重彩的一笔。厄秀拉曾满怀希望地到一所小学当教师,"幻想自己会使那些难对付的孩子们喜欢她,她会对他们和蔼可亲……她会使一切变得亲切、生动。她会献出自己,献出,献出,向孩子们献出自己的全部财富,使他们幸福"。可是学校的冰冷现实粉碎了她的热情幻想。她看到学校是以强制的方式灌输无用的知识,靠严厉的体罚来维持教学秩序,教师的威信建立在滥用暴力上,而她试图与学生建立亲密关系的举动却被视为异端。她目睹了校长哈比先生怎样"用他的权力……把孩子们变成一块块木讷不言的碎片,依他的意志将他们固定成型"。厄秀拉一度在压力下接受了这种严酷的现实,以放弃个性来保住教职,学着以教鞭来对付学生。她果然成了学生们"敬畏"的对象,成了一名"出色的教师",但"心灵上却付出了巨大的代价"。这之后,她进入诺丁汉大学读书,但在最初的新鲜、兴奋过后,是同样的失望。她发现"教授们不再是引导他们探索生活和知识的深奥秘密"的导师,而是"经营商品的经纪人";庄严的学府也"由一座圣殿变成了一家最低级、最微不足道的商行",它已经"不是专心读书的隐居地。这里是一个小小的训练场,进来是为赚钱做进一步的准备"。她看到,在这样一个"蹩脚的车间"、"蹩脚的商店"、"蹩脚的货栈"里,人们"以追求物质利益为唯一目的",成为"物质成就这个上帝的奴仆"。显然,教育已经异化成一种否定自我的非人的力量。

前往约克郡探望经营煤矿的舅舅小汤姆,也是厄秀拉成长过程中一次重要的经历。她在那儿看到了一幅幅触目惊心的图景:疲惫的矿工拖着沉重的脚步在路上走过,"他们看上去不像活人,像幽灵","他们的举止中那种令人害怕的无精打采的平静"使人感到他们活在"完全死去了的躯壳中"。矿工在闷热潮湿的矿井里干活,一旦离开了矿井,他们就成了"一堆毫无意义的躯体",一部"停止工作的机器"。他们成批成批地死于肺病,而死亡对于这些受尽贫病煎熬的人来说,倒成了一种愉快的"解脱"。矿工的寡妇不断地更换丈夫,对她们来说,丈夫只代表活命的工资,在她们漫长的痛苦中,"婚姻和家庭只是一场小小的插曲"。事实上,"每个男人都为矿井所占有,女人得到的只是剩下的东西","矿井把最主要的东西都拿去了"。她们根本无力顾及所谓道德与不道德的问题,看看"那位全英国最讲究道德的公爵,每年从矿井赚取二十万英镑",就知道"道德"是怎么回事了。

劳伦斯通过厄秀拉个人成长过程中的思索与追求,对现代资本主义工业文明、社会体制、国家机器及其价值体系进行了全面的审视与质疑,对其压抑人性和破坏人与人之间自然和谐关系的罪恶提出了强烈抗议。劳伦斯的批判无疑具有重要的社会意义。

《虹》在小说艺术上,既是传统的又是现代的。在小说的结构布局上,基本采用传统的"历时式方法",按照事件发生的先后次序叙述布朗温家族三代人的生活和情感经历。不过与《儿子与情人》相比,《虹》的故事性更为减弱,结构也更趋松散。作家淡化个人生活史中各个具体事件间的联系,而突出其心灵和精神上的联系。

丰富的象征与意象,是《虹》在艺术表现手段上的突出特点。"虹"是小说中最重要的象征之一,它如同回旋曲的音乐主题一般穿行于三代人的婚姻追求之中,并在每一代人的故事尾声时清晰地奏响。第一代的汤姆与莉迪娅在经历了艰难的磨合后走向平静的生活,这时,"虹"以它的符号变体——"门洞"与"拱门"的形象出现。

第二代安娜与威尔的婚姻充满了冲突,这种冲突耗尽了她追求的热情与勇气,最终,只有在生养孩子的忙碌里寻找精神寄托。虽然她"看见了淡淡的闪着光的地平线,远远的,彩虹就像一座拱门……她从中看到了希望与允诺",但是她退缩了,"从对未知的探险中退回来了"。最后,在第三代厄秀拉探索的终点,人们又看到了那条挥之不去的彩虹:

> 彩虹拱架在大地之上。她知道,那些给硬壳包着在地上爬行的贱民们,各自都不动声色地活在世间的腐朽表层之中。但是,这条虹扎根在他们的血肉里了,它会颤抖着在他们的精神中成活。她知道,他们就要挣脱那蜕变中的硬壳,用自己崭新、清洁、赤裸的身体去迎接那从天而至的阳光、清风和洁净的雨水。她在彩虹中看到了大地上的新建筑,而那些陈旧污浊、腐朽不堪的房屋和工厂被涤荡一尽,世界将在生命的真实中拔地而起,直耸苍穹。

显然,"虹"象征着连接人及其追求的桥梁,象征着新生的理想与希望。关于彩虹的象征意义,劳伦斯本人也曾多次在他的作品和书信中谈及,指出"虹始终是个象征——一个很好的象征,它代表和平,代表对宇宙和内心世界之间不可动摇的希望的信念",是"通向发现真正的、永恒的、未知的世界的途径"。

月亮和马,也是劳伦斯小说中经常出现的两个重要意象。一般来说,劳伦斯多以月亮象征女性的柔美和力量,而马则是男性意志与生命冲力的象征。《虹》里,月光的形象常常与厄秀拉的形象融合在一起。厄秀拉犹如一位月亮女神,而月光象征着她(女性)的力量,也象征着她(女性)的胜利。斯克里宾斯基在月亮的威力下,不得不一次次地放弃他男性的骄傲与意志,服从于厄秀拉的愿望。

马的意象在小说中也得到突出的描写。劳伦斯在《关于无意识的随想》里解释过马的寓意,把英姿勃勃、奔腾强壮的马视为"具有强烈肉感的男性活动"的象征。在厄秀拉对斯克里宾斯基身体的渴望中,就暗含着"马"的形象。在小说的结尾部分,与斯克里宾斯基分手后的厄秀拉心情郁闷，冒雨在野外散步。这时，她突然发现雨中隐约出现了几匹马。这些马渐渐逼近她，一会儿聚拢，一会儿散开，围着她狂奔不已。它们那强壮有力的身躯，急促无情的蹄声，给厄秀拉带来可怕的威胁与压迫。奔马的威胁象征着男性意志与力量的威胁，它们与厄秀拉形成的对峙场面，暗示着两性之间的对抗。从小说的叙述看，是厄秀拉外出偶然遇见了一群野马，但从心理分析的角度看，狂奔不已的马群其实更像是她内心压力和恐惧的外化。劳伦斯在描写这一场面时，显得隐隐约约、扑朔迷离，马群的存在似有似无、似真似幻。奔马也象征着人内心的一种奔腾不羁的、难于驾驭的力量。

劳伦斯为了探索人的无意识领域的活动，表现人的非理性冲动和联想，常常采用一些特殊的词语和隐喻，如"他发出耀眼的光芒，缓缓地向前移去，以获得生命的尽端"，"赤裸裸的栗核在无声地抖动着"，"一个肿胀的塞满了旺盛生殖力的夜晚"，"他聚集全身的力量，跳跃，跃入高空的黑暗中，跃入丰饶的生命和奇特的神秘中，去感触，去拥抱"等等。

第五章　菲茨杰拉德

一、生平与创作

弗朗西斯·司各特·菲茨杰拉德(1896—1940),美国小说家,"迷惘的一代"的代表作家之一。1896 年 9 月 24 日生于明尼苏达州的圣保罗市一个小商人家庭。他靠亲戚资助,才进了东部富家子弟的预科学校,并进入贵族学府普林斯顿大学。1917 年应征入伍,当了步兵少尉,在亚拉巴马州当副官。

1920 年 3 月,菲茨杰拉德发表了《人间天堂》,大受欢迎。小说以大学生活为背景,主人公娇生惯养,多情善感,充满年轻人的幻想。他想娶一个漂亮姑娘,爬到社会的上层,做个大人物。结果一切希望破灭。小说主人公是"迷惘的一代"的体现。长篇小说《了不起的盖茨比》(1925)奠定了菲茨杰拉德的文学地位。他结婚后长期侨居欧洲,挥金如土,入不敷出。加上妻子发作精神病,他债台高筑。他的另一部长篇小说《夜色温柔》(1935)出版时,他正经历精神崩溃的痛苦磨难。书名引自英国浪漫派诗人济慈的《夜莺颂》。小说描写年轻有为的精神病医生狄克,在欧洲认识了亿万富翁的女儿尼柯尔。她被父亲奸污,患有精神病。在狄克悉心治疗下,她的病情大有起色。狄克想以真诚的爱来拯救她,遂与她结了婚,放弃了自己的研究工作。谁知她在基本上恢复了健康后,抛弃了狄克。狄克痛苦地回到美国,在纽约州的一个小镇上行医。小说揭露了尼柯尔一家的卑鄙和自私;狄克过于真诚和单纯,将金钱社会看得过于理想化,因此成为名利场上的牺牲品。

菲茨杰拉德被称为"爵士乐时代"的歌手。所谓爵士乐时代,是指第一次世界大战结束(1918)至经济大萧条(1929)的时期。这既是美国历史上最纵乐、最浮华的年代,又是年轻人迷惘失落的年代,也是美国文化变革转型的年代。菲茨杰拉德以他敏锐的观察和诗意的描绘,吟唱了一曲曲"美国梦"破灭的哀歌。菲茨杰拉德又被称为"20年代富人的分析家"。他的小说展现了"富人生活中所具有的奇妙动人的自由和魅力",又揭露了富人的丑恶人格。他描写富人的趣味:贪图高级汽车、考究服饰、豪华住宅和欢宴场面。但菲茨杰拉德不是一个客观的社会观察家。他参与了"爵士乐时代"的纵情宴乐,不过能冷静地思考。他身在其中,又超然于外。他向往灯红酒绿的生活,但能清醒地看到上层富豪和普通百姓之间无法逾越的鸿沟。

菲茨杰拉德具有诗人和梦想家的气质和风格。他受到济慈影响,作品富有浓郁的抒情气息;他喜欢夜色、淡雅温柔、静谧安详。他描写了一系列有浪漫精神的男人,他们梦想财运亨通,得到心爱的女人,可是最后总是以希望破灭告终。他善于描写有钱而自私的漂亮女子,她们把男人玩弄于股掌之上,如《冬天的梦》中的裘迪·琼士,她跟十二个男子谈情说爱,把一个个男子的心揉得粉碎。又如《夜色温柔》中的尼柯尔,利用狄克的同情心来满足她的需要,随后又背叛了他。

二、《了不起的盖茨比》

《了不起的盖茨比》的主人公詹姆斯·卡兹本是北达科他州的一个贫穷的农家子弟,自幼梦想做个出人头地的大人物。经过一番努力,他终于步步高升,并更名为杰伊·盖茨比,自以为是上帝的儿子。他在一个军训营里任中尉时,爱上了南方的大家闺秀黛西·费。可是当他戴着军功勋章在战争结束后从海外归来时,黛西已嫁给了一位来自芝加哥的体格健壮、极为富有但举止粗鲁的纨绔子弟汤姆·布坎农。沉醉于爱情梦幻中的盖茨比艰苦创业,由一个贫穷的军官奋斗成为一个百万富翁。他在长岛西卵买下了一幢豪华别墅,与住在东卵的布坎农夫妇隔海湾相望。他的府第每晚灯火通明,成群的宾客饮酒纵乐,他之所以要如此排场,唯一的愿望是希望看到分别了五年的情人黛西。当他们重逢时,盖茨比以为时光可以倒流,重温旧梦,但久而久之,他发现黛西远不像他梦想中的人,可是这种醒悟还没多久,黛西开车碾死了丈夫的情妇,汤姆嫁祸于盖茨比,盖茨比终于被害,黛西居然没来送葬。叙述者尼克由此看透了上层社会有钱人的冷酷残忍和居心险恶,离开了纽约,回到了中西部的故乡。

《了不起的盖茨比》的重要意义在于以盖茨比的追求和毁灭来标志"美国梦"的幻灭,深刻揭露了"美国梦"的实质。"美国梦"的幻灭是20世纪以来美国文学中的一个重要主题,德莱塞的《嘉莉妹妹》、杰克·伦敦的《马丁·伊登》都是表现这一主题的力作,但是嘉莉妹妹和马丁·伊登是被美国梦中的物质层面的东西异化了,而盖茨比富于浪漫主义的理想,他向往的是超越物质层面的精神享受——纯洁的爱情。盖茨比的梦想有两个:一是"发财梦",二是"爱情梦",前者是手段,后者是目的,没有前者就没有后者。这两个梦对盖茨比来说是"物质和精神的和谐统一而不可分割的",它是传统的美国梦的具体体现。但是盖茨比并不懂得,美国20世纪的发展状况与传统的美国梦相悖,杰弗逊的《独立宣言》中宣扬个人对自由、对幸福的追求拥有不可剥夺的权利,无论贵贱,人人都有成功的机会,推崇那些靠个人奋斗而发达起来的人,不赞同那些靠继承上辈财富而富有的人。可是现实中的美国情况并非如此,仅仅有钱是不够的,因为在美国的上流社会中,不仅有财富大小的差异,还有"新"(暴发户)与"老"(世族)、稳定的财产与流动的收入、西部与东部之间等众多的矛盾与差异。汤姆夫妇在美国代表着富裕的,靠继承上辈财富为基础的上层阶级,他们带着无比的优越感藐视"暴发户"盖茨比,因为盖茨比是靠个人奋斗发家致富的,缺少使他跻身上流社会的举止和背景,因此汤姆有一次公然称盖茨比为"从无名之地而来的无名小卒",并含沙射影地说盖茨比的钱"来路不正",这便取消了盖茨比成为上层阶级的资格,也是导致黛西抛弃盖茨比的一个重要因素。好像开放、民主的美国社会实际上关闭了起来。盖茨比就生活在这样一个物质高度发达而精神价值丧失的美国,生活在传统的美国梦已支离破碎的时代,然而,他无视这一事实,仍然盲目地追寻,抱着自己的幻想不放,因而他的悲剧是不可避免的。

在盖茨比眼里,黛西代表着完美和幸福,是青春、金钱和地位集于一体的象征,是他梦寐以求的一切理想的化身。盖茨比从社会的低层苦斗上来,他想用一所附有游泳池的巨宅,几十件绸质衬衫,许多豪华气派的宴会来表示自己配得上黛西。但黛西只是一个粗俗浅薄的女人,在暂时的旧情萌发之后还是牺牲了他,归属于粗鲁凶狠的丈夫。盖茨比把得到黛西的爱看作是梦幻的"天堂",他要在"人间"借助财富和金钱搭起云梯登上天堂显然是可笑的、不现实的。他在月光下彻夜守候,主动担起"保卫"工作,而且准备替黛西承担驾车的责任,他不知道在室内,黛西已背叛了他,听任汤姆将车祸的责任推到他的头上。当他冰凉的尸体浸泡在游泳池水中时,黛西和汤姆言归于好,出门旅行去了。至此,盖茨比的"爱情梦"也彻底破灭了。盖茨比的一生遭遇正是美国 20 年代"爵士乐时代"的真实写照。菲茨杰拉德自己也曾说:"这部小说的全部分量就在于,它表现了一切理想的幻灭,再现了真实世界的原本色彩,因此,我们不必去考究书中事件的真伪,只要它真实反映了那个时代的特征。"

盖茨比从白手起家到失败毁灭的经历,还体现了美国经济大萧条之前危机四伏的现实。盖茨比是一个纯情男子,有一颗美好的心灵,忠实可靠,慷慨无私,在尼克的眼里他是一位"了不起"的英雄——他对理想和爱情的执著追求和献身精神是崇高的,他艰苦创业的行为也是了不起的。但他过于善良天真,有着罗曼蒂克的气质,一往情深地编织着梦幻,"他的梦幻超越了她,超越了一切。他以一种创造性的热情投入了这个梦幻,不断添枝加叶,用飘来的每一根绚丽的羽毛加以缀饰"。然而他的痴情是不切实际的,他太看重黛西的美貌和旧情,他没有认识到上流社会的极端卑鄙和自私,他是一个脱离现实、耽于幻想的人。从一开始他就献身于一种"庸俗的、华而不实的美",对这种美的献身注定到头来要落个一场空。此外,盖茨比有着几分中西部人的"傻气",许多富人经常到他家白吃白喝,只是想显示自己的高贵身份,根本没有友情可言,可是盖茨比还是花费巨资宴请他们,慷慨大方,热情好客,两相对照,写出了这个社会虚伪险恶的人际关系、纯洁美好梦想的虚幻性以及隐伏着的社会危机。他的死暴露了世态之炎凉,人情之冷漠。像这样一个天真纯情的新富在激烈的竞争中很难长期维持下去,他的成功如同流星一样闪过,他在爱情和生活中碰壁,最后导致毁灭不是偶然的。他的死既是一个新富的沉沦,又映照出社会道德的沦丧,从中隐约可以看到强烈震撼社会的经济大地震即将到来的预兆。

而黛西则与他不同,她是一个务实型的女子,外表温文尔雅,但内里俗气,利欲熏心。她很善于利用自己的美貌和悦耳的声音来获取男人的青睐,"金钱正是她声音里抑扬起伏的无穷无尽的魅力的源泉"。虽然她也曾爱过盖茨比,为不能与盖茨比结合而痛苦过,但盖茨比的贫穷让她犹豫退缩。当有钱有势的汤姆出现时,黛西撕毁了盖茨比的情书,嫁给汤姆。尽管她结婚那天哭得像个泪人儿,但金钱的力量还是胜过了爱情的力量。而在第二次选择中,黛西虽然为盖茨比的忠诚和执著所感动,对丈夫的粗俗和不忠也深感失望,但她没有勇气离开更富有的汤姆,害怕失去稳固的社会地位,更愿意依附于传统的富豪阶层,这证明她信奉的是务实的世俗观念。她同意嫁祸于盖茨比,进一步暴露了她的龌龊心灵。盖茨比死后,她与丈夫逃之夭夭,不闻不问。她与汤姆一样,都是遵循正统道德和行为标准去做事,反而能处在社会的主流之中。菲茨杰拉德愤愤不平地如实反映了这种重利、卑劣的丑恶现实。

尼克·卡罗威是这场"美国梦"变幻的见证人。富有同情心，与人为善，宽容大度，诚实守信，因此成为人们乐于倾诉衷情的对象和与之交心的朋友；他重友谊，讲义气，帮助盖茨比重见黛西，在盖茨比死后他张罗着葬礼，想方设法通知盖茨比的生前好友，但那些朋友都是势利的酒肉之徒，一个个借故不来。最后尼克凄凉而悲伤地安葬了盖茨比，他才是盖茨比唯一的、真正的朋友。他具有正义感，善恶分明，谴责汤姆和黛西的自私和无耻，为盖茨比打抱不平。尼克是故事的评判者、道义的代言人，代表作者的立场。

《了不起的盖茨比》叙事角度新颖、独特，小说巧妙地运用"第一人称叙事视角"，每部分的叙述都打破了叙事视角的常规。最著名的例子是主人公盖茨比的出场。到第21页，盖茨比才出现，可是连个正面的肖像描写都没有，只是一个侧面的模糊身影，他为什么长时间地看着那盏绿灯？作者采用了第一人称叙事情境的有限视角来叙述，那盏使盖茨比发抖的绿灯不是一盏普通的灯，而是盖茨比心爱的情人黛西家的灯，他那么深情地伸出胳膊想要得到的是黛西的芳心，这一切都是到"我"造访黛西家时才揭开谜底的。盖茨比的真正出场是全书中最富有戏剧性的一幕：有一天"我"收到请帖，被邀请参加盖茨比的宴会。宴会上灯火辉煌、宾朋满座、乐声缭绕，"我"转了半天，没见到主人盖茨比。没想到经常提起的盖茨比就在眼前，而且跟"我"说了半天话。读到这儿，读者感到的惊讶肯定不亚于当事人"我"。小说没有用"叙述自我"的手法来叙述，而是采用了"经验自我"的角度来叙述，用当时经历事情过程的自我口吻来叙述，产生悬念的效果。

为了使小说叙述不同一般，菲茨杰拉德没有用盖茨比的自述，而是用尼克的口吻来叙述，这个人物既身在其中，又置身其外，"身在其中"是因为他的多重身份，他是小说主人公盖茨比的近邻、黛西的远房表兄、汤姆的大学同学，同时又在和黛西的密友谈恋爱，他是联系人物间矛盾冲突的纽带，是主要人物关系网中的核心。"置身其外"是说这些矛盾冲突同尼克个人没有直接的利害关系，他尽可以客观地、冷静地判断是非曲直。他与主人公在思想上的差异增加了小说的可信性。

小说文笔优美，得益于比喻、拟人化等修辞手法的运用，而且不落俗套。例如描写夕阳的余晖离开贝克小姐的身上，"每一道光都依依不舍地离开了她，就像孩子们在黄昏时分离开了一条愉快的街道那样"。写满身尘土、毫无生气的威尔逊走向办公室："他的身影马上就跟墙壁的水泥色打成一片了。"这句话形象地揭示了这个人物的本质。叙述者"我"有点爱上了贝克，但"我"较羞怯，"而且满脑子清规戒律，这都对我的情欲起着刹车的作用"，这里的拟人手法令人耳目一新，写出了"我"的拘谨和循规蹈矩。菲茨杰拉德喜欢用隐喻，有时他用人名来隐喻，如黛西（Daisy）在英文中是一种花名，中间黄周围白，暗示着金钱与空虚同处，殷实的物质生活不能代替和超越空虚无聊的精神生活。有时他用事物来隐喻，如作品中用飞蛾来隐喻那些"食客"，"男男女女像飞蛾一般在笑语、香槟酒和繁星之间往来穿梭"，其深刻意义是飞蛾喜欢灯光，盲目寄生，当晚上灯光一亮，它们就飞来，绕着灯光寻找食物；灯光一灭，它们又飞走了。飞蛾的特征揭示出盖茨比家宴会上各色食客的本质。

与此相应，象征意象种类繁多，最为突出的当为色彩以及与特定色彩相关的器物和自然事物所形成的象征意象，起到了暗示人物的本性、反映时代的特征、深化和丰富小说的主题意义的重要作用。例如小说中最重要的色彩意象是"绿色的灯光"，它是盖茨比梦想中的黛西的象征，它既是盖茨比生活的导航灯，让他感到希望的实现似乎近在眼前、唾手可得，可是又闪闪烁烁、渺茫如仙境、可望而不可即，中文注释本《灯绿梦渺》取的就是这个意思。再如白色，黛西喜欢穿白色衣裙,开白色小跑车,盖茨比与尼克拜访黛西时,盖茨比也是常常身着白色西装,他一手营造的豪华宫殿也是迷梦般的白色。白色是一种美丽而恐怖的颜色,它可以象征纯洁,也可以象征颓丧;可以象征单纯,也可以象征空虚;可以象征高贵,却又显得飘渺、虚幻甚至虚假;它是白银的颜色,这使得一切白色的东西常常与金钱纠缠不清,使得白色的东西反而更显得卑污与肮脏。黄色象征着金钱和权力,蓝色象征宽广、深沉、忠诚,又象征着忧郁、纯洁、宁静,像盖茨比的为人。黑暗象征着衰败与死亡。粉红色是甜蜜、爱情的色彩。

《了不起的盖茨比》的行文没有 19 世纪传统小说的冗长繁缛,也没有当时已萌芽的现代主义的奇奥艰深,它简洁流畅,诗意盎然,而又不乏幽默,深得读者的喜爱。作品出版后,文坛一片欢呼声,著名诗人兼评论家 T·S·艾略特立刻称之为"美国小说自从亨利·詹姆斯以来迈出的第一步"。海明威在回忆菲茨杰拉德时写道:"既然他能写出像《了不起的盖茨比》这样卓越的书,我相信他一定能够写出更好的书。"这部作品被讨论、被赞美,次数之频不逊于 20 世纪任何一本美国小说。

第六章　海明威

一、生 平 与 创 作

厄内斯特·海明威(1899—1961)，美国小说家，1899 年 7 月 21 日生于伊利诺伊斯州芝加哥附近的橡树园镇，父亲是医生。第一次世界大战爆发时，海明威报名参战，因眼疾未能如愿。同年 10 月，他担任了堪萨斯市《星报》见习记者。1918 年，海明威作为救护车队的中尉，到意大利前线参战，被炮击受伤，医生从他身上取出二百七十七块弹片。意大利政府授予他军功奖章、银质奖章和勇敢奖章各一枚。1919 年冬，他结识斯泰恩、庞德和乔伊斯。他相继发表了《三个短篇和十首诗》(1923)、《在我们的时代里》(1924)和《春潮》(1926)。

《太阳照样升起》(1926)是海明威获得声誉的第一部长篇小说。小说的叙述者兼主人公杰克·巴恩斯是在巴黎工作的美国记者，在战争中负伤而失去了性爱能力。他爱上了英国姑娘勃雷特·艾希利，但是两人无法结合。为了解闷，他与几个朋友来到比利牛斯山区，但美丽的大自然不能使他平静。几个人酗酒、打架斗殴。最后，巴恩斯在斗牛士勇敢精神的激励下，似乎看到了人的本质力量和生活的真谛，却终究没有改变他对生活的失望和厌倦。小说集中反映了战后一代青年人的思想和道德危机，表现了他们的苦闷与迷惘，因此，这部小说被称为"迷惘的一代"的代表作品。

1927 年海明威回到美国，发表了短篇小说集《没有女人的男人》(1927)，塑造了一系列视死如归的"硬汉性格"，著名的有《打不败的人》、《五百万》、《杀人者》。《永别了，武器》(1929)表现反战主题，是另一部重要的小说作品。小说以第一次世界大战的意大利战场为背景，描写战争摧毁男女主人公的爱情和幸福,毁灭人的精神,导致人与人之间无谓的残杀。

20 世纪 30 年代上半期,海明威到非洲打猎,写出了札记《非洲青山》(1935)和短篇小说《乞力马扎罗山上的雪》。在这个短篇中,他成功地运用了现实与梦幻交织的意识流手法,用攀上雪山死去的豹子象征主人公哈里的追求精神。1937 年,西班牙爆发内战,海明威以记者身份前去报道西班牙战况,并积极参加西班牙人民的反法西斯斗争。他发表了剧本《第五纵队》(1938)、长篇小说《丧钟为谁而鸣》(1939)及特写,表现了反法西斯主义的主题。《丧钟为谁而鸣》以西班牙内战为背景,通过后方一个游击分队的一次军事行动,展现了西班牙人民反法西斯斗争的广阔画面。主人公罗伯特·乔丹是一个美国教员,自愿来西班牙参加反法西斯战争。他的任务是领导一支西班牙游击队炸毁一座具有战略意义的桥。小说集中写他在游击队据点三天三夜的活动:游击队长巴勃鲁胆小怕事,但他的妻子毕拉尔勇敢坚强,坚决支持乔丹的行动。乔丹虽然炸毁了桥梁,却身负重伤,他命令其他游击队员撤离,自己独自在山顶上狙击敌人。

第二次世界大战爆发后,海明威又积极投入反法西斯战争。20 世纪 40 年代初他以记者身份到中国报道抗日战争的战况。战后,他长期居住在古巴,写出长篇小说《过河入林》(1950)和中篇小说《老人与海》(1952)。1954 年,他获得诺贝尔文学奖。晚年他疾病缠身,多次试图自杀。1961 年 7 月 2 日,他用猎枪结束了自己的生命。遗著有长篇小说《海流中的岛屿》等。

海明威的创作具有鲜明、强烈的个性特征。第一,"迷惘"是其创作的显著特征,是笼罩他全部作品的统一风格。他的作品的主人公给人迷惘、怅然若失的印象。早年作品《在我们的时代里》的尼克,表现了一个青年初次到一个充满暴力和性的邪恶世界里时那种本能的恐惧和困惑不解,这也正是青年海明威的心灵创伤和迷惘。战争使海明威迷惘的心理素质发展成为基本的个性特征。海明威在一次大战中身负重伤,看到了战争摧毁人类文明,摧毁了青年对生活美好的幻想,摧毁了建立在人道主义基础上的道德和价值观念,给海明威以巨大的精神创伤,促使他成为"迷惘的一代"的主要代言人。第二,在海明威的作品里,最富有魅力和打动人心的,是众多在迷惘中顽强拼搏的"硬汉子"形象。海明威特别喜欢选择斗牛士、拳击家、猎人、渔夫、士兵,他们以惊人的毅力和旺盛的精力,在同充满敌意的世界对抗中殊死搏斗,表现出共同的性格特征:坚强刚毅,无畏地面对痛苦和死亡。在《打不败的人》中,老斗牛士曼努尔与公牛进行一场惊心动魄的鏖战,保住了"打不败的人"的称号。《丧钟为谁而鸣》的乔丹为人民事业而献身。《老人与海》中老渔夫桑提亚哥则象征着一种哲理化的硬汉子精神。第三,"冰山"理论是海明威精通叙事艺术的集中表现。他说:"冰山在海里移动很庄严宏伟,这是因为它只有八分之一露在水面上。"(《午后之死》)他那清澈流畅、朴实无华的文体简洁而又含蓄。他好像拿着板斧,"砍伐了整片森林的冗言赘词,还原了基本枝干的清爽面目"。他常用电报式的对话、内心独白、象征手法、意识流手法来表达复杂的思想感情。含而不露的写法为读者留下联想的空间。他往往选取一个时间段,反映重大的主题或历史事件,故事的经过和历史背景则当作"冰山"的八分之七隐没在洋面下。

二、《老人与海》

1935 年,一个古巴老渔夫向海明威讲述他捕到的大马林鱼怎样被鲨鱼吃掉的故事,1936 年海明威把它写成一篇通讯以《在湛蓝的大海上》为题刊登在《老爷》杂志上。老渔夫的故事给海明威留下了深刻的印象,觉得这里面蕴涵着非同寻常的意义。他曾计划写《海洋四部曲》,其中的第四部分是"桑提亚哥老人和马林鱼"。1951 年他给斯克里布纳写信说可以将第四部分抽出,单独作为一本小书出版，题名为《老人与海》，这是他第一次提到这个名称，1952 年作品正式问世。从最初素材的取得到小说的出版，历时十七年时间，这是一部酝酿已久、精心打造的杰作。

小说讲述了古巴老渔民桑提亚哥八十四天出海没有钓到一条鱼，人们认为他倒了"血霉"，可他并不灰心，在第八十五天他独自一人到更远的海域，碰上一条从未见过的大马林鱼，他与马林鱼搏斗了两天两夜，终于制服了它，可是正当他凯旋而归时，碰上了鲨鱼群，为了保住他的胜利果实，他与鲨鱼群又拼斗了一天一夜，最后鲨鱼群被赶跑了，可是他的马林鱼肉被鲨鱼吞噬光了，只剩下了一副巨大的鱼骨架，他筋疲力尽地回到家倒头睡着了，在梦中梦见了狮子。小说写得惊心动魄，寓意深邃。

这是一部命运悲剧，更是一部人类挑战命运但最终未能摆脱命运的悲剧。小说一开始就写桑提亚哥很背运，八十四天一无所获，并不是他的钓鱼技术出了问题，他的技术是首屈一指、无人能比的，而是他的运气不好。面对这种厄运，他毫不气馁，再次远航，这次他走得比以往任何一次都远，这是向命运的挑战，也是向自己的极限挑战，事实上老人最后把失败归结于"走得太远了"。在与马林鱼的搏斗中他又饥又渴又困，浑身受伤，手、背被钓索勒得皮开肉绽，其痛苦不亚于死亡，面对这样的困境，他并不退却，在"打不败"的原则的鞭策之下，老人征服了罕见的大马林鱼，这是他战胜厄运的一次伟大胜利，也是显示自己意志和价值的可喜明证。似乎命运有了柳暗花明的转机。可是老人还没来得及喘口气，成群的鲨鱼嗅到马林鱼的气味跟踪而来，撕咬马林鱼的肉。两天两夜没合眼、没吃饭的桑提亚哥不得不投入另一场更为严酷的斗争，他的渔叉、刀子打光了、短棍打断了、舵把打没了，所有能用的工具武器都用完了，等他赶走了鲨鱼群却发现马林鱼只剩下了骨架。他不得不面对命运的戏弄，但他心里没有一丝的遗憾，因为他的精神从来没有被打败过，他已做了人所能做的一切，他为自己而感到骄傲。这部小说在海明威所有的作品中最具有奋发昂扬的情调，最具有积极向上的思想意义，上演了最悲壮的一幕，它奏响了人与命运搏斗的最强音。但海明威在这部作品里仍然流露出一丝虚空的无奈，透露着深深的悲哀：无论人怎么努力，到头来终究是一场空，人生注定是一个悲剧，就像老人扯起的打了补丁的破帆，像一面标志着永远失败的旗帜。

老人的处世行为体现了存在主义自由选择的思想。八十四天一无所获，是收网不干，还是继续捕鱼？老人选择了后者，因为如果他不出海，那么他的生活就毫无意义。在两次战斗中，桑提亚哥经受了严峻的考验，他完全可以松开钓索，放弃马林鱼；鲨鱼来蚕食时，他可以轻易地舍弃马林鱼回航，可是他的不服输的秉性一而再、再而三地促使他斗到底，他进行了遵从自己意愿的选择，不苟且偷生，不浑浑噩噩，保持了积极的入世姿态。他虽败犹荣，赋予了自己存在的价值和意义。

这是一曲英雄主义的赞歌。正如海明威本人所说："这本书描写一个人的能耐可以达到什么程度，描写人的灵魂的尊严，而又没有把灵魂两字用大写字母标出来。"小说塑造了"重压下保持优雅风度"的老渔夫桑提亚哥的形象，他刚强有力，坚忍不拔，任何困难都难不倒他，任何厄运都吓不退他。他早年与人比手劲连续比了一天一夜，最后反败为胜，这足以说明老人的硬汉精神早已有之，他与生俱来就有不服输的个性。桑提亚哥不仅把捕鱼作为谋生的手段，而且看作是人生角斗的象征。在他看来，人和鱼，"说到究竟，这个总要杀死那一个"。他把鱼和人的格斗假设成人生的战斗，他战胜了马林鱼，并从中体会到胜利的喜悦。他捕鱼不单是为了"养活自己"，而且是"为了光荣"。在与鲨鱼的殊死搏斗中，他先杀死了一条鲭鲨，又杀死两条星鲨，之后又杀死一条犁头鲨，当成群的鲨鱼扑来，他意识到这是注定失败的一场战斗，但他坚持到底，他的身上体现了大无畏的英雄气概。

老人是个情感丰富的人，他对曼诺林的依恋，对亡故的妻子的哀悼，对捕鱼业的酷爱，甚至对与他作对的马林鱼也充满了感情，他一方面把马林鱼看成对手一定要战胜它、杀死它，另一方面又把它看作朋友，在两天两夜的较量中他愈来愈钦佩马林鱼，热爱马林鱼，"我从来没有见过比你更庞大、更美丽、更沉着或更崇高的东西，老弟。来把我害死吧。我不在乎谁害死谁"。他感到"照它的举止风度，照它那种很有体面的样儿，谁也不配吃它"。老人对马林鱼由最初的恨变为无限的爱，他被马林鱼的坚强所深深地折服了，他把马林鱼看作另一个"自我"。

老人又是一位孤独者，他孤身一人，没有子女，在捕鱼的过程中寂寞时时伴随着他，小说几次提到他是一个古怪的老头，常常单独出海，在海上时时想念小徒弟曼诺林，希望有一个交流的对象、一个排遣苦闷的人。因此，他在海上不得不自言自语，时而跟鱼说话，时而对鸟儿说话，时而对自己大声嚷嚷，这一切都反映了老人沉重的孤独感，也影射了人类的处境，人在这个世界上是孤独的，孤立无助的。

曼诺林是小说中的陪衬人物，他从小跟桑提亚哥打鱼，学到了许多捕鱼的本领，更学到了桑提亚哥的坚强、自信等优秀品质，他深爱着老人，当看到老人筋疲力尽拖回来的巨大的鱼骨架，他哭了又哭，他既心疼老人所受的巨大痛苦，又感佩老人的精神，我们完全有理由把他看做是桑提亚哥的接班人，今天的曼诺林便是明日的桑提亚哥，桑提亚哥的美好品德将在曼诺林身上延续，他的精神将一代一代传下去。

海明威为小说虚构了一个虚的背景，它没有具体的时间限制，这就使得故事近似寓言。许多人感觉到这篇寓言式的小说有丰富的象征意义，可是海明威自己否认这一点，他说："没有什么象征主义。海就是海，老人就是老人，孩子就是孩子，鱼就是鱼。鲨鱼就是鲨鱼，不好也不坏。人家说的象征主义全是胡扯。"后来艺术史家贝瑞孙写了一段评论："《老人与海》是一首田园乐曲，大海就是大海，不是拜伦式的，不是麦尔维尔式的，好比出自荷马的手笔；行文像荷马史诗一样平静，令人佩服。真正的艺术家既不象征化，也不寓言化——海明威是一位真正的艺术家——但是任何一部真正的艺术作品都散发出象征和寓言的意味。这一部短小但并不渺小的杰作也是如此。"海明威非常满意这个评论，认为关于象征主义的问题已经阐释得清清楚楚。尽管海明威的写作动机并非是象征，可是作品所散发出的浓郁的象征意味却是众人所感觉到的。大海不仅仅是一种自然景观，而且也是社会的象征，捕鱼不仅是一种谋生手段，也是显示人生的价值的平台，而马林鱼、鲨鱼则是人生路上各种困难厄运的具体意象。由此，一个捕鱼的故事升华到了哲理的高度。

这部小说是海明威"冰山理论"的最好范例。它表面上十分简单，含义却十分复杂。本来海明威可以写上一千页，如写桑提亚哥的家乡，写当地人的划船比赛，写非法酿酒卖酒活动，写革命以及农村的各个方面，但海明威将这一切都作为八分之七的东西，隐藏到水面下，只写老人与鱼搏斗的事迹，隐喻了人类最可贵的品格——勇敢坚强，写得集中突出，含蓄深沉，于平淡中见深远，于简约中见博大，这八分之一的东西给读者以强烈的视觉冲击力和心灵的震撼力。

在艺术上海明威还运用了大量的隐喻，如狮子是林中之王，棒球运动员乔·迪马吉奥是冠军，小说用这些强者的意象来隐喻老人向往做个硬汉子，事实证明他也确实是个硬汉子。在小说中世界被描写成一个一望无际的汪洋大海，充满了大大小小的马林鱼和鲨鱼，充满了惊涛骇浪和暗礁险滩，大海是凶狠的、狂暴的，是深不可测和不可知的，这就是现实世界的写照，人在这个世界上就如在茫茫大海上的一叶破舟，苦苦地挣扎着，没有航标灯，没有一丝被援助的希望，不但人与人之间冷酷无情，人与一切生物之间也冷酷无情。

《老人与海》以《圣经》以及希腊文化为本原，对基督、古代英雄、悲剧意识、命运观念等意象作了改写,塑造了一个现代的"打不败的英雄"。小说中援引不少关于基督受难的细节,如出海前孩子送来的吃食,喻指耶稣"最后的晚餐"。老人在钓鱼过程中一再吃生鱼肉,喝水,喻指信徒领圣餐,鱼肉代表圣饼、基督的身体。小说中描写老人"看到第一条鲨鱼发出'AY'的喊声,就好像一个人觉得钉子穿过他的双手、钉进木头时不由自主地发出的声音",这分明是指耶稣钉死在十字架上。鲨鱼的出现对老人来说是一个沉重的打击。老人最后回到住处,"他脸朝下躺在报纸上,两臂伸得笔直,手掌向上,这是基督被钉十字架的姿势,海明威在暗示老人兼有人性和神性的双重身份。老人在海上的三天相当于基督从受难到复活的三天,老人经历了磨难最后获得了精神的胜利。

诺贝尔文学奖颁奖词说:"他精通现代叙事艺术,这突出表现在他的近作《老人与海》中;同时也因为他在当代风格中所发挥的影响。"海明威精湛的叙事艺术大致表现在如下几个方面:

第一,频繁转换叙事情境。小说开头部分"准备出海"采用的是作者叙事情境,用第三人称"他"的口吻描述老人的相貌、阅历、居住环境、生活状况,展现给读者的是一位饱经风霜、经济贫困的老渔夫形象,作者全知全能,无所不知。小说主体部分——老人与鱼搏斗出现了两种叙事情境,一是作者叙事情境,二是人物叙事情境。关于老人每一个捕鱼动作细节的描写都是采用作者叙事情境,叙述者仍然以第三人称的眼光来观察;关于老人的心理活动,作品则采用人物叙事情境,用人物内心独白的方式让老人自我倾诉,用一些评论家的话说就是意识流描写,叙述者经常潜入人物的潜意识中,通过内心独白揭示一个完美无缺的老渔夫的内心世界。老人时而自言自语,时而回忆往事,时而对着天空、小鸟、马林鱼、鲨鱼说话,主体部分始终在两种叙事情境之间切换,前者便于全方位描述,后者便于潜入人物内心世界。老人的几句豪言壮语都是用内心独白的方式表达出来的:"痛苦在一个男子汉不算一回事","我要让它知道什么是一个人能够办到的,什么是一个人忍受得住的","一个人并不是生来要给打败的,你尽可把他消灭掉,可就是打不败他"。小说结尾部分"返回渔村"又回复到开头的写法,采用作者叙事情境,描写了老人筋疲力尽的状态和曼诺林对老人既怜惜心痛又佩服钦敬的复杂心情。情境的转换将主观和客观两个世界最大限度地展现出来,具有了更大的文学表现空间。

第二,追求客观的叙事效果,不带任何主观色彩。小说开头部分和结尾部分主要通过老人与小孩曼诺林的对话来交代老人的生活背景及老少之间的真挚友谊,采用的是直接引语,而且对话前不带任何导入性词语或阐释性词语,不通过叙述者的转述,没有叙述中介,这是外部聚焦,它使文本与读者的叙述距离缩短为零,读者可以真切地感受人物的情绪。主体部分伴随着一系列的心理独白,大多采用的是自由直接引语,将老人内心的感受直接袒露在读者面前,这是叙述干预最轻微、叙述距离最近的一种形式,由于没有叙述语境的压力,能自由地表现人物话语的内涵、风格和语气。这两种手法都是隐蔽的叙述方式,作者不发表自己的见解,也不将自己的感情带到人物身上,而是让人物自由地"展示"自己。没有作者的叙述声音,只有人物的声音,是叙述声音最微弱的一种现象,其达到的目的就是纯粹的客观,这是海明威美学思想的核心部分。

第三,采用"重复"叙述,增加叙述频率。譬如老人孤独寂寞地飘荡在海中,特别想念曼诺林,他九次重复说"但愿那孩子在这儿就好了",衬托出老人强烈的孤寂感,表达老人渴望心灵安慰。频率的增加放慢了叙述速度,那种悠悠的寂寥随着重复的话语声飘散在茫茫的大海上。

第四,语言干净、朴素、简练、直白,没有任何深奥的词汇,都是日常生活中最常用的词语,却赋予它们极强的表现力。在描写捕鱼的过程中,海明威只用动词推动情节,不用形容词、副词修饰,叙述显得干净利落,很有力度,每一个动作都显示了老人高超的技艺。

诺贝尔文学奖颁奖委员会的秘书阐释道:"《老人与海》是体现他这种叙事技巧的典范。作家在一篇渔猎故事的框架中,生动地展现出人的命运。它是对一种即使一无所获仍旧不屈不挠的奋斗精神的讴歌,是对不畏艰险、不惧失败的那种道义胜利的讴歌。故事富有戏剧性的情节在我们眼前渐渐展开,一个个富有活力的细节积累起来,产生了一种震撼人心的力量。"美国作家福克纳说:"《老人与海》是海明威最好的作品。时间将证明,他这本小书的质量胜过了我们任何人的作品。"

第七章　米切尔

一、生 平 与 创 作

　　玛格丽特·米切尔(1900—1949)是位仅凭一部长篇小说《飘》就获得较高文学声誉的美国女作家,除此之外,她一生没写过其他小说,却从此家喻户晓、誉满全球,《飘》也成为 20 世纪世界文学的经典作品。

　　1900 年 11 月 8 日,米切尔生于美国南方佐治亚州的亚特兰大市,父亲、母亲都是美国南方历史和内战史方面的权威人士,父亲还曾担任过亚特兰大历史学会主席,童年时期的米切尔常听父母和周围的人讲述美国内战故事和战后南方重建的历史,但讲故事的人都倾向于歌颂南方人的勇敢精神和取得的胜利,这种倾向潜移默化地影响了她。米切尔对故乡亚特兰大怀有深厚的情感,一生大部分时光都是在此度过的。1910 年,米切尔进入亚特兰大公立学校开始接受初级教育,1914 年,入亚特兰大华盛顿高级中学,1918 年考入马塞诸塞州北安普敦市史密斯女子学院开始大学生活。但一年后,母亲病故,为了照顾家庭,她退学回到亚特兰大,家庭生活重担磨练了她坚强的性格和生存的能力。1922 年,她经受了第一次婚姻的失败,离婚后,米切尔凭借自己的学识和能力进入《亚特兰大日报》,从事记者和专栏写作工作,收集了大量的新闻人物的资料,并写下了许多报道,这对她后来创作小说《飘》起到重要的作用。1925 年,她与约翰·R·马什结婚。

　　1926 年,米切尔的命运发生了戏剧性的转变,她由于小时候骑马摔伤了脚踝骨,旧病复发,行走不便,只得离开工作了三年的报社,回家养伤。其间,她对自己童年时就很感兴趣的美国内战史和以亚特兰大为中心的南方"重建时期"进行研究,丰富生动的历史和对南方特殊的情感,引发了米切尔的创作灵感,这一年她开始了小说《明天是另一天》的写作,这时的米切尔完全是为了满足自己对南方历史的兴趣而写作,根本没有意识到要写出一部通俗畅销的小说。1934 年,米切尔遭遇车祸受伤,写出的大量手稿无法修改,1935 年米切尔的朋友把小说草稿推荐给麦克米伦出版公司副总经理哈罗德·赖瑟姆,为小说的及时出版提供了一个良机。1936 年麦克米伦出版公司对小说进行了加工,并更名为《飘》出版,结果大获成功,一天就销售五万册,半年售出一百万册,到 1939 年已达二百万册,当时美国出版史上还没有哪一部作品达到如此大的销量。《飘》的成功使米切尔一夜成名,各种荣誉接踵而来:1937 年获普利策奖和国家图书奖,1938 年获博尼派格纪念奖和纽约南方社会金质奖章,1939 年获史密斯女子学院文学博士学位。同时,小说本身的影响也不断扩大,超出了文学界和国界,1939 年《飘》被改编成电影,此后小说被译成几十种文字,在全球产生了巨大影响。

1949 年 8 月 16 日,米切尔因车祸在亚特兰大去世。

二、《飘》

《飘》问世以来一直拥有大量的读者,根据它拍的电影和写的续集也都成了经典之作。《飘》的思想内容是丰富而复杂的。作为一部历史小说,《飘》以美国历史上南北战争这个重要时期和一些真实事件作为故事的背景,真实地再现了这一段历史的画面。作为一部爱情小说,《飘》以郝思嘉、卫希礼、白瑞德、媚兰四位人物的爱情纠葛为主,揭示了蕴藏在青年男女身上美好的爱情理想,为人世间珍贵的爱情写出了一曲赞歌,展示了人性中最美好的东西。作为一部有着浓厚地方色彩的南方社会小说,《飘》以伤感的情调、怀旧的情结、历史的眼光,描绘了一幅 19 世纪南方社会生活的写真图。

战争打破生活的平静,引发生存危机,使人性变异、丧失,显示出人性丑恶的一面,而值得称道的是在战争环境的磨练下,人性又总是呈现为真善美战胜假丑恶的一面,《飘》最为动人之处是在复杂而残酷的战争环境中描绘了一系列充满丰富个性的人物,并通过丰富生动的情节、心理活动,展现了人性的变异、飘逝、寻找与回归的过程,引发了读者的强烈共鸣。

主人公郝思嘉是一个极其复杂的南方女性形象,性格充满矛盾的多重性与传奇性。她是南方一个庄园主的女儿,生活在动荡不安的美国南北战争时期,作家从郝思嘉十六岁时开始写起,直到二十八岁剩下孤单一人止。十二年间,她先后嫁过三个丈夫,二度守寡,生过三个孩子。为了爱情、生存、振兴家业,她用尽一切可能的手段,在爱情生活、战争生活、经济生活和家庭生活中摸爬滚打、自我奋斗,最终成为一枝纯真与野性、自由与自私、善良与邪恶、痴情与无情相混杂的“恶之花”,成长为一位能吃苦耐劳而又贪图享受、既浪漫又现实、既无知又聪明能干的“乱世佳人”。她的性格发展经历了四个主要阶段:

一、塔罗庄园早期生活阶段。生活在塔罗的郝思嘉是南方大庄园主杰拉尔德的千金小姐,出场时十六岁,她美丽活泼,天真烂漫,无忧无虑,已经学会了怎样精心打扮、装媚作娇以吸引男孩。由于父亲对她的喜爱娇纵,她从小就养成了富有男孩儿性格的个性。她爬树、骑马,什么都做,又不服母亲和嬷嬷的管教,自己要做什么就做什么,这样,她的个性得到自由自在的发展,形成任性、倔强、高傲自负、贪图虚荣的个性。她觉得自己是生活的中心,特别是男孩子都会喜爱她,她第一次看到卫希礼骑着一匹马儿来,就爱上了他,而且武断地认为卫希礼也是爱她的,所以她不能理解也不能容忍卫希礼和媚兰的婚姻。她不顾一切、千方百计要得到卫希礼,这种想法一直贯穿着她的思想,直到小说结束。这个阶段的郝思嘉表现出来的自私以及对传统礼教的叛逆和反抗性格,成为她复杂性格的重要方面。

二、初到亚特兰大阶段。这一时期她的自由、自私的个性和追求快乐生活、蔑视传统道德的叛逆性格得到进一步发展。同时,历史风云的冲击,也锻炼了她在逆境中生存的能力。郝思嘉怀着痛苦和报复的心理跟查理结婚,由于战争迫近,查理和许多南方青年一样参加了南方联盟军,结果婚后不到两个月,查理就病死在兵营里,郝思嘉从少妇变成寡妇,她带着爱恨交加的情感离开了塔罗庄园来到了亚特兰大。新兴城市亚特兰大在她面前展现了一片新天地,也为其性格的进一步发展提供了场所。小说第八章描写的为战争募捐的赛珍会一节,最为典型地表现了她的自私性格,当众多妇女在爱国主义的鼓动下纷纷捐献自己的金银首饰时,郝思嘉却是这样想的:感谢的是自己正在居丧,没有把外祖母留给她的那副珍贵的耳坠子和沉重的金链条以及那黑宝石镶的金钏子、石榴石镶的金别针带在身上。她的自私、无知还表现在对待战争的态度上。在塔罗时她就讨厌别人谈论战争、联盟州的问题。听到他们谈战争她就不耐烦地说:"你们要是再讲一声战争,我就跑进屋子里去!"郝思嘉厌恶战争并非反对战争,她不愿听"州权"、"离盟"的问题,也并不是蔑视南方政府或赞成北方的林肯。实际上她对这些问题是一直一无所知的,因而战争对于她是无所谓的。她对于南方的贵族们时刻诅咒的"北方佬"持着无所谓爱也无所谓恨的态度,只有当北军的炮弹掉在她身边直接威胁到她的人身安全、损害她的切身利益时,她才偶尔骂一句"天杀的北方佬"。她既不关心战争或联盟州的问题,也不为南方贵族所宣扬的"主义"效劳卖命。她作为一个年仅十七岁的小寡妇,关心的仅仅是自己的快乐,她渴望的是少女时代无忧无虑、丰富多彩的生活。为了寻求生活的乐趣,她勇敢地大胆地冲破一切旧礼教的束缚,当白瑞德约她跳舞的时候,她不顾人们的冷眼和议论,大胆地同意了。她要求正当的生活权利,追求个人快乐。她去当看护妇,到街上去当售货员,根本不是为了爱国,不是为了支援战争,而是为了释放久积的郁闷。与此同时,郝思嘉对卫希礼的强烈爱情有增无减,仍旧自负、倔强地认为卫希礼也是爱她的。为了卫希礼,她甚至想说"我是连我的心也可以裁开来给你穿的。"可见,她是一个执著地追求浪漫理想爱情的妇女。另外,在这个阶段的最后时刻,郝思嘉在孤立无援的情况下守护着即将分娩而又难产的媚兰,并且在没有医生、媚兰迫近死亡的危急关头,她毅然决然地操起剪刀,充当起接生员,救了媚兰母子。当战争波及到亚特兰大的时候,郝思嘉在白瑞德的帮助下,带着自己的儿子、媚兰和她的孩子、黑奴百利子,冲出炮火连天的亚特兰大回到故乡塔罗。这些紧张多难的生活,唤起了她的同情心和责任感,一定程度上锻炼了她在艰苦环境中生存的能力。

三、返回塔罗庄园阶段。这一阶段郝思嘉的生活和性格又一次发生了转折。郝思嘉从一个随心所欲、贪图享乐的少妇变成一个精明强悍、敢作敢为,同时又吝啬贪婪、斤斤计较的当家人。她身上还表现出一种不畏艰难、艰苦创业的惊人毅力。在建设家园、管理家庭方面表现出特殊才能。她做出的成绩,以至于后来回到塔罗的彭慧儿和卫希礼这两个男人都自愧不如。郝思嘉成为一个真正的生活强者。她亲自赶车、下地、挤奶、劈柴、种菜,每天为寻找食物而操心,这时的郝思嘉正如她自己所说"已不是一个女人了",简直比一个强有力的男人还有气魄,有能耐。同时,郝思嘉因为饱受了战争、饥饿、贫穷的煎熬,进一步失去了以前对生活的浪漫幻想和憧憬,变得更加实际,充分认识到土地和金钱的作用。为了金钱,甚至丧失了道德,变得虚伪、贪婪。当她处于无钱交不起税款的困境时,她想到了爱着她的白瑞德,试图运用自己的魅力去利用白瑞德,重返亚特兰大找白瑞德借钱。

四、重返亚特兰大阶段是郝思嘉性格发展的高潮。爱情的失意、战争的磨难、生活的磨炼,使得郝思嘉的人生观发生了巨大变化,她认识到在动荡的社会中要想生存、过上好日子,就要有金钱、产业，为此就要同他人争夺，在竞争中生活，她一方面变得更贪婪自私、唯利是图，另一方面也变得更加精明强干、巧于心计，具备了一定的资本管理经营才能，带有新兴资产者的个性特征。她来到亚特兰大，试图利用自己的美色从白瑞德那里借钱以渡难关，没想到白瑞德拒绝了她。但当她得知妹妹的恋人弗兰克正开着杂货铺做生意，还要开办锯木厂时，她毫不犹豫地编造谎言，施展美人计，无情地夺走了自己妹妹苏伦的情人。她经营锯木厂比弗兰克更精明，也更凶狠贪婪，不惜利用囚犯充当廉价的劳力，甘愿冒险同北方佬做生意，终于发了财。这时的郝思嘉性情傲慢，办事果断干脆，不折不挠。历史的风暴没有摧毁她，她学会了开工厂，做生意，学会了唯利是图、不择手段。她在第二个丈夫弗兰克死了不到一年的时间，又嫁给有钱的白瑞德。这个历经生活磨难的妇女，终于以惊人的毅力、胆量和非凡的手段战胜了困难，取得了物质财富上的成功。郝思嘉就是这样一朵在特殊的历史时期和特殊的社会环境中开放的善恶、美丑混杂的"恶之花"，一位乱世中挑战传统、自我奋斗的"佳人"。

然而，郝思嘉的个性也必然注定了她最后的悲剧结局，她在爱情上的浪漫主义、理想主义幻想倾向，在现实生活中的极端自私的利己主义、享乐主义、功利主义价值取向，导致了她的爱情和物质财富追求的双重失败。她爱卫希礼，爱得发了疯，几乎所有的追求、挣扎、奋斗都是为了卫希礼。但这个卫希礼是她想象中的卫希礼，郝思嘉对现实中的卫希礼一点也不了解，更谈不上理解他的内心世界。如果郝思嘉真正了解卫希礼的话，她是不会爱他的，因为卫希礼与郝思嘉是截然不同的两种人，卫希礼脆弱、畏缩、虚伪，是生活的懦夫，经不起战乱考验和战后的新生活，一心沉浸在对往日贵族生活的回忆中，成了时代的"多余人"，一位落伍者。然而自信而简单的郝思嘉从来就不曾想过这一点，而是把美好的爱情理想寄托在卫希礼身上，总是自负地认为卫希礼之所以不跟她结婚，仅仅是因为有媚兰的缘故。她认为卫希礼是怕有损名誉和做出牺牲而不敢爱她，所以当媚兰死了后，她以为卫希礼会放开胆子爱她了。哪知卫希礼却这样对她说："郝思嘉，我怎么好呢？我没有她是要活不成的。"直到这时，郝思嘉才从痴情中醒来："原来他这个人实际是不存在的，除非在我自己的想象里。我所爱的那件东西是我自己创造出来的，我自己做了一件美丽的衣服就对他爱起来了。当初卫希礼骑着一匹马儿来，我就把我这件衣服给他穿上了，不管跟他自己配不配身，而且我不愿看这人到底怎么样。我一直爱着我自己那件漂亮的衣服——我实在并不爱他。"这一段话道出了郝思嘉爱情悲剧的真正原因。当她明白爱她的人、她也爱的人是白瑞德时，怀着对白瑞德的忏悔心情连夜从媚兰家跑回去找白瑞德，可是白瑞德告诉她：他已经不爱她了，因为她的纯真和可爱已经被金钱和物质吞噬了。与此同时，郝思嘉不仅失去了爱情，而且她拼命追求到的金钱，也跟着不可避免地失去了。战后的重建时期，白瑞德也像许多新兴的投机资产者一样，为了自己的利益，毫无人情地出卖朋友，他用卑鄙的手段将郝思嘉的"事业"出卖给了卫希礼，不仅夺去了郝思嘉的工厂，而且用种种方法打击和孤立郝思嘉。最后郝思嘉被所有的人抛弃了。至此，郝思嘉一生追求的爱情、金钱、家园都无法挽回地随风"飘"去了。

另外，围绕着中心人物郝思嘉，小说精心描绘了卫希礼、媚兰、白瑞德等众多人物形象。在他们身上既有人性缺损的一面，也有着善良美好的一面，在战争这个怪胎面前，人性的两个方面都更加清楚地显示出它的影像。可贵的是小说中的人物身上都没有完全泯灭人性，而是或多或少、或强或弱地保持着对它的寻找与回归取向。

在艺术上，《飘》取得了独特的成就：第一，小说以时间先后为顺序，以主人公郝思嘉的经历为中心线索，形成严谨的结构，表现出传统通俗小说的叙事特征。作品共六十三章，第一至第七章，描写战前南方贵族社会的生活，第八至第二十八章，写南北战争中的南方社会，第二十九至

第六十三章,写战后的南方社会生活,地点主要集中在郝思嘉家的塔罗庄园和南方中心城市亚特兰大。这样全篇结构分成战争前、战争中、战争后三部分,非常紧凑,故事情节沿着南北战争发生的时间向前推进,主人公的性格与命运随着战争的发展、爱情的变故而逐步发生变化,线索极为清晰;而在每一章节中,主人公郝思嘉都出场,作者通过她的经历、她的目光,根据她在塔罗庄园和亚特兰大之间的行踪,把南北战争时期的南方社会尽收笔下,同时其性格也在这种典型的环境中得到了有力的表现。第二,出色的心理描绘增加了作品的艺术魅力。米切尔以女性的独特视角和心理感受,对郝思嘉的心理活动进行了生动的展现,而最感人的是对爱情心理的表现。例如,小说第四章,郝思嘉听说卫希礼和媚兰要结婚的消息后,她将信将疑,内心掀起无数波澜,焦急、痛苦、失落、希望、失望、妒忌、恐惧等各种情绪在心海里汹涌;随全家在教堂祷告时,脑子里还想着第二天如何向卫希礼表白自己的爱情,想象着、计划着在十二棵橡树的野宴上如何征服卫希礼。作者时而作为旁观者,对郝思嘉进行观察,从外部细小的变化来表现其心理活动,时而又自己化身为主人公本人,深入到内心,把想法一一罗列出来,为读者展示出一幅精美的爱情线路图。第二天,郝思嘉反复挑选参加宴会穿的服装的情景,也惟妙惟肖地表现出一个处于热恋中的女子爱情心理的律动。第三,情节曲折紧张,场景描绘精彩,具有通俗文学的传奇色彩,有很强的可读性。第一至第七章,主要写郝思嘉对卫希礼和媚兰订婚的反应,我们沿着郝思嘉的心理活动和她对爱情的向往,似乎也像其本人一样看到了爱情幸福的来临,但是书房相遇一节,发生了突转,卫希礼一席话打破了郝思嘉的爱情梦,而更巧合的是郝思嘉的一番爱情表白,却被早就来到书房的白瑞德听到,由此三个人之间的爱情纠葛便蔓延开去,一直到小说结束才见分晓;同时在十二棵橡树的聚会上,通过人们的言谈又自然而然地把战争的消息交代出来,为下面郝思嘉与查理的匆忙结合和故事地点的转移提供了铺垫。第八至第二十四章,以郝思嘉为中心视角,写了亚特兰大在战争阴云笼罩下的众多精彩场景和情节:忙碌的战前准备、热闹的战争募捐会、让郝思嘉着迷的医院捐助舞会、医院里伤员成堆的惨相、亚特兰大的大火、郝思嘉深夜逃回塔罗庄园,一幕接一幕,紧张而真实,动人心弦。第二十五至第三十二章,故事背景转到了塔罗庄园,主要写郝思嘉试图重建庄园的梦想和努力。其中对庄园荒芜景象的渲染、杀死前来抢劫的北方佬的情节、北方军队来庄园四处寻找食物的场面、郝思嘉干练地指挥家人进行劳动的细节、对卫希礼的再次爱情表白等,都是令人难忘的故事片段,对读者有巨大的吸引力。第三十三到第六十三章,背景又转向亚特兰大,作者主要围绕着郝思嘉的事业和爱情追求展开,通过她与弗兰克、白瑞德、卫希礼、媚兰的关系,以及经营锯木厂等商业活动,以更长的篇幅、更多的传奇性情节,讲述了她作为爱情冒险家、婚姻冒险家和创业冒险家的故事,给读者留下了强烈的印象。

第八章　格拉斯

一、生　平　与　创　作

君特·格拉斯(1927—　)，德国小说家，1927 年 10 月 16 日生于但泽(今属波兰，改名格但斯克)，父亲是德国人，母亲是波兰人，夫妻两人开一间小商店。1944 年格拉斯被征入纳粹军队，不久受伤被俘。1946 年获释，先后在农场、矿山、爵士乐团、石刻厂工作。1949 至 1953 年在杜塞尔多夫艺术学院和西柏林艺术专科学校学习雕塑与绘画。从 1956 年起专事文学创作，成为"四七社"成员。他先写诗歌和戏剧，如诗集《风信鸡的长处》(1956)和《盘问》(1967)，剧作《还有十分钟到达布法罗》(1954)、《恶厨师》(1961)和《平民试验起义》(1966)等。其诗歌政治色彩较浓，受到表现主义和超现实主义的影响，剧作则受到布莱希特的影响。

与此同时，格拉斯开始写作小说。其第一部长篇小说《铁皮鼓》(1959)大获成功，第一版即销售了四十五万册，奠定了他的文学地位。《猫与鼠》(1961)和《狗的岁月》(1963)描绘第三帝国前后的德国，清算纳粹势力的崛起、罪恶和战后的"后遗症"，他自称意在"粉碎 60 年代迫在眉睫的那种对纳粹阴谋的崇拜"。这三部小说被称为"但泽三部曲"。《蜗牛日记》(1972)叙述了 1969 年勃兰特参加联邦总理竞选，最终获胜的情况，表达了对纳粹残余势力的忧虑，以及主张像蜗牛一样逐步改革的政治态度。《比目鱼》(1977)通过渔夫艾德克向妻子讲述一条学识渊博又会说话的比目鱼的方式，从新石器时代一直写到 20 世纪 70 年代，将历史与现实、幻想与写实相交织，展现了一个光怪陆离的世界，探讨了人类历史中的妇女地位问题，也表达了对现实的厌恶。《相逢在泰尔格特》(1979)是一部借古喻今的小说，通过 1647 年一群德国作家在明斯特与奥斯纳布吕克的聚会,反映三百年后"四七社"作家的活动。小说人物影射现实人物。1979 年 9 月至 10 月,格拉斯访问中国。《头脑中诞生的人或德国人死绝了》(1980)记叙了一对在中学任职的德国夫妇在亚洲的见闻。《母老鼠》(1986)以动物隐喻人类,通过叙述者与一只母老鼠梦中的对话,展现上帝创造世界直到世界末日的过程,表达了对热核时代人类命运的关注和思考,构思奇特,故事怪诞。《一片广阔的原野》(1995)将 1871 年的德国统一与 1989 年的统一联系起来,对德意志民族的历史加以反思,社会反响毁誉不一。《我的世纪》(1998)以 20 世纪每年一个有关德国的故事组成,各个领域形形色色的人物从不同角度评论当时的德国,构成一幅德国近现代史的图画。《蟹行》(2002)取材于苏联鱼雷击沉载有一万多名军民的游船的真实事件,清算纳粹造成惨绝人寰的历史。1999 年格拉斯因"嬉戏的黑色语言描绘了历史被遗忘的一面"而获得诺贝尔文学奖。

格拉斯的作品善于以半寓言性质的故事,描写与社会政治密切相关的内容,尤其是对 20 世纪 30、40 年代纳粹兴起与作恶多端的历史进行反思,并针对当前的社会形势表达自己的政治态度。德国作为第二次世界大战的主要策源地,人们的精神受到严重摧残,医治民族精神创伤比清除国土上的废墟要艰难得多。格拉斯作为"四七社"的一员,在政治上力图清算法西斯罪行,表达一种民族的忏悔情绪或自审意识,探讨德意志民族何以会走上歧途。他的作品就具有这样深刻的思想内涵和积极的现实意义。在德国,狭隘的英雄主义有很久的历史,纳粹正是利用渗透在群众中的这种陈腐意识进行穷兵黩武的蛊惑,毒害年轻人。可以说,这些年轻人是在血腥的暴力统治下迷失方向的"异化人",他们经历了一番异化过程,变得毫无人性,这是异化文学中的非人,只能用狗来形容,如《狗的岁月》中的马特恩。法西斯可以把人性中最原始的恶的劣根性无止境地引发出来,同时又把人性中美的品性加以扼杀,造成人的精神扭曲,正如《猫与鼠》中的马尔克;如果没有纳粹时代甚嚣尘上的英雄崇拜热,他本来可以成为一个量力而行的安分公民。在艺术上,格拉斯运用了独特的怪诞手法:时而以人物生理上的缺陷去隐喻不符合正常人性的行为,时而以人物实际上是乱伦的关系去隐喻时代的混乱,时而以奇特的视角去观察现实世界,而讽刺就隐藏在其中。

二、《铁皮鼓》

小说分三部分,第一部分写主人公奥斯卡·马策拉特从出生到母亲去世和纳粹上台,并追溯 1899 年外祖母的奇特婚姻和母亲的诞生;第二部分写主人公在第二次世界大战期间的经历;第三部分写主人公战后的生活。铁皮鼓是主人公三岁生日时母亲送他的礼物,这一天,他为了拒绝继承"父亲"的洋货铺,决意停止长大,他从地窖摔下来致残,成了一个只有 0.96 米的侏儒。但他有特异功能:他的喊叫声能震破教堂的玻璃窗和商店的橱窗,由此他进了杂技团。战争期间,奥斯卡与继母玛丽亚发生关系,使她怀孕,玛丽亚嫁给了他,生下了他的儿子库尔特。奥斯卡随后堕落为一个浑身有臭味的邋遢女人的情人,他离家出走,加入前线剧团,目睹战争中的狂热情绪和德军的败退。苏军解放了但泽市,打死了奥斯卡当冲锋队长的"父亲"。奥斯卡感到对于父母的死负有责任,决定成长为大人,从 0.96 米长到 1.21 米,但成了鸡胸驼背的畸形人。他先当石匠学徒,雕刻墓碑,后又当模特,供画家描绘他的丑陋,大出风头。最后重操旧业,成为铁皮鼓独奏大师。但他厌倦生活,制造假象让人告发他杀人,被送进疯人院。小说从他的回忆开始倒叙,主要讲 1930 至 1950 年的历史。

《铁皮鼓》是一部社会批判小说,它既清算历史,又鞭挞现实。本来,德意志民族是一个举世公认的伟大民族,在科学、技术、思想、文化、宗教等各个领域都产生出一批世界顶尖级的人物,只要随便提一下康德、黑格尔、歌德、席勒、马克思、巴赫、贝多芬、丢勒、马丁·路德、爱因斯坦……这些如雷贯耳的名字,谁不肃然起敬!然而,偏偏是这样一个了不起的民族,出了世界顶尖级的恶怪,成了两次世界大战的策源地。莫非"道"与"魔"的力量有个成正比的规律?这是战后引起许多德国有识之士认真思考的问题,也是战后的德国文学经常探讨的一个重要问题。除格拉斯外,胡赫霍特的代表作《代理人》,棱茨的名作《德语课》,伯尔的成名作《亚当,你到过哪里?》等都涉及这一主题。格拉斯的着眼点放在产生这种反常现象的社会基础或曰"土壤"上,具体说,就是那无处不在的"市侩习气"。德国在1781年统一以前,长期处于分裂状态。相当于我国一个中等省那么大小的国家,居然分裂成三百来个大小"公国",这势必造成国民心理封闭、眼界狭小,只关心自己利益,缺乏大国公民的风范。法西斯主义之所以能在德国得逞,一个重要因素就是利用了德意志民族中这种固有的"国民性弱点",即"市侩习气"。德国人的市侩习气在历史上是有名的,不仅马克思、恩格斯曾给予严厉的抨击,诗人海涅、画家格罗斯等都给予了尖锐的讽刺。有这种习气的人,面对恶势力的猖獗,或者苟且偷生,听之任之;或者为了眼前利益,不惜与之同流合污,为虎作伥。事情一过,只要有吃有穿,他便自满自足,把往事抛在脑后,从不认真反省,从而一再导致民族悲剧的重演。格拉斯显然看到了现实中存在的这种危险,所以他让主人公战后唾弃那种安稳、富裕的生活而进入疯人院,这意味着他不让主人公掉入世俗社会的大染缸,免受市侩国民性流毒的侵害。

在艺术上,《铁皮鼓》继承了流浪汉小说的传统。流浪汉小说又称巴罗克小说,其审美特征是奇诡、怪诞。巴罗克文学在现代遇到了适宜的"培养基",孕育了表现主义文学,诗歌中的贝歇尔,戏剧中的布莱希特,小说中的德伯林,他们的作品中都有巴罗克的鲜明特征。不难理解,格拉斯对德伯林那样推崇备至,把他视为"导师",因为他对巴罗克文学的爱好和崇尚遇到了知音,以至他把《铁皮鼓》的巨额稿费的一部分用来建立德伯林文学基金。《铁皮鼓》的全部魅力在于作者对怪诞手法运用的成功,尤其是创造了奥斯卡·马策拉特这个足以与《痴儿历险记》中的西木普里齐斯穆斯相媲美的形象,一个绝妙的"反英雄"角色。

作者以这个角色巧妙地创造一种主人公与现实世界的距离,一种"陌生化效果"。奥斯卡在娘胎里精神发育已成熟了,降生后在刚刚听得懂大人说话,能够接受社会意识的时候,他及时设法拒绝长大,以示不接受这个世界对他的驯化和塑造,保持"本我",从而不让这个"异化"的世界来"异化"他!而他那个铁皮鼓和奇异的嗓音则是他抵御世俗社会把他融入的武器,所以每见他反感的事情,他就击鼓或喊叫。这赋予作为主人公的叙述者以"第三只眼睛"来观察世界。因为他的个儿像个幼儿,因而他的视角是一种"蹲着的青蛙"式的视角,是一种45度的角度,他看到的就不是成人以平视角度所习见的、戴着社会面具的世界,而是在这层面具掩盖下的真实世界。于是成人在这个"幼儿"面前无须设防的偷香窃玉、狼狈为奸、鬼蜮伎俩等等见不得天日的事情都暴露在他眼前。这是小市民占主导地位的芸芸众生的世界,也是德意志民族长期潜伏的情感恶性爆发和肆虐的世界。不肯入世的侏儒奥斯卡由于不认识社会习俗、伦理道德为何物,无所顾忌地在社会上横冲直撞,为所欲为,所以为社会所不容,以致被学校赶了出来。在"本我"的驱动下,只见他毫不掩饰地追求性的满足(这正是巴罗克文学追求官能享受的特点),毫不迟疑地攫取他想要的东西,不惮冒险和碰壁,甚至成了一个团伙的头头。从道德层面去看,这是个不好不坏、亦好亦坏的人物。然而,他小事不在乎,大事不糊涂。他对法西斯势力并不沆瀣一气,为虎作伥。当他富裕了,正走入贪图安逸的小市民队伍时,他采取及时逃离的行动。这是个有能力往上爬的人,只要他愿意的话。然而他选择了局外人的角色,对社会采取拒绝与嘲讽态度。

"教育小说"或"成长小说"一般都是以一个人的成长、发展为主线的,最后主人公成为"体面人物"或"成功人物"。《铁皮鼓》虽然也以一个人物为主线,但这个人物却拒绝发展。他毫无价值观念,也没有追求的目标,他是随遇而安。他不懂得什么叫失败,也不在乎成功不成功。你以为他成功了(至少发财了),他却把它解构了!这个人物有如古代西班牙宫廷中的"弄臣",艺术上有点像我国戏曲舞台上的"小丑",只是"小丑"不可能当主角。格拉斯对这个"新流浪汉"或"反英雄"的创造,可谓别出心裁,具有重大的美学价值。

在创作技巧和手法上,作者不讲什么"主义",也没有任何框框,凡是用得着的,不论古今,一概拿来。因此,巴罗克文学有过的,他采用了,现代主义运动中出现过的,他也吸收了。荒诞的、象征的、隐喻的、悖谬的、梦幻的、魔幻的、怪诞的、讥讽的、蒙太奇的、童话模式、即兴奇想、多景组合、滑稽模仿……可谓无所不用其极。《铁皮鼓》是历史上"巴罗克基因"的纵向承传,又是"现代血缘"的横向感染。但它既不是传统的翻版,也不是"现代"的复制,就其情节的诡异和内容的讽刺性而言,它明显有传统成分;就其未将主人公作为性格典型加以塑造来看,它分明具有现代特征。从这个意义上说,它既是传统的革新,又是"现代"的创造。

第九章　昆德拉

一、生平与创作

米兰·昆德拉(1929—　)，原籍捷克的法国作家，1929 年 4 月 1 日生于摩拉维亚的布尔诺。父亲是布尔诺扬纳切克音乐学校的钢琴教授。1948 年，昆德拉从布尔诺市立中学毕业后，考入布拉格查理大学哲学系，后又进入布拉格艺术学院电影系。1958 年毕业后，他留校任外国文学教研室助教，后被聘为副教授，曾任《文学报》主编和作家协会理事。

20 世纪 50 年代开始文学创作，诗集《人，一个广阔的花园》(1953)和《独白》(1957)表现对现实生活的失望和怀疑。《最后一个五月》(1955)根据《绞刑架下的报告》写成。《小说的艺术》(1960)是部随笔集。剧作《钥匙的主人们》(1962)在东欧引起激烈的争论。短篇《我，悲哀的上帝》(1959)标志着小说创作的开端，后与另外两个短篇合为《可笑的爱情》(1963)，后来又有所增删，如放进《搭车游戏》。这部小说集揭示灵与肉的冲突。如《搭车游戏》描写一个放纵情欲的故事，阐述性压抑是难以承受的重，但当人从性压抑的"重"中反叛出来，进入性自由的"轻"时，这种"轻"却使人更加难以承受。长篇小说《玩笑》(1967)描写一桩政治错案给人物造成巨大的痛苦，反响热烈，小说传至国外。作品描写学生会干部、党员卢德维克爱上了一年级女同学玛尔盖，她在农村接受意识形态方面的集训。她给他写了一封信，为他未参加集训而惋惜。他想开个玩笑，来点幽默，在明信片上写道："乐观主义是麻醉人民的鸦片！托洛茨基万岁！"为此，他被开除了党籍和学籍，作为人民的敌人下放到矿区劳动。十五年后，他遇见了当年带头批判他的小组长泽曼尼克的妻子海伦娜。他决定占有她，以报复泽曼尼克。他和海伦娜私通后，发现并没有达到目的：泽曼尼克已另有新欢，自己占有的正是对方急于抛弃的。小说展示了捷克人面对政治、历史和社会所处的被动性：卢德维克是政治玩笑的牺牲品，而海伦娜是卢德维克玩笑的牺牲品。

1968年苏联出兵侵占捷克，昆德拉参加了"布拉格之春"运动，被开除出党，并撤销党内外一切职务，作品也遭到查禁。《生活在别处》(1973)是一部探索人的精神与成长环境矛盾的心理小说。1975年他流亡国外，1979年11月被剥夺捷克国籍。《笑忘录》(1976)意在表现"人同权力的斗争是记忆同忘却的斗争"，作者认为忘却是道德堕落的表现。小说中，幽默与讽刺相联系，或是令人捧腹的笑，或是含泪的苦笑。如这一则近乎现代的神话：一个外交部长，在捷共建国大会上把自己的帽子借给党主席戴，后来他被整肃了，政府将千千万万幅官方照片中他站在主席身后的形象抹掉，剩下的只是一顶他的帽子。

长篇小说《生命中不能承受之轻》(1984)是他最著名的作品。其他作品还有《为了告别的聚会》(1980)、《不朽》(1990)和《被背叛的遗嘱》(1993)。

昆德拉的小说充满哲理，以政治为主要题材，涵盖人与政治、人与时代、人与历史的内容，对人的存在进行深入的探索。性爱是昆德拉小说的另一重要题材，他认为性爱涵盖禁欲与放纵、灵与肉等二元对立内容，能挖掘出现代历史中人的存在最深的奥秘。昆德拉的小说突破了传统的小说观念。他认为不必只用叙事文体，不必从头至尾地叙述一个完整的故事。作家可以出现在人物身旁，第一人称和第三人称交叉使用。故事的发生与作者的写作、读者的阅读同步进行，使作品具有直播式的"在场"感。

二、《生命中不能承受之轻》

《生命中不能承受之轻》，一译《不能承受的生命之轻》，是米兰·昆德拉思想探索与艺术创新融合的最为完美的一部作品。在这部作品中，昆德拉几乎集中了前期作品的精华，把对生命存在的思考与艺术表现推向了高峰，他把人类存在的各种具体生命内容形态与生存意象提炼出来，沉淀为具有丰富内涵的关键词，凝聚为具有内在张力的存在编码：重与轻、灵与肉、媚俗与脱俗、力量与软弱、神圣与普通、选择与被选择、自由与限制、人间与天堂、偶然与必然、反抗与妥协、永劫回归和永劫不归、非此不可与别样也可、瞬间与永恒等，利用这些密码，昆德拉深入探索自我、表达存在、揭示人类的可能性领域。

《生命中不能承受之轻》以尼采的"永劫回归"论开篇，经过长篇的思索议论后，接着以断续、组合、拼贴的叙事手法讲述主人公托马斯的故事——他是一位布拉格医院著名的脑外科医生，与妻子离异，性观念开放，性行为自由。在布拉格之春时期，有感于古希腊悲剧《俄狄浦斯王》的故事，写了一篇随感，被编辑改得面目全非后发表。在苏军入侵布拉格时，碰巧遇上了特丽莎，然后幽会，疯狂做爱，之后再结婚，并把妻子特丽莎介绍给画家情人萨宾娜。特丽莎在萨宾娜的介绍下，由一名小镇服务员而成为一家摄影周刊的记者，战后他们移居苏黎世。后来，托马斯夫妇先后回到祖国，而萨宾娜留在日内瓦。托马斯因不愿透露他那篇随感的编辑而被下放，当了一名橱窗清洁工，而此时托马斯反倒感到自在轻松了。最后，托马斯夫妇搬到乡村生活，与一只卡列宁狗友好相处，卡列宁在微笑中死去，而夫妇俩也在一次偶发的车祸中丧生。

首先，昆德拉之所以把尼采的"永劫回归"论放在开篇，有着深刻的用意，也是我们解读小说的关键所在："尼采与哲学家们纠缠一个神秘的'永劫回归'观：想想我们经历过的事情吧，想想它们重演如昨，甚至重演本身无休止地重演下去！这癫狂的幻念意味着什么？从反面说，'永劫回归'的幻念表明,曾经一次性消失了的生活,像影子一样没有分量,也就永远消失不复回归了。无论它是否恐怖,是否美丽,是否崇高,它的恐怖、美丽和崇高都已经预先死去,没有任何意义。"在昆德拉看来,尼采所揭示的"永劫回归"或者"永劫不归"是人生存在的两难困惑,我们人类每个人都面对人生选择和如何选择的问题,小说中的人物也不例外,昆德拉以尼采的问题,引发对生命存在意义的探求:如果"永劫回归"成立,那么人在此生此时所作出的每一个判断和选择,在随后的成千上万次的轮回中,这判断和选择所造成的种种不虞后果,它的得失利弊,都会一次又一次地显现出来,那么这让人何以有能力承担?这无疑是生命中无法承受之重!反过来,如果人的生命果真就是一次性的,一去不复返,那么,个人所作出的每一个决断,每一个选择,都将随着有限生命的逝去而化为乌有,那么,人们斟酌再三、殚精竭虑地思考,翻来覆去、苦思冥想地推敲,所作出的抉择有什么必要和价值呢?这无疑又是生命中无法承受之轻!

昆德拉通过小说中不同人物的命运探索了这一难题。首先昆德拉在女主人公、托马斯的妻子特丽莎身上表现着对生命存在之重的内容。一开始特丽莎就要求生命要以重的方式存在,她一直无法理解托马斯关于爱与做爱不能相提并论的观点,也不理解托马斯在爱她的同时,还与上百个女人发生性关系。因此,特丽莎总是噩梦不断,因为她始终不敢确认托马斯对她的爱,并且被这种怀疑折磨,直到死前的一两年才得以解脱。她的生命存在方式是如此沉重。从始至终,她坚持对托马斯"忠贞",她无法做到像托马斯一样体会生命之轻,在与工程师有过一次做爱经历后她害怕托马斯知道,与其说她害怕托马斯知道她不忠,不如说她自己害怕打破了一直以来崇尚的对托马斯的"忠贞"。

而在托马斯身上则表现了对生命存在的深层困惑,生命存在之轻与生命存在之重在他这里转换交替,其实,生命之轻与生命之重并无明确界限,只是存在于人们对生活的态度。在生活的虚空(轻)与责任的氛围(重)之间,作者引入了托马斯这一角色。他是生命"轻与重"的结合,两者同样难以承受。在遇到特丽莎之前,托马斯以生命中轻的方式生存,他保持着"性友谊"并且坚持"三"原则,一生中与两百甚至更多的女性做爱,在他看来与女性做爱是生活中不可缺少的一部分。然而当他遇到特丽莎的时候,他才发现自己以前的生命之轻让自己难以承受,这就是当特丽莎离开托马斯的时候,"星期六和星期日,他感到甜美的生命之轻托他浮出了未来的深处。到星期一,他却被从未体验过的重负所击倒"。生命之轻却令他发出了"非如此不可"的感叹。

托马斯一生的道路,从现实的层面上,呈现出一条不断下行的曲线,令人感到沮丧,但是,从形而上的意义上来说,他却是用自己的一生在证明,人是自由的,人经常可以保持自我的独立性,经常让自己处于"非如此不可"的规则之外,这样生命存在的轻重交替、转换,深化了作品的深度,增强了人物性格的复杂性,引发了读者更深的思考。正像作品中所列举的一个特殊事例,斯大林的儿子雅科夫之死所呈现出来的意义那样,在荒诞的外表后面有严肃的哲理命题,依照作品中的阐释,关押在德军战俘营中的雅科夫,因为厕所的卫生与同为德军俘虏的英国军官发生了激烈争执,他去向德军管理者申诉,却被对方拒绝,深深地感到受了侮辱,因此他扑向电网自杀身亡。但是,正是雅科夫这看似最没有意义的死亡,和托马斯每况愈下的人生曲线一样,凸现出人的反抗的必然性,挣脱"非如此不可"的桎梏,表现出人的自由意志和自主精神,因而获得了形而上的哲学意味。

这种对来自外界的"非如此不可"的抗拒,使他选择了与情势所逼的"非如此不可"相对立的另一种态度,这样地把个人的自由意志转而设定为内在的"非如此不可",成为他一贯的人生态度。在做出返回布拉格的决断之后,他用"非如此不可"的说法回答朋友的质疑。在离开心爱的医生位置的时候,他仍然服从了内心的需要。甚至,当他接受特丽莎的请求,离开布拉格,迁居到荒僻的乡村,这种对"非如此不可"的否定之否定的思考,又一次作为主要动机显现出来。

在托马斯夫妇二人的音乐爱好中,他们发现了贝多芬作品中也存在着"非如此不可"的人生存在状态:托马斯正是通过与特丽莎的相爱,也接近了贝多芬,并且进一步了解了贝多芬的音乐,即那个"非如此不可"的乐章。贝多芬创作这个乐章的过程,也是把生活中的偶然事件转化为审美创造的对象,将现实的倏忽而过的片断升华为永恒的音乐动机和优美乐曲,这和作品中托马斯和特丽莎把他们的生活经历与某种审美情境融合起来,将平淡的生活上升为艺术和美感,是非常相似的:一个叫德门伯斯彻的人欠了贝多芬五十个福洛林金币。总是手头拮据的贝多芬有一天提起这笔欠账,德门伯斯彻伤感地叹了口气说,"非如此不可吗?"贝多芬开怀大笑:"非如此不可!"并且草草地记下了这些词与它们的音调。贝多芬把琐屑的灵感变成了严肃的四重奏,把一句戏谑变成了形而上的真理。

抗拒外在压力,坚持心灵自由,并不等同于任意而为,更不表示虚无主义。相反,对托马斯来说,这种抗争正是一种"非如此不可"的精神信念。"当然,那是一种外在的'非如此不可!'是社会习俗留给他的。而他热爱医学的那个'非如此不可',则是内在的。他经历的磨难如此之多,内在的使命感越是强烈,导致反叛的诱惑也就越多。"在特丽莎返回布拉格之后,托马斯选择追随特丽莎重返故国,为了向那位热情邀请他到苏黎世医院工作的瑞士医生辞职,难以启齿的他就采用了"非如此不可"的乐句,巧妙地化解了面临的尴尬,也表达了自己的决心已定。更进一步,为了追求一种更高的境界,他向自己挑战,摆脱自己内心的"非如此不可"的思维定势,从而进入一种更高的、充满新的偶然性的境况之中。比如说,他放弃医生职业,这不仅是在精神上对当局的抗争,也被他理解为对自己酷爱的医生职业的反叛和放弃。

以上分析表明,昆德拉所探索的人生存在的轻与重是人类目前无法完全摆脱的两难处境,因为现代的科技还没有达到使人永生或生命轮回的能力,在这一问题解决之前,甚至就是解决了这一问题,也很难说人类就能够走出这一悖论区。因为无论何时,人们都要有所负担,有责任,有使命,使人感到沉重的压力,作出选择,这就是生命之重。同时,人们也追求自由、安乐,甚至走向空虚、无聊消沉,这就是生命之轻;但是,如果肉体的纵欲与灵魂的圣洁是一回事,如果崇高与低贱之间没有区别,如果快乐注入悲哀之中,如果只发生过一次的事就像压根儿没发生过,那么人类存在便失去了空间度向,成为了不可承受之轻,生命个体便会在失去度向的世界里被无边无际的轻所承托。在特丽莎、托马斯最后的日子里,一次偶然的车祸,一辆破旧的卡车带着他们灵肉一体的美好感受和厚重的人生希望驶向了生命之轻。他们生命的终极感受是轻松的,但他们不是没有沉重而轻松,恰恰是因为沉重而轻松。沉重之轻,轻之沉重,转换交替,承载着人类存在之谜,这就是米兰·昆德拉带给人们的思考。

再一点,偶然性与必然性是一对哲学命题、科学命题,也是一个生活命题,二者也存在着轻重相互转换交替的关系。对此问题的思索成为《生命中不能承受之轻》的核心问题之一,也是昆德拉探索的重要"存在"密码之一。女主人公特丽莎在托马斯生活中的出现,以及后来发生在二人之间的一系列故事,都是由偶然性与必然性交织起来的。

特丽莎第一次出现,带有很大的偶然性,其实生活中一切人的相遇、相知无不存在着这种偶然性。托马斯常感觉到特丽莎是个"顺水漂来的草筐里的孩子"。

特丽莎成为他的妻子之后,"顺水漂来的草筐里的孩子"出现了两次。当这个意象第三次出现时,作家借托马斯的思考对此进行了进一步的阐释:"他又一次感到特丽莎是个被放在树脂涂覆的草筐里顺水漂来的孩子。他怎么能让这个装着孩子的草筐顺流漂向狂暴汹涌的江涛?如果法老的女儿没有抓住那只载有小摩西逃离波浪的筐子，世上就不会有《旧约全书》，不会有我们今天所知的文明。多少古老的神话都始于营救一个弃儿的故事！如果波里布斯没有收养小俄狄浦斯，索福克勒斯也就写不出他最美的悲剧了。"在这里，托马斯一连引用了两个重要的典故，一个出自《圣经》，一个出自希腊悲剧。一个小小的"草筐"，竟然连接起两大文化源流，通常来讲，西方文明就起源于这两个源头：希伯来文明和希腊文明。这样一个小人物的命运居然与西方文明起源联系起来，说明生命存在的轻重不管是伟人、英雄还是普通人，都是一样的，有着同样的机会。

这样，小说故事与摩西的故事和俄狄浦斯的故事形成了互文性对照。埃及王害怕生活在埃及的以色列人的数量增长威胁到埃及王国的生存，一方面派大量的以色列人去服苦役，一方面命令说，为希伯来妇女接生，男孩子要一律杀掉，女孩才可以留下活命。摩西出生后，父母亲不忍看到他被杀害，就把这个刚满三个月的婴儿放在涂了油脂的草筐里，放在河边的芦荻丛中。埃及法老的女儿正好到河边洗澡，对这个孩子非常喜爱，公主就决定收养他为自己的儿子。摩西住在王宫里，受到良好的教育，学习并掌握了各种知识，成为一个博学的人。这为他后来充当以色列人的领袖，率领同胞们离开埃及，制定十条戒律，奠定了良好基础。

与之相对应的是俄狄浦斯的故事。忒拜国王拉伊俄斯多年无子，他祈求阿波罗的神谕时得到神的警告说，他的儿子将会弑父娶母。因此当王后伊俄卡斯忒生下一个儿子时，拉伊俄斯将婴儿的踝骨穿在一起（俄狄浦斯意为肿脚），将其遗弃。一个牧羊人救了他。后来，膝下无子的科林索斯国王波里布斯将他收为养子。俄狄浦斯长大后，得知了神谕，就逃离了科林索斯，结果，在忒拜国土上与拉伊俄斯发生争执，杀死了父亲，此后因为破解作祟于忒拜的怪兽斯芬克斯的谜语，为人民除掉了心腹大患，被忒拜人拥戴为国王并与王后结婚。他与母亲生下四个子女，后来真相大白，伊俄卡斯忒自杀身亡，俄狄浦斯刺瞎自己的双眼，由儿女们陪同流亡到别的国家——在古希腊神话传说和索福克勒斯的《俄狄浦斯王》中，被遗弃的俄狄浦斯是由拉伊俄斯交给忒拜的牧羊人，要他将俄狄浦斯丢弃到山沟里，怜惜这个可怜无辜的孩子的牧羊人却把他转交了科林索斯的另一位牧羊人，后者将他送给科林索斯国王夫妇，其中并没有与之相关的顺水漂来的草筐里的孩子的传说。或许是昆德拉在这里发生了记忆的错误，但是，从更高的意义上来说，他对这个故事的误用，却是在作品整体上有深意藏焉。

因此可以说，顺水漂来的草筐里的孩子这一意象，成为《生命中不能承受之轻》的一个原点，一个偶然而生，转变为必然的内核，后来托马斯和特丽莎生活中的种种遭遇，都是由此生长起来的。以后发生在他们生活中的所有幸福与灾难，都与这一偶然紧密相关。当托马斯被各种偶然、必然的事件缠绕得心烦意乱时，他对于那个顺水漂来的草筐的意象，产生了强烈的疑惑；甚至对自己收留特丽莎的往事产生了痛悔。

在另一个层面上，偶然性能成为激发人们创作灵感的独特契机。在《生命中不能承受之轻》中，女画家萨宾娜的油画创作，其决定性的转变，也是由偶然机遇所引发的：她在学校学美术的时候，正在倡导严格的现实主义风格，争强好胜的萨宾娜，对自己要求的比教师的要求还严格，她的画面隐藏了一切笔触，画得几乎像彩色照片一样逼真，一滴偶然落在画面上的红色颜料，引起了她的遐思。这一滴红色颜料，撕裂了那些仿造的画面，粉碎了那种拙劣的"现实主义"，产生了强烈的视觉冲击力，又隐喻画面后面看不见的东西，让人产生探究的欲望。

在托马斯和特丽莎的生活中，偶然性和审美情致有机地融合在一起，偶然性在价值论上是否有意义姑且不论，在审美世界中它却是韵味无穷，并且由此得到了其不可替代的生命价值，从而赋予了一次性存在的人生以积极的美妙的动机——"人的生活就像作曲。各人为美感所导引,把一件件偶发事件(贝多芬的音乐,火车下的死亡)转换为音乐动机,然后,这个动机在各人生活的乐曲中取得一个永恒的位置"。

托马斯和特丽莎那生死相依的爱情,就是如此,如托马斯所想,"自己的爱情故事并不说明'非如此不可',而是'别样也行'"。特丽莎是偶然之间走向托马斯的,如果没有遇到托马斯,她也许会和另外一个候选的男青年相爱并结婚,而且根本无法证明,她是和托马斯成家为最佳选择,还是和那个男青年成家为好。托马斯把他们的相遇描述为六个"碰巧",六个"偶然"。

七年前,特丽莎的家乡碰巧发现一例复杂综合性神经病。他们请了托马斯所在的布拉格医院的主治大夫去会诊,可主治大夫碰巧坐骨神经痛,行动不便,于是派托马斯去代替他。这个镇子有几个旅馆,托马斯碰巧被安排在特丽莎工作的旅馆里,又碰巧在走之前有足够的时间闲待在旅馆餐厅里。其时特丽莎碰巧当班,又碰巧为托马斯服务。正是这六个碰巧的机会把托马斯推向了特丽莎,似乎并不是他自己决定要与她结合的。这么多的碰巧,这么多的偶然,如果有一个环节出了差错,他们两个人也不会相遇,难道人的命运就悬在这偶然的游丝上,随时可能中断吗？中国有句古话"千里姻缘一线牵",那一条线,就是月老手中的一根红线,它比这游丝可要结实得多。而在昆德拉笔下,对于这样的邂逅相逢、巧合、偶然事情的铺设,埋藏着更深刻的人生存在哲理。

第十章　高尔基

一、生 平 与 创 作

马克西姆·高尔基(1868—1936),苏联小说家、剧作家,原名阿列克谢·马克西莫维奇·彼什科夫,1868年3月28日生于伏尔加河畔的下诺夫戈罗德市一个木工家庭。四岁时父亲去世,他寄居在外祖父家。1878年秋他开始独立谋生,先后当过鞋店学徒、帮厨、装卸工、烤面包工人、杂货店伙计和车站守夜人等,主要依靠刻苦自学,1888至1892年两次漫游俄罗斯和在社会"大学"中学习而获得丰富的知识,为日后的创作积累了丰富的素材。

1892年,高尔基发表第一篇短篇小说《马卡尔·楚德拉》,由此走上文学道路。早期创作(1892—1907)包括浪漫主义和现实主义两类作品。《马卡尔·楚德拉》、《鹰之歌》和《伊则吉尔老婆子》属于浪漫主义作品。第一篇通过一对热烈相爱的青年男女左巴尔和拉达为了自由和独立不惜舍弃爱情及至生命的故事,表现了"不自由毋宁死"、"自由高于一切"的主题。第二篇借助身负重伤的老鹰在最后一次飞行中悲壮牺牲象征勇士形象,肯定生活的意义就在于对自由的执著追求;而与之对立的蛇是卑琐庸俗、苟且偷安者的写照。第三篇中,丹柯的故事最为感人:他撕开自己的胸膛,掏出燃烧的心,为人们照亮走出困境的道路。颂扬人追求自由的天性,讴歌人的价值和牺牲精神,是高尔基早期浪漫主义作品的共同特色。现实主义小说占有更大比重,尤以"流浪汉小说"最为引人注目。《切尔卡什》描写了切尔卡什和加弗里拉两个对立的形象,前者向往自由,落拓不羁,讲求义气;后者目光短浅,自私自利,胆小怕事。加弗里拉企图杀害同伙,独占赃款。切尔卡什虽遭暗算,还是饶恕了加弗里拉,并把全部钱财轻蔑地扔给了他。此外还有

《玛莉娃》、《沦落的人们》、《草原上》、《骗子》、《好闹事的人》和《基里卡尔》等小说。《随笔与短篇》(1898)问世后，蜚声欧洲文坛。长篇《福马·高尔杰耶夫》(1899)的同名主人公是百万家财的继承人。他的教父，另一工厂主以嫁女的方式，想将两家财产由福马经营。但他想追求自由的生活，最后被关进了疯人院。散文诗《海燕之歌》以寓意手法，表现人民群众要推翻沙皇专制、变革社会的强烈愿望。剧本《小市民》(1901)塑造了第一个有觉悟的工人形象。《底层》(1902)描写一群聚集在一家"夜店"的流浪汉发生的争论和冲突：人应该怎样对待不合理、不公正的生活。游方僧鲁卡宣扬忍耐哲学，沙金强调抗争，认为人人都有争取自由幸福的权利和力量。1906年秋，高尔基定居于意大利卡普里岛，写出《母亲》(1907)。小说主人公巴维尔从"禁书"、接触先进知识分子开始，生活道路发生了根本的转折。他投身到久被压抑的觉悟工人组成的队伍中，要以群体的力量动摇"生活的主人们"的地位，重建一种新的社会秩序。贯穿全书的形象是母亲尼洛夫娜，整部作品以她的心理变化和精神发展为基本线索。小说着重描写这位备受精神欺压、软弱柔顺的普通劳动妇女如何在时代的感召和知识分子的影响下，逐步觉醒，并投入社会斗争。在作品所反映的第一次俄国革命的准备阶段，这样的下层妇女为数尚少。高尔基运用现实主义和浪漫主义相结合的方法创造出这一具有先进性的艺术形象，鼓舞那些尚未摆脱各种心理重负的人们，促进他们的精神自觉。《母亲》塑造了世界文学史上第一批自觉的无产阶级革命者的英雄形象，被看作是社会主义现实主义文学的奠基作。列宁认为这是"一本非常及时的书"。

高尔基的早期创作风格多样，色彩绚丽，充溢激情，现实主义与浪漫主义交融，呈现出以力度与气势取胜的基本格调和刚健明快、激越高亢的美感特征，而其基本思想倾向则是以社会批判唤起人们对于生活的积极态度为指归。

高尔基的中期创作(1908—1924)与早期创作相比，无论在思想指向还是在艺术风格上都发生了明显的变化。第一次俄国革命(1905—1907)失败后，他思考的是失败原因。1913年，他回到俄国热情欢呼推翻沙皇的"二月革命"，却不能理解并接受"十月革命"，他生活在痛苦的精神矛盾中。由于肺癌复发，他从1922年起，到国外疗养，1924年定居于意大利的索伦托。他意识到要深入揭示俄罗斯民族性格、民族文化心理的基本特征及其与历史发展的内在联系，发现民族发展迟缓的原因，探测未来的动向。他完成了六大系列作品即"奥库罗夫三部曲"、自传体三部曲、《罗斯游记》、《俄罗斯童话》、《日记片断》和《1922年至1924年短篇小说集》。其中，《罗斯游记》(1912—1917)包含二十九个短篇，"我想用它们勾画出我所理解的俄罗斯心理的若干特征和俄罗斯人的某些最典型的情绪"[1]。"罗斯"为俄罗斯的古称，包涵着更为丰富久远的文化内容，更能使人联想起俄罗斯的历史、土地、传统和风俗。这些作品的主人公不再是单一的流浪汉，而是包括小市民、手工业者、小店主、教堂执事、退役军官、破产商人、外省知识分子、破落贵族、菜园主等，涉及社会各阶层。作品的意义不在于批判而在于从各个侧面揭示俄罗斯人的精神文化特征，构成一部表现民情风俗、世态人心的作品。《俄罗斯童话》(1911—1917)为国民劣根性及其在斯托雷平反动年代的表现，提供了一组绝妙的讽刺写照，"短短的十六篇，用漫画的笔法，写出了老俄国人的生态与病情"[2]。

高尔基的中期作品记录了作家在民族文化心态研究艰难跋涉的足印，这是高尔基一生创作中最辉煌的时期。清醒的现实主义笔法，纯熟洗练的描写艺术，行云流水般优美自如的叙述语调，体现了作家具有强烈忧患意识的沉郁风格和新的美学追求，显示了杰出的艺术才华。

---

① 《马·高尔基资料与研究》第3卷，第152页，苏联科学院出版社，1941年。
② 《鲁迅全集》第8卷，第457页，人民文学出版社，1981年。

高尔基的晚期创作(1925—1936)主要是两部长篇小说:《阿尔塔莫诺夫家的事业》(1925)和《克里姆·萨姆金的一生》(1925—1936)。高尔基隔开一段时间回国一次,直至1933年才回国定居,与极左势力进行了不懈的斗争。《阿尔塔莫诺夫家的事业》通过农奴出身的麻纺厂主阿尔塔莫诺夫一家三代人的奋斗,揭示俄国资产阶级的精神特点和历史命运。事业创始人伊利亚精力充沛、信心十足地开展经营活动,显示出俄国农民从农奴制下被解放出来后所释放的潜力和能量。一方面他贪婪、凶狠、雄心勃勃,带有资本原始积累时期的残酷性,另一方面,他很勤奋,不脱离劳动,与工人相处甚好,兼有农民和新兴资产者的特点。第二代的长子彼得对事业毫无兴趣,他的弟弟尼基塔对嫂子单恋,自杀未遂后躲进了修道院。养子阿列克谢具有新兴资产者的冒险精神,善于经营,有明显的政治意识,是俄国资本主义发展年代的代表性人物。他的儿子米龙比父亲更有头脑,对待工人更有心计,也更冷酷自私,不择手段。这三代人表现了俄国资产阶级先天不足、发育不全的特点,昭示着俄国民族的未来进程。四卷本的《克里姆·萨姆金的一生》既是一部思考俄罗斯民族历史、现实和未来的史诗性巨著,又是作家长期进行民族文化心态研究的总结性成果。萨姆金是一个才能、学识和智慧属于中等的知识分子,在彼得堡和莫斯科大学法律专业毕业后,给一名律师当助手。1905年革命中,他一度"被推到"起义者行列,又"无意中"当过告密者。革命失败后,他旅居国外,成为一个"观察者"。1917年列宁返回彼得堡时,他被人群挤倒,践踏而死。小说生动地记录了"十月革命"前四十年间俄罗斯生活中的一系列重大事件,表现了各种思潮、演说和流派的纠葛与冲突,描绘了从城市到乡村,从首都到外省,从国内到国外的生活和各色人等,多层次地表现俄罗斯人的人生态度、思维模式和价值观念。萨姆金的性格特征、思维方式、文化心理和命运归宿,从一个侧面体现了俄罗斯民族的某些消极面,又是这个民族文化环境的必然产物,揭示出俄国知识分子的市侩化、小市民化的历史真实。人物形象的刻画借鉴了西方现代主义的手法如通过人物的梦境、幻觉、联想、潜意识,或以象征、隐喻、荒诞的手法来描写人物的内心分裂、精神危机和意识流程。在某种意义上是高尔基文学创作的总结。

高尔基晚年组织苏联作家协会,主持召开全苏第一次作家代表大会,于1936年6月18日逝世。

二、自传体三部曲

《童年》(1913)、《在人间》(1916)和《我的大学》(1923)三部中篇小说,是高尔基根据自己的亲身经历写成的自传体三部曲。自它们陆续问世以来,岁月悠悠,风云变幻,沧海桑田,而这三部曲却始终保持着艺术魅力,吸引着一代又一代的读者,成为高尔基创作中最受欢迎的作品。可以肯定地说,三部曲不仅属于过去,而且属于现在和未来。

贯穿于三部曲始终的是自传主人公阿辽沙。其中,《童年》描述阿辽沙从1871年父亲去世到1879年母亲去世八年间在下诺夫戈罗德市外祖父家的生活,包括他短暂的学校生活和1878年秋辍学后"到街头去找生活"的情景,刻画了外祖父一家人、这个家庭染坊的工人、房客、邻居等众多的人物形象,显露出童年生活给阿辽沙留下的鲜明印象。《在人间》以阿辽沙1879年秋至1884年夏在社会上独自谋生的坎坷经历为线索,记述他先后在下诺夫戈罗德鞋店、绘图师家和圣像作坊当学徒、在伏尔加河上的"善良号"、"彼尔姆号"轮船上当洗碗工的所见所闻,提供了俄罗斯外省市民生活的生动画幅。《我的大学》则是主人公1884年秋至1888年在喀山时期的生活印象与感受的艺术记录,其中展示了伏尔加河的码头、"马鲁索夫卡"大杂院、捷林科夫面包店、谢苗诺夫面包作坊、民粹派革命家罗马斯在附近村庄上开的小杂货铺及村民的生活图景，最后以主人公飘泊到里海岸边卡尔梅克人一个肮脏的渔场作结，描写了各阶层人物的众生相。三部曲所描述的内容在时间上彼此衔接，不仅是作家本人早年生活的形象化录影，更是俄罗斯民族风情的艺术长卷，具有不可替代的文化史价值和美学意义。

高尔基的自传体三部曲开始创作于第一次俄国革命（1905—1907）失败以后，属于他的中期作品。作家这一时期的创作，既不同于早期作品以社会批判为基本思想指向，现实主义与浪漫主义交融，也有别于后期创作具有回眸历史、探测未来的意旨，呈露出一种"史诗般的沉静"，而且在题材选择、主题侧重和艺术风格上都显示出其独特性。1905 年革命失败之初，高尔基仍然通过自己的作品鞭挞专制黑暗势力（《没用人的一生》），讴歌民众意识的觉醒（《夏天》），并企图经由高扬人民群众的巨大创造性，将他们的意志和情绪保持在进行一场新的革命所需要的高度上（《忏悔》）。然而，对革命失败之原因的沉痛反思，却使高尔基意识到自己的任务并不在于继续进行这种悲壮的努力。在革命年代所获得的各种印象，和过去的俄罗斯生活所给予他的无数沉重的记忆相叠合，引发了他对俄罗斯民族性格、民族文化心理特征的关注。他开始觉得有必要深入考察俄罗斯人民、特别是占人口大多数的城乡小资产阶级的生活、风习、精神状况和思维方式，对民族文化心态进行历史的追寻和艺术的揭示，从人们日常生活和"一般习性"背后，发现民族历史发展迟滞的根源。作为一个挚爱着俄罗斯母亲的忠实的儿子，高尔基并不热衷于给她抹黑。但是在他看来，如果一个民族缺乏自我批判意识，那就无法前进。因此，他才以一种批判的目光审视自己的民族，以锐利的笔锋揭示出本民族的精神心理弱点。他力图通过自己的作品，让人们看清自身的缺陷，在此基础上产生提高自身文化素养的欲望，唤起人们对于建构一种新的、健全的民族文化心态的向往。在上述思想的指导下，高尔基在 1908 至 1924 年间连续推出六大系列作品，即"奥库罗夫三部曲"、自传体三部曲、《罗斯游记》、《俄罗斯童话》、《日记片断》和《1922 年至 1924 年短篇小说集》。作家着意以一种历史、土地和人相统一的文化眼光观照俄罗斯民族。每一系列的内容各有侧重，但不截然分开，互为呼应，彼此补充，共同构成一部表现俄罗斯民情风俗、世态人心的百科全书式的巨著。自传体三部曲正是这六大系列作品之一。

三部曲在结构上的鲜明特点，在于它没有一般小说的那种开端、发展、高潮和结局，全部作品似乎就是无数镜头的剪辑与组合。作家仿佛只是从无穷无尽、无始无终的生活之流中截取了一个段落，在此之前，生活的流水早已奔泻了无数岁月，在此之后，它仍将日夜不息地流淌。当读者被带进这段生活之流时，看到的是五光十色的场景，形形色色的事件，生动有趣的人物，但所有这一切，都好像是偶然地被作者摄入作品中来的，它们彼此独立，并不是作为一个中心事件的部分或分支出现，并不在总体上构成一个完整的故事。所有这些场景、事件和人物，只是同其所产生的背景，同作者的往往是带有抒情色彩和思索性质的叙述有机融合在一起，交织成一幅幅映现出民族精神风貌的生活剪影，一幅幅彼此连缀的动态风俗图画。

作品凸现了充斥着愚陋、污秽和无耻的旧时代俄罗斯生活的特点。整个童年生活在阿辽沙的记忆中，仿佛是一个"悲惨的童话"，他所寄身的外祖父家的染坊，是一片充满着可怕景象的狭小天地，弥漫着人与人之间的炽热的仇恨之雾。家庭内部、邻里之间、街头巷尾出现的种种恶作剧和残酷行为，几乎达到疯狂的程度。市井之中充满着淫乱行为、"强者"肮脏的夸耀和各种幸灾乐祸的下流议论，以及各种可恶可恨的"娱乐"和"消遣"，如打赌叫一个店伙在两个小时内吃掉十磅火腿，一直让他吃得脸色发青，一群肥胖的买卖人却在一旁围观哄笑。在一个大杂院里，住着打算从数学上来证明上帝之存在的数学家，给商人太太妍居解闷的青年，拼死也要把自己的富裕亲戚搞得倾家荡产的无赖汉。面包作坊的工人竟要拿秤砣去殴打闹风潮的大学生们。

有些农民憎恨商人和官老爷,却又时常对这些人摆出一副逢迎的嘴脸。三部曲以主人公阿辽沙的经历为基本线索对国民愚昧特征的揭露,差不多覆盖了俄罗斯社会各阶层。作家多次指出这是一种"俄罗斯式的愚昧",因而正是将它作为整个民族的文化心理特点之一来认识的。

消极的人生态度与愚昧的生活内容往往是形影相随、互为因果的。高尔基在三部曲中以饱含忧虑的笔触,描写了"铅样沉重的生活"怎样在俄罗斯民族中造就了无数听天由命的人,浑浑噩噩、无所事事的人,不幸沦落的人,以及一些曾经有过些许热情,不久即心灰意懒的颓废的人。在《我的大学》中作家写道:甚至在工人中间,也滋长着一种顺从和忍辱精神,一种顽强的耐性,"他们甘心受着醉汉老板狂暴的凌辱";有人将生活的全部意义归结为一块面包和一个女人,而这种观念却获得了相当广泛的认同。作家慨叹道:"世界上还没有谁能像我们俄国人这样彻底否定生活的意义。"①《在人间》中的司炉工雅科夫·舒莫夫,是作家用了相当多笔墨的人物。他精力旺盛,性格开朗,从不怨天尤人,然而他也同样否定生活的意义,认为"活着就是活着",对一切都很冷漠。高尔基通过描绘这些众生相,表明作为民族文化心理特征之一的消极无为的生活态度,怎样有力地影响着、制导着俄罗斯人,包括某些本来是可以有所作为的人们。

愚昧的重要表征,一是对知识的不尊重,对文化的否定和对理性的排斥,二是道德观念淡薄,习惯于彼此仇恨,互相折磨。《在人间》里的那个圣像作坊掌柜,常常故意把阿辽沙读过的一些优秀作品中的故事改头换面,变成猥亵的东西,告诉圣像鉴定家老头;后者又从中提出些无聊的问题,帮他添油加醋。"他们枉口白舌,把一些不要脸的东西,跟垃圾一样,扔到欧仁妮·葛朗台、柳德米拉、亨利四世身上。"②在他们对美的事物的这种恣意玷污背后,不难发现一种反文化的心理特征。《我的大学》中的一位"政治上的老油子",则断言知识分子是"害群之马"。鄙陋的文化状态和低水平的精神境界,决定了人们的情感方式和相互关系方面互相仇恨、彼此敌对的特点。阿辽沙的两个舅舅居心险恶地作弄老匠人格里戈里,戕害年轻的茨冈学徒伊凡,他们俩之间也是动辄大打出手,打得你死我活。《童年》中写到的那个来回摆动着下贱的长腿,用脚尖踢女人胸脯的"继父";《在人间》中写到那个毫无人性的折磨着一个不幸妇女的妓院看门人,则是恶毒凶残地欺侮女性的代表。这一幅幅写照,将由愚昧生活培养的"人对人的无法理解的仇恨"呈露在读者面前,足以引起人们对于反人道的生活的一种生理上的厌恶。

为什么高尔基要向读者讲述这么多"极其讨厌的故事"?对此,作家本人其实早已做过多次思考。他这样写道:"回忆起野蛮的俄罗斯生活中的这些铅样沉重的丑事,我时时问自己:值得讲这些吗?每一次我都怀着信心回答自己:值得,因为这是一种富有生命力的丑恶的真实,它直到今天还没有消灭。这是一种要想从人的记忆、从灵魂、从我们一切沉重的可耻的生活中连根儿拔掉,就必须从根儿了解的真实。"③正因为如此,作家才不得不怀着一种切肤之痛,严峻地剖析了民族性格中层层叠叠的积垢,表明了改造国民性、重铸民族灵魂的鲜明意向。

当然,高尔基的自传体三部曲并未对俄罗斯人民的精神美点和优点视而不见,也从未忘记这个民族的文化心理弱点与漫长的专制农奴制之间的必然联系。作家后来写道:"当我批评我们的人民的无政府主义倾向、不热爱劳动以及它的各式各样的野蛮无知的时候,我没有忘记:它不可能是另一种样子。它在其中生活的种种条件,既不可能在它身上培养起对个性的尊重,也不可能培养起公民权利意识和正义感——这是些充满着无权、对人的压迫、最无耻的诺言和野

---

① 高尔基:《我的大学》,第48页,陆风译,人民文学出版社,1978年。
② 高尔基:《在人间》,楼适夷译,《高尔基文集》第15卷,第496页,人民文学出版社,1985年。
③ 高尔基:《童年》,刘辽逸译,《高尔基文集》第15卷,第233页,人民文学出版社,1985年。

兽般残酷的条件。应当惊奇的倒是,在所有这些条件下,人民仍然在自己身上保留着不少人类感情和一部分健全理性。"对俄罗斯人民身上保存的这些美好的人类感情与健全理性的张扬,贯穿于高尔基自传体三部曲的始终。作家并没有把自己的激情完全倾注到民族性格消极面的揭示上,而是真实地表现了俄罗斯人的心理、情趣、追求、生活方式诸方面的复杂矛盾性,特别是人们精神生活的丰富多样性,在各种文化心理因素的交叉、纠葛与冲突中,着力发掘人们心灵中的美好感情和他们对文明的向往,从而显示出民族精神复兴的内在心理基础,或表达出作家本人对于提高民族文化心理素质的一种深深的期望与祝愿。

在自传体三部曲中我们看到,不幸而愚昧的生活并没有泯灭俄罗斯人的美好天性。对于外祖母阿库琳娜这位慈蔼的老人,阿辽沙始终怀着深切的爱,正是她领着阿辽沙走进了艰难而有趣的生活,培养了他许多优良的品格。"善良号"轮船上的厨师斯穆雷生活在孤独之中,却有力地培养起阿辽沙对书籍的热爱。"玛尔戈皇后"把许多优秀的文学作品提供给阿辽沙阅读,使他懂得了世界上还有"另外一些思想和感情"。还有,独立不羁、富于同情心的洗衣女工娜达丽雅给阿辽沙以温暖与关心,民粹派革命者捷林柯夫和罗马斯培养了他的公民意识和献身精神。我们从孤独而愤世的斯穆雷身上(《在人间》),从执拗地进行着化学试验的房客"好事情"身上(《童年》),从单纯爽直、热情好学的农民伊佐特身上(《我的大学》),都可以看到普通俄罗斯人对知识的肯定与崇尚,对文化的渴望与追求。当我们在《在人间》中看到,莱蒙托夫的长诗《恶魔》有力地感染了圣像作坊中的人们,使得"整个作坊似乎都沉痛地沸腾起来"时,我们更可分明地感到:人们向往着可以使心灵变得美好的东西;他们心灵深处存留的文明的因子,正是民族精神觉醒和文化复兴的基石,也是以理性改造世界的前提。在一个暴雨倾盆、狂风呼叫的夜晚,一群装卸工人从一艘满载货物的搁浅的大船上把货物抢卸下来。在那些半裸体的、欢蹦乱跳、半疯半癫地干着活儿的劳动者身上,阿辽沙看到了一种蕴藏在普通俄罗斯人身上的、无论什么东西也抵抗不住的奋发的强大力量,并坚信这种力量能够在大地上创造奇迹(《我的大学》)。善于"在每个现象里探求它的肯定的品质,在每个人身上寻求他的美德"[①],即使在对民族文化心理进行批判性考察时,也没有忘却显示出人们灵魂的美点与亮色,这是高尔基的自传体三部曲的一个重要特点,也是作品历来深受人们喜爱的原因之一。

美国作家海明威说过:对于一个作家来说,最好的早期教育就是不幸的童年。高尔基的不幸的早年生活与漂泊生涯,确实是生活给予了他一份丰饶的馈赠。他积累了大量的人生体验,产生了无穷的独特感受,在头脑中形成了一个内容丰富的"知识和印象的库藏"。在后来悠长而严峻的人生历程中,他始终没有淡忘那一幅幅深深嵌入记忆的"褪色的画"。然而,对于高尔基来说,写下这一组自传体作品,决不是为了给自己立传,而是着眼于后人。他那曲折坎坷、多灾多难的生活道路给予他的最深切、最宝贵的体验之一就是:人在任何恶劣的条件下都不应丧失对于生活的信心,而应当以一种积极的态度投入人生,通过不懈的努力和执着的追求,提高与完善自己,力求有益于他人和社会。

高尔基有意将这种感受经由艺术渠道传达给读者,因此在自传体三部曲中突出地表现了主人公阿辽沙得以在艰苦的环境中不断奋进的自我意识以及勤奋的品格,多思的习惯,不断积累知识的欲望,决不向恶势力低头的高贵人格,积极从周围大量平凡的人物事件中发现美与价值、吸取精神养分的努力,等等。在所有这些性格特征中,自传主人公锲而不舍的求学精神,尤其得到了最鲜明的表现。阿辽沙那一发不可收的读书热情,曾经给他带来了无数难堪的屈辱和惊

① 高尔基:《论文学(续集)》,第 260 页,冰夷、满涛等译,人民文学出版社,1979 年。

恐；他曾经长时间地生活在一种"弥漫着醒醒的、醉醺醺的、放荡的有毒空气"的环境里；他曾宁愿用每星期被人痛打一顿为代价来换取上大学的幸福，但这一愿望始终未能实现。然而所有这一切都阻挡不住阿辽沙追求知识的热情。他从未放过任何一个可以利用的学习机会。正是数不清的优秀书籍促进了阿辽沙的精神自觉，以一股强大的推动力，使他得以彻底摆脱愚昧和庸俗的泥潭而迅速成长起来。在自传体三部曲中，阿辽沙最可贵的品格，就是对知识的渴求，对文化的向往，对理性的崇拜。他的成长过程，就是一个不断排除各种内外干扰、追求文明的进程。阿辽沙——高尔基这一从苦难中崛起的形象，给一代又一代的读者、特别是生活道路坎坷的青年读者以极大的精神鼓舞。这一"出淤泥而不染"的自强不息者，至今仍有其独到的吸引力与启示意义。

毋庸赘言，高尔基的自传体三部曲的魅力不仅来自作品的丰厚生动的内容和富于启迪意义的形象，也来自作品的艺术成就，来自深刻的思想、真挚的情感与完美的艺术形式的有机统一。纯熟洗练的描写艺术，行云流水般优美自如的语调，常常是带有抒情色彩和思索性质的叙述文字，体现着作家的忧患意识的沉郁的风格，因以日常生活为素材而决定的浓郁的生活气息，都使读者获得了极大的审美享受。特别是作品中那些情、景、意浑然一体的篇幅，那些由作者直接倾吐心曲、抒发情怀的段落，更是美不胜收，令人百读不厌。那些精彩的文字，与其说是散文，毋宁说是诗行，令人想起屠格涅夫笔下的一些充满魅力的篇章。三部曲一经问世，就得到了俄罗斯和世界各国著名作家、批评家（如罗曼·罗兰、茨威格、普里什文等）的好评。法国《拉罗斯大百科全书》认为高尔基的三部曲是"俄罗斯文学的杰作之一"，英国和瑞典学者合编的《彩色插图世界文学史》则肯定这三部曲是高尔基"最伟大的文学贡献"，而目光犀利、审美趣味高雅的美国著名批评家哈罗德·布罗姆在《西方正典》中列出的为数不多的 20 世纪俄罗斯文学"经典书目"中，赫然在列的高尔基作品正是自传三部曲及《回忆托尔斯泰》。毫无疑问，三部曲将继续拥有长久的艺术生命力和范围广大的读者群。

第十一章　肖洛霍夫

一、生平与创作

米哈伊尔·亚历山大罗维奇·肖洛霍夫（1905—1984），苏联小说家，1905 年 5 月 24 日生于顿河边维约申斯克镇的克鲁日伊林村。父亲做过店员、种过地、做过磨坊管理员和货郎。肖洛霍夫在家乡和波古察尔上小学和中学，因国内战争爆发，他不得不辍学回家，他当过革命委员会办事员、扫盲教师，参加人口登记工作，在业余剧团当编剧又当演员，参加过征粮队，在草原上同匪帮作过战，为建立苏维埃政权而斗争。1922 年秋，他来到莫斯科，在建筑工地当小工、泥水匠，还做过房管部门的会计、出纳。

1923 年，他加入共青团作家和诗人组成的文学团体"青年近卫军"。从这时开始，他发表短篇小说，1926 年结集出版了《顿河故事》和《浅蓝色的原野》。这两部短篇小说集描写尖锐的社会冲突，通过家庭矛盾，将父子、夫妻、兄弟之间的对立表现出来，其中回荡着人道主义激情，调子明朗欢快。1924 年 12 月他加入"拉普"。1925 年秋，肖洛霍夫开始写作长篇小说《静静的顿河》，直到 1940 年才完成。为了搜集资料，他回到故乡。1932 年他发表了《被开垦的处女地》第一部，描写列宁格勒工人谢苗·达维多夫受党委托，帮助哥萨克建立集体农庄，在他周围有村支部书记玛加尔·纳古尔诺夫、村苏维埃主席安德烈·拉兹苗特诺夫，他们团结了中农梅谭尼可夫、贫农留比什金、乌沙可夫，铁匠沙利，还有不走运的乐天派老头舒卡尔。另一条线索是白军军官波罗夫采夫上尉、廖切夫斯基少尉、富农奥斯特洛夫诺夫组成的反革命集团，他们妄图破坏集体化运动，发动暴乱。此外还有人民内部矛盾，如党员和村民的冲突，领导作风的不同，农民克服私有情感的斗争等。

小说第二部于 1960 年发表,其中个人经历的叙述增多,人道主义精神加强。

1934 年,他当选为作协理事会主席团成员,次年出访丹麦、英国和法国,1937 年被选为国际作家保卫和平委员会成员,1939 年当选为苏联科学院院士。

1941 年卫国战争爆发后,肖洛霍夫作为记者走上前线,写了大量战地报道、特写和随笔,如《在顿河》(1941)、《在斯摩棱斯克一带》(1941)、《在南方》(1942)。1945 年 2 月他复员。

1956 年和 1957 年之交,肖洛霍夫发表了短篇小说《一个人的遭遇》,讲述一个普通战士安德烈·索科洛夫的故事。他是个司机,受伤被俘,经受了集中营生活的考验和亲人相继死亡的痛苦。在非人的环境里,他保持了一个战士的高尚品质。这篇小说是对战争苦难的倾诉,是对苏联战士的坚毅精神的讴歌。这篇小说为处理战争题材的文学作品开辟了新道路,成为战争抒情散文的先声。早在 1943 年,肖洛霍夫已开始创作《他们为祖国而战》,但始终没有完成。这部长篇描写卫国战争第一年一个团在四天不断的激战和撤退中,只剩下二十七名战士,军官全部牺牲,却保留了沾满硝烟和草原气息的军旗。

从 1961 年起,肖洛霍夫担任苏联作家协会理事会书记处书记。早在 1941 年,他获得首次颁发给《静静的顿河》的斯大林奖一等奖,1960 年又获得颁发给《一个人的遭遇》的列宁文学奖。他两次荣获苏联社会主义劳动英雄称号,得过五枚列宁勋章。1965 年,肖洛霍夫因"他对顿河流域的史诗般描写,以有力的艺术和真诚的创造性反映了俄罗斯人民的一个历史阶段",获得诺贝尔文学奖。1984 年 2 月 21 日他逝世于家乡。

肖洛霍夫是一个杰出的悲剧史诗作家。他多次表示,作家应该善于反映历史的真实,无论它有多么严酷和沉重。他从不回避什么,也不粉饰和掩藏什么。他以特有的深刻性和艺术才能,写出了充满矛盾和冲突、破坏和建设并存的转折时期的种种悲剧情境,写出历史前进的步伐以及不可抗拒的光明乐观的前景。他以雄伟的气势描绘了具有历史本质意义的新社会、新制度、新事物诞生时所伴随的"阵痛",描写人物通过铁与血的考验,歌颂人的伟大魅力和人的价值。

二、《静静的顿河》

在《静静的顿河》中隐含了两套既对立又统一的话语。

A. 关于真理的话语。肖洛霍夫自己曾经这样谈论这部小说:"有人问我,像格里高里·麦列霍夫这一类人的前途如何? 苏维埃政权已经把这类型的人从他们所处的死胡同里解脱出来……多数人则靠近了苏维埃政权。"[1]在《静静的顿河》中把拥护苏维埃、征服哥萨克的偏见称为"伟大的人类真理"[2]。哥萨克经过痛苦的历程走向社会主义确实是小说的主题之一。这套话语服从历史伦理律令:即凡是符合历史进步趋势的人物就获得被叙述的权利。无可否认,设置这套话语时肖洛霍夫是真诚的,但这里也隐含着他作为一个苏联作家的生存智慧——假如不写这个主题,20 世纪 20 年代末像他这样一个二十多岁的默默无闻的作家是很难为小说弄到准生证的。布尔加科夫的《白卫军》等作品的难产和作家本人的厄运就是前车之鉴。

B. 关于人的魅力的话语。但是正统的批评家忽视或视而不见的是,在《静静的顿河》中还有另一个主题,这就是关于"人的魅力"的主题。这个主题是作家关注的热点。作家说,"我在格利

---

[1] 孙美玲编:《肖洛霍夫研究》,第 470 页,外语教学与研究出版社,1982 年。
[2] 《肖洛霍夫文集》第 3 卷,第 538 页,人民文学出版社,2000 年。

高里身上就想表现出这种人的魅力。"①这部作品又包含了另一套与真理话语完全不同的话语：叙述者服从审美律令，叙述的聚焦点是人性的存毁，或关注体现人性魅力的人物，或着墨于人性的泯灭的痛苦过程。

如何理解这两套话语及其运作机制，是理解《静静的顿河》的关键。过去的评论者那些相持不下的争论，就是因为他们只看到了一种话语而忽视了另一种话语。假如《静静的顿河》只有A话语，那么我们就会看到一部完全不同的作品。按照A话语所服从的历史伦理标准，这部作品的主要人物就应该分成这样两组人物：第一组：米哈伊尔·科舍沃伊、施托克曼、加兰扎、本丘克、伊凡·阿列克塞耶维奇、波乔尔科夫；第二组：格利高里·麦列霍夫、彼得罗·麦列霍夫、叶甫盖尼·利斯特尼茨基、福明。前一组人物是布尔什维克或拥护苏维埃政权进步的群众，第二组人物则是白卫军官或参加暴动的普通哥萨克。如果仅仅遵从A话语的历史伦理标准，《静静的顿河》应该表现两个不同的阵营你死我活的斗争，重点是表现第一组人物奋起战胜第二组人物。居于中心的应是第一组人物，因为他们体现了俄罗斯发展的进步趋势。但是作品的实际情形与此刚好相反，在《静静的顿河》中，居于作品中心的是第二组中的格利高里·麦列霍夫，而第一组中的人物，除了米哈伊尔·科舍沃伊外，都在作品中时隐时现，稍纵即逝。那么A话语在作品中是如何发挥作用的呢？A话语在小说中被推到了背景中。

且看这两种话语在作品中是如何实际运作的。格利高里和科舍沃伊本是少年时的朋友，但他们的生活道路完全不同。科舍沃伊本是一无所有的雇农，当哥萨克叛乱时他逃出去当了红军，开始勇敢地打击叛军。格利高里在叛乱中加入了叛军。从这里我们可以感到A话语在背景中的影响，然而推动叙述者叙述的不是A话语，而是B话语。此后因为患病科舍沃伊不能到前线，回到鞑靼村当了村革命军事委员会主席，他娶了格利高里的妹妹杜妮亚为妻。当格利高里离开叛军，投奔红军，又被红军复员回乡后，于是有了第八卷第七章两人针锋相对的对话。按照A话语所遵从的历史伦理价值观，作品本应该颂扬科舍沃伊大义灭亲，斥责格利高里的百般狡辩。而作品与此正好相反。就情感而言，叙述者距格利高里较近，离科舍沃伊较远。这显然违背了A话语的历史伦理价值观。对话结束后的第一段是格利高里心理活动的自由间接引语。在这里叙述者仿佛似无意中倾注了对格利高里更深的同情。接下来是对格利高里梦境的描述。梦境中，格利高里落马掉队，分明透露出军人离开军队的落寞和无奈，更折射出"由顺境转入逆境"②的悲凉心境。B话语的审美价值观就这样取代了A话语的历史伦理价值观。在这里，格利高里的"人的魅力"明显压倒了科舍沃伊的"不近情理"。

这个场面是说明B话语取代A话语的典型个案。整部作品中，叙述者对主要人物的情感也大致如此。当红色阵营中的人物代表正义力量，闪现出人性光芒的时候，叙述者倾注了一腔同情，比如对加兰扎、施托克曼、本丘克等人。在这些人物身上，A话语的历史伦理价值和B话语的审美价值才得到了统一。波乔尔科夫是个非布尔什维克，他担任顿河地区哥萨克革命军事委员会的主席，叙述者对他的展示和描写的情感倾向，是对比鲜明的，既有倾注同情的场面，也有加以否定的场面。在波乔尔科夫不经审判就砍死柴尔涅曹夫并下令杀死其他俘虏的场面中，通过格利高里的眼睛的折射，波乔尔科夫就变成了一个丧失人性、失去理智的疯子。当波乔尔科夫被敌人绞死时，他不愧为视死如归、慷慨就义的英雄，其行为震动了刽子手和围观者的心灵。叙述者情感的强烈反差，完全取决于被叙述者的行为是否合乎人性。

① 《肖洛霍夫文集》第3卷，第538页，人民文学出版社，2000年。
② 亚里士多德：《诗学》，第38页，罗念生译，人民文学出版社，1982年。

在现实世界中存在着各种各样的话语,作家在小说世界中可以容纳某些话语,拒斥另一些话语,也可以创造自己的话语,《静静的顿河》中的 A 话语,就是对现实世界中居于中心地位的意识形态话语的应答。个别经典的社会主义现实主义作品中,作家衡量自己作品中的人物的最高尺度,就是历史伦理价值观,它取代了审美的价值观。因而也把现实世界中多维度的活生生的人,压缩成小说中的单面人,即"好人"和"坏人"。比如说,在列昂诺夫的《俄罗斯森林》中,主人公是两个林学家,一个是维赫罗夫,农民的儿子,一个一心为祖国的林业发展而饱受打击的林学家。另一个林学家格拉齐安斯基,是名门之后,身为林学教授,为了一己私利,不惜打击同行,甚至不惜毁掉俄罗斯森林。格拉齐安斯基满怀野心和阴谋,干着损人利己、背叛祖国的勾当。叙述者在小说结尾中还补充了重要的一笔,这人曾经到处炫耀自己的光荣革命业绩,原来是一个出卖同志的可耻叛徒。读到这里读者会感到,他是一个坏人。在某些描写战争的作品中更是泾渭分明:红军中除了极个别的动摇分子,都是好人。敌军中则无一例外,都是坏人。他们的一言一行都在证实这种阶级属性,因为这类作品中由于人物人为的单面性,实际上这是一种写给成人看的政治童话或寓言,其中的"好人"和"坏人"被明确标示出来;有强制读者接受的意图。

在《静静的顿河》中,肖洛霍夫接受了处于中心地位的意识形态话语,并且真诚地肯定它是真理。十月革命的伟大意义和哥萨克最终拥护苏维埃政权,这是 A 话语的要旨,肖洛霍夫把这个真理作为贯穿作品的一条红线。但是他又将由此引入的衡量人的价值的 B 话语,将历史伦理悬置起来,代之以审美的价值观,这就避免了将人物单面化、童话化的流弊。这样,《静静的顿河》才从那个时期的众多作品中脱颖而出。

在那个时期,文学对待中心意识形态话语持有三种态度。像梅列日科夫斯基等人就对其完全否定;像肖洛霍夫、布尔加科夫、拉夫尼列约夫,就把它作为真理接受下来,又用自己的话语加以补充。实际上布尔加科夫在《白卫军》中,拉夫列尼约夫在《第四十一》中,都在白卫军军官身上,发现了"人的魅力"。第三种作家占大多数,他们接受了它,有时可能用它来代替了自己的文学的话语。由于接受中心话语,肖洛霍夫的《静静的顿河》,就取得了进入主流文学的资格,尽管几经周折,终究得到认可。又由于 B 话语的"人的魅力"观念,对整部作品的叙事控制,对叙述者的情感选择的左右,使这部作品产生了其他中心文学作品所缺乏的特殊的艺术魅力,在苏联及苏联之外的读者中得到广泛的认同。《静静的顿河》是居于中心与边缘之间的过渡地带的。由此,引发了评论界对它的属性的多次争论。那种仅仅基于中心话语对它作出的批评总是那么隔膜和肤浅。

与《静静的顿河》的话语系统相一致,这部史诗性长篇小说的事件(叙事学意义上的),也可分为两类:与 A 话语相应的史实性事件;与 B 话语相应的虚构事件。历史性事件在《静静的顿河》中的作用,有很多论者都谈到过。安·赫瓦托夫说:"肖洛霍夫的这一长篇小说中,历史成了推动情节发展的内容的最活跃因素;在历史中主人公们找到了自己行动的动机、思想情感的根源。"①诚然,主人公们的行动最终的动机可以在小说展开的历史性事件中去寻找,但是非虚构的史实与主人公的命运也有脱节的地方。《静静的顿河》中的史实性事件是由下列三种要素构成的。第一,历史性人物。小说中出现的历史性人物有:革命阵营中的列宁、斯大林、托洛茨基和布琼尼等,还有白卫将军等人物。第二,引用档案材料。小说中大量引用了当时的电报、信件等等。第三,历史性事件。大至第一次世界大战、十月革命、国内战争,小到一些具体的事件,某个战役、某次会议等等,这些历史性事件从总体上影响到每一个人物的内心世界,左右了他们的生

---

① 赫瓦托夫:《肖洛霍夫的艺术世界》,第 66—67 页,"苏维埃俄罗斯"出版社,1970 年。

活道路。作品的个别场合中虚构的主人公成了某些事件的参与者或旁观者。比如,利斯特尼茨基目击了哥萨克听从红色波罗的海舰队的水兵的劝说、撤出皇宫广场的过程。但是,虚构人物,即作品中的主要人物是普通哥萨克,小说中又没有设置将普通哥萨克与历史人物相衔接的人物,所以很多历史事件的展开与虚构人物有脱节之嫌。很多历史性事件,只是以档案等原生性的本事的形式出现在作品中,而没有成为融合于作品整体的情节,比如科尔尼洛夫等帝俄时代的将军被临时政府关押在贝霍夫女子中学,旋即又被释放的事件,对后来的国内战争产生过重要影响,小说中用了两小节来叙述该事件,但仅仅限于对史实的复述,完全没有表现出肖洛霍夫塑造人物的艺术功力。这是因为在引入历史人物时候,肖洛霍夫无意用历史伦理标准来简化他们;同时,要把审美标准用在历史人物身上,又是很难把握的。因此,叙述者就让史实性事件保留了档案式的本事,只是在个别场合中,对历史的叙述才成了情节。比如,由于藩苔莱·普罗珂菲耶维奇参加军人联合会的选举,对克拉斯诺夫将军的描写就变得有声有色了。但总的说,史实性事件是"本事",而不是"情节"。

既然如此,肖洛霍夫为什么非要引入这些史实性的事件呢?这是为了给 A 话语表达的真理提供注脚,给虚构的主人公的命运提供最终的压力。也就是说,把 A 话语从背景搬到前台来。也是由于肖洛霍夫受到了列·托尔斯泰开创的长篇小说的史诗传统的诱惑。但是《战争与和平》中出身高贵的主人公与历史人物的联系是很自然的,比如由于安德烈·鲍尔康斯基的父亲曾任俄军总司令,所以他作为现任俄军总司令库图索夫的副官,可以成为重大军事行动的目睹者甚至参与者,就是自然而然的事,这就避免了史实性事件与虚构人物的脱节。《静静的顿河》的主人公的命运与历史的联系是间接的,肖洛霍夫还应该设置某种人物来成为普通哥萨克主人公同历史人物之间的中介。

在《静静的顿河》中,叙述者的作用是非常独特的。在不同的场合中叙述者分别担任了史诗式的叙述者、长篇小说的叙述者和抒情诗人的功能。叙述者的言语也包含了复杂的文化成分。

史诗的叙述者在《静静的顿河》中表现出一种从容不迫的大家风范。叙述者有很多看似闲笔的篇什:格里戈里耶维奇去参加军人联合会的选举,别的作者定会将路途上的事略去,直接写选举的情形。叙述者却有声有色地讲述他的马如何险些被德国人抢走,他又如何逃到一家熟人家里。活脱脱一个格里戈里耶维奇便出现在读者面前。叙述者写哥萨克人行军途中猥亵的扯淡,写哥萨克人的劳作、求亲、婚礼和生老病死,提供了一幅幅色彩斑斓的民俗画卷。这些篇什,令人想起《伊利昂记》中荷马对赫淮斯托斯打制的盾牌上的城市市井图和田园诗画津津有味的讲述。同时,史诗的叙述者是展现场面的高手。格利高里·麦列霍夫死里逃生。回到自己家门的场面,尽管是对其母、其父、其妻、其妹反应的"历时"描写,但在读者心中会构成一幅震撼人心的油画。还有众多的军人集会的群众场面都写得有空间感,很有气势。史诗式的叙述者很善于"同时"讲述许多主人的故事:在第一次世界大战前线,格利高里、彼得罗、利斯特尼茨基、阿列克塞维奇分属不同的连队,叙述者交替讲述他们的经历,节奏有张有弛,情绪有乐有哀①。

如果说史诗的叙述者是在大庭广众之中,用崇高的语调讲述群体共同的命运的话,那么,关注个人命运的长篇小说的叙述者,善于讲述某种私人的、隐秘的故事②。《静静的顿河》也吸取了

① 参见黑格尔《美学》对史实的讨论:"史诗世界还不应局限于只在一个既定的场所发生的特殊事迹的有限的一般情况,而是要推广到全民族见识的整体。"朱光潜译,第 3 卷下册,第 121 页,商务印书馆,1984 年。
② 参见沃尔夫冈·凯塞尔《语言的艺术作品》:"全部世界(在崇高语调中)的叙述叫史诗,私人事件在私人语调中的叙述叫做'长篇小说'。"陈铨译,第 474 页,上海译文出版社,1984 年。

这种长篇小说叙述者的功能。在讲述格利高里——阿克西妮亚——娜塔莉娅,本丘克——安娜,利斯特尼茨基——阿克西妮亚——奥莉加·戈尔恰科娃的关系的时候,长篇小说的叙述者就发挥了作用。如果说史诗式的叙述者从大处着眼,主要展现人物的动作和语言的话,那么长篇小说的叙述者则聚焦于人物的内心世界,以心理分析见长。在小说中,利斯特尼茨基对阿克西妮亚乘人之危时的内心话语,揭示了他的道德沦丧。

在表现顿河两岸绚丽的自然风光时,在为哥萨克的命运而慨叹时,《静静的顿河》的叙述者又变成了抒情诗人。雅各布森说:"抒情诗的出发点和引导主题是第一人称和现在时,而史诗的出发点和引导主题则是第三人称和过去时。"[①]《静静的顿河》的叙述者的人称和所使用的时态,恰恰与此相符合:史诗式的和长篇小说式的叙述者,采用第三人称,动词用过去时。当作品感情激荡时,叙述者突然由第三人称变为第一人称,动词也变成了未完成体现在时:"在低垂的顿河天空下面的亲爱的草原、山沟、干涸的溪流和红色的沾土,遗留着已经被草遮没的马蹄痕迹的大草原,神秘地沉默着的保留着哥萨克光荣的古代堡垒……用哥萨克的鲜血灌溉过的顿河的草原,我要恭恭敬敬地向你致敬,亲亲那没有开垦过的土地!"

在《静静的顿河》中,叙述语往往采用自由间接引语,这就形成了某种综合。肖洛霍夫作品的语言是丰富的民众语言与文学语言紧密地有机地结合的典范。小说中频繁出现的自由间接引语,既要受到所表现的主体的控制,因而带有顿河哥萨克的语言特点;又受到叙述者的控制,这又是一种规范的文学语言:"阿克西妮亚从麦列霍夫家的向日葵园里回来以后,她的心就像被人遗忘了的、长满了胭脂菜和艾蒿的场院一样,变得空虚而又荒凉。"在这种转述语中,人物的声音与叙述者的声音混合在一起了。带着明显的"阿克西妮亚"特点的"长满了胭脂菜(天鹅草)和艾蒿的场院",很自然地嵌入了叙述者的框架——它以"空虚(Пусто)"和"荒凉(одичало)"这类书面词汇为标志,这种哥萨克的生动活泼、有时十分粗鄙的语言与叙述者较为文雅的语言的混合,使小说的叙述语既不失规范,又充满生机。

---

① 转引自[法]托多罗夫:《文学体裁》,载《美学文艺方法论续集》,第210页,文化艺术出版社,1987年。

第十二章　帕斯捷尔纳克

一、生平与创作

鲍里斯·列昂尼德维奇·帕斯捷尔纳克(1890—1960),苏联小说家、诗人。1890 年 2 月 10 日生于莫斯科,父亲是著名画家、美术学院院士,母亲是钢琴家。1909 年进莫斯科大学历史哲学系,1912 年到德国马堡大学进修新康德主义,第一次世界大战爆发后回国。1914 年发表诗集《云雾中的双子星座》,受勃洛克和未来派影响。随后的诗集有《生活,我的姐妹》(1922)、《主题和变奏》(1923),长诗《崇高的疾病》(1923),长篇叙事诗《1905 年》(1926)、《施密特中尉》(1927),诗体小说《斯佩克托尔斯基》(1931)。他的创作受到高尔基的好评。在 1934 年的苏联第一次作家代表大会上,布哈林称他为"我们当代诗坛的巨星",但也有人指责他的诗歌脱离生活、沉湎于自我、表现手法晦涩。

除诗歌外,他还创作小说。《柳威尔斯的童年》(1918)塑了一个心灵完美、思想不凡的俄罗斯少女;《安全证书》(1929—1931)是部自传体小说,回顾他在德国的大学生活,和奥地利诗人里尔克的相逢,游历意大利名城威尼斯和佛罗伦萨。

1935 年到巴黎参加反法西斯作家大会,因不满当局的大清洗政策沉默多年。卫国战争开始时奔赴前线,写过报道、特写,发表诗集《在早班列车上》(1943)和《辽阔的大地》(1945),表现苏联人民的战斗和劳动生活,较为通俗易懂。1945 年冬他着手写作长篇小说《日瓦戈医生》,至 1955 年冬才完成,但被出版社拒绝,斥为"实质是仇视社会主义"。1957 年 11 月以意大利文在米兰出版。1958 年他获得诺贝尔文学奖,表彰他"在现代诗和俄罗斯伟大叙事诗传统方面取得的重大成就"。而不久之前,他已被苏联作家协会开除,他不得不致函瑞典皇家学院,表示拒绝领奖。1982年,帕斯捷尔纳克被恢复名誉,1988年,小说才得以在苏联出版。

20世纪50年代他的作品还有组诗《到天晴时》(1956—1959)、随笔《人与事》(1956),情调凄凉悲伤。他掌握多种外语,对格鲁吉亚文、英文和德文尤为精通,翻译名著多部,在译界享有盛誉。

1960年5月30日,他逝世于莫斯科郊外彼列杰尔金诺别墅。

二、《日瓦戈医生》

日瓦戈医生不是一个精神完美的形象。

苏联实行新经济政策后不久,他回到莫斯科,蓬头垢面,心力交瘁。使他牵肠挂肚的妻儿正流亡巴黎,使他不得不爱的拉拉则跟随了她少年时的引诱者、流氓律师科马罗夫斯基逃到远东,重新为情欲的噩梦所侵扰。全靠原来在他岳丈格罗梅科教授家扫院子的仆人马克尔的帮助,日瓦戈终于有了栖身之处。出人意料的是马克尔的小女儿马林娜爱上了这位常到她家打水的落难公子,并且很快成了他第三位没有到户籍处登记的妻子。为了照顾好已经变得古怪任性的丈夫,马林娜甚至辞去了自己在电报局体面的工作。她和日瓦戈一起含辛茹苦地生活了七年,还生了两个女儿。然而在《日瓦戈医生》这部小说里,马林娜却是个跑龙套的角色。爱好文学艺术的日瓦戈好像对自己和马林娜在患难中发展起来的爱情颇感失望,称它"只是二十桶水",简直称不上爱情。一天,他邂逅久违的弟弟,于是与母女三人不告而别,躲到离家不远的地方寻觅失去的诗歌创作的激情。马林娜为他下落不明忧心如焚,他却独自享受灵魂和缪斯的盛宴,对妻女竟然毫无思恋之情,只是以汇款的方式表示愿意承担法律义务。两三个月后,日瓦戈猝死街上,他的尸体被搬到马林娜的寓所。马林娜思念丈夫已痛苦非常,得知这个噩耗时精神完全崩溃。日瓦戈不爱她,连叙事者也不肯给她的悲恸几分尊严:"她一直无法控制自己,在地板上打滚。"帕斯捷尔纳克写到日瓦戈和拉拉总是充满温情,他对全书中最富自我牺牲精神的昔日仆人的女儿竟像俄罗斯的严冬一般冷酷:

> 她哭得泪如雨下,一会儿又喊又叫,泣不成声,而一半话是无意识地嚷叫出来的。
> 她像农村中哭死人那样哭嚷,对什么人都不在乎,什么人都看不见。

马林娜沉溺于约翰逊博士所说的"没有智慧的徒然的悲哀",而且方式是如此的粗俗。作者以残忍的写实手法描写马林娜呼天抢地的哀号("半死不活"、"歇斯底里"),为的是突出前来吊丧的人中拉拉和日瓦戈弟弟的"崇高精神境界"。他们默默地操办殡葬的事务,"不想同马林娜、她的女儿们和死者的朋友竞争悲痛,把悲痛的优先权让给他们"。马林娜不知节哀,似乎别有用意。日瓦戈不幸逝世了,但是他的意识却原封不动地保留在叙事角度里,叙事者的声音使主人公的无情显得正当合理。

为什么任劳任怨的马林娜没有得到作者的同情?帕斯捷尔纳克在处理日瓦戈对拉拉和东尼娅的关系时发挥得十分酣畅的大师手笔此时到哪里去了?如果作者在拉拉的丈夫安季波夫的殉难精神(自愿弃家从军)里察觉到怯懦和自私,为什么日瓦戈背弃马林娜而马林娜却能获得他暗中道义上的支持呢?读者在小说里看不出来,日瓦戈的新生必须以他与荆钗布裙的马林娜分离为前提。

《日瓦戈医生》常被欧美评论者理解为一部忠于个人经验的小说。马林娜和她的女儿们也是个人，但是丝毫没有受到帕斯捷尔纳克的尊重。谁来为她们鸣冤叫屈？马林娜被遗弃，显然与她贫寒的家庭背景有关。作者同情的"小人物"属于中上阶层而不是社会的底层。请看：十月革命后，马林娜的父亲"虽然没有控诉说过去的房主格罗梅科一家喝他的血，但是后来却责怪他们以往这些年总是让他无知无识，有意不让他知道人是从猴子变成的"，叙事者嘲笑挪揄的口吻自然而然地流露了出来。马克尔招来作者的轻蔑，他的女儿也受到株连。要求作者对笔下的人物一视同仁，恐怕有点荒谬幼稚，但是作者无形中的阶级意识会不会影响到他对重大社会问题的处理？

在小说的另一精彩场面，作者对这种阶级感情丝毫不加掩饰。日瓦戈被迫在红军游击队做军医，违背自己的意愿参与了对高尔察克白军的战斗。叙事者的声音融入了日瓦戈医生的内心活动和感知世界。只见白军中的少年志愿军人个个藐视危险，面对游击队的枪口若无其事地前进。"他们一张张富于表情的、讨人喜欢的脸使他感到亲切，就像见到自己圈子里的人一样。"看到一排排被子弹撂倒的白军士兵，日瓦戈"全部的同情都在英勇牺牲的孩子们一边。他全心祝愿他们成功。这是那些在精神上、教养上、气质上和观念上同他接近的家庭的子弟"。我们不必责问日瓦戈为什么不明白外国势力的卷入实际上已经改变了白军为俄罗斯而战的性质（英法在第一次世界大战结束前支持白军是为了自己的民族利益——重新开辟东线对德战场）。问题在作者无法避免的阶级感情有时会局限他的创造性想象。游击队方面的人物大多是凭概念写出来的木偶，他们在极其困难的条件下击退白军，仿佛只是因为后者具有普希金在短篇小说《决斗》中描写的那种视死如归的贵族气派。应该说明的是，虽然作者常把日瓦戈（甚至与他观点相左的拉拉）用作自己的传声筒，日瓦戈对内战和革命的态度不一定和作者本人的倾向完全一致。帕斯捷尔纳克数次通过拉拉和斯特列利尼科夫（即参加革命后更名改姓的安季波夫）之口说明，革命是为了保卫弱者、维护人权，而日瓦戈自幼生活环境优越，难以体会被掠夺一空的穷人的眼泪。可是小说（尤其是后半部）缺乏叙事方式的复杂性，这一立场显得生气不足。在应该有多声部、多视角的地方，读者往往只能听到一个声音，视线被固定于一个角度。

也许作者的本旨并不是再现宏大的历史场景，他无非是借助一系列历史事件为不无代表性的日瓦戈个人的心灵历程着色。小说的声部和视角虽然失之单一，日瓦戈却不是一个始终一贯的僵硬人物。就如拉拉所说："要想一生中只扮演一个角色……需要成为一个多么不可救药的微不足道的角色呀！"在小说的前半部，日瓦戈富于同情心和社会责任感。他坚信在动乱的时刻应该咬紧牙关，与自己的祖国共命运。他以为个人只有成为社会的一员才有意义，与世隔绝的生活绝不幸福。从他对病榻上未来岳母的一席话，我们可以看出明显的托尔斯泰主义的痕迹：人只是在与外部接触的过程中才意识到自己。他说："在别人心中存在的人，就是这个人的灵魂。这才是您本身，才是您的意识在一生当中赖以呼吸、汲取营养以致陶醉的东西。"正是出于这种超越个人天地的意识促使他在战地忘我地救死扶伤，并且在十月革命后作出留在医院的决定。他注意到有些"能言善辩的天之骄子"，他们"决忘不了把自己为了个人私利而离职装作是抗议的行动"。日瓦戈要实现自己积极入世的理想，需要一个大致正常运转的社会背景，当事态的发展使物质成为抽象概念的时候，他为无法履行对家人最基本的职责而苦恼。此时他因伤寒病倒在床，后来慢慢康复，经岳丈和东尼娅的苦苦劝说，他勉强离开医院，同意与一起赴西伯利亚的瓦雷金诺过一段安稳的日子。放弃行医对日瓦戈而言几乎意味着违背职业道德，是非常痛苦的。但是在残酷的内战期间，目睹同胞互相残杀，血流成河，农村一片荒凉，他越来越怀疑造福人类的宏大愿望，越来越不能接受只要目的正当就可以不择手段的说法。

对暴力革命,日瓦戈终于发出"蓬间雀"不满的喟啾。从某种意义上来说,他和"蓬间雀"确有相似之处。他同情白军但是没有勇气在枪林弹雨中加入白军的行列;他为自己与拉拉的恋情感到内疚,决心对东尼娅坦白,但制造借口一味拖延。他和哈姆莱特(小说附诗第一首就是《哈姆莱特》)一样在无所适从和耽搁中品味甜蜜的紊乱和兴奋的自谴自责。

与日瓦戈医生相反,安季波夫果敢决断,不是惧怕炮火的"蓬间雀"。他与雨果《九三年》中教士出身的革命者西穆尔丹几乎是一对双胞胎。拉拉一直把丈夫看成是"伟大而卓越的人",但是对他的行为有深刻的批判性的理解。她认识到安季波夫的禀赋不在外部条件比他优越许多的日瓦戈以下,他有天生的"追求品德纯洁和正义的气质"。他投入革命是出于一种生活经历里自然孕育出来的热诚,而不是出于权欲和投机。他把科马罗夫斯基诱奸拉拉和贫苦者的不幸都当作屈辱深埋心底,一心盼望最后的审判早早降临人世,而他将"在生活与败坏了生活的恶势力之间充当仲裁"。他的强毅耿直和日瓦戈的犹豫柔曲恰成对照。作为一个出生于贫民窟的大学生,他和19世纪众多深受西方启蒙主义影响的俄罗斯知识分子一样,渴慕一种驾驭历史和大自然的无所不能的力量。他们以为,只有无条件听命于科学和理性,摆脱一切传统的民族、文化和宗教的束缚,才能一劳永逸地在白纸上画出地上的天国。小说叙事者发现,"他的原则性还缺少内在的非原则性"。可以说,安季波夫对原则性坚如磐石的信仰成了他道德的洁癖,或古希腊意义上悲剧英雄的性格缺陷(hubris,自大)。他所注重的是理论的智慧而非具有灵活标准的实践的智慧,所以"缺少应付偶然情况的思考力,还不善于利用意料之外的新发现去改变不会有结果的原来的完整设想"。面对被重病折磨得极其虚弱的社会他敢用药性猛烈的方子;他把暴风雨当成千年盛世的前奏,因此像海燕一样在风暴雷电中穿飞,毫无惧色。

在安季波夫身上不是有少年日瓦戈和他充满理想的同伴们的影子吗?他们都曾为无限度的羞耻感所虏获,倾心于极端的纯洁感情。不同的是,日瓦戈本人从属的阶层是激进主义的温床,那些家境很好的理想主义者爱好冒险和刺激性,他们缺乏对俄罗斯劳苦大众的命运认真切实的思考,比如尼卡和那些好玩枪击警察游戏的彼得堡大学生。俄罗斯的一些变化令日瓦戈怅然,其实是他偏爱的阶层的产物。19世纪俄罗斯知识分子的历史离不开十二月党人、全盘西化派、"浪漫的流亡者"(英国史学家 E·H·卡尔形容赫尔岑用语)和主张暴力的虚无主义者。《日瓦戈医生》一书中颇多来自上层社会的锐意剧烈变革的人物。梅留泽耶沃地方的金茨政委出身于一个枢密官的家庭,他要为大家"争取任何一个国家的人民都享受不到的自由"。这位极富献身精神和荣誉感的年轻军人"像是一支燃放出崇高理想之光的小蜡烛"。实业家科洛格里沃夫憎恨衰朽的现存制度,暗藏秘密工作者,像是要推翻作为私有者的自己。就连日瓦戈十分敬重的舅舅韦杰尼亚平也是时髦的新派。他旅居中欧,说到自己祖国的前途时有一种令人羡慕的轻松:"对旧的只做部分修补是行不通的,需要根本破除。也许这会招来整个建筑的垮台。那又怎么样?"他只是准备暂时投入俄罗斯沸腾的漩涡,日后如果能完整无损地从革命中脱出身来,他还是要回到阿尔卑斯山下过闲适的生活。"那又怎么样?"出自他之口就尤其值得读者细细品味个中或轻或重的涵义。

日瓦戈从前线医院回莫斯科,火车上遇到狩猎归来的波戈列夫席赫。这位富家子弟在激进者群像中最为醒目,他对生活、政治和艺术有一套一以贯之的激进观点。他把自己那只"像一团拖布"的猎狗叫做"侯爵",他的开明程度由此可见。帕斯捷尔纳克写道,这年轻人的言论与风格像陀思妥耶夫斯基《群魔》中的彼得·韦尔霍文斯基(原型为巴枯宁信徒、秘密团体头目涅恰耶夫)。他在火车上大言不惭地表述无政府主义者的狂妄设想。他以"一个先知者的心安理得的语调"断言俄罗斯将出现大动乱,脸上有一种"目空一切的镇定自若"。日瓦戈表示社会从一个转折向另一转折过渡时需要安定和秩序，波戈列夫席赫却坚持，破坏是正常现象，"是更广阔的创造性计划合乎规律的先行部分"。有趣的是这位铁石心肠的救世主实际上又聋又哑。他的毅力与理智超常，克服了种种困难学会阅读对话者的嘴形，推测所说内容，又能模仿常人喉部肌肉的动作来学会说话。在光明的理性世界他正常地与人交往，一旦黑幕降临他就无法与人交谈。

日瓦戈对安定与秩序赞不绝口，受到智性畸形发展而人性残缺不全的波戈列夫席赫的讥嘲。在后者眼里，日瓦戈在山雨欲来风满楼的时候是只胆怯的麻雀。经过一番使他激奋又颓唐的风雨之后，日瓦戈确实成了没有志向的燕雀。社会上像瘟疫一样流行的大话空话使他避世且以庸居自乐。然而他赞美劳动和日常生活中的职责与习俗。在普希金的作品里他读到了温馨："我的愿望是平静的生活，/还有一大沙锅汤。"日瓦戈在作于瓦雷金诺的札记里对19世纪的俄罗斯文化作了沉郁的反思："在所有俄国人的气质中，我最喜欢普希金和契诃夫的天真无邪，他们对像人类的最终目标和自身的拯救这类高调羞涩地不予过问。……果戈理、托尔斯泰、陀思妥耶夫斯基做好死的准备，他们烦心劳神，寻找人生的真谛。"无疑，这些言辞有助于读者把《日瓦戈医生》置于俄罗斯文学传统的脉络中领会它的意义。

然而日瓦戈这样的"蓬间雀"有他独特的执著。对俄罗斯，日瓦戈不是动辄展翅九万里的鲲鹏，也不是胸存四海之志的鸿鹄，他更像一只忠贞的、永不远徙的麻雀。帕斯捷尔纳克在回忆录《人与事》中写道，他敬仰叶赛宁，因为叶赛宁是俄罗斯土生土长的诗人，他用"使人眩晕的清新"描绘了家乡梁赞省的风光。在《日瓦戈医生》中，我们不是也时时为类似的清新所触动吗？俄罗斯大地一年四季的变化都能使作者像热恋中的少年一样欣喜若狂。小说里没有官样文章的爱国豪言壮语，但是在细腻生动的景物描写中处处是作者对乡土的动情的关切。帕斯捷尔纳克拒绝离开、背叛俄罗斯，对自己祖国历史进程的痛苦疑问决不能转变为摈弃她的所谓"文明的"理由。他大概会和日瓦戈一样，把逃离国内岗位的同胞称为"能言善辩的天之骄子"，不愿与他们为伍。他把经历了种种磨难的俄罗斯比为生活上曾失过足但却因此更美的拉拉，这位名扬四海的母亲"身上带着永远无法预见的壮丽而致命的怪癖"。帕斯捷尔纳克放弃接受诺贝尔文学奖后在致赫鲁晓夫的信（不必计较这封信是由谁代笔的①）上声明，自己不能离开俄罗斯生活，这是他的肺腑之言。

《日瓦戈医生》上卷第六章有这样一句："在空荡荡而且仍然昏暗的巷子里，树上残存的雨水滴落声夹着被雨淋湿的麻雀坚忍不拔的啁啾。"日瓦戈和拉拉的一些生活片断不禁使读者联想到"被雨淋湿的麻雀坚忍不拔的啁啾"。拉拉在生活必需品极其缺乏的时候还把孩子的内衣浆洗得干干净净。麻雀是平凡乃至平庸的，但它也有使人肃然起敬的时刻（参看屠格涅夫散文诗《麻雀》）。与麻雀兀然对立的是狂热、剽悍、醉心于冒险的海燕：它以为天下无不可为之事，把生活当作可以随意抟捏的材料，并且以不妥协的姿态在对抗与战斗里追寻刺激和英雄主义；它把渐进的和风细雨的改良当作老年的保守，把跃进的暴风骤雨的突变奉为少年的进取；它在社会的动荡中放开喉咙歌唱，"让暴风雨来得更猛烈些吧！"小说《日瓦戈医生》在一定程度上是从麻雀的角度审察海燕的性质。无法否认的是，作者对马林娜们的冷漠大大削弱了他对激进哲学的诘难，因为正是这种法国贵族式的对小老百姓的蔑视引发了使社会遭受苦难的剧变。但是对习惯性地偏爱海燕风格的读者而言，《日瓦戈医生》是一部值得细读的小说。它使人们感悟到，麻雀是依人而居的生灵，它的啁啾与海燕好斗的高歌相比自有其温和的魅力。

---

① 帕斯捷尔纳克的女友依文斯卡娅曾强调这封信不是由帕斯捷尔纳克亲拟的。见乌兰汗、桴鸣译《人与事》，三联书店，1991年。

第十三章 索尔仁尼琴

一、生平与创作

亚历山大·伊萨耶维奇·索尔仁尼琴（1918—2008），俄罗斯小说家，1918 年 12 月 11 日生于高加索的基斯洛沃茨克市，与母亲相依为命，七岁时随母亲移居罗斯托夫。1936 年进入罗斯托夫大学物理数学系，1939 年在莫斯科文史哲学院函授班攻读文学，1940 年毕业后任中学教师。卫国战争爆发后参军，1942 年 11 月，在炮兵学校速成班培训后，作为炮兵侦察连连长奔赴前线，曾两度荣获军功章并晋升为大尉。因与好友的通信对斯大林的军事失误表示不满，1945 年索尔仁尼琴在东普鲁士前线被苏军反间谍部队逮捕，送到莫斯科卢比扬卡监狱，几个月后，以"进行反苏宣传和阴谋建立反苏组织"的罪名，被判处八年监禁。前四年在北哈萨克斯坦劳改营服苦役，后四年被送往特种监狱，从事数学研究。刑满后被判终生流放哈萨克斯坦的江布尔州。1956 年被解除流放，次年恢复名誉。后定居梁赞，当中学教师。

1962 年《新世界》发表了他的短篇小说《伊凡·杰尼索维奇的一天》，引起强烈反响，从此他作为成熟作家走上文坛。小说展示了劳改营的生活，以他本人的经历为蓝本，主人公在监狱里度过了"3653 天，因为闰年，还得加上 3 天"。小说以高度浓缩的手法叙述了主人公一天的苦役生活：起床、吃饭、砌墙、睡觉，虽是平铺直叙，但语调冷静、恬淡而不乏幽默。这种缓慢的节奏与主人公忍耐顺从的个性相适合。一些细节引人注目：舒霍夫喝粥时"把碗和汤匙舔得像洗过一样干净"，抽烟时"贪婪地连烟雾都吸进肚里"，睡觉时躺在床上对自己还算"幸福的一天"感到自足和惬意。这些描写反衬出人的基本权利丧失殆尽，尊严被践踏却想尽办法活下去的情景。从 1965 年起，他的创作受到苏联官方压制。《第一圈》和《癌病房》都是以手抄本形式流传,后在西方出版。前者书名受到但丁《神曲》启发,描写玛弗日诺监狱,被拘禁的科学家从事开发供克格勃使用的语言辨音器,以监视公民和涉外人员的通话情况。小说还刻画了斯大林晚年的阴暗心理:七十岁以后的斯大林面临衰老和死亡,孤独而怪癖,残酷而胆怯。小说情节复杂,人物众多,八十七章每章都有一个独立故事,类似八十七篇短篇小说,而且政论性加强。1970年索尔仁尼琴“因为他在追求俄罗斯文学不可或缺的传统时所具有的道义力量”而获得诺贝尔文学奖。1973年长篇小说《古拉格群岛》在巴黎出版,记叙苏联20世纪30、40年代的集中营历史,以新闻报道、回忆录、书信、历史档案、东西方文件等组成,采用了二百多份个人材料和大量法律条文,以及自己的遭遇,回答了战俘问题、俄奸问题、死刑问题、大清洗、民族政策等几十个问题,条理分明而又有可读性,显示了索尔仁尼琴的数理逻辑能力和艺术探索激情。

1974年2月,他遭逮捕并被剥夺国籍、驱逐出境。后移居美国,在小城佛蒙特度过近二十年的流亡生活。《牛犊抵橡树》(1975)回忆和反思20世纪50年代至70年代自己的文学创作生活,作者以牛犊自喻,橡树则是苏联文化部门及苏联作协。《红色车轮》也是一部大型作品,涉及20世纪初俄国最动荡的历史时期数百个人物,如尼古拉沙皇、斯托雷平、列宁,紧紧围绕着“二月革命”展开。原计划写二十卷,显然难以完成。1994年5月他启程回国,出乎他的意料,他已不再有当年的轰动与辉煌。2008年8月3日,他由于心脏衰竭在莫斯科家中去世。

索尔仁尼琴第一次描写了鲜为人知的苏联集中营,激活了传统的批判现实的精神。他是个愤世嫉俗的人,善于把自己的亲身经历化为艺术,将自己在狱中积郁的不平和仇恨以艺术形式宣泄出来。当然,有时不免显得极端和偏激。他用写实手法展示小人物的遭遇,呼吁尊重人的个性、自由和尊严,充满政论激情,试图探索和回答20世纪“谁之罪”、“怎么办”等纯粹的俄罗斯问题,提出在新的社会条件下俄罗斯精神复兴的思考和呼吁。他继承了车尔尼雪夫斯基的政论激情,陀思妥耶夫斯基的时空浓缩,托尔斯泰的从容不迫的叙述语调。他又有独特的直觉和想象力,运用意识流手法、多层次的复式结构、塑造人物群像、艺术剪贴等,具有20世纪文学的特征。

二、《癌病房》

索尔仁尼琴的作品似乎与他本人的命运一样多舛。《癌病房》是他继中篇小说《伊凡·杰尼索维奇的一天》之后,在20世纪60年代创作的一部重要作品。就题旨指向而言,这两部容量不同的作品有着某种内在的相近之处,但遭遇却迥然不同。《伊凡·杰尼索维奇的一天》问世时,苏联领导人公开赞扬它是一部“艺术和政治性都很强的”、“真实地从党的立场来阐明那些年代苏联真实情况的作品”。评论界也认为,这部作品标志着一个新的、独特的,并且是完全成熟的巨匠进入了苏联文坛。然而此后不久,苏联领导人更迭,这部比《伊凡·杰尼索维奇的一天》更有力地写出了“斯大林个人迷信时期的那些痛苦而黑暗的篇章中的一切最重要的东西”(西蒙诺夫语)的小说《癌病房》却被禁止发表,尽管小说的手稿在莫斯科作协讨论时得到大多数作家的肯定,《新世界》杂志也准备予以刊登。今天看来,这种强烈的反差已经不难得到解释,它实际反映了苏联国内对那个敏感时期的评价大起大落的状况。

首先,可以这样认为,揭示极左路线对人性的深度摧残是《癌病房》的一个首要的着眼点。

小说以1955年作家在塔什干治疗癌症的经历为基础,带有一定的自传性质和象征色彩。小说的主人公科斯托格洛托夫是一个被抛出正常生活轨道的人物。七年刑满后,他被永久流放在苏联的中亚地区。小说有意识地将这样一个人物置于20世纪30、40年代那个特定的历史背景和50年代初期那个"山雨欲来风满楼"的时代氛围中。

科斯托格洛托夫因癌症复发，获准从流放地来到塔什干的一家医院治疗。他在治病期间与医学实习生卓娅和医生薇拉之间的戏剧性的情感纠葛构成了小说情节的第一层面。科斯托格洛托夫经过一段时间的治疗，病情有了明显好转。随着生理机能的恢复，种种"纷乱、流俗的欲望"在他的内心产生。他与年轻的金发姑娘卓娅"一见钟情"，但其中情欲显然起着主导作用。科斯托格洛托夫对薇拉的关注和动情一开始也是如此，但后来两人的关系有了较大发展，在相互了解和互有好感的情况下，他们之间的感情有了更为丰富的内容。然而即使如此，科斯托格洛托夫始终没有从情欲中有所超越。但他为自己的这种强烈的情欲惶恐不安。他记得自己过去并不是那种见到女人就失魂落魄的人。他从不对女人评头品足，"认为这是庸俗无聊的事"。他在大学时代也有过纯真的爱情，可是战争以及随之而来的苦役不仅使他丧失了青春年华，而且与女性世界完全隔绝。如今人到中年的他，刚从苦役和病魔中得到喘息，"就像秋天的草木急于吸干土地的最后几滴汁水，以追悔夏季没有及时喝足一样"。畸形的心理中掺入了现实的内容。正是反常的生活经历造成了科斯托格洛托夫病态的情欲。在这一心态的支配下，他把性欲看得比生命更重要，甚至不顾癌症的威胁，竭力拒绝可能会抑制性功能的激素疗法。在他看来，在部队和劳动营分别呆过七年之后，为了保全生命，再付出使生活平添色彩、香味和刺激的那一切，代价实在是太大了。当这类描写放入小说的总体结构中时，读者感到的不是性爱心理的一般展示，而是受压抑而变形的心灵的挣扎和控诉。于是，这些描写就与那个特定的时代紧密联系在一起，显示出严肃的、发人深省的一面。

不正常的生活造成的心灵扭曲还通过多种形式，特别是科斯托格洛托夫重返生活时的心理矛盾表现出来。科斯托格洛托夫是极左路线的无辜受害者。在失去了青春、爱情和事业，在多年被迫低头、丧失自由以后，"解冻"的每一丝迹象都使科斯托格洛托夫欣喜若狂。他是那么渴望重返生活，但这对他来说决不是一件轻松的事情，受伤的心灵会被普普通通的现象所刺痛，并激起病态的强烈反应。科斯托格洛托夫出院那天在一家百货商店里几次遇到尴尬场面。当他听到有人询问有没有某种领子号码的衬衫时，他的反应竟是"好像被人用锉刀同时在左右两颊狠狠地锉了一刀"，与劳动营中艰辛的生活相比，那"纤尘不染的小子"竟然"记得自己领子的号码"?! 当他受病友之托走进动物园时，举目所见均会引起他与众不同的反应：看到一动不动的山羊，想到的是"具备这等性格不愁经不起人生的波折"，看到关在动物园栅栏里的熊，想到的是"按熊的尺度来衡量，这只能算隔离室"；看到一份公告上写着有人将烟末子撒入猕猴的眼睛，觉得烟末子像是撒入他的眼睛，"究竟为什么? ……平白无故?"确实，"他的头脑被扭曲得已经什么也不能按本来面目不带成见来接受了"。作者真实地写出了主人公在经过炼狱般的磨难后重返生活时的特殊心态，写出了不正常的生活造成的心灵扭曲，写出了他力图驱散而又无力驱散的内心阴影，从而有力地揭示了肃反扩大化和劳改营中的异化劳动对人性的摧残。

小说中出现的人物在那个特定的时代有过各自不同的命运浮沉，并带着各自的心灵重负。小说对这些人物的精神变异也分别做了描述。在索尔仁尼琴笔下，那些打着"最最忠于"的旗号，为个人迷信和错误路线肆意推波助澜的人往往是心术不正和腐败堕落的丑类。卢萨诺夫就是个典型。长期的整人生涯使他逐步形成了阴暗心理，他把整人看作是"诗一般的艺术"，他的"诗意就在于可以感觉到，一个人完全在你的掌握之中"。50年代中期的"解冻"风潮对这类人是一个沉重打击。在卢萨诺夫看来，那是一个混乱的、不健康的时代，他为极左路线立下的汗马功劳开始成为不光彩的事情。他很清楚，他的地位、特权，乃至灵魂，都是与这条路线联系在一起的。因此,卢萨诺夫对劣迹败露、惩罚难逃的恐惧几乎超过了肿瘤对他的打击。在那个特定的时代,也出现过不少盲目跟随错误路线和盲目崇拜个人偶像的人们。小说中的青年地质学家瓦吉姆和他的父亲就是这样习惯用别人的脑袋进行思考的人。瓦吉姆的父亲提到斯大林,他的声音会发抖。在他看来,斯大林的每一次讲话都"蕴含着多么深刻的含义",不仅句句是真理,而且从语言学的角度来看也是最出色的。这样的人还往往从崇拜领袖进而盲目地相信一切来自权威部门的声音,如有人把内战时期的优秀师长说成是德国间谍,把列宁的战友说成是叛徒,对于这种不实之词,他们也跟着支持和拥护。作者认为这些人尽管善良,但却是不分是非的傻瓜。小说通过人物的口说明了盲从现象的根源,即人们喜欢把别人的权威意见奉为圭臬,喜欢沿用一些习惯的和流行的提法。然而一旦旧的偶像失去神圣的光环,盲从者便会感到震惊和迷惘,甚至为此品尝人生的苦酒。也有人在错误路线横行时始终是清醒的,但他们迫于压力痛苦地保持了沉默,甚至干了违心的事情。小说中的舒路宾曾经是个热情很高的专家,30年代的"大清洗"触及了他所在的农业科学院,许多人被捕,当时他就"看透了个中原委"。但是,为了自己和妻儿,他违心地承认错误,与被捕者划清界线,降级下放后,又烧毁各种书籍。在这样干时,他的灵魂是不安宁的,他始终"不断地在思考"。临上手术台前,舒路宾的责问和忏悔犹如决堤的洪水一般喷发出来,从中可以感受到这样的清醒而又软弱的沉默者在精神上所受的煎熬之深,他们在那个时代活得格外艰难。小说多方面地揭示了畸形年代中人所受到的精神戕害。

其次,对个人迷信时期的社会现象充满政论色彩的严峻审视是《癌病房》的又一特点。这部作品为苏联文学提供了新的历史层面。

在《癌病房》中,读者首先面对的是20世纪30、40年代的肃反扩大化问题。由于它波及面广,时间又长,因此造成了不计其数的冤假错案。如小说中提到的"工业党案"就属此例,它不仅使一批杰出的科技工作者受害,而且还株连了不少人。卢萨诺夫仅仅用"赞美工业党的活动"的罪名进行诬告,就使罗季切夫和为罗季切夫仗义执言的党委书记古宗遭到逮捕。叶丽扎薇塔(小说中的勤杂工)一家的不幸遭遇就是从30年代中期的"大清洗"开始的。她的丈夫、乐团的一名长笛手,因为酒后爱发议论,结果全家作为"社会危害分子"被放逐出列宁格勒,而后一连串的苦难就像幽灵一样紧随着她们一家。科斯托格洛托夫是在40年代被捕的。战后,他在大学上一年级,与一群男女同学常在一起玩耍,对一些看不惯的事发些牢骚,有时也谈到斯大林,结果这些同学全给抓起来判了重刑,有的后来死在流放地。小说中大量涉及了肃反扩大化问题,指出了它给苏联社会造成的极大创伤和留下的浓重阴影。

由于医院是情节展开的主要场景,因此小说中对医生阶层描写较多,于是知识分子问题也凸现了出来。放射科主任医生董佐娃几十年如一日,对工作极端负责,拯救了无数病人的生命,可是她的工作条件和生活待遇都很差,而且还常常受到莫名的行政干预和卢萨诺夫之流的政治恐吓。超负荷的运转和不被理解的痛苦使她的身体很快垮了下来,未出中年,病魔就迫使她离开了自己心爱的岗位。外科医生列昂尼多维奇为人正直,但因为院长随意发号施令和凭关系录用不学无术之徒而无法心情舒畅地工作。德高望重、医术高明的老医生奥列宪科夫也因所谓的"历史问题"屡遭打击,甚至被剥夺行医的权利。在那个时代,不单单是医学界,其他领域如哲学界、生物学界、遗传学界等都出现过类似的情况。知识分子在政治运动中往往首当其冲,不少人受到了不公正的对待,连一些现代科学理论也被宣布为"反革命的蒙昧主义邪说"。

伴随着个人迷信产生的另一个现象是人治代替法治。只要是权威者的意见就不得更改。小说中一个名叫季马·奥利茨的人只不过对肃反中的过火行为略表异议,有人就群起而攻之,给他扣上"坏蛋! 帮凶! 特务!"的帽子。法制不健全也为品质恶劣者为非作歹创造了条件。卢萨诺夫等人利用手中控制的档案随心所欲地操纵人们的命运。他的上司丘赫年柯觉得叶尔锵斯基是他仕途上的障碍，于是卢萨诺夫立即平白无故地置叶尔锵斯基夫妇于死地。法制不健全还导致量刑中的错误和失当。因老母亲收留一个陌生人（实际上是逃兵）过夜而被捕的卡德明夫妇，刑满后被永久流放，可是那个逃兵本人却早已获释。罪证确凿的刑事犯受到宽大处理，而爱对社会中的不正常现象说出自己看法的人却被严加惩处。小说通过对种种怪现象的描写，呼唤着民主与法制。

《癌病房》中还触及了其他许多方面的问题。例如，民族政策问题：40年代一些少数民族（日耳曼族、切禅族、卡尔梅克族等）的老百姓被视为敌人，以"集遣移民"的方式被强行迁移到荒凉的中亚细亚或西伯利亚；劳动营中的人道主义问题：犯人的疾病被漠视，女犯人的人格受侮辱，犯人的通信遭限制；文艺政策问题：禁止真实反映生活的作品发表，批判暴露社会弊端的影片，宣扬"无冲突论"，攻击"文艺要真诚"的观点；官僚主义问题：办事拖拉，公文旅行，追求特权，不顾人民疾苦；不正之风问题：走后门拉关系之风盛行，从购紧俏商品到发表文艺作品，从录用医务人员到书记混取文凭；信仰危机问题：在时代风云骤变时，年轻一代的迷惘和对原有信仰的动摇；纠"左"的阻力问题：昔日的干将或竭力对抗对错误路线的批判，或改头换面，"与新时期协音同调"，以待东山再起……

当然，和索尔仁尼琴的许多作品一样，《癌病房》在激烈抨击个人迷信和揭露社会阴暗面时，有时失去了应有的分寸感；小说在摹写人物肉体的和精神的伤痕时，有时也流露出某种非历史主义的倾向。但是，在怎样看待这一特定时代的不正常的社会现象，如何深入探讨悲剧产生的原因上，《癌病房》显然提供了极有价值的历史画面。

《癌病房》在艺术上也颇有特色。这是一部结构严谨的社会心理小说，它不注重故事情节的叙述，而是把主要笔墨用于对人物心灵震颤的描摹上。在浓缩的时空和独特的观察点上，小说准确而又细腻地显示了不同阶层的人物强烈的情绪波动，并以此揭示人物的性格、时代的氛围和历史的阴影。小说在有限的场景中展示了广阔的历史背景，并在主人公身上赋予了某种自传因素，为作者在小说中"抒一己之情，辩兴亡之理"创造了条件，从而使小说带上了鲜明的政论色彩和较强的辨析力量。

第十四章　艾略特

一、生 平 与 创 作

　　托马斯·斯特恩斯·艾略特（1888—1965），英国诗人，1888 年 9 月 26 日生于美国密苏里州圣路易市的一个清教徒家庭里，父亲是富商。艾略特排行第七，是家中最小的孩子。1906 年他进入哈佛大学，专修哲学，选修了各种语言，他研读了西蒙斯的《象征主义文学运动》以及波德莱尔、兰波、拉福格的诗歌。为了撰写博士论文，1914 年他到德国和英国从事研究，由于第一次世界大战爆发，海上航运受阻，他无法返回美国，便在英国一所中学教书，后在银行任职。1922 至 1939 年主编文艺评论季刊《标准》，1927 年入英国籍。

　　1915 至 1922 年是艾略特诗歌创作的第一个时期。他创作了《阿尔弗瑞德·普鲁弗洛克的情歌》（1915），模仿拉福格的风格，通过一个"过于敏感、过分内省、胆子太小、压抑太强"的中年男子，在求爱途中矛盾变化的心理，反映了 20 世纪初欧洲资产阶级青年对人生和西方文明的怀疑和幻灭感。他还写有《诗集》（1919），进一步表达了对西方现代社会的厌恶。

　　第二个时期从 1922 至 1925 年，主要作品有《荒原》（1922）和《空心人》。后者描写了西方人精神空虚的生存状态："我们是空心人/我们是稻草人/互相依靠/头脑里塞满了稻草。"诗人以"空心人"、"稻草人"象征现代人。全诗弥漫着浓郁的悲观和虚无的气氛。1927 年艾略特加入英国国籍和国教，宣称自己在政治上是保皇派，在文学上是古典主义者。

　　第三个时期从 1930 至 1934 年，《圣灰星期三》表明诗人已转向了宗教怀抱。长篇组诗《四个四重奏》（1936—1943）依照音乐结构，描写一个皈依宗教的人在寻找真理的过程中的精神历程。四重奏分别代表一年四季,选取了四个与诗人密切相关的四个地区为背景,象征空气、土、水、火等古希腊哲学认为构成宇宙的四大元素,分为"燃烧的诺顿"、"东库克"、"干赛尔维其斯"、"小吉丁"四个四重奏。长诗充满各种掌故、记忆与今昔对比,带有自传色彩。全诗的主题是关于时间的一部长篇沉思录:"现在时间与过去时间,/也许都存在于将来时间,/而将来时间包含在过去时间……可能发生的与已经发生的,/都指向一个终点,即是现在历史是一个无始无终之时刻的图案。"在某种程度上,《四个四重奏》以其深邃的哲理寓意、完美的形式和高超的诗艺,与《荒原》相媲美。1948 年,艾略特因为这部长诗获得诺贝尔文学奖。

艾略特也是英美形式主义批评的鼻祖。他早在《传统与个人才能》(1917)中就基本上确定了自己的文学批评原则。他认为,诗人不能超越传统,但诗人的才能又可以像催化剂那样促使传统发生变化;诗歌创作不是个人感情的自发流露,而是一种智性活动;诗不是放纵感情,而是逃避感情;不是表现个性,而是逃避个性,要非个性化。在《哈姆莱特和他的问题》(1919)中,他又认为诗人"表现感情的唯一途径",就是寻找一种"客观对应物"。批评家应该将注意力转移到诗歌本身,"鉴赏不应着眼于诗人,而应该着眼于诗"。他对马娄、本·琼生以及玄学派诗人的论述是"新批评"的典范。

艾略特认为人的情感有多样性和复杂性,"必要时其至打乱语言的正常秩序表达意义"(《玄学派诗人》)。他从前期象征派诗歌中领悟到清新、精确的意象的魅力。他厌恶传统的浪漫主义诗歌柔婉、缠绵的风格,认识到诗歌最重要的因素是诗歌的语言,而不是诗人的个性或自我表现。从 17 世纪英国玄学派诗人那里,他学到了诗人应该如何将智慧与激情相结合。诗歌创作同样需要运用睿智、反讽和引经据典。波德莱尔、戈蒂埃、兰波和瓦莱里等等诗人精湛的诗艺也让他获益匪浅。此外,17 世纪初的戏剧家使用的无韵诗体将节奏、想象力与人物对白的语调、情绪变化等因素进行有机对位,形成富有感染力的语言,也给他很大启发。

1965 年 1 月 4 日,艾略特在伦敦家中逝世。

二、《荒原》

《荒原》是艾略特的扛鼎之作,同时又是西方现代主义诗歌的一座里程碑。

《荒原》原来有八百多行,被庞德大加删削,余下四百三十四行。诗歌晦涩难懂,在于它包含了艾略特的哲学思想,即直觉主义认识论和悲观主义的不可知论。他认为文学作品不总是可以依据理智来理解的;人的认识不可能获得客体的真相,世界根本不可认识。诗歌的意义不过是一种骗局。艾略特从这样的认识出发,建构这部长诗。

《荒原》分为四章。第一章"死者的葬礼"共七十六行。这一章表现现代人的生活无异于出殡,而葬仪的意义又在于使死者的灵魂得救。诗人用对比描写荒原上人们对春冬两季的反常心理,春暖花开的"四月"竟然是"最残忍的一个月",诗人由"荒地"引起"回忆和欲望",败落的贵族玛丽回忆破灭了的浪漫史,暗示西方文明的衰落。诗人以《圣经》典故描写荒原景象。然后通过瓦格纳的歌剧引出西方人的生存状态和精神状态。最后通过伦敦这座西方文明之都的衰败,展示当今西方世界令人触目惊心的荒原全貌。

第二章"弈棋",共九十六行。通过引证莎士比亚、维吉尔、弥尔顿和奥维德的作品,将人类昔日的昌盛和今日的颓败相对照,突出现代人纵情声色、形同僵尸的可悲处境。上流社会一个空虚无聊的女子在卧室里自言自语,不知道自己该做什么。另外一个下层社会的女子和女伴在小酒馆里谈论私情、打胎、对付丈夫。结尾借用奥菲莉娅的一段疯话，影射现代西方女性已彻底堕落，虽生犹死。

第三章"火诫"，共一百三十九行。"火诫"原是佛劝门徒禁欲，达到历史最高水平涅槃的境界。诗歌展现泰晤士河畔的今昔，伦敦各种人物的无聊生活，一片狼藉。一个女打字员和一个青年有欲无情的关系，最后只有分手。诗人认为只有宗教才能点化荒原人执迷不悟的人生。人欲横流带来死亡。昔日腓尼基水手由于纵欲而葬身大海，今天无数的人仍然在人欲的汪洋中纵情作乐，他们的死亡无法避免。

第四章"雷霆的话"，共一百一十三行。规劝人们要施舍、同情、克制，这是解救荒原的最后希望。展现三个"客观对应物"，即耶稣死后的景象、俄国革命后的景象、寻找圣杯的武士走后的景象，面对荒原，雷霆说话，但并不管用。诗人内心保存着挥之不去的怀疑和焦虑。

《荒原》展示了战后西方文明的危机和传统价值观念的失落，反映了整整一代人理想的幻灭和绝望，捕捉到如荒原一般萧瑟的"时代精神"。"荒原"一词已超出了文学的范围，它已成为西方现代文明的象征。艾略特从弗雷泽的《金枝》中借取了繁殖神崇拜的神话。根据巴比伦、叙利亚、塞浦路斯和埃及的神话，繁殖神一旦死亡，大地便成了一片死寂的荒原，而当她们再生之际，大地便恢复了生机。艾略特又从魏士登的《从祭仪到神话》中借用了寻找圣杯的传说：渔王生了病，失去了生殖能力，他的国土变成了一片不毛的荒原，只有找到圣杯才能治好渔王的病，荒原才能恢复生机。《荒原》一诗在于表明，第一次世界大战后，西方失去了信仰，如同先民失去了繁殖神，出现了一片精神荒原，只有回归宗教，才能使西方文明获得新生。

首先，《荒原》不同于传统的诗歌，它既不是叙事诗，也不是抒情诗。它继承了《恶之花》的手法，选用病态、丑恶、卑微的意象，全诗充满了枯槁、干涸、破碎、散乱、空虚、孤独、丑陋、衰朽、蛮荒、死亡等景象。第二，象征具有多样性和丰富性。艾略特说："一首诗对于不同的读者可能具有不同意义，而所有这些意义或许都不同于作者的意图……一首诗可能具有远远超出了作者本人所能觉察到的范围以外的内涵。"《荒原》具有丰富的暗示性和联想性。这首诗旁征博引，涉及到五十六处典故、三十五个作家、七种语言。水有双重象征意义：水既是土地肥沃、农业丰收的基本保证，又是由繁殖神崇拜而来的、以性欲为代表的人类各种欲望的象征；荒原缺水，要等待水来解救，这时水是"活命之水"；西方社会人欲横流，水太多了，这时水是"死亡之水"；岩石是精神空虚、枯竭的象征，又是避难所、坚定信仰的象征；火时而象征上层妇女骄奢淫逸的生活，时而象征人类罪恶在光亮中堂皇地前行，时而是圣火的象征，时而是欲火的象征或炼狱之火。像兰波的诗歌一样，这首诗意象奇特，如"太阳的鞭打"、"白骨碰白骨的声音"、"老鼠拖着粘湿的肚皮"、"长着孩子脸的蝙蝠"，再如"四月是最残忍的月份"、"去年你种在花园里的尸首，它发芽了吗?"都是惊世骇俗的语句。诗中既有口语、书面语，又有外语、古语、土语。第三，运用了蒙太奇的剪辑手法和拼贴手法，将神话、传说、宗教人物和说教、古典文学和历史故事、现代生活片断组接在一起，把看似不相关的戏剧性场面、表面上风马牛不相及的意象拼贴在一起，共同纳入以荒原为中心的象征结构中，并获得了内在的联系。

第十五章　布勒东

一、生 平 与 创 作

安德烈·布勒东(1896—1966),法国诗人,超现实主义的领袖和理论家,1896 年 2 月 19 日生于坦什布雷,先在外祖父家生活,1900 年随家移居巴黎,1913 年攻读医学,1914 年认识瓦莱里,第一次接触到兰波,成为马拉美的信徒,开始发表诗歌。1915 年入伍,先在炮兵团,后当步兵,给阿波利奈尔写了第一封信。1916 年在南特遇到雅克·瓦歇,5 月与阿波利奈尔相遇。7 月至 12 月在圣迪齐埃的精神病中心给主任医生当助手,发现了弗洛伊德的理论。1917 年认识苏波、阿拉贡,发现了洛特雷阿蒙。

1919 年布勒东发现自动写作法,与菲利普·苏波合写散文诗集《磁场》(1920)。他们写了一至两周,写得相当快,有的章节是由一个人完成的,有的段落则是轮流写作,一个大声朗读自己迅速写下的东西,另一个不假思索地续写下去加以回答。布勒东把这样的写法称为"说出来的思想",他认为"思想的速度并不高于话语的速度"。他们想以此来实验诗歌可以摆脱理智的束缚。同年还与阿拉贡、苏波创办杂志《文学》,并发表第一部诗集《当铺》。1920 年参加达达主义,1921 年这个团体解散。他到维也纳拜访了弗洛伊德。1922 年与查拉分道扬镳。

1924 年布勒东发表《消失的脚步》和第一篇《超现实主义宣言》(附《可溶解的鱼》),创办杂志《超现实主义革命》。自此,布勒东成为超现实主义的理论家和领袖。他为超现实主义作了权威性的解释,阐明了超现实主义的哲学和文学内涵、创作手法,特别是认为文学应描写梦与潜意识,梦是超现实;同时提出文学应排除一切思想考虑。同年在巴黎建立了超现实主义的常设机构"超现实主义研究办公室"。1927年他参加法国共产党,并写作《娜嘉》(1928)。他表示要把超现实主义与马克思主义相结合,接受历史唯物主义,事实上超现实主义与马克思主义是两种不同的意识形态,他并不了解历史唯物主义,例如他始终将弗洛伊德放在马克思前面,拒绝"无产阶级艺术"的概念:"我不相信目前存在一种表现工人阶级愿望的文学或艺术的可能性。"(第二篇《超现实主义宣言》)。1929年他在《超现实主义革命》上发表第二篇《超现实主义宣言》,次年创建杂志《超现实主义为革命服务》。超现实主义团体在与法共和马克思主义接近的过程中,对这个团体产生了极大的冲击,许多成员纷纷脱离超现实主义团体,加入法共。第二篇《超现实主义宣言》谴责了这批"叛徒"。

此后布勒东的重要作品有:《自由结合》(1931)、《白发手枪》(1932)、《连通器》(1932)、《拂晓》(1934)、《疯狂的爱情》(1937)、《超现实主义简明词典》(1938)、《黑色幽默作品选》(1940)、《秘术17》(1945)、《给傅立叶的颂歌》(1947)、《谈话录》(1952)、《魔术》(1957)。30年代中期,他对苏联国内发生的事件表示不满,1938年到墨西哥执行公务时,多次与托洛茨基会晤,两人合写《为了独立的革命艺术》。第二次世界大战期间(1941)流亡美国五年,创办《VVV》杂志。1946年回到法国,在他周围重新聚集起超现实主义团体。他反对阿尔及利亚战争。他组织过几次超现实主义的国际展览会。1966年9月28日,布勒东因心脏病逝世于巴黎。

布勒东的诗歌虽然不少,但为人称道的不多。他的诗作力图实践他提出的主张,一是意象堆积,二是有幽默感。例如,《我的妻子》共五十九行,描写"我的妻子"的意象有几十个,有时一行就有两个,诗歌开头写道:"我的妻子有木柴火焰的头发/炽热闪电的思想/沙漏的身材/我的妻子有老虎牙齿之间的水獭身材/我的妻子有帽徽和壮美绝伦的星星花束的嘴巴……"这些意象是日常生活中见不到的、不存在的、古怪的,像梦呓一般不合逻辑,完全是非理性的产物。这首诗的写作符合自动写作法,诗行长短不一,凌乱而不可思议。但是,整首诗的意象组合起来却形成一种幽默意趣。又如《磁场》的这一段:"热罗姆的公鸡之斗/黑沙/我的天堂书/太阳的视察然后真正的凉爽/我在走道里想夏天/有人对我说过您在心的广场拥有的东西。"意象毫无联系,几乎像痴人说梦,这是自动写作法的产物。

二、《娜嘉》

《娜嘉》在1963年作过重大修改,这是一篇半记叙性半小说的作品,因为娜嘉实有其人,她与布勒东有过一段交往,但这篇作品又加进了作者的许多臆想,因此,把它看作一篇小说也无不可。正如《娜嘉》中女主人公要求作者为她写一部小说那样,布勒东是在以生活中的娜嘉为原型写出一部文学作品。

娜嘉是一个年轻女人,目光神秘,行动异常。叙述者第一次遇见她是在巴黎的街上。后来他又再见到她,转眼间她不见了,偶然又见到她,仿佛命运要促成他们会面似的。她能够通过想象和梦幻看出事物的变化;她不同寻常的意图令他惊讶。她的揭示使他激动,这些揭示后来得到事实证明。她将他带入一个禁区,这是一个令人目瞪口呆的巧合世界。他徒劳地抵挡她的影响,终于承认最不可能出现的情况,怀疑最坚实的信念,面对她感到一种神圣的恐惧。娜嘉却陷入自己的内心世界中。她被认为发了疯,进了疯人院。但发疯是什么?谁能说娜嘉对事物没有真知灼见呢?

布勒东在这部作品中将梦幻、潜意识、自动写作法混合在一起。女主人公娜嘉表面看来是一个神秘人物。她身体脆弱,微笑难以觉察,化妆古怪,引人注目。她是两三年前来到巴黎的单身女子,手头拮据,为了糊口,不得不出卖肉体;她有过恋人,也有一个女儿;她在巴黎贩过毒品,也坐过牢。她对事物有一种特异功能:她预言房子里过一分钟后将闪现红光,果然如此;她说旅馆底下有一条地道,那是几世纪前挖掘的,那时她在那里坐过牢!精神病科医生会以为她是精神病患者,刚从医院出来,在外面游荡。她又像一个幽灵一样,神出鬼没,行踪不定,找不到她,但又随时可以见到她。其实,娜嘉更像一个叙述者想象中的人物,是他的幻觉产物,并把她和现实混同起来。作者从1926年10月4日在巴黎的拉法耶特大街与她相遇,随后用日记形式记录他们的交往过程。作者还别出心裁地附上四十八幅图片,以说明娜嘉确有其人,而不是虚构的人物。小说开篇,叙述者自问:"我是谁?"布勒东改变了笛卡儿的"我思故我在"的哲学命题,回答道:"要是我相信一句格言的话,那实际上不就是等于知道我跟谁来往吗?""来往"这个词在法语中还有鬼怪经常出没之意。也就是说,小说一开始,作者便暗示娜嘉不是一个真实的人物。她是一种超现实的存在。娜嘉好像是叙述者在街上偶然遇到的,其实是他在脑子中幻想出来的,她是所谓客观偶然性的产物。所谓客观偶然性,既是幻觉、潜意识、虚幻的事物,又是可能出现的事物。这个娜嘉比布勒东的另一部作品《消失的脚步》中的少女更进一步,越来越扩展到外部世界中,可感可触,不像流星一样昙花一现。由于叙述者赋予她以形体、活动的真实性,她变成了一个介于幽灵和现实之间的人物:她是一个有实形的幽灵,又是一个幽灵化的真人。这样一种虚与实的描写,其实是作者脑子想象的写照,也是他的自我写照。人物的似隐似现,是作者的潜意识的作用结果。现实中的某个女性在作者脑子里留下了深刻印象,使他产生了幻觉。由于幻觉和潜意识是若断若续的,人物也就忽隐忽现,神秘莫测,像幽灵一样。叙述者不断内省,同娜嘉的这种意识幻化是一致的。这篇作品充分体现了布勒东对自我意识的挖掘,同时又把主观与现实等同起来,以此表现超现实的感受。

《娜嘉》通篇呈现出叙事的不连贯,思维的跳跃。作品从议论入手,转到对自动写作法的介绍,又谈起十年前的事,阿波利奈尔的剧本上演、一个穿丧服的女子来他家要一本《文学》杂志、南特的公园、超现实主义者德斯诺斯和杜尚的情况、傍晚的散步、看电影和看戏(《疯疯癫癫的女人们》)、从兰波的魅力写到一位少女谈诗和谈阿拉贡的《巴黎的土包子》、她拜访"超现实主义中心"、阿拉贡的古怪感觉,最后才转入正题,叙述娜嘉的故事。前面的一大篇叙述可以说都是废话,却占去了小说三分之一强的篇幅。这种无序的写法是典型的自动写作法,属于非理性的、无逻辑的自由联想。但作者由此将超现实主义的主张直接或间接地传达出来,显示了现实生活在他内心的投射,表现了他对另一个世界——超现实世界的执著探索,用作者的话来说,这是"以颇具异趣的方法完全独立地发表自己的见解"。其中有对雨果夫人的谈话的感想,有对福楼拜的小说和对库尔贝、籍里科的画的评价,有对于伊斯芒斯、洛特雷阿蒙的回忆,有关于《疯疯癫癫的女人们》的介绍,有对"美"发表的见解,有对自我和偶然性的探索,有关于和艾吕雅、苏波、德斯诺斯的交往,有对马塞尔·杜尚的模仿,这一大堆事构成超现实存在,它主宰和操纵了我们的现实世界。另外,小说的句子往往拖得很长,有时一句话占了一页,造成一种特殊的效果。

第十六章　卡夫卡

一、生平与创作

　　弗兰茨·卡夫卡(1883—1924)，奥地利小说家，1883 年 7 月 3 日生于布拉格，父母都是犹太人，父亲开妇女用品商店。1901 年他进布拉格德语大学攻读法律，1906 年获得法学博士学位，实习一年后，在布拉格的劳工事故保险公司供职，后被提升为高级秘书，直至 1922 年病退为止。

　　早期创作(1902—1912)只有一本散文小说集《观察》，共收十八篇作品，还有未完长篇《乡村婚事》。1912 年写出《变形记》和《判决》。此后他写出不少短篇，如《司炉》(1913)、《在流放地》(1914)、《为某科学院写的一份报告》(1917)、《中国长城建造时》(1918—1919)、《乡村医生》(1919)、《饥饿艺术家》(1922)、《地洞》(1923—1924)。其中，《在流放地》展示了现代人生存状况的艰难性的根源及其本质特征，这篇小说还具有政治预言的特点，包括世界大战、极权主义、"全球性帝国主义"政治的预言。《饥饿艺术家》的情节近乎荒诞，却象征着现实中底层社会的艺术家甚至某类人的悲惨处境。这位饥饿艺术家也是现实人生的一种异化写照，与《变形记》中变成大甲虫的格里高尔有异曲同工之妙。《地洞》表现了人对生存的焦虑与恐惧，无名动物挖掘了迷宫般的地洞贮藏了许多食物；它满意了，然而不知何处传来的嗞嗞声又使它感到危机四伏，惊惶不安，不如说这是人的精神状态，这个动物就像《地下室手记》描写的"地下人"一样。三部长篇《美国》、《诉讼》(一译《审判》)、《城堡》都未写完。《美国》描写十六岁的少年卡尔·罗斯曼受到中年女仆引诱，被父亲放逐到美国，处处受人利用，又被人抛弃。在这个陌生的世界里，他是个孤独者，是一个"被放逐的人"，同时这也是对人的生存状况的寓意。《诉讼》的主人公约瑟夫·K是个银行经理,在三十岁生日的早晨突然被捕,但仍然行动自由,他四处求助,处处碰壁,最后被两个黑衣人架走,在采石场把他处死。主人公具有二重性:作为无辜的被告,他体验到下层百姓的求告无门;作为有一定权势的人,他曾经高高在上地对待向他求助的人,他理应受到正义法庭的审判。《城堡》的主人公名叫约瑟夫·K,自称是城堡的土地测量员,要去城堡述职、入户口。城堡在不远的山冈上,却怎么也走不到。城堡主人C伯爵人人皆知,却谁也没见过。K想尽一切办法,还是见不到办公室主任。城堡高高在上,与老百姓的痛痒毫不相干。这种官僚专制主义对被统治者构成极大的威胁。

在卡夫卡的作品中,父子冲突是常见的主题。他的父亲像个家庭暴君,威胁着他的生存。他同情劳动者,对父亲苛待职工表示愤慨。《致父亲的信》也体现了父子冲突的尖锐性。作为犹太人,他感到自己是个失落了身份的异乡人,一个精神漂泊者。不少短篇小说以动物为主人公,但它们的心理活动仍然与人一样。他认为动物没有被文明粉饰过,较人更显得单纯,通过它们更能表现真实。他认为人类文明的发展,导致了人类生存的本来面貌的丧失,他要重新审察这个世界,观察这个异化的社会。由此,他的作品表达了孤独意识、恐惧意识、障碍意识。他的艺术手段包括悖谬、荒诞、象征、梦幻、寓言、神秘、多义等手法,而且带有自传性,形成冷峻、简洁的风格。他的创作革新了文学观念,另成一格,成为现代主义文学的鼻祖之一。

1924年6月3日,卡夫卡因病逝世。

二、《变形记》

《变形记》(1912)是卡夫卡生前所发表的一个篇幅最长、也是他最著名的小说作品,它不仅是卡夫卡最重要的代表作之一,而且也被公认为是20世纪现代主义文学的经典之作。

小说主要描写了年轻的旅行推销员格里高尔·萨姆沙变成大甲虫后的生理和心理的真实感受及其凄惨的遭遇。一天早晨,格里高尔从睡梦中醒来,发现自己变成了一只大甲虫。面对这一状况,格里高尔最担心的是自己会误了火车而无法出差旅行。他听到母亲提醒他起床的叫门声,却无法适应身体的变故而迟迟难下床去开门;在听到公司秘书主任也上门来催他了,格里高尔才把躯体挪到门口打开了门。他的形状把所有的人都吓住了:秘书主任逃走了,母亲瘫倒在地下,父亲气急败坏地把他赶回房间,他因此受了伤。格里高尔的变形导致家人生活发生巨变:父亲重新外出工作,母亲辞退了保姆,亲自操持家务以节省开支,妹妹则负责喂养他。格里高尔非常怨恨自己,衷心祈求能早日恢复正常。妹妹为了让他有更多的活动空间,想把房间里家具挪动一下,母亲进屋帮忙。格里高尔从沙发底下爬了出来,结果把母亲吓晕了,父亲赶来,愤怒地抓起苹果朝他一阵狂轰滥炸,一只苹果嵌在他背上,害得他整整一个月无法行动。尽管格里高尔始终没有放弃要挣钱养家的念头,家人却已对他绝望了,他们腾出房间出租以增加收入。一天晚上,妹妹在客厅里为房客演奏小提琴,格里高尔循着琴声爬出房间,结果又把房客吓跑了,格里高尔被赶回房间后才真正明白,为了家人,他必须消灭自己。格里高尔死了,家人如释重负。他们乘车来到郊外,打算痛快地放松一下。

小说一发表便在德语文化圈里产生了较大影响。第二次世界大战后,它在西方世界已经成了脍炙人口的名篇,因为尽管对于这个小说的基本主题和深层意蕴,读者的理解不尽相同,但是人们还是高度肯定了《变形记》所具有的重要的思想价值,认为它通过一系列具体主题的描写,深刻而真实地揭示了西方现代人所遭遇的非常尴尬的生存困境。

首先,小说通过主人公变成甲虫的事件,形象鲜明地表现了西方现代人普遍地感受到的关于人的异化的主题。所谓"异化",就是"物对人的统治,死的劳动对活的劳动的统治,产品对生产者的统治"(马克思语),即人成了非人。它主要表现为两个方面:一是人无法感觉到自己作为一个"人"的存在。作为旅行推销员,格里高尔完全成了一架工作或挣钱的机器,不仅思想个性得不到认可,就连最一般人的权利,也被剥夺殆尽,因为在他老板眼里,"世界上除了健康之至的假病号,再也没有第二种人了",而在家人眼里,格里高尔只是养家活口的长子,其个人的情感和喜好同样没有得到丝毫认可,包括婚姻爱情,他只能从画报上剪下一张"一位戴皮帽子围皮围巾的贵妇人"画像挂在墙上,画饼充饥,以"满足"内心的自然欲求。二是人所能感受到的,只有自己的非人的存在。格里高尔只是在变成了大甲虫之后,才得以真切地感受到了自己的存在,然而却只能是作为甲虫的非人的存在,其时他已经无法像一个正常人那样活动,只能龟缩在甲虫的躯体里独自地品味着自我的感觉。整个小说着重描写了他对于自己的这种非人存在的真实感受。

其次,小说通过格里高尔变形后与家人关系的生动描写,集中表现了"孤独"的主题,这也是现代人生存状况的一种普遍具有的显著特征。这在作品里最为直接的表现,就是格里高尔变形之后,被人们无情地遗弃的过程。人变成甲虫的事件确实有些荒诞,其实这也可以被理解为是对于一个人不幸突患重病或肢残这类日常事变的一种夸张性描写。格里高尔变成甲虫,直接意味着他工作能力或使用价值的完全丧失,其结果就是被彻底遗弃。公司秘书主任见状后的夺门逃走,标志着格里高尔已被公司除名;家人也因为他已经无法再出去挣钱,并且成了家庭生活的累赘,而厌恶他的存在。这"孤独"主题更为深刻的表现,就是人与人之间的难以沟通。格里高尔变形之后,依然保持着正常的人的思维与感情,包括他的许多行为和思虑,更多的都是出于对家人生活状况的担忧,然而却屡屡遭到误解,甚至是恶意的伤害,他最后所能够做的,就是怀着对于家人温柔的爱意而孤独地死去。其实,格里高尔遭遇孤独并非只是由于变形,即使在变形之前,他也未能与家人顺畅地沟通过,从来没有人认真地关心过他的内心世界,他始终生活在孤独中。我们甚至可以这样认为,或许正是渴望得到他人的关注与理解,格里高尔才会发生变形。

再次,小说通过对格里高尔从变形到不得不凄凉地死去的过程的描写,突出表现了一个"无家可归"的主题。自19世纪中后期,由于社会的急剧变化,西方世界发生了严重的信仰危机,人们普遍地陷入了家园失落的精神恐慌,尼采为此而发出"上帝死了"的呼叫。卡夫卡也曾说过,尽管生活在家里,他却始终觉得自己"比陌生人还要陌生"。《变形记》形象而生动了反映了现代西方人的这一生存状况。作为旅行推销员,格里高尔长年在外奔波劳累,为父亲还债、为供养妹妹上学、为日常的家庭开支挣钱,可是回到家里后,他却感受不到家庭温暖的抚慰,在一定意义上,他的变形也就是自己潜意识里对于"无家可归"的生活现实的一种抗争。不料这一抗争(变形)的结果却更为残酷:他连这形式上的"家"也可能失去。小说只是开篇提到了他的变形,而后来的全部内容就是关于他试图重新"回家"所做的各种努力最终归于失败过程的描写。尽管变了形,格里高尔"丝毫没有弃家出走的念头",他所有的努力,就是要打开并迈步走出自己的房门,这意味着他渴望重新回到"家"里,"有一个想法老是折磨他:下一次门再打开时他就要像过去那样重新挑起一家的担子。"然而,他任何想法和努力却都归于失败,而且还给家人一再造成麻烦。最后听到了妹妹的话,"如果这是格里高尔,他早就会明白人是不能跟这样的动物一起生活的,他就会自动地走开",他顿时明白,自己是不可能活着"回家"的,若还想得到家人的认可,他必须首先消灭自己。格里高尔死了,他算是"回家"了吗?

最后,小说通过格里高尔极莫明其妙地"变形"为甲虫的荒诞故事,深刻地表现了"恐惧"的主题,即关于生存的恐惧:指人无法把握自己的生活命运,并且始终感到随时都可能会有莫名的灾难突然降临到自己头上。主人公陷入一场莫明其妙的灾难，尽管一开始他并不愿意承认，随后才逐渐意识到，根本不可能按自己的意愿生活，甚至都无法支配自己的肢体下床开门去赶火车，眼巴巴地看着时间一分一秒地流逝，自己只能干着急。这一情景非常形象地展现了 20 世纪初在世纪末情绪笼罩下的现代西方人普遍地感受到的那种精神状态和生存困境；随后接连发生的两次世界大战，无疑又进一步印证了《变形记》开篇的这一描写所具有的预言性。如果说，存在主义思潮就是西方现代人当时这种普遍精神危机的一种哲学表述，那么包括《变形记》在内的整个卡夫卡文学中所蕴含的这一"恐惧"的基本主题，就是 20 世纪西方人正在经历着的这种生存困境的形象化的文学概括。在卡夫卡去世后，他的包括《变形记》在内的文学作品愈来愈受到人们的高度关注，乃至于成为西方现代主义文学的经典，其中重要的原因之一，就是他的文学中这一"恐惧"主题恰到好处地表达了现代西方人普遍感受到的"存在的不安"，即 20 世纪存在主义思潮的基本命题之一。

《变形记》在艺术上表现出卡夫卡所独有的那种将"真实与梦相混合"、寓真实于荒诞的美学特征，并对后来整个现代主义文学的发展，产生了巨大的影响。如果说，卡夫卡的创作确实在小说艺术领域中激起了一场"巨大的美学革命"（米兰·昆德拉语），那么它是直接源自《变形记》，准确地说，是从小说开头第一句话开始的。"一天早晨，格里高尔·萨姆沙从不安的睡梦中醒来，发现自己躺在床上变成了一只巨大的甲虫。"这样一个"发现式"的开头，可以让读者充分地发现并领略了现代小说无穷的魅力。首先，它用一个极为平淡无奇的语句，推出一个令人难以置信的灾难性事件，一下子改变了人们欣赏小说的心理习惯。在传统叙事文学里，类似的重大事件的被"发现"，总是作为故事的结局，或情节发生逆转的关节点，它本来应当成为整个作品的"眼"，也是读者审美欣赏的聚焦点，作者往往通过处心积虑地铺垫蓄势，力图借助这一"发现"，以对读者审美心理形成强有力的一击，从而使读者在恍然大悟的"发现"中，享受到极大的审美愉悦。然而，在《变形记》中，作者却以一种不可思议的平静冷漠的语调轻描淡写地一说了之，"人变甲虫"这一灾难性事件几乎是凭空产生，既没有任何先兆，在后文里也没有具体原因的交代，读者难免对此深感困惑，这必然导致审美心理的极不习惯。

其次，这样一个荒诞不经的开头，与后文里关于格里高尔变形之后的生活情景的极为真实细致的描写融合一体，产生了一种"梦与真实相混合"的非常奇特的审美语境。表面上看，《变形记》关于格里高尔变形之后的生活情景的整个描写显得非常传统：形象具体、故事完整、细节真实，几乎与老巴尔扎克式的现实主义小说没有多少差别，譬如，格里高尔变形之后的生理体验和心理感受，都被描写得相当具体和真切，每一个读者恐怕都会相信，谁倘若真的也像格里高尔那样变成甲虫的话，他必然也会产生如此这般的感受和体验。然而，在《变形记》里，所有这一切情景的真实生动的描写，却都是建筑在这样一个荒诞不经的开头的逻辑基点上的，读者当然不愿承认人变甲虫的现实，却无法拒绝主人公在变形后的各种感受的真实性，当人们在认可这些感受体验的真实的同时，必然更加领悟到这种荒诞变形的严酷性。读者因此而必然会陷入到这种"梦与真实相混合"的审美语境里。

再次，这样一个"变形"的开头与后面真实的描写结合一体，使得小说形成了一种内涵丰富、主题多义的寓言结构。格里高尔变形之后，公司秘书主任弃他而去，意味着格里高尔失业了，这显然表明资本主义社会剥削的本质；最亲近的家人逐渐地疏远他，直至最后厌弃他，则反映现实社会的世态炎凉，人情淡漠。如果我们把格里高尔的"变形"读解为患病或肢残，那么对小说的主题意旨作这样的理解，显然是合情合理的。可是卡夫卡偏偏以一个"人变甲虫"的"发现性"事件来开头，它当然就不仅仅是意味着患病或肢残，既然这样的事在现实生活纯然是莫须有的，那么我们就不能把它仅仅等同于某一真实的事物，"莫须有"恰恰为每个读者按照各自的生活体验来进行各种各样的解读提供了无限的可能性。易言之，卡夫卡并非真的是要讲述一个悲惨故事，他只是为人们提供了一个具有故事特征的寓言结构，人们尽可以根据自身的生活体验来填补，依照自己的智力来作各种理解，这便导致了《变形记》思想主题的丰富多义性。

最后，这样一个开头还具有"抛入性"功能。小说一开头便提出了这样一个灾难性的事变，然而对于整个故事而言，这只是一个背景，对于整个叙事而言，它只是一个逻辑前提，这一事件在下文里并没有什么发展变化，作家甚至不对这一不可思议的"变形"的原因作出任何的解释，这样一来，主人公等于是被无端地"抛入"到一个灾难性的境况里，其实，读者也被同时地抛进了一个非常奇特的语境。既然读者无从了解主人公何以如此的缘由，那么他在阅读中所能够做的，就是与主人公一道体验他在变成甲虫后的各种感受，并结合自身的生活经历，来对此作出各种可能的解读。于是，读者其实已经不是在阅读作品了，而是被抛进了这样一种非常奇特的情景里，一直与主人公体验自身的存在。

《变形记》之所以产生"真实与梦相混合"的审美特征，也因为卡夫卡采用了一种非常规的叙事方式。与传统文学相比较，《变形记》的叙事时间、叙事语态、叙事语式，都已悄悄地发生了根本的变化。其一，我们首先看它的叙事时间。乍一看，这个作品叙事的时间形态显得很古朴：它与整个故事时间都是一样地由前往后延伸，其进行的节奏也基本吻合，我们可以根据叙事者的叙述，一步步了解格里高尔变形后的各种作为，及其在家中所造成愈来愈严重的混乱。顺时的故事，顺时的叙述，犹如自然时间的演进，然而就这在自然而然中，卡夫卡悄悄引入了一个阅读时间，从而使得整个叙事时间转化出一种空间感。在第一章里，卡夫卡借助格里高尔的焦虑，按照一定的间隔，有规律地标记出了一个个时间刻度，以显示故事推进的时间，不仅与叙述的语速节奏相合拍，其实也与读者的阅读时间一一对应。三个时间的交相重合，使得读者在阅读中，能够以相同的时间节奏来感受格里高尔当时所经历的一切。这个二维平面的文本与这独特的叙事时间相结合，产生的是一个四维的审美空间感。第二、三章的叙事都被分成前后两部分，每一章的前半部分都侧重描述格里高尔正在经历着的虫形感受和人情思绪间的矛盾，以悄然完成跨度较大的时间过渡；而每一章的后半部分则同样地形成了故事、叙述和阅读的三个时间的重合，总是让读者以相近的时间节奏来感受格里高尔。同时，作者在小说的叙事时间里，还不时地引入了"过去"与"未来"的时间元素，以陪衬或进一步凸显阅读时间与故事时间相同步的"当下"的现场感。所以，阅读《变形记》的读者常常会有一种身临其境之现场感。

其二，《变形记》的叙事体所采用的是一种双重性视角，小说中存在着两个叙事人，即格里高尔与小说叙事人，并形成了一种颇为独特的双重视角。小说里大部分内容叙事的主体，都是出自格里高尔的视角，这是显而易见的，尽管采用的是第三人称。故事叙事人的视角则有不同变化，有时很明显，譬如关于格里高尔死后他家人生活的描写；有时比较隐晦，譬如格里高尔变形后他家人的思想意识；更多的时候叙事人视角则是与格里高尔的视角同时并存，混为一体的，这混合的双重视角时而错落，时而叠合，贯串于整个事件的叙述。这样的双重视角往往能够帮助读者对人物的某一动作或作品的某个场面产生一种立体的感受。同时，由于这两种视角实际上意味着两种不同的态度和不同的判断，而且两种视角对同一事件的理解以及对事件发展方向的期待与预见，往往是大相径庭的，这些差异或者矛盾自然会产生一种视角上的张力，从而令读者产生一种奇妙的审美感受。譬如叙事人充分意识到"变形甲虫"是一桩严重的灾难，在为格里高尔发出悲鸣，格里高尔却只是把它当作"小毛病"，还一心想对别人作解释；叙事人早就预感到格里高尔任何试图重返家庭的努力，只会加速自己的毁灭，格里高尔则执迷不悟地就是想早日"重新进入人类的圈子",他一次次爬出房门,结果不仅给家人一次次制造了麻烦,自己也一次次遭受到致命的打击。在这种复合式的双重视角中,读者与旁观的叙事者一道,眼巴巴地看着变了形的格里高尔重返人类的努力一次次地遭受挫折、直至灭亡的痛苦,读者的感受犹如一个人在噩梦中眼睁睁地看着自己陷入绝境却又无力挣脱的情形。所以人们常说,卡夫卡的小说能给人一种梦魇感。

其三,《变形记》的叙事语式同样富于变化。一般而言,叙事人视角的语式应当属于客观体态,而作品中人物视角的语式自然属于主观体态。然而,卡夫卡却让叙事人的语句经常饱含情感因素,富有人情味,从而染上了主观色彩,而让格里高尔视角的语句经常夹杂一些诸如"仿佛"、"看来"等猜测性情感助词,甚至不时地以虚拟语态出现,这就使得格里高尔恍若旁观者,因为他对于自己正在遭遇的一切的真实性都难以确定,所以其语式自然也具有了客观化的特征。小说通篇充满了这种主观性和客观性混杂交融的叙事句式,必然会给人一种充满不确定性的审美感受,因而使整个作品弥漫着一种梦境般的氛围。

第十七章 普鲁斯特

一、生平与创作

马塞尔·普鲁斯特(1871—1922),法国小说家,1871 年 7 月 10 日生于巴黎,父亲是医学院教授和主任医生,母亲是犹太人。他从小就患失眠症,九岁时得了哮喘病。他的父亲想让他从事外交,却不合他的兴趣。十八岁时他应征入伍,分派在奥尔良第 76 步兵团。一年期满以后,他进了巴黎大学,并在政治科学自由学院听课。

从 1891 年起,普鲁斯特化名在报纸和杂志上发表文章。1892 至 1893年,他在《宴会》、《白色杂志》上发表了《驳年轻流派》、《法国讽刺史》以及书评、随笔和短篇小说,后来结集为《欢乐与时日》(1895),共收七个短篇、八首诗和两组散文与散文诗,这是普鲁斯特早期创作的总结,得到法朗士的推荐。法朗士从中看到"罕见的魅力和精细的雅致",他已经看到普鲁斯特心理描写的才能。普鲁斯特的短篇以上层社会为题材,善于描写人物的爱情心理和嫉妒心,带有潜意识的描写,人物的某些心理成为其思想特征,这些特点与传统小说显出不同。

普鲁斯特在巴黎大学通过了文学学士学位,于 1896 年 6 月 29 日进入马扎兰图书馆任职。他经常出入贵妇的沙龙,认识了许多上流人士,年复一年,积累了不少笔记。1895 年,他开始写作自传体小说《让·桑特伊》,断断续续写了四年,他曾想毁掉这部未完成的小说,外人长期不知道有这部作品,直到他逝世三十年后才在他家里放帽子的箱子里发现,终于在 1952 年问世。这部遗作以第三人称叙述,包含着大量关于作家本人生活和思想的宝贵材料,但它缺乏一部杰作所需要的中心主题。

1896 年底,普鲁斯特决定翻译英国评论家罗斯金的作品,但他的英文不好,需要他的母亲帮助。1904 年他出版了译作《亚眠圣经》,1906 年又出版了《芝麻与百合》。罗斯金表达思想的方法给他以启发。1900 至 1904 年,普鲁斯特在《费加罗报》发表了不少文章,后来结集为《仿作与杂记》(1919)出版。随着 1903 年父亲去世,1905 年与他相依为命的母亲也离他而去,他悲痛万分。1906 年,他搬到奥斯曼大街 102 号。从 1908 年底开始,普鲁斯特写作《驳圣伯夫》,意在反驳圣伯夫的批评观点。他先是考虑写成小说,逐渐又改变主意,写成文章,在两者之间犹豫不决,只写了十本笔记就搁笔了。这部遗著直至 1954 年才问世。这是 20 世纪法国的一部重要文学批评著作。普鲁斯特认为圣伯夫的批评方法不是从作家的作品去评论作家,而是以作家的交往、轶事等次要方面作为评价作家的唯一依据,因此圣伯夫写不出深刻的批评著述。普鲁斯特认为,圣伯夫不了解文学创作的特殊性,其实作家是处在孤独状态中思索和写作的,作家与别人的交往等活动不是关键性的材料,据此不能对他的作品做出深入的分析;圣伯夫的实证主义方法将文学批评简单化和庸俗化,他离开了文学的本体——作品。圣伯夫的第二个错误是否定了"几乎所有真正具有独创性的当代大作家":巴尔扎克、斯丹达尔、福楼拜、波德莱尔、奈瓦尔,有厚古薄今倾向。普鲁斯特的观点一针见血,击中了圣伯夫批评方法的弱点,表达了 20 世纪初法国精神分析流派的观点,也表现了普鲁斯特的艺术取向。

在此期间,普鲁斯特开始写作《追忆似水年华》。小说的发表经历了艰难曲折的过程。1912 年,他将写出的小说分为两卷:《盖尔芒特家那边》和《重现的时光》,总标题为《心灵的间歇》,先后与法斯盖尔和加里玛出版社联系,都遭到拒绝。这两个出版社的评语是,这部小说"不知所云","找不到一个足够耐心的读者看上一刻钟,因为作者没有通过他的句子的特点帮助读者看下去"。连一向以善于发现新苗子著称的纪德也没有看出这部小说的不同凡响,竟然失之交臂。1913 年年初,奥朗多夫出版社再次拒绝了这部小说。普鲁斯特毫不泄气,托人与格拉桑出版社联系自费出版,最后将小说定名为《追忆似水年华》,小说第一卷在年底发行。第一次世界大战的爆发,推迟了小说续集的发表,普鲁斯特倒有了时间将小说的规模大大扩充。第二卷直至 1919 年才问世,获得龚古尔奖。加里玛出版社发现犯了错误以后,及时将小说的出版权争取回来。小说的其后几卷分别于 1920—1921、1921—1922、1923、1925、1927 年出版。普鲁斯特没有看到最后三卷的校样。他于 1922 年 11 月 18 日逝世,遗著有《专栏文章》(1927)。

普鲁斯特是在同长年纠缠自己的严重哮喘病做了顽强斗争,才得以完成这部七卷本巨著的。他在卧房里安装软木墙面,隔绝外界声音;即使出门,也要等到深夜。疾病使普鲁斯特长时间沉浸在思索之中,有助于他的写作方法的形成和进行周密的思考。

普鲁斯特虽然受到柏格森的直接影响,但他的哲学思想属于客观唯心主义。他认为:"由于任何印象都是双重的,一半包裹在客体之中,另一半延伸到我们身上。"他没有完全取消客体,也即承认客观世界的作用,尽管重点放在这句话的后半部分。这是普鲁斯特的美学思想的基础。首先,他从二元论出发,强调真实和真实性。一方面他认为真实出自艺术家的本能,另一方面他又指出:"不管生活给我们留下的是怎样的概念,它的物质外形,它给我们留下的印象痕迹,依然是它必不可少的真实性的保证……心灵倘能从中释出真实,真实便能使心灵臻于更大的完善。"真实与生活彼此相连,密不可分,它的痕迹虽难以捕捉,但这恰恰是真实性所依附的东西。需要指出的是,他所理解的现实是指人的内心世界,是指声音或触觉等在人的思想深处所产生的反应。他认为现实分两部分,一是外界事物给人们带来的感觉,二是对这些事物的回忆。两者往往结合在一起,而重点是回忆:"(记忆)感受才构成我们的思想、我们的生活和对我们而言的现实。"实际上,普鲁斯特强调的是"心理真实"。回忆、意识的细微变化、思想的深层活动、通感、各种情感的表现、梦幻等等，就是心理真实所要描写的内容。他认为作家要"返回隐藏着存在过却又为我们所不知的事物的深处"，"我的大脑是蕴含丰富的矿床，那里有大面积品种繁多的珍贵矿脉"。内心储存的印象就像"负片"一样，需要作家去照射，才能"辨认出所感事物的面貌"。这是内宇宙的新天地，"有多少个标新立异的艺术家，我们就能拥有多少个世界"。世界呈现在人们的头脑里，会获得千殊万类的影像，"这种复杂如斯的艺术正是唯一生气勃勃的艺术"。他断言："我发现这部最重要的书，真正独一无二的书，就通常意义而言，一位大作家并不需要杜撰，既然它已经存在于我们每个人身上，他只要把它转译出来。作家的职责和使命就是笔译者的职责和使命。"他明确提出，作家要表现"自我"，从自我中提取心理真实。他认为写心理真实更难，因为外界事物在内心留下的痕迹不易觉察出来。

二、《追忆似水年华》

普鲁斯特以《追忆似水年华》（又译为《追寻逝去的时间》）而成为 20 世纪法国最重要的作家，这是意识流的开山之作。

小说第一卷《在斯万家那边》叙述 1902 年的一个早晨，马塞尔在当松维尔古堡中醒来，童年的回忆萦回脑际。约在 1890 年，在姨婆家，每晚母亲的亲吻帮助他入睡。贡布雷有两大家族，其中一家是盖尔芒特。1892 年，他爱上了吉尔贝特。他在马车上看到马丹维尔附近钟楼的剪影，留下深刻印象。小说插入斯万迷恋奥黛特的描写。第二卷《在妙龄少女的身旁》叙述斯万在 1895 年娶了奥黛特。1897 年，叙述者在巴尔贝克疗养时，在海滩上看到一群少女，其中有阿尔贝蒂娜，以为爱上了她。第三卷《盖尔芒特家那边》叙述他进入圣日耳曼区盖尔芒特的公馆和上流社会，看到贵族的庸俗、自私、恶劣趣味。第四卷《索多姆和戈摩尔》叙述两个同性恋者夏吕斯和朱皮安。1899 年夏，盖尔芒特公爵夫妇开招待会，大家在谈论德雷福斯案件。巴尔贝克这个地方助长人们搞同性恋。第五卷《女囚》描写阿尔贝蒂娜成了叙述者的囚徒。1901 年 2 月，在维尔杜兰家上演凡特依的七重奏。第六卷《女逃亡者》叙述阿尔贝蒂娜逃走后从马上跌死，发现她是同性恋者。在威尼斯，叙述者得知吉尔贝特和圣卢结婚，而圣卢是两性人。第七卷写多年以后吉尔贝特年老色衰，第一次世界大战期间，当松维尔成了战斗中心。在巴黎，凡特依的沙龙成了消息中心，圣卢在护送百姓撤退时牺牲。1919 年，在盖尔芒特亲王家，叙述者又回忆起早年的生活，感到"真正的天堂是已失去的天堂"。他决定写作《追忆似水年华》。

小说内容远比这个简介复杂，这里只能挂一漏万。整部小说像一座大教堂，各卷是侧堂。回忆往事将作品前后串联起来，而作品每一卷都有自身的内部结构，又与其他部分相连。其中有标题的对称，如《地名：地方》和《地名：名字》；有叙述的对称，如盖尔芒特家和斯万家，维尔巴里西斯夫人的沙龙和奥黛特的沙龙；有地方的对称，如巴黎—索多姆，巴尔贝克—戈摩尔。普鲁斯特认为第四、五、六卷是"他的天才的最佳构思"。第四卷是环形结构，第五、六两卷构成一幅双折画。普鲁斯特认为各卷的融合和一致是一种"大师手艺"，他追求的是陀思妥耶夫斯基的多声部方式。这是小说的结构，此其一。

其二，《追忆似水年华》的人物描写不同于传统小说。他的人物戴着"上百种面具"，再逐渐脱下来，慢慢显出原形。例如奥黛特，读者最初通过一个孩子的目光发现了她，这是一个"玫瑰贵妇"；然后她成了斯万夫人，由于她的无行，大家从来不肯邀请她做客，她被看作夏吕斯的情妇；再后来她是"萨克里邦小姐"，叙述者在埃尔斯蒂尔的画室中发现了她的肖像；她成了寡妇后，嫁给了愚蠢的福尔什维尔，也许是盖尔芒特公爵的情妇。夏吕斯是个同性恋者，总是隐藏起一部分自身,他欣赏巴尔扎克,是个美学家,说话滔滔不绝。斯万对爱情十分执著,有强烈的嫉妒心,落入奥黛特的掌握之中。阿尔贝蒂娜是个神秘的女同性恋者,或许是男扮女装,随着小说的进展而显出真面目。圣卢侯爵潇洒俊美,是德雷福斯派,又是军事和政治理论家,他娶了斯万的女儿吉尔贝特,却把提琴家莫雷尔当作情妇。莫雷尔是叙述者仆人之子,受到夏吕斯的追求,他虽然获得荣誉勋位,却是个逃兵。维尔杜兰夫妇是富有的资产者,模仿上流社会开设沙龙,提携新出道的艺术家,其实他们缺少教养,十分庸俗;维尔杜兰太太最后嫁给了盖尔芒特亲王,在第一次世界大战期间成为巴黎社交界的“女王”,她的沙龙传播军事消息。贝尔戈特是当时的大作家,爱好建筑,他的作品精雕细刻。普鲁斯特认为,生活中的人会变化,不同于人们以为的那样,所以在他笔下,人物是不定型的、发展的、复杂的,不能以传统的道德标准去衡量他们。小说中写了四代人,1820年的一代有外祖母、维尔巴里西斯夫人;1850年的一代有叙述者的父母、夏吕斯、弗朗索瓦丝、盖尔芒特公爵夫人、斯万、奥黛特、维尔杜兰夫妇;1880年的一代有叙述者、阿尔贝蒂娜、莫雷尔、吉尔贝特、圣卢;1900年的一代有吉尔贝特的孩子。这四代人是继巴尔扎克《人间喜剧》之后,生活在第三共和国的一个人物画廊。

叙述者是中心人物,他从娇气的、有病的孩子发展到《女囚》中专横的成年人,最后成为作家,小说只有两处提到他叫马塞尔。小说绝大部分篇幅以叙述者的第一人称来叙述,小说中的“我”不是普鲁斯特本人,又包含了普鲁斯特的某些因素。普鲁斯特对第一人称的叙述有重大发展。一是叙述者经常将打听到的事(包括早于自己出生的事)回忆出来,时而叙述多年以后发生的事,时而在回忆中预想今后可能发生的事。二是根据后来得知的情况叙述两个同时发生的事,事件见证人的视角代替了叙述者的视角,解决了叙述者不能分身的难题,这不同于传统小说轮流讲故事的方式。三是以引号等方法展现同一场面中他人的心理活动,弥补叙述者无法洞悉他人心理的困难。四是小说由一个连续的声音说出长篇内心独白。诚然,作者有时会加以干预。

其三,时间概念在《追忆似水年华》中起着重要作用。柏格森关于时间绵延的论述启迪了普鲁斯特。在普鲁斯特看来,时间是一种“看不见的形式”。他发现,人物在时间上所占的位置要比“他们在空间所占的位置宽广得多”,“可能性的世界比真实世界更为广阔”,可能性的世界就是时间的世界。时间在小说中起着关键性的作用。普鲁斯特认为真正的小说家不以日历来计算时间。除了历史事件不可更改以外,他对时间的概念理解得相当灵活。一是人物年龄前后有出入。阿尔贝蒂娜在1897年只有十七岁,到1908—1909年年龄不变;而奥黛特一下子变成五十岁。二是年表改变,阿尔贝蒂娜出现以后,小说采用了另一种年表,产生了无数日期谬误。普鲁斯特在时态的运用上煞费苦心。他写作时一切都已经过去,因此他用过去时。他认为在自传和日记中才用现在时,叙述必须用过去时才能进入想象,进入小说时间。《追忆似水年华》大量用未完成过去时,作用之一等于讲述中的现在时:“让过去保持它当初是现在时的样子……”作用之二是使情节变成真实可信:“未完成过去时并不意味着小说家置身于人物的未来,而是简简单单地表明他不是这个人物,他是在向我们显示这个人物。”普鲁斯特时而插入现在时,这时,叙述者重新看见、重新体验时间。现在时的出现将读者抛进了时间里;这是叙述起始的时间,不再是人物经历其现在时的时间。有时,普鲁斯特转为现在时是表明一种体验:“我喝第二口,没有发现与第一口有任何两样……我放下杯子,转向内心,该由它来寻找真理。”叙述者将回忆变成现时的体验。

其四,小说的意识流手法多种多样。一是他从一些微不足道的细节中勾起连绵不绝的回忆。玛德莱娜小蛋糕勾起童年回忆是有代表性的描写:“带着蛋糕渣的那一勺茶碰到我的上腭,顿时使我浑身一震,我注意到我身上发生了非同小可的变化。"这种茶点是叙述者小时到她姨妈房内请安时吃过的,如今尝到味道,往事便浮上心头:"茶味唤醒了我心中的真实。"按叙述者的分析,"气味和滋味却会在形消之后长期存在,即使人亡物毁,久远的往事了无陈迹,唯独气味虽说更脆弱却更有生命力,""它们以几乎无从辨认的蛛丝马迹,坚强不屈地支撑起整座回忆的大厦"。只要具备一定条件,"事物长存的、一般隐而不露的本质就会解放出来"。我们的精神记忆封闭在心中,一直到往事显现,这段时间被他称之为"心灵的间歇"、一种"时间心理学"。他力图抓住情感的无限丰富性,将各种感觉、意念的网络所产生的无比丰富的实感捕捉住,这样,由无数个不同时刻的心理活动组成人的一生。这种意识流手法是从味觉、嗅觉、视觉、听觉、触觉出发的,然后产生联想,运用的是通感手法。二是采用时序颠倒的手法。斯万的恋爱本来是叙述者听说的事,发生在他出生之前,但这个故事叙述在前,叙述者后来得知,放到后面去叙述。小说时而讲述盖尔芒特家的事,时而跳到无关的事上去,然后又回到正文来。这种叙述方法表现了无逻辑的回忆。普鲁斯特观察往事时喜欢用望远镜来比喻,他看到的是彼此分开的星星,它们似乎没有联系,其实共处于一个整体中。三是普鲁斯特能抓住不同层次的意识。他发现人的意识中存在两种或多种截然相反的情感,由前者到后者的过渡是突然的,却有着可以变化的基础。例如斯万对维尔杜兰夫妇企图破坏他与奥黛特的关系十分愤慨,但一回到家里,他的态度改变了,他还是想参加夏园的晚餐,爱情驱逐了他心中的仇恨。普鲁斯特认识到人的情感的多样性。四是普鲁斯特能写出意识的自发状态,发现难以表达的心理活动。叙述者对马丹维尔钟楼蕴含的神秘意义给予现实与超现实关系的解释;他从迪梅斯尼路上的三棵树联想到现实的本质藏在背景后面或者就在我们的感觉之中。这种心理带有哲理的、宗教的色彩,是一种抽象的感受,是客观事物在一定情景和条件下引起人们头脑联想和思维的产物。它经常不由自主地产生,却转瞬即逝,不易抓住,需要感觉非常敏锐的小说家才能把它记录下来。五是普鲁斯特善于描写某些细微的感情状态,如嫉妒、半睡半醒、等待、做梦、孤独、离别。长达十七万字的《斯万之恋》写的是斯万迷恋奥黛特的心理表现,但不提斯万追求奥黛特是否成功,也不提爱情有什么进展,作者的笔墨全花在描写斯万迷恋奥黛特的各种心理上,写他如何爱屋及乌,喜欢她周围的一切;写他怀疑他走后会接待别人,因此返回侦察,由于她说过讨厌醋心重的人,又害怕和羞愧起来;写他的猜疑像章鱼的触手一样,闹得他神不守舍;写他听说一个男人的名字,便以为是她的情人,要花几个星期才能消除这种假设;写他把头低下去,免得别人看到他们两人热泪盈眶,而这个别人就是他自己;写他盼望她在意外事故中死去,不过没有痛苦……斯万之恋如同一个万花筒,普鲁斯特把一个人的恋爱心理写得淋漓尽致。此外,叙述者小时候临睡之前期待母亲给他一吻的描写也有代表性。六是写梦。柏格森指出:"梦是整个精神生活……在几秒钟之间,梦能给我们呈现一系列事件。"据此,普鲁斯特将梦提高到第二个缪斯的地位,可见其重视的程度。他又指出梦的特点是能以神奇的速度产生一种有创造力的暗示,真实地再现愿望,并能使遥远的时代复活,实现现实与想象的综合,揭示出一切我们以为不了解的东西,帮助人更好地理解一切我们以为不了解的秘密。普鲁斯特运用了多种多样的意识流手法去挖掘人的内心,从普鲁斯特开始才出现了倾全力去表现人物的内心世界的这种"复调心理"描写手法。

其五,普鲁斯特是一个具有独特风格的作家,他把繁复重叠的长句与和谐多彩的句型结合起来,前者为他的风格的主要特色,后者如同众星拱月,起着平衡和多变化的辅助作用。长句与细腻曲折的感情宣泄相适应,和谐多彩的句子则与优美、柔和、自然、机智的表达方式相合拍。他的长句往往长达十余行,副句有好几个,并使用破折号、冒号、分号,从一个想法引申到其他想法。这就像一棵大树,枝叶繁茂,蔚为大观。与此相应,普鲁斯特喜欢长段落,几页不分段是常见的。长句适合对内宇宙的描绘,人的思想是复杂的,有时会从一个想法派生出各种想法,长句恐怕是一种有效的表达方式,能完整地写出心理活动过程,尤其能表现意识的流动和潜意识,兼容并蓄,杂而不乱,丰富多彩。普鲁斯特的语言风格具有深刻的文化内涵。它反映了20世纪人们复杂的思维方式。非理性主义的流行促使文学挖掘人复杂的精神世界,于是出现了风格繁复而深奥的作品。这种作品符合知识阶层对高雅、闲适趣味的要求。《追忆似水年华》被译成西方各国语言后,获得广大读者的欣赏,他们理解和赞赏普鲁斯特的语言,往往把他列入世界十大作家之列,就是明证。

第十八章　福克纳

一、生平与创作

　　威廉·卡思伯特·福克纳(1897—1962),美国小说家,1897 年 9 月 25 日生于密西西比州新奥尔巴尼,中学未毕业便离开了学校,第一次世界大战期间因个子太矮未能上前线,1918 年被加拿大皇家空军学校接受为学员,大战结束后退伍。1919 年 9 月进入密西西比大学,但只读了一年多。此后他干过各种职业。

　　1924 年他认识了安德森,在后者的指点下发表了《士兵的报酬》(1925)。在写作《沙多利斯》时,福克纳在头脑里逐渐形成了一个庞大的创作体系,以前几年安德森向他建议的以美国南方社会的历史和生活为题材,模仿乔伊斯的意识流技巧,以若干情节关联的小说组成一个规模宏大的系列小说群。《沙多利斯》(1929)的出版揭开了这套小说即"约克帕纳塔法世系"的序幕。这套小说的重要作品有:《喧哗与骚动》(1929)、《我弥留之际》(1929)、《圣殿》(1931)、《八月之光》(1932)、《押沙龙,押沙龙!》(1936)、《野棕榈》(1939)、《去吧,摩西》(1942)、《修女安魂曲》(1951)等。后期作品有《寓言》(1954)、《小镇》(1957)、《大宅》(1959)等。1929 年之前是福克纳的习作阶段,1929 至 1936 年是福克纳创作的顶峰时期,从 1937 至 1948 年是第三个时期,此后的创作虽多,但优秀作品不多。

　　福克纳的小说构成一个"约克纳帕塔法"体系,这是福克纳以他家乡的风土人情、地理环境为依据,虚构的一个典型的美国南方县城的名字。这个县城的原型便是福克纳家族近百年来赖以生存和开发的拉发耶特县。而杰弗逊镇则是以牛津为样板的。它的面积为 2400 平方英里,人口为 15611 人

（其中白人 6298 人,黑人 9313 人）,白人多数是佃农,住在低矮的茅屋里,并不比内战前的黑奴好多少,只有庄园主才住在大宅子里。这套小说包括了庄园主及其后裔的故事、穷白人的故事、杰弗逊镇上的故事、印第安人的故事、黑人的故事。它具备美国小说前所未有的特点:地方感、历史感和乡土社会感。

《喧哗与骚动》的书名出自《麦克白》的有名台词:"人生如痴人说梦,充满着喧哗与骚动,却没有任何意义。"小说分三章,以白痴班吉、康普生家的哈佛大学生昆丁和恶棍式的人物杰生为叙述对象,表现美国南方一个世家的颓败。小说运用了多角度叙述、意识流、神话模式等手法,革新了现代小说,成为意识流小说的代表性作品之一。

《我弥留之际》写的是农妇本德仑死后,家人把她的尸体送往墓地,经过一次为期十天的"苦难的历程"。其实这一家是社会的缩影。尽管有各种愚蠢、野蛮的表现,这一家人为了信守诺言,尊重亲人的感情,完成了他们的使命。作者把这次出殡当作一次理想主义行为来歌颂。全书分成六十节,由十五个人物在不同的场合,从不同角度讲述故事。每一节是一个人物的内心独白。老太太弥留之际的独白与联想是福克纳小说中最精彩的片断之一。

《圣殿》围绕波普艾尔奸污天真的女大学生坦普尔·德雷克并使其堕落而展开,运用自然主义和表现主义手法记录了现代美国社会的暴力与罪恶。但是,南方上流社会的女性并非像小说中想象的那样,处在纯洁无邪的"圣殿"中。

《八月之光》描写一个在社会上找不到自己位置的孤独者,受到命运的捉弄,悲惨地死去,从而反映了人类命运的坎坷和种族问题。小说有三条平行的线:裘·克里斯的挣扎与毁灭,莱娜·格鲁夫是个没有受到文明污染的"原始人",在她身上体现了真正的人性,牧师盖尔·海托华是个怀旧者,每天傍晚,他在幻觉中看见祖父率领的南军骑兵列队进入杰弗生镇。在邪恶的社会中,他乐于助人无补于事。

《去吧,摩西》是一部系列小说,七篇中有六篇写的是麦卡斯林家族。麦卡斯林与黑奴生了一个女儿托姆,后与她发生乱伦关系,给家族带来不幸。《熊》是其中最重要的一篇。它描写麦卡斯林之女伊萨克与一群南方人去打猎,表现了自然界与现代社会的关系:人的进步意味着对大自然的破坏。叙述多姿多彩,这是美国文学史上写打猎和写森林的最优美的作品。

他"因对当代美国小说所作的强有力的和艺术上无与伦比的贡献",获得 1949 年的诺贝尔文学奖。从 1955 年起,福克纳多次接受美国国务院的委派,到日本、瑞典、委内瑞拉等国访问。1962 年 6 月,他在家乡从马背上坠下受伤,7 月 6 日晨因心脏病逝世。

福克纳认为自己的作品体现了"人类精神的痛苦和烦恼……从人类精神原料里创造出前所未有的东西"。他以近二十部长篇小说和几十篇短篇小说,给人们提供了一部美国南方的编年史。美国南方从移民时期开始便已形成罪恶的蓄奴制度,大种植园主的骄奢淫逸、乱伦奸淫谋杀,给后代留下无法摆脱的影响。福克纳对南方旧传统感到痛心疾首,他大胆地表现了社会的冲突与对抗。

他在艺术上勇于探索,通过人物的内心活动来塑造人物与表现时代精神。他善于运用各种意识流手法,如时序颠倒、多元视角、神话结构、对位手法。他的文体扎根于南方的文学传统——演说体散文。与小说中戏剧性的冲突相配,人物语言时而雄辩,时而带有喜剧色彩。他善用南方的方言和各种语句,尤其是长句。多样性与丰富性是他的特点。他是当今被研究得较多的西方现代作家之一。

二、《押沙龙，押沙龙！》

《押沙龙，押沙龙！》出版于 1936 年 10 月，是福克纳最具有史诗结构的一部悲剧作品，也是 20 世纪西方文学中的杰作。在评论家看来，《押沙龙，押沙龙！》塑造了最伟大、最丰腴的美国南方历史形象，是世界最伟大的历史小说之一。著名的传记作家戴维·明特谈到福克纳最出色的两部作品时赞誉道："他们是福克纳想象的结晶，他有幸有得天独厚的天才，把最有特点的作品写成最有力最动人的作品。"

《押沙龙，押沙龙！》的创作旷日持久，费尽周折，福克纳说写作这部书"非常困难，并且大量反复改写"。他又非常自信，称之为"迄今为止美国人写的最佳小说"。

《押沙龙，押沙龙！》不仅在福克纳心目中占有特殊的地位，而且是"约克纳帕塔法世系"的枢纽，堪称压卷之作，在书的结尾，他专门附加了年表、家谱，并亲手绘制了约克纳帕塔法县的地图："密西西比州，杰弗生镇，方圆 2400 平方英里——人口，白人 6298，黑人 9313。独占的大地主，威廉·福克纳。"

这是一部关于"约克纳帕塔法"的社会、地理、历史的故事，时间上溯到 19 世纪初"约克纳帕塔法"尚未开垦之时，期间经历了掠夺、创业、兴盛、战争、衰败，一直延续到 20 世纪初，可以说是一部真正的美国南方社会的史诗。更为重要的是，小说通过杰弗生镇最大的庄园主萨德本一家发迹致富、由盛而衰、败落破灭的故事，展示了更为广阔、更为深邃、更为复杂的历史渊源，涉及构成这一特定历史阶段的每一种社会因素：被驱逐的印第安人、崛起的白人、充当奴隶的黑人；关联到沃许·琼斯、科尔菲尔德和康普生家族；从杰弗生镇向外延伸到大洋彼岸的欧洲，西印度群岛和非洲，东弗吉尼亚的繁华和原始山区的纯朴，构成了福克纳笔下最富史诗色彩的艺术世界。正如马尔科姆·考利在《福克纳：约克纳帕塔法的故事》一文中所论述的："虽然这个图案局限在密西西比州一个县的疆界之内，可是我们也可以把它扩大到整个边远的南方。"

小说的主题和以后出版的《去吧，摩西》一样，探讨了福克纳一生创作中关注过的几乎所有问题：复仇与怨恨、家族的没落、旧南方的崩溃、奴隶制的罪恶、种族主义、清教思想、血腥暴力、凶杀乱伦以及文化传统和宗族历史对青年一代的巨大影响。

小说叙述的故事以庄园主托马斯·萨德本的盛衰史为线索。他是一个山区长大的孩子，自幼家贫，父亲在全家迁徙后的弗吉尼亚州的一家种植园打工。十四岁那一年，他去给大宅送信，被一个穿制服的黑人马夫赶走，倍感屈辱，心中产生了"宏伟的计划"，一定要拥有给他屈辱的这个世界中的一切："我有过一个规划。为了完成它，我得要有金钱，一幢房子、一个庄园、要有奴隶和一个家庭，自然，也总得有位太太。我着手去拿到这些东西，不向任何人乞求恩赐。"他于是离家出走跑到了西印度群岛，娶了海地一位富有的种植园主的女儿为妻，有了一个儿子，取名查尔斯·邦。当他发现妻子有一小部分黑人血统时，干脆抛弃了母子俩，回到了密西西比州，在离杰弗生镇十二英里的地方，从印第安人手中搞到一百平方英里的土地，建立了一座"比法院还要宽敞"的大宅，号称"萨德本百里地"。为了实现心目中的宏伟计划，他娶了卫理会执事的女儿埃伦·科德菲尔德为妻，有了一男一女两个孩子：亨利和朱迪丝。亨利上大学结识了在其母亲的唆使下来到密西西比大学念书的查尔斯。查尔斯富有阔绰，风度优雅，令埃伦和亨利倾倒。在他俩的大力撮合下，查尔斯和朱迪丝订婚。不料遭到萨德本的坚决反对，亨利得知查尔斯的身份后仍然坚持查尔斯和朱迪丝的婚姻，于是离家出走。两人一起参战，直至内战结束时，亨利才发现查尔斯身上的黑人血统，他主意已定，将执意要回来娶朱迪丝的同父异母的兄长杀死在大宅门前,然后逃匿,不知去向。萨德本回到家里,妻子已死,儿子成了逃亡者,奴隶早已星散,并且欠债累累,他来不及停下来喘一口气就重新修复自己的庄园。他的第三次实现"宏伟规划"的努力终于失败。他失去了大部分土地,只好在路边开了一家小店,聊以为生。他已经六十多岁,仍想要一个儿子。他向埃伦的妹妹罗莎小姐求婚,并要求试婚:"让咱们试试看,如果是个男孩的话,咱们就结婚。"罗莎遭到冒犯,离开大宅,孤身一人居住在破败的小屋。萨德本仍没有放弃,他诱奸了米莉·琼斯,结果又大失所望:"唉,米莉,太糟糕了,你不跟珀涅罗珀那样是匹母马,要不我就可以在马厩里给你个蛮不错的隔间了。"米莉的外公实在忍无可忍,用一把生锈的镰刀杀死了萨德本。朱迪丝与查尔斯·埃蒂尼·邦(查尔斯在新奥尔良和一个1/8黑人血统妇女所生的混血儿,)住在大宅,1884年两人死于黄热病。大宅只剩下一个年老的混血妇女克莱蒂,系托马斯·萨德本与一黑女奴所生。1905年,逃亡的亨利回到大宅,四年后,被人们发现躺在床上,苟延残喘。当镇上的人开车想救他时,克莱蒂放火烧了"萨德本百里地"。两人一起葬身于火海。唯一的孑遗是查尔斯·邦的孙子,一个白痴,不知所终,连萨德本的姓氏也未留下。

　　小说在叙述结构模式方面,别具一格,具有大胆的试验性。可以称为后现代主义小说中"元小说"类的小说,是一部"关于小说写作的小说"。"元小说"(metafiction)最突出的特点是在两个不同的层面展开:一个是叙事层面,另一个是对叙事层面进行讨论的批评层面,后一个层面独立于小说的叙事层面,不断地破坏叙事层面的"真实性",揭示其"虚构性",从而破坏了小说终极意义的基础,小说意义呈现出明显的不确定性。《押沙龙,押沙龙!》中,托马斯·萨德本是故事情节的主人公,是叙述的聚焦点,叙述者一共有四个,昆丁·康普生、罗莎·科德菲尔德小姐、康普生先生和昆丁在哈佛的同学——施里夫·麦坎农。昆丁是串联故事的中心人物,作者通过他不仅把故事里的几个主人公联结起来,而且还通过他把几位叙述者结合在一起。他们"从早年间故事和流言的陈谷子烂芝麻里,创造出人物",构筑一个故事。于是,在小说的另一独立的叙述层面,又形成了一则关于故事的故事。讲故事的人不断地在探索、开掘、解释故事本身,而关于萨德本家族的故事也在不断地讲述、印证、阐释叙述者自身的生活。小说具有双重的中心,有两个地理背景和时间背景:萨德本等人的故事发生在19世纪的约克纳帕塔法,昆丁等人的故事发生在20世纪的马塞诸塞州的剑桥——哈佛大学所在地。它们之间形成一种完美的平衡,又构成一种激动人心的张力。这种平衡与张力的对立,使小说叙述充满了不确定性和随意性,使整部小说变成了情节中的情节,故事中的故事,使所有的人物都在随时变换着自身的属性。读者和这些叙述者一样,在不断的重复、寻求结束后,依然没有得到任何确定的涵义。对于叙述者来说,他们之中没有人明白故事中的人物,明白自身的家、自己的情绪、自己的渊源、自己所处的社会,没有一件事情容易理解,没有一件事情可以讲得让人理解。对于读者来说,依然陷在纠缠不清的迷雾当中,好像找到了作者试图告诉我们的全部信息,又好像一无所知,一切都归于不确定的含混。从某种意义上讲,《押沙龙,押沙龙!》与《喧哗与骚动》一样,是讲了又讲,却没有结局的故事。

　　昆丁既是作者的代言人,又是亨利·萨德本的替身。他在应麦坎农的要求讲"关于南方的故事"前说:"你不可能理解南方,你得出生在那里才行!"故事结束后,当麦坎农问他"为什么恨南方"时,昆丁说:"我不恨它……我不恨它想在寒冷的空气里,在铁也似的新英格兰黑暗里大门口喘气:我不,我不! 我不恨它! 我不恨它!"南方对昆丁来讲不仅仅是生养的家乡,而是一个"不完整的、受挫折的、想恢复的传奇般的令人神往的国家"。这充分说明了福克纳对南方的复杂感情:一方面是爱慕和追求,另一方面是身不由己的恐惧和哀叹;一方面担心所热爱的一切毁于人性的无知和对财富的贪婪,另一方面又不得不哀叹它的残损、没落和难以追回的光荣与鼎盛。

《喧哗与骚动》中的昆丁仅仅把凯蒂视为理想的化身，乱伦也只潜藏在无意识的深层，他最终的自杀也是因为他没有足够的勇气去维护她的荣誉而去杀人。亨利则不同，乱伦的意象和企图几乎要付诸实施，所以在知道查尔斯·邦的身份后仍竭力促使他与妹妹结婚，可以视为自己的行动的替代。他和昆丁一样是一个失败的儿子和兄弟，但他没有自杀，反而把自己囚禁在倾圮的阁楼里，过着幽灵一样的生活，生不如死。可以说，昆丁和亨利相互注释、印证。昆丁在不断讲述亨利的故事，又因两人生活的相似性，他自身的生活也在小说中得以展开和延伸，反映了他潜意识的意图，预示了他最终自杀的结局。

故事的另一个叙述者罗莎·科德菲尔德和昆丁一样，她讲述的故事和自身经历交织在一起，在叙述萨德本一家衰败的历史时，也演绎出科德菲尔德一家没落的轨迹。她母亲因难产而殁，罗莎由病弱的父亲带大，却对父亲怀着难言的憎恨。她的姐姐埃伦比她大二十五岁，埃伦的两个孩子都比她大，她却要接受埃伦的临终嘱托，照顾、挽救比自己大四岁的外甥女。萨德本在她的心目中宛若一个"恶魔"，是毁灭了两个家庭的罪魁祸首，她却接受了他的求婚，但萨德本又使她没做新娘便成了寡妇，苦守贞节一辈子。这样，萨德本的故事映照出罗莎一生屡遭困厄、挫折和失败的画像，而罗莎也由此展示出她被封闭长达四十三年的内心深处激烈的矛盾和冲突，她对父亲的憎恨和关爱，对亨利的仰慕和鄙视，对萨德本的怨愤、仇恨以及难以抑制的敬佩和渴求。

可以看出，叙述者都在讲述自己的"生活故事"，一个既真实又虚幻的故事，他们的声音相互应答、相互重复、相互争辩，他们发现这两个故事"不可能"有意义，又必须有意义，便不断地探索、寻求、发现最终的意义，但小说却不断地既导向又回避最终的意义。

在不断地重复、讲述、虚构当中，小说呈现出"一种可以不断重写的开放性文本"。在想象当中，追索着那些难以置信、无法亲临的场景与故事，进行、强化着文本的再创造。

小说巨大的艺术成就还表现在语言方面，除了重复（情节、用语、段落）外，《押沙龙，押沙龙！》可以说把福克纳所独有的绵延不绝、无终无尽的长句结构发展到极致。语句的纠结、缠绕、绵密、深邃，"好像大西洋上的巨浪那样无垠无涯"。瑞典科学院院士赫尔斯多莱姆在授予福克纳诺贝尔文学奖的颁奖辞中赞誉道："与他同时代的作家，没有一个能够像他那样，在一连串短句中，把一大串事件说出来，而每一个短句，又像把一只铁钉钉进人们的心坎上那样，牢牢地钉在那儿，纹丝不动。"以下是历来为评论家所津津称道的一个极好的例证：

在那个漫长安静炎热令人困倦死气沉沉的九月下午从两点刚过一直到太阳下山他们一直坐在科德菲尔德小姐仍然称之为办公室的那个房间里因为当初她父亲就是那样叫的——那是个昏暗炎热不通风的房间四十三个夏季以来几扇百叶窗都是关紧插上的因为她是小姑娘时有人说光照和流通的空气会把热气带进来幽暗却总是比较凉快，而这房间里（随着房屋这一边太阳越晒越厉害）显出一道道从百叶窗缝里漏进来的黄色光束其中充满了微尘在昆丁看来这是年久干枯的油漆本身的碎屑是从起了鳞片的百叶窗上刮进来的就好像是风把它们吹进来似的。

这段引文是全书的开端，以特有的长句结构，一下子把读者的注意力抓住，拖进一个巨大无比的语言漩涡之中。全句只有一个破折号、一个逗号、一个括号和一个句号。主要的成分是"他们……坐在……"其余都是附加成分。语言与想象的堆砌，诉说一个迷人而错综复杂的故事，读者只有以无比的耐心才能从中走出来。

再如全书第四章康普生先生叙述的结尾一段。也属于典型的福克纳句法和叙述方式，句子的长度往往长达一整页，惯用括号或引号，用一连串的短语和句子来充当插入成分，以看似零散的片断，一个个堆砌起来的假设、细节来表现作者丰富的想象，人物沉思的习惯，费力的思索，他们的犹豫不决，从而勾画出"现实本身朦胧而难以理解的图像"。这些连绵不断的片断、细节、假设和联想又构成一个时空连续的因素，使故事的情节不断地处于动态的演变中，不断地添加新的涵义，永远处于一个新意义不断生成的过程。意义本身的递增、生成、演变使全书也处于不确定的状态，直至最后一个句号，读者仍在不断地思忖着那似乎根本不存在的"最终意义"。在这里文体和小说本身结合在一起，达到了"语言作为小说工具能接近瞬息万变的意识本身的最近距离"。正如颁奖辞中所讲的："福克纳的文字和联想丰富多彩，每一个象征，每一个联想，都是为了更深地探索他那无比的想象所引起的现实。"

第十九章 加缪

一、生平与创作

　　阿尔贝·加缪(1913—1960),法国小说家、剧作家,存在主义文学的代表之一。1913 年 11 月 7 日生于阿尔及利亚的蒙多维,父亲是农业工人,1914 年在第一次世界大战的马恩河战役中阵亡。母亲原籍是西班牙人,先在橡胶厂工作,后当女仆,带着两个孩子,只能搬到阿尔及尔的贝尔库贫民区。1920 年加缪进阿尔及尔中学。1930 年他患肺病,被迫辍学。肺病对加缪一生和创作都产生了重要影响。1933 年,他进入阿尔及尔大学主修哲学。由于家境困难,他过早地踏入社会,当过雇员和职员。1935 年他加入阿尔及利亚共产党,创建"劳动剧团",既编剧,又当演员和导演。1937 年,他在阿尔及利亚建立文化之家,并在阿尔及尔电台的剧团中当演员。他肺病复发,在萨伏瓦治疗,后到法国和意大利旅行,发表散文集《反与正》,叙述童年生活。同年,由于在对阿拉伯人的政策上意见不合,他被开除出共产党。1938 年,他在《阿尔及尔共和报》任记者,负责社会新闻、案件和文学报道。1939 年,该报变成《共和晚报》,他任总编辑。第二年 1 月 10 日,该报停刊。5 月,他发表散文集《婚礼集》,叙述对生活的热爱和对死亡的恐惧。6 月,他来到巴黎,担任《巴黎晚报》的编辑部秘书。

　　1941 年,他迁居奥兰。1942 年在当地的私立中学教书。6 月中旬发表小说《局外人》,10 月发表随笔《西绪福斯神话》,阐述他的荒诞哲学。1942 年他参加抵抗运动组织"战斗",这个组织把他派到巴黎,他进入加里玛出版社。1944 年 5 月,他发表剧本《卡利古拉》和《误会》。前者写的是古罗马皇帝卡利古拉。他认为一切人都有罪,只有杀人,才能让人摆脱卑劣的顺从。

他把贵族变成傀儡,迫使他们出卖一切,以挽救自己的生命。他不回避死亡,因为死亡是他行动的顶峰。《误会》的剧情取自报纸上的一则社会新闻。剧本描写母女二人在一个穷困、偏僻的村庄开了一间客栈,杀害单身客人,直至儿子让发财回来遇害,才改变了她们的生活。母亲活不下去了,要追随儿子而去。女儿玛尔塔上了吊。两个女人没有认出让,这就是误会。但在加缪看来,这谋杀是人类状况最早的"误会"产生的。

1944年8月,巴黎解放那一天,第一份《战斗报》出版,加缪任总编辑,至1947年,他辞去报社的领导职务。同年,他发表小说《鼠疫》。小说的背景是在奥兰。4月,开始流行鼠疫。城市做出各种预防措施,最后实施封闭城市。医生里厄碰到一些怪人怪事。但电影院和咖啡馆却生意兴隆。公墓挤满了,火葬场不够用,只能在野外挖两个大坑,一个坑放男尸,一个坑放女尸。这两个坑填满之后,又挖了一个更大的坑,不分男女埋葬。记者朗贝尔决心与里厄一起战斗。来年1月,鼠疫渐渐缓和下来,最后终于解除了威胁。但里厄知道,鼠疫并没有消失,它潜伏下来,几十年后会卷土重来。鼠疫有象征法西斯和反动势力的意义。

剧本《戒严》(1948)把鼠疫变成一个胖子,死神是他的秘书。他们进入西班牙的加的斯。城门关闭,城里一切由专制、荒诞和恐怖控制。大学生迪埃戈组织抵抗运动,反抗一激烈,鼠疫就开始退让。迪埃戈的未婚妻死了,鼠疫要他放弃斗争,离开城市,才让他的未婚妻复活。迪埃戈拒绝而死去,而他的死却使他的未婚妻复活了,并解除了加的斯所受的威胁。1949年,加缪到南美旅行,回来后肺病复发。《正义者》(1949)的剧情发生在20世纪初的俄国,社会主义革命组织决定杀死大公。由于看到大公由侄子们陪伴着,卡拉耶夫放弃投炸弹。他在狱中拒绝大公夫人的搭救,终于死去。他的同伴杜勒波夫要求投掷炸弹,以便同卡拉耶夫会合。

随笔集《反抗者》(1951)引起他与萨特的争论,加缪与左翼报纸也展开论战。中篇《堕落》(1956)描写了一个巴黎律师让-巴蒂斯特·克拉芒斯,一天晚上,他在塞纳河边听到一个女人呼救,他没有去救她。他内心很不安,感到自己很虚伪,从此他堕落了。他改名换姓,来到阿姆斯特丹,成为下层社会的"忏悔法官"和盗贼的法律顾问。他等待迷失方向的人,又是个诱惑者,力图把他的受害者拖向地狱。短篇小说集《流亡与王国》(1957)收入六个短篇,以阿尔及利亚为背景,题材广泛。其中,《沉默的人》描写制桶工人罢工失败,老板不给他们增加工资,他们只得回到沉默中去。

1957年,"因为他的重要文学创作以明确的认真态度阐明我们同时代人的意识问题",加缪获得诺贝尔文学奖。1960年1月4日,他在从桑斯到巴黎的路上因车祸去世。他还有三卷《时文集》(1950、1952、1958)和遗著《第一个人》(1973)等。

加缪的小说提出了一些当代资本主义社会的重大问题,主要有两个,即对荒诞的认识和对命运的反抗。加缪认为人们团结一致,通过斗争,是可以战胜恶势力的。《反抗者》提出了反抗荒诞世界的思想,从理论上阐明反抗的必要性。加缪赞赏西绪福斯坚忍不拔、不辞劳苦的毅力和精神。同时他是一个人道主义者,在《堕落》中对人性作了深入的探索,塑造了一个人性恶的形象。这个形象表明他对社会和人性的悲观思想,这种思想在《流亡与王国》中也有所反映。

二、《局外人》

加缪被认为是"荒诞哲学的主要代表"。他在创作《局外人》的同时,也从理论上阐明了荒诞的概念。《西绪福斯神话》就是这样一部著作。这部随笔集的副标题是《论荒诞》。加缪援引了古希腊神话,对荒诞概念作了最通俗的解释。巨人西绪福斯在地狱从山谷之底将一块巨石推到山顶,但巨石一旦推到了山顶,便会滚落下来,如此无穷地反复。西绪福斯在下山途中,意识到他的工作的荒诞性,但是,他平静而执著的个性表明了荒诞的人物的自由和明智。他从超自然的希望中摆脱出来,同意生活在荒诞的世界中。西绪福斯的行动体现了主与仆的辩证关系:西绪福斯是奴隶,巨石是主人。奴隶西绪福斯意识到荒诞,由于他能思索,显示了他略胜一筹。巨石以其偌大的体积,压迫着西绪福斯,但弱小的人却以其精神的优势战胜并超越了它。加缪的思想与17世纪的散文家、思想家帕斯卡尔是一致的。帕斯卡尔将人与非常柔弱的芦苇相比,但人是“会思想的芦苇”。他有意识的优势,最终表明高于从各方面压倒他的宇宙。不过加缪和帕斯卡尔的思想相似之处仅止于此,因为加缪感兴趣的不是一般意识,而是对荒诞的意识,这种意识促使人反抗,告诉人他具有尊严。

《局外人》的叙述者是一个叫默尔索的年轻人,他是阿尔及尔一家法国公司的职员,得知他的母亲去世后坐车去参加葬礼。第二天,他遇到了玛丽,同她游泳、看电影、过夜。他的邻居雷蒙请他写一封信给一个欺骗了自己的女人。星期六,默尔索和玛丽从海边回来时,看到雷蒙殴打情妇。警察来干涉,默尔索愿为朋友作证。雷蒙邀请他和玛丽到海滩去野餐,有两个阿拉伯人要找雷蒙算账,给那被打的女人报仇,雷蒙受了刀伤,稍后他想找那个阿拉伯人寻衅。默尔索独自回到泉边,与阿拉伯人相遇,阿拉伯人掏出刀子,默尔索正好带着雷蒙的手枪。他开枪射击,阳光晃眼,阿拉伯人被击倒在地。默尔索被关进监狱,日复一日,他发现只要回忆,便能消除烦恼。同预审法官和律师会见,都不能感动默尔索。他重复说自己是个罪人,却感觉不出来。在法庭上,检察官引用证人的话,指责他带着犯罪的心情去埋葬他的母亲,因为他守灵时居然抽烟和喝牛奶咖啡,第二天就谈情说爱。雷蒙的品行也于他不利。检察官认为他是有预谋的。默尔索看到社会对他是欲加之罪,何患无辞。法庭判决他死刑。回到牢房,他努力排除行刑时的烦恼。他觉得人反正有一死,不愿再上诉。面对来“安慰”他的教士,他光起火来,因为判决和生活都是荒谬的。他因对判决无所谓而感到自由。

萨特曾对《局外人》作过深入的分析,他认为小说通过主人公默尔索的经历,写出形成荒诞的社会原因。默尔索是“面对荒诞的赤裸裸的人”。他只是阿尔及尔的一个小职员,对周围事物无动于衷,不再关心,身上只留下最基本的需要和冲动:饥渴、睡眠、女人的陪伴、夜晚的凉爽和海水浴带来的休息。总之,只剩下一个年轻而健康的人的肉体需要,只有这些需要才能把他从懒洋洋的习惯中摆脱出来。对他来说,构成他周围人的道德准则的一切义务和美德,只不过是一种令人失望的重负,他干脆统统弃之不顾。甚至连他母亲去世也引不起他多大的痛苦。他的内心非常空虚,平日像掉了魂似的无所适从,毫无愿望,毫无追求,以致在沙滩上盲目地对阿拉伯人开枪,打死了一个阿拉伯人。默尔索是“荒诞人”的典型。这种典型对社会生活的冷漠和对人与人之间关系的无动于衷,是其显著的外在特征。加缪不仅描写了荒诞人在日常生活中的表现,而且描写了他对社会司法制度和宗教的态度。默尔索被指控犯了杀人罪而锒铛入狱。司法机构要求默尔索参与到预审法官、律师、公众和报纸在他周围玩弄的、体现了虚伪价值观念的一出闹剧之中。官方的道德由偏见和伪善编织而成,但在默尔索那里撞上了一堵由固有的真诚心态组成的墙壁,起不了任何作用。默尔索懒洋洋地然而干脆地拒绝参与这出由法官们认真而严肃地上演的闹剧。在众人眼中,他因此而变成一个局外人,一个危险的变质分子;在这些人看来,这出闹剧反倒是真正的生活。默尔索被送上绞刑架,并非由于他犯下的罪,而是因为他没有接受法律核定的信条和习俗。他的全部行为就是对这些信条和习俗的否定。于是强大的正统秩序压碎了这毫无防卫能力的心灵。他和司法机构之间没有任何和解的可能,因为这种和解是建立在伪善的荒诞联系之上的。加缪在《局外人》的美国版序言中说:默尔索“远非麻木不仁,他怀有一种执著而深沉的激情，对于绝对和真实的激情"。默尔索是用沉默、无所谓和蔑视来对抗这个荒诞的社会和世界的，他身上有着激情，只不过这种激情隐藏在表面上显得麻木的态度中。他向阿拉伯人开枪好像是在烈日下的盲目行动，其实是他在荒诞现实的压抑下的一种不由自主的发泄，是他愤恨于荒诞现实的一种激情流露。他对劝说他忏悔的教士和司法机构的拒绝态度，也是不满于现实的自觉或不自觉的行动。他是无神论者，至死也不愿改变自己的信念。他对司法以可笑的逻辑推理来定罪也不作反驳，以一种无畏的态度来迎接死亡。荒诞人具有一种批判现实的意识。

荒诞人的精神特点是与他人的隔膜状态，他无法跟那些按照传统习俗思想的人找到共同语言。在加缪看来，这是僵化的道德和背叛这些道德的人之间产生破裂的直接后果。他在 1957 年接受诺贝尔文学奖的讲话中，这样评价《局外人》："商人的社会可以定名为这样一个社会：在那里，事物靠了标记而消失……它本质上是一个人为的社会，在那里，人的肉体存在被蒙蔽了……这个社会……在它的监狱和它的财政庙宇上写下自由和平等的字样，这并不令人惊奇。今日，最受污蔑的价值无疑是自由的价值。"由此看来，加缪在《局外人》中力图对资本主义社会所标榜的自由和平等作出批判性的审察。他得出的结论是，这个社会在空喊自由和平等，或者以这类口号作为欺骗手段；因此，人的自由价值完全被抹杀了，他的生存成了荒诞的存在。

在《西绪福斯神话》中，加缪认为，现实的荒诞并不是偶然事件引起的结果，也不是政治人物操纵的结果，同时也不是在一定时期内主宰历史进程的阶级的贪婪带来的结果。荒诞是普遍存在的，永恒的，它的根源就在于生活本身的根本荒诞之中。荒诞"是有意识的人形而上的态度"；在历史进程中，个人淹没在一大堆无意义的事物里，这些无意义的事物就散布在我们的生活中。人由于忙于自己的日常事务，一般不会觉察到这些无意义的事物。"起床、有轨电车、四小时工作、吃饭、睡觉，星期一、二、三、四、五、六，同样的节奏……"但是，有一天，他精疲力竭，脑中闪过一个想法：这样机械的回旋有什么目的呢？明白过来后，他突然思索起来，可是他渴望了解的想法到处碰壁。宇宙是永恒的，人是要死的；人没法获得绝对真理，宇宙却只提供骗人的表面现象和相对真理，它反对人各种各样自大的企图，以便越过永恒设置的界限，满足自身的准则。荒诞由此而来，它是我们渴望获得明白无误的事物的意愿和宇宙不可探测的秘密之间互相撞击的本质。从另一个角度看，荒诞是在一个离开了原有轨道，盲目地奔向灾难的社会里，个人的孤独。代替四平八稳的秩序的是长期以来隐藏在内部的混乱，它突然显露出来，变成笼罩世界的普遍现象。没有人能够摸透这疯狂运转的机器，没有人能够驯服它，没有人能够逃脱无舵、无帆的"茫茫黑夜漫游"。人人都待在"他的时代的苦役船上"，他不得不忍耐着。人成了世界的俘虏，这个世界所有的联系都陈旧了，从前的偶像被推翻，习惯的规律是唯一的罗盘，使人能够指导自己的行为。失去这最后的引导，便等于永远完蛋。加缪从一种新的角度，去表现普通人在生活中所遇到的艰难困苦，虽然未免过于绝对了。

加缪着意阐明的是生活中普遍存在的精神现象，这是一曲对文明衰落的哀歌。加缪从事小说创作的年代正是第二次世界大战激战方酣的时期，法国沦陷在德国法西斯的铁蹄下，人们对自身的命运、对历史的进程感到茫然无措，陷入了近乎悲观绝望的境地。这是存在主义，包括加缪表现荒诞意识的社会基础，也是人们的社会心理在哲学上的反映。加缪宣称，发现荒诞意识决不是哲理思考的结果，而仅仅是一个条件，一个建立"荒诞道德观"的出发点。加缪在思考，生活是否缺乏一切逻辑，希望是否枉然，拒绝逆来顺受是否合乎情理。他的回答是：否。"荒诞只有在人们不赞成它的情况下才是有意义的。"人们不能逃避命运的安排，只能承认命运；会思考的人的尊严就在于不要离开不可忍受的现实，而是要向混乱投以挑战，要生活下去，在盲目信念的废墟上建立对健全理性的崇拜。

在《致一个德国友人的信》中，加缪对普遍存在的不平等现象作了深入一步的思考，他的结论比以往要积极一些："我们长期以来一致认为这个世界没有更高级的理智……但是如今我得出了别的……我却觉得人应该肯定正义，反对持久的非正义，创造幸福，抗议产生不幸的世界。"加缪没有放弃《西绪福斯神话》的基本观点，但是他在该体系中加入了一系列伦理观念。战争的进程使加缪认识到要起来反对荒诞的命运。加缪后来在《鼠疫》中充分表现了自己的反抗思想。

在艺术上，加缪的风格简洁而明晰，有时甚至显得枯涩。他追求一种为广大读者所理解的词汇和他们能够接受的句法，而不使用哲学词汇和技术用语，大海、土地、爱情、欢乐、痛苦、夏天、阳光、自由、正义等等，成为他最基本的词汇。因而评论家认为他的语言具有古典文学风格，严谨、准确、明晰。但是，加缪的这种明白如画的语言，并不妨碍他的文字具有浓郁的抒情色彩，也不妨碍他表达复杂的感情。例如，默尔索的内心表白曲折而微妙，却以简单明确的语言表达出来。

加缪喜欢使用第一人称的叙述方法。在《局外人》中，加缪用的是复合过去时，而不是一般常用的简单过去时（全文只出现过四次）。但是，这个"我"具有与一般的自传体作品所不同的特点。当一个杀人犯叙述自己的故事时，他往往要为自己辩护，至少要解释自己的行动。可是，在《局外人》中，情况却不是这样。读者可以注意到，这个叙述者的"我"只不过是一个乔装的"他"。布朗肖指出："这个局外人与自身相比，仿佛是他人在看着他和谈到他一样……他完全是外在的。他越是处于自我状态中，就越是好像思索得少，感觉得少，同自我相处得不那么紧密。"另一个评论家阿布说得更明确："直至解脱自身的愤怒使默尔索将自己凝聚起来为止，叙述者都以为像一个'他'那样理解自我和分析自我，他辨别自己的思想、矛盾和错误。"巴里埃也指出，这部小说的文学不是中性的，而是中性化的，口语只不过是用来抹去另一种语言。在小说的第一部分中，句法的有意平板，并不排除文学性。复合过去时占主导地位，但文学性较浓的简单过去时也出现了四次，还出现了虚拟式未完成过去时。意象和比喻不时出现，使叙述增添意想不到的光彩，直至默尔索杀死阿拉伯人。在小说的第二部分中，叙述者被法庭定罪，意识到自身的存在，随之运用越来越"典雅的"文体，但叙述并不放弃口语。小说结尾重新使用文学性较强的语言。这种我与他的人称微妙变化、口语与文学语言的交替使用，复合过去时与简单过去时的交叉并有主次之分，造成了多变的效果，避免了单调之感，而是在平实中隐含着丰富。

结构主义和精神分析学者认为，《局外人》采用了神话原型的模式，即俄狄浦斯情结。默尔索和他的父母构成三角关系。他的母亲虽然死了，却在小说中一直存在，是她使默尔索被判死刑。他的父亲虽然也死了，而且只提到一次，但这是关键的时刻：默尔索试图设想自我了结。在这三角关系的中心，死神像一个看不见的人物，向三个人伸出了手。《局外人》的人物有两种类型：一种是母亲及其女性代替者玛丽、摩尔女人；另一种类型是不出现的父亲及其男性代替者佩雷兹、法官和律师。这两种类型的人物分别以海（与玛丽和欢情相连）和太阳（三次在小说中打上死亡印记：母亲下葬、打死阿拉伯人和审判）为象征。死亡在母子与父子这两对关系中的出现是不一样的。根据弗洛伊德的理论，所爱对象的消失，使主体艰难地去适应新的现实；他只得承认，这个对象不再存在了。因此要摧毁他和这个对象的"力必多"关系。在正常的哀痛中，主体不能放弃所爱对象，把失去这对象归咎于自己，决定"分享命运"。默尔索选择了第二种方式。他不能转化哀痛，便把它压抑下去。每当他回忆起母亲或人家问起他时，叙述者便这样解释他的行为。他希望案子快点了结，这种心理很像弗洛伊德所说的"否认"。其实，默尔索想忘记他的母亲是十分困难的，他想改变"对象"的努力难以达到："和玛丽的关系是力图转化失去母亲。"

叙述者摆脱不掉母亲的形象，她不仅在审判时出现，而且在其他时刻出现。例如，当萨拉马诺哀悼他的狗死了的时候就是这样；萨拉马诺的故事与导致叙述者打死人的情节毫无关系，但它与默尔索和他母亲的关系构成"对偶物"。他在三个月前失去了狗，默尔索将母亲送进养老院，她去世也有三个月。但萨拉马诺不能以哀悼狗为生，默尔索也无法哭悼他的母亲，因此，他乐意接受受审的地位，认为对他的指控说得过去。实际上，他是爱他的母亲的，他对自己的律师说："无疑我是很爱妈妈的，但这说明不了什么。凡是圣人都或多或少希望他们所爱的人死掉。"他希望母亲死掉，就是说他"分享了失去对象的命运"。如果母亲形象不是在这一时刻出现（"正是我埋葬了妈妈那一天的同样的太阳"），也许他不会杀死人。至于父亲，维吉尼亚认为，父亲及其不同的替代形象联系在一起：法官、律师、警官、教士另有不同的作用。当默尔索说，死刑"对一个男人来说是唯一真正有趣的事"时，这是暗示去势。小说写道："我的父亲当时不喜欢我。现在我明白了，这是非常自然的。"这句话可以理解为俄狄浦斯式的竞争。父亲看到，被处决的人正是那个想夺走母亲的儿子。默尔索就自认犯了弒父之罪，他所根据的是，凡是在精神上杀害了母亲的人，也能犯最可怕的罪——弒父，因此理应受到惩罚。他被判处死刑，因为他想夺得他的母亲，而且不想放弃这个愿望。对他的处决标志着父亲的胜利。

第二十章　贝克特

一、生 平 与 创 作

　　萨缪尔·贝克特(1906—1989)，爱尔兰剧作家、小说家，荒诞派戏剧的主要代表，同时又是新小说的重要作家，1906 年 4 月 13 日生于爱尔兰首府都柏林的郊区斯罗克，但他拒绝承认自己是爱尔兰人。他的父亲是建筑工程估价员，母亲是法国人。他在法国人主办的小学里读书。1920 年进入恩米斯基伦的波尔托拉王家学校，开始对法文产生兴趣。1923 年入都柏林三一学院，学的是法语和意大利语。1928 年他任巴黎高等师范学校的英语教师，与乔伊斯认识。1930 年他发表《但丁、布鲁诺、维柯、乔伊斯》一文。1930年，他与人合译乔伊斯的作品，同年 9 月成为三一学院的法语教师，同时他研究笛卡儿，最后获得硕士学位。1931 年他在伦敦发表《普鲁斯特》一文，明显表现出对意识流小说的兴趣。从 1938 年起，他因嫌弃爱尔兰的"神权政治、书籍检查"，定居巴黎。第二次世界大战期间，他参加了反纳粹的地下抵抗运动，为了躲开盖世太保，1942 年他与法国妻子避居到沃克吕兹当农业工人。战争结束后，他曾在爱尔兰红十字会工作，1945 年秋冬之间，他在一所军医院当盟军翻译。

　　1942 年以前，贝克特用英语写作，以后主要用法语写作。一开始，他从事的是小说创作。早在 1938 年，他在伦敦发表了《穆尔菲》(1947 年由他本人译成法文)。小说主人公是一个流浪汉，执著地寻求死去。1951 年，贝克特发表了两部小说《莫鲁瓦》和《马洛纳之死》。这三部小说树立了贝克特的新小说作家的地位。

　　1952 年，《等待戈多》问世，次年 1 月在巴黎巴比伦剧院上演，确立了他作为荒诞派代表戏剧家的地位。1953年,他发表了小说《无名无姓的人》和《瓦特》。1957年,贝克特上演了《一局终了》,此剧叙述在一个灰暗的房间里,有四个落魄的人:刽子手哈姆坐在椅子里,虐待克洛夫,一面哀求克洛夫结果他;他们面前有两只垃圾箱,纳格和奈尔关在里面,他们是哈姆的"可诅咒的后代",想死而死总是不来。同年发表的广播剧《所有倒下的人》写一对夫妇坐火车回家,因有个孩子被人谋杀,从火车上掉下去,火车误点了。1958年上演的《最后一盘录音带》叙述一个老人克拉普几乎耳聋,在听三十年前的录音带,聊以自慰。剧本《灰烬》(1959)的主人公在海滩上讲述自己过去的故事。1961年他发表了小说《怎会如此》。1962年上演的《啊,美好的日子》描写一个老妇人埋在土中,泥土逐渐升到她的脖子根,但她仍然关心自己的日常用品:提包、指甲锉等。她幻想着自己得不到的幸福。1965年,贝克特发表《喜剧及其他剧作》。1969年,"由于他的作品以一种新的小说与戏剧的形式,以崇高的艺术表现人类的苦恼",贝克特获得诺贝尔文学奖。70年代和80年代,他的创作明显减少。1989年12月23日,贝克特在巴黎逝世。

贝克特是新小说的先行者。一是贝克特从不同角度描写现实的荒诞,人们在这样的现实中难以生存下去。《穆尔菲》的主人公感觉不到生的乐趣,他整天坐在椅子里想入非非;最后,精神病院使他无法生活下去。《莫鲁瓦》的主人公为了去见临危的母亲,来到一座大森林里,忍受了非人间的痛苦。而莫朗为了寻找莫鲁瓦,睡在露天,饥不择食,回到家里,只见一片破败景象,只好去流浪。《马洛纳之死》的主人公生活在一个空空如也的房间里。《怎会如此》的人物在一大片烂泥塘里挣扎:灭顶之灾正威胁着人类。贝克特描写的是等待、孤独、异化、衰弱、死亡、无法交流,这是人类的生存状况。二是贝克特往往选取流浪汉、老人、残废者、奄奄一息的人作为主人公,他们的遭遇比一般人更悲惨,他们的处境像地狱般可怕。穆尔菲同人们隔绝,像待在子宫里一样。莫鲁瓦的行走路程是从荒原、海滩到房间、床、餐馆门前的桶。他所呆的精神病院与世隔绝。《马洛纳之死》的主人公说:"我是否生出来,是否生活过,我死了或者我在垂死挣扎,这都并不重要,我将做我做过的事,但不知道我在做什么,不知道我是谁,不知道我是从哪里来的,不知道我属于谁。"面对荒诞的现实,人物缩减到只有声音,人不成其为人。《无名无姓的人》的开头,说话的人不知什么模样。《怎会如此》的人物发出喘气声,只有声音在叙述,人物完全隐没,变成微不足道的东西。他们不再是会说话的人,而变成会说话的物。有时,不同姓名的人变成同一个人,如莫朗最后变成了莫鲁瓦。在贝克特看来,人没有你我之分,他们是零,是物,是异化了的东西。三是贝克特采用一种中性的、混乱的语言,句子之间没有联系,不讲逻辑,更有读不通的句子,前言不搭后语。他的句子跳跃性很强,且爱重复。情节也重复。如《莫鲁瓦》前后两部分结构相同。贝克特力图描绘这样一个世界:一切在无休止地重复。他时常取消标点符号,喜欢文字游戏、双关语、能抖包袱的词。凡此种种,已开了新小说作家喜爱翻新写作花样的先河。

贝克特的剧作偏重于表现人们处境的紧迫感和精神危机。在他笔下,这个世界是空荡荡的、阴郁的,甚至置人于死命:《啊,美好的日子》中的维妮眼看沉没到地底之下;沙漠中的人木然不动,无法获得近在身旁的水。人们渴望得到的东西却无法得到,或者只能回忆过去美好的日子,将眼前不多的时间当作好日子来过。人物是庸庸碌碌、无所作为、麻木不仁的,只有模模糊糊的希望,缺乏美好的理想。奴隶和奴隶主处于相对平静,奴隶并无反抗的表示。贝克特通过这种象征手法,表明人们的精神处于空白状态,从而表达人们觉悟到存在危机的意识。诺贝尔文学奖的授奖词指出他的戏剧"具有希腊悲剧的净化作用",就是据此做出的。剧中人物同他的小说一样,往往是流浪汉、乞丐,既可怜巴巴,又清醒得出奇,他们对世界抱着悲观的看法。他们是受苦人类的象征,剧中人之间的关系,要么像《等待戈多》中的波卓和幸运儿那样是主奴关系,要么像《一局终了》中的四个人物互相折磨,充满敌意。他们是渣滓,是原子弹爆炸后的残余物;他们感到世界快要分崩离析,对一切失去了信心。他们生存的环境很不舒适。他们往往眼瞎、耳聋,只有身体没有脚。人物讲话像说腹语一样,却又无法忍受沉默,因为沉默是虚无,只有语言有助于人排除孤独。

贝克特的戏剧充满荒诞感。人物是荒诞的写照,舞台布景则是表现荒诞的工具。《等待戈多》的布景几乎是光秃秃的,只有一条荒凉的大路;《一局终了》的布景是一个没有家具的房间;《哑剧Ⅰ》和《啊,美好的日子》在荒漠里进行;《灰烬》的背景是废弃的海滩;《最后一盘录音带》发生在一所暗影憧憧的破房子里,象征空虚的、没有意义的世界。贝克特的创新,在于以新的意象和手法来表现荒诞。在《啊,美好的日子》中,老妇人孤零零地埋在土中,这是人被世界和物质吞没的象征。她的一举一动是机械的动作,不是为了生活和需要。地点呢?"无法描绘。什么也不像。"对贝克特的人物来说,过去、现在和将来都是荒诞的概念,因为时间静止不动了。《一局终了》中的哈姆问:"几点了?"克洛夫回答:"像平时一样。"时间概念已经不存在了。他们在烂泥里爬来爬去,蹲在垃圾箱里,或者土一直埋到脖子根,这类荒诞人物是荒诞世界的产物。

二、《等待戈多》

《等待戈多》是贝克特的代表作,也是荒诞派戏剧的经典性作品。

剧本分两幕,爱斯特拉贡和弗拉狄米尔(他们又叫戈戈和狄狄)是两个流浪汉,他们在等待名叫戈多的到来。但他们不敢肯定戈多来还是不来,也不知道戈多是谁,能从他那里得到什么。在等待戈多时,他们既有抱怨、回忆,也有拌嘴、和解和提问。随后波卓和幸运儿来了,幸运儿被绳子拴着,表明这两个人是主仆或者主奴关系,波卓可以任意侮辱和殴打幸运儿。两个流浪汉对此深感不快。天黑了下来,波卓提出让幸运儿跳舞和思考。幸运儿跳完舞后,长篇大论地说起来,这番话却晦涩难懂,直到脱掉他的帽子才让他停下来。波卓和幸运儿走后,一个小男孩跑来说,戈多今晚不来了,明天准来。第二幕,是第二天,光秃秃的树叶长出四五片叶子,两个流浪汉来到同一个地方。爱斯特拉贡几乎忘了昨天的事,他找到一双破鞋,狄狄让他试穿。他们消磨时间,模仿波卓和幸运儿,做体操。爱斯特拉贡总是说走,却就是不走。波卓和幸运儿又来了,波卓瞎了,摔了一跤,请人帮他站起来。狄狄想去帮他,却也摔倒了,爬不起来。爱斯特拉贡也摔倒了。最后三个人好不容易站了起来。狄狄问波卓,什么时候眼睛瞎了,幸运儿什么时候聋了。波卓生气不理,同幸运儿离开了。那个小男孩又来说,戈多不来了,明天准来。两个流浪汉决定离开,明天再来,但他们没有动弹。

《等待戈多》与传统戏剧大相径庭,它没有情节,没有人物之间的心理冲突,没有高潮,是一出典型的"反戏剧"。贝克特说过:"只有没有情节、没有动作的艺术才算得上是纯正的艺术。"他要开辟"过去艺术家从未勘探过的新天地"。《等待戈多》正是这种艺术主张的体现。第一,这出戏的第一幕和第二幕大体相同,全剧只有一些微不足道的动作,而且这些动作总是很快中止,构不成可以理解的行为,只不过是一些木偶的动作而已;他们不记得昨天发生的事。第二,人物确像木偶一样,没有心理刻画,他们不会进行深入的思维;从外形来看,这是流浪汉、穷愁潦倒的人或难以确定身份的人,他们没有性格可言,角色甚至可以对换。第三,没有高潮,人物在徒劳地等待,剧情没有发展,人物之间的关系保持不变,每个细节至少运用两次;时间不是线性的,而是周而复始,明天是今日的重复,今日又重复了昨天。

《等待戈多》首先吸引观众的是那些像丑角式的人物。他们不像生活中的人，完全不同于传统文学中描写的角色。他们的道具（圆顶礼帽、太大的鞋）、舞台动作（幸运儿在牵引下的动作、一齐跌倒、身体纠缠在一起）、重复的对话，都有丑角表演的意味。有的评论家认为，爱斯特拉贡体现了"凄苦的唯物倾向"；而弗拉狄米尔却体现了理想主义。至于波卓一幸运儿这一对，代表的是主人和奴隶的关系。但这只是给人表面的印象，其实并非如此简单。例如，一开始，似乎弗拉狄米尔知道一点《圣经》，但却是爱斯特拉贡同情幸运儿，表现出基督徒的同情心；但在第二幕，爱斯特拉贡又出于报复，用脚去踢幸运儿，前后行为并不一致。这两个流浪汉的意念是不确定的，他们长时间讨论是否去帮助波卓和幸运儿。他们对行动表现出迟疑不决。第一幕中爱斯特拉贡说："那么走吧？"弗拉狄米尔说："咱们走吧。"他们却不动。第二幕出现了同样的对话和情景。弗拉狄米尔和爱斯特拉贡的差异，仅仅在于作者要让对话重新活跃起来，要不然剧本就要静场了，戏便演不下去。同样，波卓和幸运儿的主奴关系也是可以转换的："我可以处在他的位置，而他也可以处在我的位置。"是幸运儿教给波卓一切，波卓瞎了以后，要听他的向导的安排。人物其实并没有真正的个性：其一，他们的名字有随意性，剧本里他们叫爱斯特拉贡和弗拉狄米尔，舞台上他们互相叫戈戈和狄狄，一个想自称卡图尔，另一个想自称阿尔贝；其二，人人倒在舞台上，身体的不同在这"堆肉"中消失了。爱斯特拉贡、弗拉狄米尔、波卓和幸运儿只是同一种存在的变异，实际上并无重大的不同。

剧本最神秘的人物是戈多。这个名字本身和他总是不出现，引出了各种各样的解释。最常见的一种是，戈多（Godot）是上帝（God）。爱斯特拉贡和弗拉狄米尔在等待上帝到来，但上帝不来，观众看到的是演出"没有上帝的人的苦难"；要么是上帝无动于衷地观看人类状况的荒诞，要么是上帝根本不存在，人经历疯狂的生活，注定要死亡，人的生活只是一场枉然的激动。再引申出去，《等待戈多》变成了现代哲学的浓缩：从尼采的"上帝死了"到海德格尔的"人为死而存在"，再到萨特的"存在是荒诞的，无法辨析的"。换句话说，《等待戈多》是现代哲学的形象解释。另一种说法是，贝克特选择了戈多这个名字，是因为他觉得戈多是最接近旧鞋（godillot）这个词，爱斯特拉贡不是只想等待穿上合脚步的鞋吗？戈多是否体现在波卓身上呢？爱斯特拉贡确实坚持把两者混同起来。这两个名字有相似之处。都有两个 o 的字母。但是，若从这个角度看的话，那么戈戈更接近戈多。这种说法显然站不住脚。再一种看法是：在波卓和所谓上帝之间，有人以为发现了相似性：都很残酷、冷漠、非人道。甚至波卓的突然瞎了也找到一个含义：人在上帝出现时认不出来，因此上帝对人的不幸视而不见。可是，这种解释同样遭到作者的讥诮，而且，报信的小男孩最后两次来说"戈多先生今天不来了"，与此种观点对照很难解释得通。

可以说，作者的本意越是令人捉摸不透，它的含义就越是可能蕴含着深刻的寓意。上述的《等待戈多》乃是现代哲学之浓缩的说法，倒是较准确地说出了这个剧本的广泛寓意。不过，贝克特并没有明确道出剧本是写人的苦难和面对死亡的不安，这样就会缺乏新意，因为这两个主题已屡见不鲜。贝克特从形式上说是在戏仿，但他表现得更为抽象，也就更为概括，含义更广。剧中人物确实在向戈多祈祷，认为戈多一来，他们就可以"完全弄清楚"自身的处境，就可以得救。尽管等待戈多是一种痛苦的煎熬，他们还是坚持不懈地等下去。等待无疑是这个戏的戏眼。马丁·艾斯林在《荒诞派戏剧》中认为："这部剧作的主题并非戈多而是等待，是作为人的存在的一种本质特征的等待。在我们整个一生的漫长过程中，我们始终在等待什么；戈多则体现了我们的等待之物——它也许是某个事件，一件东西，一个人或是死亡。"艾斯林强调等待是有道理的，《等待戈多》表现的是对更好的或美好的生活的期待而不可得，人类对现状和未来处于茫无所措甚至绝望的境地，这是一幅西方世界的现实图景。艾略特的《荒原》表现了西方世界的荒漠情景,《等待戈多》更进一步,表现了西方人在荒漠之中的悲凉状况和精神状态。波卓的眼瞎和幸运儿的耳聋,可以看作人类看不清现实的一种象征。剧本对荒郊的描写,对枯木的渲染,应该说也是对生活和社会现实的一种象征。这些象征性的描写,是对西方人无力辨清未来、对现实感到绝望、徒劳地等待的表现。

《等待戈多》还表现了在这种空等待中西方人的精神生活状态。剧中人物为了消磨时间,玩起了游戏。另外,弗拉狄米尔提议表演波卓和幸运儿的动作。由此引出人物的这番评论:"您感到厌烦吗?"爱斯特拉贡回答:"还算好。"波卓又问弗拉狄米尔:"您呢,先生?"弗拉狄米尔回答:"没什么意思。"一个说:"没有这种表演,时间也会过去。"另一个说:"是的。但过得没有那么快。"这种毫无乐趣可言的消遣,是生活无聊、单调和空虚的一种表现。剧本进一步表明,一切思考都是无用的。幸运儿思索过,是按照波卓的吩咐去做的,可是他的长篇大论只不过是胡言乱语。弗拉狄米尔说:"思想是可怕的。"他进而说,思想只能产生死尸和尸骨,它是死亡的工具;整个世界是一个藏尸所。这惊人的话语振聋发聩,是对西方精神世界颇具批判性的否定。

《等待戈多》的内容完全体现了荒诞一词的含义。戈多总是等不到,天天如此,可是剧中人仍然等待,他们的等待不免显得荒诞。第一幕树木光秃秃的,第二天却长出四五片叶子,不知怎么会长得这样快;第一天爱斯特拉贡的鞋子不合脚,感到疼痛,第二天随便找到的鞋却非常合脚;波卓第二天变成了瞎子,而幸运儿变成了聋子,剧本没有作任何说明;人物无缘无故摔跤,爬不起来;口中说要离开,却原地不动,等等。这些细节表明世间事物的变化是没有缘由的,不可预测的,因而是荒诞的。人物无法主宰自己的行动,或者像木偶一样动作。这一切都具有荒诞的特点。荒诞并不自贝克特始,但他的荒诞表现得极为彻底。

剧本的形式同样荒诞,与剧本的形式一致。贝克特认为艺术创作要"集中",这种集中尤其表现在语言上。贝克特的母语是英语,但他后来主要用法语写作。用法语写作对他的思考无疑有约束,引起词汇"贫乏化"、"弱化",趋于"无风格"、"无诗意"的写作。有人认为法语语言吝啬,词汇比英语狭窄,词序不那么灵活。但是,法语无疑能做到极其复杂,就像马拉美的诗晦涩难懂,含义却极其丰富所表明的那样。法语对贝克特首先是作为外语那样具有吸引力,他的感受是异乎寻常的。法国的评论家指出过:"萨缪尔·贝克特要我们再一次学会阅读我们自己的语言……贝克特的方言使我们缴械。"《等待戈多》提供了这句话最好的说明。细细研读,才会发现其中的深意。试看下面这一段对话:

> 弗拉狄米尔(以下简称弗):它们发出翅膀一样的声音。
>
> 爱斯特拉贡(以下简称爱):树叶一样的声音。
>
> 弗:沙一样的声音;
>
> 爱:树叶一样的声音。(沉默)
>
> 弗:全都同时说话。
>
> 爱:而且全都跟自己说话。(沉默)
>
> 弗:不如说它们窃窃私语。
>
> 爱:它们沙沙地响。
>
> 弗:它们轻声细语。
>
> 爱:它们沙沙地响。(沉默)
>
> 弗:它们说些什么;
>
> 爱:它们谈它们的生活。

这段话似乎毫无意义。但细读之下,读者能发现,这两个人物讲的是自然界的事物,表达对自然界事物的感受。自然界像人一样发出声音,因为它们活过或死去并不够,它们还需要表达和交流。人物好像在胡言乱语,其实表达具有深刻含义的话语。这是最常见、最普通的语言,语言简单,貌似含混,而含义丰富。至于幸运儿的长篇独白,像是痴人说梦,不知所云,虽漫无边际,却包罗万象,乱七八糟中有着广泛的内容。综观全剧,一句话短的只一两个字,一二十句都是如此;长的上千个字,没有标点符号,连成一片。长短结合,生动多姿。《等待戈多》的语言对后来的戏剧产生了重大影响。

第二十一章　罗布-格里耶

一、生平与创作

阿兰·罗布-格里耶（1922—2008），法国小说家，"新小说"代表作家之一，1922年8月18日生于海港城市布列斯特。他在国立农学院毕业，先从事农业。1945至1948年，他在国家统计院工作。从1950年起，他是殖民地果品和柑橘学院的农艺师，长期在几内亚、摩洛哥、瓜特罗普和马提尼克工作。1949年，他写出第一部小说《弑君者》，被出版社婉言谢绝，这部小说1978年才发表，但手法与"新小说"有很大差别。20世纪50年代初，罗布-格里耶在《批评》杂志上发表过一些文学评介短文。

1954至1955年对罗布-格里耶来说是一个转折点。他的小说《橡皮》（1953）在1954年获得费内昂奖，而《窥视者》（1955）在1955年获得批评奖。罗布-格里耶一举成名。这是两部典型的"新小说"。后者的主人公马弟雅思到对面的海岛去推销手表。他来到一个水手家里。水手的小女儿叫雅克莲，是个牧羊女，只有十三岁。他没有赶上渡船回家。第二天早上，渔民发现雅克莲的尸体。马弟雅思看到牧羊女的两只手反绑在背后，旁边有他扔下的烟蒂。其实他是真正的凶手，但小说对此没有明确交代。

随后，罗布-格里耶在子夜出版社任文学顾问，推动"新小说"的出版。《嫉妒》（1957）的女主人公A和丈夫住在非洲的一个香蕉园里，与邻居弗兰克过往甚密。一天，她搭弗兰克的车到城里购物，据说汽车出了故障，他们不得不在旅馆里过了一夜，这引起了她丈夫的猜疑。他在百叶窗后窥视她和弗兰克的行动……《在迷宫里》（1959）叙述一个士兵从前线回来，带着战友的遗物，准备交给死者的父亲，相约在交叉路口见面。一连数日，他在这个像迷宫的城市里寻找,毫无结果。一连串的奇遇导致他死去。1962年罗布-格里耶发表了短篇小说集《快照集》。次年,他将以前发表的几篇论文结集出版,题名《为了一种新小说》,成为"新小说"的理论家之一。

60年代他向电影领域发展,1961年和阿兰-雷斯内合作拍摄《去年在马里昂巴》,获得威尼斯电影节的金狮奖(大奖)。他接二连三地推出了《不朽的女人》(1963)、《欧洲快车》(1966)、《说谎的人》(1968)、《伊甸园及其后》(1971)、《欲念浮动》(1974)、《玩火》(1975)等电影。他的小说本来就与电影有相似之处,如今他热衷于电影是顺乎自然的事。但他仍然写小说,《幽会的房子》(1965)中,叙述者试图恢复1922年8月18日在香港死去的爱德华·马雷纳在"蓝色别墅"发生的一切,这是一个娱乐厅,也有赌场、演出厅和妓院。马雷纳是巨富,香港的走私几乎都与他有关。他因不肯付钱给约翰逊而被打死。《纽约革命计划》(1970)写的是地铁里发生的事,一个精神病医生一直在为革命试验各种毒虫。70年代及其后发表的小说有《一个幽灵城市的拓扑学》(1975)、《被囚的美人》(1976)、《金三角的回忆》(1978)、《奇英》(1981)、《重现的镜子》(1985)、《昂热丽克或迷醉》(1988)、《科兰特的最后日子》(1994)、《反复》(2001)等。2003年罗布-格里耶当选为法兰西语文学院院士,2008年2月16日,他因心脏病在卡尔瓦多斯省卡昂市逝世。

罗布-格里耶的小说在"新小说"中自成一格。第一,他采用一种"中性的描写"手法,特别注重对物的描绘,极其细致,甚至达到"科学的"准确程度。他常用几何术语,好像一个建筑师在那里观察。他的描写不仅客观,而且是"客体的",他可以被称为"视觉派"。他排除了对事件、人物、世界做出任何评价的必要。他笔下的世界是没有任何意义的,它虽是人的生活场所,但很难构成一个真实的世界。如《在迷宫里》描绘的那个城市在地图上找不到,它的街道和房屋都是一模一样的,人物转来转去似乎仍然回到原地。《窥视者》中的岛,《嫉妒》写到的地方,也都是虚无缥缈的。第二,他在叙述上有多种革新。他喜欢重复描写、时序颠倒和新颖的观察角度。《嫉妒》中写弗兰克捏死蜈蚣多达九次,体现人物思想的困扰;小说看不出是谁在说话,观察者不知是不是丈夫,没有名字、年龄和身份;《幽会的房子》的叙述者自行隐去,事件同时发生,不是连贯的,仿佛时间具有空间的特质。

二、《橡皮》

《橡皮》是罗布-格里耶的成名作,著名批评家罗朗-巴特撰文加以推荐,由此确立了罗布-格里耶的地位。《橡皮》对"新小说"的流行起了推动作用。这部小说写于罗布-格里耶从非洲回国的轮船上,当时他得了病,在船上构思并进行创作。

故事内容如下:最近以来,每天晚上七点到八点之间,都发生一件谋杀案,受害者都是有地位的人,恐怖分子想危及国家的政治经济制度。瓦拉斯是上面派来的密探,他走进一家文具店,去买一块橡皮。警察局长罗伦告诉他,受伤的杜邦教授有怪癖,可能是自杀。妇产科医生给杜邦开刀,说是子弹打在心室内壁,杜邦在开刀时死了。瓦拉斯去调查了巴克斯太太,然后在文具店又买了一块橡皮。木材商马尔萨来到警察局,说是晚上有人要暗杀他,为了避免不幸,他离开了这个城市。瓦拉斯收到一封信,从信中得知凶手晚上要行动。杜邦没有死,他到测量员街花园小楼去取文件。瓦拉斯在那里等着他,瓦拉斯出于自卫开了枪,打死了他,然后给警察局长拨通了电话。

《橡皮》包含了罗布-格里耶以后的小说的基本因素,体现了他对小说创作的基本观点。他反对传统小说的一些基本概念,尤其是反对小说要有故事情节、塑造人物和作品的倾向性。

《橡皮》并非没有情节,只不过很难构成完整的、发展脉络清楚的故事。它的核心是侦查一件凶杀案,而侦察人误杀了当事人。从形式上看,《橡皮》借用了侦探小说的大致框架,但这不是真正的侦探小说。这种模仿是一种反讽手法。罗布-格里耶通过这种写法来戏弄传统小说(作为通俗小说的侦探小说属于传统小说的一种)强调真实性。小说先是写传闻杜邦教授死了,其实他并没有死,最后才知道他是被侦察人瓦拉斯误杀:瓦拉斯埋伏在杜邦的家里,他不知道杜邦还活着,以为进来的人是偷文件的,又看到对方握着手枪,便先下手为强,把杜邦打死了。这样,小说结尾又回到小说开头。这一场景在逻辑上是说得过去的。不过,读来令人感到似真似假,扑朔迷离。小说中,时而说杜邦手上受了伤,时而说他想自杀,而造成谋杀的印象,时而又说这是一件政治谋杀案,时而说是茹亚尔医生想谋杀他,时而说他的心脏部位受了伤,却由妇产科医生开刀,一度传说他在手术台上死了。不久,杜邦出现了,很难说他受了伤。他早已作好预防遭到袭击,甚至向行刺者开过枪,奇怪的是弹壳卡在枪膛里。一会儿茹亚尔医生受到犯罪的怀疑,一会儿说是匪帮本来想杀死商人马尔萨,结果错杀了杜邦。整个凶杀案的情节就像迷宫一样,无法弄清。这些荒唐的情节在于嘲弄侦探小说。作者以各种虚构的,甚至互相矛盾的情节,挪揄侦探小说的真实性。

贝克特最先指出,《橡皮》的情节是戏仿古希腊神话中的俄狄浦斯弑父娶母的故事。小说中的确多次出现司芬克斯的形象。第一章第六节中,提到"也许这是一只怪兽,它有头、颈子、胸膛、前爪,还有一条大尾巴,拖在狮身后面,并且长着一对老鹰的翅膀。那怪兽怀着一脸贪吃的表情,朝着躺在稍远地方的一个不像样的猎物走去"。这个形象有点在影射司芬克斯。小说中还有多处暗示这个神话:咖啡店的醉鬼向顾客讲一个谜语:"什么动物早上杀父,中午淫母,晚上瞎掉眼睛?……是早上瞎眼,中午淫母,晚上杀父。怎么样? 是什么动物?"这则谜语在古希腊神话中指的是俄狄浦斯的经历。最后瓦拉斯回到住地时因走路过多脚肿胀了,而俄狄浦斯在古希腊文中的意义是"肿胀的脚"。小说中还暗示过文具店老板娘可能是瓦拉斯的母亲,瓦拉斯对她有好感,而且杜邦也有可能是瓦拉斯的父亲。这种类似是反讽的模仿。俄狄浦斯的故事是古典文学中的一个经典范例,在某种意义上代表了传统文学中的情节。罗布-格里耶以此反对传统小说重视情节的描写。

时间在传统小说中是情节发展的必要因素,但在《橡皮》中,时间成了一个无用的概念。小说引用了古希腊悲剧作家索福克勒斯的一句话:"时间,自己决定一切,不由你做主,它就提供了问题的解决方案。"小说的时间好像是在一天之内进行的,又好像根本没有这段时间,因为小说开始时,瓦拉斯的表便停了,这等于说时间没有向前发展。而小说的开头也就是结尾所显示的结果,这也证明时间没有走动。罗布-格里耶在小说的出版说明中写道:"这是一个确切、具体的中心事件:一个人的死。这个事件具有侦探小说性质——也就是说有一个凶手、一个侦探、一个受害者。从某种意义上说,他们的作用也没有改变:凶手向受害者开枪,受害者受伤或死亡,侦探调查解决问题。但联系他们的关系并没有如此简单,这本书中的受害者并不是谋杀者杀死的,而是侦探的误杀,这本书叙述的正是从谋杀者的枪响到受害者真正死亡之间的二十四小时的故事,是子弹走过四米的距离所花的时间——'多余的'二十四小时。"瓦拉斯的寻找是在"时间之外"进行的,即在凶手按扳机和子弹打中受害者之间时间极度膨胀后发生。整个情节是完全虚构的,结果与开始其实都在同一时间,因此整个故事是多余的。罗布-格里耶从时间概念出发,对传统小说作了反讽的处理。

作为一个擅长写物的作家,罗布-格里耶的这一特点在《橡皮》中已露端倪。例如小说这样描写一只切开的番茄:"这一片番茄真是完美无缺,它是用机器从一个组织结构相对完善的果实上切下来的。它四周的果肉紧密均匀,具有像化学剂中那种鲜艳的红色,夹在发亮的果皮和子房之间,既肥厚又匀称。子房里黄澄澄的种子,按着大小排列,层次分明;一层绿色透明的凝固物使种子粘附在果心鼓起部分的边沿。那浅粉红色的、表面微呈颗粒状的果心,从底部凹陷处伸出一束白色的条纹,其中的一条伸至种子附近——但它伸延的方式有点难以明确。在这片番茄的顶端,发生了一种几乎无法察觉的意外情况:有一小块皮离开果肉约一两毫米,微微地翘起。"这是孤零零的一段描写,它在小说中没有任何意义,可有可无。这一描写既没有史料价值,也没有任何社会意义,纯粹为写物而写物。小说对橡皮的描写也一样:"这种橡皮既轻又柔软,脆而易碎,用力压不会变形,只会变成粉末;这种橡皮不费劲就可以切开,而且剖面光亮平滑,像螺蛳壳一样。"橡皮意味着什么? 是否有象征意义,这都很难说清楚。不妨说,它是毫无意义的,用作书名,表示这部小说谈不上任何社会意义。它只不过是作者任意选择的一样东西作为一个代名词而已。同样,小说中也有不少详细的环境描写,如描写城市中的房屋——商行:"这里每一座房子都是相同的建筑式样:五级台阶通到一个向里推开的油漆大门,上面挂着黑漆底金字的商号招牌。左边有两扇窗,右边有一扇,楼上四层窗子也是一个样儿。也许在这许多办公室中间还夹有公寓套房吧。可外表一点看不出来。"这段描写在小说中并不起什么作用,它根本不是什么典型环境,不像巴尔扎克在大段环境描写之后,要着手描写人物和情节,环境是作为人物的活动舞台来描写的。小说中描绘的城市是若有若无的,没有确切的名字,看不出任何法国城市的特征。总之,小说对物和环境的描写,也是对传统小说的反讽手法之一。

小说主人公瓦拉斯是一个反英雄人物。他的身份是侦探,他同医院、警察局打交道,同一般市民接触,似乎调查得很仔细,其实一无所获,始终弄不清杜邦死了没有,结果自己却打死了调查对象。他的无能是显而易见的。他面对的是一个物质世界,充斥世界的物质排斥了他的思考能力和行动能力,他是一个毫无作为的、被动的、无法主宰自己命运的人。他要寻找一块高质量的橡皮而未能如愿,是否表示他的调查毫无结果? 橡皮的作用是能抹去写下的东西,这意味着瓦拉斯竭力抹掉自己过去的经历,竭力抹去自身,以实现作者在《为了一种新小说》中提出的取消小说人物的任务。瓦拉斯的侦探目的其实就是在寻找自己的过去,但他的过去同现时重合在一起,他的经历等于零。瓦拉斯是个典型的零度人物。

第二十二章　海勒

一、生 平 与 创 作

约瑟夫·海勒(1923—1999)，美国小说家，黑色幽默的主要代表之一，1923 年 5 月 1 日出生于纽约南布鲁克林区的康尼岛，父母是第一批移民到美国的俄裔犹太人，父亲是社会主义活动家和不可知论者，以驾车送面包为生，于 1929 年的一次手术后死亡。从十岁到十九岁，海勒参加了一个叫"互忠社"的俱乐部。1941 年海勒在林肯高级中学毕业后，在一家公司当档案管理员，后成为诺福克海军基地的铁匠学徒工。1942 年，他作为随船档案员参军，10 月正式加入美国空军，进入预备军官训练学校。1944 年作为水手和投弹手毕业，随空军 12 军 488 骑兵中队驻扎在科西嘉岛。海勒在欧洲执行了六十次轰炸任务，因战斗成绩出色，荣获空军奖章和总统联合奖章。1945 年，他到南加利福尼亚大学学习，并开始发表小说。1949 年获得文学硕士学位，靠富布赖特奖学金前往牛津进修英国文学。1950 年回美国宾夕法尼亚大学教写作，1954 年到杂志社担任广告、推销经理，1963 年回到耶鲁和宾夕法尼亚大学教小说和戏剧写作。

《第二十二条军规》(1955)写了七年，发表后引起轰动，成为"黑色幽默"的经典之作。从 1964 年起，海勒开始了职业创作的生涯，写出剧本《我们轰炸了纽黑文》(1967)，在耶鲁和百老汇连续上演了八十六场。长篇《出了毛病》(1974)的主人公斯洛柯姆是个风度翩翩、受到上司赏识和提拔的中层管理人员，与妻儿一起过着中产阶级的优裕生活，但他却不感到幸福和满足，瞧不起自己的公司和工作，却又渴望提升和加薪；利用一切机会与女人鬼混。他时刻感到出了什么事，害怕紧闭的房门，害怕探望病人，害怕上司、同事和下级,讨厌妻子,憎恨女儿。小说刻画了美国人的精神危机。《像金子一样好》(1979)是一部政治讽刺小说,主人公想写一部关于美国犹太人的小说,却被种种事务打扰:他整天忙于出席宴会、看医生、找情人、聊天、教课。他厌倦了这一切,厌倦了沉闷的家庭生活。在他当白宫高级官员的朋友的诱惑下,他打算抛弃妻子和孩子,与白宫很有势力的外交官的独养女儿结婚。但不久他后悔了,决心离开白宫这肮脏的地方。

1981年12月海勒突然中风,得了吉尔林-伯利综合征。《上帝知道》(1984)取材于《圣经》大卫王的故事。晚年的大卫形容枯槁,少女亚比萨美丽的肉体使他在生命之火即将熄灭之际回忆起戎马生涯的往昔:他一生处于连绵不断的战争中,又处于许多女人的纠缠中,过的是快乐的一生,也是忧伤苦恼的一生。小说写出了夫妻、父子、人类和命运之间的和谐与冲突,挖掘了人性的丑与恶、善与美。此后他的作品还有《图画此景》(1988),将伦勃朗的杰作与公元前4世纪的雅典联系起来,显示世界虽然经历了两千五百年,社会现象和观念并没有发生多大的改变。《最后一幕》(1994)是《第二十二条军规》的续集,展示和平年代的不同人生。主人公仍然像在战时一样陷于美国社会的种种圈套而难以脱身。他目睹各种邪恶现象。小说沿用黑色幽默手法。1999年12月12日,海勒在家中去世。

海勒从存在主义思想和弗洛伊德的精神分析学说出发,表现人类对生存困境的无可奈何和绝望。他的作品反映了美国军事机构的官僚、昏聩与腐败,揭露了美国在繁荣、强大、文明的表象掩盖下的黑暗面,同时表现了对小人物命运的关注和同情,在这个充满荒诞现象、黑白颠倒的社会里,他们不能主宰自己的命运。海勒笔下的人物都是"反英雄"形象,人物和事件经过极度的夸张和变形,情节表面看来是荒唐的、可笑的,深度幽默的,人物则是漫画化的、木偶式的,却从中折射出现实的本质。题材新颖独特,切入点与众不同,见解发人深省。结构虽然呈现出混乱与无序,没有传统小说的开头、发展、高潮与结尾,章节之间也没有必然的联系,但仍能形成一个整体。

二、《第二十二条军规》

《第二十二条军规》以皮亚诺扎岛为背景,描写了一个美国空军中队的故事。投弹手尤索林在庆幸自己可以复员回国之际,却惊恐地发现规定的飞行次数增加了,"第二十二条军规"使他永远也不可能完成任务。每次轮到他外出轰炸,他总是急忙乱投一气,便逃回基地。只要一想到战争背后丑恶黑暗的现实,他就惊恐万状。战友斯诺登的惨死更给了他憎恶战争的理由,他意识到人的存在是神圣而庄严的。于是他不顾别人的嘲笑与辱骂,选择了逃亡,最后终于来到了理想中的和平圣地瑞典。

《第二十二条军规》抨击了战争的荒诞,通过"第二十二条军规"的象征,显示了西方人对第二次世界大战后人类处境的新危机感到的困惑。"第二十二条军规"给人造成了一个无法摆脱的绝境:"这条军规规定:面临真正的迫在眉睫的危险时,对自身安全表示关注乃头脑理性活动的结果。奥尔疯了,可以允许他停止飞行,只要他提出请示就行;可是他一提出请示,他就不再是个疯子,就得再去执行飞行任务。倘若奥尔再去执行飞行任务,那他准是疯了,如果他不肯再去,那他就没有疯,可是既然他没有疯,他就得再去执行飞行任务;倘若他去执行飞行任务,他准是疯了,不必再去执行;可是如果他不想再去,那么他就没有疯,他就非去不可。"这样像绕口令一样转圈子的说法,最后导致的是非去执行飞行任务不可。这荒唐的逻辑正如战争一样:战争是要死人的,打仗是发疯,但又必须去打仗。"第二十二条军规"象征的是冥冥中统治世界的神秘力量。这种力量变幻无常，令人高深莫测。它虽然无形，却又无处不在；无人清楚它是怎么回事；当它化为实体时则变化多端，无所不包，"第二十二条军规"是这种神秘力量的化身。任你怎样努力也逃不出它的掌握。它是强制性的，无人敢不服从；它又运用了自相矛盾的推理逻辑，在似是而非中包藏诡辩和令人无法抗拒的强权。

《第二十二条军规》描写的世界是荒诞的。第27军司令部的佩克姆将军和德里德尔将军勾心斗角，互相倾轧：佩克姆将军下令要"地中海战区内的帐篷统统并排搭起，帐篷门要朝着国内华盛顿纪念碑的方向，要有气派"，对此，德里德尔将军大动肝火，两人大打官司。卡思卡特上校一心想当将军，不顾飞行员的死活，无休止地增加飞行次数，还做黑市生意。布莱克上尉为了排挤梅杰少校，搞忠诚宣誓运动，连理发、吃饭都要签忠诚誓约、向国旗宣誓。军训官沙伊斯科普夫中尉是个战争狂人，面对战争爆发，他心花怒放，不在乎伤亡人数，因为"每隔两个月就有一批要进屠宰场的小伙子落入他手里"，他想把"每一个人的后腰插入镍合金做的旋转轴承，以做好标准的九十度弯腰，他孜孜不倦地钻研，探讨如何把士兵训练成心灵麻木、听从指挥的机器人；他竟然被认作军事天才，一步登天，成为将军。食堂管理员米洛用飞机到世界各地采购食品，牟取暴利。他创建联营机构，连德国空军也加入进来：他负责轰炸德国桥梁，费用由美方负担，外加百分之六的回扣；他又负责包打美国飞机，费用由德国负担。他在控制塔里指挥时高喊："凡有利于联营机构的就是有利于国家。"这和当时美国通用汽车公司总裁的口号何其相似！随着财富的增加，他成了国际上有权有势的人物，各国与各地区的首脑都争着同他交往，有的地区甚至把他当作天神。普通的飞行员一个个在事故、意外、错误的指挥下，在不负责任的军事行动中失去年轻的生命，或者在严酷而荒谬的军规束缚下失去理智，变得行为怪僻、性情乖张。总之，在官僚军事集团的统治下，根本没有正义战争和非正义战争之分，这是一个混乱和荒唐的世界。

这样的环境使主人公尤索林心中的正义、勇敢、牺牲、爱国等情感荡然无存。他不是胆小鬼，桑德森少校说，你"连战争的概念都适应不了"，"你不喜欢固执的人、恶棍、势利鬼和伪君子"。尤索林是一个"反英雄"，通过他的疑虑、懊丧、愤懑、对战争的反思、对现实环境的观察与揭露，显示了这场战争的荒诞。当他飞满了三十二次时，他以为上司会让他停飞。但是上司给他的下一道命令，是继续飞行。看到自己做炮灰的命运，他索性拒绝飞行下去。或者他假称飞机有故障，或者装病，不愿意执行任务，进而要求退役。由于他是战斗英雄，上司不便贸然处理，于是让他选择，要么送他上军事法庭接受审判，要么作为英雄返回美国，但必须通过各种形式（新闻稿、报告会等）宣传他的英雄事迹和忠心，以吸引更多的年轻人来卖命。如果他这样做，他可以提升为少校，并获得一枚勋章。他看到他的同僚亨利格·乔回家的愿望一次次破灭，终于在紧张的恐惧等待中发疯，在噩梦中死去；麦克沃特喜欢超低空飞行，把站在海边的萨姆逊拦腰截断，他因闯下大祸而自杀；克莱文杰驾机消失在云层里，不知所终；医生丹尼尔卡由于名字列在坠机人员的名单上，从此成了一名不被承认的活人，"证明他阵亡的材料却像虫卵一样迅速繁殖，而且无可争辩地相互证实"，他回去求助、辩解都无济于事。在非人道的体制下，个体生命毫无价值地被毁灭了。通过这一系列人物的遭遇，小说展现了战争给人带来的厄运和这个非理性世界造成的苦难。

海勒运用夸张、对比、变形、幽默、反讽、拼接、漫画化等多种手法，故事荒诞得令人难以置信，但从"第二十二条军规"出发，又是合情合理的。作者的叙述采取一本正经的态度，由此造成荒诞、离奇的事情在虚与实之间显现出强烈的反差，这是一种"把痛苦与欢乐、异想天开的事实与平静得不相称的反应，残忍与柔情并列在一起的喜剧"形式，尤索林一丝不挂地站着受勋，丹尼尔卡变成一个"活死人"，飞行员弃机逃生时发现救生衣不会膨胀，因为米洛把里面的二氧化碳胶囊偷去制造冰淇淋苏打了，这些描写达到黑色幽默的喜剧效果，在含泪的笑中让人看到病态的、扭曲的人物和令人无法生存的现实世界。海勒以现实主义的笔法描写空中屠杀时融入大量笑料；在描写军队的猥亵行径时却使用优雅的文笔；在描写飞行员空虚迷惘的精神状态时，又显得刻薄。情节虽荒诞，却引人入胜。小说人物众多（共有四十多个，被称为"人像展览式"），情节颠三倒四，似乎支离破碎，传统小说通用的物理时间为心理时间所取代。小说中的几次重大事件：弗拉拉战役、围攻波洛尼亚、阿维尼翁轰炸以及医院和罗马的插曲，均穿插于尤索林下意识的回忆中。小说还喜欢采用重复叙述，包括对话和场景，如尤索林和克莱文杰的争论、尤索林对丹尼卡医生的请求、亨格利·乔的噩梦、斯诺登之死。人物成双成对地出现：阿普比尔和哈佛迈耶，克莱文杰和奈特雷，尤索林和邓巴，都以相似的观点联结。语言和人物的重复，喻示了这个世界的混乱与疯狂。

第二十三章　加西亚·马尔克斯

一、生平与创作

　　加夫列尔·加西亚·马尔克斯(1928—)，哥伦比亚小说家，魔幻现实主义的代表作家。1928 年 3 月 6 日生于哥伦比亚马格达莱省阿拉卡镇。父亲是报务员兼顺势疗法医生，曾经营药店。童年时代他在外祖父家度过，外祖母有一肚子神话传说和鬼怪故事。他七岁开始读《一千零一夜》。1940 年，他来到首都波哥大北部的锡帕基腊寄宿学校读书。1946 年中学毕业，次年考入波哥大大学读法律，发表处女作、短篇小说《第三次辞世》。1948 年哥伦比亚发生内战，他中途辍学，不久转到卡塔纳大学读新闻，同时开始记者工作。1954 年任《观察家报》正式记者，后被派往欧洲。

　　同年他发表第一部短篇小说集《周末后的第一天》，其中出现了以后多部作品中描写的马贡多镇，表现出魔幻现实主义的基本风格。《枯枝败叶》(1955)是他的第一部长篇小说。1959 年他回国，任拉丁美洲社记者。1961 至 1967 年侨居墨西哥，兼做电影编剧和新闻工作。1961 年发表《恶时辰》和《没人给他写信的上校》，后者描写一位建立过功勋的老上校退休后被社会冷落，在贫困与孤独中企盼邮船给他送来信件和退伍金。可是，十五年过去了，他依然收不到一封信。1962 年发表第二部短篇小说集《格朗德大妈的葬礼》。

　　《百年孤独》(1967)奠定了他在当代世界文学中的地位。小说着重描写布恩迪亚家族一百年的兴衰史。小说所展示的是一个建立在过去、现在和将来重复循环的象征框架中的现代神话。时间的轮回重复，隐含了无数大大小小的循环怪圈，人与事都镶嵌于这些怪圈中，小说也就成了一个魔幻的世界。这里，存在乱伦关系，百年不变，体现了婚姻观念上的蒙昧。远离科学与文明是马贡多人百年依旧的内在原因。马贡多人在党派斗争中常常糊里糊涂地充当工具。在社会与政治上的昏聩无知，是马贡多陷入轮回重复的第二重原因。由于文明程度低下，在外国势力侵入时，马贡多人只能任人摆布，经济上处于附庸地位，财富源源不断地流入殖民者手中。经济上贫困是马贡多停滞不前的第三重原因。而保守封闭的思想观念是产生贫困与落后的土壤，也是使马贡多陷于重复轮回的第四重原因。《百年孤独》的循环框架是现代意识与传统的民族意识碰撞后的产物。小说通过人鬼混杂、生死交融的奇异世界表现了魔幻特征。小说中的神奇事物和神话传说也是魔幻特征的体现。

《家长的没落》(1975)塑造了一个穷凶极恶的独裁统治者尼卡诺尔的形象。他借助军事政变占据最高权位，为了维护自己的统治地位，他残酷地镇压一切反对者；他怀疑一切人，无情地枪杀自己的亲信，一次遇刺后，他竟然让人将侍卫将军烤熟了端上饭桌。他传出自己已死的假消息，许多群众为之欢欣鼓舞，于是他把他们一网打尽。全国各部门被外戚占据，贪官污吏横行，人民生活困苦不堪，三军哗变后，他处死一切不满者。一百多岁的尼卡尔诺在众叛亲离、茕茕孑立中死去。作者运用"多人称独白"手法，时空倒错。《一件事先张扬的人命案》(1981)以采访记录的文体，多角度地讲述了三十年前的一场凶杀案，批判封建的仇杀和贞操观念。1982年发表谈话录《番石榴飘香》，同年获得诺贝尔文学奖，评语是："以十分丰富的想象，打破了现实与梦幻的界限，反映了整个大陆的矛盾和命运。"《霍乱时期的爱情》(1985)通过一个爱情故事，反映19世纪末、20世纪初哥伦比亚沿海地区的生活。《迷宫中的将军》(1989)描写拉美独立战争领袖西蒙·玻利瓦尔的晚年生活。长篇纪实小说《绑架逸闻》(1996)围绕贩毒和恐怖这两个"世纪末毒瘤"，对人道、革命行动和恐怖主义的界线、怎样才能实现世界和平和社会公正做出思考。

加西亚·马尔克斯曾受乔伊斯、福克纳、卡夫卡和超现实主义的影响，也继承了拉丁美洲的文学传统，同时从阿拉伯神话故事中汲取养料。他把神奇事物作为日常生活的一部分来描写。他的小说世界源于现实，但又以夸张手法渲染拉美生活中的神奇性。他常常借助象征、意象、神话典故等描绘人鬼混淆、时空纵横的神秘世界，但又和现实生活有质的联系。他的以农村生活为题材的小说，往往在扑朔迷离的神秘魔幻的色彩中，反映哥伦比亚和拉美国家在独裁统治下的愚昧、落后和贫困的现实。加西亚·马尔克斯的创作将魔幻现实主义文学推向了高峰。

二、《枯枝败叶》

加西亚·马尔克斯的长篇小说《枯枝败叶》(1955)讲述这样一个故事：哥伦比亚某地一个名叫马孔多的小镇，某日，一位不知姓名的加勒比流亡军人来到老上校家的大宅院，交给上校一封荐举信，从此他便在这个家里住下来，住了五年。这个人的举止有些怪异，吃完饭之后还要吃一顿喂驴的青草，一看到女人就瞪起他那双贪婪的眼，晚上经常在房间里通宵不眠地踱步，与周围的人们格格不入。人们疑心他是法国人，又因为他会治病行医，所以叫他"法国大夫"。但是家中的印第安女仆梅梅生病时他却拒绝给她看病，而且奇怪的是，两天之后他反而跟这位女仆私奔，在大宅院附近的街上开了一个铺子，开始与她姘居。法国大夫逐渐招来马孔多居民的仇恨。作为医生的他极为认真负责，但是为人古怪，放荡不羁，尤其是在马孔多遭到暴徒袭击的那个晚上，人们把担架抬到他门口，他却拒绝开门救治伤病员，这个行为激起了公愤。那一年美国的香蕉公司来到了马孔多，铺设铁路，开办职工医院，自那以后他就不是镇上唯一的大夫了。后来铺子歇业，与他姘居的梅梅失踪，有人造谣说是大夫将梅梅杀害，将她埋在了后院的菜园子里。法国大夫每天坐在家门口观看人群熙熙攘攘地来去。后来他索性关起门来，躺在吊床上，变得与世隔绝。直到有一天人们发现他在家中悬梁自尽,没有留下任何遗言,仅有的几件财物多半是二十五年前他来到马孔多时随身携带的物品。老上校闻讯赶来,带着自己的女儿和外孙,顶着镇上舆论的压力,在全体居民的敌意之中为法国大夫料理丧事,替他入殓下葬。直到这个时候,老上校仍不知道法国大夫的真实姓名,当初收留他在自己的家中住下来,凭的只是起义军领袖奥雷良诺·布恩地亚上校的一封荐举信。老上校知道,他们一家三口要拖着这具尸体走过镇上的大街小巷到墓地去给它下葬,无异于干犯众怒;在这炎夏酷热的星期三下午,他们打开死者的房间开始做这件事,发现这是一个相当沉重的考验和负担。

小说开篇的题词,是引自古希腊悲剧作家索福克勒斯的剧作《安提戈涅》中的一段话:"至于惨死的波吕涅刻斯的尸体,据说已经出了告示,不准任何公民收敛,不准为他掉泪,就让他暴尸野外,不得安享哀荣,任凭俯冲而下的兀鹰吞噬他,饱餐一顿。……"这段题词与小说中的细节有对照。第十一章写到老上校患有重病,几乎丧命,是法国大夫将他从死亡中拯救过来,而他对老上校说:"您不欠我什么,上校。不过,要是您能行行好,我只希望在我咽气的那天,您能往我身上盖上一层土,免得秃鹫把我吃了。"这句话反映了人物对于自身命运的某种预感和安排,也交代了老上校在三年之后为死者所要履行的这项义务。

小说采用倒叙手法,从检尸的情节开始写起,具有一种压抑和紧张的氛围,将马孔多居民的敌意与死者的悲惨下场置于不可调和的冲突之中,赋予这个故事以一种戏剧性的暗示。直到最后一章,故事情节和人物关系的来龙去脉对读者已经作了完全的展示,这种戏剧性的紧张和暗示却并未随着小说的结束而结束。读者仍存有疑问:这个法国大夫究竟是什么人,为什么拒绝救治伤员,为什么最后悬梁自尽?为什么老上校愿意接纳他,供他吃住,原谅他种种不近人情的行为?像老上校这样一个思想正直、信奉上帝的人,不仅甘为这位异教徒式的人物收尸,而且还要为他辩护,自始至终都在充当保护人的角色,这难道不是有点奇怪吗?

要回答这几个关键的问题,必须深入了解主要人物的思想和精神状态。我们首先注意到一个声音在对读者说话,它出现在正文的叙述开始之前。小说开篇继《安提戈涅》的那段题词之后是一段作为开场白的题记,落款是"1909 年记于马孔多"。这段题记的内容是围绕着所谓的"枯枝败叶"展开,与小说标题的释义有关。它以吟唱般的怨诉口吻,叙述美国香蕉公司来到马孔多之后的世事沧桑的变迁:"枯枝败叶"是尾随香蕉公司而来的灾难;这是"一堆由其他地方的人类渣滓和物质垃圾组成的杂乱的、喧嚣的'枯枝败叶'";"人类的'枯枝败叶'以排山倒海之势把商店、医院、游艺厅、发电厂的垃圾席卷到这里";"我们这些最早的居民反而成了新来的客人,成了外乡人、外来户";"'枯枝败叶'冷酷无情";"'枯枝败叶'臭气熏天";"'枯枝败叶'经过天然的发酵,终于融进在大地里默默发育的种子里去"。

由此可见,标题的"枯枝败叶"是一个贬义词,用来形容外部世界的侵入和破坏,是来自于现代都市和工业的一种物质和精神垃圾,其迅猛的来临改变了马孔多这个世外桃源式的社会,带来了道德风俗的堕落恶化。"香蕉公司"这个名词,还有落款中的"1909 年",也为该篇的叙述点明了历史时间,使我们知道故事发生的一个时代背景。这个背景对于理解人物的思想状况很重要。尽管题记没有署名,随着情节的展开则可以进一步了解到,抱有这种世道堕落的感慨主要是老上校本人。老上校对于世俗的抗拒使他处在孤独的境地里。

这就不难理解,他何以要在为死者送葬这件事情上固执己见,不惜触犯众怒;何以将同情默默交付给那位孤独的大夫。在他看来,大夫的孤独和他的孤独之间似乎有一条秘密的纽带,尽管他在思想上不一定能够真正理解大夫。小说第八章中有一段老上校的独白,表达他对法国大夫的同情:"从正面看上去,他还是那么忧伤、孤寂,我想起了马孔多过节的时候,人们发狂地焚烧纸币；我想起了到处流浪、目空一切的'枯枝败叶'，在浑浑噩噩的泥塘里滚来滚去的'枯枝败叶'，憧憬着挥霍无度生活的'枯枝败叶'。"上校凭着他的直觉和同情，从一开始就不顾妻子和家人的反对，收留这个古怪的流亡军人。他几乎是以一种母性的细腻去体察大夫的精神创伤，努力去理解他内心隐秘的思想，并将他郑重地介绍给绰号叫"小狗"的教士。在大夫因拒绝救治伤员而遭到马孔多人的愤怒围攻时，正是教士"小狗"凭借自己的权威挺身而出，才给大夫解了围。小说中人物关系的这种安排，可以反映出对"枯枝败叶"的拒斥这个道德主题所具有的作用力。

死者法国大夫无疑是这篇小说的主角，是叙述所要围绕的一个中心点。这是一个古怪、冷酷而又不乏魅力的人物。小说屡屡描写他"那双冷酷的黄眼睛"里透出的孤独之光，他像牛反刍一样慢吞吞说话的腔调，他的性苦闷，他的不为人知的痛苦和思想，他的蔑视人类的坏脾气，还有他对于老上校和"小狗"这些为数不多的精英人物所具有的吸引力。从《枯枝败叶》的第八章，尤其是大夫和上校关于"上帝"和"幸福问题"的对话，可以看到作者是如何将一种存在主义的哲学讨论引入到这篇小说当中，赋予大夫这个人物以耐人寻味的内涵。小说也是因死者这个形象而在主题上显得较为复杂和晦涩。就像陀思妥耶夫斯基《群魔》中的主角斯塔夫罗金（他的结局也是上吊自杀），法国大夫对于世俗道德的拒绝，他的冷漠古怪和自择行为，是有他深刻的思想立场作为依据的，同时这种思想显得孤独而无能，清醒而高傲，也是非理性的。美国香蕉公司到来并开办职工医院，使他丢失了饭碗，这只是他生活受挫败的一个方面，并不是他选择与世隔绝的原因。《枯枝败叶》的叙述给人造成的印象，从某种程度上讲，就是这位法国大夫活着的时候便已经死去；他是一个活着的死人，是一个不知其姓名和背景的"活死人"，是一个屈服于自身命运的、内心极为孤独的人类弃儿。

《枯枝败叶》共分十一个章节，采用现代主义的多人称独白和打破时空的手法写作。这是一篇典型的现代派小说，在拉丁美洲的当代文学中属于"新小说"一类，形式上具有浓厚的实验色彩。

首先来看多人称独白的运用。除了开场白的题记中那个不知来源的声音之外，正文的叙述是由三个人物的独白穿插构成，他们分别是老上校、老上校的女儿伊莎贝拉和伊莎贝拉的儿子。小说是由小男孩的独白开始："这是我第一次瞧见死尸。今天是礼拜三，可我总觉得似乎是礼拜天，因为我没去上学，妈妈还给我换上了那件有点儿瘦的绿灯芯绒衣服。妈妈拉着我的手，跟在外祖父后面。……我真不明白，干吗把我带到这儿来。"小男孩对事物的敏感印象起到一种很好的艺术表现作用。例如，他对于停尸房内炎热的空气的知觉："空气停滞不动，凝成一团，似乎跟钢板一样能够拧几道弯儿。停尸间里漂浮着一股衣箱的气味。"小男孩第一次见到死尸的印象也是该篇最出色的描写之一："从前，我以为凡是死人都戴着帽子。现在一看，满不是那么回事。原来死人光着头，脑袋青青的，下巴上系着一条围巾。嘴巴略微张开，紫里透青的嘴唇后面露着带黑斑的、参差不齐的牙齿。舌头朝一边耷拉着，又肥大又软和，比脸的颜色还要暗淡，跟用麻绳勒紧的手指头的颜色一样。死人瞪着眼睛，比普通人的大得多，目光显得又焦躁又茫然。皮肤好像湿土。我本以为死人看上去大概像普通人在静悄悄地睡觉。现在一看，也不是那么回事。死人像是个刚吵过架的、怒气冲冲的、完全清醒的活人。"

主角法国大夫没有参与独白，他的生平故事是由老上校和伊莎贝拉的独白来讲述的。例如对大夫第一印象的描绘，伊莎贝拉的回忆："他留着一撮小黑胡子，朝上翘着。一看见女人，那双狗眼里就闪露出淫荡的、贪馋的目光。我从来不和他亲近，大概是因为我把他看成是一头奇怪的畜生。"老上校的回忆："我看见他的眼睛很大，一对黄眼珠子在上下打量人。……他说起话来瓮声瓮气的，好像闭着嘴讲话。简直像个口技演员。"

不同的感情和评价仿佛是镜子的碎片,经过细心拼合之后才可照见主角的肖像。这也使得法国大夫原本是神秘费解的形象笼罩一层扑朔迷离的色彩。这是该篇结构表现上的一个特征,即,需要读者进行更多的也是更为复杂的参与。独白叙事的另一个特征,是不同的人物带出的内心世界使得小说的头绪较为纷繁,形成多个层面的叙事主题的伸展。尽管独白的人物只有三个,但是老人、女人和孩子这三个视角的覆盖面是很广的。例如,老上校与死者最为接近的对于外部世界的批判思想,这是一个主题;伊莎贝拉和马丁的恋情,是一个有关男女情欲的主题;小男孩的户外活动构成"童年诗情"的主题,而他对于厨房的破椅子和炉灶里"鬼魂戴着帽子"的叙述,又引出一个幽灵幻觉的主题,等等。其综合的表现效果如何可以另当别论,作家显然想通过多个主题的交织和对照,努力描绘出热带地区社会生活的包罗万象的画卷。

《枯枝败叶》打破时空的结构方式不同于传统小说的叙事,尤其是它对于时间的表现具有高度主观变形的倾向。可以看到,该篇的叙述总共出现了三个时间框架:其外层时限是开场白的题记标注的 1909 年;第二个时段是 1928 年 10 月某个星期三的下午,即上校一家为死者送葬的日子;第三个是大夫 1903 年抵达上校宅院到二十五年后自杀为止。

由于作者人为的切割组合,尤其是后两个时段的叠合,实际上我们无法按照正常的时序来阅读这篇小说。换言之,小说对外部情节的叙述几乎被完全摒除了。对于死者的回忆延及二十五年的历史,而小说流动的实际时间不过三十分钟左右,——第一章三个人物的独白中都出现了午后二点半火车拉响的汽笛,而最后一章结尾交代的时间是当日下午的三点钟。这么做是要将情节内移,造成环状的封闭结构。小说十一个章节中的时间均呈现为某种凝滞状态,直到结尾石鸻鸟的啼叫报告午后三点钟,棺材抬向门外,才将其静止的态势打破。这种瞬间的延宕及梦幻般的幽闭感,造成了对于时空感觉的深化,是对于人物内心状态的微观而真实的模拟,某种程度上又与马孔多小镇的幽闭破败的状况是契合的,而且能够极为出色地将两者加以融合表现:

> 我看到我们家门前那几棵落满灰尘的凄凉的杏树。在那股无形的毁灭之风的冲击下,房子也快要默默地倒塌了。自从香蕉公司榨干了马孔多的油水以来,全镇的处境都是如此。……一只无形的手把放在橱里的圣诞节用的瓷器弄得粉碎;衣服没有人穿,丢在一边喂虫子。……雷薇卡太太过着枯燥乏味的、令人烦恼的守寡生活,整天守在永不停转的电风扇后面,盘算着那些缺德事。阿盖达下肢瘫痪,病魔把她折磨得筋疲力尽。安赫尔神父好像没有其他乐趣,只是天天吃肉丸子,到了午睡的时候,又感到胸闷饱胀。唯一没有变化的是圣黑洛尼莫家的孪生姐妹和那个讨饭女人的歌声。这个神秘的乞丐仿佛从不见老。二十年来,每逢礼拜三她都要到我家来一趟,要走一枝蜜蜂花。白天,只有那辆尘封灰盖、黄不棱登的火车一天四次打破小镇的宁静,然而这里从来没有人搭乘火车。

将马孔多的破败寂寞和恍惚的气氛不仅真实地传达出来,而且写得富于诗情画意,令人难忘,这显示了加西亚·马尔克斯的杰出才华。《枯枝败叶》是作家的第一个长篇小说,确立了马孔多小镇这个虚构的地名,此后他的许多小说都要在这个小镇上展开,而作家日后的惊世之作《百年孤独》的许多元素也可在这部小说中看到。不少研究者认为,《枯枝败叶》独特的艺术手法和时空观的实验,深受威廉·福克纳的《我弥留之际》、弗吉尼亚·伍尔夫的《达洛卫夫人》等作品的影响。作家将欧美现代派的实验精神与拉美小镇的风俗世态和生活感受结合起来加以表现,从而为热带地区的小说创作开辟了新的道路。

思 考 题

1. 20 世纪现实主义和现代派的特点。
2. 《约翰·克利斯朵夫》作为音乐小说的特点。
3. 《情人》编织故事的艺术手法。
4. 《虹》如何体现传统与现代性相结合？
5. 《了不起的盖茨比》如何描写"美国梦"的幻灭？
6. 《老人与海》如何体现"冰山理论"？
7. 如何分析郝思嘉的形象？
8. 《铁皮鼓》主人公的寓意何在？
9. 《生命中不能承受之轻》的哲理含义。
10. 高尔基自传体三部曲如何描写俄罗斯人？
11. 《静静的顿河》是怎样一部史诗性长篇小说？
12. 《癌病房》如何揭露肃反扩大化问题？
13. 荒原的象征含义。
14. 《变形记》的主题和叙事特点。
15. 《追忆似水年华》的艺术手法。
16. 《押沙龙，押沙龙！》的艺术创新。
17. 如何分析《局外人》的"荒诞人"形象？
18. 《等待戈多》的艺术特点和戈多的含义。
19. 从《橡皮》看新小说的特点和主张。
20. 《第二十二条军规》如何表现世界的荒诞？
21. 《枯枝败叶》的魔幻现实主义手法。

亚非文学

上编　古代亚非文学

第一章　概述

一、古代亚非文学的基本特点

　　世界文明最古老的发源地埃及、巴比伦、印度和中国都位于富饶的江河流域。尼罗河、两河流域、恒河和印度河、黄河和长江孕育了灿烂的古代东方农业文明，养成了东方人和谐合一的自然观，也养成了顺天由命、随遇而安、寂静内向和虔诚慈悲的心态，并养成浑然、和谐、协调、均衡、融通的思维习惯。

　　马克思在《〈政治经济学批判〉导言》（1857—1858）中用"亚细亚生产方式"对前资本主义的东方社会经济特征进行概括。"东方精神"表现在认知文化、价值文化和审美文化三个方面。东方文学则是表征这一文化精神的主要载体。东方民族具有重感悟和直觉的思维方式。阿拉伯人擅长个别零碎地、直观感性地观察和认识事物，这贯穿了伊斯兰的宗教观念。印度人崇拜自然神，习惯以"梵我合一"的内倾思维方式来把握人生，强调人的肉体—灵魂、业因果报、轮回—涅槃的循环无已。马克思说："东方的历史表现为各种宗教的历史。"东方产生了世界三大宗教——佛教、伊斯兰教和基督教，此外还产生了迦南宗教、腓尼基宗教、犹太教、摩尼教、婆罗门教、印度教、锡克教、道教等几十种地区性或民族性宗教。东方宗教价值体系的思想观念、信仰崇拜、道德规范对东方文艺有着巨大的渗透力和支配作用。

　　古代东方文学是一个多元聚合体，从公元前4000年至前3000年古埃及文明肇始，一直延续到公元2世纪至8世纪东方诸国先后进入封建社会。古埃及文明是由生活在南方沙漠地带的上埃及游牧民族与生活在北方肥沃地区的下埃及农耕民族共同创造的；古巴比伦文明是对苏美尔人的农耕文化和阿卡德人的游牧文化的继承和弘扬的结果;希伯来文明是在源于阿拉伯半岛西南部过游牧生活的希伯来人,与定居迦南的农耕民族两者碰撞融合的基础上生成的;从中亚移居恒河流域的雅利安人带来的游牧文化与印度河流域土著达罗毗荼人固有的农业文明的有机融合,开创了丰富的古代印度文明。

神话是东方人对宇宙起源、万物生成发展以及主体自我认识的最初诠释,积淀了悠久深厚的集体无意识和原始思维。在古埃及,关于太阳神拉的创世神话和自然繁殖之神奥西里斯死而复生的神话,主宰着古埃及人的精神生活,体现了他们敬畏自然、繁衍生命的原始宗教意识,由此汇集成庞大的《亡灵书》。古代巴比伦神话源于苏美尔—阿卡德神话,《埃努玛·埃立什》是世界文学史上现存最早的完整的创世神话,为《旧约·创世记》和赫西俄德的《神谱》提供了范本。古代希伯来人的犹太教圣典《旧约》中关于天地起源、人类创造、伊甸乐园、洪水方舟的神话,成为人类象征性地阐释主体及客体的最富想象力的典范。印度最古老的《吠陀》是印度古往今来各教尊崇的经典和印度最早的文学创作。

东方文化的传播和融合是在血与火的战争或宗教冲突中进行的。在征服者与被征服者、游牧文化与农耕文化的扩散冲突、交融互补中,歌颂英雄人物、体现文化冲突及历史变迁的神话传说、历史故事与英雄史诗等得以产生并广为流传。《吉尔伽美什》表现了以吉尔伽美什为代表的城邦文明同以恩启都为代表的游牧文化的冲突与融合,是上古东方人走出蒙昧迈向文明、从神的时代走向人的时代的形象表述和集体意愿。《旧约》汇集了古代希伯来文学的精华和主要成就。印度两大史诗《摩诃婆罗多》和《罗摩衍那》是印度历史神圣化的形象纪录。这些典籍得力于群体长期的创作、搜集、整理、编纂之功。

二、古代亚非文学的发展

大约公元前 5000 年,尼罗河流域的古埃及人开始了定居的农业生活,揭开了人类最古老的文明史。公元前 3300 年,埃及人发明了象形文字,用芦苇制成纸草,用芦管制成笔,将作品写在纸草卷上。中王国时期(前 2200—前 1584)神话传说、故事箴言和诗歌歌谣流行。古埃及文化的自然崇拜、法老崇拜和亡灵崇拜,与奥西里斯的神话有直接和内在的联系。这个神话叙述作为河水、土地和植物繁殖之神奥西里斯给人间带来富庶和幸福。他的弟弟南风之神赛特因嫉妒而杀死他,分尸散抛到埃及各地。奥西里斯的妻子伊西斯历尽千辛万苦将丈夫的尸体一一找回,恳求诸神让丈夫复活,但诸神只允许奥西里斯留在冥府为王。伊西斯伏夫尸体痛哭,与夫魂相交受孕,生下赫鲁斯。赫鲁斯长大后找恶神赛特报仇,在奥西里斯帮助下战胜杀父仇敌,继承父亲在人间的王位。奥西里斯具有丰富复杂的人类学意义,表现了古埃及人关于神秘的自然与生命的原始思维。他作为古埃及的恩神,既是一位开化原始民族的英雄,又是一位备受残害的罹难明君,既是体现万物繁衍、生命旺盛的繁殖丰收之神,又是象征自然荣枯循环、生命盛衰有序的冥界之王。对灵魂不死的信仰,驱使古埃及人在人死后将尸体涂上防腐剂和香料,制作成木乃伊。为帮助亡灵顺利通过冥界审判和穿越艰难险阻,获得再生,他们将指南性和备忘性的文字写在纸草上,放入金字塔、陵墓、棺椁甚至裹在木乃伊身上。这就组成了宗教性诗歌汇集《亡灵书》,这部作品共有二十七篇诗,一百四十章,包括颂神诗、祈祷诗、劝诫诗、神话诗、歌谣和咒语。最有名的《阿尼的纸草》纪录底比斯的祭司阿尼进入冥界的程序、咒语和神话。此外,《阿顿太阳神颂诗》赞颂了赋予大地生命的太阳神的力量。《尼罗河颂》是对这条母亲河的礼赞。

古代巴比伦从公元前 19 世纪至前 11 世纪美索不达米亚两河流域产生的文学几乎与古埃及

同步,远在公元前 5000 年至公元前 4000 年,苏美尔人在这里开掘运河,灌溉农作物。他们发明了楔形文字,以短小木棍、骨棒和芦苇秆作笔,以黏土制成的泥板为纸,写满文字以后晒干,再加焙烧,几块或几十块泥板组成一部书,即泥板文献或文书。19 世纪 70 年代英国考古学家乔治·史密斯解读了公元前 2000 年的巴比伦史诗《吉尔伽美什》,这部作品由十二块泥板组成,每块约有三百行,共三千五百行。史诗叙述乌鲁克城残暴国王吉尔伽美什同武艺非凡的勇士恩启都决战,不分胜负,转而成为莫逆之交,他们一起对付危险的杉树妖芬巴巴,杀死作恶的天牛。众神作祟,恩启都暴病身亡。悲恸欲绝的吉尔伽美什寻访人类始祖,探索死和永生的奥秘,始祖向他讲述大洪水的故事。吉尔伽美什的寻访没有结果,他与恩启都的亡灵进行悲观的对话,全诗到此结束。这部史诗带有原始思维色彩的神话传说,体现了农耕文化与游牧文明的冲突与融合,人物的复杂性反映了古代民族对国王的观念。

约在公元前 3000 年,迦南人创造了鼎盛的农业文明——迦南文化。公元前 18 世纪希伯来人因迦南发生饥荒,迁徙到尼罗河三角洲;公元前 13 世纪,摩西率领不堪忍受埃及法老统治的希伯来人再次进入迦南。公元前 11 世纪,希伯来人在北方和南方建立了两个部落联盟,北方的称为"以色列",南方的称为"犹太"。公元前 1030 年,以色列部落首领扫罗统一南北两地区,然后犹太部落的将领大卫乘扫罗战败而死登上王位,迁都耶路撒冷。公元前 586 年,新巴比伦帝国摧毁犹太王国,制造了"巴比伦之囚"事件,将五万多犹太人掳去做苦役。随后几百年间犹太人流散世界各地。公元前 5 世纪至公元 1 世纪,用希伯来文写成的《旧约》,与基督教的经书《新约》合成《圣经》。

印度是个宗教化的国家。古代印度文学包括公元前 15 世纪至公元前 5 世纪的吠陀文学、约公元前 5 世纪至公元 5 世纪的史诗往世书文学、约公元纪元前后至公元 6 世纪的古典文学。吠陀意为智慧、知识和学问。最古老的"吠陀本集"包括《梨俱吠陀》、《娑摩吠陀》、《夜柔吠陀》和《阿达婆吠陀》四部分,这是记录上古时期哲学、宗教、巫术、礼仪、风俗和社会思想的文献。吠陀文学主要指具有文学性的颂神诗、神话传说、咒语等,最古老和富于文学价值的是《梨俱吠陀》,约成书于公元前 1500 年,由婆罗门祭司长共同编纂而成。"梨俱"是诗节的名称,共收集一千零二十八首,表现了印度最早的哲学思想。它集中歌颂了天神之王因陀罗、火神阿耆尼、酒神苏摩和水神伐楼拿。《阿达婆吠陀》是一部巫术咒语诗集,用以祛除毒虫猛兽,劈妖杀敌、治病去疫、禳灾消祸,祈求富饶福寿、旅途平安、家庭和睦、求爱成功。想象夸张,富有文学色彩。史诗往世书文学包含在古典梵语写的文献典籍里,主要指《摩诃婆罗多》、《罗摩衍那》和《薄伽梵往世书》。"往世书"主要是用诗体(有的附散文)写成的非纯粹文学性著述。古典文学中以诗歌和戏剧为主,还有寓言和小说。马鸣的长篇叙事诗《佛所行赞》描述佛陀释迦牟尼从出生直到涅槃的生平事迹,饱含佛学教义,通俗流畅。最流行的格言小诗是伐致呵利的《三百咏》。迦梨陀娑的《罗怙世系》、《鸠摩罗出世》和抒情长诗《云使》是古典梵语诗歌的典范。他的《沙恭达罗》是印度最优秀的剧作。薄婆菩提著有《茉莉和青春》、《大雄传》和《罗摩传后篇》三个剧本,首陀罗迦的《小泥车》是描写世俗生活的杰出作品。以俗语巴利文写成的佛教文学《本生经》是世界上最古老的寓言故事集之一。梵文寓言故事集《五卷书》主要教给人们处世之道,体现了印度人的人生哲学和聪明才智,叙述中插入大量诗歌、谚语,故事套故事,这种"框形结构"对《一千零一夜》、《十日谈》等产生了影响。小说有波那的《迦丹波利》、《戒日王传》和檀丁的《十公子传》。

第二章 《圣经》

　　《圣经》是著名的宗教经典，也是成就卓著、影响深远的文学著作，写于公元前11世纪至公元2世纪。犹太教的《圣经》（又名《希伯来圣经》）特指基督教所称的《旧约》，基督教新教的《圣经》包括《旧约》和《新约》，天主教、东正教的《圣经》除《旧约》、《新约》外，还有《次经》若干卷。《旧约》、《次经》的作者是希伯来人，《新约》的作者是初期基督徒。

　　希伯来人是闪族的一支，最初游牧于阿拉伯半岛西南部地区。约公元前20世纪初，传说中的第一代族长亚伯拉罕携家大迁徙，从美索不达米亚进入迦南地区（即后来的巴勒斯坦），他们被当地居民称为"希伯来人"，意思是"从河那边（幼发拉底河）过来的人"。约公元前17世纪，希伯来人因饥荒逃到埃及。大约四百年后又因不堪忍受法老的压迫，在摩西的带领下逃出埃及，返回迦南。接着，在长达两百年的士师时代中，他们在迦南逐渐站稳脚跟。公元前11世纪下半叶，"以色列—犹太"联合王国建立，扫罗、大卫、所罗门相继称王，希伯来民族进入繁盛时代。至公元前586年，耶路撒冷沦陷于巴比伦军，希伯来人的国家不复存在了。公元前538年，战胜新巴比伦的波斯皇帝居鲁士颁布诏书，允许希伯来人重返故国，于是产生了犹太教的第一批经典"摩西五经"。公元前64年，罗马将军庞培占领巴勒斯坦，对犹太人实行野蛮的统治，公元73年和135年，罗马人又两次镇压犹太民族起义，幸免者逃离巴勒斯坦。希伯来人在这期间编订出《旧约》、《次经》。

　　基督教最初是犹太教的一个异端派别，公元1世纪上半叶由耶稣创建于巴勒斯坦。耶稣因宣讲不同于犹太传统的新教义而触犯犹太教的利益，被其上层分子捉拿，押运官府，最后以"煽动民众作乱"之罪钉上十字架处死。耶稣的门徒彼得、约翰、雅各等深信耶稣就是基督（救世主），已经复活升天,将来还会再临人间。他们以耶路撒冷为中心建起初期教会,继而向小亚细亚、北非、地中海东北各岛传教。公元1世纪40年代至50年代,初期教会最重要的思想家和传教士保罗三次长途布道,远行至希腊地区,写出书信多封,系统地阐释了基督教的信条和教义。至2世纪,基督教与犹太教完全脱离。《新约》在这个时期成书。

一、旧约文学

《旧约》共三十九卷,除个别章节有亚兰语外,全部用希伯来语写成,可分神话、传说、史诗、史传、小说、抒情诗、智慧文学、先知文学和启示文学等。

希伯来神话集中记载于《创世记》第一至十一章,最著名的是创造宇宙、伊甸园和大洪水神话。"创造宇宙"讲上帝如何从"空虚混沌"中创造万物和人类,表现出希伯来人对万物生成和人类起源的独特理解。"伊甸园"叙述了发生在至乐之境伊甸园中的故事:上帝把他造的男人亚当安置在园中,又用亚当的肋骨造成女人夏娃作他的配偶。夏娃、亚当因受蛇的诱惑而偷吃智慧树上的果子,触怒上帝,遭到诅咒。上帝唯恐人类再"摘生命树上的果子吃"而"永远活着",乃将二人逐出乐园。神话折射出希伯来人对至乐、永生的向往,及其对人类无法至乐、永生原因的解释。基督教从中引申出"原罪"教义,谓始祖亚当因偷吃禁果而犯下原始之罪,其罪性传承,使后世人人生而有罪。"大洪水"神话通过义人挪亚造方舟、避洪水、使人类及各种禽兽得以生存繁衍,展示出西亚上古居民对洪水的畏惧心理、制伏洪水的迫切愿望和征服洪水的非凡智慧。

《创世记》第十二至五十章生动地记载了希伯来早期族长亚伯拉罕、以撒、雅各和约瑟的动人传说。"燔祭献子"描写亚伯拉罕毫不迟疑地将独生子以撒献为燔祭,勾勒出他无条件服从上帝的虔诚性格。雅各以聪颖精明、机敏诡诈著称,少年时曾以一碗红豆汤骗取哥哥的长子继承权,长大后牧养出超过舅舅拉班家的肥壮羊群。约瑟的传说尤为生动曲折:他早年因妄自尊大,被哥哥们卖为奴隶,在埃及因拒绝女主人引诱被诬告入狱,为法老圆梦后得以高升,当上宰相,尔后厚待众兄长,又将父亲雅各接往埃及。其中他与哥哥们相认一幕,心理刻画细腻,抒情色彩浓郁,感人至深。

载于《出埃及记》、《民数记》、《申命记》等卷的摩西率众出埃及是希伯来人的宏伟史诗。借助紧张曲折的戏剧性情节,诗章记述了以色列人出埃及、过红海、穿越西奈沙漠、最终抵达约旦河东岸的传奇经历,塑造了民族英雄、军事首领、立法者、宗教活动家、诗人、演说家摩西的英雄形象。在后世,"出埃及"已成为民族独立和社会解放的艺术象征。

在征服迦南、建立王国的漫长岁月中,希伯来民族涌现出无数著名人物,如约书亚、参孙、撒母耳、扫罗、大卫、所罗门等,他们的事迹载入《约书亚记》、《士师记》、《撒母耳记》、《列王记》等,形成风格独特的史传文学。参孙是著名的大力士,能徒手撕裂狮子,用一块驴骨杀死一千非利士人。非利士人设计将他抓获,挖去双眼,他于非利士人举行宗教祭典时推倒庙宇的双柱,与在场的三千仇敌同归于尽。参孙与敌人血战到底的英雄气概被后人广为传颂。大卫的故事尤为精彩,在史家笔下,他既宽厚仁慈,又阴险狡诈,既是威震敌胆的一代英豪,又是荒淫的昏君和卑劣的凶犯,具有复杂的独特个性。

希伯来小说在远古传说、寓言、故事、传记等叙事文学的基础上发展起来,公元前5世纪至公元前2世纪,一批较成熟的作品相继问世。《路得记》形成于公元前5世纪末,内容不赞成禁止与异族通婚,以白描手法勾画了摩押族女子路得的贤惠、忠贞和勤劳,赞许了她与拿俄米的婆媳之情和与波阿斯的恋情。《约拿书》通过先知约拿传道的奇异经历,批驳狭隘民族主义观念,宣扬普世博爱的社会理想。《以斯帖记》是著名的爱国主义小说,约成书于公元前2世纪末。中心人物是美貌的犹太女子以斯帖,她被册封为波斯王后,享有荣华富贵,但却处处以民族利益为重;为使同胞免遭杀戮,冒险闯宫,说服国王收回成命,并将仇敌哈曼处死。全卷文字清新,没有宗教意味。

希伯来人创作了大量感情真挚的抒情诗,《诗篇》收入一百五十首作品,大多表现希伯来人的宗教生活和情感。《耶利米哀歌》是《旧约》中描写最凄惨、情调最悲切的抒情诗,分为五章,据传由先知耶利米写成。作品以公元前586年耶路撒冷被攻陷,人民遭掳掠的历史惨剧为背景,淋漓尽致地抒发了诗人的亡国之恨与忧民之情。前四章用贯顶体写成,由二十二节组成,每节的头一个字母依次使用希伯来文的二十二个字母。诗歌运用了气纳体韵律:每行五个强音,前段三个,后段二个,前后之间有一示意哭泣吞声的短暂停顿,用以造成悲哀不已、泣不成声的艺术效果。

《雅歌》是极负盛名的希伯来爱情诗歌集。《雅歌》很可能是在婚礼庆典中演唱的诗歌。如这一首:

> 我的爱人,我的新娘,
> 　你眼睛的顾盼,你项链的摇动,
> 　把我的神魂夺走了!
> 我的爱人,我的新娘,
> 　你的爱情多么甜蜜,胜似美酒,
> 　你散发的香气胜过任何香料。
> 亲爱的,你的嘴唇甘甜如蜜,
> 　你的舌头有蜜有奶,
> 　你衣裳的芬芳正像黎巴嫩的香气。

以饱含感情的诗句将妩媚少女描绘得甜美动人。

希伯来人善于总结人生和历史的经验,千百年中创作了大量智慧文学作品,代表作是《箴言》《约伯记》《传道书》。《箴言》是一部由数百首短诗汇编而成的哲理诗集,推崇智者和智慧,针砭愚人和愚昧,论述各种伦理道德,运用"平行体":"慷慨好施,日益富裕;一毛不拔,反更穷困","出言不慎如利剑伤人,言语明智如济世良药"。《约伯记》的主题是探索人类悲剧命运的根源。撒旦得到上帝的允许,对义人约伯进行极为残忍的考验,使他丧失所有儿女和全部家产,从头到脚长满毒疮。上帝启迪他:上帝的意志是人类无法把握的。约伯最后再蒙神恩,长寿而终。全书采用戏剧结构,分为开端、发展、高潮、结局,脉络明晰。《传道书》是一部流露出浓重虚无悲观情绪的哲理诗集。这是一些希伯来哲人在"巴比伦之囚"以后数百年中对磨难的沉重叹息。

先知文学是最能体现希伯来文学民族特色的文类之一。先知是最先领受上帝旨意的人,是上帝在人间的代言人,实际上他们是一批热诚的爱国者、目光敏锐的思想家和无所畏惧的斗士。在内忧外患的年代,他们目睹各种社会罪恶,深感民族危机的严重,因而吟诗撰文,抨击当权者,告诫国民明辨时局,弃恶扬善,聚集于民族宗教的旗帜下,共渡难关。他们的言论被后人辑录成册,即流传迄今的《以赛亚书》《耶利米书》《阿摩司书》等十四卷。

启示文学出现较晚,发展、繁荣于公元前2世纪至公元1世纪。"启示"的原意是"以神谕方式揭开隐蔽的真理"。启示作品的基本观念是论述世界末日情状和世人最终结局,谓现世的末日已指日可待,届时上帝将实行最后的审判,使义人享永福,恶人受永罚,并制伏魔鬼,建立由弥赛亚永远统治的新天新地。《但以理书》的后六章是最重要的启示作品,以隐喻手法说明巴比伦等帝国的兴衰和世界的最后结局,预言"以色列人会克服一切困难,终将胜利"。

二、新 约 文 学

《新约》共二十七卷,用希腊文写成,分为福音书文学、纪事文学、书信文学和启示文学。

福音书文学见于开头四卷:《马太福音》、《马可福音》、《路加福音》、《约翰福音》,叙述耶稣的生平和学说。在作者笔下,耶稣乃上帝圣子,受圣父派遣降生于世,传道宣讲,如选门徒,行施神迹,治病禳灾,为世人受过,被钉死在十字架上,尔后复活并升天。这是流行于初期教会中有关耶稣的片断传说,分纪事和讲演两类,纪事富于神话色彩,异象迭起,奇观纷呈,有的用写实手法,平铺直叙,质朴无华。讲演词分为宣示、比喻、直陈、象征和诗体讲道等类型,形成独特的宗教性纪传文学,蕴有多重美学内涵,以神秘、崇高为主导色调。福音书记载了许多耶稣的神奇经历,如马利亚因感受圣灵而怀孕,生下耶稣,耶稣降生时天兵与天使同声赞美上帝;耶稣战胜撒旦的引诱和试探、登山变容、死后复活、向门徒显现、最后升天等。还有耶稣的"治病奇迹"和"自然奇迹",具有神话传说性质,充满神异的想象和夸张,以表现耶稣形象的神性。其中记述与法利赛人辩论、被犹大出卖等,不乏生动、具体、逼真的细节(如犹大以亲吻为暗号出卖耶稣),塑造的耶稣全然是现实生活中的普通人——他有伟大之处,在于头脑清醒、意志顽强、谈吐犀利、有远见卓识和非凡的组织能力,也有平凡之处,表现为一如世间凡人,他也有血肉之躯和喜怒哀乐,显示了耶稣的人性因素。耶稣以多种方式向众人讲演:宣示型——先讲一个故事,再引出一个论断,使听众更深刻地理解这个论断;比喻型——将形象化的比喻融于讲演之中,使听众由喜闻乐见的形象产生联想,深入浅出地理解某一道理,如"财主想进上帝的国,比骆驼穿过针眼还难";直陈型——直截了当地陈述见解,言简意赅,词锋犀利,如"凡看见妇女就动淫念的,这人心里已经与她犯了奸淫罪";象征型——赋予日常事物(如光、水、生命)以特定含义,从平凡事物中阐发深奥的神学意蕴;诗体讲道——如"登山训众"开头的"论福",《约翰福音》中的"好牧人"、"真葡萄树",具有强烈的感召力。

纪事文学的代表作是《使徒行传》,记载耶稣升天后使徒们四处传道,教会不断发展的历程。著名使徒有司提反、腓利、彼得、巴拿巴、保罗。

书信文学指使徒书信,包括《罗马人书》、《哥林多前书、后书》、《加拉太书》、《以弗所书》等"保罗书信"十三卷,无名氏的神学论文《希伯来书》一卷和《雅各书》、《彼得前书、后书》等"公普书信"七卷。这是使徒在传教中的往来信件,反映各地教会情况,表达写信人对收信人的希望和要求,探讨并阐述初期基督教的信条和教义。保罗是初期教会最著名的传道者,卓越的神学思想家、书信文学的杰出代表。他原名扫罗,是狂热的犹太教徒,曾积极参与迫害基督徒的活动。经过一次奇特的宗教体验以后,他皈依基督,易名保罗,全力投入传播新教的事业。他在书信中提出一系列新的神学理论,如"因信称义":人能否得救,能否与神保持正当关系,不在于是否恪守传统的摩西律法,而在于是否真正信仰了上帝或耶稣基督。基督教能冲出犹太教的樊篱而迅速传遍希腊、罗马世界,与保罗在理论与实践上的贡献密不可分。保罗富有论辩之才,擅长以层层推论征服读者。他的书信充满热烈的宗教激情,总体上给人以文笔峻急、一蹴而就的印象。

末卷《启示录》是《圣经》中最典范的启示文学作品,主体部分以七印、七号角、七异兆、七碗等异象详述世界末日和上帝审判,基督与魔鬼的争战和基督的最后胜利。全书以象征手法写成,想象奇妙,场景壮阔,情节迷幻。

三、圣经文学的特征

圣经文学体现了民族性与世界性的统一。旧约文学是希伯来人的民族文学。新约文学既是初期基督教的教派文学,也是古代后期希伯来文学的重要分支,二者都有鲜明的民族内容、民族气质、民族形式和民族风格。它们形象地展示出一幅民族历史的宏伟画卷。圣经文学的世界性表现为,旧约文学是上古中东文学的代表作,形成时曾从古埃及、巴比伦、亚述、腓尼基文学中吸取精华而集其大成;新约文学则是"希腊化"时代东西方文化大冲击、大交融的产物,是二希(希腊和希伯来)文化交流的结晶。

圣经文学体现了宗教性和理想主义的统一。作为犹太教和基督教的经典,《圣经》的基本内容是宗教性的;《旧约》的主线是上帝与其子民希伯来人的相互关系,《新约》意在说明上帝如何借圣子耶稣实现其拯救世人的计划。但在较深的层次上,圣经文学又有显见的理想主义特质。就文化意义而言,上帝可视为一个理想主义的精神实体,他集真理、善良、完美、正义、力量、永恒、无限、超越于一身,是古代希伯来人和初期基督徒社会理想和人生理想的最高体现。圣经文学从创世之初的伊甸乐园到《启示录》末尾的新天新地,可谓对理想世界的憧憬纵贯始终。

圣经文学具有优美的情致、崇高的风格和浓郁的抒情色彩。它的许多作品源于人民口耳相传,富于民间文学清新、质朴、优美、健康的艺术情致。另一些作品出自文人手笔,辞章精巧,论证雄辩,表现出作者不同凡响的文学素养。因上帝形象几乎遍布整部作品,追求圣洁的呼声几乎响彻全书,圣经文学又从整体上显示出崇高、神圣的美学风格。与尊重理性、表现出较多客观倾向的希腊思潮相比,希伯来文化更尊重感情,具有更多的主观倾向。如果说古希腊人擅长创作史诗、戏剧等叙事性作品,那么可以说,希伯来人更长于吟咏抒情作品。他们是一个富于宗教感情的种族,惯于向神灵敞开心扉,倾诉其心底的爱憎、欢乐、哀伤、忧愁和期待。

圣经文学在世界文学史上占有十分显著的地位。以它为代表的希伯来文学与古代中国文学、印度文学和希腊文学比肩而立,共同构成世界文学大厦的四根支柱。它吸取西亚、北非、南欧古典文学的成果并予以改造,创造出体制庞大、观念新颖的新一代文学;其体系一旦形成,又通过两个主要渠道深刻影响了后来的世界:第一,借助基督教的传播,在中世纪与基督教神学融为一体,成为欧洲占统治地位的意识形态,在近代又继续渗透欧、美、澳等地区的社会意识,影响力至今不衰;第二,通过世界各地的犹太作家,为后世犹太文学的繁荣提供了思想材料和创作素材。由于基督教的广泛传播,可以说,圣经文学的影响已遍及当今世界各大洲。它成为西方文学艺术的宝库和土壤,影响了一代代艺术家和文学家。

第三章 印度两大史诗

印度有两大著名史诗,一是《摩诃婆罗多》,一是《罗摩衍那》,前者被称为"历史传说",后者被称为"最初的诗"。《摩诃婆罗多》的艺术风格比较简明、朴素,文体上代表了一个比较原始的阶段;而《罗摩衍那》中则有不少精致细腻、彩绘雕饰的诗章,文体上处于从史诗向古典梵语文学发展的过渡阶段。

一、《摩诃婆罗多》

《摩诃婆罗多》的作者是谁,至今没有定论。史诗中说到作者是广博仙人,即毗耶娑,也叫岛生黑仙人。传说他是破灭仙人的儿子,他的母亲是渔家女贞信,破灭仙人被贞信的美色所吸引,与贞信结合,但二人并没有结婚,结果生下了私生子毗耶娑。后来,贞信正式和般度的祖父福身王成了亲,她生下了花钏和奇武两个儿子,二人先后继承了王位,但都没有留下子嗣就去世了。应母亲贞信的要求,毗耶娑与奇武留下的王后同房,生下了持国、般度。此后,毗耶娑像以前一样仍然隐居于森林,而持国有了一百个儿子,这便是俱卢族,般度有五个孩子,这便是般度族,大史诗描写的便是般度族与俱卢族之间发生的一场大战。毗耶娑亲眼目睹并参与了这场大战,并在大战后以及般度族五兄弟升天后创作了这部史诗。

从字面上说,"摩诃"的意思是"伟大的","婆罗多"既是印度的古称,也是印度古代民族的称号,正如我们把自己称为"炎黄子孙"一样,印度人也称自己为"婆罗多的子孙"。《摩诃婆罗多》这部史诗题目的含义就是伟大的婆罗多族(即般度族和俱卢族)的故事。

《摩诃婆罗多》共十八篇,这部史诗的中心内容是描写发生在印度古代的一场大战,战场便在今天印度首都新德里附近,当时叫"俱卢之野"。

这场大战先是由印度北方一个婆罗多族王国的内部斗争展开,而后演变成了牵连整个印度的一场大战争。婆罗多族有两支后裔,一是以难敌为代表的俱卢族,一是以坚战、阿周那、怖军为代表的般度族,为了争夺王位的继承权,双方由猜忌和争吵逐步演变成势不两立的两大阵营,并最终导致了一场可怕的战争。这场大战持续了十八天,般度族和俱卢族都广结盟友,使当时印度所有的王国都卷入了这场战争。按史诗的描写,这不仅是人间发生的大战,而且天神、阿修罗(魔)以及健达缚、罗刹等各种精灵和妖魔鬼怪都加入了这场大战。总体来说,般度族一方带着正义的色彩,所以他们最终战胜了俱卢族;不过,"正义"的般度族一方却是通过"非正义"的方式战胜俱卢族一方:站在般度族一方代表"神"的意志的黑天,以阴谋诡计和违犯印度古代武士行为准则的欺骗手法"教导"般度族消灭了对手。

这部史诗规模宏大,被称为世界上最长的史诗,古希腊两大史诗加在一起,在篇幅上也只是相当于《摩诃婆罗多》的八分之一。在这样的鸿篇巨制中,除了中心故事之外,还插入了很多其他故事和传说。"《摩诃婆罗多》中的插话内容包括各种神话、传说、寓言故事以及宗教、哲学、政治、律法和伦理等。……而这些插话数量之多,大约占据了《摩诃婆罗多》全诗的一半篇幅,由此,《摩诃婆罗多》成了一部百科全书式的史诗。"①

可以这样来理解插话:"《摩诃婆罗多》采用对话体叙述方式。史诗人物在对话中叙述事情经过,或者追忆往事,或者为了说明道理,引用传说和故事,这样就形成故事中套故事、对话中套对话的框架式叙事结构。上述(指《莎维德丽》《那罗传》《投山仙人》《鹿角仙人》等等)这些在史诗主体之外能独立成篇的插入部分,我们称之为'插话'。这种插话既有文学性的,也有说教性的。文学性的插话包含神话故事、世俗故事和寓言故事。说教性的插话包含宗教、哲学、政治和伦理。"②

《摩诃婆罗多》被称为印度古代文化的集大成者。打个比方来说,这部大史诗不仅包含了《史记》或《三国演义》一类的内容,而且将《论语》《道德经》一类的内容也囊括其中了。《摩诃婆罗多》是印度的一部百科全书式的圣典,它以史诗的名义向人们昭示了宗教、哲学、文学、美学、政治、军事、道德、伦理、法律、民俗、历史等丰富、深邃的文化内涵。

实际上,要理解《摩诃婆罗多》,不能忽略的恰恰是这些说教性的插话,这些插话故事看似游离于故事的情节,但却是这部大史诗思想内容方面不可或缺的组成部分,这些说教性的插话看似枯燥乏味,但却是当时印度社会文化背景中的必然产物,具有强烈的现实针对性,这是这部史诗不同于西方史诗的一个重要特征。"这部史诗并没有耽于神话幻想,而富有直面现实的精神。它将婆罗多大战发生的时间定位在'二分时代和迦利时代之间',也就是'正法'(即社会公正或社会正义)在人类社会已经不占主导地位的时代。这样,《摩诃婆罗多》充分体现了人类自身矛盾造成的社会苦难和生存困境。"③

《摩诃婆罗多》的成书年代约在公元前4世纪至公元4世纪,这时期印度的社会经济结构正在发生急剧的变化。恒河中下游的一些君主制国家正在逐步形成或是强盛起来。这些国家间的斗争,从部落间的侵袭演变成战争,自由的氏族部落社会正处于解体的状态,印度文明正从森

---

① 黄宝生:《〈摩诃婆罗多〉导读》,第138页,中国社会科学出版社,2005年。
② 同上,第53页。
③ 同上,第141页。

林文明向封建文明过渡，印度社会出现了很多城镇，城镇的出现与印度传统的文明发生了很大的冲突，人们在现实生活的变化中对人生、社会如何发展产生了疑问并进行了探索。这既是列国争雄的时代，又是诸子百家的时代：为什么生产技术方面的进步带来的却是最可怕的人类痛苦和最极端的道德败坏？印度古代的先哲们有的像佛陀或耆那教主那样为人们描绘出一幅虚幻而美好的远景；有的则在痛苦中无法自拔，他们认为当时的世界处于混乱之中，因此，正确与错误、神圣与低下已经没有了什么标准，社会已经失去了道德；有的则沉醉在带有颓废色彩的享乐主义之中。

确切地说，"这是一部史诗时期宗教思想家们的论述汇编。这也表明史诗时期的印度社会处于列国纷争和帝国统一时代，思潮活跃，类似于中国春秋战国时代出现的'百家争鸣'局面。史诗作者无意充当思想判官，而是让思想家们畅所欲言，让听众们各取所需。这也为后人保存了大量比较接近原始面貌的古代思想资料"①。

显然，《摩诃婆罗多》的用意并不在于表现战争的伟大意义，它倡导的也不是英雄主义，相反，它详细描写大战的前因后果，反复讨论了人生与社会的各种问题，这与西方史诗在主旨上是大不相同的。史诗的各种插话并非杂乱无章，而是统一于史诗所倡导的"正法"观念之中："史诗作者为如何解除社会苦难和摆脱生存困境煞费苦心，绞尽脑汁。他们设计出各种'入世法'和'出世法'，苦口婆心地宣讲，也将他们的救世思想融入史诗人物和故事中。但他们同时又感到社会矛盾和人际关系实在复杂，'正法'也非万能，有时在运用中需要具有非凡的智慧。"②

"正法"一词，音译"达摩"（Dharma），类似于我们今天所说的"正义"，它不仅表现了《摩诃婆罗多》的主题思想，而且也是印度文化中一个至关紧要的核心词汇。在印度文化中，"正法"表现为宗教、真理、道、法、法则、规矩等等复杂多变的意义，在《摩诃婆罗多》中，我们不妨将它理解为"正义"，整部《摩诃婆罗多》卷帙浩繁，内容离奇，但其宗旨就是弘扬正义，坚持真理，邪恶无论多么强大、多么得势，但最后的胜利必然属于正义，一定程度上说，《摩诃婆罗多》是人类最早的一部"正义论"。

《摩诃婆罗多》在宣示正义理念时，并不是简单化处理，而是多层次、多色调地展开，它既让人增强正义感，又让人深思有没有正义以及正义到底是什么等等问题：正义和非正义不是绝对的，而是随着时间、地点等各种条件的变化而变化。即使正义在身，也不能对非正义一方实施过度打击；正义者的过当防卫是不正义的，非正义者既要接受惩处，又有不受过度惩处的权利。《摩诃婆罗多》宣扬的是以"适度"、"相宜"为标准的正义观，这也正是史诗中所一再强调的"正法微妙"原则。"正法"之所以"微妙"，是社会和人生的复杂性所致，"正法"也无法解决问题，这正是这部大史诗所隐含的悲天悯人的精神。

由于《摩诃婆罗多》这部大史诗的内容博大精深，它常常被誉为印度社会的百科全书，对后世产生了不可估量的影响。由于它的年代古远、内容包罗万象、思想玄奥精深，各国学者对这部史诗常常出现争议，因此有《摩诃婆罗多》之谜"的说法。

史诗和神话常常是相伴而生，按《摩诃婆罗多》的描写，俱卢之野上发生的婆罗多族的争斗不仅是人间发生的大战，而且是一场神魔大战。俱卢族一方的大多数国王和王子是阿修罗和罗刹转生，而般度族一方的大多数国王和王子则是众天神化身下凡。在《摩诃婆罗多》中，主体故事虽然基本上是按照现实生活展开的，神魔的身份始终隐藏在背后，天神的化身在大地上也都

---

① 黄宝生：《〈摩诃婆罗多〉导读》，"和平篇"导读，中国社会科学出版社，2005年。

② 同上，第141页。

按照人间的方式行事,但从神话背景以及神、魔、人之间的关系上看,印度史诗实际上已与西方史诗有着不同的含义了,印度史诗与神话有着更为密切的联系:"《摩诃婆罗多》中神、魔、人关系密切,含有丰富的神话传说,异彩纷呈,错综复杂,是研究史诗神话的一个宝贵的资料库……神话研究是史诗研究的题中之意,两者不可能截然分割,因为这是史诗时代的文化现实,真实反映古人的思维形态。"[1]

《摩诃婆罗多》是一部非常独特的史诗作品。大致来说,比起《罗摩衍那》,《摩诃婆罗多》在风格上显得更为粗犷,气势上也更为宏大,神话想象中诞生的《摩诃婆罗多》在魔幻、非现实性的描写上,具有更多的随意性和夸张性,它在古印度原始森林的自然画面中,把读者引向一种梦幻般的意境之中,这是这部史诗"大气"的一面;另一方面,如果我们仔细阅读"莎维德丽"、"蛇国洞府"故事,也会发现《摩诃婆罗多》在具体的描写中又显得非常精致且富于隐喻的意义,它向我们显示人性和宇宙的奥秘,在奇特的想象之中,显得似真似幻,又都合情合理、丝丝入扣,如《摩诃婆罗多》初篇第三"宝沙篇"中的"蛇国洞府"故事:

> 他(优腾伽)在路上看见一个裸体的出家人忽隐忽现地走着。优腾伽把耳环放在地上,走去找水。这时那出家人匆忙走过来,拿起耳环跑了。优腾伽赶上去把他捉住。优腾伽变了形象,成了蛇王多刹迦,突然钻进了地上裂开的一个洞里。进洞后,优腾伽用这些颂歌赞扬龙蛇……
>
> 优腾伽这样歌颂了群蛇,还是得不到耳环。这时,他看见两个女人在织布机上织一块布。织布机上有黑的线和白的线。他又看见六个童子在转一个轮子。他又看见一个容貌俊美的男人。他用这些颂歌赞扬这一切:
>
> 此轮永恒不息常回转,
> 中有三百又加六十分,
> 且有二十又四分关节,
> 六名童子推动甚殷勤。
>
> 此一包罗万象织布机,
> 二位少女织布永不息,
> 黑线白线来回常转动,
> 一切众生世界共推移……
>
> 于是那人对优腾伽说:"你的这首颂歌,使我喜欢。你有什么事要我做呢?"他对那人说:"我要制伏这些蛇。"那人又对他说:"你对这马的肛门吹气吧。"他便对那马的肛门吹气。这马一被吹气,就从全身各窍喷出了烟火。蛇国被烟火充满了。这时多刹迦害怕火烧,慌忙拿着耳环出了自己的宫殿,对优腾迦说:"请你把耳环拿回去吧。"优腾迦收下了耳环。收回耳环以后,他想:"今天正是生母的功德日。我已经离开了这样远,我怎么才能回去向她行礼呢?"他正这样想着,那人对他说;"优腾迦啊!骑上这匹马吧。这马可以使你立刻回到你师父的家里。"……

---

[1] 黄宝生:《〈摩诃婆罗多〉导读》,第21—22页,中国社会科学出版社,2005年。

优腾迦去向师父行礼。师父对他说:"孩子,优腾迦啊! 欢迎你。你为什么来迟了?"优腾迦对师父说:"老师啊! 蛇王多刹迦阻挠了我的事。他把我带到蛇国去了。在那儿我看见两个女人在织布机上织布。织布机上有黑线和白线。那是什么? 我还看见那儿有一个轮子,轮子上有十二个辐。六个童子在转动它。这又是什么? 我还看见一个男人。这人又是谁? 还有一匹极大的马,这又是谁? 在路上我看见一头公牛。一个人骑在牛上。他和气地对我说:'优腾迦啊! 吃下这牛的粪吧。你的师父也吃过',随后我就照他的话吃了牛粪。我想请你告诉我,这是怎么回事?"

师父听了他的话,回答道:"那两个女人是陀多和毗陀多(维持者和创造者)。那黑线和白线是黑夜和白昼。六个童子推动着有十二个辐的轮子是六季和年。那个人是雨神。那匹马是火神。你在路上看见的公牛是象王爱罗婆多。骑牛的人是天神因陀罗。你吃的牛粪是令人长生不死的甘露。因此你在蛇国才没有死。因陀罗是我的朋友。你得到他的恩惠,才能拿到耳环回来。现在,好孩子,走吧。我允许你走。你将得到幸福。"优腾迦获得师父允许离开以后,对蛇王很愤怒,一心想报仇,便到象城去。

(金克木译)

"蛇国洞府"的故事,属于"蛇祭"故事中的小插曲,充满了奇特的想象与隐喻。"蛇国"存在于"洞府"中,它是黑夜的象征,但在对黑夜的想象性描写中,"蛇国洞府"也像白昼一样有一年、六季(印度古代将一年分为六季而不是四季)、十二个月和三百六十天,黑夜与白昼相互交替,推动着世界不停地旋转。显然,这里的"轮子"象征着太阳,但令人难解的地方却是它的背景即蛇国洞府:如果说这里"轮子"象征着太阳的话,为什么它会出现在黑暗的蛇国洞府? 不过,联想到印度古代文化中的"蛇"常常代表着性和性力时,我们也不难理解这则故事了,由太阳的不停运转创造世间的万事万物而联想到人类的性活动使人类繁衍生息,这似乎也是顺理成章的事。在印度古代的雕刻中也常出现蛇吞其尾形成的圆圈,这就像黑夜与白昼相互交替、相互衔接一样,它无始无终,代表了"无限"和"永恒"。蛇吞其尾形成的圆圈,既象征着时间(太阳)永远在升与降的过程中不停地运转,又象征着人类通过性爱而生生不息的过程。

古印度人在思维上常常是漫无边际的(这是黑格尔在《美学》中的说法),其文学描写常常是夸饰性质的,《摩诃婆罗多》将印度人的思维与表达方式毕现无遗,尽管《摩诃婆罗多》绘声绘色、翻来覆去地描写了牵涉到天上人间的一场大战,但学者们经过多年的研究,并没有发现这场大战存在的真凭实据。或许可以说,所谓的"婆罗多大战"只不过是这部史诗"说话"的由头;或许我们可以说,正是因为《摩诃婆罗多》将战争的可怕与危害说尽说透了,所以印度便再也没有发生类似于"婆罗多大战"这样的历史故事了。

二、《罗摩衍那》

《罗摩衍那》的作者传说是蚁垤仙人,音译是跋弥或瓦尔米基。传说蚁垤仙人原本是一个大盗,有一天他遇到了一位仙人,仙人让他反反复复地吟咏魔鬼"摩罗"的名字,本领便会更加高强。他遵照仙人的指示,站在原地,翻来覆去地念着"摩罗,摩罗",他越念越沉醉,以至蚂蚁在他的身上建造了很多蚁穴他都浑然不知,"蚁垤"的名字便是由此而来。印度古代神话传说中,摩罗(字面意思是"死亡")本属于魔鬼一类的精灵,而罗摩则是印度教中著名的大神,代表着印度教中的理想。可想而知,"摩罗"念得多了,而且是接连不停地念,"摩罗"便变成了"罗摩",这样,他便从"魔"(强盗)变成了圣人。

诗的开头说,蚁垤仙人得到神的启示,作诗赞美罗摩的一生;史诗的最后一篇说他收容了被罗摩遗弃的妻子悉多,教育她的两个儿子,创作这部长诗让他们背诵;然后罗摩听到他们诵诗,才重新认妻认子。这些都是附会或后来糅合进史诗的传说。

究竟有没有这样一个作者,无法断定。学者们认为,从结构和文体上看,除了第一篇和第七篇外,全书的风格基本上是一致的,这部史诗应该是由一个作者最后定型的。定型之前的原始材料和写定之后的许多附加成分,当然不会是一个人的手笔。我们只能说,对全书进行一番整理和编纂,使史诗在文体和风格方面得到某种程度统一的这个作者可能就是蚁垤。

由于《罗摩衍那》被称为"最初的诗",蚁垤也因而被称为"最初的诗人"。

《罗摩衍那》的字面意思是"罗摩的游历"、"罗摩的生平"或"罗摩传"。其主要内容是写英雄罗摩伟大的一生。《罗摩衍那》共分七篇。

第一篇《童年篇》主要讲述十车王通过举办求子大祭,大祭过后,大神毗湿奴化身为四,生为十车王的四个儿子:罗摩、婆罗多、罗什曼那、设睹卢祗那。罗摩长大后,经过一系列冒险,斩妖除魔,在弥提罗国举行的选婿大典上,罗摩折断神弓,娶了公主悉多为妻。第二篇《阿逾陀篇》主要写年老的十车王想立长子罗摩为太子,但妃子吉迦伊却要立自己的儿子婆罗多为太子,并要求十车王将罗摩流放森林十四年。因受咒语和诺言的约束,十车王只能满足吉迦伊的要求。罗摩为了使父王信守诺言,心甘情愿流放森林,他的妻子悉多以及弟弟罗什曼那随他一起进入森林生活。十车王死后,婆罗多执意请罗摩回来执政,但罗摩信守诺言,婆罗多只好摄政以待罗摩归来。第三篇《森林篇》主要描写罗摩等人与十首魔王罗波那展开斗争。魔王将悉多劫往楞伽城,魔王对悉多百般诱惑,但悉多坚贞不屈,发誓忠于罗摩,与此同时,失去妻子悉多之后,罗摩涕泪涟涟地向树木、小河、山、动物询问悉多的下落,最后从金翅鸟那里知道悉多被劫往楞伽城了。第四篇《猴国篇》写罗摩与猴王结盟,神猴哈奴曼率领猴兵猴将南下,向楞伽城进发。第五篇《美妙篇》写哈奴曼飞越大海,潜入楞伽城,侦探到了悉多,并与悉多联系,将罗摩的信物交给了悉多。哈奴曼回到罗摩身边,将悉多的信物交给了罗摩。第六篇《战斗篇》写罗摩率领猴兵猴将和熊罴大军南征,海神帮助他们在大海上建桥,渡过了大海,他们在楞伽城与魔王展开激烈的战斗,最后,罗摩亲手杀死十首魔王罗波那,救出悉多。与此同时,十四年的流放生活也结束了,罗摩回到阿逾陀,受到举国上下的热烈欢迎,他恢复王位,治理国家。同时立婆罗王为王位继承人。第七篇《后篇》可能是后人加上去的,主要写魔王罗波那的身世的劣迹、哈奴曼的故事以及罗摩和悉多后来的故事等等。

《罗摩衍那》和《摩诃婆罗多》两部史诗产生的年代和故事的背景大体相同,但两部史诗在诸多方面却有明显的不同。在篇幅上,《罗摩衍那》大约只相当于《摩诃婆罗多》的四分之一;情节上,《罗摩衍那》显得比较集中和统一;从人物形象上看,《罗摩衍那》比较专注于塑造罗摩的光辉形象,更符合西方英雄史诗的一般特征。

像西方的史诗一样,印度两大史诗中战争的缘起也与女性有密切的关联,《摩诃婆罗多》中黑公主的受辱与《罗摩衍那》中悉多的劫难都是发生战争的一个重要根源,但在对女性、人性、神性的描写以及道德的表现方面,两大史诗却是各有千秋。《摩诃婆罗多》中黑公主有五个丈夫,这种现象的出现,更多地带有远古社会的色彩;而在《罗摩衍那》中,悉多则更多代表了封建社会的文明,是贞洁的化身。《摩诃婆罗多》中的女性更多地富于肉欲的色彩,而《罗摩衍那》中,不仅女性贞洁,甚至连魔王罗波那都尊重女性,他出于"爱意"将悉多劫往楞伽城后,他带着悉多遍游后宫,显示自己无与伦比的财富,借以诱惑悉多嫁给他,遭到拒绝后,他只好将悉多幽禁于后宫无忧树园中。显然，《摩诃婆罗多》更多地与远古社会形态联系在一起，富于粗犷型，而《罗摩衍那》则明显带有社会理想主义的色彩，这种理想主义对后来印度社会的发展产生了至为深刻的影响，甚至连圣雄甘地也将自己理想的社会称为"罗摩之治"。《摩诃婆罗多》中的神明，比如黑天，充满了狡黠的智慧，他虽是神的化身，但他的行为方式更多地富于世俗的精神，其人性的一面更为突出；而《罗摩衍那》中，罗摩更多地富于神性的色彩，在后来的印度社会中，他逐步演变成"神"的代名词，印度人见面的礼貌问候语"罗摩罗摩"有似于佛家的习语"阿弥陀佛"。《摩诃婆罗多》虽然强调"正法"，但在正义与非正义之间似乎并没有什么界限，而在《罗摩衍那》中，罗摩明显是真理与正义的化身，而魔王罗波那则是邪恶与非正义的代表，因此，《罗摩衍那》的主题思想在印度国内外的学者看来都是比较统一的：善战胜恶，正义战胜非正义，公理战胜强暴。

《摩诃婆罗多》中的"正法"是一个被翻来覆去、反复讨论的问题，而《罗摩衍那》对此则加以简单的理想化。比如，在别的本子里，罗摩也是妻妾成群，但《罗摩衍那》则将罗摩塑造成为一夫一妻制的典范代表，他不仅自己不拈花惹草，而且将悉多的贞洁强调到无以复加的地步。他明知悉多是贞洁的，但当他杀死魔王罗波那、从后宫中救出悉多时，他对悉多痛苦思念之情却好像一下子化为乌有，他不仅对悉多在魔宫中遭受的苦难只字不提，而且极其理性地怀疑悉多的贞操。当悉多痛苦不堪地投火自焚时，他也无动于衷，而当火神将悉多从火里托出来，证明了悉多的贞洁之后，罗摩却说：他并不是怀疑悉多，只是想在大庭广众中验明她的清白而已。"正法"在此显然"正"得有点儿过头了，所以，评论家认为，罗摩的形象在这方面有点儿虚伪。再如，《摩诃婆罗多》中，战争使人变得极其残酷、极其狡黠，无论是黑公主的血腥复仇，还是阿周那、怖军在战斗中违犯武士法规，都有点儿不择手段，而《罗摩衍那》则严守战争规范，《美妙篇》中写道：哈奴曼只身深入楞伽城，打探悉多的情况，当他圆满完成任务之后，他本该回去了，但是，他却想试探一下罗波那的力量，于是大闹无忧树园，杀死卫士，惊动了罗刹，结果哈奴曼被俘，但魔王罗波那却遵守战争法则，认为不应该斩杀使者，只能重罚，于是小妖们用破布条和棉絮缠住哈奴曼的尾巴，泡在油中，然后点火烧着，猴王哈奴曼拖着烈火熊熊的尾巴，在楞伽城上蹿下跳，全城陷入一片火海之中。哈奴曼乘机逃脱。这里虽然突出了战争法则，连十恶不赦的魔王都加以遵守，但这样的"正法"观念却使魔王与哈奴曼均显得愚蠢、滑稽。

我们可以这样理解史诗中的正义观念："在人类社会中决没有抽象的善、恶，也没有完全的正义、非正义等等。扩而大之，在人类与大自然的关系中也有同样的情况。我们讲'益鸟'，杜甫讲'恶竹'，都是站在人类的立场讲的。鸟并不知道自己是否是益鸟，竹子也决不会认为自己是恶竹，毒菌决不承认自己有毒。我们平常讲一些正义的行为，比如说正义的战争等等，是指顺乎世界潮流、合乎人类社会发展的规律的行动。决没有完全抽象的正义和非正义的战争。具体讲到《罗摩衍那》，所谓善，所谓正义，由谁来代表呢？他是属于哪一个阶级、哪一个种姓呢？为什么他的行动就是善、就是正义呢？所谓恶、所谓非正义，又由谁来代表呢？他又是属于哪一个阶级、哪一个种姓呢？为什么他的行动就是恶、就是非正义呢？"[1]

显然，《罗摩衍那》将这些问题简化了，罗摩就是善和正义，罗波那就是邪恶和非正义，《摩诃婆罗多》中复杂的哲学与宗教探讨，在《罗摩衍那》中演变成了社会理想与道德规范，这与当时的社会发展有密切关系。当君主制社会出现以后，当人们无法将复杂的"正法"问题讨论清楚时，人们在习惯心理上会将理想与希望寄托在体现神性的君王身上，罗摩恰恰是这种君王品性的完美体现。正是因为这种完美性，千百年来，罗摩的形象比任何一个神明和英雄都更深入印度人

---

① 季羡林主编：《印度古代文化》，第107页，北京大学出版社，1991年。

的心灵。

　　两部史诗都属于伶工文学,由到处漫游的伶工歌唱,代代口耳相传,由于是以传唱的方式演变、流传下来,其重点便落在"唱"上,它并不讲究辞藻的华丽和格律的工整,但有其特殊的韵律,这便是印度古代著名的输洛伽体。两大史诗使用的都是输洛伽体,不过,《摩诃婆罗多》的输洛伽体显得粗糙,其中也夹杂着更为古老的吠陀韵律,而《罗摩衍那》的输洛伽体则比较精致。

　　关于史诗输洛迦诗体的由来,《罗摩衍那》讲述了一段离奇的故事。说是蚁垤仙人在无边的树林里自由自在地走动,看到一对麻鹬安然地、静悄悄地正在交欢,但忽然间,一个名叫尼沙陀的凶狠的猎人将其中的一只公麻鹬射杀而死,母麻鹬看到自己的配偶被杀死,她伤心地在地上来回翻滚,悲鸣声凄惨动人。仙人见此情景,心生悲悯,谴责猎人说:"你永远不会,尼沙陀! 享盛名获得善果,一双麻鹬耽乐交欢,你竟杀死其中一只!"蚁垤仙人为什么会对交欢中的麻鹬忽然被射杀而死产生那么悲痛的心情呢? 印度人历来主张不杀生,所以杀死麻鹬本身就是一种罪过,而杀死正在交欢的麻鹬更使蚁垤仙人不能忍受,这是因为在古印度人看来性爱是最为神圣的事情,交欢中的麻鹬代表的不仅是欢乐,而且是神圣,尼沙陀一箭下去,将蚁垤仙人心目中的欢乐和神圣一起杀死了。蚁垤仙人当时沉浸于极度的悲伤之中,并没有发现自己创造了一种诗的韵律,只是在反复的回味之中,他才发现他在无意中创造了朗朗上口的输洛伽韵律。

　　输洛伽韵律属于印度古代的偈颂诗体,它是印度古代最为流行、使用最方便的诗体,印度两大史诗和许多印度古书,包括印度佛教文献甚至是自然科学著作在内,都采用这种诗体。关于这种诗体,我们可以从佛经的汉译上来加以体会和认识。鸠摩罗什说:"天竺国俗,甚重文制,其宫商体韵,以入弦为善。凡觐国王,必有赞德,见佛之仪,以歌叹为贵,经中偈颂,皆其式也。"这里,特别引起我们注意的是"入弦"、"歌叹"等字眼,这说明印度古代的偈颂不仅可以诵读,而且可以歌唱。翻译成汉语时,因"宫商体韵"不同,这种韵味便很难传达了,所以鸠摩罗什慨叹:"但改梵入秦,失其藻蔚,虽得大意,殊隔文体。"道安在研究佛经的翻译时也说:"胡经委悉,至于咏叹,叮咛反复,或三或四,不嫌其烦。"翻译成汉语之后,我们常常删繁就简,其一咏三叹的韵味自然也就失却了。季羡林先生在翻译《罗摩衍那》时,也遇到同样令人困惑的问题,原文是诗,不能译成散文;白话诗又没有定于一尊的体裁或者格律,也不适用于偈颂的翻译;最后季先生决定采用每行字数差不多少的顺口溜似的民歌体,但翻译到史诗第六篇下半部时,季先生最终又决定将史诗的偈颂体译成了七言绝句、五言绝句式的顺口溜。国内有学者对《罗摩衍那》的翻译文体曾有微词,认为这样的翻译不雅。实际上,《法句经》译者之一支谦早就认识到这一问题,他在"译序"中说,《法句经》译出后,他有"为辞不雅"之感,然而正是这种"不雅"恰恰使得偈颂不同于五言七言诗,也就是说顺口溜式的"不雅"成就了汉语佛经的偈颂。同样道理,季羡林先生在《罗摩衍那》的翻译中所选择的文体也是深思熟虑后的选择。《罗摩衍那》一咏三叹、杂沓反复叙事和描写不仅代表了印度史诗典型的艺术风格,而且体现了印度文学一以贯之的风貌。

　　再者,《罗摩衍那》在艺术上被评论家普遍称道的是景物描写。在印度文学中,真正对大自然十分敏感并且以饱满激情加以描绘的应自《罗摩衍那》始:"在整个印度古代文学史上,专就描绘自然景色而论,《罗摩衍那》开创了一个新局面,达到了一个新水平。在这之前,在吠陀中,描绘自然风光的篇章不是太多,仅有的一点也都是简明朴素的,基本上见不到华丽的词藻。到了《罗摩衍那》,情况有了很大的转变。在描绘自然景色方面这部史书开辟了一个新的纪元。"[①]综观世界文学史,印度文学对自然景物的描写不仅独特,而且出现得最早。

① 季羡林主编:《印度古代文学史》,第112页,北京大学出版社,1991年。

印度文学中为什么很早就表现出特有的自然情趣？这与印度的自然环境有关。从印度文明的起始，森林就与各种宗教仪式联为一体，后来的婆罗门教、佛教和耆那教的出现与发展也都和森林、自然联系在一起，所以，一定程度上也可以说，印度的文明起源并成熟于森林，是一种森林文明，森林里生活着的托钵僧是印度古代文明的代表和象征。在《罗摩衍那》中，人物活动的场景大多出现在森林、湖泊、山峦等大自然环境之中，因此，对于季节、白天与黑夜的变幻，诗人自然有所感悟、有所描绘。

　　印度两大史诗在印度文化中起到了极其重要的作用，不了解两大史诗，就无法了解印度，因为"在印度这块芬芳的土地上，任何地方都可以嗅到它们的存在"，正如著名诗人泰戈尔所说，几个世纪过去了，但是《罗摩衍那》和《摩诃婆罗多》的源泉在印度这个国家并没有枯竭。每天，每个村子里的每个家庭，都在朗读其中的诗句。

中编　中古亚非文学

第一章　概述

一、中古亚非文学的基本特点

中古亚非已进入封建社会,但发展不平衡,延续时间要比欧洲的中世纪长得多。中古亚非文学是在中古东方文化演进过程中产生和发展的。日本经过7世纪的大化革新,全方位学习中国,社会文化出现跃进式发展。印度正值古典时期。阿拉伯地区伊斯兰教兴起,大乘佛教活跃。阿拉伯人在开疆拓土的同时,大规模吸收其他民族的文化,出现了8世纪至9世纪的"百年翻译运动",买蒙哈里发时期的"智慧宫"是当时世界上规模最大的综合性学术机构。约10世纪至14世纪,东方文化进入繁荣时期,出现了思想文化集大成者,如印度商羯罗的吠檀多哲学,西亚的阿维森纳哲学,以此为核心,形成博大精深的文化体系。15世纪至18世纪,东方文化发生演变,一是出现模式化和定型化,带来文化僵化和停滞现象;二是由于生产方式落后的游牧民族入主发达地区,生产力遭到破坏,文化出现衰落和停滞;三是相对稳定的地区出现文化转型,涌现启蒙思潮和宗教改革;四是随着蒙古铁骑的侵袭,传教士和商人纷纷东来,形成西学东渐,文化出现殖民化。

中古时期,东方形成三大文化圈,一是以中国文化为中心的东亚文化圈,二是以印度文化为中心的南亚文化圈,三是西亚北非文化圈。东亚文化圈强调入世,以"修身、齐家、治国、平天下"为人生目标;南亚文化圈强调出世,印度教法典规定的人生四阶段和印度人普通认同的人生四大目的,都把出世解脱作为最高目标;西亚北非文化强调来世,从拜火教、犹太教到基督教都把来世天堂作为追求目标。东亚文化注重忠孝节义等人伦关系和人伦道德;南亚文化注重人与自然道德,西亚北非文化注重人与最高存在之间的关系和宗教道德。

中古亚非文学是亚非各种文化交流与融合的产物。佛教东传,使南亚与东亚两大文化圈贯通,阿拉伯文化圈的形成已融会了诸种文明,伊斯兰教的南传和东传使西亚和南亚两大文化圈贯通。在东南亚,中国文化、印度文化和阿拉伯文化相交汇。中亚也是三大文化圈的交汇处。小亚细亚是东西方文化的结合部。非洲兼有伊斯兰文化和基督教文化的影响。东亚文化表现为"天人合一",南亚文化表现为"梵我合一",西亚文化表现为苏菲主义的"神人合一"。同时,中古亚非文学存在互补、并存、互动,多种文化形态共处一体,既有矛盾又有融合。

中古亚非文学在思想方面的特征在于:一是受到宗教思想影响,表现出超载现实、追求无限的倾向,揭示人生的某些本质方面,有助于开启心智,并能揭露现实的不平等不合理,但对现实的否定过于笼统,带有虚幻色彩,耽于幻想,逃避现实。二是表现主观内省精神,倾向于自我表现、自我观照,不以认识客观世界为目的,把文学作为表情写意、修身养性的工具,注重思考人生问题和情感体验,不注重对生活现象的真实再现。三是突出表现伦理道德,突出文学载道教化、劝善惩恶的功能,强调群体利益和社会秩序,压抑自我和个性,赞扬道德君子、贞妇烈女,贬斥不忠不孝、背信弃义。四是具有怀疑和叛逆精神。非主流的宗教派别发出不和之声,如阿拉伯的麦阿里,波斯的哈亚姆,印度的格比尔达斯。不少作家描写青年男女追求爱情自由,反叛封建伦理道德。有的作品描写市民生活,表现市民意识。五是热衷于自然山水的情趣,日本民族对四季有独特敏感,注重自然美。出家人厌弃社会生活影响到文人,他们在仕途失意或生活受挫后,常常寄情山水。

中古亚非文学在艺术上的特征在于:一是对和谐美的追求,在抒情性作品中乐而不淫哀而不伤,感情敦厚;叙事类作品的结局是大团圆,善有善报,恶有恶报。二是偏向表现,以韵、味、意境、物哀、幽玄为审美原则。三是注重塑造道德君子和忠勇之士,如波斯诗人菲尔多西的《王书》塑造了以鲁斯塔姆为代表的一批忠勇之士,阿拉伯的《安特拉传奇》中的安特拉、印尼的《杭·杜亚传》中的同名主人公,都是人民爱戴的民族英雄或道德文化英雄,具有教化意义;或者是忍辱负重、自我牺牲的贤妻良母,如沙恭达罗、紫姬,也有追求爱情、反抗压迫的叛逆女性,如蕾丽、春香;或者是受压迫受欺凌的弱女子,如夕颜、空蝉、翠翘。四是文学形式富有民族特点,如日本的和歌、俳谐,印度的大诗、偈颂,泰国的格仑诗,波斯的鲁拜诗,印尼的板顿和沙依尔,朝鲜的时调和歌词,越南的六八诗体。戏剧表演程式化,角色定型,唱白相间,故事中套故事。叙事文学韵散结合。五是创作方法和风格多样性,具有魔幻色彩和神秘主义,传奇色彩浓厚,角色非同寻常,包括帝王将相、才子佳人、绿林好汉、传奇英雄。不少作品还具有象征意义。

二、中古亚非文学在各国的发展

中古亚非文学走在世界前列。除了中国,印度有杰出的诗人和戏剧家迦梨陀娑。日本出现了《万叶集》(约760),收入诗歌四千五百多首;还有以世界上最早的长篇小说《源氏物语》为代表的物语文学;江户时代的松尾芭蕉(1644—1694)是"俳圣",他的作品多收入《芭蕉七部集》,代表作《古池》(1686)写道:"古池塘,青蛙跃入,水清响。"诗人截取了古潭一刹那的美感,引人联想,动静结合,闲寂幽雅。阿拉伯出现了一批诗人和民间故事集《一千零一夜》,《古兰经》也是一部杰出的散文作品。

在东亚,朝鲜自1444年创立文字以来,出现了以"乡扎标记法"记录的民间歌谣。崔致远(857—?)是汉文文学的奠基人,他曾是唐朝进士,诗歌有唐诗风格。金富轼(1075—1151)的《三国史话》模仿《史记》。李奎报(1169—1241)的《东明王篇》表现爱国思想,《代农夫吟》批判现实。一然(1206—1289)的《三国遗事》纪录朝鲜的古代神话和传说。中古后期,朝鲜语文学获得较大发展。尹善道(1587—1671)的山水时调成就最高。这一时期又出现了描写16世纪末抗击日本侵略的小说《壬辰录》。金万重(1637—1692)的长篇《谢氏南征记》和《九云梦》较有影响。在民间说唱文学基础上形成了一批传奇小说,《春香传》、《沈清传》、《兴夫传》被称为朝鲜中古三大传奇。《春香传》以全罗道南原的"烈女传说"和"申冤传说"为基本素材,再加上几种"御史传说"写成,描写艺妓之女春香与翰林之子李梦龙的爱情故事,塑造了春香忠于爱情、敢于反抗、坚贞不屈的形象。中古后期,重要诗人有丁若镛(1762—1836)。金时习(1736—1793)的汉文小说《金鳌新话》是一部富有浪漫传奇色彩的短篇小说集。朴趾源(1737—1805)的短篇《两班传》描写了两班贵族的腐朽没落。

越南自939年吴权建立吴朝而独立,至13世纪才用民族文字——字喃来创作。1010年李公蕴为迁都而作的《迁都升龙诏》是最早的文学作品。此后数百年间,仍以汉文文学为主,如黎文休(1230—1322)的《大越史记》既是史书,也是文学作品。阮屿(16世纪)的小说集《传奇漫录》多以鬼狐故事暴露社会黑暗。邓陈琨(1701—1745)的长篇乐府诗《征妇吟曲》谴责不义战争给人民带来灾难。13世纪的陈喃第一个用字喃写作。字喃诗人借用汉诗韵律,推出"六八诗体"。阮攸(1765—1820)的长篇叙事诗《金云翘传》是一部有3254行的六八长诗,取材于中国清初青心才人的同名小说。作品通过女主人公王翠翘被迫卖身、沦落风尘、投江自尽、最后巧遇情人的不幸遭遇,揭露了社会黑暗,对被侮辱的妇女寄予同情,艺术上借鉴了外来题材,与民族形式相结合,是中古越南文学中最杰出的作品。

马来群岛在中古时期形成了爪哇、马来、巽他和巴厘等几种不同的文化。印尼文学主要是口头流传的神话传说和民间故事,以及叫做"板顿"的马来民歌。11世纪出现了仿照梵语诗的格律创造的"格卡温"诗体,代表作是恩蒲·甘瓦的叙事长诗《阿周那的姻缘》。随后,有民歌特色的"吉冬"诗体取代了"格卡温"体。民间故事中,班基故事讲述戎牙路王子与达哈公主悲欢离合的爱情故事。马来文学在伊斯兰文学影响下,出现了名为"希卡雅特"的传奇小说和名叫"沙依尔"的长篇叙事诗,如15世纪的《巴赛列王传》。《杭·杜亚传》描写15世纪马来英雄杭·杜亚的一生。叙事诗有《庚·丹布罕》和《猫头鹰之歌》。泰国于13世纪建立了统一王朝并创造了民族文字。佛教文学的代表作是《三界经》(1345),这是素可泰五世王根据30部佛经编成的一部包罗万象的著作,根据《本生经》改写的《大世赋》(1482)和《大世词》(1627)也很有影响。泰国历朝王室都重视文学,许多国王是文学家,大臣也往往因文才而得到重用。宫廷诗人昭披耶帕康(18世纪后期)奉命主持翻译《三国演义》,创立"三国文体"。民间流传的叙事诗《昆昌与昆平》由宫廷诗人整理定型。西巴拉(约1658—1693)的《西巴拉悲歌》表现了不满现实的反抗精神。顺吞蒲(1786—1855)的《帕阿派玛尼》塑造了性格各异的人物。缅甸11世纪蒲甘王朝时形成统一国家。蒲甘碑铭是现存最早的缅文文学,出现不少僧侣诗人,他们的作品都取材于释迦牟尼的生平传说。那信囊(1578—1612)的《出征》写出征时对情人的怀念。吴金吴(约1773—1838)是最重要的戏剧家,取材于佛本生故事的《玛蒙塔达》和取材于民间传说的《德瓦贡班》都很有名。

中古突厥文学的《乌古斯可汗的传说》是一部英雄史诗,在13世纪用回鹘文写成,叙述英雄战胜自然界的恶魔、征战和建国活动。中古土耳其文学采用波斯诗体,表现宗教神秘主义。富祖里(1495—1556)以阿塞拜疆语创作的《莱伊丽与马季农》取材波斯传说。内菲(1572—1635)的《命运之箭》讽刺辛辣,他因讽刺权贵而被害。格鲁吉亚出现了鲁斯塔维里的叙事长诗《虎皮骑士》(约1180—1210),描写三位武士阿夫坦季尔、塔里埃尔(虎皮骑士)和普拉东的友谊和爱情,其中虎皮骑士与印度国王的女儿涅丝丹相爱,后来成了印度国王。作者主张中央集权,反对封建割据和暴政,宣扬个性解放。史诗创造了十六行诗体。达·古拉米什维里(1705—1792)的长诗《格鲁吉亚的灾祸》描写了现实灾难和不幸。亚美尼亚在9世纪至10世纪出现的英雄史诗《萨逊的大卫》,叙述了四代英雄的业绩,表现了反抗阿拉伯人压迫的斗争。乌兹别克的鲁特菲(约1367—1465)的长诗《古利与诺弗鲁兹》描写爱情。阿利舍尔·纳沃依(1441—1501)的《五诗集》取材于波斯文学和民间故事。

中古波斯文学(9世纪中叶至18世纪)历时800余年,取得辉煌成果。11世纪中叶以前是崛起时期。鲁达基(850—941)有"波斯语诗歌之父"之称,著有"伽西尔"抒情诗《劝说君主返回布哈拉》和"玛斯纳维"叙事诗《卡里莱与迪木乃》,据说他是鲁拜诗的创始人。菲尔杜西(940—1020)的《王书》有十万余行,塑造了鲁斯塔姆的形象。这位盖世英雄却屡遭国王的刁难、诽谤和暗算。他的不幸是伊朗民族的悲剧。诗人受到朝廷的追捕和迫害。至13世纪中叶是波斯文学的发展时期。哈亚姆的传世之作是《鲁拜集》,富于哲理。苏菲文学产生于7世纪和8世纪之交。其中萨纳伊(1080—1140)的《真理之园》引用简短生动的故事和寓言,或劝人虔诚敬主,专心修养,或阐明神秘主义哲理。阿培尔(1145—1221)的《鸟的逻辑》构思奇巧,以隐喻和象征手法,把趣味盎然的故事与艰涩深奥的苏菲哲理熔于一炉。波斯文学的盛期一直延续至15世纪末。毛拉维(1207—1273)的《玛斯纳维》有六卷本,除援引经训外,大量采用寓言民间故事和传闻轶事,内涵深邃。哈菲兹(1327—1390)的"伽扎尔"抒情诗巧妙地运用苏菲术语、典故、史语、象征、隐喻、谐音词和双关语。16世纪至18世纪是衰落时期。波斯文学最杰出的诗人是萨迪,这是他的笔名。《蔷薇园》(1258)是他的代表作,分为八篇:论帝王言行,论僧侣言行,论知足常乐,论寡言,论青春与爱情,论老年昏愚,论教育的功效,论交往之道,包括一百七十二个长短不一的故事。仁爱慈善是萨迪思想的核心,劝善惩恶是他的作品的主题。全诗起句"亚当子孙皆兄弟"已被联合国采用为阐述其宗旨的箴言。他指出"豺狼不能牧羊,暴君不能为王","天下的得失在于人心的向背"。诗集采用诗文相间的形式,把讲故事与道德训谕结合起来。语言平易而新奇,凝练而畅达,朴实而优雅,是学习波斯语的理想范本。他的作品还有《果园》(1257)。贾米(1414—1492)的《经福与佐莱哈》取材于《古兰经》,描写男女主人公的爱情。

中古非洲文学基本是有典无册的口头文学,讲述人被称为"格里奥特",他们集诗人、歌手、乐师、巫师和祭司于一身。长篇史诗《松迪亚塔》讲述马里帝国的开创者松迪亚塔的英雄业绩。史诗以史实为基础,结合神话传说,想象奇特诡谲。

第二章 迦梨陀娑

一、生平与创作

迦梨陀娑是印度古典梵语诗人和戏剧家,生卒年不详。一种意见认为他是公元前1世纪人,另一种意见认为他是公元4、5世纪人。当今学术界倾向于后一种意见,认为他是笈多王朝旃陀罗笈多二世(380—413年在位)的宫廷诗人。根据传说,迦梨陀娑本是牧人,冒充智者,与波罗奈公主成婚,后被公主发现真相,让他去迦梨女神寺庙祈祷,乞求恩惠,果然成了大诗人。这也就是迦梨陀娑(意思是迦梨女神的仆人)这个名字的由来。

迦梨陀娑被公认的作品有七部。抒情诗集《时令之怀》(或译《六季杂咏》)包含六组短诗,分别描绘印度六季(夏季、雨季、秋季、霜季、寒季和春季)的自然景色以及男欢女爱和相思之情。《云使》是抒情长诗,描写谪居南方山林的药叉(财神的侍从)在雨季来临时看到一片由南往北的雨云,勾起他对远方爱妻的无限眷恋。他托雨云带信,指点到达爱人的居住地阿罗迦城的路线,对途中的每一处秀丽景色都作了描绘,还描述爱妻的容貌,请雨云倾诉他的相思之情,说他不久便可回家。这部长诗感情缠绵,想象丰富,比喻优美,韵律和谐。《云使》问世后,仿作不断出现。歌德曾加以赞美。《鸠摩罗出世》是叙事诗,取材于印度古代神话传说。全书十七章,前八章描写大神湿婆和雪山神女波哩婆提的婚姻。湿婆失去爱妻后摒弃世俗,在雪山修炼苦行。山神愿意将女儿波哩婆提嫁给湿婆,而湿婆不为她的美色动心。此时,天界受到魔王骚扰,大梵天建议天神设法让湿婆与波哩婆提成婚,因为只有湿婆的儿子能降服魔王。爱神奉命前去破坏湿婆的苦行。当他瞄准湿婆,挽弓欲射之际,湿婆额上的第三只眼睛喷出烈焰,将他化为灰烬。波哩婆提意识到凭美色不能获得湿婆的爱情,便下决心用苦行来获取。最后,她感动了湿婆,赢得了爱情。后九章描写湿婆的儿子、战神鸠摩罗出世及其降服魔王,艺术性较差,一般认为是后人的续作。《罗怙世系》采用帝王谱系的形式,着重描写罗怙世系中一些著名帝王的事迹,以绚丽多彩的画面和人情味、优美的语言和韵律、温和的教诲而被奉为古典梵语叙事诗的典范,至今仍是人们学习梵语的基本读物。

迦梨陀娑传世有三部戏剧。《摩罗维迦和火友王》是五幕剧,描写火友王爱上宫娥摩罗维迦,弄臣为他牵线搭桥,而大小王后竭力阻挠,最后发现这个宫娥原来是逃难公主。《优哩婆湿》也是五幕剧,描写人间国王补卢罗婆娑从一个魔王手中救出天国歌伎优哩婆湿,两人产生爱情。她曾偷偷来到人间看望国王,投递情诗。她在天宫演戏时,错把人物名字念成国王的名字,被罚下人间。天神因陀罗告诉她,一旦见到亲生儿子,她便可重返天国。她和国王生下一子后,把他寄养在一个女苦行者那里。待儿子长大,她喜的是见到亲生儿子,悲的是就要返回天国。这时,传来佳音,因陀罗恩准她与国王白头偕老。此剧歌颂大胆追求爱情和世俗生活的幸福。

二、《沙恭达罗》

《沙恭达罗》是七幕剧,描写净修女郎沙恭达罗和国王豆扇陀的恋爱故事。豆扇陀外出行猎,在一处净修林遇见沙恭达罗。两人相爱,自主结婚。后来沙恭达罗怀着身孕,上京城去找国王。由于她曾经得罪一位仙人,遭到诅咒,结果在途中失落了国王赠给她作为信物的戒指,国王也因此完全忘却往事,拒绝接纳沙恭达罗。最后,国王重新获得沙恭达罗遗失的戒指,诅咒的魔力随之消除,他记起旧日的爱人,终于破镜重圆。

关于豆扇陀和沙恭达罗的恋爱故事,最早见于史诗《摩诃婆罗多》中的插话《沙恭达罗传》和巴利文《佛本生故事》中的《捡柴女本生》。它们的故事情节与迦梨陀娑的《沙恭达罗》大体一致,主要的不同是《沙恭达罗传》中没有仙人诅咒和失落戒指之事;《捡柴女本生》中虽有以戒指作信物这一细节,但也没有仙人诅咒和失落戒指之事。一般认为迦梨陀娑的《沙恭达罗》主要取材于《摩诃婆罗多》中的《沙恭达罗传》,而仙人诅咒和失落戒指可能是迦梨陀娑的创新。

迦梨陀娑的杰出之处在于他具有"点铁成金"的本领,能将古已有之的平凡故事改造成独具匠心的非凡诗篇。在《摩诃婆罗多》中,沙恭达罗的性格比较粗俗。豆扇陀在净修林里遇见她时,她亲口向豆扇陀讲述自己的身世;豆扇陀向她求婚时,她又提出条件——将来由她生下的儿子当王位继承人。而迦梨陀娑在《沙恭达罗》的前四幕中,着重刻画沙恭达罗在平和清净的净修林里长大,生性天真、善良而温柔。在第一幕中,她最初见到豆扇陀,先是惊恐不安,后又含情脉脉。当她的女友向豆扇陀介绍她的身世时,她羞红了脸,低头站在一旁,还佯装生女友的气。第三幕中,她向女友吐露了自己对豆扇陀的相思之情,而豆扇陀当面向她表白爱情时,她又"害起羞来","竟然窘得没话可说了"。她的女友故意撒下她,让她与豆扇陀谈情说爱。豆扇陀步步紧逼,而她生怕做出越轨之事,处于一种进退两难的复杂心理状态。后来她与豆扇陀按照婆罗门教法典所允许的乾达婆方式自主结婚。

在第四幕中,沙恭达罗怀有身孕。她离别净修林,准备前去京城与豆扇陀相会。她对养父、众女友、净修林中的蔓藤和小鹿怀有无限深情,依依难舍。这一幕充满哀婉动人的离情别意,一向被认为是《沙恭达罗》中最美的一幕。正如一首流行的梵语诗歌所说:"《沙恭达罗》是迦梨陀娑的精华,而沙恭达罗离别的第四幕是《沙恭达罗》的精华。"

第五幕是全剧的高潮。沙恭达罗尽管天真、善良、温柔,但面对豆扇陀的忘情,她敢于抗争。

她先是机智地追述与豆扇陀共同生活的细节，见豆扇陀仍不相认，便愤怒谴责豆扇陀"卑鄙无耻"。沙恭达罗性格中的这一面，既是《摩诃婆罗多》中沙恭达罗性格的继承，也是全部生活逻辑的发展。沙恭达罗遭遗弃后，被生母——天女弥那迦接回天国。她虽然身在天国，仍没有弃绝尘世旧情。在第六幕中，她委托天女察看豆扇陀的情况。最后，在第七幕中，豆扇陀向沙恭达罗认错，沙恭达罗尽管饱尝辛酸，但宽容大度，不咎既往，与豆扇陀重归于好。

总之，在迦梨陀娑的笔下，沙恭达罗的形象是丰满的，性格是完整的。他成功地塑造了一个具有不可企及的印度古典美的女性形象。她生长在大自然中，和大自然融为一体，具有自然质朴的美，没有世俗的虚伪，也不知人心的险恶和国王的朝三暮四。她天真无邪、温柔多情、敦厚善良。然而，一旦受到不公正的对待，她又表现出疾恶如仇，敢于犯上的刚强性格。席勒赞赏说："在古代希腊，竟没有一部书能够在美妙的女性温柔方面或者在美妙的爱情方面与《沙恭达罗》相比于万一。"豆扇陀是一个有好有坏的人物。他喜新厌旧，宫女甚至王后都受到他的厌弃，她们哀声不绝。但他对沙恭达罗一往情深，他对她的拒绝只是由于魔法的作用，一旦他恢复记忆，便追悔莫及。作者在他身上寄托了真挚爱情的理想。

从情节上说，沙恭达罗的爱情波折是由于仙人的诅咒，具有很大的虚幻性。然而，迦梨陀娑巧妙地利用了印度古代特定历史条件下所允许的这种虚幻性，高度真实地反映社会现实。迦梨陀娑深切同情被损害、被侮辱的女性。但作为一个宫廷诗人，他不可能对这种不合理的社会现象予以直接的揭露和抨击。而仙人的诅咒恰好为他提供一个艺术手段，使他能在虚幻性的掩护下，揭示真实，抒发胸臆。他不仅借沙恭达罗之口，痛斥国王"口蜜腹剑"、"卑鄙无耻"，而且还借护送沙恭达罗的苦行者之口，警告国王说，骗子的下场是"灭亡"！

《沙恭达罗》全剧闪烁着迦梨陀娑进步思想的光辉。他欣赏人和自然和谐融洽的净修林生活，赞美纯洁真挚的爱情和正直善良的人格，并以婉转曲折的方式批评统治阶级的荒淫。同时，迦梨陀娑充分施展自己的诗歌和戏剧才能，全剧诗意盎然，情节波澜起伏，人物性格鲜明，心理刻画细腻。

歌德在1791年写诗赞美道："倘若要用一言说尽——春华秋实，大地天国，心醉神迷，惬意满足，那我就说：沙恭达罗！"他的《浮士德》的"舞台序曲"有意模仿《沙恭达罗》的序幕。《沙恭达罗》在欧洲的翻译，正值浪漫主义兴起，大大激发了研究和翻译印度和东方文学的热情。

第三章　紫式部

一、生 平 与 创 作

　　紫式部生卒年不详，一般认为是生于天禄元年（970），卒于长和三年（1014）。她本姓藤原，因其长兄担任式部丞，当时宫中女官往往以父兄的官衔为名；后来她写成《源氏物语》，书中有一个名叫紫姬的人物广为传诵，世人遂称之为紫式部。

　　紫式部出身于中层贵族的家庭，其父藤原为时，曾做过地方官吏，擅长汉诗与和歌。紫式部自幼才分过人，随父学习汉诗，熟读《史记》等中国古代文献，特别是对白居易的诗有较深的造诣。此外，她还十分熟悉音乐和佛经。其父曾叹息说："可惜她没生为男子，这是最大的不幸。"成年后紫式部曾随父离京，父亲去越前任太守。紫式部约于二十岁时嫁给比她大二十岁的地方官藤原宣孝，次年生下女儿贤子。当时藤原宣孝已有三个妻子，他颇为赏识紫式部的才艺，亦堪为精神的知己，不幸的是婚后不久他便逝去，留下紫式部独自抚养女儿，过着矢志自守的孀居生活。就在丈夫逝世的天皇长保三年（1001），她开始写作这部物语。其中的一些篇章在外界流传开来，受到好评，引起了太政大臣藤原道长的重视。于是藤原道长令其入宫，做他的女儿一条彰子皇后的女官，为其讲读《白氏文集》（白居易的《长庆集》）以及《日本书纪》等典籍。一条天皇对于紫式部的才智赞不绝口，说"她精通《日本书纪》，真有才华！"宫廷里的人都尊称她为"日本纪局"。作者约于1010年夏在宫中完成《源氏物语》全书，前后历时约十多年。

　　《源氏物语》是世界上最早的一部长篇写实小说，比中国的第一批长篇小说《三国演义》、《水浒传》和欧洲的长篇小说先驱《十日谈》都早三百年；比曹雪芹的《石头记》更要早七百多年。文学史家关于此书的创作另有几种不同的说法。一说前四十回是紫式部所作,后十回由其女贤子续补。另一种说法是由其父创作大纲,紫式部完成写作。还有一种说法是此书在紫式部之前已有,紫式部做了一番修订工作。但是这些说法都缺乏充足依据。

除《源氏物语》外,作者另有《紫式部集》和《紫式部日记》两部作品传世。《紫式部集》是一部自选的和歌集,共选入作者自少女时代至晚年的一百二十八首和歌,大多是与友人的赠答歌。这些诗作是了解她生平、思想及诗风的珍贵资料。《紫式部日记》作于宽弘五年(1008)七月到宽弘七年(1010)一月。内容是以中宫彰子在土御门殿(其父藤原道长的宅邸)的分娩为中心,详细地记下宫廷的仪式和所见所闻。作者冷静凝视的对象并不限于宫闱秘事,她还在书中对和泉式部、清少纳言、斋院等人的写作提出了特别尖锐的批评。她不满意同辈的女性作者,认为她们总是以一己的感受为中心,秉性洁癖而自寻苦恼,她认为自己需要的是对于观察对象的冷静剖析。

紫式部所生活的时期,是由藤原氏家族世代摄政揽权的年代。这个时期的宫廷是文化的中心,其自身的传统已经融合了汉文化的精髓与佛教观念的力量。尤其是后宫,成了礼乐典雅的渊薮。由于藤原氏这一族是天皇的外戚,他们都一心想把自家的女儿拥立为皇后。于是一度形成了藤原道隆的女儿定子和藤原道长的女儿彰子在后宫对立的局面。为了获得君宠,两派势力争奇斗艳,汇聚了许多名门才女,使后宫变成了文化和社交的沙龙。所谓的女官,和嫔妃女仆一样,不过是贵族一夫多妻制之下男性的玩物;妇女只能于夜间苦等男人来相会,并受其喜怒无常的支配。她们虽贵有才华,但所处的地位卑下,这就注定了她们在宫中的体验是不会平淡的。一方面她们参与当时最豪华的宫廷贵族的文化活动,培养高雅的鉴赏力和梦幻般的思想情趣,衣食无虞,是令人羡慕的对象;另一方面又会时时意识到卑躬屈膝的苦楚境地,意识到现实与梦想的对立引起的内心冲突和痛苦体验,由此而产生一种内省的精神。她们对于音乐、古代诗歌和佛经教义的种种认识,通常是深刻而微妙的,这是基于宫廷的权力和荣耀沉浮的宝贵见闻,加入个人的现实体验,在人生的观念上得到深化的结果。因此能够去感受贵族阶级的矛盾,并以清醒而略带哀愁的目光观察其矛盾的本质的,也只有这些拥有高级文化的女官。以紫式部为代表的这个阶层的妇女,正是在这些现实条件的催化之下进行创作的。这样,平安朝时期的散文以《浮游日记》为开端,产生了日记文学和《枕草子》之类的作品,最终写出了描绘这个时代和生活本质的《源氏物语》。作为一部内涵丰富的长篇物语文学,紫式部的这部作品是她经历的时代和宫中生活的产物,承载了当时的物质生活与精神生活的总体成就。

二、《源氏物语》

所谓"物语"意思相当于故事或杂谈。这种创作的形式产生于公元 10 世纪初的平安朝时期,以《源氏物语》的写作为艺术成就的最高峰。全书五十四卷,大约作于 1001—1014 年之间。"卷"在原书中称"帖",丰子恺的中译本改用汉语章回小说的"回"。这是一部真实地反映了古代贵族社会生活面貌的长篇物语,是日本古典文学的杰作。

《源氏物语》的故事涉及三朝四代,经历七十余年,出场人物四百余人,展示出平安朝优雅奢靡的生活场景,上层人士恣意享乐,皇室外戚统摄朝政,宫廷文化有血有肉,谱写了全盛时期的世态风貌。其叙事规模庞大,描写焦点集中,人物谱系繁缛,文化内涵典雅美丽。它所截取的这一段奴隶制宫廷贵族的生活,反映了人们在文化生活中尚未屈服于市民的趣味,价值观相对自足的历史时期,也包含了作者描写贵族男女情爱生活的基础上,对于人生问题所作的深刻研究。

主人公光源氏的长篇故事笼罩着一层梦幻般的哀愁华美的朦胧光晕。

　　小说的梗概引述如下：时有桐壶天皇最为得宠的更衣不幸病逝，遗下一子，由于俊美无比，聪明绝世，人们将他称作光君。父皇对他宠爱有加，考虑到儿子没有可以做他后援的权势之家，故将他降为臣籍，赐姓源氏。光源氏十二岁那年，举行了"元服"仪式，并与左大臣的女儿葵上结了婚。葵上容貌美丽，但是冷漠高傲，遂为光源氏所冷落。此时，皇帝新召入宫的藤壶妃子由于长得和故世的桐壶更衣非常相像，引起了少年源氏对她的思慕。于是两人有了恋情，源氏趁藤壶妃子因病回娘家去疗养的期间与她发生了乱伦关系。藤壶不久就怀了孕，生下了后来的冷泉帝，这使得两人的生活一直怀着隐秘而可怕的负罪感。后来，正夫人葵上生下儿子夕雾之后死去，而源氏在一所寺院里发现了一个叫紫上的女孩与藤壶女御有亲属关系，便把这个幼女养在家里，使之成为一个光彩夺目的女性，并将她立为正室。不久桐壶帝驾崩，源氏失去了有力的庇护。一向对源氏嫉恨的弘徽殿女御，得知源氏与她准备进宫作内侍的妹妹胧月夜暗中有染，便联合自己的势力迫使源氏离开京城到海边的须磨去隐居。在须磨，他与明石国守的女儿明石结合，使他在凄凉的放逐生活中有所慰藉。自从源氏被流放之后，宫廷里不断发生灾难异象。深感愧疚的朱雀帝于是将源氏召回京城。冷泉帝即位后，源氏被封为内大臣，辅佐皇帝，此后他在政坛上已经没有敌手，一直做到太政大臣。他营建了一座名叫六条院的大宅第，将过去与他有过恋爱关系的女人都召到一起，共享锦衣玉食的生活。然而随着时间流逝，源氏的生活也逐渐地笼罩上阴影。他受托于朱雀帝，将其女儿三宫娶过来并加以庇护，谁知三宫却与头中将的儿子柏木私通，生下了薰君。源氏出于无奈，不得不当作自己的儿子来抚养。因私通而犯下罪孽的柏木抑郁而死，三宫也削发为尼。源氏最钟爱的夫人紫姬也得病死去了，晚年的源氏逐渐对生活感到幻灭，沉浸在人世无常的悲哀之中，总想出家为僧。以上前篇以叙述光源氏的生活为中心。小说题为《云隐》的第四十一回只有标题没有正文，这是暗示光源氏之死。

　　《源氏物语》的后篇以私生子薰君为主人公，这便是所谓的《宇治十卷》。故事写桐壶帝的第八皇子由于政治上失势，长年隐居在宇治的山乡精修佛道，临终前他将两个妙龄女儿托付给薰君。薰君以保护人的身份与姐妹俩接触，对姐姐怀有爱情，但是遭到拒绝，不久姐姐抑郁而死。妹妹则被他的朋友、明石女御的儿子夺走。薰君在失望和懊丧之余，得知另有一个酷肖姐姐的异母妹浮舟，是八皇子从前抛弃的私生女。他设法找到浮舟，并把她接到宇治山庄加以宠爱。不料明石女御的儿子又来横插一手，他假装薰君的声音，深夜闯入浮舟的闺房相会，并占有了她。浮舟夹在两个求爱的贵公子之间，不堪烦恼，终于跳进宇治川自杀。后被横川的僧都等人救起，随后便在小野出家为尼。在物语的最后一卷《梦之浮桥》中，为死去的恋人哀悼不已的薰君终于得知浮舟自杀未遂的真相，于是派人到小野与浮舟见面，结果未能如愿。自幼饱尝人世辛酸的浮舟，已经心如死灰，遁入空门了。

　　小说的前篇与后篇线索暗含着一种呼应。光源氏与后母乱伦是前半篇故事的主眼，也是人物内心罪孽感的一个根源。而柏木与三宫私通、生下私生子薰君则又成了主人公晚年生活中品尝的苦果，分明是现世的报应。小说后篇的主角薰君对自己的身世抱有强烈的疑惑与苦闷，他的精神大抵上是被上辈人隐秘的孽债所毒化。最后，作为私生子的薰君与作为私生女的浮舟，他们俩的恋情以失败而告终。

　　《源氏物语》的创作观念是以写实精神为根据的。作者无非是借虚构的故事来阐明人生的真实，以使小说发挥其"知世相"的功能。这种早熟而又理性的创作观念在《紫式部日记》里已经有了点滴的阐述，而在《源氏物语》中又借人物之口说明："原来故事小说，虽然并非如实记载某一人的事迹，但不论善恶，都是世间真人真事。观之不足，听之不足，但觉此种情节不能笼闭在一人心中，必须传告后世之人，于是执笔写作。因此欲写一善人时，则专选其人之善事，而突出善的一方；在写恶的一方时，则又专选稀世少见的恶事，使两者互相对比。这些都是真情实事，并非世外之谈。"作者强调要从善恶两个方面作典型的概括，使之加以对比，互为呈现。从这样的原则出发进行创作，作者能将现实世界的善恶矛盾一并纳入其洞察的法眼之中，从而使长篇小说在人物塑造和主题思想上能够兼容挥洒，大胆择取，不为个人的好恶洁癖所拘泥，这是《源氏物语》在创作观念上显得颇为高超的地方。其精神与现代小说的某些主张已经比较接近。

首先，从人物塑造看，小说的成就与特色是十分鲜明的。在四百余位出场的人物中，主要角色有二三十人之多，其中尤以女性形象的多姿多彩著称。诸如空蝉、夕颜、葵姬、藤壶、末摘花、胧月夜、浮舟等等，这些人物各有其心理和情感的表现，在作者笔下显得栩栩如生。身为地方官夫人的空蝉是好色之徒源氏的一块心病，她始终拒绝后者的求爱，几乎到了冷酷的程度，其刚毅不屈的态度堪称一绝。但是意味深长的是，空蝉并非不重视源氏的求爱，也并非心如顽石；她的坚贞不屈实际隐藏着复杂的心理，可以说她是一个不愿被人窥见真相的女性。这种性格在另一个人物槿姬身上也有体现。相比之下，夕颜和浮舟都是不通世故的弱小类型。尤其是夕颜的塑造带有浪漫气息，在众多角色中别具一格。她曾与头中将同居，被抛弃之后过着隐名埋姓的生活。她身世不幸，天真烂漫，轻信爱情。后来与源氏幽会，还没来得及公开自己的真实身份就暴死于深夜的荒宅，这个突如其来的结局令人骇异，也让人感受到作者笔触的震撼力。可以说这是一个为爱情而生、超脱于人世、不知怨恨嫉妒为何物的奇女子。无论是从想象的角度还是从现实的角度看，她那一闪而逝的形象给人留下强烈烙印。夕颜宿命而悲剧性的生涯似乎带有虚幻色彩，但从爱情的本质讲，却丝毫没有虚幻厌世的成分。这个人物的塑造是很可贵的，尤其是与书中众多女性落发为尼的结局相比，她的生与死的插曲无疑代表了作者心灵的一个侧面。

作者不仅熟悉各种类型的女性，而且善于刻画出丰富的形象及其变化，流露出对于世态掌故的悉心体察。高傲幼稚的葵姬，轻佻随和的胧月夜，洒脱有趣的轩端荻，嫉妒成性的六条妃子，滑稽古板的末摘花，等等，虽都是陪衬角色，有些也只是一笔带过，却并非是可有可无的点缀。比如，末摘花这个人物在书中就有着十分精彩的描写。在全篇弥漫着"物哀"之感的幽情色欲之中，尤其是在幽默感尚未成为一种美学主导观念的中世纪，这个人物的身上却闪耀着一抹诙谐而感人的光彩。末摘花的身世凄凉，长相丑陋，而且鼻尖发红，其实是主人公源氏猎艳生活中的败兴之作。但是末摘花的性格是奇特的，她自惭形秽，可又像一个忠贞的武士；衣着寒酸，性格古板得滑稽可笑，但她却是书中唯一不计较个人得失的贵族女性；她的落魄和宽宏大量都带有一种生动的喜剧性。

作为后篇《宇治十卷》的主角，薰君这个形象大大缺乏源氏公子的光彩，而且在源氏辉煌的典型之后再来处理一个看似类同的典型，似乎有续貂之嫌。但是，薰君的性格仍然写得颇有深意。与少年源氏相比，他早熟稳重，老气横秋，善于自我节制。他是情爱生活的失败者，屡屡错失良机，却一样的暴露出欲念的卑劣。

关于小说的主题，素有不同说法。江户时代的大学者本居宣长在他的《玉小栉》中指出，《源氏物语》的主题是"物哀"。概括地讲，贯穿于整篇物语的基本主题是人物内心深处的哀伤与幽情。所谓的"物哀"也是日本文学特有的一种审美情感，在《源氏物语》中蔚为大观。这是历来影响最大、被引用最多的一种说法，而现代学者西乡信纲在他的《日本文学史》中认为，所谓"物哀"应该是小说中气氛和基调的具体表现，《源氏物语》的主题则是"从人的精神史的角度来描写贵族社会的矛盾及其没落的历史"。

这部小说的主题实为通常所言的"情色"。这也是发达的宫廷文学常见的一个主题取向。

《源氏物语》约百万字的故事，通篇贯穿的是男性主人公猎取情色的历史及其情爱的哲学。书中凡涉及权力斗争和政治内幕的方面，多为故事的背景和交代，其实都未作近距离展开式的描写；宫廷人物之执政为官也几乎是形同副业。而小说出场的四百余位人物中，从皇帝到仆役，却没有一个当作典型来刻画的恶人或是坏人。作为一部偏重于写实的小说，这是一个颇有意思的特点。探究紫式部写作的旨趣，似乎不在于写出有政治寓意或预示历史走向的社会小说，而是强调在"有心"、有体验的基础上描绘爱欲本身的矛盾善恶与诸种现世形相。

有人认为，男女主人公源氏与紫姬的形象都塑造得过于理想化，是小说的一个缺陷。源氏本人不仅相貌超群绝伦，而且品性也十分完美，琴棋书画诗赋无一不精，简直是令人难以置信的天赋神佑的绝世人物。主人公的这种偏于理想化的描写，其实正是与小说的主题表达密不可分的。源氏一生情爱无度，是勾引和玩弄女性的老手，几乎与篇中出现的每一个贵族女子都不同程度发生关系；加之他与后母乱伦，蓄养幼女，而且还与年近六十的宫女通奸等等，其情欲之泛滥乃至于秽乱，真可谓是无恶不作了。只是作者并未从批评的角度去写他，而是把他对女子的占有欲当作一种奇癖来解释。从文化的背景上讲，这种描写与当时奴隶制贵族的道德观并无冲突。作者的意图也正是从情色的积累重复的描写之中逐步展示出它的反面教训，即人生不可忍受的悲观与虚无。因此在一定程度上，佛教的观念与情色的主题在书中互为表里。情色的体验如同是羊肠小道，充满曲折的迷误与烦恼，甚至还有摆脱不了的罪孽不幸，而僧尼的修行活动则被赋予了一种刚健有力的清新格调，彼此对照，着意渲染。这种二分法的切割与昭示，无疑流露出佛教思想根深蒂固的教诲，这对于主题的理解有着不可忽视的作用。此书的后篇《宇治十卷》即是以浮舟的生父修行佛事为主线切入的，最后又以浮舟本人落发为尼的故事收场。凡此种种都可以说明外来佛教的理念对于该书创作的重要影响。这并不等于说，小说是宣扬佛教教义的一种"方便之道"，但是，主人公源氏一生的故事的确不是空洞无益的。透过其一切皆为情色而劳碌的主题，小说也达到了逼近人生善恶界限的综观写实的境界，并且对爱之激情的真实及虚幻的本质做了鞭辟入里的分析。这是《源氏物语》在艺术和思想上取得高度成就的地方。

《源氏物语》的结构从整体上看颇具特色，前四十四回以源氏为主人公，后篇十回以薰君为主人公；前后两部分既可以单独成篇，合在一起又构成循环交流的序列。这种断而有续的二重组合以及前后不匀称的比例分割也是这部小说的一个独创。叙述主人公源氏之死的《云隐》，光有标题而无正文，在小说的内部大开"天窗"以留下暗示，这种处理的方法是大胆泼辣的。另外，它在体裁上采取散文与韵文配合的形式，以散文为主体，织入近八百首和歌，使歌与文融为一体，不仅表现了宫廷文化高雅精致的气氛，而且也对故事的进展和人物内心世界的刻画都起到了相辅相成的作用。日本文学特有的真切幽婉、多愁善感的格调，包括人物对于四季变化的敏感，对于自然的纤细而多彩的感受力，在这些和歌的对答之中便有十分生动的流露。可以说，日本古代文艺思潮中有关"哀"与"物哀"的情感范畴的演变，在小说中有了凝练而出色的汇聚。它包罗了汉学、诗赋和《万叶集》以来的和歌等日本民族语文学知识，形成卓越的语言艺术的特色。其中，作者引用中国唐朝白居易的诗句最多，从开篇第一回的《桐壶》直到卷末，共引用约九十多处；其中《桐壶》的情节更是有赖于《长恨歌》而形成的。此外，作者还大量引用《礼记》、《战国策》、《史记》和《汉书》等中国古籍中的史实与典故，结合在故事情节之中，使小说具有织锦般的异彩。从某种意义上讲，这也是一部很有欣赏价值的文化小说。无论是和歌的创作还是文事的渲染，都反映了作者丰富全面的学术和美学修养，也极好地反映了日本平安朝时期灿烂成熟的贵族文化的风貌。

当然，小说也有一些技巧上的缺陷。比如说，相同的心理和场面重复较多，在叙述人事关系时常有交代不清的地方。而小说对于宫廷政治显然缺乏描绘，是视野和表现上的局限。

第四章　《一千零一夜》

　　《一千零一夜》,一译《天方夜谭》,汇集了古代近东、中亚和其他地区诸民族的神话传说、寓言故事,是民间文学的一座丰碑。它是历代阿拉伯市井说书艺人加工创作的结晶,最早在 8 世纪末开始流传,至 16 世纪定型。它来源于《赫扎尔·艾福萨那》(即《一千零一夜》)的波斯故事集。八九世纪之交,这部故事集翻译成阿拉伯文,内容主要是印度故事。其中的许多重要故事产生于阿拉伯阿巴斯王朝的繁荣时期,以及后来的埃及时期。印度《五卷书》于 8 世纪译成阿拉伯文,以《卡里莱和笛木乃》之名问世,这部作品给阿拉伯文学带来新鲜血液。城市商人和市民阶层的兴起,使民间艺术和民间艺人应运而生。10 世纪,伊拉克人哲赫舍雅里从各种渠道搜集了一千个阿拉伯、波斯、印度、罗马的故事,每夜分配一个,编到第四百八十个故事便因去世而终止编纂,这就是《一千零一夜》的雏形。约在 12 世纪,《一千零一夜》的书名正式出现。1258 年,巴格达陷入蒙古人之手,阿拉伯社会的重心转至埃及。《一千零一夜》于是产生了许多新故事,如《洗染匠和理发师》是一则产生于埃及商品经济环境中的晚期故事。《阿里巴巴和四十大盗》、《阿拉丁和神灯》这些著名故事并不包含在定型本中,但今天也被看作其中最富魅力的故事。

　　《一千零一夜》的开头,古代一位暴君因王后与人私通,异常愤恨,便每夜娶一个女子,翌晨即杀死,以此报复。宰相女儿为拯救无辜姐妹,毅然前往王宫,每夜讲故事吸引国王,终于使国王感悟。一千零一夜是极言其多,全书故事约二百个。故事集是按夜分成一个又一个单元的,在故事的精彩处打住。每夜可以包含数个小故事,每个大故事也可以包含若干夜。

　　《一千零一夜》的故事种类繁多,有爱情故事、冒险故事、神魔故事、幻想故事、谐趣故事、机智故事、寓言故事、教诲故事、历史故事……人物包括帝王将相、太子嫔妃、商贾、渔夫、木匠、脚夫、裁缝、理发匠、托钵僧、手艺人、奴隶、婢女等。多数故事具有神幻色彩。如精魔飞翔于千万里高的九天之上，飞毯驰骋在山壑林莽之间，神灯、神戒指中进出无所不能的巨怪，陆地居民漫游在神奇的海底世界。神话，在这里成了表现社会生活的某种特殊艺术形式和手段。透过故事的神秘外衣，可以窥见古代阿拉伯社会生活的种种场景，特别是广大人民群众在其中寄托的美好思想感情、愿望和追求。《一千零一夜》的内容可分如下几个方面。

第一，歌颂美好纯真的爱情、婚姻。《巴士拉银匠哈桑》描写哈桑和羽衣姑娘七仙女相爱成婚、生儿育女，过着幸福的生活。但因神人相隔，七仙女被迫返回她居住的瓦格岛。哈桑为了寻回爱妻娇儿，不畏艰险，长途跋涉，终于来到瓦格岛。七仙女对哈桑的爱忠贞不渝，对拆散她的婚姻的大姐——女王充满怨恨。经过一番较量，哈桑打败女王，带着妻子儿女逃出瓦格岛。《阿里·沙琳和祖曼绿蒂》描写阿里与祖曼绿蒂相爱，祖曼绿蒂被盗匪劫持骗卖，逃出后女扮男装，被奉为某地的国王。阿里不远万里寻来，两人终于相逢。于是祖曼绿蒂抛弃王位，与阿里返回故乡。《一千零一夜》中的爱情故事大致有三种类型：凡人男女之爱、有神魔介入的爱、人与神的爱。在恶势力强大的社会中，青年男女要实现自由的美好婚恋并非易事，于是便产生了借助神力去实现理想的故事。哈桑借助神杖和隐身帽打败了凶残的女王。戛梅禄和白都伦借助精魔帮助，跨越时空，找到了意中人。

第二，形形色色的冒险故事是《一千零一夜》最动人心魄的篇章。有航海旅行的冒险、有为获取宝藏的冒险、有为爱情而经历的冒险。航海旅行尤为引人入胜。《辛伯达航海旅行记》最有代表性。辛伯达前后七次出海，每次都九死一生，经历了种种难以想象的灾难。时而船只被飓风打翻、他漂落荒岛，时而他被巨人抓获、险些丧命，时而他被裹在羊皮里被巨鹰攫到空中再抛入深谷，时而他又遇到裸体的野蛮人差点被吃掉。此类故事反映了当时商人在海上经商时遇到的种种险情，以奇幻的想象扣人心弦：辛伯达所乘的船靠在一座岛上，岛突然沉入海底，原来那是一条大鱼；他们看到一幢巍峨的白色建筑，想要攀登上去，才发现那是一只大鸟蛋；为了活命，辛伯达等人抬起烧红的铁叉刺向巨人的眼睛……这些故事既表现了商人们在早期聚敛财富过程中奋进勇为的精神，同时也反映了他们唯利是图的本性。如辛伯达为了活命，竟然毫不犹豫地杀死了洞中的陪葬人。再者，这些冒险故事也反映了人们对未知事物的探求和满足心理。

第三，表现正义战胜邪恶，歌颂真善美。《阿拉丁和神灯》中阿拉丁出身贫苦，借助神灯，他与公主结为夫妻，但他遭到宰相和魔法师的嫉恨，要拆散这对夫妻，阿拉丁终于战胜了他们。《阿里巴巴和四十大盗》中阿里巴巴和使女马尔基娜心地善良，疾恶如仇，他们机智地与四十大盗较量，铲除了这批为非作歹之徒，把他们劫掠来的不义之财回归应该享受它的人。《米德尔和两个哥哥》中米德尔母子一贫如洗，为获取宝鞍袋，米德尔经历了生死冒险，闯过重重关隘，终于成功。他们将宝鞍袋变出的食物分给穷人。

第四，暴露统治者的骄奢淫逸、恣睢暴戾。《窝尼姆和姑图·谷鲁彼》中，哈里发宠爱一个婢女，王后与之争风吃醋，最后竟将婢女活埋，哈里发却听之任之。《尔辽温丁·艾彼·沙蒙特》中，省长儿子企图霸占尔辽温丁美丽的妻子，诬陷尔辽温丁偷盗，把他的妻子强抢回家。《一对牧民夫妇》中，哈里发、宰相和地方官垂涎民女美貌，互相勾结，欲图霸占。在《死神的故事》和《艾彼·顾辽伯和金银城堡》中，一个国王为建人间天堂，花了数十年时间在人民尸骨上建起一座金银城堡；某国王的行宫有四十间居室，每间屋内有十名歌女侍候，而人民大众却在贫困中挣扎。

此外，《一千零一夜》中有不少惩恶扬善、宣扬教诲和因果报应的故事，而《阿基布·艾里布和赛西睦》、《叔尔康、臧吾·马康昆仲和鲁谟宗、孔马康》这两个长篇故事约占全书六分之一篇幅，描写伊斯兰扩大版图，以及伊斯兰国家与基督教国家的较量。

在艺术上，特点之一是朴素的现实主义和奇幻的浪漫主义相结合。《一千零一夜》形形色色的神奇故事，无不以现实生活为基础。古代东方民族和阿拉伯民族的丰富想象力和智慧得到最充分的表现：腾空而起的魔绳、一搓即有巨人奴仆出现的神灯、神戒指、取之不竭的宝鞍袋、可对天下事了如指掌的观象仪、可探知地下宝藏的眼药膏、吃了能长生不死的生命草、隐身帽、可带人飞行的神杖、能使人遨游于江河湖海中的油膏，等等，艺术虚构发挥到最大限度，丰富的想象在广阔的空间自由驰骋。

故事套故事的框架结构，是另一特点。整个故事是以宰相女儿山鲁佐德给国王山鲁亚尔讲故事的形式展开的。其中许多故事本身又套故事，形成纵向的或横向的"连环套"。这种形式能尽可能地吸收和创作新故事，使之不断完善和丰富。它的欲言又止和悬念，紧紧扣住读者心弦。如《驼背的故事》中，裁缝的故事套青年的故事，青年的故事套理发匠的故事，继而理发匠又讲了他本人和五个兄弟的故事。一个故事套三四个故事，布局和叙述有条不紊。这是民间文学所能找到的最好外壳，这种方式是民间智慧的结晶。

第三个特点是诗文并茂，语言大众化。《一千零一夜》中约有一千四百首诗歌，诗歌时而烘托气氛，点出主题，时而借以剖析内心，抒发情怀。《努伦丁和玛丽娅》中二人逃脱危险后，诗歌写道："河谷上飘浮着密层层的浮云，/保护我们不受酷热的狂风袭击。/我们在树阴下乘凉、歇息，/像婴儿在保姆怀中那样安逸。"把一对沉浸在幸福中的恋人所处环境和心境烘托得恰到好处。麦斯鲁尔和载玉妮·穆娃绥福二人始用诗歌传情说爱，继而用来传递消息，互诉衷肠，诗歌已经成为故事不可分割的组成部分。

《一千零一夜》对薄伽丘的《十日谈》、乔叟的《坎特伯雷故事集》、莎士比亚的《终成眷属》、塞万提斯的《堂吉诃德》、莱辛的《智者纳旦》、孟德斯鸠的《波斯人信札》、笛福的《鲁滨孙漂流记》、大仲马的《基督山伯爵》、凡尔纳的科幻小说……都产生过影响，而且这种影响渗透到歌舞、音乐、绘画、雕塑、电影等艺术领域内。

下编　近现代亚非文学

第一章　概述

一、近现代亚非文学的基本特点

　　近现代亚非文学,指的是从 19 世纪下半叶至今一百多年间亚非两大洲各个国家的文学。自 15 世纪以来,欧洲列强不断入侵亚非,至 19 世纪中叶,亚非绝大多数国家沦为殖民地半殖民地,只有日本明治维新以后走上发展资本主义的道路。因此,大多数国家都面临救亡和启蒙两大任务。启蒙是指借鉴欧美国家现代化的经验,汲取西方先进思想,反对封建专制,求得社会进步和发展。亚非近现代文学史体现的既是各民族独立斗争和走向现代化的历史,又是亚非文学自身转型的历史。在转型过程中,更多地接受了欧美近现代文学的影响,从文学观念、创作方法到体裁形式全方位吸纳,从而形成借鉴与继承传统之间的矛盾。亚非文学与欧美文学之间存在发展不平衡,只有少数国家实现与欧美文学的同步发展。

　　近现代亚非文学又分为近代(19 世纪后期至 20 世纪初)、现代(20 世纪 20 年代至 40 年代)和当代(50 年代以后)三个阶段。近代是亚非文学新旧交替的转型时期,代表这种转型的,首先是启蒙主义文学。欧美文学的翻译引进,是亚非启蒙文学的催化剂和先导;启蒙运动之初创办的报刊,是启蒙文学发轫之地。启蒙文学抛弃了旧的载道文学,以为人生为大众的文学观念实现了亚非文学向现代的转型,长短篇小说、话剧、自由诗等新的文学样式相继出现。与此同时,民族主义文学也随之兴起,以印度声势最大。民族主义文学揭露殖民主义暴行,歌颂反抗侵略的民族英雄,讴歌民族优秀文化传统,激发民族自豪感和自信心,推动了民族独立斗争,但大都缺乏个性色彩,基本上较粗糙。此外,现实主义与浪漫主义文学也在发展,社团流派先后产生,随后还出现了新古典主义、自然主义和唯美主义。

亚非浪漫主义文学崇尚情感,重视自我觉醒,关注个体意识,反抗压迫,追求自由。印度的泰戈尔、日本的北村透谷开了先河。随后,20世纪20、30年代兴盛起来,以印度"阴影主义"诗歌和阿拉伯"笛旺派"、"阿波罗诗社"为代表,但其理想主义缺少澎湃的激情,却有较多的悲观色彩和感伤情调,不能持久发展。

亚非现实主义文学取得了较大的实绩,20世纪20、30年代在各国出现了繁荣局面,其特点是注重客观性和社会性,具有忧患意识,注重描写遭受不幸的小人物和具有叛逆精神的社会改革家。无产阶级文学或左翼文学也得到发展。1921年日本无产阶级文学以《播种人》杂志创刊为标志,作为日本文学主导潮流持续到30年代中期。朝鲜的新倾向派和"卡普",印度的无产阶级反帝文学,缅甸的"红龙书社"也都属于左翼文学。

欧美的现代主义文学思潮陆续引进,催生了亚非现代主义文学。20世纪20年代至40年代,亚非各国先后出现了具有现代主义特色的文学流派,如日本的新感觉派和新心理主义,印度的"超现代派"和"实验主义",土耳其的"怪异派",埃及的"艺术与自由社"。50年代前后,现实主义进一步发展,日本的"战后派",印度的区域文学,阿拉伯的"道路派"等产生了一批优秀的作家作品。战后亚非现代主义文学发展迅速,如印度的新诗派和新小说派,韩国的新感觉派,日本的"现代派"、"第三新人"和"战后一代"、阿拉伯新诗运动中的先锋派。这些流派一方面从对现代生活的感受出发,关注人的现实存在状态和人性异化,一方面力求与民族性相结合,使其有别于欧美现代主义。

亚非近现代文学高扬反帝反封建的主旋律。作家具有民族感和社会责任感,志在推动社会进步和民族振兴,担负起启蒙和救亡的双重任务,很少以纯文学相标榜。其次,潮起潮落中凸显现实主义文学的主流地位。古典主义和唯美主义与如火如荼的社会现实格格不入,昙花一现便被淘汰。浪漫主义在自由理想的追求和个性情感的张扬方面功不可没,然而只能与现实主义并存,始终不能并驾齐驱。现代主义一度强盛,但也只能与现实主义并存,并不能取而代之。再次,亚非近现代文学以矛盾心态寻求世界性与民族性的结合点,一方面力求赶上世界文学潮流,一方面追求民族性,这种矛盾常令亚非作家处于两难境地。但杰出作家能够正确处理这种矛盾。

二、近现代亚非文学在各国的发展

亚非近现代文学发展不平衡,其中日本和印度成就较突出,非洲和阿拉伯文学也有较快发展。

日本涌现了大量作家。二叶亭四迷(1864—1909)的《浮云》(1887)揭露明治社会的腐败与丑恶,标志日本近代文学的产生。森鸥外(1862—1922)是浪漫主义文学的开拓者,短篇《舞姬》(1890)描写爱情悲剧。夏目漱石是日本近代文学的代表。樋口一叶(1872—1896)的《青梅竹马》(1895)控诉社会对人的才智和理想的摧残。岛崎藤村(1872—1943)的《破戒》(1906)抨击封建等级制度和教育界的腐败。"白桦派"的志贺直哉(1883—1971)的《暗夜行路》(1921—1937)细致地描写日常生活。"新思潮派"的芥川龙之介(1892—1927)以短篇小说闻名。小林多喜二(1903—1933)是无产阶级作家,《蟹工船》(1929)、《为党生活的人》(1933)描写工人阶级的艰苦生活和可歌可泣的斗争。德永直(1899—1958)的《没有太阳的街》(1929)以博文馆第二次大罢工为题材,描写工人在工会领导下,同资本家和警察展开英勇斗争,塑造了两个工人形象荻村和高枝。野间宏(1915—1991)的《真空地带》(1952)揭发和批判日本官兵之间的封建奴仆关系。川端康成是"新感觉派"的代表。司马辽太郎(1923—1996)的历史小说《龙马奔走》(1962—1966)五卷，描写明治维新从酝酿到胜利的全过程。三岛由纪夫(1925—1970)善写多卷本长篇，反映日本战后的动荡不安和畸形心理，《金阁寺》(1956)的主人公不惜牺牲一切，为求得美的物质(金阁寺代表日本最完美的古建筑)通过烈焰升腾，在人的心里永葆辉煌。《忧国》(1960)写武士道的剖腹自杀，以忠于天皇。大江健三郎(1935—)受存在主义影响，表现现实的荒诞和战争的悲剧。他的作品有《个人的体验》(1964)、《万延元年的足球队》(1967)以及《燃烧的绿树》(1994—1995)。《个人的体验》通过一个脑残疾儿的故事，探索社会责任问题。《万延元年的足球队》也描写残疾人，以四国的群山、森林和山村为舞台，将虚构与现实、过去与现在、畸形儿、暴动、通奸、乱伦和自杀交织在一起。村上春树(1949—)的《挪威的森林》(1987)是他最重要的作品。

印度近现代文学由多种语言组成。普列姆昌德(1880—1936)是印度近现代文学的奠基人，《仁爱院》(1922)反映农民和地主的矛盾，描绘农民得到幸福的乌托邦理想。《戈丹》(1936)描写何利一家的苦难史，反映地主和高利贷者对农民的残酷以及农民不满情绪的增长。般吉姆·钱德拉·查特吉(1838—1894)的《阿难陀寺院》(1882)描写反抗英国侵略者的斗争。孟加拉语诗人杰帕纳南达·达斯(1899—1954)善用象征，写人的痛苦和命运，寻找美的真正意义。萨拉特·钱德拉·查特吉(1876—1938)也是孟加拉语作家，《斯里甘特》(1917—1933)表现民主思潮和封建意识的冲突，反映印度妇女的不幸遭遇。乌尔都语诗人伊克巴尔(1877—1938)和孟加拉语诗人伊斯拉姆(1899—1976)都是爱国诗人。乌尔都语小说家克里山·钱达尔(1912—1977)擅长短篇小说，反映了广阔的社会生活。泰戈尔是印度近现代文学的杰出代表。摩汉迪(1915—)的《衣食住行》(1955)等小说描写印度边远地区土著居民的生活。帕利敦(1919—)是旁遮普语女诗人、小说家，描写妇女遭受封建压迫，披露社会黑暗、经济不平等和宗教冲突给人民带来的痛苦。1947年印度独立后，涌现了实验主义的一派诗人，穆克迪鲍德(1917—1969)是代表。还出现了新小说派等现代主义流派。

朝鲜近现代文学是在反抗民族压迫和开展无产阶级革命的斗争中成长起来的。近代以"新小说"、"翻译政治小说"和"新诗体"为代表的启蒙文学和以英雄传记为代表的爱国主义文学实现了文学转型。1919年的"3·1反日运动"前后出现"无倾向性"纯文学和无产阶级的"新倾向派"，前者引进欧美文学思潮，后者于1922年成立"焰群社"，1925年成立"卡普"(朝鲜无产阶级艺术同盟)。崔曙海(1901—1932)的《出走记》(1925)、宋影(1903—1979)的《石工组合代表》(1926)和李箕永(1895—1984)的《故乡》(1933)揭露社会矛盾，反映下层人民的悲惨命运和反抗。其中，《故乡》以20年代日本殖民统治下朝鲜农村为背景，以工人、农民阶级意识的觉醒和他们的斗争为主题，塑造了金喜俊等无产阶级革命者形象。二战后出现的韩国文学以50年代的"战后文学派"和60年代的"新感觉派"影响最大，奉行现代主义。崔仁勋(1936—)的《广场》(1960)描写战后知识分子对重新发现自我、追求自由的渴望。朴景利(1927—)的《土地》(1972)以日本殖民化时期一个地主家庭的变迁，展现新旧价值观的演变。赵廷来(1942—)的《太白山脉》(1988)反映民族分裂问题。朝鲜的赵基天(1913—1951)著有长篇叙事诗《白头山》(1947)。

印尼随着民族解放运动而兴起反帝反封建的文学。马斯·马尔戈(1878—1930)是无产阶级反帝文学的旗手，著有《自由的激情》(1924)。阿卜杜拉·慕伊斯(1906—1959)的《错误的教育》(1928)通过恋爱悲剧揭露种族歧视和"道义政策"。"新作家派"的尔敏·巴奈(1908—1970)

的《枷锁》（1940）被誉为印尼现代小说的里程碑。阿南达·杜尔（1925—2006）的《游击队之家》（1950）描写印尼人民为独立付出的重大牺牲。在入狱期间，他写出"布鲁岛四部曲"（1980—1988）：《人世间》、《万国之子》、《足迹》、《玻璃屋》，反映印尼人民在荷兰殖民者压迫下的苦难和反抗。缅甸在 20 年代前后兴起反帝反封建文学。德钦哥都迈（1875—1964）著有爱国主义诗篇《洋大人注》（1914）、《猴子注》（1922）等。30 年代的"实验文学"创作出一批新诗和短篇。"红龙书社"的吴登佩敏（1914—1978）的《旭日冉冉》（1958）描写一个大学生在争取民族独立的斗争中成长为革命者的故事。貌廷（1910—2006）的《鄂巴》（1945）描写农民鄂巴一家的悲惨遭遇，谴责日本法西斯的暴行。50 年代兴起的"新文学运动"中，作家八莫丁昂（1920—1978）的《母亲》（1953）描写为民族独立默默奉献的普通妇女。泰国国王拉玛六世（1880—1925）是泰国现代戏剧的创始人。"为人生派"的西巫拉帕（1905—1974）是新文学奠基人，《向前看》（1955—1957）真实地再现了 30 年代前后泰国社会生活。社尼·绍瓦蓬（1918—   ）是无产阶级文学运动的中坚，《魔鬼》（1957）描写反封建的爱情故事。克立·巴莫（1918—1995）的《四朝代》（1953）是史诗性作品，通过描写贵族妇女帕瑞的一生，展现了曼谷王朝五世到八世这半个世纪里泰国社会生活的变迁。菲律宾现代文学的奠基人何塞·黎萨尔（1861—1896）的《不许犯我》（1887）和《起义者》（1891）描写主人公探索民族解放道路的过程。尼克·华奎因（1917—   ）的《菲律宾艺术家的画像》（1952）表现老艺术家堂罗伦佐的民族气节。弗·西·何塞（1924—   ）著有系列长篇小说，以一个镇为背景，反映近百年的重大事件，包括反对西班牙和美国殖民者的斗争。抗法斗争给越南文学提供了题材。吴必素（1894—1954）的《熄灯》描写一个农妇的血泪史。诗人素友（1920—   ）的《越北》反映抗法斗争，《风暴》反映反美斗争，多采用民歌民谣。此外还有胡志明的《狱中日记诗抄》，记录了 40 年代的革命活动。

阿拉伯地区中首先要提到埃及。先是出现复兴派、笛旺派诗歌，1932 年成立的阿波罗诗社，推动了浪漫主义诗歌的发展。"埃及现代派"的代表是塔哈·侯赛因（1889—1973）、万哈默德·台木尔（1894—1973）、陶菲格·哈基姆（1898—1987），以及原笛旺派的阿卡德（1889—1964）和马齐尼（1890—1949）。其中，塔哈·侯赛因的《日子》（1929—1972）广泛反映了 19 世纪末 20 世纪初的埃及社会生活，描写了新与旧、先进与落后的矛盾，塑造了勇于攀登的学者阿里的形象。台木尔是现代阿拉伯文学的先驱和巨匠之一，作品表现出较强的人道主义。哈基姆的《灵魂归来》（1933）是阿拉伯长篇小说奠基作之一。他又被称为"阿拉伯现代戏剧之父"，剧本有《洞中人》（1933）、《山鲁佐德》（1934）。马哈福兹是现实主义文学的代表。马格里布法语文学中，阿尔及利亚作家狄布（1920—   ）的三部曲《阿尔及利亚》（1952—1957）描写与殖民者的艰苦斗争，反映了阿尔及利亚的历史和社会概貌。西亚的阿拉伯语作家中以黎巴嫩的纪伯伦（1883—1931）最有成就。散文诗集《先知》（1923）通过一个故事，引出东方智者艾勒-穆斯塔法滞留海外十二年，企盼回到自己出生的岛上。他回答了人们提出的二十六个问题后，才乘船离去。诗集阐述了对人生和社会的深刻哲理思考，比喻新奇美妙，善用象征手法。此外，土耳其从 20 年代起，出现了民族文学的繁荣。诗人希克梅特（1902—1963）在 30 年代发表了大量诗歌，长诗《我的同胞们的群像》（1966）描写了众多人物，反映了世纪初至二次大战期间土耳其的社会和政治生活。亚沙尔·凯马尔（1922—   ）的《瘦子麦麦德》（1955—1969）描写共和国初期农民与地主的斗争，孤儿麦麦德加入绿林好汉队伍，为贫苦农民报仇雪恨。帕慕克（1952—   ）的《我的名字叫红》（1998）围绕 16 世纪 90 年代末期伊斯坦布尔的细密画师界和一桩谋杀案、一个爱情故事展开，探索东方文化与西方文化对艺术家和艺术作品的不同看法。伊朗在 20 年代以后文学进入新时期，萨迪克·赫特亚特（1903—1951）的《瞎猫头鹰》（1937）具有荒诞色彩,《哈支老爷》(1945)塑造了亦官亦商的形象。阿赫玛德·夏姆鲁(1925—2000)的诗歌反映现实,呼吁出现新的人格理想,有象征主义色彩。以色列的阿格农(1888—1970)的《新娘的华盖》(1922)叙述犹太教哈西德派信徒余德尔嫁女的故事,触及犹太人生活的各个方面;短篇《黛拉》(1950)描写一个百岁老妇探望病人,安慰穷人,她是人们心目中的圣徒;她的命运与犹太人的民族意识结合在一起。

在黑非洲,塞内加尔诗人桑戈尔(1906—1993)的诗集《影之歌》(1945)、《埃塞俄比亚之歌》(1956)、《夜曲集》(1961)、《主要的哀歌》(1979)关注黑人的命运和苦难。塞内加尔小说家乌斯曼(1923—)的《祖国,我可爱的人们》(1957)描写反抗殖民者,塑造了青年知识分子乌玛尔的形象。《神的儿女》(1960)以 1947 至 1948 年达喀尔—尼日尔铁路大罢工为背景,描写铁路工人与殖民者的斗争。喀麦隆作家奥约诺(1929—)的《老黑人和奖章》(1956)揭示了非洲人民与殖民者不可调和的矛盾。尼日利亚作家阿契贝(1930—)的《瓦解》(1958)、《神箭》(1964)、《人民公仆》(1966)等互有联系的小说,再现了一个世纪以来尼日利亚的变迁。索因卡(1934—)的戏剧《沼泽地居民》反殖民主义,小说《解释者》(1965)展现了内战前尼日利亚社会的各种弊端,剧本《路》(1965)描写一个教授探索人生的真谛。南非女作家戈迪默(1923—)的《朱莱的人们》(1981)以幻想方式预言在南非爆发全面战争的情况下,白人只有依靠黑人才能生存。《大自然的运动》(1987)幻想废除种族隔离制度后南非的发展前景。库切(1940—)的《幽暗之地》(1974)塑造了玛格达的形象,她是垂死挣扎的种族隔离制度的象征。《耻》(1999)是对殖民制度和种族隔离制度带来的南非社会文化困境做出的深刻批判。

第二章　夏目漱石

一、生 平 与 创 作

夏目漱石(1867—1916),原名夏目金之助,"漱石"是他的笔名,1867 年 2月 9 日(旧历正月初五)出生于江户城(今为东京)的一个在当时具有相当权力、财富和社会地位的"名主"家庭。不久,"名主"制度被废除了,其家境自然每况愈下,特别是作为家里八个兄弟姐妹中最小的他,夏目漱石在出生后不久便被送到他人家当养子,九岁时,养父母离婚分居了,他又被送回到亲生父母身边。

1888 年夏目漱石从东京大学预备学校升入高中本科,并选定了西方文学专业。1890 年作为文部省的"贷款生"进入东京大学文学院英文科。1893年,夏目漱石从英文科毕业,旋即进入大学院,即研究生院。1900 年,夏目漱石作为第一批留学生被文部省派往英国留学。在伦敦的两年时间里,他只是在最初两个月在伦敦大学听课,此后便待在居室闭门读书,专心致志地撰写他的《文学论》,探索西方文学影响之下的日本文学生存与发展问题。夏目漱石回国后,同时在东京第一高中教授英语课、在东京大学讲英国文学课。1904 年发表《我是猫》。1907 年,夏目漱石辞去了教师一职,应邀加入《朝日新闻》,正式成为专业作家。

夏目漱石直到三十七岁才发表处女作,可谓是大器晚成,但他曾以"漱石顽夫"的笔名发表过纪行汉诗文集《木屑录》(1889),"漱石"一词出自"漱石枕流"之语(《世说新语》),有顽强、顽固之义,其正式笔名"夏目漱石"来源于此。

夏目漱石在十一二年里总共写作了十五部中长篇小说和一系列短篇作

品,一般被分为三个时期。早期创作除了《我是猫》,还有中篇小说《哥儿》(1906)、《旅宿》(1906)等名篇,其中《哥儿》是根据作者多年的中学教员生活体验所写成,通过一个刚从东京物理学校毕业的青年在四国一所初级中学担任数学教师一年间所经历的故事的描述,无情地暴露了明治社会教育界普遍存在着的各种阴暗面;《旅宿》则以一个作为文艺家的主人公形象,为了摆脱严酷的现实生活所带来的烦恼,而想做一个超然物外的"余裕的第三者"。他被公认为是一个能够直面现实体验人生的"余裕派"代表作家。

1907年他辞去教师职务成为专业作家后的四年,是他小说创作的第二个阶段。长篇小说《虞美人草》不仅在艺术形式(包括那种"俳句连缀式的"文体)上,而且在思想内容上都表达了作家对于理想美的追求,作品通过纯粹的善和绝对的恶鲜明对立的两组人物形象的描绘,充分肯定了理性和道义对于极端利己主义者的胜利。夏目漱石这一时期更重要的创作,是三部以中青年知识分子恋爱问题为中心的长篇小说《三四朗》(1908)、《从此以后》(1909)和《门》(1910)。《三四郎》以进入东京一所大学学习的三四郎恋爱失败为中心,概括了日本一代青年知识分子追求新生活过程中的迷惘与困惑。《从此以后》是这一时期最重要的作品。代助曾与同学平冈同时爱上了三千代,出于朋友的义气,代助退出了竞争,并撮合他们俩结成夫妻。三年后,代助发现自己还在深爱着三千代,而且与平冈在一起的三千代生活得也不幸福,经过一番痛苦的挣扎之后,终于冲破强大的社会世俗的压力,听从自己心灵的呼唤,选择了夺回实际上一直深爱着自己的三千代。最后一部《门》中的宗助也夺得了好友的情人阿米,但一直孤独地生活在沉重的道德罪恶感之中。

1910年后是后期,创作了《过了春分时节》(1912)、《行人》(1912)和《心》(1914)被称为"后三部曲"的三部长篇小说,其共同的主题都是写知识分子。主人公须永、一郎和先生等,由于自私嫉妒心理作祟,导致了爱情和婚姻的彻底失败,有的甚至只能以自杀来寻求灵魂的解脱。夏目漱石因长年患有的胃溃疡突然严重发作,导致内部大出血,救治无效,于1916年12月9日不幸去世,享年四十九岁。

在20世纪初期自然主义文学风靡一时的日本文坛上,夏目漱石的小说创作异军突起,独树一帜,进而形成了一个"漱石门派",有力地推动了日本近代批判现实主义文学的发展和繁荣。他的"文学论"强调"发挥日本文学的固有特色",同时也认为传统的以清雅闲适为旨趣的日本文学也必须脱胎换骨了,应该学习借鉴西方文学,"买其利器",当然,"采纳西方文学,必须是为了发展自己的特色",从而建立一种"三为"(为自己、为日本、为社会)的文学。为此,他提出了"认识要素+情绪要素"的新文学观。对于日本文学来说,情绪要素自然也包括东方传统的"为人生、为社会"的文学精神,而西方现代的包括人道主义思想在内的哲学、美学和心理学等,则均可作为认识要素进入日本的民族文学,帮助人们认识社会,探求并解释人生意义。夏目漱石这一文学观不仅为日本近代文学的发展奠定了思想和理论基础,同时也决定了他所开创的日本批判现实主义文学具有不同于西方传统的日本特色。

夏目漱石的小说创作从一开始就密切地注视着现实生活。他向人们展示了明治时代十几年间社会生活的方方面面,诸如乡村青年进城生活的艰难、都市知识青年的工作学习和恋爱婚姻、家庭生活的各种矛盾、旧式家庭的衰败、市民生活的平庸、工人生活的贫困、学校教育体制的问题,等等。作家不仅广泛地揭露现实生活中各种日益严重的社会问题,更是旗帜鲜明地批判了地主资产阶级联合的专制统治下整个明治社会的黑暗与罪恶。可以说,夏目漱石小说的社会批判性所达到的高度与广度,在日本近代文学中是无人能企及的。

夏目漱石小说创作的社会批判的深刻性,集中地体现在他对处于转型过程中的日本近代知识分子群体生活状况的生动描写和思想性格的深入剖析之中。在《我是猫》和《哥儿》等作品中，作家描写了恪守传统思想的知识分子在拜金主义和利己主义日益盛行的现实社会环境中生活的艰难性，他在低吟挽歌的同时，也不无善意地揶揄了他们的固执与迂腐；在中期的"三部曲"等作品里，夏目漱石深入到了随着社会的变革而开始接受西方个性主义思想价值的知识分子群体的内心世界，深刻地揭示了他们的思想和生活正在面临着无法克服的两难困境；在后期小说里，他所描写的是一些完全接受了个性主义思想的知识分子形象，揭露了利己主义在他们的精神上所造成的沉重负罪感，并以"则天去私"的思想予以批判。这是对日本近代知识分子群体的一种自我反思，也是对近代进程及其后果的批判性质疑。

在艺术上，夏目漱石的小说具有鲜明的漱石风格。首先，他继承了日本古典的和民间的文学传统，特别是从"俳谐"文学和江户时代"落语"（日本的一种大众艺术，类似单口相声）文学等日本古典文学和民间滑稽小说艺术中汲取了有益的养分，并且能够非常自如地驾驭使用诸如俗语、汉语、佛语和雅语等各类语言中的习语、俚语和套话，使得他的小说形成了一种嬉笑怒骂、幽默风趣，又无往而不利的讽刺艺术。其次，他早期作品主要是接受了西欧讽刺文学的影响，中后期的小说创作更多是借用了西欧文学惯用的心理描写与心理分析的方法，并把它与日本本土当时风行一时的"私小说"的描写艺术有机地结合起来，从而使得他相当一部分作品呈现出明显的心理小说的特征。再次，平淡自然、非常生活化的艺术结构。他所创作的小说并没有一种固定的结构模式，几乎每一个作品都是自成一格。事实上，夏目漱石作为日本近代最大的小说家的最为成功、影响最大的作品，恰恰就是他的《我是猫》、《旅宿》和《从此以后》这类艺术结构上很不像小说的小说。

二、《我是猫》

《我是猫》(1905)是夏目漱石小说创作的处女作，也是他的代表作，小说以独特的艺术风格，强烈的讽刺和批判精神，震动了日本文坛，并为夏目漱石赢得了不朽的文学声誉。1904 年底，《子规》杂志主编虚子让夏目漱石写点东西，他便写了一个半是杂文半是小说、标题为《我是猫》的短篇文章交给了虚子，并在杂志 1905 年 1 月号上刊出了，这便是后来长篇小说的第一节，不料读者反响非常热烈，在朋友们的鼓动下，夏目漱石开始往下续写，起初他并没有写成长篇小说的意图，所以第二、三节的标题分别还是"续篇"和"续续篇"，直到第四节才开始标为数字，一直写到第十一节，当时他还在创作另外两篇小说《哥儿》和《旅宿》，所以也就匆匆地把《我是猫》结束了。

《我是猫》是作家的一个悠然自得的佳作，不仅文笔轻松幽默、自然洒脱，而且连一个能够贯穿始终的情节结构也没有。小说开始讲述一只被遗弃的猫，让中学教师珍野苦沙弥先生拣回家里喂养，由此开始了它在苦沙弥家里两年的生活。整个作品所写的那些诙谐风趣的事情，就是这只猫的所见所闻，所以小说的场面描写几乎都集中在苦沙弥家里，包括他们一家人的言谈举止和日常生活琐事，以及诸如与他人所发生的生活纠纷、小偷的入室偷盗、警察的询问查案等，其中最重要的就是苦沙弥那些以"高等游民"自居的知识分子朋友，包括美学家迷亭、理学士水岛寒月、诗人越智东风、哲学家八木独仙等人的经常造访。他们聚集在苦沙弥家的客厅里，时而高谈阔论，自我卖弄；时而吟诗诵文，聊以自娱；时而嬉笑怒骂，贬斥社会，评点人生，所有这些构成了小说的主要内容。如果说其中还有什么特别重大的风波或事件，那就是苦沙弥的邻居、资本家金田家小姐的婚嫁，引发了两家人的正面冲突。金田家的"鼻子"夫人打算把女儿富子嫁给有可能马上就要获得博士学位的寒月,所以特意来向苦沙弥了解寒月的情况。苦沙弥和迷亭对浑身充满铜臭味的金田家非常反感,所以不仅当场奚落了"鼻子"夫人,后来还竭力劝阻寒月拒绝此事。金田家不肯善罢甘休,便让苦沙弥过去的同学、此时已经成了小商人的铃木藤十郎前来说项,结果也被回绝了。金田家恼羞成怒,便不惜花费重金,雇佣他人上门前来侮辱谩骂、唆使苦沙弥的同事寻衅报复、策动附近落云馆的学生不断地闯进家门进行骚扰。寒月其实已经回老家与别人成婚了。最后是苦沙弥过去的一个学生多多良三平,趁机向富子小姐求婚成功,婚礼前夕,他带了一箱啤酒来到苦沙弥家,迷亭、寒月等人借机饮酒寻乐。深夜,他们散去后,猫也酒兴大发地畅饮起来,结果醉意朦胧中掉进水缸爬不出来了,只能念着"南无阿弥陀佛",悄然死去。

日本评论家把创作《我是猫》时的作者称为"愤怒的漱石",这主要是因为小说对于明治社会的黑暗和罪恶进行了广泛的揭露和讽刺。作品中描写了苦沙弥与朋友们聚会聊天时对当时社会上各种不合理的现象所进行的嘲讽与谴责,譬如他们揭露了官吏依仗权势欺压百姓,"他们办事的时候,凭借了别人给他们的职权,就耀武扬威起来……狂傲地认为对于他们的活动,人民丝毫没有置喙的余地"。作品特别抨击了日本警察机构的反动,由于日本当时正在走向军国主义,所以在国内也采取了高压统治,广布密探和警察,禁锢自由思想,钳制人民的行动,作品中的这群知识分子对于明治政府的暴力工具——警察和侦探,十分鄙视和反感,认为他们"是和小偷、强盗一个族类的东西,奇臭无比","他们甚至罗织虚构,陷害良民"。

小说对于社会现实的严厉批判更为集中地表现在对于资本家金田等人的描写,深刻地批判了日本近代社会正在兴起的金钱势力的罪恶。金田是靠高利贷盘剥起家的大资本家,他拥有巨额资产,并享受着奢华的生活。小说揭露了他发财致富的根本秘诀,那就是首先要"精通三角(三缺)",即缺义理、缺人情和缺廉耻,他们不仅整天"把鼻子、眼睛都盯在钞票上",而且"只要能赚钱,什么事也干得来"。金田就是这样昧着良心赚了大钱,反过来他又依仗自己的钱财,摇身一变,成了社会的名流和"无冕之王",并且可以随心所欲地仗势欺人。苦沙弥只是不愿意搭理他的"鼻子"夫人,金田便大动干戈,三番五次地唆使他人,上门寻衅闹事,致使苦沙弥身心备受折磨,全家人的生活都过不安稳了,而且还无处申诉。对于金田老爷的做法,连猫也看不下去了,觉得金田是"最坏的人类"。正是由于金田所代表的金钱势力在当时能够大行其道,所以整个社会流行着拜金主义风气,有些人便自动地放弃了起码的做人道德,卖身投靠,苦沙弥过去的同学铃木藤十郎就是这样一个典型的卑鄙小人,作为一个小商人,他所奉行的就是唯利是图,一心想做个跟金田一样的大资本家,所以在苦沙弥与金田家冲突中,他完全背弃了当年同窗的珍贵情分,甘当金田家的走狗。因此猫也从中悟出了这个世界根本的门道:"我现在明白了使得世间一切事物运动的,确确实实是金钱。"

小说生动地描写了明治时期的日本知识分子群体。他们正直、善良、愤世嫉俗,虽然生活清贫,遭受着现代资本主义经济体制和天皇极权政治的双重压迫,但是他们在有限地接受西方个人主义影响的同时,仍然还坚持着知识分子的基本品性和传统操守,坚决不与拜金主义和利己主义为时尚的污浊的社会现状同流合污。其中苦沙弥虽然只是个穷教师,却天性率直,敢于当面与财大气粗的金田相抗争;美学家迷亭既玩世不恭,又机敏多智,语锋犀利,经常畅快淋漓地嘲讽霸道横行的世界;理学士寒月虽沉溺于个人情趣,却也不慕时尚,不愿做财主的乘龙快婿;另外还有独仙和东风的骄矜自恃以求洁身自好,等等。作家在肯定他们的基本价值取向、欣赏他们愤世嫉俗的高论趣谈的同时,也无可奈何地写出了这个知识分子群体在现实世界中生存的艰难与困境,他们的优雅姿态与清高个性,也只是局限在苦沙弥家那个简陋破旧的客厅里,一旦走出去,与现实世界"一交锋就成了银样的蜡枪"了。面对金田家嚣张的挑衅,苦沙弥等人却只能软弱无力地听凭捉弄。所以作家也对他们自视清高的生活习性和不谙世道的处世方式进行了善意的嘲讽,指出了他们这种看似傲视浊世和儒雅豁达的生活姿态,实质上掩盖不了他们的空虚与迂腐,他们的高谈阔论的背后却是一种空虚无聊、无所事事,他们的玩世不恭、愤世嫉俗的同时也表现了他们的故弄玄虚,他们的吟诗诵文卖弄知识则是他们在竭力地寻求精神刺激,以填补生活的无聊与失意,遮掩自身的庸俗与难堪。由于作家自己就隶属于这个群体,所以作品中对于知识分子群体的既肯定又嘲讽的复杂情绪里,表现出他对于传统的文化价值在日本社会的历史转型时期的尴尬处境的一种焦虑,同时也体现了他对于日本知识分子未来的精神出路的思考与探索。所以,《我是猫》的创作,实际上也为作家后来的小说创作奠定了一个基本的思想主题。从更广的层面上看,夏目漱石通过这群知识分子的思想性格和生存境况的描述,实际上表达了他对于日本明治社会黑暗的社会现实的严厉批判,同时也反映了夏目漱石这个接受了西方现代文化影响并具有自觉意识的日本近代知识分子对于明治维新的近代历史进程的未来走向的严肃思考。

由于《我是猫》匪夷所思地采用了猫的叙事视角,使得整部小说获得了非常独特的审美效果。首先,这种猫的视角,使得小说对于现实世界的批判具有一种反思性的特征。应当承认,《我是猫》所描写的内容,与当时日本文坛风行的那些自然主义文学并无根本性的不同,主要也是普通人的日常生活,特别是那些细碎琐屑的家庭生活,然而,由于它采用了一个非人化的猫的视野,自然就能够帮助读者与小说所描写的生活现象形成一种距离感,从而可以对此进行审视,特别这还是一只会进行"思考"的猫,对于其所观察到的生活场景,它总是发表某些感慨和议论,读者或许并不会完全认同它的思索,但是它的思考必然会引起读者更为深入的理性思考,这使得小说本身的批判性进一步得到了理性化的提升。

其次,猫的视角基点的变化,形成了小说内在的逻辑结构。夏目漱石曾说:《我是猫》"既无情节,也无结构,像海参一样无头无尾",由于作家最初确实并没有一个比较完整的长篇小说的构想,所以一般都认为这部小说在结构上比较松散。实际上整部小说叙事的展开演进是非常自然流畅的,这是因为它有一个潜在的内在的逻辑发展机制,那就是猫的视角基点的层层提升和演进。在第一、二节里,它纯粹是以一种异于人类的猫族的视角进行观察的,第三、四节里,它开始"以与人同等的心情来评骘人的思想言行"了,从第五节开始,它已经超越了普通人,以一种理想的人的理念,全方位地批评它所观察到的社会生活现象,包括对苦沙弥,它既同情肯定,也会毫不客气地批评。到第十一节时,由于它对所观察到的事物,尤其是苦沙弥与金田家的冲突,有了比较明确的价值判断,它的功能实际上也就完成了,只能无奈地悄然死去。小说就此戛然而止,恰到好处。这种自然天成、不露痕迹的结构艺术,是小说获得巨大成功的一个重要因素。

最后,猫的视觉的介入和猫的议论的掺和,进一步强化了小说的讽刺性和幽默感。这个作品本来就有相当多的篇幅是描写一群读书人聚在一起,就周围的社会生活现象,以诙谐风趣的语言,或是嬉笑怒骂,或是奇谈怪论,这本身就富有讽刺性,具有幽默感。当这些话语或情景经过一只猫带有嘲讽意味的眼睛折射之后,其讽刺或幽默的意味也就更浓了,尤其这是一只不甘寂寞的猫,对于它所见到或听到的人和事,又总是要从"猫"的心理来揣度人的心理,从"猫"的立场发表一番见解和议论,观人所不能观,言人所不能言,而它的议论时而稚拙可笑,时而鞭辟入里,并且与作品中的人物及读者的看法不一致,常常是矛盾的,甚至会形成一种悖谬的关系,这就不仅增强了原先的幽默感,而且还会使作品中人物的言辞,或是显得更加尖刻,或者反过来又变成了自嘲。《我是猫》的这种高妙的叙事艺术,使得这部作品无可争议地成了日本近代文学中讽刺文学的典范之作。

第三章 川端康成

一、生 平 与 创 作

　　川端康成(1899—1972)，日本小说家，1899 年 6 月 14 日生于大阪府三岛郡丰川村(今茨木市大字宿久庄)一个医生家庭。两三岁时，父母便先后去世，体质羸弱的他只能跟着祖父祖母生活，刚满十四岁那年，他唯一的亲人、眼睛半盲的与其相依为命的祖父也溘然离世，川端康成失去了所有的至亲骨肉，彻头彻尾成了一个孤儿，过起了寄人篱下的生活。

　　1917 年川端康成考入东京第一高中英文科后，他开始接触当时正走红的一些作家和流派，并阅读了大量的俄罗斯文学，特别是陀思妥耶夫斯基的作品。1919 年在中学《校友会杂志》上发表了他的第一篇习作《千代》，作品以一种质朴淡雅的文笔，真切地描写了他先后与三个同名为千代的姑娘的恋爱故事。1920 年，川端康成进入东京大学文学院英文科，翌年又转入国文科，可他却很少去教室听课，一心痴迷于文学，积极参与编辑出版同人杂志《新思潮》(第六届)，并在这刊物上发表了一些短篇作品，其中《招魂节一景》引起了文坛名家的关注。1923 年《文章俱乐部》把他列为"新晋作家"的第一名，1924 年他的名字出现在《文艺年鉴》上，这标志着川端康成正式登上了日本文坛。

　　1924 年大学毕业后，川端康成与横光利一等比较前卫的文学青年作家共同创办了同人杂志《文艺时代》，由此在日本文坛发起了一场"新感觉派"文学运动。作为新感觉派的理论家，川端康成撰写了一系列文章，明确地表达了新感觉派的思想渊源："可以把表现主义称为我们之父，把达达主义称为我们之母，也可以把俄国文艺的新倾向称作我们之兄，把莫朗称作我们之姐。"他主张主观即真实，文艺即表现自我；以感性至上来否定理性；表现与感觉即文艺之内容，感觉是表现的方式。他后来又参加了《近代生活》杂志、"十三人俱乐部"和《文学》杂志的各种新潮的文学活动，积极译介西方现代文学，用以审视本国的文学传统，大胆地引进詹姆斯·乔伊斯的意识流和弗洛伊德的精神分析学说，成为日本最早进行新心理主义小说创作的作家之一，同时他非常注重立足于本国的文化传统来认识理解西方现代文艺。《雪国》便是这一探索的一个重大成果。

他在战争期间"是最消极的合作，也是最消极的抵抗"。战后，由于日本战败的深刻影响和他对战后社会现实的强烈不满，川端康成把自己对于战争的反思，具体地落实为重新认识日本民族历史文化，希冀在古典中发现"民族的故乡"，以寻求日本民族文化的自觉。川端在战后创作了《千只鹤》等作品，为他赢得了极大声誉。1948年他出任日本笔会会长，1958年起任国际笔会副会长，1968年瑞典皇家文学院授予他诺贝尔文学奖，以表彰他"以卓越的感受性"和小说技巧，"表现了日本人内心的精髓"，川端为此发表了著名的演讲《我在美丽的日本》。1972年4月16日，川端康成在自己的工作室里自杀。

川端康成在半个世纪里总共写了五百部（篇）小说（包括一百四十多篇小小说）。他的作品大致可归为三类：描写自己孤儿的生活和初恋的失意，集中表露其孤寂的心灵和悲哀的情绪；描写下层社会，特别是妇女的爱情伤痛和悲惨命运，其中寄予了作家深切的同情；作为其不懈地进行艺术和思想探索的成果，部分作品从人性和性爱的层面上来展现一种极致（"烂熟"）的"美"的理念，其中蕴含着某些虚无和颓废的情绪，常被批评为是一种病态美。他的创作可分为三个时期：战前、战时和战后。早期重要的作品如《十六岁的日记》、《参加葬礼的名人》等，如实地纪录了作家自己早年坎坷的人生经历；还有不少是描绘生活在社会底层的妇女，包括艺妓、女艺人、女侍者凄惨的生活境况，以《浅草红团》（1929）和《伊豆的舞女》（1926）最为著名。后者描写了二十岁的高中生"我"在伊豆与一个十四岁的舞女邂逅，产生了朦胧的爱情的故事，小说深入地展示了舞女内心的纯洁和美丽，及其受歧视被凌辱的境遇，由此发掘出他们的恋情的社会内涵，即同是属于挣扎于社会底层的小人物相互尊重彼此关怀的真挚友谊，从而表现了平等博爱的人道主义精神。小说在艺术上继承了平安文学幽雅纤细又不无哀愁伤感的美学传统。作家从此形成了他基本的艺术风格。

川端康成的中期创作还是以下层妇女及其生活命运为主题的作品最为成功，其中重要的作品有《花的圆舞曲》、《母亲的初恋》等，著名的《雪国》也是写于这一时期。他后期的创作情况比较复杂，一方面，他始终在不懈地进行着艺术的探索，使得他的创作呈现出多样化特征，另一方面，他的创作思想也呈现出不同的倾向性。这一时期重要的作品有《舞姬》（1950）、《千只鹤》（1945—1951）、《名人》（1951—1954）和《古都》（1961—1962）等。

川端的《名人》是关于日本棋坛本因坊秀哉名人在1938年举行告别赛的一篇报告小说。描写的是一个男人的世界，突出展示了秀哉名人在对局中所表现的美的心灵、男性力量和对于棋道传统的执著，体现了日本传统的"物哀"美学的精神。《古都》则是在一幅京都的风俗画面的背景上，描写了一对孪生姐妹悲欢离合的故事。千重子被父母遗弃而为一绸缎批发商所收养，在一个富裕舒适的物质环境中长大；苗子留在父母身边，一直过着艰难贫困的生活，却也培育了刚毅坚强的生活意志，二十年后姐妹俩重逢，却已经无法共同生活在一起了，因为彼此不同的教养，不同的生活方式和成长道路，不同的社会地位和环境，迫使她们只能各奔东西。人物的思想与景物描写水乳交融地溶成一体，突出表现了传统美、自然美和人情美的旨趣。《千只鹤》的题名来源于小说中一位姑娘手里所拿着的一块千只鹤图饰的包袱皮，这种图案是日本传统美的一种象征。小说主要描写了菊治与太田夫人及其女儿文子等人之间的不正常关系,显然作家所追求的是一种病态的伤感之美。

纵观川端康成一生的小说创作,人们感受印象最为深刻的,就是始终都在坚持不懈地进行着美的追求,形成了一种风格独异的川端式的美。由于早年孤独悲伤的生活经历和他对于政治的淡漠与超然的态度,川端文学所反映的生活面比较狭窄,而且可以说,他展现在读者眼前的基本上就是他自个的生活,这使得他的文学具有明显的孤独的主观色彩,并且总是渗透着忧郁伤感凄凉的情绪,这也成了他的小说充满抒情色彩的特有之美。川端小说的这种美,首先来自他对于日本传统的文化理念和古典的审美精神的坚守。由于早年悲戚孤独的生活经历而形成了他的“孤儿根性”,川端的思想性格天然地与佛教禅宗的“虚无”、“幽玄”的理念非常契合,所以他倾心地钟情于《源氏物语》为代表的“物哀”的审美传统。川端的悲哀主要是对于渺小人物的同情与悲伤,故而他主要是描写生活于社会底层的一些弱女子的形象,传达自己内心深处的悲伤与哀怨,而这些饱含着悲哀情感的女子形象,又总是被抒写得非常地纤细、优雅,并与四季的自然美景物相映成趣,从而使人、物、情、意融汇一体,形成一种既有古典情韵,又具现代人道精神的川端文学的美。

川端文学独特的美,也与他对于西方现代主义文学精神影响的接受与消化不可分。他大胆地借鉴和汲取西方现代文学中有用的东西,东西结合,在他的小说人物的意识流动过程中,总会映出具有东方式的心物交融、物我合一的审美特色,他所描写的人物心理流程,总是展开得有层次有秩序,相当协调,具有日本古典传统中的严谨与工整,而在他那些非常本土化的人物形象的描绘中,却又深深地蕴含着具有西方现代意味的人道精神和民主思想。即使在他后期创作的那些经常被批评为病态颓废的小说作品中,既可以看到他对于日本传统的空寂幽玄的美学观和近代日本的好色文学的继承,也能够发现西方现代非理性主义文学的影响,其中同样也包含着作家对于人性和价值的一种大胆探索。

二、《雪国》

《雪国》是川端康成的代表作,这个中篇问世于战争期间,从1935年1月到1937年5月,小说的各章分别被标上“暮景的镜”、“白昼的镜”、“故事”、“徒劳”、“芭茅草”、“火枕”和“拍球歌”等题名,陆续发表在《文艺春秋》、《改造》、《中央公认》和《日本评论》等多种刊物上。最初它们只是属于在一个主题下的若干短篇,直到在写成第四篇后,作家才有了一个整体构想。1937年第一次把它们汇集成单行本出版,题名为《雪国》。以后作家又经过多次修改,并补写了“雪中火场”和“银河”两章,分别发表于1940年的《中央公认》和1941年的《文艺春秋》;战后作家又对补写的两章进行修改,并以“雪国钞”和“续雪国”标题发表于1946年的《晓钟》和1947年的《小说新潮》上,1948年创元社把这些篇什统统汇集在一起,出版了一个完整的新版本,并取消了所有各章的标题,这基本上就是《雪国》现在的定本。小说的整个创作延续了十四年,其间作家的创作思想逐渐趋于完整,并且还几度去伊豆旅行,与小说人物的原型进行了深入的交谈。1948年以后,作家还对作品作过一些修补,使其艺术结构更加严谨完整。

小说的基本情节是写了一个舞蹈艺术评论家岛村在不到三年的时间里,三次从东京赴雪国旅行,并与山村艺妓驹子交往的故事。岛村初到雪国,在温泉的客栈里结识了舞蹈师傅的女弟子驹子,岛村被这个“洁净得出奇”的山村姑娘弄得有些神魂颠倒,她尽管偶尔也会在宴会上陪陪客人,但还不是正式的艺妓,岛村确实也没有把她看作艺妓,并想与她交个清清白白的朋友,驹子因此真心地喜欢上了岛村，两人有了肌肤之欢后，驹子更加热恋于他，而岛村却只把它看作是一种"爱的徒劳"；岛村第二次来雪国的途中，在火车上看到了年轻美貌的叶子姑娘正在全身心地照料一个重病缠身的名叫行男的男子，他是舞蹈师傅的儿子，也是驹子姑娘的未婚夫，此时的驹子已经沦落为艺妓了，那是为了多挣些钱来给行男治病，这次岛村开始有些迷恋上叶子了；岛村三到雪国时，一面继续与驹子往来，一面则狂热地追求叶子，此时，他与驹子都开始清醒地意识到，他俩的关系非但不可能有所发展，甚至都难以维持下去了。当他们准备分手时，叶子却在一场突如其来的大火中安详地死去。

驹子是小说中最重要的人物。这是一个生活在社会底层，并且在一种屈辱的环境中成长起来的乡村女子。作家突出描写了她在污浊的生活环境中散发出来的美的光彩。驹子既没有沉没于纸醉金迷的世界，也没有被生活的不幸和艰难所压倒，而是始终在执著地追求一种"正正经经的生活"，为此她刻苦地坚持学习文化，勤奋地练习各种技艺，对生活充满了热情与渴望，并且坚强地承担着生活的压力和责任，所以尽管她对行男并无感情，但还是不惜落入风尘，挣钱为他看病；驹子虽然长期忍受着被人任意践踏的屈辱的生活，但是她依然渴望着纯真的爱情，当她看到岛村并不像其他男人那样玩弄和歧视自己，她便丝毫不计后果地把自己的全部感情都倾注在岛村身上，那是一种坦荡的纯真的爱，其实也是她对于正经而朴素的生活的一种向往和依恋，是对于一个普通女子的正当权利的追求，尽管对于她来说，这确实是"一种美的徒劳"。当然作家也真实地写出了由于生活的艰辛与屈辱，她的灵魂已经发生了扭曲，形成了一种复杂而畸形的病态性格：倔强又粗野、纯真又媚俗，清醒时会痛恨自己卖笑生涯的卑贱，麻醉时又纵情于放荡不羁。这个形象因此也更加显得真实饱满，富有强烈的艺术感染力。

小说对于另一个女子叶子的形象着墨并不多，只是在岛村的视野里匆匆地闪动过几次身影，却已经表现出她是一个理想化的形象。尽管她的身世与驹子一样的凄惨，但是却能够保持纯洁的品性，她同情驹子，也清楚地看到可怜的驹子内心的美好，所以真诚地希望驹子能够过上好日子，她心地善良，乐于帮助他人，同时又非常注重洁身自好，"从没有赴宴陪过客"，即使对于岛村，她也"充满了警惕"。其实这样的女子是很难在这样污浊的社会环境中生存下去的，所以作家不仅把她写得非常虚幻、空灵，而且还让她最后坠身于一场莫名的大火。其实这个形象的完美性，是在与驹子形象的"缺憾"美的对比中实现的：驹子是真实的，代表"肉"，叶子是虚幻的，代表"灵"；驹子是病态的，叶子是理想的；驹子是具体精细的工笔画，叶子是空灵剔透的写意画，两者相辅相成，表明了现实生活中"美的徒劳"——完美的不可能存在，存在的必定是有缺陷的不完美；这两个形象叠合在一起，则完整地表现了川端康成在古典文学中所继承的"余情美"和"物哀"的美学思想。

岛村这个形象在作品中具有两种功能。首先，从形象自身的思想内涵看，岛村就是两个美的女子形象的反衬。他生活在东京工商业区，拥有父母留下的大笔遗产，却终日无所事事，游手好闲，整日价就想着游山玩水，自己已有妻室，却还想着嫖妓寻欢，这边还爱着驹子，那边已经开始移情于叶子了，虽然较之其他游客，岛村还算是比较文雅，有一定的教养，且也不乏一些同情心，所以驹子才会热切地爱恋着他，然而他却斥之为是"单纯的徒劳"。驹子是真诚的，他却是虚伪的，驹子是热情的，他却是冷酷的，驹子在执著地追求生活，他却始终悲哀于生活的虚无，正是他的这种龌龊卑鄙，反衬了驹子们内心深处的纯洁与美丽，同时也折射出现实世界的黑暗与荒谬。其次，从作品的叙事方式看，岛村这个人物又具有独特的艺术功能：其一，他是整个作品的叙事者，读者正是通过他的视角来认识和理解驹子们的，作品的整个情节也是通过他的视野逐一展开的；其二，岛村的叙述蕴含着他的情绪、意识和联想，正是在这种充满主观色彩的叙事中，驹子和叶子两个形象才会构成一种美妙的相辅相成的联系，从而被构建成一种"余情美"的抒情性境界。

这部作品在艺术上最为突出的就是富有诗意，这是由于作家运用多种艺术手法，营造出一种优美的具有日本古典文学余情美特征的意境。其中除了人物形象的因素外，作家特有的那种简洁含蓄凝练的文笔，也是一个重要的原因。这部小说并没有严密的结构和生动的情节，它的艺术魅力主要来自作家那看似平淡，实为意味深长的文笔，他善于捕捉人物对于事物的刹那间的感觉和印象，既揭示出人物瞬间的心理波动，又暗示了事物自身的象征意味，自然平淡又韵味无穷，譬如作品开头对于雪国景色的描写，历来为人所称道。

小说在继承传统审美价值的同时，又充分地借鉴西方现代派艺术技巧，大胆地运用意识流手法，将人物感觉的描写与象征暗示和自由联想等技法有机地结合起来，让情节根据人物流动的意识和波动的情感而徐徐展开。小说开头描写的是岛村的二次雪国之旅，作家就让他从火车玻璃窗上的幻象而产生联想，通过其朦胧的意识流动，引出了关于他第一次去雪国认识驹子的倒叙。当然这里的意识流动又是与日本传统文学的严谨格调相吻合的，所以整个联想既是跳跃的，又是井然有序的。显然这属于一种日本风格的意识流。与抒情、联想相一致，小说还大量地运用了象征与比喻的艺术手法。作品中许多景物的描写，都具有象征意味和寓意性质，如镜中的映象和玻璃窗上的幻象，无不与岛村的人生虚幻感有着内在的联系。

如果说，《伊豆的舞女》是川端康成的成名作，那么《雪国》则标志着他独特的创作风格的成熟，并成为他的小说艺术的巅峰之作。因为这个作品标志着他积极地消化了西方现代主义文学的影响，并将它有机地融进了日本传统的文学精神之中，使得两者高度融合，并且也更加具有深厚的日本韵味。同时，《雪国》的创作，也是川端康成鲜明的创作个性成熟的标志。在这个作品里，他的创作风格得到了充分的施展：细腻入微的心理刻画、虚实相生的审美意境、自由灵动的人物联想、悲凉伤感的抒情韵味、变化多样的象征手法、简洁含蓄的语言。而所有这些艺术元素，又都是与他对于人生的价值的执著探求，紧密地联系在一起的，正像诺贝尔奖颁奖辞在评价他三部获奖作品时所指出的："……川端先生热爱纤细的美，并且赞赏那种洋溢着悲哀情调的象征性语言，用它来表现自然的生命和人的宿命的存在。"

第四章　泰戈尔

一、生平与创作

　　罗宾德拉那特·泰戈尔(1861—1941),印度诗人、小说家,印度现代文学史上最著名的作家,1861年5月7日生于加尔各答一个富有的婆罗门家庭。他的父亲德文德拉那特(1817—1905)是罗易之后梵社的领导人,对泰戈尔思想的形成产生了深刻的影响。德文德拉那特共有十四个子女,泰戈尔最幼。泰戈尔的哥哥、姐姐在文化上都有一定的成就,他们对泰戈尔的思想发展也有不小的影响。

　　由于对当时学校刻板的教育方式极为反感,泰戈尔基本上没有接受过正规的教育,主要由他的兄长们在家照管他的学习。1878年他随哥哥莎迪安德拉那特去英国,本来计划到大学里去读书学法律,但他却对西洋文学与音乐产生了浓厚的兴趣。一年半后他并没有完成自己的学业就回国了。1890至1900年,他被父亲派往东孟加拉的西莱达(现属孟加拉国)去管理家产,这时期的泰戈尔经常住在帕德玛河的一条船上,生活于大自然之中,并与普通人接触,这对他的文学创作发生了较大的影响。1901年泰戈尔从西孟加拉回到加尔各答,在圣地尼克坦创办一所学校,1921年这所学校发展成著名的国际大学。

　　在1905年印度民族革命运动之中,泰戈尔发表演说,撰写文章,并创作了很多爱国主义歌曲,其中《我金色的孟加拉》与《人民的意志》后来分别成为孟加拉国和印度的国歌。但泰戈尔并不赞同国大党激进派的暴力主张,也反对保守派的妥协政策,在两派都不理解他的情况下,他于1907年退出这场运动,回到圣地尼克坦。

1913 年泰戈尔获得诺贝尔文学奖,引起印度国内外文坛的巨大震动。1915 年他与甘地相见,两人相互尊重,但在民族运动的问题上,两人的观点则相去甚远。在以后的日子里,泰戈尔出访过欧洲很多国家及美国、日本、中国、印尼、波斯、苏联等国,著名的演讲有《民族主义》(1917)、《人格》(1922)等。当日本侵略中国时,他表示极大的愤慨。1941 年他写下《文明的危机》,谴责帝国主义对人类犯下的罪恶。1941 年 8 月 7 日,泰戈尔病逝于加尔各答。

泰戈尔一生共创作有五十多部诗集,九部长篇小说,四部中篇小说,近百个短篇小说,四十多部戏剧以及大量的文学批评著作和散文作品。他最著名的作品是诗集《吉檀迦利》(1912),泰戈尔就是因这部诗集而获得了诺贝尔文学奖。

泰戈尔获得诺贝尔文学奖曾在西方引起不小的争议,这主要有两方面的原因。其一,在《吉檀迦利》出版之前,泰戈尔在西方文学界基本上是无人知晓;其二,诺贝尔文学奖被第一次授予一个亚洲人,很多西方人对此感到难以接受,因此,引发了一片嘈杂的抗议声。然而正是因为这些争议,从而使得《吉檀迦利》和诺贝尔文学奖在当年具有了非凡的意义。敢于把世界上代表最高文学荣誉的大奖授予一个名不见经传的亚洲人,这本身就说明《吉檀迦利》具有高度的艺术魅力和崇高的思想境界,而对诺贝尔文学奖来说,当年的文学奖的授予也因此而具有了特殊的意义,它使诺贝尔文学奖从欧洲走向世界,变成了真正的世界文学奖——诺贝尔文学奖也因泰戈尔而变得更有权威性和代表性。

除《吉檀迦利》之外,泰戈尔在 1912 至 1916 年间还出版了《新月集》(1913)、《园丁集》(1913)、《飞鸟集》(1916)等英译诗集,这些英译诗集大多选自诗人在 1890—1913 年间用孟加拉语写下的诗集。泰戈尔的世界性声誉主要建立在他的英译诗集上。此外,《故事诗》中的《两亩地》(1894)反映农民生活贫困,控诉地主的凶横。泰戈尔还是一个小说家,以《沉船》(1906)和《戈拉》(1910)最为有名。前者揭示封建包办婚姻造成的悲剧,后者展现了 20 世纪初印度资产阶级民族主义者的心路历程。

二、《吉檀迦利》

《吉檀迦利》是一部颂神诗集。"吉檀"的意思是"歌"、"歌曲";"迦利"是"双手合十",表示膜拜和敬意。《吉檀迦利》的字面意义就是"献歌",献给谁呢? 献给他心目中的神灵,就像是献花或献香一样,所以说,这是一部颂神诗集:

> 在我向你合十膜拜之中,我的上帝,让我一切的感知都舒展在你的脚下,接触这个世界。
> 像七月的雨云,带着未落的雨点下垂,在我向你合十膜拜之中,让我的全副心灵在你的门前俯伏。
> 让我所有的诗歌,聚集起不同的调子,在我向你合十膜拜之中,成为一股洪流,倾注入静寂的大海。
> 像一群思乡的鹤鸟,日夜飞向它们的山巢,在我向你合十膜拜之中,让我全部的生命,起程回到它永久的家乡。(第 103 首)

理解这部诗集的关键在于理解其中的"神"字。这里的"神"并不是西方宗教中的上帝,因为它既不在天上,也不在庙里,而是存在于泰戈尔自己心目中的神,其实也就是泰戈尔自己心目中的"人"、"人格"、"人性"、"良知"等等,但它毕竟染上了"神"的色彩,所以读起来令人感到朦胧,感到神秘。有一次,圣地尼克坦的一位年轻的教师问泰戈尔:"关于神你讲了那么多话,莫非你真相信?"沉吟了片刻,泰戈尔说:"不相信。我只能说,只有当我沉浸于一首新歌里的时候,我格外深刻和亲切地感受到他的存在。"

下面一首选自《吉檀迦利》中的诗也表现出泰戈尔对"神"的看法:

> 我在人前夸说我认得你。在我的作品中,他们看到了你的画像。他们走来问我:"他是谁?"我不知道怎么回答。我说:"真的,我说不出来。"他们斥责我。轻蔑地走开了。你却坐在那里微笑。
>
> 我把你的事迹编成不朽的诗歌。秘密从我心中涌出。他们走来问我:"把所有的意思都告诉我们吧。"我不知道怎么回答。我说:"啊,谁知道那是什么意思!"他们哂笑了。鄙夷之极地走开。你却坐在那里微笑。(第102首)

泰戈尔创作有二部《吉檀迦利》,一部是孟加拉文写成的格律体诗集,一部是用英语写成的自由体诗集。泰戈尔主要是因为英文版的《吉檀迦利》而荣获诺贝尔文学奖,为一般读者所熟知的也是英文版的《吉檀迦利》,但要真正理解这部诗集,则离不开他在同时期创作的一些孟加拉语诗集,因为英文诗集《吉檀迦利》中的诗大多是诗人自己从他用孟加拉语创作的《祭品》(1901)、《渡口》(1906)、《吉檀迦利》(1910)等颂神诗集中选译的。

大致来说,泰戈尔颂神诗的创作年代是20世纪的最初十年,但对泰戈尔为何会着迷于颂神诗等问题的探究,还须追溯到泰戈尔在西莱达的一些经历。1890—1900年,他被父亲派往东孟加拉的西莱达去管理家产,那时他多住在停泊于帕德玛河上的船屋里,与当地的行吟诗人有了较为密切的接触,这些专唱神秘主义颂神诗的民间艺人对泰戈尔的诗歌创作发生了较大的影响。这之前也就是泰戈尔的早期创作,多是对青春和自然的歌颂,按泰戈尔自己的说法,这时期属于他创作上的不成熟期,而1890年之后,随着他在生活上的成熟,他在乡下不仅与大自然有了更为密切的接触,而且也与下层人物有了更多的接触,这使他的作品洋溢出浓郁的现实生活气息。

离开西莱达之后,泰戈尔又经历了一系列的生活不幸:1902年,妻子亡故;1903年十三岁的爱女莱奴伽不幸病逝;1905年,父亲去世;1907年,诗人家庭生活中的最大悲痛又袭击了他,他十三岁的小儿子萨明德突然染上霍乱死去了。英文诗集《吉檀迦利》中第87首,便是泰戈尔对亡妻和死去亲人的怀念和思恋:

> 在无望的希望中,我在房子里的每一个角落找她。
> 我的房子很小,一旦丢了东西就永远找不回来。
> 但是你的房子是无边无际的,我的主,为着找她,我来到了你的门前。
> 我站在你薄暮金色的天穹下,向你抬起渴望的眼。
> 我来到了永恒的边涯,在这里万物不灭——无论是希望,是幸福,或是从泪眼中望见的人面。
> 啊,把我空虚的生命浸到这海洋里吧,跳进这最深的完满里吧。让我在宇宙的完整里,感觉一次那失去的温馨的接触吧。

在遭受一系列生活不幸的同时,泰戈尔没有沉浸于痛苦之中,而是热情地参加到当时的民族革命运动之中,但到了1907年,泰戈尔因不赞同激进派的斗争策略而回到了圣地尼克坦,从而退出了民族革命运动,他因此受到当时的民族主义者的强烈指责。西莱达的生活体验加上家庭生活中的不幸以及民族革命运动中的深沉感受,最终促使他在1908年至1910年间创作了孟加拉语诗集《吉檀迦利》。

从内容上看,英文诗集《吉檀迦利》写爱情、童趣、大自然、人类、祖国、苦难、死亡等等,主要是爱情诗、儿童诗、自然诗、悼亡诗等等。他笔下的"神"也就是他诗中歌颂的对象或为少女、或为儿童、或为自然、或为女神、或为不可知之神、或为圣母、或为死神、或为上帝、或为祖国。贯穿其中的基本主题是生与死、生命与死亡。

同一主题旋律的不同变奏是这部诗集在韵律方面的典型特色。显然,这部诗集的主题思想在于颂神,这种抽象的主题在泰戈尔笔下之所以能够变得生动活泼,主要是因为泰戈尔在其中寓含了来自于现实生活的丰富多彩的感情体验,这样,圣爱与人间至情之爱有机地结合在一起,以至难分彼此:人间至情之爱缘圣爱而升华,圣爱缘人间至情之爱而充满了生机。比如下面一首"儿童诗",既寄托了他对不幸亡故的儿女的怀念与追思,又将这种情感化成了永恒的神秘感受:

> 这掠过婴儿眼上的睡眠——有谁知道它是从哪里来的吗?是的,有谣传说它住在林荫中,萤火朦胧照着的山村里,那里挂着两颗甜柔迷人的花蕊。它是从哪里来吻着婴儿的眼睛。
>
> 在婴儿睡梦中闪现的微笑——有谁知道它是从哪里生出来的吗?是的,有谣传说一线新月的微笑,触到了消散的秋云的边缘,微笑就在被朝雾洗净的晨梦中,第一次生出来了——这就是那婴儿睡梦中唇上闪现的微笑。
>
> 在婴儿的四肢上,花蕊般喷发的甜柔清新的生机,有谁知道它是在哪里藏着这么久吗?是的,当母亲还是一个少女,它就在温柔安静的爱的神秘中,充塞在她的心里了——这就是那婴儿四肢喷发的甜柔新鲜的生气。(第61首)

从题材上看,这是一首儿童故事诗,但它以幽远的意境上升为生命故事诗,而诗中的"睡眠"、"梦"以及母体中的黑暗(即诗中"当母亲还是个少女……")都能触发人的宗教意识:印度教认为人的睡眠状态(或说是梦境)最接近于"梵"的精神状态,犹太教也有"人于母体洞悉宇宙,人离母体忘却宇宙"的神秘格言;再者,印度中世纪盛行的虔诚体诗也喜爱将神化作童蒙加以颂扬,与西方文艺复兴时期盛行的圣母圣子画像似有异曲同工之妙。

再比如,下面一首歌颂自然的诗篇,它并不是单纯的对自然景色的赞美,而是更多地融入了他对生活的感受:借助于自然中莲花的温馨来抒写他心中的幽愁,并使幽愁化于自然之中,从而使莲花在他的心灵深处绽开:

> 莲花开放的那天,唉,我不自觉地在心魂飘荡。我的花篮空着,花儿我也没有去理睬。
>
> 不时地有一段幽愁来袭击我,我从梦中惊起,觉得南风里有一阵奇香的芳踪。
>
> 这迷茫的温馨,使我想望得心痛,我觉得这仿佛是夏天渴望的气息,寻求圆满。
>
> 我那时不晓得它离我是那么近,而且是我的,这完美的温馨,还是在我自己心灵深处开放。(第20首)

这是一首歌颂自然的诗。在印度传统的宗教文化中,莲花本身就象征着圣洁和崇高,与神明化为一体,而从莲花的芳香中,诗人心魂荡漾,渴望的显然是与永恒的神明联系在一起的圆满。惟其是一种渴望,而不是占有,所以诗人难免惆怅,而且这种情绪深藏于心灵,所以也化为梦里情怀般的幽怨,如此,莲花虽然温馨,但它带给诗人的感觉却是迷茫,让人向往得心痛。不过,情至深处时,遥远的莲花却在诗人的心灵深处绽放。在扑朔迷离、似真似幻的描写中,诗人将悲伤与快活两种感情色彩奇妙地搭配在一起:让人在黯然神伤中走入幽美的境界。莲花作为美与圣洁的象征,只能追求与向往,而不能占有。

我们从"歌"、"曲"、"音乐"以及韵律的角度来理解《吉檀迦利》的艺术。

泰戈尔自幼受民间音乐与民间戏剧的感染,早期诗集如《暮歌》、《摇篮曲》等也多以歌(sangita)或曲(gan)命名。后来他还曾致力于传统音乐与西洋音乐的学习和研究,但对泰戈尔颂神诗创作影响最大的则是民间歌曲,而这种影响又主要发生于他在西莱达管理祖上家产的10年岁月里。正是在这时期他与民间艺人有了直接的接触。巴沃尔(Baul)是当地一种民间艺人的统称,专唱神秘主义歌曲。泰戈尔说:"他们唱的歌词虽然极其简单,但唱起来之后,那些简单的歌词便闪烁着无与伦比的美。……在西莱达时,我常碰到巴沃尔,并与他们交谈,在我创作的很多歌曲中,我有意选用了富有巴沃尔特色的曲调;而我别的歌曲,我知或不知,也充满了巴沃尔的节奏和韵律。由此可见,有一段时间,巴沃尔歌曲的曲调、节拍和内容成了我生命的组成部分。"显然,泰戈尔创作颂神诗,最初是受民间艺人的感染和民间歌曲的启示。民间歌曲的曲调、节奏以及简单而不乏魅力的歌词影响了他的诗创作。

孟加拉文《吉檀迦利》用词简洁,结构严整,格律上也很讲究。翻译成英文后,更多追求的是音乐般的韵律和韵味。英文版的《吉檀迦利》是以自由体诗的形式写出的,它代表了泰戈尔诗歌创作的最高水平,也是泰戈尔美学思想的完美体现。泰戈尔的美学思想极其复杂,我们或可从"韵律"的角度来理解泰戈尔的美学思想和《吉檀迦利》的艺术特色。"韵律"在泰戈尔的思想中占有极高的地位,它是泰戈尔的最高理想:"又要和谐,又要流转不息,又要有一些矛盾,那么结果只能产生一种情况,用泰戈尔的术语来说,就是'韵律'。有时候,他也把'比例均衡'同'韵律'并列。只空洞地谈和谐,没有流转,没有高低之别、长短之别,也就无所谓'韵律'。只有流转,没有和谐,也无所谓'韵律'。只有这些条件具备,才产生'韵律'。"(季羡林《泰戈尔的生平、思想和创作》)泰戈尔自己对"韵律"也有独特的看法:"韵律不单单表现为词汇的搭配,而且表现为思想的统一,表现为由排列次序的难以定论的原则中所产生的思维的音乐。"泰戈尔在《艺术家的职责》一文中又说:"生命作为自由的突变的延迟形式,在不断返回死亡之中寻求自己的韵律。我们的每一天,甚至每一瞬间就是死亡。否则,展现在我们面前的会是一片永生的模糊不清的沙漠,永远是那么沉寂和静止不动。生活就是'无常',正如道德家所说的那样,它存在又不存在。我们在其中发现的仅是它表现出来的韵律而已……何为韵律? 韵律就是运动。"泰戈尔的《吉檀迦利》常常给人以神秘主义的朦胧感觉,读之能使人们在心灵上得到无限慰藉,这充分体现了诗歌的恒久魅力。

《吉檀迦利》之后,1916年的诗集《白鹤》将诗作的中心由神转向人,以后的诗集也多以人为中心,"自我"也不时出现,虽然生与死、生命与爱的主题依然占据着重要地位,但泰戈尔后期的诗作已更为关注于现实的平常事物及历史事件,同时也有深沉的哲理沉思。格律诗的创作少了,创作更多的是散文诗。

第五章 马哈福兹

一、生 平 与 创 作

纳吉布·马哈福兹(1911—2006),埃及小说家,1911 年 12 月 11 日生于埃及开罗最古老的嘉玛利亚街区。父亲先是政府职员,后改行经商,是个虔诚的伊斯兰教徒,同时关心政治。马哈福兹受到了宗教思想和关心国家大事、民族命运的双重熏陶。影响他的还有幼年时经常跟随母亲一起去过的各种博物馆,它们培育了他对埃及法老文明的兴趣。童年居住的街区成为他后来大部分作品的背景,而 1919 年爆发的埃及人民抗英爱国运动则进一步增强了作家的爱国主义信念。

1930 至 1934 年,马哈福兹就读于开罗大学哲学系,欧洲的各种哲学思想滋养了他的科学与民主精神。毕业后,他的兴趣转向文学,并终于在 1936 年放弃攻读哲学硕士学位,成为职业作家。他当过记者,为几家杂志撰稿。但从 1939 年开始,他一直供职于政府部门,先是在宗教基金部,50 年代末调入文化部艺术局,1966 年出任国家电影委员会主席,1969 年又出任埃及文化部电影事务顾问,直到 1971 年底退休。1972 年,他加入《金字塔报》编辑部,并担任专栏作家。1988 年,获得诺贝尔文学奖。1994 年,他因对英国作家拉什迪采取温和态度而遭到宗教极端分子的刺伤。他在六十多年的艺术生涯里凭借业余时间,创作了三十二部长篇小说、十四部短篇小说集和许多电影剧本。2006 年 8 月 30 日,马哈福兹因病在开罗逝世。

马哈福兹的创作历程,大致可以分三个阶段。

早期,从 20 世纪 30 年代初到 40 年代中期,主要是历史小说:《命运的嘲弄》(1939)、《拉杜比丝》(1943)、《底比斯之战》(1944)。三部小说都以法老时代为背景,在生动曲折的情节变幻中,使人意识到历史有着不以人的意志为转移的运动轨迹,任何妄想扭转它的人都必定遭到命运的嘲弄。小说充溢着壮阔的历史画面,但由于都穿插了爱情故事,所以显得惊艳动人,具有浓郁的浪漫色彩。

中期,从40年代中期到50年代末,开始了以时代生活为题材的现实主义小说阶段。《新开罗》(1945)是马哈福兹创作转向的标志。这部小说描述了三个年轻大学生在人生道路上的遭遇。随后几年,马哈福兹连续发表了几部小说:《赫利利市场》(1946)、《梅达格胡同》(1947)、《始与末》(1949),反映殖民统治下的开罗中小资产阶级和下层贫民的生活。作家集中笔墨以一个街区、一个家庭或一个人物的遭遇描画出两次世界大战之间20多年埃及的黑暗生活图景,表现出强烈的社会责任感和忧患意识。马哈福兹现实主义小说的巅峰之作是"开罗三部曲":《两宫间》(1956)、《思慕宫》(1957)和《怡心园》(1957)。

后期,从50年代末到90年代末。《我们街区的孩子们》(1959)引起了争议。60年代写出《小偷与狗》(1961)、《鹌鹑与秋天》(1962)、《尼罗河上的絮语》(1966)和《米拉玛尔公寓》(1967),进行现代主义的实验。进入70年代后,马哈福兹的小说创作艺术又有一定的发展。在延续使用现代主义文学技法同时,他越来越倾向于回归阿拉伯民族叙事文学的风格,把一些民族文学传统技法移植到长篇小说中去,使这一源自西方的文学形式阿拉伯化。如《卡尔纳克咖啡馆》(1974)、《平民史诗》(1977)、《续东方夜谭》(1982)。《自传的回声》(1996)是他一生文学思想与艺术的总结。

马哈福兹一生的文学创作具有鲜明的特色。首先,他始终坚持"政治、信念、人是我作品的三个轴心,而政治又是轴中之轴"。他的小说题材和形式始终紧随着时代的变化,踏实地记录了埃及在20世纪的风云变幻。他的作品,特别是40年代以后的作品不断对社会重大事件做出反映和反思。这些都表明,他是一位有强烈政治责任感的作家,对祖国和人民的未来拥有强烈的忧患意识。其次,宗教、科学是交织在他的作品中的永恒主题。他说:"充实的文化必定有两个支柱,《我们街区的孩子们》介绍了的文化,是以科学和宗教为它的支柱的。"在《尼罗河上的絮语》里,他借女记者萨玛拉的笔说:"我们已经获得了一种新的语言,那就是科学,大小真理都由它来验证。"安拉创造了世界,但由于人的罪恶使其充斥着不幸和灾祸,这时,仅有信仰、单纯依靠崇拜是不能带来救赎的。必须靠自己的双手去开辟道路,靠艰苦创业去赢得美好未来。再次,他认为"美的艺术同崇高的理想或目的并不矛盾。"他的作品实践了自己的思想。他不断汲取法老文明、伊斯兰文明、欧洲文明中的养料,使其小说艺术始终处于不断变化之中,形成自己特殊的风格。他运用过浪漫主义、现实主义、自然主义、象征主义、表现主义、意识流、荒诞、玛卡梅文体等各种文学手法;他阅读并深受托尔斯泰、契诃夫、莫泊桑、普鲁斯特、卡夫卡等作家作品的影响;某种意义上,他的创作是埃及长篇小说艺术成长与发展过程的印证。

二、《三部曲》

《三部曲》是马哈福兹于1952年"七月革命"前夕完成的长篇小说巨著。小说在杂志上连载时称《宫间街》,到1956年正式出版时分为三部:《宫间街》、《思慕宫》、《怡心园》,一般称《三部曲》。它是马哈福兹现实主义文学的高峰,也是阿拉伯现实主义文学的高峰。

小说聚焦于开罗老区商人艾哈迈德·阿卜杜·嘉瓦德一家三代人的生活和思想变迁,再现了1917—1944年两次世界大战期间埃及社会的宏阔画面,展现了现代埃及的政坛风云、时代变迁以及知识分子的思想历程。

第一代艾哈迈德是富有、健壮、英俊的中年商人，在他身上汇聚了特定时代的多重特征。他首先是个精明本分的商人，每天准时去店铺处理业务；对待伙计、邻居、顾客讲究情谊和信誉，迎来送往、乐善好施，是街坊里受人尊敬的谦谦君子和要人。他还是个虔诚的穆斯林和保守冷酷的专制家长。他每日认真履行功课，在家中寡言少语，以刻板的面孔、严格的家规和绝对的权威统治着妻子和儿女。妻子未经同意外出朝拜清真寺差点被休掉，二儿子法赫米参加抗英游行，他发现后大发雷霆，要他凭《古兰经》发誓不再参与，女儿的婚事也一定要听凭他的安排。他又是个道貌岸然的伪君子。一到晚上，他就换了另一幅面孔，与朋友们一起花天酒地。他周旋于歌女中，能歌善舞，性好风流，在歌声、鼓声和打情骂俏中寻求刺激和欢乐。但他却是个有民族正义感和爱国情怀的爱国者。他关注民族独立事业，慷慨资助爱国运动，但这些只是出自他的本能，因为他强烈反对儿子直接参与革命活动。在艾哈迈德身上体现了当时埃及新兴资产阶级的典型特征。他们恪守道德，靠勤劳致富，追求生活享受，但由于传统观念约束，他们在放纵自己的同时，仍坚持以落后的训条对待家人，而政治上的受排挤和压迫，又激发了他们支持革命。可一旦自己或家人的生命、财产受到威胁，又会畏葸不前。在《三部曲》里，艾哈迈德逐渐放弃对家庭的绝对控制权。妻子艾米娜可以四处走动了；大儿子亚辛娶了自己的情妇，他无力干涉；小儿子终究没有听他的话去读法学院；对心爱的小女儿家破人亡的悲剧也只能叹气，最后，年老体衰的他在一次空袭后死去。

第二代的亚辛是邪恶情欲的化身。他满足于做个小公务员，没有人生目标，庸庸碌碌，醉生梦死，在寻花问柳中度过一生。二儿子法赫米积极投身于民族独立和自由的斗争中，最后在反英示威游行中牺牲。小儿子凯马勒是这一代的主要人物。他自幼在宗教和父权的压抑气氛中长大，但天真无邪，甚至成为英国占领军的朋友。哥哥的死点燃了他的爱国热情。上大学后，在西方的科学与民主思潮影响下，他博览群书，迅速接纳并传播现代西方的哲学观念。在理想与现实、宗教与科学、传统与革新的重重矛盾中，他渐渐迷失方向，产生精神危机，而爱情的挫折则给了他更沉重的打击。他关注大事，但无可依傍的苦恼和迷惘成为他生活的主导。凯马勒的悲剧是埃及新一代知识分子精神危机的典型体现，他的身上有作家自己的影子。马哈福兹曾说："凯马勒反映了我的思想危机，""我就是三部曲中的凯马勒·阿卜杜·嘉瓦德。"

第三代的三个人表现出更加强烈的时代特征和社会复杂性。外孙艾哈迈德是大女儿海迪洁的儿子，他自幼受舅舅影响，具有爱国精神，读大学期间接受了马克思主义和共产主义思想，成为坚定的革命者。他主办宣扬社会主义思想的杂志，同情人民，反对宗教蒙昧，主张男女平等。在爱情生活上，他抛弃贪图虚荣与享受的上流社会小姐，冲破层层落后观念的束缚，与工人出身的共产主义者苏珊结合，为实现理想而奋斗。他的哥哥蒙伊姆在政治上则走另一条道路。蒙伊姆在法学院时接触到伊斯兰原教旨主义并受到熏陶，成为穆斯林兄弟会的骨干，主张复兴伊斯兰教传统，以教律治国。他和弟弟都热衷于自己的信仰，组织并参与各种活动。在三部曲结尾时，他们都遭政府逮捕。拉德旺是亚辛的儿子，他以个人利益为准绳，以同性恋为代价，拜在一位推崇双重价值论的权贵门下，当上部长秘书。他的飞黄腾达立刻就为父亲亚辛谋得利益，不但使他摆脱被迫离职的窘境，甚至还使他得以升迁。他们三人不同的人生道路反映了当时政治生活复杂险恶的状况。作为家族的第三代，他们摆脱了老一代的保守、忧虑与彷徨。虽说未来由于蒙伊姆和艾哈迈德的被捕、拉德旺的政治靠山离职去朝圣而显得扑朔迷离，但他们目标明确、行动果敢的特征昭示了埃及新一代人的魄力和胆识。

除上述三代男性人物外，《三部曲》也通过女性人物来表现时代和家庭的变迁，其中尤以艾哈迈德的妻子艾米娜最突出。她是典型的伊斯兰式的贤妻良母。艾米娜出生于宗教人士家庭，伊斯兰道德的影响根深蒂固。她长相标致、秀气,生性坦诚、矜持。她因有爱心、勤劳、质朴受到所有人的好评。作为妻子,她恪守妇道,凡事逆来顺受,唯丈夫之命是从。自从十四岁嫁给艾哈迈德后,她日夜小心伺候丈夫。每天半夜都准时醒来,迎接丈夫夜晚归来,为他提灯照路,宽衣解带,端茶送水,一边还陪丈夫说话。每天早晨她又第一个起床,与女仆一起准备早餐,然后侍候丈夫起床漱洗,打扮穿衣,直到目送他出门去商店工作为止。她明知丈夫夜间在外不外乎寻欢作乐也不敢言语。到小说开始到结束的二十五年中,她仅有的一次出门去拜谒离家不远的侯赛因清真寺却引发丈夫暴怒,被逐出家门,而她待在娘家也毫无怨言,只待丈夫回心转意。丈夫生病后,她又精心照料,并到处求告真主,让丈夫康复。作为母亲,艾米娜对子女充满慈爱,用宽厚的胸襟关爱每一个孩子,即使对前妻之子亚辛也无微不至。她为一直找不到婆家的海迪洁的出嫁欣喜不已,为亚辛的卑鄙堕落无比愤慨,为法赫米的死悲痛欲绝,为凯马勒孤身一人忧愁焦虑……生活的重压和家庭的几次变故令她疲惫不堪。《三部曲》以她半夜醒来等候丈夫归来开始,以她中风躺在病床昏迷不醒即将死去结束。可以说,她是贯穿于《三部曲》始终的核心人物,也是维系这个家庭的核心力量,她的死标志着这个家庭的真正完结。

《三部曲》的体制宏大,布局严谨,结构巧妙。在长达百万言的篇幅里,时间跨度近三十年,以第一代人物为主线又不时增添新的人物,场景也随着描写重点的转变而迅速改变。作者采取每一部侧重描写一代人,每代人中又有所侧重的方式巧妙处理。《宫间街》以老宅所在的街道命名,重点写艾哈迈德,以法赫米的死和阿伊莎的女儿纳伊曼的出生结束;《思慕宫》以亚辛居住的街道命名,重点写凯马勒,以阿伊莎的丈夫及其两个儿子的死和亚辛的又一个孩子即将出生结束;《怡心园》以小艾哈迈德和蒙伊姆所在的街道命名,重点写他俩和拉德旺,以艾米娜的弥留之际和新一代人将出生结束。生与死的并置具有鲜明的象征意味,而它们的重复再现则深化了作者对人类生生不息、亘古不灭的希望与信心。这样的结构安排使《三部曲》整体联系紧密,脉络清晰,重心突出又首尾呼应。

其次,小说运用多种方法来塑造人物。就单个人物而言,马哈迈德采用了多层次、多角度的技巧,塑造出性格丰满的人物形象。如前所述,艾哈迈德、凯马勒、艾米娜等都是性格矛盾的人物。就连看似简单的亚辛,作家也赋予他一定的性格深度。他的主导性格是沉溺酒色,不思进取,行为放荡、堕落,但在面对弟弟法赫米之死,生母亡故,阿伊莎痛失夫与子等时刻,也能流露真情,表现出善良的一面。他虽然玩世不恭,与多个女人鬼混,但在得知宰努芭怀孕时,他还是控制住自己,不顾父亲反对,与一个风月女子结婚。就小说人物群体而言,作家运用对比、映衬等手段呈现各自的鲜明特征,使整个人物群体更加生动。海迪洁与阿伊莎是姐妹,但在外形、言辞谈吐、婚姻道路、家庭生活等方面却大相径庭。海迪洁相貌的平庸,言辞的妒忌、挖苦,家庭观念的积极进取等,都与妹妹的美丽、善良、软弱,家庭生活的不幸形成极大反差。作者却将她们安排在同一家出生,又嫁给同一家的兄弟俩,其中的互相比照给人印象异常深刻,取得了极佳的效果。此外艾哈迈德的专横与艾米娜的温顺;艾哈迈德管教子女的古板、苛刻与友人阿夫特对待女儿的宽容、和蔼;凯马勒的彷徨、迟疑与小艾哈迈德的果断坚定等等,构筑了多彩多姿的社会画卷。哪怕同样是歌女,祖贝黛、嘉丽莱、宰努芭之间的性格命运也迥然不同。祖贝黛生性豪爽,不善操持,只知放纵行乐,到老落得流浪街头,靠乞讨为生。嘉丽莱却十分乖巧,善于经营,年轻时就思虑长远,积攒财富,到老时则引诱妇女卖身,成为妓院老鸨,继续过着堕落的生活。宰努芭虽然少年流落风尘,但生性向善,在识透风月场后,一心寻找机会从良,终于嫁给亚辛,脱离污泥浊水。在经过多年的磨难考验后,她终于获得艾米娜的信任与好感,成为贤妻良母。

第三,小说还借鉴一些现代主义文学技巧,拓展了艺术空间,增强了作品的艺术表现力。在描绘人物内心世界时,作家借鉴了意识流手法,当然,他没有大量使用自由联想,而是运用了内心独白和心理分析的手段。它们直接呈现在叙述中,对披露人物内心世界和思想矛盾冲突有重要作用。有时是第一人称的陈述,有时是第二人称的自我反省,有时又是第三人称的描述。有的是零星的几句话,有的是几节,有的则连绵不绝,长达数页。

小说在运用时间方面也颇有特色。艾哈迈德家每天傍晚时分的"家庭咖啡聚会"地点从楼下房间换成楼上房间,暗合了时间的流逝与人、物的改变;众人对待一家之主的态度、言语、心理等方面发生的微妙改变则映衬了家庭内部关系在时间维度上的变迁。另外,小说中不断强调指明某事件发生的精确历史时间,以真实历史事件为旁证来记述家庭的各种变化,体现出实录式风格。但在实录层面之上的又是虚构的文本,两相交织,在加强作品历史真实感的同时,又给读者以想象的空间和壮阔的史诗感。

第四,《三部曲》还以精巧逼真的细节描绘了一幅幅现代埃及和阿拉伯世界的风物人情画卷。从家庭的饮食起居到长幼关系和兄弟姐妹之情,从男女相对隔离的社会环境到婚丧嫁娶的过程、仪式,从宗教伦理到邻里关系,从建筑布局到房屋装饰等众多方面全面再现了现代埃及的风土人情,具有醇厚的阿拉伯文化风味,被广泛称誉为"极为真实的历史性作品"。

《三部曲》是埃及文学中里程碑式的作品。它的问世标志着埃及现实主义长篇小说的成熟,作家马哈福兹也因之被誉为"埃及的巴尔扎克",与托尔斯泰等相提并论。

思 考 题

1. 亚非文学的分期和特点。
2. 圣经文学的特征。
3. 印度两大史诗的内容和艺术特点。
4. 《源氏物语》的艺术特色。
5. 《一千零一夜》的框架结构如何组织?
6. 《我是猫》的讽刺艺术。
7. 如何分析《雪国》的男女主人公?
8. 《吉檀迦利》有多少题材?
9. 马哈福兹《三部曲》如何表现现代埃及?